普通高等教育管理科学与工程类"十一五"规划教材

人力资源管理

蔡中华　曹建华　郑兆端　编

化学工业出版社

·北京·

本书是高等院校经济与管理类专业的基础课通用教材。本书吸收了国内外最新的管理理论和实践结果，针对企业组织中人力资源管理问题，结合案例全面系统地对人力资源管理进行阐述和探讨。编写体例简洁新颖、实用性强、注重案例分析与管理理论结合，运用最新理论研究成果分析实践环节和政策环境，进一步增强了人力资源管理理论的应用性，能很好地满足教和学两方面的需求。

　　本书内容翔实、体例新颖、案例丰富，可作为高等院校工商管理类专业本科生教材，适合相关专业研究生进修班使用，也可作为企业人力资源管理人员培训参考教材。

图书在版编目（CIP）数据

人力资源管理/蔡中华，曹建华，郑兆端编．—北京：
化学工业出版社，2008.7
　普通高等教育管理科学与工程类"十一五"规划
教材
　ISBN 978-7-122-03470-0

　Ⅰ．人…　　Ⅱ．①蔡…②曹…③郑…　　Ⅲ．劳动力资
源-资源管理　　Ⅳ．F241

　中国版本图书馆 CIP 数据核字（2008）第 114920 号

责任编辑：唐旭华　宋湘玲　　　　　　　文字编辑：李　曦
责任校对：宋　玮　　　　　　　　　　　装帧设计：尹琳琳

出版发行：化学工业出版社（北京市东城区青年湖南街 13 号　邮政编码 100011）
印　　刷：大厂聚鑫印刷有限责任公司
装　　订：三河市前程装订厂
787mm×1092mm　1/16　印张 20　字数 534 千字　　2008 年 9 月北京第 1 版第 1 次印刷

购书咨询：010-64518888（传真：010-64519686）　　售后服务：010-64518899
网　　址：http://www.cip.com.cn
凡购买本书，如有缺损质量问题，本社销售中心负责调换。

定　　价：35.00 元　　　　　　　　　　　　　　　　　版权所有　　违者必究

前　言

　　本书着重针对企业组织中的人力资源管理问题进行阐述和探讨，并试图使本书达到以下三个目标。一是新颖性；随着经济活动中企业的人力资源管理实践的发展，人力资源管理理论更新很快，我们尝试在本书结构和内容上进行跟随国际人力资源管理研究前沿，把人力资源管理的理论内容和相关案例进行调整和更新。二是系统性；我们希望本书涵盖该学科的主要研究领域，并对其各主要部分的基本概念、理论、技术和方法，都能予以论述，使读者对人力资源管理有一个较系统全面的认识。三是理论与实践相结合；我们力求将理论与中国企业的实践结合起来，一方面文中的许多案例源自中国企业的实际，另一方面结合平时给企业做咨询时所调研的问题，进行讨论、分析与总结。

　　本书的各章中，统一按照以下结构进行编写，以方便读者学习：

　　学习目标　开篇明确提出本部分的学习目标和目的；

　　引例　帮助读者对即将讨论的理论部分建立感性认识；

　　基本理论　对人力资源各部分的基本理论和方法进行讲述；

　　复习思考题　帮助读者对每部分的重点内容进行回顾和复习；

　　案例分析　通过不同的案例使学生更深入地掌握和熟悉理论及实践知识。

　　编写过程中，蔡中华负责编写第一、六、八、九章，曹建华负责编写第二至四章，郑兆端负责编写第五、七章，全书由蔡中华负责统筹。由于笔者的学识有限，不足之处在所难免，还请各位专家、同仁和读者不吝赐教、指正。

　　本书在参阅了大量国内外有关人力资源管理的著作、教材和论文的基础上，完成主体编写工作，谨在此向有关作者表示衷心的感谢。

编　者

2008 年 7 月

目　录

第一章　人力资源管理概述

学习目标 >>>

1. 掌握人力资源的概念及相关基础知识。
2. 掌握人力资源管理的目标、任务、内容和原则。
3. 掌握人力资源管理的基本原理。
4. 熟悉人力资源管理的相关理论。
5. 了解劳动力供给与需求的基本知识。
6. 了解统计在人力资源管理中的作用及人力资源管理的统计指标体系。

【引例】

国企人事经理的"人事经"

去国有企业的人事部采访之前，难免让人想起那一张张面沉似水的"人事脸"，尤其那不温不火、滴水不漏的谈话"功夫"，多少令人担心这种采访会取得什么好的素材，但初见陈东，瘦高的身材透着干练，祥和的目光显现着成熟、幽默，率直的言谈表露着真诚，似乎和想象中的国企人事科长有着明显的差异，也许不仅我们国有企业大环境在变，连国企的人事经理的工作风格也在变，但他们是否在人事管理的观念上有所变化呢？我们的话题首先就从"人事部到底是干什么的？"谈起。

人事部是干什么的

我以前在中国远洋运输集团公司做业务，在外轮代理公司做人事部经理的时间其实只有三年，但通过这三年的工作，我觉得企业人力资源部的工作主要有四块：一是对整个企业人力资源的开发进行规划；二是为企业招募优秀人才；三是想方设法留住人才；四是挖掘现有人员的潜能。如果从人力资源部为企业创造效益最直接的效果上讲，核心其实就两条：一是看你能否招得进（企业所需）人才，二是看你能否留得住人才。如果连这两条都没做到，就很难说你人事部有什么开发能力，更谈不上为企业创造了什么价值。

国企该如何留住核心员工

外轮代理业目前在我国是一个比较开放的行业，也是一个主要靠人力资本赚钱的行业，几个人就可成立一家公司，承揽代理业务，所以，竞争相当激烈，因此，那些能给公司带来80%收入的核心员工，往往就成为别的公司"猎取"的重点目标。

由于，我们人事部"管着"包括下属80余家企业约5000人的职工队伍，而且，现在其中许多骨干已经流向一些外企或民企，所以，我们也感到了一种强烈的危机意识，于是，我们在公司全系统实施"人才工程"，通过采取岗位竞聘的办法，让优秀人才显露出来，发挥出他们的作用，使他们从以前"你要我干这个岗位"到"我很想干"的转变。

具体办法首先是改革收入分配制度，公司高层领导按年薪制，其他职工降低固定收入部分，加大岗位幅度部分和效益提成部分，给予特殊贡献的人才以特殊的待遇等。

另外，以前我们采取的是薪点工资制，但这种工资是一种比较典型的论资排辈的制度，所以，我们把它改为岗位工资，让一些后勤服务部门或其他辅助人员按市场一般价调整，而让为企业效益做出直接贡献的人员的收入，随每年企业效益的提高而提高，甚至关键的岗位都可以由对方报价。

这样做的目的，就是让核心员工感到企业非常看重他们，希望能留住他们的心。当然，我们留人和激励职工还采取了许多其他方法，比如将好的培训机会作为奖励员工的重要手段，让能力越强、贡献越大、工作越离不开的人去参加培训，而不是说让那些有较多空闲、工作中可有可无的人去培训。这是我们留住核心员工的一个很重要手段。当然，企业为此也做了较大的投入，比如现在一个人在 MBA 研修班进修的费用至少 3 万元~4 万元，但我相信这种投入是会有可观的回报的。

以上这些做法尽管在外资或民营企业看来，还依然略显传统，但你知道作为一个国有企业，要真能把这些做好，并非易事。上级领导指示我们国有企业，要"事业留人、感情留人、适当待遇留人"，前两条我们既有思路也可以找到具体办法，但什么叫适当待遇留人？要想提高国企竞争力，为什么就不能用一流的待遇留住一流的人才？

其实，细算一下，国有企业的人力成本一点都不低，比如住房、养老、医疗保险这三大基金在企业成本中的比例相当大，为什么我们和外资企业的收入一比，就好像少了许多呢？关键是我们没有利用好住房这一优势。

有人开玩笑地说：虽然家家都有本难念的经，但国企人事部的经尤其难念。但我并不这样悲观。尽管国企受国家整个大政策的制约，许多事我们想做却不能做，比如，如果把国企住房补贴与市场房价之差的费用算在他的工资上，或者纳入奖励体系，绝对能吸引一大批业界优秀人才。

人事经理如何做人事

我刚到人事部的时候，让我讲两句话，我当时就非常犹豫，因为我没来人事部之前，我总觉得人事部的人都是尽琢磨别人的人，不是考核这个人，就是算计那个人（比如工资等），大家的各种利益似乎全都攥在他们手里，所以，我多少有点怵他们。

但我现在自己已干了这项工作以后，我觉得必须改变大家对我们这种印象，要让他们觉得我们不仅是其他部门的战略伙伴，更是向他们提供优质资源和良好服务的朋友和贴心人。比如，你知道国有企业的工资总量是有额度的，有的时候即使企业效益很好，员工的工资上涨幅度也是要受限制的，但我们会想方设法解决这些问题，员工就很感谢我们。

我虽然在国企人事部干的时间不长，但我感觉在这个部门能接触到各种人，可以让你学到很多东西，知道如何在领导们之间进行协调，就像一位人事老前辈所讲，当好人事经理关键要把握三条：授权有限、守口如瓶、推功揽过。

在我们采访即将结束的时候，陈东经理意味深长的一句话给我们留下了深刻印象，"做人事经理绝不能干一辈子，有机会还是应做做业务，否则你不会真正理解干人事的意义"。

第一节　人力资源及人力资源管理

一、人力资源

在经济学中，资源泛指为了创造财富而投入到生产活动中的各种要素或生产条件。经济学家把它分为四类：人力资源、自然资源、资本资源和信息资源。自然资源是指用于生产活动的未经加工的自然物，如未开发的山川、河流、土地、矿藏等；资本资源是指用于生产活动的已经加工的物质如厂房、机器设备、资金等；信息资源是指因生产及其他相关活动而产生的语言、文字及各种符号的集合；人力资源是可延续、可再生的、主宰其他资源的最活跃的能动资源，是投入到生产活动中的最重要的要素，被经济学家称为第一因素。

（一）人力资源的内涵

人力资源是与自然资源或物质资源相对应的概念。一般而言，人力资源是指能推动经济和社会发展的，具有智力劳动能力和体力劳动能力的人口的总和，即处在劳动年龄的已直接投入和未直接投入生产建设的人口的总和。从企业发展的微观层面看，人力资源可定义为对企业有价值贡献的人，包括企业中上至最高领导，下至一线员工乃至清洁工的全体员工。

人力资源由数量和质量两个方面构成。

1. 人力资源的数量

人力资源的数量又可分为绝对量和相对量。

人力资源的绝对量，广义上是指国家或地区中具有劳动能力、可参与社会劳动的人口的总数。

人力资源的相对量即人力资源率，是指人力资源的绝对量占总人口的比率，它是反映国家或地区经济实力的重要指标。

2. 人力资源的质量

人力资源的质量是劳动力素质的综合反映，包括体力因素、智力因素和非智力因素。

（1）体力因素　劳动者的身体条件，可以用身体素质、营养状况、精神状态、抗病能力以及对自然环境和社会环境的适应能力等指标来衡量。

（2）智力因素　劳动者认识客观事物活动的心理特征，包括观察力、感知力、注意力、接受力、想象力、记忆力、思维力等因素的综合以及文化知识修养和技能。

（3）非智力因素　劳动者的思想意识和道德观念，包括价值观念、社会公德、职业品德以及身心修养等。

在以上三个因素中，体力和智力是基础，但只有将三者有机结合才可使人力资源的价值提升。在人力资源的开发中，数量与质量是统一的，数量是基础，质量是关键和核心。

（二）人力资源的特征

人力资源是进行社会经济生产活动最基础、最重要的资源。与其他资源相对而言，人力资源具有如下特征。

1. 能动性

人力资源是能动性资源，具有主观能动性，这是人力资源与其他资源相比最根本的特征。其他资源需要人的驾驭才能发挥作用，人力资源则不仅能反映客观现实，而且能够有目的、有意识地改变客观现状，在社会经济活动中处于积极的、主导的地位。人力资源的主观能动性表现在如下方面。

（1）自我强化　通过接受教育和自主学习，提高自身能力和素质。

（2）自主择业　每个人都可以在人力资源市场上根据自己的喜好和特长自主选择职业。

（3）综合和创新　人在经济活动中，能够有效地综合利用自然资源、资本资源和信息资源，在积累经验的基础上对知识和技术不断创新。

（4）有敬业精神和工作积极性　人一般都有把事情做好的愿望和积极性，如果能够采取有效的激励手段，可以使人的潜能的发挥成倍增加。

2. 动态性和时效性

人力资源具有动态性和时效性。作为生命活体的人是具有生命周期的，有劳动能力的时间只是生命周期中的一部分，而在一定社会发展水平下形成的人的能力包括体力、智力及知识技能有最佳的发挥期，随着时间的推移，时代的变化和社会经济、科学技术的发展，人的体力会逐渐衰减，人掌握的知识技能会相对老化。因此人力资源的形成、开发和使用都受到时间的制约和限制。

3. 再生性

自然资源一旦耗尽，很难再生，而人力资源在劳动过程中被消耗之后，还能够再生成，因此，人力资源是一种可再生资源。人力资源在使用过程中也会出现体力、脑力甚至生命的损耗，但通过人力资源总体内的各个个体的不间断地恢复、替换和更新，可实现人力资源的再生产。此外，人力资源的再生产过程也是一个增值过程，人力资源在使用过程中，其自身会不断地积累经验，更新知识，提高技能，使其自身价值增加，进而使组织实现价值增值。

4. 社会性

人力资源存在于人体内，而人是具有社会性的，因而人力资源必然带有社会性。不同的地域、民族和社会环境造就了人的不同的文化，不同的价值观，不同的行为准则和不同的活

3

动习惯及性格特征。这些有可能是团队中的互补因素，使所组成的团队具有更强的运作能力。但也有可能是团队中的不和谐因素，造成团队中人与人之间不必要的冲突和矛盾，影响团队的运作能力。人力资源管理者在招聘和组建团队时应对人员的价值取向及性格特征等社会性因素给予重视，以降低不必要的矛盾和冲突，增加组织中人际关系和谐的可能性。

5. 双重性

人力资源具有双重性，它既是生产者，又是消费者。也就是说，人力资源在不断创造着财富的同时又在不停地消耗财富。人力资源的生存、卫生健康、接受教育以提高知识技能等方面都需要消耗财富。但在现代经济社会中，人力资源所创造的财富要远大于其消耗的财富。所以，有研究证明对人力资源的投资，不论是对社会还是对个人，所能带来的收益大大高于对其他资源投资所产生的收益。

总的来说，人力资源是以人为载体的资源，它与自然资源相比，有很强的弹性、很大的复杂性，比其他资源更难管理。在管理中不仅需要科学性，还需要艺术性和对人性的理解与感悟。

二、人力资源管理

在过去的几十年间，人力资源在创造财富中的作用显著提高，成为比物质资源更重要、更宝贵的资源。因此，如何正确、全面地认识人力资源的特征，进而有效地对其进行规划、开发、配置和使用，使其价值得到最大的体现，即如何对人力资源进行有效的管理已经成为当今世界各国的各种组织所面临的一个重大课题。

（一）人力资源管理的含义

人力资源管理是指运用现代化的科学方法，对与一定物力相结合的人力进行合理的开发、培训、组织和调配，使人力、物力经常保持最佳比例，同时对人的思想、心理和行为进行恰当的诱导、控制和协调，充分发挥人的主观能动性，使人尽其才，事得其人，人事相宜，以实现组织目标的管理活动。

人力资源管理的含义可以从以下两方面理解。

一是对人力资源外在要素的管理，即对量的管理，就是根据组织的需要，通过对人的培训、组织和调配使人力与物力在量上持续保持科学的比例，为组织的资源发挥最佳效益提供基础条件。

二是对人力资源内在要素的管理，即对质的管理，就是运用心理学、社会学、管理学及人类学等相关的科学知识和原理，根据组织目标对人的心理、思想和行为进行引导、协调、整合和控制监督，使人的主观能动性在组织中得到充分有效的发挥，保证组织的资源实现最大效益。

（二）人力资源管理的原则

在人力资源管理过程中，应遵循以下原则。

（1）共同发展原则　现代人力资源管理要把握组织未来发展动向，同时考虑员工的发展要求及发展规律，在组织发展的同时，为员工提供相应的发展空间。

（2）人才原则　现代人力资源管理要有人才意识，要能够发掘优秀的、适宜的人才，培养、留住和善待有用的人才，使人才为组织服务，也使人才在组织中成长。

（3）民主参与原则　现代人力资源管理一定是逐级授权、分层负责，尊重员工的个性差别与需要，为员工提供参与企业决策的机会，提高员工的自主意识和归属感。

（4）激励原则　现代人力资源管理要运用行为科学和心理学的理论，根据员工生理、心理的需求规律设计激励机制，通过激励来最大限度地发挥人的主观能动性。

（5）科学管理原则　采用科学的方法建立人力资源管理体系，依据科学数据制订管理标准和管理制度，按照科学的标准和制度进行有效的管理。

（6）变通和动态原则　管理措施、管理制度应因条件、环境、具体事物的不同及发展变化而有所变通和改变，切忌教条和一成不变。

（7）绩效原则　评价员工主要应以实际绩效为依据，尽量避免夹带个人恩怨或个人好恶。

（三）人力资源管理的目标

人力资源管理的目标从总体上讲应该有以下三个方面。

1. 社会责任方面的目标

从广义上讲，人力资源管理要对社会生产过程中的各种关系进行协调，圆满处理各方利益，谋求人与事、人与人、人与组织、组织与社会的和谐，为正常的社会秩序奠定基础。

2. 组织运作方面的目标

人力资源管理最关键的工作是在适当的时间，将适当的人选安排在适当的岗位上，以有效的人与事的协调来实现组织运作的高效率。因此，人力资源管理在组织运作方面的目标，应该是在科学合理地利用人力资源，取得人力资源的最大使用价值，使事得其人、人尽其才的同时，充分调动人的主动性、积极性、创造性，发挥人力资源最大的主观能动性，以实现组织运作效率的持续提升。

3. 组织成员个人方面的目标

人力资源管理要考虑组织成员的个人发展方向和个人发展目标，尽可能将组织目标与个人目标协调一致，为组织成员创造良好的工作氛围和发展空间，激发组织成员的工作潜能，提高组织成员的工作积极性和工作满意度，降低员工的流动率。

这三个方面目标中，有关组织成员个人方面的目标是基础，组织运作方面的目标是核心，社会责任方面的目标是组织的义务。

（四）人力资源管理的内容

人力资源管理的内容主要有以下几个方面。

1. 获取适宜的人力资源

获取适宜的人力资源是指根据组织的战略目标，评估组织的人力资源现状及发展趋势，收集与分析人力资源供给与需求方面的信息资料，预测人力资源供给与需求的未来趋势，制订人力资源规划，按照组织中各个职位对劳动技能的要求来设计招聘、选拔、考核、录用与配置的优化方案，并组织方案实施，以确保组织在需要的时候获得必要的、适宜的人力资源。

2. 整合人力资源

现代人力资源管理强调个人在组织中的发展，而个人的发展势必会引发个人与个人、个人与组织之间的冲突。因此，整合人力资源有两个层面的内容：一是根据员工的心理和生理特征合理进行人事调配，优化人与事的组合，并通过有效的沟通，化解冲突，使员工之间和睦相处，协调共事，取得群体的认同，优化人与人的组合；二是引导员工将个人的价值观与组织的理念同化融合，个人的行为服从组织的规范，使员工与组织认同，对组织产生归属感。

3. 建立激励机制，有效调动人的积极性

激励是人力资源管理的重要内容。激励从广义上讲，是调动人的积极性和创造性；从狭义上讲，是一种能使个体将外来刺激内化为自觉行为的活动，通常表现为因组织成员对组织作出贡献而给予奖酬以激发其更大的积极性的过程。

激励的目的在于激发组织成员的工作热情，增强组织成员的满意感，提高组织成员的工作效率，从而增加组织的绩效。激励的有效性取决于激励机制的公平、公正和科学合理。激

励机制的内容包括绩效考评体系，薪酬、奖励和福利政策，晋升提级政策以及相应的规章制度。

4. 调控人力资源管理体系，实现动态管理

人力资源管理体系包括人力资源管理目标、人力资源管理的组织结构、人力资源管理的管理流程以及人力资源管理制度等。人力资源管理体系建立的依据是组织所面对的社会经济环境和组织的自身条件，社会经济环境是在发展变化的，组织自身条件也会随着组织的发展壮大而不断改变，人力资源管理体系也必然要随之调整和控制，以实现与组织内外环境变化相适应的动态管理。

5. 开发人力资源的潜质，使人力资源的效能得到更大程度的发挥

人力资源的开发是人力资源管理的重要内容之一。广义上的人力资源的开发包括人力资源数量和质量的开发。

人力资源数量的开发，从宏观上看，主要指人口政策的调整、人口的迁移等；从微观的一个组织看，主要是人力资源的招聘和保持等。

人力资源质量的开发主要是指对组织成员的有效使用及通过培训来培养和提高组织成员的素质、技能。其目的是使组织成员的潜能力得到充分发挥，最大限度地实现个人价值，进而更好地实现组织目标。这里，对组织成员的有效使用是一种投资少、见效快的人力资源开发方式，只需识人善任就可以激发组织成员的积极性和潜能力。这不仅有利于组织目标的实现，而且可以使组织成员的成就感、满足感和归属感增加，有利于人力资源的保持。

上述人力资源管理的内容主要是从人力资源管理功能的角度来阐述的。当然，如果从人力资源管理的具体事务或流程来看，人力资源管理的内容具体包括人力资源规划、工作分析和设计、人力资源费用核算、人力资源的招聘与配置、绩效考核与激励、薪酬与福利保障管理、人力资源培训管理、职业生涯管理、劳动关系管理、员工档案管理等。

（五）人力资源管理的基本原理

在长期的人力资源管理实践中，形成了很多基本原理，被大家比较认同的人力资源管理原理如下。

1. 同素异构原理

同素异构原理是从化学中借用的概念，原意指事物的成分因在空间关系即排列次序和结构形式的变化而引起不同的结果，甚至发生质的变化。将这一自然界的原理移植到人力资源管理中，是指同样数量和素质的人，因采用不同的组织结构而形成的有机的组织整体，其运作效果是不同的。好的适宜的组织结构，可以使组织获得的整体功能大于其组成个体功能之和的优势。这也称为"系统优化原理"，即人力资源系统经科学合理地组织、协调、控制，可使系统整体优化，实现更优绩效的理论。

2. 能级对应原理

能级对应原理亦称能级层序原理，是物理学的概念。能，表示做功的能量；能级，表示事物系统内部的个体能量按大小形成的结构、秩序、层次排列，即形成能级对应关系，从而成为稳定的物质结构。将能级对应原理引入人力资源管理，是指人的能力有大小分级，不同能力的人，应配置在组织内部的不同职位上，给予不同的权力、责任和物质利益及荣誉，使能力与职位相对应，以实现组织结构的相对稳定。这里的能力不仅指知识、经验、智慧，还有人的修养、价值观和公德意识、道德水平。

3. 互补增值原理

互补增值原理是指人力资源群体中存在个体的多样性、差异性，因此人力资源群体就可能有着能力、性格、见解等多方面的互补。一个群体，完全可以通过个体间取长补短而形成整体优势，以实现组织目标。

6

互补增值原理在于使整体功能大于个体功能之和，即 $1+1>2$，如果 $1+1=2$ 或 $1+1<2$，就没有实现互补增值，甚至发生了内耗减值。所以，在目标一致的前提下，充分利用互补增值原理组织人力资源，可以收到事半功倍的效果。互补的内容主要包括如下方面。

① 知识互补。群体中，如个体在知识领域的宽度、广度和深度上实现互补，则群体的知识结构就比较全面合理。

② 能力互补。群体中，如个体在能力的类型、高低方面实现互补，就可形成各种能力有序结合的群体能力优势。

③ 性格互补。每个个体都有不同的性格特点，不同性格特点的人有机地结合，实现互补，非常有益于群体形成处理各类问题的良好的性格结构及良好的人际关系。

④ 年龄和性别互补。群体中，适宜的人员年龄和性别结构，可以在体力、智力、经验、心理上形成互补，可以有效地实现群体的和睦相处，实现人力资源的新陈代谢，使组织拥有持久的活力。

⑤ 关系互补。每个人都有自己特殊的社会关系，从整体看，关系互补有利于发挥群体的社会关系优势。

4. 要素有用原理

要素有用原理是指在人力资源开发与管理中，任何要素（人员）都是有用的，正如古人云："天生我才必有用"。关键在于知人善任，为其发挥作用创造条件。也就是说没有无用之人，只有不用之人或用而失当之人。

按照要素有用原理，人力资源管理就要做到：首先承认人的能力、知识、素养、价值观是有差异的，也是多元的；其次要根据人的知识、能力、经验等因素的特征，配置到适宜的岗位；最后，要善于发现人力资源每个个体的特点，扬其所长，避其所短。总之，每个人身上都有闪光的一面，关键在于能否给他创造闪光的机会。

5. 竞争强化原理

优胜劣汰、适者生存是自然法则，也是人类社会的普遍规律。人力资源管理中的竞争强化原理是指通过各种有组织的非对抗性的良性竞争，培养、激发和强化人的进取心、意志力和创造力，使之全面发挥自己的才能，以达到个人能力和组织能力的共同提升。

非对抗性的良性竞争的机制必须做到如下要求。

① 坚持竞争的公平性。在人力资源管理中，要实现起点、尺度、条件、规则的统一，公正地进行考核、录用、晋升和奖惩，严格按规则做事，一视同仁。

② 控制竞争强度。没有竞争或竞争强度不足，会使组织死气沉沉，缺乏活力；但竞争过度，会使人际关系紧张，破坏人际协作，甚至产生内耗，人与人相互排斥，损害组织的凝聚力。

③ 明确竞争的目的。竞争必须以组织目标为重，个人目标应包含在组织目标之中，使个人目标与组织目标很好地结合。

总之，竞争是必要的，但恶性竞争破坏组织的有效运行，难以实现组织目标。只有良性竞争才可激发和强化员工的斗志，提高组织运行效率，增强组织活力。

6. 激励强化原理

激励是创造和设立满足员工物质、精神等各种需要的条件，激发员工的工作动机和潜能，使之产生实现组织目标的特定行为的过程。

人是具有主观能动性的，而主观能动性对人的潜力的发挥至关重要。激励可以激发人的主观能动性，强化人满足需求的期望和行为，从而显著提高工作效率。根据这一原理，人力资源管理除了科学合理地配置人员之外，更要关注对人的潜能的激发，调动人的主观能动性，强化期望行为，使其适应组织目标。

7. 动态适应原理

动态适应原理是指随着时间的推移，员工的个体状况（年龄、知识结构、经验、机能、身体情况等）、组织结构、组织外部环境等都在发生变化，人力资源管理也要随之调整，以适应变化。

从哲学意义上讲，组织所面临的内外环境的变化是绝对的，不变是相对的。因此组织中的人与事的不适应是绝对的，适应是相对的，由不适应到适应是在运动中实现的，是一个动态的适应过程。根据动态适应原理，人力资源管理应该实施动态管理，包括岗位的调整或岗位职责的调整；员工的调整，实行竞聘上岗，适时调动；实施弹性工作制；培养、发挥员工一专多能的才干，进行岗位流动；动态优化组合，实现组织、机构和人员的优化。

8. 文化凝聚原理

文化凝聚原理是指组织能够以价值观、理念、使命等文化因素将员工凝聚在一起的原理。组织需要有凝聚力，凝聚力的大小取决于两方面，一是组织对个体的吸引力或个体对组织的向心力；二是组织内部个体之间的黏结力或吸引力。组织凝聚力不仅来自于物质条件，更来源于精神文化因素，来源于内在的共同的价值取向。人力资源管理依靠精神文化因素，建立组织文化来凝聚组织成员，会收到事半功倍的效果。因此，专家认为组织文化是组织的灵魂，具有极强的凝聚力，组织成员一旦认同组织文化，就会与组织同甘苦共命运，共同发展壮大组织。

（六）人力资源管理为何对所有的管理者都至关重要

为什么说人力资源管理的概念和方法对所有的管理者都十分重要呢？下面列举出一些人们在管理过程中希望避免的与人事工作有关的错误有助于回答这个问题。例如，人们不希望：

① 招募到与职位要求不符的员工；

② 出现高流动率；

③ 下属工作不尽力；

④ 无效的面谈浪费时间；

⑤ 因歧视行为而使公司遭到诉讼；

⑥ 因不安全的工作环境而使公司受相关劳动法律法规的制裁；

⑦ 因缺乏培训而使本部门的工作效率受损；

⑧ 存在任何法律所禁止的不公正的劳资关系行为。

仔细学习人力资源管理会帮助人们避免此类错误，并且更重要的是，它可以确保借助他人的力量来达到所期望的目标。作为一名管理者，也许能够将其他一切事物都安排得井井有条，如制订宏伟的规划，勾画清晰的组织结构图，建立现代的生产线，并运用成熟的财务控制手段。尽管如此，仍然可能会因雇用了不合适的人或者对下属激励不够而失败。另一方面，很多管理者，无论是总裁、总经理、主管人员还是监督人员，曾经在没有足够的规划、组织和控制的情况下成功地进行了管理。他们之所以能够取得成功的原因恰恰是他们掌握了如何雇用恰当的人来承担工作任务，并对它们进行激励、评价与能力开发的技巧。在阅读本书的过程中请记住，达到目的仅是管理的底线；而作为一名管理者，实际上必须借助他人的努力才能达到这些目的。正如一位企业总裁所总结的那样：

多年来，人们一直认为，对于处在发展中的行业来说，资本是一个瓶颈。而我认为这种看法已经过时。我认为真正能构成生产瓶颈的是，劳动力以及企业在招募及留住优秀劳动力方面的无能。我并未听说过任何一项以完美的思路、旺盛的精力和极大的热诚为基础的重要工程由于资金的缺乏而停止。但我确实知道，有些行业的成长因为没有保持有效的和充满活力的劳动力而陷于部分停滞或被完全遏制。我认为，这种判断在将来会越发显示出其正确性。

（七）人力资源管理中的直线管理与职能管理

从某种意义上说，所有的管理者都是人力资源管理者，因为他们都参与了诸如招募、面试、甄选和培训的活动。然而，大多数企业都有一个人力资源管理部门以及部门经理。这位人力资源经理及其员工的职责和"直线"经理的人力资源职责之间的关系如何呢？在回答这个问题之前，可先对"直线"职权与"职能"职权做一个简短的定义，然后再逐步回答这个问题。

1. 直线职权与职能职权

职权（authority）是指做出决定、指挥他人工作以及发布命令的权利。在管理中，通常将直线职权与职能职权区分开来。

直线管理人员（line managers）被授权指挥下属的工作，他们通常都是一些人的领导。此外，直线管理人员还直接负责达成组织的基本目标（例如，餐厅管理人员和生产与销售的管理人员通常都是直线管理人员）。而职能管理人员（staff managers）则被授权通过协助和建议的方式支持直线管理人员去实现这些基本目标。人力资源管理者是职能管理人员。他们负责在招募、雇佣、薪酬等方面向直线管理人员提供帮助和建议。

2. 直线管理人员的人力资源管理职责

从总裁到底层的主管人员，直接与人打交道是每一位直线管理人员的工作职责中不可分割的一部分。例如，一家大公司将其直线管理人员在进行有效的人力资源管理工作中所承担的责任归纳为以下几个方面：

① 配置合适的人到适当的工作岗位上；
② 新雇员引导；
③ 培训员工适应新的工作岗位；
④ 改进每位员工的工作绩效；
⑤ 实现创造性的合作并发展和谐的工作关系；
⑥ 阐明公司政策与工作程序；
⑦ 控制劳动力成本；
⑧ 开发每位员工的能力；
⑨ 创造并保持部门内的员工士气；
⑩ 保护雇员健康并改善工作的物质条件。

在小型组织中，直线管理人员可以独立承担所有这些人事管理职责。但是随着企业的成长，这些直线管理人员便需要专业的人力资源管理人员运用他们所掌握的专业知识来提供帮助与建议。人力资源部门便承担了这项职责。在工作过程中，人力资源管理人员的工作具备以下三种不同的功能。

（1）直线功能　人力资源管理人员负责指挥人力资源部门及相关服务场所（如工人的餐厅）的人员活动；换言之，他们在人力资源部门内行使的是直线职权（line authority）。由于他们通常不能在人力资源部门以外行使直线职权，所以他们还可能行使一种暗示职权（implied authority）。这是因为直线管理人员知道人力资源部门经常有机会就雇员测试等问题同高层管理人员接触。

（2）协调功能　人力资源管理人员也经常协助直线管理人员进行人事活动，他们的这种职责常被称为职能控制（functional control）。在这种时候，人力资源经理与人力资源部门就如同"高层管理者的左膀右臂"，负责确保直线管理人员执行企业的人力资源目标、政策与程序。

（3）职能（协助与建议）功能　为直线管理人员提供帮助与建议是人力资源管理人员工

作的核心。人力资源管理人员协助直线管理人员进行战略设计与实施，帮助公司领导更好的理解公司战略选择中的人事方面的问题。人力资源管理人员在招募、培训、评价、奖励、建议、晋升和解雇方面为直线管理人员提供帮助。他还管理各种福利项目（健康与意外保险，退休金计划和带薪休假等）。在遵守公平就业机会和职业安全法律方面，他为直线管理人员提供帮助，并在处理雇员申诉和劳资关系方面起着重要的作用。此外，人力资源管理人员及部门通过提供"当前最新的发展趋势以及解决问题的最新方法的信息"，如当前对人力资源管理的战略性影响的评估正是一个备受关注的领域，他们来扮演创新者的角色。最后，他还要起到雇员维护者（employee advocacy）的作用：帮助确定管理层对待员工的方式，确保雇员有权利对不公平的待遇提出抗议，并在其对高级管理层负主要责任的范围之内代表雇员的利益。

人力资源部门的规模与人力资源专家的数目反映了公司的规模。对于大企业而言，图1-1是一个典型的组织结构图，包括了完成每一个人力资源职能的专业人员；另一方面，对于小型的企业而言，人力资源的组织结构图可能仅包括五六名员工，如图1-2所示。

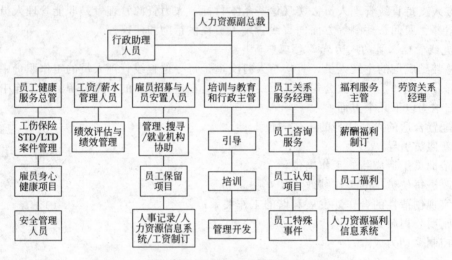

图 1-1　人力资源部门的组织结构图（大型企业）

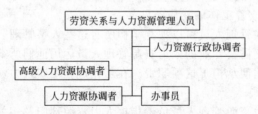

图 1-2　人力资源部门的组织结构图（小型企业）

人力资源工作的职责如下：

① 招募人员——寻找合适的求职者；

② 公平就业机会（EEO）协调人——调查并解决有关公平就业机会问题的申诉，检查组织在预防潜在的违法行为方面的作为，编纂并提交公平就业机会报告；

③ 工作分析人员——收集并调查与工作职责有关的信息，为编写职位描述做准备；

④ 薪酬管理人员——拟定薪酬计划并管理雇员福利项目；

⑤ 专职培训人员——负责培训活动的计划、组织和指挥工作；

⑥ 劳资关系专家——就与劳资关系相关的所有方面向管理层提供建议。

三、人力资源管理的发展过程

人力资源管理实践的历史可谓源远流长，应该说自从有了人类的物质生产活动，就有了人力资源管理活动。只是在相当长的历史阶段中，是融合在各种管理活动中，没有形成专业化或职业化的特征。

人力资源管理源于英国的劳工管理，并经由美国的人事管理演变而来，经历了从传统人事管理向现代人力资源开发与管理的演进历程。专家一般认为，人力资源管理的发展经历了以劳动关系改善和提高劳动效率为核心的初级阶段，强调人对工作的适应的人事管理阶段，注重人与工作的相互适应的以人为中心的管理阶段以及从战略高度上进行人力资源管理的战略人力资源管理阶段等四个阶段。

（一）初级阶段

初级阶段的人力资源管理的理论来源是以泰勒为代表的科学管理理论，其核心理念是提高劳动效率和改善劳动关系。

泰勒认为用科学的方法进行管理可以有效地提高劳动效率，劳动效率的提高则可以使劳资双方受益，进而改善劳资关系。他运用科学的方法进行"时间—动作分析"，通过大量的试验，制订了科学的工时定额、劳动定额、作业流程图等一系列标准，使劳动时间、劳动工具、劳动方法、劳动环境和劳动对象（原材料）实现了标准化，并以此为基础，按科学标准对工人进行培训，实行计件工资等。泰勒建立的这一套劳动管理制度，使当时的生产效率提高了3倍多，在一定程度上缓解了劳资矛盾，有些工厂主开始给工人增加福利，工厂里出现了专门负责管理工人工资、医疗保健、工作关系改善的部门即人事管理部门。但是，这一时期的管理基本上是将工人视为与机器设备、工具一样的生产手段和成本，剥夺了工人的人性尊严。

（二）人事管理阶段

在人事管理阶段，人力资源管理的理论在泰勒科学管理理论的基础上，进一步借助了一些心理学的研究方法和研究成果，强调以工作为中心，注重人对工作的适应。这一阶段形成了比较有效的人事管理体系，包括按工作需要挑选、调配、培训、使用员工；设计公平合理的绩效考核和薪酬机制；妥善处理劳资纠纷；维护劳动力，使其保持良好的状态以利再生产等。

（三）以人为中心的人力资源管理阶段

以人为中心的人力资源管理理念是随着经济、科技的发展，以及日益激烈的经济竞争而逐步形成的。

经济的发展，生活水平的提高，使得人们的需求结构发生了重大变化，除了生理需求之外，人们更多地需要得到安全、友谊、自尊，以至自我实现的满足。人们开始追求自我价值的实现，希望自己的才能得到充分发挥。因此，在关注物质需求的同时，更多地关注员工的精神需求，以满足员工的心理需求来更有效地调动其积极性，逐渐成为人力资源管理的核心。

科学技术的发展，使得工作对人的体力的依赖越来越少，对脑力的依赖却越来越多。而脑力的调动，智力的激发只有在人的良好心态下才可能实现，直接的监督和控制难以奏效。因此，为员工提供和谐的工作氛围、创造更大的发展空间，被越来越多的专业人士视为人力资源管理的职责。

日益激烈的经济竞争，使得人才质量的高低成为竞争中能否获胜的决定性因素，同时，人才也成为世界各国争夺的焦点。这种现实使得如何吸引和留住人才，成为人力资源管理面临的最大挑战。

在这样的背景下，形成了以人为中心的人力资源管理体系。这一体系更多地关注人性的需要，实施以人为中心的管理，注重人与工作的相互适应，把个人的发展与组织的发展有机地联系在一起，为员工提供更大的发展空间和更多的发展机会，使员工在工作中保持愉悦的心态和激昂的斗志。这一时期，组织变革、企业文化、员工权利、员工援助计划、灵活的管理制度和薪酬制度、全员持股方案等成为流行的术语。

（四）战略人力资源管理阶段

20世纪后期，在世界范围的市场竞争中，无论哪种规模，哪种类型的企业，要想获取和长期维持竞争的优势，依靠的最关键资源是人力资源，因而，人力资源管理成为整个企业管理的核心内容。与此同时，更加多变的外部环境，使得企业越加注重战略管理，而企业的战略目标的实现，无论是产品目标、技术目标、营销目标、财务目标，还是发展目标，都绝对需要一定数量、质量及相应结构的人力资源的支撑。由此，根据企业不同时期、不同的战略发展阶段，配置符合战略要求的人力资源成为人力资源管理的战略任务。目前，人力资源管理为企业战略提供支持，从企业战略高度进行人力资源管理成为人力资源管理的发展趋势。

（五）中国企业人力资源管理面临的挑战

各国人力资源管理面临的环境有其共同点，但不同的国家还有自己不同的特点。中国正处于经济高速发展时期，成功的改革开放政策、人口结构的变化、城乡二元结构的改变以及经济的全球化带来的价值观的变化，都使中国企业的人力资源管理面临更具特色的环境和挑战。

1. 劳动人口丰富与高素质人才短缺并存

从目前至未来10年内是中国劳动力人口最丰富的时期。因此，与美国劳动力市场的紧张状况不同，中国面临的是就业和教育的巨大压力。据统计表明，2005年全国劳动力资源总数为9.25亿人，就业人口为7.06亿人。同时，老年抚养系数较低，社会经济负担相对比较小。可以这样说，21世纪是中国经济发展的黄金时期，年轻劳动力资源在这一时期达到顶峰。但是尽管中国劳动人口众多，文盲、半文盲等的人口质量仍为数众多，劳动人口整体素质较差，高素质人才严重不足。根据第四次人口普查资料统计，中国目前15岁及15岁以上人口中文盲、半文盲人口仍有1.4亿人，劳动力人口平均文化程度不足小学毕业。劳动力资源丰富和高素质人才的结构短缺，意味着人力资源管理者既要面对人力资源市场上对高素质人才的激烈竞争，又要加大人力资源的开发和培训。企业在劳动力市场的良好形象同样会对提升企业竞争力有很大帮助。

2. 人口城市化偏低

中国的二元社会结构长期以来阻碍了人口的城市化。今天，中国二元化的社会结构正发生巨大变化，大量农村人口涌向城市。根据发达国家的经验，像中国这样城市化程度还偏低的国家，将来会有越来越多的农村富余劳动力以各种方式转移到城镇，成为我国未来企业中员工队伍的重要组成部分。由于不同类型员工所接受的教育程度不同，成长的文化背景不同，他们知识、技能、价值观、工作动机和需求也会呈现出明显的差异，使得未来企业里员工队伍类型多元化、分层化和价值观冲突增多。具有不同文化和素质的雇员将表现出对于企业组织的不同价值，并根据各自的价值获得较大差距的报酬，报酬的形式也将不同。知识型员工与一般员工，长期员工与临时员工，高层管理者与一般专业人员，他们相互之间的各种形式上的不平等将会显露出来，成为员工关系管理的新问题。

3. 政府更多地介入人力资源管理实践

近年来，各国对劳动力市场立法都加强了，政府更多地介入劳动关系的各个领域。为了促进人力资源开发，保护劳动者的利益，政府制定出更多的政策需要企业遵守和执行。企业必须对人力资源管理做出相应调整。

政府的介入为保护劳动者权益提供了强大后盾。中国政府承担了保护劳动者权益的职责。近些年劳动立法工作明显进步，同时劳动争议也上升了。这意味着雇主和雇员双方调节彼此关系的交易成本上升了。为了降低过大的交易成本，公司聘请精通政府劳动政策和劳动法律的专业人士来管理人力资源或充当劳动顾问是有必要的。近两年许多高校人力资源管理专业毕业生紧俏与企业对此的认识不无关系。

为了鼓励某一地区的人力资源开发，中国政府常常会在企业引进人才上给予宽松的政策，比如允许把为引进人才的超额支付进入公司的生产成本等。这意味着加强人力资源成本核算可以为企业带来更多的利益。

4. 管理人性化和价值多元化

中国改革开发的政策使人们的价值观日趋多元化。社会成员的学历普遍提高，年轻的一代更喜欢具有一定风险的自我成长方式。

自我成长的方式比以往更强调个人价值，要求企业管理更具人性化。所谓人性化的管理，就是管理必须在不违背公司整体利益的原则下去适应员工作为个体的某些个性特征，为管理者和被管理者提供更友好的接触面。在组织内每个人都希望自己的个人成就被组织认可，而组织的承认有助于他们更进一步大胆创新，创造更为出色的个人业绩。

开放的社会也促进了价值观的多元化。过去可能相隔 30 年的人还具有相同的思想，而现在相隔不足 5 年的员工其思想也大不相同了。没有什么观念可以是权威的或统一的。就是相同年龄的人，其需求千差万别，价值观也可能格格不入。

所有这些因素对人力资源管理的影响将着重体现在员工培训和激励上面。传统的人力资源教育培训重视知识、技能的传授和政策、法律的理解。现在，企业也许更应重视员工解决问题、集体活动、交涉联系、领导指挥等能力和主动精神的培养。价值多元化和追求自我实现也意味着，为了对每一个个体进行最大的激励，管理者有必要进行灵活的考虑和处理。比如，管理者应该认识到，同样的薪酬福利政策对于一个单身且能从事兼职工作的年轻人和为了养老金而工作的老员工是完全不同的。

第二节　人力资源管理的相关基础理论

人力资源管理是建立在对人的认识和对人的成长的认识基础之上的。在人力资源管理发展过程中，通过长期的对人的心理学、行为学、社会学和经济学等方面的研究，形成了很多相关理论，在此只介绍少数有代表性的一些理论。

一、人性假设理论

人是具有主观能动性的有机体，"人性"就是指人的本性，是人的行为基础。对人的管理首先必然涉及对人性的基本认识。在管理心理学的发展中，先后出现了四种有关人性的假设。在现实的人力资源管理工作中，各项人事决策、措施，都会反映出对人性的假设。

（一）"经济人"假设与"X"理论

"经济人"或称"理性—经济人"、"实利人"，这种假设起源于"享乐主义"的哲学观点和亚当·斯密关于劳动交换的经济理论。这种假设认为，人的行为在于追求本身最大的经济利益，工作的动机是为获得经济报酬。后由美国工业心理学家麦格雷戈将这种人性假设概括为"X"理论。

1. "X"理论关于人性假设的基本要点

① 一般人的天性是不喜欢工作的，只要有可能，他们就会逃避工作。

② 一般人宁愿接受别人的指挥和领导，他们希望逃避责任，没有雄心壮志。

③ 一般人缺乏理性，不能自律，易受他人影响。

④ 一般人对组织的要求与目标不关心，他们的工作目的仅在于满足基本的生理需要与安全需要。

⑤ 只有少数人是勤奋、有抱负、富于献身精神的。他们能自己激励自己、约束自己。这些人应当承担管理责任。

2. 与"X"理论相应的管理措施和科学管理

与"X"理论相应的措施可归纳为以下三个方面。

① 管理是少数人的事，与大多数人无关，他们只是被管理者。

② 对于大多数人，必须采取命令、强迫、控制、指挥等手段，以惩罚相威胁，以金钱、福利相引诱，迫使他们为实现组织目标而努力。

③ 管理的重点是制订各种科学的操作规程、工作标准、规章制度，以加强对被管理者的控制。管理的目的就是保证高效率地完成任务，而无需考虑人的思想、情感需求及社会性需求。

"经济人"假设曾风行于 20 世纪初至 20 世纪 30 年代的欧美企业管理界。泰勒的科学管理即依据这一假设，认为人的推动力来自于他要改善自己的经济状况的愿望，即人受经济利益所推动。在当时的时代背景下，这一假设是有一定道理的，在制订和采用了科学、高效的工作方法，明确的分工责任制度，有效的监督和奖惩体系之后，大大地改进了管理工作，明显地提高了工作效率。

但是，这一假设认为多数人天生就是懒惰的，并引申为多数人不过是见钱眼开的"经济动物"，认为他们在工作中不懂得动脑筋想办法把工作做好，因此，为提高效率，必须严格监督他们，只能让他们按照设计的操作规程标准干活等观点则是极其错误的。这种认识，从根本上否定了大多数人具有的积极向上的特性，进而把人与机器同等看待，忽略了人的物质需求以外的其他需求。当前，在一些发达国家，"X"理论早已过时，但其影响还普遍存在。

(二) "社会人"假设与"人际关系"理论

"社会人"也称"社交人"，这种假设起源于著名的霍桑实验。霍桑实验的结论是：工人不是机械的、被动的机器，而是活生生的人；不是孤立的个体，而是复杂的社会系统的成员。霍桑实验的组织者梅奥认为，工业革命带来的机械化，使工人变成了机器的附庸，劳动丧失了原有的含义，工人需要在社会关系中去寻求自身的价值。因而，工人的工作动机更多的是由社会关系（如被同事喜爱和接受）引起，希望通过与同事建立良好的关系从而得到社会的承认和获得归属感。梅奥将认为社会需要与自我尊重需要比物质需要与经济利益更重要的人称为"社会人"。

1. "社会人"假设的基本要点

① 人是"社会人"，因此，金钱不是激励人积极工作的唯一动力，工人的工作动机更多地来自于社会需要的满足、好的人际关系及地位上的成就。

② 人们对同事带来的影响的重视程度，要比对管理者所给予的经济诱因与控制的重视程度大得多。工人中存在着"非正式群体"这种无形的组织有其自身的规范，能更有效地影响工人的行为。

③ 工业革命以及工作合理化的结果，使许多工作本身失去了意义，人们只能从工作之外的社会关系中寻求生活的意义，于是，只有在管理者满足了他们的社会需求时，管理才有结果，工人的工作效率才会提高。

④ 生产效率的高低已经不取决于工作方法和工作条件，而取决于工人的士气，而工人的士气则取决于企业中的人际关系、工人的社会生活和家庭生活。

2. 与"社会人"假设相应的管理措施和人际关系理论

在"社会人"假设的基础上,梅奥提出了要依据人们对人际关系的需求来采取管理措施,由此形成了人际关系理论。其要点如下。

① 管理者不能只关注工作和生产任务的完成,而应把关注的重点更多地放在关心人,满足人的需要上。

② 管理者不能只注意指挥、监督、计划与组织,而应更重视员工之间的人际关系,努力培养员工对组织的认同感、归属感、依恋感,激励员工对组织的献身精神。因此,须提倡集体奖励制度,不主张或限制采用个人奖励方式,以增进组织的凝聚力。

③ 管理者应认真了解组织内非正式群体的构成情况,做好协调工作,使非正式群体的社会需要和诉求与组织目标取得平衡。

④ 管理者的职能应有所改变,不仅限于科学地组织业务活动,还要在员工与上级之间充当联络人,担负起上下级之间信息沟通的责任,既要将上级的意图与部署传递给下级,又要倾听员工的意见,将员工的需要与情感向上级反映与呼吁。

⑤ 管理不再仅仅是管理者的事,被管理者也应不同程度地参与管理工作,以大大提高员工的工作积极性。

从"经济人"假设到霍桑实验的"社会人"假设是管理思想的巨大进步。"社会人"假设使人们认识到,员工积极性的发挥和工作效率的提高,不仅受物质因素影响,更重要的是受社会因素和心理因素的影响。因而,管理理论逐渐由"以物为中心,人要适应物"转向"以人为中心,关注人的人性需要",进而,提出了"参与管理"的新型管理模式。所谓参与管理,是指提倡员工在不同程度上参加企业决策的研究和讨论。新的管理理论和管理模式更全面地考虑了员工的需要,更有效地提高了员工的工作积极性,在一定程度上缓解了劳资矛盾,促进了管理水平的提高和社会经济的发展。

(三)"自我实现人"假设与"Y"理论

"自我实现人"又称为"自动人"。"自我实现人"假设产生于 20 世纪 50 年代,源于人本主义心理学家马斯洛的"需要层次"理论和组织心理学家阿基里斯的"不成熟—成熟"理论。

马斯洛认为人的需要的最高层次是自我实现。自我实现是指人都需要发挥自己的潜力,表现自己的才能,只有当人的潜力充分发挥出来,人的才能全面表现出来,成为他自己所希望的那种人,人才会获得最大满足。

阿基里斯认为,人都是从不成熟逐渐发展到成熟的,这是一个自然的过程,包括七个方面的变化——从被动变为主动,具有了能动性;从依赖变为独立,具有了自主性;从只有少量动作变为能做多种动作,有很多办事方法;从兴趣浅薄变为兴趣深刻;从目光短浅变为目光长远;从从属地位变为平等地位或主导地位;从缺乏自我意识变为有自我意识,能自我控制。然而,由于环境、管理制度的限制,很多人没有完成这一过程,只有少数人达到了完全成熟,但是,随着社会的发展,达到成熟的人会越来越多。值得注意的是在社会经济活动中,人所追求的东西,人所需要的目标,往往决定于他的思想境界,即他的成熟程度。

马斯洛的"自我实现"理论与阿基里斯"不成熟—成熟"理论有同样的含义。成熟的过程就是自我实现的过程,人达到了自我实现也就完全成熟了。人之所以不能达到完全成熟,不能充分自我实现,是由于受到环境条件的限制的结果。

美国工业心理学家麦格雷戈总结归纳了马斯洛、阿基里斯以及其他人的类似观点,结合管理问题,在《企业的人事方面》一书中作为"X"理论的对立面提出了"Y"理论。

1."Y"理论关于人性假设的基本要点

① 一般人不是天性就不喜欢工作的。人生来就是勤奋的,如果没有不良条件的限制,

运用体力和脑力从事工作，就如同游戏一样自然。

② 外来的控制和惩罚的威胁并不是促使人们为实现组织目标而努力的唯一方法。人们在达到自己所承诺的或参与的目标过程中能够自我指挥、自我控制和自我约束。

③ 员工自我实现的需要与完成组织任务结合在一起，会使组织的绩效更富成果，这二者之间并无必然的矛盾。如果给予机会，员工是能够甚至是自愿地把他们个人的目标与组织目标结合为一体的。

④ 员工在适当的条件下，不但能接受责任，而且会追求责任。逃避责任、缺乏雄心和强调安全，一般只是经验的结果，而不是人的天性。

⑤ 不是少数员工，而是多数员工都具有解决组织问题的想象力、独创性和勤奋精神。在现代工业的生存条件下，一般员工的潜能只被利用了很少一部分。

2. 与"Y"理论相应的管理措施和目标管理

"自我实现人"假设与"经济人"假设大不相同，因而由此引申出来的管理思路和措施也迥然相异。

① 管理重点和制度的改变。"经济人"假设只重视物质因素和工作任务的完成，忽视人的作用和人际关系；"社会人"假设重视人的作用与人际关系，却有些忽略工作任务本身；"自我实现人"假设把关注人与重视工作任务结合起来，尽量将工作安排得富有意义，对员工具有挑战性，使员工通过工作和工作成果的取得而获得满足，从而得到发展，实现自我。

② 激励方式的改变。"经济人"假设靠物质报酬激励员工的积极性，"社会人"假设靠良好的人际关系来调动员工的积极性，而"自我实现人"假设则认为那些都是外在的激励因素，对于员工来说，最根本、最长远地起作用的是内在的激励因素，即工作本身的意义、在工作中进行创造的愉快，以及工作获得成功的满足、施展才华和能力提升的欢乐。因而，管理的任务只是在于创造一个适当的环境——一个允许和鼓励每一个员工都能从工作中得到"内在奖励"的环境。使每一个员工都有发挥自己独立性、创造性的空间；使每一个员工都有施展才华的舞台。

③ 管理职能的改变。"自我实现人"假设决定了管理者不再是生产过程的监督者、指挥者，也不再是人际关系的调节者，而是人才的发现者、开发者、使用者。管理者的主要工作是选贤任能，为工作挑选适当的人选，为员工安排具有挑战性的、能满足其自我实现需要的工作，引导员工做出成绩，使员工从中感受到工作的意义和自身的价值，从而达到员工个人的自我实现与组织目标完成的统一。

从"自我实现人"假设延伸出的管理方式被称为"目标管理"，管理者不仅提倡员工参与组织目标的制定，而且指导员工制定个人目标，并把二者协调、结合在一起，激励员工努力工作。

"自我实现人"假设是在工业发展到高度自动化的条件下，人的知识、能力在生产中的重要性愈来愈大的情况下提出来的，虽然这一假设只是一种对人的理想化的设想，与现实存在相当的距离，真正能达到自我实现的人微乎其微，但这一理论对于管理者有一定的启发意义，其管理思路和管理措施可以作为借鉴。

（四）"复杂人"假设与"超Y"理论

"复杂人"假设产生于20世纪60年代末70年代初。经过数十年的研究，人们在不同的历史阶段，从不同的侧面提出了对人性的看法，进行了假设，20世纪60年代中期，有研究者考察了上述几种人性假设后提出，实际生活中的人既不是单纯的"自我实现人"，也不是单纯的"社会人"或"经济人"。关于人性的以上三种假设，虽然各有其合理的成分，但并不适用于一切人。因为人是极其复杂的，不仅人的个性因人而异，而且还因时、因地、因地位、因人际关系等各种因素的变化而异。由此，出现了"复杂人"的假设。美国的心理学家莫尔斯和罗尔希在20世纪70年代初据此提出了一个新理论——"超Y"理论也称"应变理论"。

1. "超Y"理论的基本要点

① 人的需要是多种多样的、多层次的，人们是带着许多不同的需要加入到组织中的，这些需要不仅是多样化的，而且还随着人们的发展和工作条件的改变而不断变化，是复杂化的。

② 人们在同一时间内的多种需要和动机不是简单排列的，而是相互联系，相互作用，以一定的结构结合在一起。有的人以经济上的需要为中心，有的人以社会需要为主导，有的人最迫切的需要是施展才华，于是形成了错综复杂的动机模式。

③ 人们在工作和生活中，会因外部环境变化与自身变化的交互作用而不断产生新的需要和动机。也就是说，在某一特定时期，动机模式的形成是内部需要和外界环境相互作用的结果。

④ 由于人的需要、动机不同，能力各异，对不同的管理方式会有不同的反应，所以并不存在对于任何时代、任何组织和任何个人都普遍适用、行之有效的管理方式。

从"复杂人"假设引申出来的管理方式被称为"应变管理"。

2. 与"复杂人"假设相应的管理措施

"复杂人"假设的"超Y"理论，并不是要放弃以上三种假设为基础的管理理论，而是要根据员工的具体情况，灵活采用不同的管理措施。其管理思路如下。

① 根据工作性质的不同，采取灵活、变化的组织形式以提高管理效率。

② 按照企业的情况不同，部门的性质不同，员工的状态不同，应采取弹性应变的领导方式。不论是严格监督控制的领导方式还是民主授权的领导方式，必须是与具体情况相适宜的领导方式才是有效的、和谐的领导方式。

③ 管理者要善于发现员工在需要、动机、能力、个性等方面的个体差异，因人、因事、因时、因地采取弹性灵活的管理方式和激励机制，更有效地调动员工的积极性。

"复杂人"假设的"超Y"理论，强调管理因人而异，因事、因时、因地制宜。这一理论更接近实际情况，既符合客观环境的复杂性和变动性，又符合人的个性特点的多样性和可变性，其中所包含的辩证哲理，对管理工作具有很强的启示性。

二、人的需要理论

需要是指人体和社会生活中所必要的事物在人脑中的反映。需要是产生行为的原动力，需要或欲望的不满足是激起人们行动的普遍原因。研究人的心理需要是建立科学合理的人力资源管理机制的起点。人的需要理论主要有马斯洛的需要层次理论、赫茨伯格的双因素理论、亚当斯的公平理论和佛罗姆的期望理论等。

（一）马斯洛的需要层次理论

美国人本主义心理学的主要发起者和理论家亚伯拉罕·马斯洛，在1943年出版《调动人的积极性的理论》的著作中首次提出了需要层次理论，他把人的需要分为生理需要、安全需要、友爱和归属需要、尊重需要和自我实现需要等五个层次的需要。1954年，马斯洛又在他的《激励与个性》一书中，对这一理论作了进一步的阐述，把人的需要细化为七个层次：生理需要、安全需要、友爱和归属需要、求知需要、求美需要、尊重需要和自我实现需要。马斯洛的需要层次理论在发达国家被普遍接受，成为主要的激励理论，被广泛地应用于人力资源管理工作中。这里主要介绍五个层次的需要。

1. 需要层次理论的基本内容

在马斯洛看来，人类价值体系存在两类不同的需要，一类是沿生物谱系上升方向逐渐变弱的本能或冲动，称为低级需要和生理需要。一类是随生物进化而逐渐显现的潜能或需要，称为高级需要，这两类需要由低到高有五个层次。

（1）生理需要　生理的需要是人类维持自身生存的最基本需要，包括饥、渴、衣、住等方面的需要。如果这些需要得不到满足，人类的生存就成了问题。在这个意义上说，生理需要是推动人们行动的最强大的动力。马斯洛认为，只有这些最基本的需要满足到维持生存所必需的程度后，其他的需要才能成为新的激励因素，而到了此时，这些已相对满足的需要也就不再成为激励因素了。

（2）安全需要　安全的需要是人类要求保障自身安全、摆脱失业和丧失财产威胁、避免职业病的侵袭、不愿接触严酷的监督等方面的需要。马斯洛认为，人的整个有机体是一个追求安全的机制，人的感受器官、效应器官、智能和其他能量主要是寻求安全的工具，甚至可以把科学和人生观都看成是满足安全需要的一部分。当然，当这种需要一旦相对满足后，也就不再成为激励因素了。

（3）友爱和归属需要　这一层次的需要包括两个方面的内容。一是友爱的需要，即人人都需要伙伴之间、同事之间的关系融洽或保持友谊和忠诚；人人都希望得到爱情，希望爱别人，也渴望接受别人的爱。二是归属的需要，即人都有一种归属于一个群体的感情，希望成为群体中的一员，并相互关心和照顾。感情上的需要比生理上的需要来的细致，它和一个人的生理特性、经历、教育、宗教信仰都有关系。

（4）尊重需要　人人都希望自己有稳定的社会地位，这就要求个人的能力和成就得到社会的承认。尊重的需要又可分为内部尊重和外部尊重。内部尊重是指一个人希望在各种不同情境中有实力、能胜任、充满信心、能独立自主。总之，内部尊重就是人的自尊自重。外部尊重是指一个人希望自己的实力得到他人的承认，希望有地位、有威信，需要受到别人的尊重、信赖和高度评价。马斯洛认为，尊重需要得到满足，能使人对自己充满信心，对社会满腔热情，体验到自己活着的用处和价值。

（5）自我实现需要　自我实现的需要是最高层次的需要，它是指实现个人理想、抱负，发挥个人的能力到最大程度，完成与自己的能力相称的一切事情的需要。也就是说，人必须干称职的工作，这样才会使他们感到最大的快乐。马斯洛提出，为满足自我实现需要所采取的途径是因人而异的。自我实现的需要是在努力发掘自己的潜力，使自己越来越成为自己所期望的人物。

马斯洛需要层次理论如图 1-3 所示。

2. 需要层次理论的基本论点

马斯洛通过对五种需要层次的分析，得出了以下主要结论。

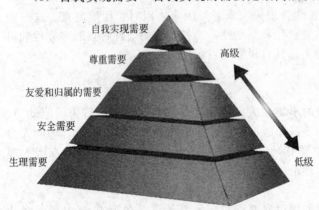

图 1-3　马斯洛需要层次理论示意图

① 五种需要像阶梯一样从低到高，按层次逐级递升，但次序不是完全固定的，可以变化，也有种种例外情况。

② 一般来说，某一层次的需要相对满足了，就会向高一层次发展，追求更高一层次的需要就成为驱使行为的动力。相应的，获得基本满足的需要一般就不再是一股激励力量。因此，激励应该是动态的，处于连续的发展变化之中。

③ 人都潜藏着这五种不同层次的需要，但在不同的时期表现出来的各种需要的迫切程度是不同的。人的最迫切的需要才是激励人行动的主要原因和动力。低层次的需要基本得到

满足以后，它的激励作用就会降低，高层次的需要会取代它成为推动行为的主要原因。

④ 五种需要可以分为低层次需要和高层次需要两级，其中生理上的需要、安全上的需要和感情上的需要都属于低一级的需要，这些需要通过外部条件就可以满足；而尊重的需要和自我实现的需要是高一级需要，它们是通过内部因素才能满足，而且一个人对尊重和自我实现的需要是无止境的。同一时期，一个人可能有几种需要，但每一时期总有一种需要占支配或主导地位，对行为起决定作用。任何一种需要都不会因为更高层次需要的发展而消失。各层次的需要相互依赖和重叠，高层次的需要发展后，低层次的需要仍然存在，只是对行为影响的程度大大减小。

⑤ 马斯洛和其他的行为科学家都认为，一个国家或地区多数人的需要层次结构，是同这个国家或地区的经济发展水平、科技发展水平、文化和人民受教育的程度直接相关的。在不发达国家或地区，生理需要和安全需要占主导的需要层次结构的人数比例较大，而高级需要占主导的需要层次结构的人数比例较小；在发达国家或地区，则刚好相反。在同一国家或地区的不同时期，人们的需要层次会随着社会经济发展水平的变化而变化。

此外，马斯洛还认为，高层次的需要比低层次的需要具有更大的价值。热情是由高层次的需要激发的。人的最高需要，即自我实现就是以最有效和最完整的方式表现他自己的潜力。在人的自我实现的创造性过程中，会产生出一种所谓的"高峰体验"的情感，这个时候是人处于最激荡人心的时刻，是人的存在的最高、最完美、最和谐的状态，这时的人具有一种欣喜若狂、如醉如痴、销魂的感觉。

人的五种基本需要在一般人身上往往是无意识的。有丰富经验的人，通过适当的技巧，可以把无意识的需要转变为有意识的需要，以强化激励。

（二）赫茨伯格的双因素理论

双因素理论是美国心理学家赫茨伯格于 1959 年提出来的。全称为"激励因素、保健因素理论"，简称为"双因素理论"。双因素理论不是由纯理论研究得来的，而是从工业调查研究中归纳的。其重点在于说服人们要更多地注意与工作本身有关的因素对人的需要的满足。双因素理论是目前最具争论性的激励理论之一。

1. 双因素理论的基本内容

赫茨伯格通过调查征询，考察了一些人员的工作满意感与生产效率的关系，积累了影响这些人员对其工作感情的各种因素的资料，提出了双因素理论。其基本内容如下。

（1）对传统的"满意—不满意"的修正 传统的观念认为，满意的对立面是不满意，人们在面对工作和生活现实时的心理状态不是满意就是不满意。赫茨伯格根据调查研究指出，这种传统观点是不完全正确的。实际上满意的对立面应该是没有不满意，即在满意与不满意之间，还有一种状态是没有不满意。根据这一观点，赫茨伯格把影响员工工作积极性的因素分为两类，一类是保健因素，另一类是激励因素。赫茨伯格认为这两类因素是彼此独立的并且以不同方式影响员工的行为。

（2）保健因素 保健因素是指那些造成员工不满意的因素，它们的改善能够消除员工的不满意，但不能使员工感到满意并激发起员工的积极性。保健因素主要有：企业的政策、行政管理、薪水、工作条件、工作保障、监督以及各种人事关系的处理等。保健因素带有预防性质，只能防止员工产生不满意，维持员工对工作现状没有不满意，所以也被称作"维持因素"。

（3）激励因素 激励因素是指那些能够使员工感到满意的因素，这些因素的改善能够使员工满意，激励员工的积极性和创造性的发挥。激励因素主要有：工作本身的乐趣、职务得到提升、职务上的责任感、工作获得成就并得到公认、对个人未来成长与发展的期望等。赫茨伯格认为这些与工作本身有关的因素应该得到人们更多的注意。这些因素是一种内在激励。

2. 双因素理论的基本观点

赫茨伯格认为从保健因素和激励因素直接得到的结论是激励有外在激励和内在激励之分，因此管理上要注重工作本身的激励作用。

（1）外在激励和内在激励 外在激励指职务外的需要得到满足，这种满足不是从工作本身获得的，而是在工作之后，从工作成果中间接获得的，如薪水、奖金、福利待遇等，也叫做"外在因素报酬"或"间接满足"。这种满足与员工承担的工作缺乏直接的联系，所以不能真正强化动机，激励人的积极性，反之，如果处理不当，失之公允，则会影响或挫伤员工的积极性。

内在激励指工作内或职务内的心理需要得到满足，这种满足是从工作本身获得的，也叫做"内在因素报酬"或"直接满足"。这种满足才可以强化动机，调动员工的积极性，激发员工自觉地工作。一般来说，当员工面对具有挑战性的工作时，会激发他的斗志，会有更大的工作激情，甚至减弱他对薪水、奖金等物质条件的需要。

（2）与双因素理论相应的管理理念 赫茨伯格认为管理和激励不在于让员工们能够安心地工作，减少不满的情绪，而在于让大家对本职工作发生强烈的兴趣，有一股创造的愿望和激情。因此，管理的思路有如下几点。

其一，丰富工作本身：这包括对于工作责任的适当安排与调整，并根据员工本身的潜力分配工作。使工作更有兴趣、更有挑战性，克服工作的单调与乏味。

其二，鼓励自主自治的精神：即给予员工适度的自由与自治来完成自己的工作。这并不意味着无政府主义式的完全自主，而是增加自主。这意味着员工会更多地参与制订工作应该怎样做的决策，使员工觉得自己受到重视和尊重。

其三，管理者除尽力为员工争取福利（如工作环境、薪金），消除不满意外，应把工作和精力的中心放在增强激励因素的作用方面。

赫茨伯格的双因素理论在行为科学领域颇有影响，在实践中有不少的案例证实了这一理论的实用价值，虽然也有一些人表示怀疑，但在客观上，确实存在某些不能激励人的因素。事实上对于不同的人，保健因素和激励因素会有所不同，重要的是应当根据不同人的需要来运用保健因素和激励因素的理论，制订更为合理的激励机制和相应的企业政策。

（三）亚当斯的公平理论

公平理论是美国行为科学家亚当斯于1956年提出来的。它是在社会比较中探讨个人的贡献与所得的报酬之间的平衡问题的理论。所以这一理论又称社会比较理论。它侧重于研究报酬分配的合理性、公平性及其对员工积极性的影响，主要考察如何满足人们对公平性的需要。

1. 公平理论的基本内容

亚当斯认为，员工工作的积极性不仅受绝对报酬的影响，而且更重要的是受相对报酬的影响。他们首先思考的是自己的报酬的数额以及这份报酬与做出的贡献之间的比率，然后还要将自己的报酬和贡献之比，与相关人员的报酬和贡献之比进行比较，即进行社会比较。当人们把自己的报酬与做同样工作的他人报酬相比较，发现二者是相等的，他会感到：这是正常的、公平的，因而心情舒畅地积极工作；当他发觉二者不相等时，内心就会产生不公平感，于是有怨气、发牢骚，影响了工作积极性，这种不公平的感觉出现之后，人们会试图去消除它。也就是说，公平也是人的需要。

2. 公平理论模式图

亚当斯将人对报酬的公平与否的判断过程用示意图作了说明，如图1-4所示。

图1-4中的A为当事人；B为参照人；O为报酬，包括工资、奖金、津贴、晋升、荣誉地位等；I(input)为投入或贡献，指工作质量与数量、技术水平、工作能力、努力程度等。

该示意图显示了这样一个过程：第一，员工将自己的收入与投入的比率与他人的收入与投入的比率进行比较；第二，判断公平与否；第三，根据判断的结果采取行为，以实现公平。

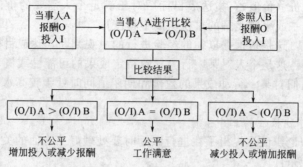

图 1-4 亚当斯公平理论模式示意图

3. 不公平感所驱使的行为

不公平感会使人产生一种驱动力，在其驱动下，人们会采取各种行为来减少和消除不公平所带来的心理不适。主要包括如下行为。

① 努力改变自己的报酬和投入（贡献）的状况。比如：怠工以减少投入（贡献）；兼职以增加报酬等。

② 努力改变别人的报酬和投入（贡献）的状况。比如：督促别人增加投入（贡献），所谓"多得者多劳"；给别人制造麻烦以减少其报酬。

③ 发牢骚，讲怪话，制造人际矛盾以发泄心中的怨气。

④ 放弃现有工作，另谋职业。

⑤ 通过自我解释以达到自我安慰，或者换一个参照对象以求得心理平衡，所谓"比上不足，比下有余"。

虽然不公平感产生的原因是复杂的，与个人的主观评断、个人的公平标准有关，也与绩效评定的方法和指标有关，更与评定的人员有关。但公平理论提出的基本观点是客观存在的，不公平感会产生追求公平的动机与行为，其结果可能会降低生产效率，降低产出质量，缺勤率或自动离职率会上升。

因此，在激励过程中，不仅要考虑报酬的绝对值，而且要考虑报酬的相对值，要进行同类型、相似性工作报酬的社会范围的比较，尽量使分配制度公平合理，不致造成严重的不公平感，挫伤员工的工作积极性。此外，还应注意对被激励者公平心理的引导，使其树立适宜的公平观，一是要认识到绝对的公平是不存在的，二是不要盲目攀比，三是不要按酬付劳，按酬付劳在公平问题上是造成恶性循环的主要杀手。

（四）佛鲁姆的期望理论

期望理论是美国心理学家维克托·佛鲁姆于 1964 年在《工作与激励》一书中提出来的，佛鲁姆研究了组织中个人的激励和动机，率先提出了形态比较完备的期望理论模式，是一种研究目标与激励之间规律的理论。

1. 期望理论的基本内容

佛鲁姆认为，人之所以能够从事某项工作并达成组织目标，是因为这些工作和组织目标会帮助他们达成自己的目标，满足他们自己某方面的需要。而人们采取某项行动、进行某项工作的动力或激励力量取决于他们对行动结果的价值评价和预期达成该结果的可能性大小的估计。换言之，激励力量的大小取决于该行动所能达成的目标并能导致某种结果的全部预期价值乘以他认为达成该目标并得到某种结果的期望概率。用公式可以表示为

$$M = VE$$

式中　M——激励力量，是直接推动或使人们采取某一行动的内驱力。这是指调动一个人的积极性，激发出人的潜力的强度；

　　　 V——目标效价（价值），指达成目标后对于满足个人需要的价值的大小，它反映个人对某一成果或奖酬的重视与渴望程度；

　　　 E——期望值，这是指根据以往的经验进行的主观判断，达成目标并能导致某种结果的概率。这是个人对某一行为导致特定成果的可能性或概率的估计与判断。

显然，只有当人们对某一行动成果的效价和期望值同时处于较高水平时，才有可能产生强大的激励力。

2. 调动人们工作积极性的三个条件

弗鲁姆的期望理论辩证地提出了在进行激励时要处理好三方面的关系，这些也是调动人们工作积极性的三个条件。

（1）努力与绩效的关系　人们总是希望通过一定的努力达到预期的目标，如果个人主观认为达到目标的概率很高，就会有信心，并激发出很强的工作力量，反之如果他认为目标太高，通过努力也不会有很好的绩效时，就会失去内在的动力，导致工作消极。

（2）绩效与奖励的关系　人总是希望取得成绩后能够得到奖励，当然这个奖励也是综合的，既包括物质上的，也包括精神上的。如果他认为取得绩效后能得到合理的奖励，就可能产生工作热情。但是，如果他认为取得绩效后能得到的奖励与他的心理预期有距离，就可能没有积极性。

（3）奖励与满足个人需要的关系　人总是希望自己所获得的奖励能满足自己某方面的需要。然而由于人们在年龄、性别、资历、社会地位和经济条件等方面都存在着差异，他们对各种需要要求得到满足的程度就不同。因此，对于不同的人，采用同一种奖励办法能满足需要的程度不同，能激发出的工作动力也就不同。

期望理论的应用主要体现在激励方面，它启示管理者不要泛泛地采用一般的激励措施，而应当采用多数组织成员认为效用最大的激励措施，而且在设置某一激励目标时应尽可能加大其效用的综合值，加大组织期望行为与非期望行为之间的效用差值。在激励过程中，还要适当控制期望概率和实际概率，加强期望心理的疏导。期望概率过大，容易产生挫折，期望概率过小，又会减少激励力量；而实际概率应使大多数人受益，最好实际概率大于平均的个人期望概率，并与效用相适应。

三、人力资本理论

经济学界一般认为，凡是用于生产、扩大生产能力以及提高生产效率的投入均称之为资本。它不仅包括设备、厂房等的投入，也包括知识和技能的投入，前者可视为物质资本，后者即为人力资本。

在企业的实际运营中，对人力的不断投资，会使相应的生产力得到提高。因此，视人力为通过投资便可提高其生产能力的资本，就有了人力资本的概念。在当代，人力资本的投资与开发是企业管理的焦点，人力资本经常被视为战略资产。

（一）人力资本的概念

1. 人力资本的概念

人力资本的概念是由美国经济学家舒尔茨最先提出的。舒尔茨认为："人力资本是体现在人身上的技能与生产知识的存量。"它是人们花费在人力保健、教育培训等方面的开支所形成的资本。

人力资源在数量上的增加和质量上的提高，都伴随着相应的费用支出，这些费用支出就是人力资源的投资，人力资源的投资最终会体现为人身上的技能与生产知识的存量。这种存在于人体之中、后天获得的具有经济价值的知识、技术、技能和健康的总和被当代经济学家称为人力资本。

人力资本的实体形态是活的人体所拥有的体力、健康、经验、知识和技能以及其他精神智慧的总和，它可以在未来特定的经济活动中给相关经济行为主体带来利润和收益，是现在和未来产出及收入的源泉。

2. 人力资本的基本性质

① 人力资本是活的资本，是凝结于劳动者体内，表现为人的体能和智能。其中更能反映人力资本实质的是劳动者的智能。

② 人力资本由一定的投资转化而来，没有费用和时间的投入就不会获得，即任何人的能力都不可能完全靠先天获得，必须接受相应的教育，投入相应的时间和财富。

③ 劳动者拥有人力资本的价值，借助市场流动，实现优化配置；通过生产劳动进行价值转移和交换，并实现价值的增值。

（二）人力资本的特征

人力资本相对于其他资本来说，具有显著的特征。其特征如下。

1. 人力资本是无形的资本

人力资本以潜在的形式存在于人的身体之中，必须通过生产活动才能体现出来。人在进行实际生产活动之前，其体内的人力资本是不能发挥作用的。

2. 人力资本具有能动性

有意识、有思维，能主动地从事生产劳动是人所特有的性质。人能够对现实世界作出有意识的概括性反映，能对行为后果预先考虑，然后主动设定目标，通过思维选择合理的、有利于目标实现的行为，并不断地对行为过程进行控制，以最终实现目标。所以，充分调动员工的主观能动性，使其发挥人体中的人力资本的作用，对于任何组织的发展都是大有益处的。

3. 人力资本具有个体差异性

人力资本是蕴藏于人体中的能力，它与人体的不可分割性决定了它会受到人体的心理、意识、思想、体质等诸多因素的影响；而人的不同个体在不同的生长环境和成长历程中，形成了不同的心理、意识、思想、体质等特征；因而，必然在人力资本上反映出能力上的差异。

4. 人力资本具有时效性

人是生物有机体，有其自身的生命周期，人力资本是伴随着人生命历程的不同阶段而形成和发挥作用的。在生命历程的不同阶段，人力资本的结构会有相应的变化。一般来讲，人的生命历程大致可以有四个时期：25 岁之前，是人的智能和体能的形成时期，也是人力资本最主要的投资时期之一；25～50 岁，是人的创造性最强的时期，此间人的生命力、记忆力、理解力、想象力和思维认识能力等都处于最辉煌的时期；50 岁以后，人的体能会下降，思维的活跃程度会减弱，但丰富的经验和阅历会使人的综合判断能力达到最佳；60 或 70 岁以后，人的各方面能力都会很快下降，逐渐丧失人力资本的性质。人力资本的时效性告诉人们，必须针对不同层次、不同类型的人力资本的特征，掌握最佳时机，才能充分发挥人力资本的潜能。

5. 人力资本具有累积性

在生产活动中，各类资本都会因为使用而产生损耗，使用强度越大，往往磨损程度越高，需要修复，才能再次投入生产。人力资本在使用中也不例外，也会产生损耗，需要休息和补充一定的物质资料，才能恢复体力和脑力，以再次投入生产。但是，与其他资本不同的是，在生产—损耗—恢复—再生产的过程中，人力资本可以不断地自我累积，实现增值。每一次补充恢复之后，存在于人体内的能力都会比上一个过程有所提高，实现人力资本的增值。比如一个研究人员，他不会因为从事的研究项目很多而最终"磨损"掉他所拥有的知识和技能，相反，他会因此而累积更丰富的知识、经验和技能，从事更深入的研究。当然，人力资本的累积是在使用中逐渐形成的，一旦闲置，反而会退化。

6. 人力资本具有潜在创造性

人在将自己掌握的技能与生产知识运用于生产活动的过程中，能够根据不断丰富的经验，创造出新的方法、建立起新的理论。人力资本的这种潜在的创造性是无限的，其价值也是无法估量的，它是否能够由潜在变为现实，关键在于对人力资本的有效开发和使用。

7. 人力资本具有收益递增性

人力资本具有收益性。在现代和未来的经济发展中，人力资本的投资收益率会越来越高。这是人力资本相对于其他资本来说，其作用日益扩大的必然结果。

（三）人力资本的投资

投资是一种以一定的货币或实物的投入为前提，以能够带来新的实际生产要素的扩大和预期收益的增加为目的的经济活动。人力资本是生产要素中最活跃的因素，对人力资本的投资是增加人力资本，进而增加收益的重要手段。

1. 人力资本投资的含义

人力资本投资是指通过对人力的投入，使人力资源的质量和数量指标均有所改善，并且这种改善最终反映在劳动产出增加上的一种投资行为。人力资本投资是关系到社会政治和经济发展的重要活动，也是企业提升核心竞争力的必要活动。人力资本投资有三大主体：政府的人力资本投资；企业的人力资本投资；家庭或个人的人力资本投资。

2. 人力资本投资的内容

人力资本投资是指为了增加人的技能与生产知识的存量以影响未来的货币和物质收入而投入各种资源的活动。

人力资本投资是一个多方位的整体系统，有多方面。舒尔茨提出有五方面内容：①医疗和保健；②在职人员培训；③正规教育；④成人继续教育；⑤个人与家庭为寻求就业机会而迁移。一般来讲这些方面的费用支出就是人力资本投资的内容。

（1）用于医疗和保健方面的费用　医疗和保健方面的费用支出主要是为了维持和恢复劳动者的健康状态以保证其劳动能力不会丧失或降低，它既有数量的含义又有质量的含义。医疗和保健方面的费用支出包括两部分，一是对日常卫生保健的投资，主要是预防、减轻和消除各种疾病对劳动者身体的侵害，改进劳动者的健康状况，其投资的直接效益是维护劳动者的劳动能力，延长劳动者从事社会生产劳动的期限。二是对劳动保护方面的投资，主要是防止劳动过程中可能发生的损害，包括对劳动环境中存在的机械的、物理的、化学的、生物的等损害因素的预防。

（2）用于在职培养训练方面的费用　经济学家普遍认为，在职培养训练是人力资本投资的主要形式之一。有数据表明，一个国家、一个地区、一个企业用于在职培养训练方面的投入，会直接影响其生产力的发展速度和水平。据测算，一名大学毕业生在校所学知识仅占其职业所需知识和技能的1/10左右，大量的职业知识技能是靠就业后的在职培养训练掌握的。目前，各国政府、企业从实践中逐渐意识到在职培训的意义，在一些发达国家，在职培训几乎形成与正规学校教育并驾齐驱之势。有报道说，在20世纪末美国工商企业每年用于员工培训的费用已达2100亿美元，分别超过中等教育和高等教育的经费。英国的罗尔斯·罗伊斯公司建有面积达10182平方米的德尔比培训中心用于培训员工，每年用于员工培训的费用是2400万英镑。当然，企业巨大的人力资本投资，带来的收益也是巨大的。

（3）用于各种正规教育方面的费用　正规教育是人力资本投资的最主要形式。通过正规教育费用的支出,使受教育者系统地获得知识和技能以及各种能力的训练和培养,从而转化为可增加其未来收入的人力资本。

正规教育可以大大提高人力资源质量,进而促进社会的科学技术进步,改进劳动工具,更高效地增加社会财富。由此经济学家认为,教育是一种投资,其结果是一种资本形式。

发展中国家的教育收益率高于发达国家,而且一般比物质资本的投资收益率要高。一般情况下,初等教育、中等教育和高等教育的收益率依次减少。

(4)用于成人教育方面的费用 成人教育是世界各国普遍存在的一种教育形式,亦称为继续教育。成人教育的任务是对广大成年人进行业务、文化、思想等多方面的进一步的教育。成人教育可以持续开发广大成年人智力,提高其各方面素质,从而改善其就业状况或延长其就业期限。成人教育支出的费用是人力资本投资的继续。

(5)用于个人、家庭为寻找更好的就业机会而迁移的费用 人力资源的迁移包括工作单位之间、地区之间或国家之间的迁移。人力资源的迁移是一种自愿行为,是人力资源追求效用更大化的结果。用于人力资源迁移而支出的费用,其目的是实现人力资本的价值或人力资本的增值,因此也属于一种人力资本投资行为。一般来说,只有当迁移的预期收益不低于投资的成本时,迁移才会发生,而人力资源迁移的预期收益来自于个体对不同国家、不同地区、不同工作单位之间的薪金、工作环境、生活环境等方面的比较。人力资源的迁移成本包括迁移的直接费用支出、迁移期间所耗费时间的机会成本、离开熟悉的环境及亲友和同事的心理成本。

总之,人力资本的投资实质上增加了人力资本的存量。有意识的人力资本投资会推动组织乃至社会的人力资本数量的上升,从而提高组织乃至社会的竞争力。

四、劳动力市场经济学

劳动力是指在一定的年龄之内,具有劳动能力与就业要求,能够从事某种职业劳动的全部人口,包括就业者和失业者。劳动力市场是指以市场信号为导向,以市场竞争为动力,以劳动力流动为条件的劳动力资源配置与重新配置的活动及活动过程。劳动力市场经济学是研究劳动力供给与需求规律的科学。运用劳动经济学的理论对劳动力市场的供给与需求进行分析和预测,可以为企业制订人力资源管理政策、为人力资源规划提供科学的依据,是企业人力资源战略管理的基础之一。劳动力市场经济学主要涉及劳动力的供给、劳动力的需求以及劳动力市场的供求关系等问题。

(一)劳动力供给

劳动力供给是指在一定的市场工资率下,劳动力供给的决策主体(家庭或个人)愿意并且能够提供的劳动时间。对劳动力供给可从微观、中观和宏观三个层次来考察。

1. 微观劳动力供给及其影响因素

(1)微观劳动力供给 微观劳动力供给是发生在个人身上的劳动力供给。从个人角度看,提供多少劳动的决策,实际上是在闲暇与因提供劳动而获得收入之间作出的选择。提供劳动就要牺牲闲暇,这种牺牲是要以收入作为报偿的。如果报偿足以满足他增加消费的需要,他就会放弃闲暇,反之,则会放弃工作。

通常情况下,微观劳动力供给受到个人财富总量、工资率和个人对于参加工作和享受闲暇的偏好的影响。个人财富总量越大,足以满足个人消费的物质需要,则参加工作以获取报酬来增加消费的动力就越小,所提供的工作时间就越少;而工资率代表了闲暇的机会成本,工资率越高,闲暇的机会成本就越大,劳动者就越不愿选择闲暇,所提供的工作时间就越多,反之就越少;而在个人财富总量相等、市场工资水平一致的情况下,个人对于参加工作和享受闲暇的偏好是影响劳动力供给的因素。

（2）微观劳动力供给的影响因素　从经济学原理来看，微观劳动力供给主要取决于经济单位（社会、地区、部门、用人单位）的工资水平。一般情况下，工资水平高，劳动力供给的数量就多，也就是说要就业的人数就多，而且每个人从事劳动的时间也长；工资水平低，劳动力供给的数量就少，即就业的人数就少，每个人从事劳动的时间也短。

工资的变动既有收入效应也有替代效应。工资的上升使个人的境况改善，而个人的境况改善则使人们减少工作，增加闲暇时间，这是收入效应。但是，工资的上升也使得闲暇的机会成本增加，从而改变取舍关系，当人们因放弃闲暇时间而获得更多的消费时，会愿意增加工作，这是替代效应。与收入效应相抵消的是替代效应，即工作的高回报为更长时间的工作提供了激励。但这两种效应都可能发生，因此，随着工资的上升，劳动供给量可能增加，也可能减少。

此外，国家或地区的经济发展水平对劳动力供给也有较大影响。在经济发展水平较低的国家或地区，工业化过程一般尚未完成，大量的有劳动能力的人被围于土地之上，或封闭于荒僻的乡间，未形成劳动力的供给。一旦他们游离出土地，会形成低素质的劳动力供给的过剩。而在经济发展水平较高的国家和地区，一般是后工业社会、服务社会、信息社会，其社会教育水平以及物质生活、精神生活水平都比较高，劳动力的素质也比较高，劳动力供给就较为珍贵。

2. 中观劳动力供给及其影响因素

（1）中观劳动力供给　中观劳动力供给是指产业、部门的劳动力供给，是劳动力供给对于某一产业或部门供给的偏好。各个产业或部门的劳动力供给，都是由一定数量的特质（定向的）劳动力供给与一定数量的同质（无定向的）劳动力供给二者构成。

特质的、定向的劳动力供给，是指接受特定的专业或职业教育训练之后，形成定向的、只适合某一产业或部门的，未经教育培训者无法替代的劳动力供给。同质的、无定向的劳动力供给，是指适合各个产业或部门的劳动力供给，如会计、统计、保安等。

（2）影响中观劳动力供给的因素　影响中观劳动力供给的因素如下。

① 工资竞争力。工资竞争力是指一个部门与其他部门相比较的工资水平的高低。如果社会上所有劳动力供给与劳动力需求都是同质的，并且劳动力需求不是处于垄断状况，劳动力能够自由流动。那么，在社会劳动要素的全部供给中，是否能形成对某一产业或部门的劳动力供给，则决定于该产业或部门的工资水平的高低。

② 专业教育的门类。一定的教育门类，能生产出具有一定特质的、不可替代的专门劳动力供给。因此，教育部门的专业设置、各类学校不同专业的招生和毕业生数量，就是一定时期中观劳动力供给的专业影响因素。

③ 人的就业偏好。不同的人对同一事物会有不同的评价和选择标准。由于人们对于某一产业或部门有着不同的发展预期以及不同的兴趣偏好，就会影响某一产业或部门的劳动力供给。

④ 劳动要素的流动性。劳动要素都具有活动性，一般来说，素质高、年纪轻、富于理想的劳动要素较易于流动；流动的个人成本低、费用少的也易于流动；流动的客观障碍小，比如，体制灵活、信息充分、生存条件容易解决等，亦可增加流动性。劳动要素流动性的大小对产业或部门的劳动力供给也会造成一定影响。

3. 宏观劳动力供给及其影响因素

（1）宏观劳动力供给　宏观劳动力供给是指从全社会角度研究劳动力的供给状况，这一状况从一定意义上决定了社会就业的基本格局。宏观劳动力供给的基本数量特征与微观劳动力供给的数量特征完全一致，即工资水平越高，劳动力供给就越多。正是全社会各个个体在劳动力供给方面的自由选择，其总体结果才构成了宏观劳动力供给，形成宏观劳动力供给的数量和方向。

（2）宏观劳动力供给的影响因素　宏观劳动力供给的影响因素主要有以下三个方面。

① 人口因素。人口因素是宏观劳动力供给的首要影响因素。人口总量、人口年龄、性别结构、地区间人口迁移等都会对宏观劳动力供给产生影响。

② 劳动参与率。劳动参与率是指参与劳动和愿意参与劳动的"经济活动人口"或称劳动力人口与"潜在劳动力人口"的比例。其公式为

$$劳动参与率＝（劳动力人口/潜在劳动力人口）×100\%$$

其中　　　　　　　　劳动力人口＝就业人口和积极寻找工作的人口

潜在劳动人口＝劳动年龄人口－因智力和身体原因丧失劳动能力的人和服刑犯人

经济活动人口的数量取决于劳动年龄人口愿意就业的程度，就业愿望高将增加宏观劳动力供给量，反之，则减少宏观劳动供给量。而人们的就业愿望的程度又取决于教育水平、经济水平的高低以及社会习俗等因素。劳动参与率衡量了一个国家或地区从事经济活动的工作年龄人口的规模。

③ 劳动时间。在劳动力供给人数一定的情况下，劳动时间的长短决定了劳动力供给的总量，劳动时间长，会增加宏观劳动力供给量，反之，则减少。但一般来说，经济越发展，社会越进步，人们就越看重闲暇时间，劳动时间就会越少。

此外，宏观劳动力供给的研究还要考虑劳动力供给的质量。影响劳动力供给质量的因素有：遗传和生长的环境因素、教育因素、人力投资的动力（投资与收益的比例）和数量、经济发展水平、社会文化及社会理念等。

（二）劳动力需求

劳动力需求是指在某一特定时期内，在某种工资率下愿意并能够雇佣的劳动量，是企业意愿和支付能力的统一。劳动需求是一种"派生需求"，是由社会消费需求引起的，即社会有真实的、具体的、有效的消费需求，存在特定的购买力，才会有社会生产；有生产活动的组织，才有对劳动力的需求。

1. 市场需求

市场对劳动力的需求取决于社会对产品和劳务的需求量以及可利用的资本、技术及劳动力的价格。

首先，劳动需求是一种"派生需求"，是由社会消费需求引起的，因此，社会对产品和劳务的需求量增加，在假定无论价格如何，都能出售更多的产品和劳务，且可利用的技术、资本和劳动力供给条件不变时，企业为追求利润最大化，会加大产出，增加对劳动力的需求。

其次，劳动力的价格即工资变化对市场需求的影响是很大的。其一，较高的工资，意味着较高的生产成本，从而导致较高的产品价格。价格上升，消费者会减少购买量，因而，企业会降低产出水平，继而降低对劳动力的需求。其二，工资上升，企业势必会采用更多依赖资本而更少依赖人力的技术，以降低成本。因此，工资上升，会使生产模式更加"资本密集化"，从而需要的就业量下降。这种效应也称为替代效应，即随着工资上升，生产过程中要采用资本来代替劳动。当然，工资上升，也会增加社会消费，扩大对产品和劳务的需求，进而增加对劳动力的市场需求。

此外，如果产品需求、技术、劳动力供给条件不变，而资本的供给发生变化，也会对劳动力的市场需求产生影响。这种影响有两方面，其一，当资本价格下降，生产成本必然下降，生产成本下降则会刺激生产的扩张，生产的扩张就意味着劳动力需求的增加。其二，资本价格下降，企业将倾向于用资本代替劳动力，使生产一定量产品所需要的劳动力比以前减少。

2. 企业需求分析

企业对劳动力需求的分析是建立在企业追求利润最大化的基础上的。当企业从对劳动力的投入中所获得的收益超过了成本费用的增加，即边际成本低于边际收益时，企业就会加大对劳动力的需求，反之就会减少。同理，企业在出售一个单位的额外产出中获得的额外收益超过了生产这一单位产出所支出的额外成本，则企业就会愿意将其生产扩大一个单位。只要从新增的产出中所获得的边际收益超过其边际成本，则追求利润最大化的企业就会继续增加产出，从而增加对劳动力的需求。

（三）劳动力市场与失业和就业

1. 劳动力市场

（1）劳动力市场的含义　劳动力市场从狭义到广义有三个层次的含义。

① 最狭义的劳动力市场是指劳动要素交换的场所，如各地挂牌的"劳动力市场"、"职业介绍所"、"人才交流中心"、"人才市场"等。

② 较广义的劳动力市场强调的是经济交换关系，是指劳动力要素交换场所与交换关系二者之和，关注的是市场上的供求双方的交换决策。

③ 广义的劳动力市场是指经济运行机制。即劳动力市场除了具有交换场所和交换关系的含义之外，还是一种机制，一种对供求双方进行引导，促进劳动要素配置实现的机制。这种机制包括价格机制、竞争机制和供求机制。

在公平竞争的条件下，劳动力市场可以使劳动要素实现优化配置。

（2）劳动力市场运行的要素　劳动力市场运行的要素是劳动力市场运行的基础，一般包括以下几方面。

① 劳动力市场主体。劳动力市场主体指市场上的求职者和用人单位双方。劳动力市场主体的交易行为，使劳动力市场上劳动要素的交换得以实现。

② 劳动力市场的客体。劳动力市场的客体是指劳动要素。劳动要素存在于人体之中，受人的劳动意识支配而发挥作用。因此，劳动力要素具有主体能动性、自我选择性、个体差异性等，在其交换的实现中，这些特性都可能影响交换决策。

③ 劳动力市场的中介。劳动力市场的中介指劳动力市场上劳动要素交换实现的媒介。一般来说，是由某个劳动力市场场所或机构提供的。它有可能是分散地存在的。在现代社会，大众媒体，如报纸、电视、广播、网络等也成为中介。

④ 劳动要素交换过程。劳动要素交换过程是指劳动力主体交换劳动要素的流程。包括劳动力主体供求双方相互见面、洽谈条件、议定价格（工资）、签订合同，直到完成交换的过程。流程的合理是劳动力市场运行过程规范、有效的保障。

⑤ 劳动力市场规则。劳动力市场规则是约束劳动力市场供求双方行为的制度体系。劳动力市场规则的核心价值导向可以概括为"公平"、"等价"与"合法"。公平，即劳动力市场上要公平竞争，不允许垄断、欺诈、歧视等不正当竞争行为。等价，指劳动力市场上的供求双方要等价交换，劳动者获得合理的工资，雇佣者获得能符合预期产出的劳动要素。合法是指劳动要素交换不能违反国家和地方的法律法规要求，如劳动法、劳动保护法、最低工资法等有关法律法规。

2. 劳动力的供求关系

决定一个社会劳动就业状况的基本因素，是劳动力的供给和需求的关系。劳动力供求之间的关系决定着劳动者与用工者之间的谈判地位，以及他们双方在政府立法和政策决定中的相对影响力。劳动力供求关系，可以分为供给过剩、供给不足和供求平衡三种基本情况。

（1）劳动力供给过剩　供给过剩指劳动力的供给数量大于社会对它的需求数量。供给过剩表现为社会的就业不足，存在相当数量的失业人员或求业人员。形成供给过剩的原因有：

资本缺乏、物质资源供给数量不足；人口和劳动力增长过快，数量过多；生产停滞或下降；因技术进步、资本集约而排斥劳动力等。

劳动力供给过剩分为总量过剩和结构性过剩。总量过剩指劳动力供给数量的总额大于需求数量总额。结构性过剩是指在供求双方选择中，因劳动力要素本身的特性形成的指向性供给与需求不能吻合而存在的结构上的矛盾，即只在某些行业或某些职业上存在劳动力供给过剩，而在另一些行业或职业上却是劳动力供给不足。

（2）劳动力供给不足　劳动力供给不足指劳动力供给的数量小于社会对它的需求数量。供给不足表现为社会缺乏劳动力，影响正常的经济生活，使经济增长受到限制。形成供给不足的原因主要是生产持续发展，经济不断增长，而人口和劳动力的增加速度比较慢。

（3）劳动力供求平衡　劳动力供求平衡即劳动力供给数量与对劳动力需求的数量基本一致的状态。这种平衡包括数量、质量、职业类别等方面。也就是说，劳动力供求平衡既包括总量平衡，也包括结构上的平衡。

从理论上讲，一个国家或地区劳动力供求平衡的标志是：劳动力的供给能够为社会全部吸收，同时，社会对劳动力的需求又能全部得到满足。但是在现实生活中，这种理想状况是很难见到的。比较现实的是劳动力供求的基本平衡。其标志是，要求就业的人，绝大部分都能得到就业岗位，不存在长期的大量求业人口，同时，不存在长期、大量缺乏人力的部门、行业。少量劳动力处于短期失业状态，是经济正常运行条件下所不可避免的。

3. 失业与就业

（1）失业的类型及其原因　失业是指有工作能力和意愿的人找不到工作，即劳动力不能与生产资料相结合，劳动者失去工作岗位的过程与状态。失业有以下几种类型。

① 总量性失业。总量性失业是指劳动力的供给数量大于社会对它的需求数量，即处于供过于求状态的失业，亦称为"需求不足性失业"。其直接表现是大量的求职人员找不到工作，一些已就业的人员被辞退；其间接表现则是就业人员过剩，人浮于事，开工不足，在职失业等。

总量性失业与宏观经济运行不景气有关，当经济处于长期停滞和危机状态时，产品市场上的总需求难以增加甚至下降，则劳动力的总量需求不足的问题可能会逐渐加剧，需求不足性失业就出现了。

② 结构性失业。结构性失业是指在劳动力供求总量平衡的情况下，由于劳动力的供给与社会对其需求之间的结构不对应、不一致所造成的失业。在现实经济生活中，结构性失业是极为常见的现象，突出表现为"有的人没事干，有的事没人干"。造成结构性失业的主要原因有两种：一是求职人员不具备从事社会有需求的职业岗位的能力；二是求职人员对某些职业评价不高，不愿从事此类工作。

③ 摩擦性失业。摩擦性失业是指劳动力供给与需求在结合过程中偶然失调所造成的暂时失业。摩擦性失业是由于信息交流不完全、就业情报的不完整以及市场组织不健全所造成的劳动者一时未能找到工作而失业，实质上是劳动者在就业或转换职业时进行必要的选择所付出的时间代价。例如，人们搬到一个新城市后需要寻找工作；一个人由于某种职业不够理想而想寻找其他职业所引起的暂时性失业；大学毕业生寻找一个工作时需要花费一段时间，从而导致一时性失业；妇女在生完孩子后可能需要重新寻找工作等。即使在充分就业的情形下，摩擦性失业仍不可避免，但除非是整体失业情况严重，这种失业的平均失业期不会很久。因而，也被经济学家看作是"正常"的失业。

④ 技术性失业。技术性失业是指因为生产中采用先进技术、工艺、机器设备，所造成的一些劳动者因缺乏相应的技能和技术而失业，或因为生产中采用先进技术、工艺、机器设备，所造成的对劳动力需求的减少而造成的失业。

不同的失业类型，形成的原因不同，应根据形成的原因，采取有针对性的措施，才能有效缓解失业问题，加快人力资源的配置。

（2）充分就业与公平就业机会　就业是指劳动力与生产资料的结合，是社会求业人员走上工作岗位的过程与状态。"就业问题"是长期困扰经济生活的一道难题，几乎所有国家或地区的政府在进行宏观发展决策时都要考虑充分就业与公平就业机会问题。

① 充分就业。充分就业的含义是指职位空缺等于失业劳动者的人数或指所有失业者都为自愿失业。

一般来说，一个国家或一个地区的失业率太高，会引起国民的关注，因为它意味着将有许多人不能养活自己。此时，政府会采取措施刺激劳动力需求的增加。但是，失业率过低也令人担心。失业率过低会使人感到劳动力市场上存在需求过剩的现象，工资率会趋于上升，工资增加又会被认为将导致通货膨胀。此外，失业率过低还会增加劳动者的懒惰行为。

② 公平就业机会。公平就业机会是指政府为了确保所有的劳动者都能够获得同等的就业机会而作出的努力。在就业过程中，反对任何理由的歧视，通过公平、公正的竞争实现就业是每个劳动者的愿望。从全社会来看，公平就业机会，也是推动社会发展与进步所必需。

第三节　人力资源管理的相关统计知识

一、人力资源统计概述

对人力资源进行科学的管理，就必须准确地了解和掌握企业人力资源的实际状况。统计可以研究企业人力资源的配置、开发与利用的数量表现以及有关劳动经济现象的数量关系，从数量及数量关系上揭示人力资源发展变化的态势和趋势，为科学决策和管理提供准确的数据。人力资源统计是人力资源管理的重要工具和手段。

（一）统计的含义

统计是指运用各种统计方法对国民经济和社会发展情况进行统计调查、统计分析，提供统计资料和统计咨询意见，实行统计监督等统计活动的总称。

任何社会经济现象都有质和量两个方面，统计是一门主要从数量方面的变化来反映社会经济现象发展变化规律的科学，是认识社会经济活动与管理社会经济活动的重要工具。人力资源管理作为经济管理的一个重要组成部分，也需要利用和掌握这一工具。

统计一词包括三种含义：统计工作、统计资料、统计学。统计工作是指利用各种科学方法，对社会、经济及自然现象的总体数量进行搜集、整理、分析等工作及工作过程的总称；统计资料是指统计过程中取得的各项数字资料以及相关的其他资料的总称；统计学是指根据统计的研究对象，系统地研究和阐述如何搜集、整理、分析统计数字资料的理论和方法的一门学科。

（二）统计的特征

统计活动与其他的经济管理活动相比有如下特征。

（1）数量性特征　任何客观经济现象都有数量方面的表现，统计活动的过程就是通过收集、整理、分析和使用数字，用数量来反映经济现象的过程。

（2）总体性特征　统计在经济领域的主要研究对象是社会经济现象的总体数量。用数字来反映经济现象的总体特征。

（3）社会性特征　统计通过对社会经济的总体数量的研究，可以揭示具有社会性的经济活动规律，动态反映社会性的经济活动变化以及各种社会经济现象的关联性。

(三) 人力资源统计的作用

1. 人力资源统计能够反映人力资源管理的概况

人力资源统计的总量指标反映了人力资源的总体规模及其开发投资水平；人力资源统计的结构指标反映了人力资源现有的不同层次的人力资源的比重及其合理性，也反映了人力资源总量在各行业、各部门的分配比例；人力资源统计的动态指标反映了一定时期内的人力资源流动量及增减变化；人力资源统计的效能指标反映了人力资源管理的效果。

2. 人力资源统计为人力资源管理决策提供科学依据

人力资源管理是一项细致而复杂的工作，人力资源管理决策涉及到各个方面。正确的决策必须要有科学的依据。人力资源统计可以全面地、动态地、关联性地从数量方面反映人力资源的状况，为决策者客观认识人力资源的现实情况及发展变化趋势，进行科学的人力资源决策和制订合理的人力资源政策提供依据。

3. 人力资源统计是人力资源控制与监督的基础

人力资源的控制和监督是相对于人力资源计划的实施而言的。人力资源计划在实施的过程中，会出现偏差和不平衡，需要人力资源统计从数量上客观地反映计划实施的结果，以便发现偏差，纠正偏差，进行控制与监督，保证计划的全面落实。可以说，没有人力资源统计反映计划实施的结果，控制与监督就无从谈起。

二、统计工作的流程

统计工作流程是指按照统计工作的客观规律科学地进行统计工作的过程。科学合理的工作流程是提高统计工作质量的保证。一般来讲，统计工作的流程包括四个阶段：统计设计、统计调查、统计数据整理、统计分析。

(一) 统计设计

1. 统计设计的概念

统计设计是根据统计研究的目的和研究对象的特点，对统计工作的各个方面和各环节的通盘考虑和安排，设计出具体实施方案的工作阶段。统计设计是开展统计调查、统计整理、统计分析前的必要准备阶段，它是从定性认识过渡到定量认识的连接点，它是使整个统计工作协调有序顺利进行的重要保证。

统计设计包括确定统计目的、统计指标和分组的设计、制订数据收集和分析处理的方案等，统计设计实际上是告诉操作者怎样去调查，怎样去整理和分析，以取得客观真实的统计结果。

2. 统计设计的种类

根据统计设计的对象和内容的不同，有以下不同类型的统计设计。

(1) 整体设计和专项设计　整体设计，是指把认识对象作为一个整体，对整个统计工作进行的全面设计。专项设计，是指作为认识对象一个组成部分的统计设计。对一个企业来讲，整个企业统计工作的通盘安排是整体设计，而人力、物资、资金、生产、供应、销售的统计设计则是专项设计。

(2) 全阶段设计和单阶段设计　全阶段设计是对统计工作全过程的设计。从确定统计内容、统计指标体系开始到分析研究的全过程的通盘安排。单阶段设计是指统计工作过程中某一个阶段的设计。例如统计调查的设计、统计整理的设计、统计专题分析的设计等。

3. 统计设计的内容

(1) 统计工作全过程设计的内容　统计工作全过程设计的主要内容包括：明确规定统计的目的；确定统计对象的范围，也就是明确规定统计总体和总体单位的范围；规定统计的空间标准和时间标准；根据统计目的、分析研究的要求，制订出调查登记的项目，分类和分组的方法，以及统计指标的计算方法；制订保证统计资料准确性的方法；规定各个阶段的工作进度，时间安排以及各个工作阶段的联系和各阶段的基本方法；统计工作全过程的工作协调以及统计力量的组织与安排等。

（2）统计指标和分组设计的内容　统计指标和分组设计的内容主要有：统计指标和指标体系框架的设计，这是统计设计的主要内容，也是首先要解决的问题；统计分类与分组的设计，是和统计指标、统计指标体系紧密相联系的另一个重要的设计；搜集统计资料方法的设计等。

（二）统计调查

1. 统计调查的概念

统计调查是按照预定的统计目的和统计任务，运用科学的方法，有组织、有计划地搜集某一特定社会经济现象的客观实际资料的过程。统计调查既是对现象总体认识的开始，也是进行资料整理和分析的基础环节。

统计调查的基本任务是对社会经济现象总体中全部或足够多单位进行调查，取得反映社会经济现象总体全部或部分单位以数字资料为主体的信息，为整体统计工作提供基础资料。

统计调查的基本要求是准确性和及时性。统计调查工作是一切统计资料的来源，其质量如何，直接影响统计工作的最终成果。

2. 统计调查的种类

（1）统计报表和专门调查　统计调查按组织形式分有统计报表和专门调查。统计报表是国家统计系统和专业部门为了定期取得系统的、全面的统计资料而采用的一种搜集资料的方式，目的在于掌握经常变动的、对国民经济有重大意义的指标的统计资料。专门调查也叫专项调查或专题调查，是为了了解和研究某种情况或问题而专门组织的统计调查，包括抽样调查、普查、重点调查和典型调查等几种调查方法。

（2）全面调查和非全面调查　统计调查按研究总体的范围，可分为全面调查和非全面调查。全面调查是对构成调查对象的所有单位进行逐一的、无一遗漏的调查，包括全面统计报表和普查。非全面调查是对调查对象中的一部分单位进行调查，包括非全面统计报表、抽样调查、重点调查和典型调查。

（3）连续调查和非连续调查　统计调查按调查登记的时间是否连续，分为连续调查和非连续调查。连续调查是指对研究对象的变化进行连续不断的登记，如工业企业总产值、产品产量、原材料消耗量等，在观察期内连续登记。连续调查所得资料体现了一种现象在一段时间内的总量。非连续调查是指间隔一段相当长的时间对研究对象某一时刻的资料进行登记。若人口数、机器设备台数等资料短期内变化不大，没有必要连续登记。非连续调查所得资料体现了一种现象在某一瞬间所具有的水平。

（4）直接调查、凭证调查、派员调查、问卷调查　统计调查按搜集资料的方法分为直接调查、凭证调查、派员调查、问卷调查。直接调查又称直接观察，由调查人员到现场对调查单位直接查看、测量和计量。凭证调查是以各种原始和核算凭证为调查资料来源，依照统一的表格形式和要求，按照隶属关系，逐级向有关部门提供资料的方法。派员调查是通过指派调查员对被调查者询问、采访，提出所要了解的问题，借以搜集资料。问卷调查是以问卷形式提问来获得统计资料。

此外，也有人根据调查工作时间的周期长短，将统计调查划分为经常性调查和一次性调查。所谓经常性调查是指调查周期在一年以内的调查，间隔超过一年的为一次性调查。这种划分和调查对象没有关系，不要把经常性调查误以为是全面调查，也不要误以为经常性调查就是调查时期现象，而一次性调查就是调查时点现象。

3. 统计调查的内容

统计调查的内容从统计调查的流程看有：确定统计调查目的、确定统计调查对象、确定统计调查项目、制订统计调查表、确定统计调查时间和时限、统计调查的组织工作等。

（1）确定统计调查目的　确定调查目的是任何一项统计调查方案首先要解决的问题。不同的调查目的需要不同的调查资料，不同的调查资料又有不同的搜集方法。调查目的明确了，搜集资料的范围和方法也就确定下来了。

（2）确定统计调查对象　调查对象即统计总体，是根据调查目的所确定的被研究事物的全体。统计总体这一概念在统计调查阶段称调查对象。

在确定调查对象时，还必须确定调查单位和报告单位。调查单位也就是总体单位，它是调查对象的组成要素，即调查对象所包含的具体单位。

报告单位也称填报单位，也是调查对象的组成要素。它是提交调查资料的单位，一般是基层企事业组织。

调查单位是调查资料的直接承担者，报告单位是调查资料的提交者，二者有时一致，有时不一致。如工业企业生产经营情况调查，每一工业企业既是调查单位，又是报告单位；工业企业职工收入状况调查，每一职工是调查单位，每一工业企业是报告单位。

（3）确定统计调查项目　调查项目即依附于调查单位（总体单位）的统计标志，其标志表现就是统计调查所得的资料。确定调查项目时，首先应注意所选择的项目能够取得确切资料，其次注意所选择的项目应有确切的含义和统一解释，另外要注意各项目之间的联系和衔接，便于核对和分析。

（4）制订统计调查表　调查表是用来表现调查项目的表格，其目的是保证统计资料的规范化和标准化。调查表有单一表和一览表两种形式。单一表是一个调查单位填写一份表格，可以容纳较多的项目。一览表是许多调查单位共同填写一份表格，在调查项目不多时较为简便，且便于合计和核对差错。为了正确填写调查表，须附有填表说明和项目解释。

（5）确定统计调查时间和时限　调查时间指调查资料所属时间。如果调查的是时期现象，调查时间是资料所反映的起止时间，也称客观时间。如果调查的是时点现象，调查时间是统一规定的标准时点。调查时限是进行调查工作的期限，包括搜集资料和报送资料的整个工作所需要的时间，也称主观时间。如某管理局要求所属企业在 1996 年 1 月底上报 1995 年工业总产值资料，则调查时间是一年，调查时限是一个月；又如某管理局要求所属企业在 2007 年 1 月 10 日上报 2006 年产成品库存资料，则调查时间是标准时点 2006 年 12 月 31 日，调查期限是 10 天。

（6）统计调查的组织工作　调查的组织工作包括明确调查机构、调查地点、选择调查的组织形式等问题。

4．统计调查方法

常用的统计调查方法有统计报表、普查、抽样调查、重点调查、典型调查等，它们各有其特点。全国统计工作会议曾提出要建立以必要的周期性普查为基础，经常性的抽样调查为主体，同时辅之以重点调查、科学推算和少量的全面报表综合运用的统计调查方法体系。

（1）统计报表　统计报表是按国家统一规定的表式，统一的指标项目，统一的报送时间，自下而上逐级定期提供基本统计资料的调查方式方法。我国大多数统计报表要求调查对象全部单位填报，属于全面调查范畴，所以又称全面统计报表。统计报表具有统一性、全面性、周期性、可靠性等特点。

目前我国统计报表，是由国家统计报表、业务部门统计报表和地方统计报表组成，其中国家统计报表是统计报表体系的基本部分。

（2）普查　普查是专门组织的不连续性全面调查。主要调查一定时点状况的社会经济现象的总量，搜集那些不能够或者不适宜用定期全面报表搜集的统计资料，以搞清重要的国情国力。普查的主要特点是不连续调查。

普查的组织形式有两种：一是组织专门的普查机构，配备一定数量的普查人员，对调查单位直接进行登记；另一种是利用普查单位的原始记录和核算资料，颁发一定的调查表格由调查单位自填上报。

普查按资料汇总的特点分为一般普查和快速普查。前者逐级上报资料，后者越过中间环节，由基层单位将资料直接报送给最高领导机关。

普查和全面统计报表都属于全面调查，但二者并不能互相代替。普查属于不连续调查，调查内容主要是反映国情国力方面的基本统计资料；而全面统计报表属于连续调查，调查内容主要是需要经常掌握的各种统计资料。全面统计报表要经常填报，因此报表内容固定，调查项目较少；而普查是专门组织的一次性调查，在调查时可以包括更多的单位，分组更细、项目更多。因此，有些社会经济现象不可能也不需要进行经常调查，但又需要掌握比较全面、详细的资料时，就可通过普查来解决。普查花费的人力、物力和时间较多，不宜经常组织，取得经常性的统计资料还需要靠全面统计报表。

（3）抽样调查 抽样调查是按随机原则从总体中选取一部分单位进行观察，用以推算总体数量的一种非全面调查。抽样调查的基本形式有简单随机抽样、类型随机抽样、等距抽样、整群抽样。

抽样调查既是非全面调查，又能达到对总体数量特征的认识，是按随机原则去抽取调查单位。抽样调查具有经济性、时效性、准确性、灵活性等特点。

抽样调查主要用于：解决全面调查无法或难以解决的问题；补充和订正全面调查的结果；用于生产过程中产品质量的检查和控制；对总体的某种假设进行检验等。抽样调查是非全面调查中最完善、最有科学根据的方式方法。

（4）重点调查 重点调查是专门组织的一种非全面调查，它是在所要调查的对象中选择一部分重点单位进行调查，其目的是反映现象总体的基本情况。当调查目的是掌握现象的基本情况，而部分单位又能比较集中地反映所研究项目的基本情况时，可采用重点调查。重点调查可以定期进行，也可以不定期进行，重点调查实际上是范围比较小的全面调查。

重点调查的关键是选择重点单位要有客观性。所谓重点单位，是从标志量的方面而言的，尽管这些单位在全部单位中只是一部分，但这些单位的某一主要标志量占总体单位标志总量的绝大比重。对这些单位进行调查，就可以了解调查对象的基本情况。

抽样调查和重点调查都是专门组织的非全面调查，具有调查单位少，省时省力的特点，在选取调查单位时不受主观因素的影响。但二者之间有明显的区别：首先是调查单位的意义和取得方式不同，重点调查是选择为数不多但标志量占总体标志总量绝大比重的单位进行调查；抽样调查中的样本单位是按照随机原则从研究总体中抽取的，具有较高代表性。其次，二者研究目的不同。重点调查是为了了解现象总体的基本情况，但不能推断总体总量；抽样调查的目的在于以样本量来推断总体总量。再次，适用场合不同。重点调查适用于部分单位能比较集中地反映所研究的项目或指标的场合；抽样调查最适合于不能或很难进行全面调查，而又需要全面数据的场合，在能进行全面调查的场合也有独到的作用。

（5）典型调查 典型调查是根据调查的任务目的，对所研究的现象总体进行初步分析的基础上，有意识地选择若干具有代表性的单位进行调查，借以认识事物发展变化的规律。

典型调查的特点，一是深入细致的调查，既可以搜集数字资料，又可以搜集不能用数字反映的实际情况；二是调查单位是有意识的选择出来的若干有代表性的单位，它更多地取决于调查者的主观判断和决策。

典型调查和重点调查相比，前者调查单位的选择取决于调查者的主观判断，后者调查单位的选择具有客观性；前者在一定条件下可以用典型单位的量推断总体总量，后者不具备用重点单位的量推断总体总量的条件。典型调查在做总体数量上的推断时无法估计误差，推断结果只是一个近似值。抽样调查和重点调查、典型调查的根本区别就在于选取调查单位的方法不同。

不同的统计调查的方式方法，各有其特点和作用。但是国民经济和社会发展情况复杂，国民经济门类众多，任何一种统计调查方法，都有它的优越性与局限性。因此，在实际工作中，必须应用多种多样的统计调查方法即多种方式方法的结合运用，才能搜集到丰富的统计资料，只用一种统计调查方法，不能满足多种需要。

（三）统计数据整理

1. 统计数据整理的概念

统计数据的整理就是根据统计的目的，将调查所得到的原始资料和数据进行审核和科学的分类、汇总，或对已经过加工的综合统计资料进行再加工，使其成为可供统计分析用的描述现象总体综合特征的资料的工作过程。

从调查所获得的原始资料通常总是杂乱、分散、零星且无序的。因而还不能反映事物的本质和变化规律性。要完成统计的任务还必须对统计的原始资料进行整理，使之条理化、系统化，从而去粗存精，去伪存真，由此及彼，由表及里地进行科学的加工，才能在此基础上进一步进行统计分析，认识到事物的本质，掌握事物发展变化的规律性。有时即使是对于某些已经过加工的综合资料也需要按统计目的的要求重新进行整理。统计资料的整理是统计工作中一个十分重要的环节。

2. 统计数据整理的步骤和内容

（1）对原始资料进行审核　统计整理首先是要对统计调查得来的资料进行严格的检查和审核，审核的内容如下。

① 资料的完整性。要检查预定调查对象是否有遗漏、资料是否齐全，调查所规定的资料的项目是否完整。

② 资料的及时性。检查所获得的资料是否符合调查的时间上的要求。

③ 资料的正确性。要检查调查资料的有关项目的内容是否合理，不同的项目之间的资料有无矛盾之处。还要检查调查资料在计算上有无错误，例如，可以对列表中的有关合计数字纵横相加，以验证计算是否正确。

（2）对原始资料进行分组汇总　对原始资料审核以后就要进行分组汇总。对原始资料进行分组汇总，先要设计统计资料的汇总方案。汇总方案要采用能反映最基本的、最能说明问题本质特征的统计指标。分组既要考虑统计指标汇总的要求，也要考虑到原始资料的特点。在决定了汇总和分组的办法以后，就按分组要求进行分组汇总，计算各组的分组指标和综合指标。

（3）对整理的统计资料再一次进行审核　为了保证汇总整理的质量，还需要对已整理好的统计资料再次进行审核。审核后编制统计表，简明扼要地表达统计对象在数量方面的特征和有关联系。

（四）统计分析

1. 统计分析的含义

统计分析是指运用特有方法，对客观存在的社会经济现象及与之相关联资料，进行分析研究，透过现象的数量表现来认识事物的本质及发展变化的规律性，从而揭示矛盾，找出原因，提出解决问题的措施和建议的工作及工作过程。统计分析是统计工作的最后一个阶段，是体现统计工作最终成果的阶段。

统计分析是改善企业经营管理的重要工具。通过统计分析，可以认识企业外部环境和内部条件的变化规律，为企业经营决策提供依据；可以综合评价企业计划的执行情况，为有效地采取控制措施创造条件；可以总结经济活动中的经验教训，促进企业经济效益的持续提高。

2. 统计分析的种类

根据统计分析的要求和具体内容的不同，可以从不同角度划分统计分析的种类。从时期看，可分为定期统计分析和不定期的统计分析；从涉及的范围看，可分为专题统计分析和综合统计分析；从分析的作用看，可分为事后统计分析和预计统计分析等。实际工作中常用的统计分析的种类有：计划完成情况分析、专题分析、综合分析和预测分析。

（1）计划完成情况分析　计划完成情况分析是统计分析的重要内容。计划完成情况分析主要分析计划完成程度；完成或未完成计划的原因；发现计划执行中的问题；提出计划实施过程中的控制措施。

计划完成情况分析一般要进行进度分析、定期分析和预计分析。进度分析主要分析实际完成的工作进度是否与计划安排的进度相适合，以便及早发现问题；定期分析是事后分析，主要对计划执行结果进行总结性分析，分析影响计划完成的各种因素，为以后的计划制订提供经验教训；预计分析是在计划执行过程中，对计划能否按期完成作出判断，为实施控制措施提供依据。

（2）专题分析　专题分析是指针对某一专门的问题进行的集中、深入的分析研究。如对劳动生产率、员工出勤情况、员工构成等问题的研究都是专题研究。

（3）综合分析　综合分析是对企业经济现象中的综合性、关联性问题进行的分析研究。比如，对企业工资的增长与企业劳动生产率提高的比例关系的研究分析、企业各个部门之间员工人数的比例关系的研究分析等都属于综合分析。

（4）预测分析　预测分析是指根据某些经济现象的历史资料和现状资料，对这一经济现象的未来发展趋势或未来某个时点的状况作出的预计和测算。比如，根据企业过去和现在的人力资源利用的状况和企业业务发展的需要，对企业未来的人力资源需求趋势的预计和测算，或预测未来某个时点上企业所需要的人力资源的数量和质量等。

3. 统计分析的方法

统计分析的方法可以分为两类，一类是定性分析，另一类是定量分析。

（1）定性分析　定性分析就是对研究对象进行"质"的方面的分析。具体地说是运用归纳和演绎、分析与综合以及抽象与概括等方法，对获得的各种资料进行分析。定性分析常被用于对事物相互作用的研究中。它主要是解决研究对象"有没有"或者"是不是"的问题。

（2）定量分析　定量分析是依据统计数据，建立数学模型，并用数学模型计算出分析对象的各项指标及其数值的一种方法。定量分析的方法很多，如动态分析法、因素分析法、相关分析法、回归分析法、平衡分析法和图示分析法等。

定性分析与定量分析应该是统一的，相互补充的，定性是定量的依据，定量是定性的具体化。或者说，定性分析是定量分析的基本前提，没有定性的定量是一种盲目的、毫无价值的定量。定量分析使之定性更加科学、准确，它可以促使定性分析得出广泛而深入的结论。不同的分析方法各有其不同的特点与性能，但是它们都具有一个共同之处，即它们一般都是通过比较对照来分析问题和说明问题的。正是通过对各种指标的比较或不同时期同一指标的对照才反映出数量的多少、质量的优劣、效率的高低、消耗的大小、发展速度的快慢等，才能为作鉴别、下判断提供确凿有据的信息。

定量分析虽然科学性强，精确度高，但需要较高深的数学知识，而且使用定量分析的方法还需要较大量的计算。值得庆幸的是，随着计算机技术的发展，已经出现了一些统计分析的计算机软件系统。如 SPSS 统计分析软件包、SAS（statistical analysis system）系统软件等。这些软件系统使得定量分析的工作简单了、容易了，也使得统计分析的质量大大提高。

三、人力资源统计指标体系设计

（一）统计指标及统计指标体系的含义和特点

1. 统计指标及统计指标体系的含义

统计指标是反映总体现象数量特征的概念和具体数值。其构成要素有指标名称、计量单位、计算方法等，有时还包括时间限制、空间限制和指标数值等。习惯上，统计指标指的是单个的统计指标或是笼统的所有的统计指标。但各个统计指标不是孤立的，在一定的范围或条件下是相互联系的。任何一个总体现象都表现为多侧面、多角度，单个统计指标仅反映总体现象的一个侧面，所以了解和研究总体现象要使用一套相互联系的统计指标。若干个相互联系的统计指标组成一个整体就称为统计指标体系。统计指标和指标体系的设计，是统计的主要内容之一。

2. 统计指标及统计指标体系的特点

统计指标及统计指标体系的特点有以下几个方面。

（1）数量性　统计指标及统计指标体系反映的是客观现象的量，而且是一定可以用数字表现的，不存在不能用数字表现的统计指标及统计指标体系。

（2）综合性　统计指标及统计指标体系说明的对象是总体而不是个体，它是许多个体现象的数量综合的结果。

（3）具体性　统计指标及统计指标体系不是抽象的概念和数字，它总是一定的具体的社会经济现象的量的反映。不存在脱离了质的内容的统计指标及统计指标体系。

（二）设计人力资源统计指标体系的原则

1. 科学性原则

统计指标和统计指标体系的设计要符合总体本身的性质和特点，即统计指标和指标体系要能够科学地反映出总体的真实情况。因此进行统计指标设计要根据各种经济理论对总体进行深入的定性分析，以便使设计的指标数量、核心指标、指标口径、计算时间、计算方法和计量单位等都能符合科学性原则的要求。

2. 整体性原则

统计指标和统计指标体系的设计，要从整体上考虑各个指标之间的联系。总体现象的各个方面是相互联系和相互制约的，因而各个统计指标之间也相应具有相互联系、相互制约和相互补充的关系。因此指标口径、时间、空间和计算方法的确定都要从全局出发，考虑到彼此间的联系和协调。

3. 统一性原则

统计指标和统计指标体系的设计要力求与计划、会计和业务核算相统一，即设计时必须考虑到计划、会计、业务核算的实际情况和统计的需要，尽可能地使各种核算的原始记录统一、计算方法一样，包括范围、经济内容相同，起止时间一致。

4. 可比性原则

统计指标和统计指标体系的设计要注意空间上和时间上的可比性。首先，必须注意与国际、国家及各地区各部门的指标体系的接轨或一致，以便于相互比较；其次，要注意指标口径和计算方法在时间上的前后统一，以保持指标纵向的可比性；再次，随着社会经济的发展，统计指标和指标体系也需要进行改革和充实，因此，还要注意各个指标在不同时期的相互衔接和相对稳定，以便于分析、研究事物发展变化的规律性。

5. 目的性和现实性原则

目的性和现实性是指统计指标和统计指标体系的设计必须依据统计研究的目的，并且充分体现需要与可能相结合。即统计指标和统计指标体系既要达到统计研究的目的，反映各方面认识总体现象的需要，又要从客观实际出发，考虑统计力量及统计资料来源的可能性。

（三）人力资源统计指标体系设计的内容

1. 确定统计指标体系的框架

确定统计指标体系的框架，首先是确定指标体系应包括哪些指标，哪个指标是指标体系中的核心指标，各个指标之间具有什么样的联系等。任何一个统计指标的概念都包括概念的实质含义（内涵）和所属范围（外延）两方面，这是设计任何统计指标的第一个要点。也就是说，设计任何指标首先要明确确定它是什么，界限划在什么地方，什么算在内，什么不算在内。

其次，计量单位的确定也是统计指标的组成部分之一，在统计活动中，有些统计指标可以有若干种计量单位，这对于统计的综合来说是很不方便的。因此，需要从中确定一种比较适合的、统一的计量单位。

此外还需要确定各项统计指标的计算方法，确定统计指标的计算时间和空间范围。统计指标的计算时间是指统计指标所属的时间，具体表现形式一般有两种：一种是指一段时间（一月、一季、一年等）；另一种是指某一具体时刻。统计指标的空间范围是指地区范围和组织系统范围。

2. 人力资源统计指标体系的主要指标

从统计指标所说明的总体现象的内容不同，统计指标可有两类：数量指标和质量指标。在社会经济统计中，数量指标是反映总体绝对数量多少的统计指标，是用绝对数形式表现的，具有实物的或货币的计量单位，例如人口数、企业员工总数、企业所创造的工业增加值总额、工资总额等；质量指标则是说明总体内部数量关系和总体单位水平的统计指标，例如人口的性别构成、年龄构成、人口密度、平均工资、劳动生产率等。

从统计指标的作用和表现形式来讲，习惯上将统计指标分为三类：总量指标、相对指标和平均指标。总量指标是反映总体现象规模的统计指标。相对指标是两个有联系的总量指标相比较的结果，例如，用总体的部分数值和总体的全部数值相比较说明总体的结构。平均指标是按某个数量标志说明总体单位一般水平的统计指标，例如，平均工资、平均成本等。人力资源统计指标体系主要包括以下指标。

（1）人力资源数量指标　人力资源数量指标主要从数量方面反映人力资源在一定时间、一定地点和一定条件下的规模与水平。

人力资源数量指标可以分为时期指标和时点指标。时期指标反映事物总体在一段时期内发展变化的数量总和的总量指标，如某地区"出生人口数"和"死亡人口数"，某银行储蓄存款"存入金额"、"支出金额"等多是时期性总量指标。时点指标反映事物总体发展变化在某一时刻（瞬间）上所达到的总规模状况的总量指标，如某地区"人口数"，"储蓄存款余额"等都是时点性总量指标。

人力资源数量指标主要包括：人力资源总量、各类人才总量、人工成本总额等。

① 人力资源总量指标。这一指标可以反映社会总体或企业整体在一定时间、地点和条件下的人力资源总规模。如企业员工总额、国家或地区的人力资源总额等。

② 各类人才总量指标。这一指标可以分别反映企业各类人才的拥有量。企业的人才一般分为：经营管理人才、专业技术人才、技能人才等三类。

经营管理人才（人员）总量。经营管理人才（人员）是指企业中接受过一定的教育训练，具有实际工作经验和经营管理能力，从事经营管理工作的人员，可分为：出资人代表、企业负责人、部门负责人、其他经营管理人员（含党群工作者）等。

专业技术人才（人员）总量。专业技术人员是指受过专门的教育训练，具有实际工作经验，取得专业技术资格的各种人力资源。各级专业技术人才的总量与人力资源的质量成正比，一般来讲，一个企业内的专业技术人员总量越多，说明人力资源的素质水平越高。

技能人才（人员）总量。技能人员是指具有一定的知识和技能，在生产、服务等操作性岗位上工作的人员。具体分类为：高级技师、技师、高级工、中级工、初级工等。

③ 人工成本总额。人工成本是指企业在一定时期内，因从事生产经营活动而使用人力资源所支付的费用。包括支付给员工的工资总额、离退休和退职人员的费用、保险福利费用、住房费用、职业技术培训费用、劳动保护费用及其他费用。这一指标可以反映人力资源投入的总体状况。

（2）人力资源质量指标　人力资源质量指标通过两个相关联的指标相比而得到的相对数来反映人力资源的质量水平。人力资源质量指标主要有：人才比率、人均培训经费、人力资源培训费占工业增加值的比重等。

① 人才比率。人才比率是企业人才总量与企业人力资源总量之比。它说明在一定时间、地点和条件下，人才在人力资源中所占比重。

② 人均培训经费。人均培训经费是指企业或社会在一定时期内的培训经费与其人力资源总量之比，这里的经费是一个时期指标，人力资源总量是时点指标，计算时须以同期内的人力资源平均数代替。这一指标从培训角度反映企业或社会人力资本投资的水平。

③ 人才资源培训费占工业增加值的比重。培训费占增加值的比重这一指标是指一定时期内社会或企业总体投资在人力资源培训上的费用与同期内的工业增加值之比。它说明在企业的产出中用于人力资源开发的投入情况。

（3）结构指标　结构是指经济现象的内部组成状况。将各个组成部分的数值与现象总体的总数值相比，可计算出各个组成部分在总体中所占的比重，从而形成结构指标。结构指标可以揭示经济现象的基本特征，不同时期的结构指标变化，可以反映经济现象内部组成状况的发展改变趋势。人力资源管理中常用的结构指标有：人力资源的文化知识结构指标、人力资源的年龄和性别结构指标、人力资源的专业技术结构指标、人力资源的岗位结构指标、人工成本结构指标等人力资源的人才分布结构指标。

① 人力资源的文化知识结构指标。人力资源的文化知识结构指标是通过计算不同学历的人在企业中所占比重来反映的。这一指标在一定程度上反映了社会总体内人力资源质量的高低，标志着社会总体的文化教育普及和发展的程度。从企业角度来看，人力资源的文化知识结构指标可以分析企业人力资源的文化知识结构与岗位对人力资源的文化知识需求结构的匹配程度。

② 人力资源的年龄、性别结构指标。人力资源的年龄、性别结构指标是通过计算不同年龄、性别的人在企业人力资源中所占比重来反映的。由于不同的工作对年龄、性别有不同的要求，因此，这类指标也是衡量企业人力资源素质的重要指标。

③ 人力资源的专业技术结构指标。人力资源的专业技术结构指标反映各类专业技术人员在企业人力资源中的比重，可以表明企业人力资源的素质状况。

④ 人力资源的岗位结构指标。人力资源的岗位结构指标反映不同岗位上的不同水平的人力资源在企业不同水平的人力资源总量中的比重，表现人力资源在不同岗位上的配置情况。

⑤ 人工成本结构指标。人工成本结构指标通过计算组成人工成本的各项支出占人工成本总额的比重来反映人工成本的构成情况，可以为人工成本支出的优化配置决策提供科学依据。

⑥ 人力资源的人才分布结构指标。人才的分布结构指标是一个宏观的人力资源管理指标，它反映的是不同区域的人力资源占全部人力资源总量的比重。

（4）动态指标　人力资源动态指标是反映人力资源这一经济现象变化的指标，主要有人力资源的流入量、人力资源的流出量、人力资源净流量、人力资源的增长率等。

① 人力资源的流入量。人力资源的流入量是指一定时期内（通常为一年）从本企业外部进入到本企业的人力资源数量。包括以各种方式参加到本企业的人力资源。这一指标表现了本企业对人力资源或人才的吸引力。

② 人力资源的流出量。人力资源的流出量是指一定时期内（通常为一年）从本企业内部流向本企业外部的人力资源数量。这一指标越大，说明企业的吸引力越小，对企业越不利。

③ 人力资源净流量。人力资源净流量是指一定时期内（通常为一年），企业的人力资源的流入量减去人力资源的流出量。该指标大于零，说明企业的吸引力较大，人力资源的流动对企业有利。反之，则说明企业的吸引力较弱，人力资源有萎缩的趋势，人力资源的流动对企业不利，要采取措施制止和改变这种状况。

④ 人力资源的增长率。人力资源的增长率是指一定时期内，人力资源的净流量与初始状态的人力资源总流量之比，表明一定时期内人力资源增长的变化程度。

（5）效能指标　效能指标是反映一定时期内（通常为一年）人力资源配置和利用效果的指标，它表明了企业人力资源管理的水平。效能指标主要有劳动生产率指标和劳动效益指标。

① 劳动生产率指标反映人力资源的生产或工作效率，是人力资源利用效率的指标。包括产品实物劳动生产率，指企业在一定时期内企业生产的产品实物量与活劳动消耗量（人力资源数量）的比值；产品价值量劳动生产率，指一定时期内企业生产的用货币计量的产品产量（工业增加值、工业总产值、工业销售产值、新产品产值等）与活劳动消耗量（人力资源数量）的比值。劳动生产率指标只能表现人力资源的生产效率，不能明确反映企业的经营效益。

② 劳动效益指标是指企业业务的实际收入减去成本之后的纯收入即盈利或利润与活劳动消耗量（人力资源数量）的比值。劳动效益指标可以明确反映企业的经营效果，反映人力资源所带来的已经实现的实际收益。

【复习思考题】

① 什么是人力资源？人力资源的特征是什么？
② 你对"人力资源是第一资源"的观点有什么看法？
③ 现代人力资源管理与传统人事管理有何区别？试从某一方面举例说明之。
④ 人力资源管理统计的内容要点是什么？

【案例分析】

××汽车公司洛兹敦厂如何渡过内部危机？

1971年12月，××汽车公司洛兹敦厂的管理部门开始对装配线上装配的维加车出现异乎寻常的不合格率感到极为担心。前几周，在可容2000辆汽车的存车厂里放满了发送给全国汽车商之前需要返修的维加车。

管理部门特别感到恼火的是，许多毛病是一般汽车装配生产中不应出现的质量缺陷。有数不清的维加车挡风玻璃碎了，内饰割伤，点火开关坏了，后视镜打碎……该厂经理说，在有些情况下，"整个发动机装置经过40个人，可是谁也没有为它们做什么工作！"

总之，公司在分厂一级的管理中遇到了危机：工人缺勤、质量下降、成本增加，甚至出现罢工等严重问题。有些人把这件事看作是"年轻工人的反抗"，简言之，可称作一次企业内部的伦理危机。

企业伦理涉及企业与雇员、企业与消费者、企业与政府、企业与环境等方面的相互关系，××汽车公司的企业伦理危机发生在企业与雇员、企业与工会之间的相互关系，以及因公司改革或重组所产生的裁员等问题。从表面上看，××汽车公司的危机产生于 GMAD（××汽车公司装配改革计划）——为了提高产品质量和劳动生产率，对汽车生产装配技术操作加强控制，并把这个管理系统扩展到 6 个工厂。

在实施 GMAD 改革后，虽然企业的管理部门声称改革不会给装配工人带来太大的压力，但是工会指责说这次改革又恢复了 20 世纪 30 年代"血汗工厂式"的管理，要工人以同样的工资做更多的工作。一个工人抱怨说："那是世界上最快的生产线，它置我们于死地，我们无法在规定的时间内完成工作，每天两班倒，而公司还要埋怨我们低质量、低效率"。工人的不满大大增加。在 GMAD 改革以前，厂里的不满指责大约有 100 个，自改革后，增至 5000 个，其中 1000 个是指责工作岗位上加了太多的活。当工人们抵制管理部门命令时，一些迹象表明，第一线的管理人员并没有受过适当的训练，不能很好地执行管理人员的任务，当时管理人员的平均工作经验不到 3 年，其中 20% 还不到 1 年。一般地说，他们都很年轻，对工会合同的条款和管理人员的其他职责缺乏了解，同时，对如何处理正在发展的工人的抱怨和敌对情绪缺乏经验，从前没有受过这方面的训练。

另一个重要事实是，工人的强烈反应并不完全由于 GMAD 的组织和工作的变革。管理部门发现，公司没有对他们进行必要的企业伦理、规章制度、知识技能方面的教育和培训。一个高级管理人员承认，公司没有采取有效的手段使工人对工作发生兴趣。许多工人受益于公司补助学费支持他们上夜大学的计划。但受了这种教育后，装配工作显然就不能满足他们的要求及做高级工作的期望。此外，当时的劳工市场很困难，他们在别处找不到有意义的工作，同时，他们也不愿意放弃在装配线上挣得的优厚工资。公司的高级职员们说，这使工人感到困惑和灰心丧气。

许多管理者和工程师都在问：不知管理部门所采用的这种管理模式能否继续下去。随着作业越来越容易、简单和重复，体力劳动越少，对工人的技能要求是低了，但工作却更单调了。有一个工人说："公司必须想点办法，使一个小伙子能对所干的活感兴趣。一个小伙子总不能一天 8 小时年复一年地干同一个活呀！公司也不能仅对小伙子说：'好，原来你有 6 个点要焊，现在你只要焊 5 个了。'"

由于工人的不满增长，汽车工人工会于 1972 年 1 月初决定举行一次罢工，由于高达 97% 的工人表示赞成，罢工于 3 月初开始。公司估计由于工人不满和怠工造成的对工作的破坏已使公司损失总额达 4500 万美元。

此后，公司管理部门考虑对 GMAD 的改革中某些不合理的地方进行修正，洛兹敦厂的一些矛盾才得到了缓和。

在危机事件解决以后的几个月中，××汽车公司发动了一次深入的恢复正常工作环境的活动。因为工人们回去工作后，许多思想问题并没有很好解决，还存在不安的情绪。在公司总部办公室的协助下，洛兹敦厂的管理部门制订了企业伦理建设计划，首先从诊断上一次发生的危机开始。他们对全厂工人进行了问卷调查，与各级领导管理人员一起举行了一系列会议，并征求了工会的意见，最后得出了以下结论：

（省略……）

通过上述诊断，公司认为产生危机的主要根源是管理部门和工人之间缺乏及时的沟通和必要的交往。于是，从 1972 年开始实施"交流计划"，该交流计划的内容如下。

第一，工厂每天的无线电广播：管理部门每天用 5 分钟在工厂公众讲话网广播与汽车工业、公司和工厂有关的新闻，使工人对汽车工业、公司和工厂的情况有大体的了解。其内容也张贴在工厂各处布告栏里。

第二，消息公报：作为工厂经理和工人之间一种直接交流的方法，所有有关工厂业务的主要消息都直接传给工人，工厂经理还告诉大家该厂存在的问题，并征求工人对解决这些问题的意见。

第三，管理训练：为了加强管理人员在工作中起个人之间交往的作用，所有管理人员，从工厂经理到基层的管理人员，以及职员都要经过人际关系和交往的训练。这个计划的目的在于提高管理人员同他们的部下进行组织联络和交往的自觉性。训练计划由富有组织装配线经验的公共关系协调员和质量控制主任来设计和指导。

管理部门任命公共关系协调员担任工厂交往协调员，负责厂内外计划。此外，管理部门还发展了一种作业轮换计划，对轮换工作有兴趣的工人给予必要的训练，帮助他们扩大在同一装配工作组内的工作能力。

1973 年 10 月查尔斯·艾伯内西任洛兹敦厂新经理。他被认为是 GMAD 组织中最能干的经理之一，对交往计划热烈赞成，他自己也参加了培训计划。洛兹敦厂经过一段时间，不仅恢复到正常情况，而且在 1975 年一年中，出现了争取成为效率最高的装配厂之一这种受鼓舞的迹象。工人不满下降到 1971~1972 年的三分之一，生产效率也有明显提高。

洛兹敦管理部门深信，齐心协力改善管理部门和工人的关系是取得积极成果的主要因素。正如工厂经理所说："我们的最终目的是形成这样一种组织风气，经理和工人都共同感到我们是在这里一起工作。现在我们这里相互之间分得太清楚，管理部门、工人和工会之间都人为地分开了，我看不出有会什么理由不能通过直接交往加强管理部门和工人之间的关系。"

"由于汽车装配业中有许多限制，因此工人不能意识到自己是该组织的一分子。我们必须用现有的技术生产一定数量的汽车，以便在该行业中站住脚。只要我们很好地解释，相信大多数工人是能够理解的。他们可能并不喜欢这样做，但是他们肯定能理解，而且愿意同我们合作。"

"我认为工作多样化和组织发展这两个计划是对的，但是我们必须承认装配厂的技术局限性。在洛兹敦厂我们有一支年轻而且受过相当教育的劳动力，他们希望知道正在进行的每件事。令人意外的是，如果你诚恳地同他们交往，你告诉他们什么，他们就会接受。相互交往正是把每天的生产连贯在一起的最好办法。"

洛兹敦厂的管理部门就是根据这种管理哲学和企业伦理，考虑于 1975 年夏在原有的几个交流计划上增加了一个新的交流计划。他们对原有计划所取得的进步感到满意，但是认为，如果正式把这些计划联结在一起，使工人和管理人员进行人与人的直接交往，可以进一步达到交往的目的。由于认识到第一线的管理人员太忙，对人与人的交往，特别是对他们的部下，无法给予足够的关心，因此管理部门发展了一个计划，以促进和加强高级管理人员和其他管理人员在交往中的作用。建议的计划有以下特点。

第一，建立通讯员和训练员的新职务，主要目的是把管理人员、工人和职能人员的工作结合在一起。要在 11 个生产部门中各委派一个通讯员和训练员，由他们向工厂经理直接汇报情况。

第二，通讯员和训练员的作用，对于装配线工人来说是一种"综合者"，因而可以加强工人和管理人员之间，装配线工人和职能人员之间的交往联系。

第三，由于通讯员和训练员大部分时间在工厂，因此他们能搞清楚工人和第一线管理人员之间，及上级管理人员之间是否进行了合适交往。在需要促进生产部门和职能部门的交往及设法使职能部门的服务及时满足生产线的需要时，还可以起"中间作用"。

第四，通讯员和训练员每天要和工厂经理及交往协调员见面，检查和讨论工厂中存在的"人的问题"。

大家认为选择和训练通讯员和训练员对于这个新计划能否成功至关紧要，通讯员、训练员应该有相当的工作经验，并在工作中显示出具有组织和处理人与人关系的才能。

思 考 题

1. 案例中的洛兹敦厂存在的困难或问题有哪些？
2. 洛兹敦厂人力资源管理方面采取了哪些措施来帮助工厂克服困难和解决问题的？

第二章 工作分析与工作设计

学习目标 ▶▶▶

1. 了解工作分析的含义及其在人力资源管理工作中的意义与作用。
2. 对某项工作流程作出分析并获得相应分析结果。
3. 了解掌握工作分析的不同技术方法及其应用特点。
4. 了解工作设计的含义与作用。
5. 分析解释不同工作设计方法的基本模式与要点。

【引例】

广州某企业招聘中的尴尬

广州市某高科技企业中的高级人才吸引招聘活动已处在了尾声阶段。由于企业的不断高速扩张，高级人才的匮缺成为制约公司进一步发展的瓶颈，本次人才招聘受到公司高层的极大关注。

在一系列认真严格的招聘测试后，公司人力资源部门基本确定了准备录用的几位佼佼者。在最后一轮面谈中，人力资源管理部请出了总经理亲自出马考核审定，并与就聘者商定基本的薪酬待遇。然而，就在这一切顺利进行的最后面谈中，当总经理对某位招聘对象按惯例问起："你对本公司服务的薪酬待遇有什么要求与打算"时，这位招聘对象有回答是："我还是不很了解我将从事的该项工作的具体职责任务与要求，我不知道是不是能看一下贵公司有关该项职务的工作分析文件，这样我就可以比较清楚自己该拿多少报酬了。"令人力资源部经理十分尴尬，心中暗暗叫苦的是，当总经理转头向他索要工作分析文件时，他十分清楚公司从来就没有做过工作分析。当然就更谈不上什么工作分析文件了。

第一节 工作分析概述

工作分析是企业人力资源管理的基础，管理者只有在清楚了解和把握工作流程的基础上，才能确保人员工作的高效率与高质量。若想获取有关工作的信息就必须进行工作分析。

一、工作分析的含义与相关术语

人力资源管理以工作分析为基础。组织活动是由众多的工作所组成，工作是组织活动的基本要素。工作分析的目的就是对作为组织基本要素的工作作出规定。在人力资源管理过程中首先须通过工作分析来对工作作出规定，因为，只有对工作作出规定，才能为其他人力资源管理环节的决策确立客观依据。因此，工作分析是人力资源管理过程的基础环节。

工作分析一词的英文解释为 job analysis，国内有些论著中译为职务分析。工作分析的基本含义是指：采用一定的技术方法全面地调查和分析组织中各种工作的任务、职责、责任等情况，并在这一基础上对工作的性质及特征作出描述，对担任不同工作所需具备的资格条件作出规定。这一定义中包含了若干与工作分析相关的术语，如任务、职责、工作、工作描述、工作资格等。此外，工作分析还涉及诸如职位、工作族、工作评价、工作分类等术语。这些术语在工作分析中具有确定的意义。为能更好地理解工作分析的含义，下面对与工作分析相关的术语作一解释。

① 任务。任务（task）是指工作中所承担的某一项具体的活动，如秘书打印一份文件。任务是构成工作的最基本的元素。

② 职责。职责（duty）是指工作中所承担的若干项相关的任务，如秘书工作的职责之一是处理文件，包括起草文件、打印文件、收发文件等项任务。

③ 职位。职位（position）是指一个组织中由特定人员所承担的多种职责的集合，如秘书、销售部经理、办公室主任、工长等分别都是一个职位。就秘书来说，除了承担处理文件的职责之外，还承担文书管理、人事接待、会议记录等其他职责，秘书的这些职责的总和就构成一个职位。一般说，一个组织中的职位数与工作人员数相等。

④ 工作。工作（job）是指一个组织中，一组职责相似的职位的集合。例如，某企业有5名电工，或者说有5个电工职位，这5个职位就构成一种电工工作。一个职位也可以成为一种工作。如某企业只有一名秘书，该秘书职位也就是一种工作。我国人事管理中的岗位和职务与工作同义。工作相当于公务员职位分类中的职系（position series）。

⑤ 工作族。工作族（job family）是指一个组织中两种或两种以上性质相近且相关的工作的集合，企业中的会计工作和审计工作可组成财务工作族。公务员的职位分类中把工作族称之为职组（position group）。

⑥ 工作描述。工作描述（job description）是指即有关工作性质及特征的书面说明，描述的内容包括工作识别、工作概述、工作职责、工作条件等。

⑦ 工作资格。工作资格（job specification）亦称任职资格，即指担任某一种工作的人员所需具备的最起码的资格条件，包括技艺、知识、能力、经历、学历、个性、体能等，其中技艺、知识、能力是主要条件，通常称之为SKAs，即英文中的skills、knowledge、abilities。

⑧ 工作分类（job classification）。工作分类是指按照一定的标准及程序对组织中的众多工作所作的归类。

工作分析可以看作是一种工作分类，但工作分析作为一种人事分类，不同于职位分类（position classification）。工作分析适用于各种组织，尤其是企业组织，职位分类适用于行政组织的公务员系统。因此，尽管工作分析与职位分类之间存在许多相似或相通之处，但不应把两者简单等同。

二、工作分析的意义与作用

工作分析是现代人力资源科学管理的基础。现代人力资源管理过程中，许多环节的实际管理活动都离不开工作分析。具体地说，工作分析中所作出的工作描述、工作规范以及工作评价，为人力资源计划、招聘任用、培训发展、考核测评、工资报酬等环节的人事决策，提供了客观依据，进而为这些环节的科学管理奠定了基础。工作分析的作用具体体现在以下几个方面。

1. 工作分析有助于科学的人力资源规划的制订

工作分析是人力资源规划的基础。组织内任何工作职务都是根据组织的需要来设置的，每项工作的责任的大小、任务的轻重、时间的约束、工作条件的限制等因素决定了所需的人力。工作分析就是要根据组织的需要，逐一列举并分析影响工作的因素，首先确定组织中需要设置哪些工作，进而确定每项工作所需的人力。通过对部门内各项工作的分析，得到各部门的人员编制，继而得到组织的人力资源的需求计划。另外，通过工作分析可以将相近的工作归类，合理安排员工工作，统一平衡供求关系，从而提高人力资源规划的质量。

2. 工作分析有助于选拔和任用合格人员

通过工作分析能够明确地规定各项工作的近期和远期目标，规定各项工作的要求、责任，掌握工作任务的静态与动态特点，提出任职人员的心理、生理、技能、知识和品格要求，在此基础上确定任用标准。有了明确而有效的标准，就能准确确定人员招聘选拔的测评内容，选拔和任用符合工作需要和工作要求的合格人员。只有工作要求明确，才可能保证工作安排的准确，做到不多设一个岗，不多用一个人，每个岗位人尽其责。

3. 工作分析有助于有效地开展培训活动

在组织发展中，为使工作人员不断提高素质，以适应工作的新要求，需要对各类、各层次的工作人员进行培训。培训工作涉及多项决策，如哪些人员需接受培训、受训者需提高何种技能、培训内容应是哪些等。工作分析的结果能为这几方面的决策提供依据，使整个培训工作与组织发展的要求及工作人员的现实状况联系起来。

4. 工作分析有助于实行科学的绩效考核

绩效考核是人力资源管理的重要环节。科学化考核必须做到有针对性与可靠性，前者要求考核内容和等次与工作要求相联系，实际工作中需何种技能就考核何种技能，实际工作要求某种技能达到何种程度，就以该技能水平为合格的标准；后者要求考核的指标体系尽量量化。工作描述和工作资格所确定的工作性质、特点及任职条件，为科学设计考核内容、指标体系和等级评定标准提供了客观依据，为考核方法的科学性和考核结果的公正性提供了前提保障。

5. 工作分析有助于合理的薪酬制度设计

薪酬制度设计的根本原则是按劳分配，即依据劳动者的劳动质量和数量实施劳动报酬的分配。以工作分析为基础，依据工作描述和工作资格所认定的劳动特点，评定每一种工作相对于组织目标所具有的价值，并由此确定每一种工作的工资报酬等级。据此方法设计的工资等级结构能够充分体现按劳分配的原则。

6. 工作分析有助于更好地进行工作设计活动

工作分析可以帮助我们明确各项工作之间的合理关系，了解、认识工作者与工作之间不够协调和难以协调的方面。进而通过工作重新设计使工作更加符合人的工作特性，消除工作中的盲点隐患，减少浪费效率或人所难及的现象。日本汽车和电子行业之所以有较高的国际竞争力，在很大程度上可以归功于他们在企业中进行的非常详尽仔细的工作分析，并在此基础上对工作进行重新设计，从而提高了人员的工作效率，并在很多方面能够以专门设计的机器设备来替代人力。

7. 工作分析有助于工作活动水平的改进与提高

通过工作分析，可以更好地确定合理的工作流程，明确工作的分工与职责，掌握合理的工作方法，了解工作活动中的不足与工作改进方向，所有这些，都能很好地帮助改进工作，并进一步提高组织活动效率。

三、工作分析的基本程序

工作分析是对工作的一个全面的评价过程，这个过程可以分为四个阶段：准备阶段、信息收集阶段、分析阶段和完成阶段。这四个阶段关系十分密切，它们相互联系、相互影响。

1. 准备阶段

准备阶段是工作分析的第一个阶段，主要任务是了解情况，确定工作分析对象样本，建立关系，组成工作小组。准备阶段的具体工作如下：①组成由工作分析专家、岗位在职人员、上级主管参加的工作小组。②浏览已有的文件，大致了解职务类型、主要任务和工作流程图。③确定调查对象。调查对象的确定需考虑其代表性，要求被调查者是职工中的典型代表，且是该职务的实际担任者，对职务有直接而详尽的了解。④利用现有文件与资料（如岗位责任制、工作日记等）对工作的主要任务、主要责任、工作流程进行分析总结，把各项工作分解成若干工作元素和环节，确定工作的基本标准要求。⑤分析提出原来工作分析文件中所存在的问题，明确所要解决的主要问题。

2. 信息收集阶段

信息收集阶段是工作分析的第二个阶段，主要任务是对整个工作过程、工作环境、工作内容和工作人员等方面作一个全面的调查。这一阶段，工作分析小组应有效运用问卷、访谈、观察、关键事件法等工作分析信息收集方法，系统收集有关工作特征和工作任职资格等方面的信息。本阶段具体工作包括：①准备调查提纲。提纲中应包括要收集的信息类型与形式，收集信息的手段和方法等内容。②到工作场地进行现场观察，观察工作流程，记录关键事件，查询工作必需的工具与设备，考察工作的物理环境与社会环境。③对主管人员、在职人员广泛进行问卷调查，并与主管人员、"典型"员工进行面谈，收集有关工作的特征以及所需要的各种信息，征求改进意见。注意面谈的方式、方法，做好面谈记录。④若有必要，工作分析人员可直接参与所要调查的工作活动，或通过实验的方法分析各因素对工作的影响。

3. 分析阶段

分析阶段的主要任务是对有关工作特征和工作人员特征的调查结果进行深入全面的总结分析。分析阶段的具体工作如下：①仔细整理审核所所获取的各种有关信息。②分析研讨并确定有关工作性质与工作人员技能要求的关键要点。③归纳总结编制工作分析文件所需的材料与要素。

4. 完成阶段

完成阶段是工作分析的最后阶段，任务是根据工作的要求与有关信息编制工作分析文件、职务描述书与任职资格说明书。

完成阶段具体工作如下：①根据工作分析文件规范标准和经过分析处理的信息草拟"职务描述书"与"任职资格说明书"。②将草拟的"职务描述书"与"任职说明书"与实际工作对比。③根据对比的结果决定是否需要进行再次调查研究。④修正"职务描述书"与"任职资格说明书"。⑤若需要，可重复②～④的工作，例如，对特别重要的岗位，其"任职描述书"与"任职资格说明书"就应多次修订。⑥形成最终的"职务描述书"与"任职资格说明书"。⑦将"职务描述书"与"任职资格说明书"应用于实际工作中，并注意收集应用的反馈信息，不断完善"职务描述书"与"任职资格说明书"。⑧对工作分析工作本身进行总结评估，注意将"职务描述书"与"任职资格说明书"归档保存，为今后的工作分析工作提供经验与信息基础。

四、工作分析的内容与结果

1. 工作分析的内容

工作分析的内容取决于工作分析的目的与用途。有的组织的工作分析是为了对现有工作的内容与要求更加明确或合理化，以便制订切合实际的奖励制度，调动员工的积极性；而有的是对新工作的工作规范作出规定；还有的是为了改善工作环境，提高安全性。因此，这些组织所要进行的工作分析的内容和侧重点就不一样。另外，由于组织的不同，各组织内的各个工作不同，因此不同组织中的工作要求与所提供的工作条件也不一样，造成工作分析的内容亦有所不同。

一般来说，工作分析包括以下两个方面的内容：确定工作的具体特征；找出工作对任职人员的各种要求。前者称为工作描述，后者称为工作任职资格说明。

（1）工作描述　工作描述具体说明了工作的基本特点和环境特点，主要解决工作内容与特征、工作责任与权力、工作目的与结果、工作标准与要求、工作时间与地点、工作岗位与条件、工作流程与规范等问题。工作描述无统一的标准，规范的工作描述一般包括以下几个方面。

① 工作名称。工作名称指组织从事一定工作活动所规定的工作名称或工作代号，以便于对各种工作进行识别、登记、分类以及确定组织内外的各种工作关系。工作名称应当简明扼要，力求做到能标识工作的责任。在组织中所属的地位或部门，如一级生产统计员、财务公司总经理就是比较好的工作名称，而统计员、部门经理则不够明确。如果需要，工作名称还可有别名或代号。

② 工作活动和工作程序。工作活动和工作程序是工作描述的主体部分，必须详细描述，列出内容。包括：所要完成的工作任务与负担的责任、执行任务时所需的条件、使用的原材料和机器设备、工作流程与规范、与其他人的正式工作关系、接受监督以及进行监督的性质和内容等。

③ 物理环境。工作描述要完整地描写个人工作的物理环境。包括：工作地点的温度、光线、湿度、噪声、安全条件等，还包括工作的地理位置以及可能发生意外事件的危险性等。

④ 社会环境。社会环境的说明是一个新趋势。它包括：工作群体中的人数及相互关系，工作群体中每个人的个人资料，如年龄、性别、品格等，完成工作所要求的人际交往的数量和程度，与各部门之间的关系，工作点内外的公益服务、文化设施、社会习俗等。

⑤ 聘用条件。主要描述工作人员在正式组织中的有关工作待遇条件等方面的情况。它包括工作时数、工资结构、支付工资的方法、福利待遇、该工作在组织中的正式位置、晋升的机会、工作的季节性、进修的机会等。

（2）工作任职资格说明　工作资格是对担任某种工作所需具备的资格条件的规定。担任不同层级的工作和不同类别的工作，需具备不同的资格条件。但从一般意义上概括，绝大多数工作的资格条件都涉及技艺、知识、能力、学历、经历、个性、体能等方面的要求。技艺是指从事工作所需的技术；知识通常指工作所需的专业或业务学识；能力涉及多种智力性行为素质；学历是所受教育程度的标志；经历反映了其在职业履历中积累的经验；个性是指工作中的行为品性素质；体能则是身体的活动能力。上述这些工作资格因素在逻辑结构上存在着复杂的并立、交叉、包容的关系。大体上可以将任职资格因素分为三类。

① 一般要求：包括年龄、性别、学历、工作经历等。

② 生理要求：包括健康状况、力量与体力、运动的灵活性、感觉器官的灵敏度等。

③ 心理要求：包括观察能力、逻辑思维能力、记忆能力、理解能力、学习能力、解决问题能力、创造性、数学计算能力、语言表达能力、决策能力、交际能力、性格、气质、兴趣、爱好、态度、事业心、合作精神等。

工作任职资格的确定应与工作本身的客观要求相一致。因此，首先必须明确某项工作需要具备哪些基本资格因素，即确定任职资格的因素范围，其次是必须明确某项工作需要达到何种程度的资格条件，即确定各项资格因素的等级要求。在工作分析中，应明确确定与工作相关的资格因素，并对担任工作所需资格的最低标准作出规定。

2．工作分析文件的编制要点

工作分析的目的是：对有关工作的性质特点作出描述，对工作任职资格作出规定，并在各项人力资源管理活动中应用。因此，在收集和分析工作信息基础上形成的工作分析成果须以文件的形式记载下来。工作分析文件形式可以是叙述式，也可是表格式，表格式的工作分析文件更为通用。工作分析表格文件由工作分析机构统一编制。

工作分析文件是人力资源管理中十分重要的基础性文件，文件编写质量要求很高，为此，文件编写者应注意作到以下几点。

① 语言要准确。工作分作文件中的书面语言要经过精心选择，描述要清晰，避免由于表达不当造成任职人员或管理人员的理解误差。尽量使用非技术语言来解释，以免造成理解困难。在措辞上，应选用一些动词，如"阅读"、"操作"、"指导"等来描述任职者要承担的职责。同时要用简练的语言对工作进行描述，不要累赘。

② 标准恰当，具有普遍性。工作分析文件中应规定完成任务和员工表现的最低可接受标准，但不要编入那些偶尔才能表现出来的要求过高的行为，也不要编入那些由个别员工提供的特殊技能和工作标准。

③ 恰当把握不同工作之间分工界线与衔接性。工作分析文件编制要注意不同工作之间的衔接联系，避免出现工作中的"无人区"。当然，也应注意分清不同工作的权限职责，以免出现工作中的"越界"现象。

④ 具有较好的针对性与可操作性。工作分析文件不是官样文章，它的价值体现在人力资源管理中的各项具体应用之中。因而文件编制要尽量体现组织中的实际工作情况，做到有针对性，能够在实际工作中具体操作执行。

⑤ 文件编写应做到格式统一，整体协调，清晰明了，美观大方。

⑥ 工作分析文件中有关工作的描述应简练。

如有必要，则应进一步编写"任务说明书"。表 2-1 与表 2-2 是工作分析文件的两个范例。

表 2-1　某银行贷款助理员的工作分析文件

情　况　概　述	
工作名称:公司贷款助理	部门:公司信贷部
工作代号:	科室:信贷一科
在职者:	工作地点:公司总部
	时间:1998 年 12 月
(注:本部分主要说明工作的主要任务与责任,不对该工作的内涵作详细说明)	
工作关系 　上级:公司会计主管 A 先生、B 女士;下属:无 　内部联系:公司信贷部的 C、D、E、F 等其他员工 　外部联系:银行客户	
主要工作责任 帮助公司进行商务账单管理,保持与本公司有利益关系的公司合作关系	
工　作　描　述	
工作内容 　① 信用分析(每周):在信贷主管的指导下,分析客户公司的历史、在行业中的地位、现在的状况、会计程序、贷款需求;考察信用报告;为潜在的贷款者推荐贷款方案;考察和总结现有贷款者的绩效;准备且跟踪信用往来与报表以及合法的贷款协议清单。 　② 业务(每周):帮助客户处理贷款问题与需求;出具客户有效需求的信用信息;根据公司资产负债情况分析账面利润,给各个客户贷款;指导公司贷款票据部门的现金收支、贷款签订过程;纠正内部偏差。 　③ 贷款文件(每周):起草所需的贷款文件;帮助客户完成贷款文件;在贷款工作结束后立即对照贷款文件检查贷款的完成情况。 　④ 报告/信息系统(每周):准备信用报表;描述和分析与客户的关系和贷款协议的条款;为信息输入信息系统作准备;检查信用报表的准确性。	

工 作 描 述
⑤ 客户/内部关系(每周):熟悉客户的产品、生产能力与行业,与客户建立深层次的关系;与客户及其他银行经常保持联系,以求获得与贷款相关的信息;解答客户的问题;准备关于客户及未来的与之沟通和合作的报告;对影响客户及未来的重大事件编写备忘录。
⑥ 辅助主管(每月):帮助特定的主管提供信用信息支持,密切客户关系;监督账目,检查和保管信用文件;在贷款过程中协调票据在各部门中的流动;在主管不在时处理客户问题与需求。
⑦ 辅助科室(每月):总结银行在行业中的经济活动;跟踪行业与地区的发展;帮助科室经理规划科室近期和未来的经营活动;面试贷款助理的求职者;在主管不在时,代理主管行使职权

工作条件与环境

75%以上的时间在室内工作,不受气候影响;工作场地温度与湿度适中,无噪声,无有害气体,无生命及其他伤害危险;一般无外出要求,只有在信贷调查时才外出;因工作需要配备一台计算机、一部电话及其他办公用具,个人无独立的办公室

聘用条件

每周工作 35 小时,每天 7 小时。因工作需要而加班,一天加班时数一般不超过 2 小时,每周不超过 4 小时,非节假日加班其加班工资按加班时数×平均小时工资数×2 计算,节假日加班其加班工资按加班时数×平均小时工资数×4 计算。法定节日放假,每年有带薪休假(详见《员工手册》)。每月月薪 4500 元。该工作的试用期为 3 个月,试用期间,若因个人业绩达不到规定标准或严重违反公司纪律等因素,个人可直接向公司提出辞职,公司有权在提前通知的情况下予以辞退。试用合格即可与公司签订正式录用合同。员工在被正式录用后,公司因经营不善,或因员工个人因素需解雇员工时,公司必须提前 1 个月向个人宣布解雇决定,且公司需向个人补贴生活费用,补贴金额为:员工在公司工作的周年数×该员工解雇决定宣布当月的工资总额,员工工作不满一年者补贴该员工解雇决定宣布当月的工资总额的两倍。员工被正式录用后,个人向公司提出辞职时,需提前 1 个月(重要岗位需 2 个月)向公司提出辞职申请,获得公司批准后,方可离开公司,此时员工可获得补贴金额为:员工在公司的周年数×该员工解雇决定宣布当月的工资总额,员工工作不满一年者补贴为该员工解雇决定宣布当月的工薪总额的两倍;若不提前向公司提出申请,或未获得公司批准而离开公司,则公司只按员工在公司工作的周年数×该员工解雇决定宣布当月的工资总额/2 的标准支付补贴费用,员工工作不满一年者无补贴。员工在公司工作期间,每年按业绩实行奖励,按《员工手册》的规定享受公司一切福利(如各种保险、旅游、住房补贴等)

晋升与培训机会

本职位为公司最低职位,可能晋升到贷款主管或会计主管;在公司内可获得信贷和会计等知识与技能培训

工 作 任 职 资 格

一般条件要求

年龄:25～35 岁

性别:男女不限

学历:大学本科以上

工作经验:在银行工作 3 年以上

体能要求

视力、听力良好;嗓音洪亮;有充沛的体力巡访客户;能用手流利书写;无严重的疾病和传染病

知识与技能

良好的语言沟通能力,如倾听与提问能力;良好的口头表达能力;具有一般会计能力;有良好的文书能力;有良好的综合分析能力,能对财务文件进行研究分析;有能力代表公司的形象;具有销售技能;具有企业管理与财务知识,具有银行信用政策和服务的知识,熟悉和银行相关的法律知识与术语;能熟练运用计算机;有独立工作的能力,能适应高强度的工作;具有面试能力;对经济/政治事件有分析能力

其他特性

具有驾驶执照;愿意偶尔在下班后或周末加班,能每月跨省出差;愿意在下班后参加各种活动;平时衣着整洁

表 2-2　某公司办公室主任工作分析文件

工作名称	办公室主任	工作编号	D005	工资等级	4 等
职位数	1	所属职组	行政管理	所属部门	办公室
管辖人数	办事员 3~5 人	直接上级	总经理	升迁职位	副总经理
工作分析员		批准人		分析日期	
工作概述	在公司总经理的直接领导下,协调各部门关系,综合管理公司的行政事务及总务,监督办公室人员的各项工作				
工作职责	① 协助总经理协调公司各部门各科室的关系; ② 综合处理公司的各种文件及资料; ③ 拟定公司的发展规划和规章制度; ④ 制作和核发员工的各种证件(如工作证、工号牌等); ⑤ 处理公司的突发事件及员工争议事件; ⑥ 策划和开展公司外部的公共关系; ⑦ 领导和监督办公室人员的各项工作; ⑧ 总经理交办的其他工作任务				
工作设备	电话机、传真机、计算器、复印机、电脑				
条件工作	工作场所	室内 80%,室外 20%	工作时间	白天 8 小时,偶尔需加班	
	工作环境	较为舒适	工作危险性	1	
工作资格	① 学历:本科毕业;行政管理、企业管理或相关专业。 ② 知识:行政管理学、领导与决策学、公共关系学、经济学和法律学知识等。 ③ 经历:三年以上实际管理工作经验(行政管理、总务管理、人事管理等)。 ④ 能力:协调能力(4)、计划能力(4)、沟通能力(4)、决策能力(3)、激励能力(3)、指导能力(3)、表达能力(3)。 ⑤ 个性:责任心(4)、忍耐性(4)、主动性(3)。 ⑥ 体能:工作姿态(坐 60%、走动 25%、站立 15%)、紧张程度(3)、工作耐力(3)				

第二节　工作分析的技术与方法

　　企业组织中实际应用的工作分析技术方法多种多样。在各类人力资源管理论著中通常列出的工作分析技术方法有:职能性工作分析(FJA, functional job analysis);职业分析问卷(PAQ, position anaiysis questionnaire);管理职位描述问卷(MPDQ, management position description questionnaire);任务清单(TIA, task inventory analysis);关键事件法(CIT, critical incident technique);扩展关键事件法(ECIT, expanded critical incident technique);方法分析(MI, methods inventory);体能分析(PAA, physical ability analysis);指南式的工作分析(GOJA, guidelines oriented job analysis);能力需求量表(ARS, ability requirements scales);面谈法(IT, interview technique);直接观察(DO, direct observation)。

　　各种技术方法可按不同标准进行归类。最常用的归类是按照工作分析所侧重的对象不同而区分为两大类,一类是工作导向技术方法(job-focused techniques),该类技术方法以工作本身的特点为分析重心,FJA、MPDQ、TIA 等属于这一类;另一类是人员导向技术方法(person-focused techniques),该类技术方法以任职人员的特点为分析重点,该类方法包括 PAQ、CIT、ECIT、PAA、ARS 等。此外,按照收集工作信息的方式不同,又可分为几类：问卷调查法（PAQ、MPDO、TIA 等）；关键事件法（CIT 和 ECIT）；面谈法（IT）；观察法（DO）。

下面所介绍是比较有代表性的几种技术方法。

一、职能性工作分析

职能性工作分析技术方法（functional tob analysis）最先由美国劳工部的培训与雇用服务机构（USTES）设计出来。在工作分析实践中被普遍应用。

职能性工作分析技术方法收集和分析以下四方面工作信息。

① 工作人员在工作中做什么（what），包括工作动作和工作对象，如秘书在打印一份函件。

② 工作人员为什么这么做（why），也即工作目的或期望结果是什么，如秘书打印函件是为了进行商务联系。

③ 工作人员如何作这一工作（how），这方面的工作信息包括：工作中使用的工具、设备或其他用物；工作指导的来源（上级指令、工作规定或工作惯例）。

④ 工作人员的职能，即工作人员在工作中所发生的工作关系，该方面的信息是职能性工作分析的重点。

工作人员在工作中与信息、人、物这三种要素发生关系，这三种工作关系也即三种工作职能。信息（data）是指工作涉及到的数字、符号、概念、思想等信息，处理信息的工作行为是综合、协调、分析、编辑、计算、复制、比较等，这些工作消耗工作人员的脑力资源。人（people）是指工作中发生关系的其他人，如上级、同事、下属、客户等。工作中与人发生关系的行为是指导、谈判、指示、监督、转变、劝说、通告、服务、接受、指示、帮助等，这些工作行为涉及人际资源。物（things）是指工作中涉及的机器设备等工作客体，工作人员在工作中与物发生关系的行为包括装配、精确操作、运行控制、驱动、操纵、照看、保养、手工操作等，诸如此类的工作行为消耗工作人员的体力资源。

工作中与信息、人、物发生关系所形成的三种职能占整个工作的比重不完全相同，一般说，专业技术人员在工作中处理数据的职能量较大，行政管理人员处理人际关系的职能量较大，而生产线上的操作人员大部分时间与物发生工作关系，体力消耗较大。依据数据、人、物在工作中的重要程度不同，可用百分比的形式估算三种职能的比重。例如，某机械厂车工的数据、人、物的职能比率，可分别确定为 20%、10%、70%。在职能性工作分析中，三种职能的比重关系说明了职能倾向性。

三种职能中的各项工作行为可按难易程度和复杂程度列出等级序列，见表 2-3 所示。

表 2-3　美国劳工部制订的工作职能项目及等级表

数　据		人		物	
0 综合	4 计算	0 指导	5 劝说	0 装配	4 操纵
1 协调	5 复制	1 谈判	6 通告	1 精确操作	5 照看
2 分析	6 比较	2 指示	7 服务	2 运行控制	6 保养
3 编辑		3 监督	8 接受指导或帮助	3 驱动	7 手工操作
		4 转变			

在该表中，数字大的工作行为较为简易，数字小的工作行为较为复杂，且数字小的工作行为一般包含数字大的工作行为。例如，计算项工作行为包含复制和比较，但不包括编辑、分析、协调、综合等。美国劳工部曾用该表中列出的职能项目及职能工作分析技术，对 3 万多种工作做了工作分析和工作描述，并由此编制出了《职业名称辞典》。

二、职位分析问卷

职位分析问卷（position analysis questionnaire）是国外企业界一般的工作分析中广泛应用的一种人员导向的技术方法。它最先由美国学者麦考密克等人设计出来。职位问卷包含187项工作要素（外加7个为研究分析所用的项目）。

187项工作要素归类为6个部分（divisions）：①信息输入，即指工作人员从何处以及如何获得工作所需的信息，如从书面材料和视觉观察中获得信息。②心智过程，是指工作中涉及什么样的推理、决策、计划和信息处理活动，如为解决问题而做的推理的层次。③工作输出，包括工作人员在工作中从事什么样的体力活动，使用什么样的工具和装置，如使用键盘装置和装配拆卸工具等。④与其他人关系，即在工作中需与其他人发生什么样的关系，如指挥他人或与顾客接触。⑤工作环境，工作所处的物理环境和社会环境，如高温和人际关系紧张的环境。⑥其他工作特征，与工作相关的其他活动、条件和特征是什么。

每一项工作要素依据下述6种标准中的一种来确定其等级：一是使用程度，以U表示；二是对于工作的重要程度，以I表示；三是时间消耗量，以T表示；四是出现的可能性，以P表示；五是适用性，以A表示；六是其他。

每一种标准又分若干等级。例如，使用程度可分为五等：UO——不用；U1——极少使用；U2——偶尔使用；U3——一般使用；U4——大量使用。按照6类187项工作要素和6种级等标准设计出职位分析问卷后，就可以用此问卷对所需分析的工作进行评定，并制定出各种工作的工作说明书，如以下范例所示。

职位分析问卷表格范例（选自收集资料的资料来源部分）

使用程度　NA：不曾使用；1：极少；2：少；3：中等；4：重要；5：极重要

1　资料投入

1.1　工作资料来源（请根据任职者使用的程度，来审核下列项目中各种来源的资料）

1.1.1　工作资料的可见来源

1.　　4　书面资料（书籍、报告、文章，说明书等）

2.　　2　计量性资料（与数量有关的资料，如图表、报表、清单等）

3.　　1　图画性资料（如图形、设计图、X光片、地图、描图等）

4.　　1　模型及相关器具（如模板、钢板、模型等）

5.　　2　可见陈列物（计量表、速度计、钟表、划线工具等）

6.　　5　测量器具（尺、天平、温度计、量杯等）

7.　　4　机械器具（工具、机械、设备等）

8.　　3　使用中的物料（工作中、修理中和使用中的零件、材料和物体等）

9.　　4　尚未使用的物料（未经过处理的零件、材料和物体等）

10.　　3　大自然特色（风景、田野、地质样品、植物等）

11.　　2　人为环境特色（建筑物、水库、公路等，经过观察或检查以成为工作资料的来源）

英国的班克斯等人另外还设计出了一种适用于技术工人的职位分析问卷。该问卷包括5类401个项目：①工作中使用的工具和设备，列出220种工具和设备。②工作中的知觉和体能要求，有力量、灵巧、反应速度等23个项目。③工作中的沟通要求，设定出22个项目，如撰写工作报告、使用信息编码系统，处理不满情绪等。④工作中的方法要求，列出机械、代数、三角等127种方法。⑤工作中的决策及责任，设9个项目。

三、管理职位描述问卷

管理人员的工作分析通常采用两种途径。一种是注重研究工作行为内容的途径，其研究的问题为管理人员的工作行为"是什么"，这种研究利用问卷来收集工作信息和数据。另一种是侧重研究工作活动方式的途径，具体研究的问题包括持续时间、沟通方式、接触方式等，这一途径的研究大多利用工作日记、面谈、观察方法进行。

由于管理人员的工作分析应该注重管理人员应该做的工作，而非是他正在做的工作；管理工作又具有非程序化，多变化的特点。因此，管理人员的工作分析采用问卷调查效果较好。

典型的管理职位描述问卷（management position description questionnaire）是一种注重研究工作行为内容的技术方法。W. 托诺（Tornow）和 P. 平托（Pinto）两人于 1976 年发表在《应用心理学》杂志上的一篇论文中首先发展出了这种问卷。托诺和平托设计的管理职位描述调查表，包括了 208 个涉及管理事务、责任、需求、限制等工作内容的项目，问卷由管理人员自己填答，采用 6 分标准对各个项目进行评分。这 208 个问题可被划分为 13 个类型。这些类别包括：①产品、市场和财务战略计划，指的是进行思考并制订计划以实现业务的长期增长和公司的稳定性。②与组织其他部门和人事管理工作的协调，指的是管理人员对自己没有直接控制权的员工个人和团队活动的协调。③内部业务控制，指的是检查与控制公司的财务、人事和其他资源。④产品和服务责任，指的是控制产品和服务的技术方法以保证生产的及时性并保证质量。⑤公共与客户关系，指的是通过与人们直接接触的办法来维护公司在用户和公众中间的名誉。⑥高层次的咨询指导，指的是运用管理与技术技能来解决企业中出现的特殊问题。⑦行动的自主性，指的是在几乎没有直接监督的情况下开展工作活动的情况。⑧财务审批权，指的是企业大额财务投入批准权限。⑨雇员服务，指的是提供诸如寻找事实，与上级保持沟通这样的雇员服务。⑩监督，指的是通过与下属员工面对面的交流来计划、组织和控制这些人的工作。⑪复杂性和压力，指的是在很大的压力下工作，并在规定的时间内完成所要求的工作任务。⑫重要财务责任，指的是制订对公司的绩效构成直接影响的大规模的财务投资决策和其他财务决策。⑬广泛的人事责任，指的是从事公司中对人力资源管理和影响员工的其他政策具有重大责任的活动。

在应用管理岗位描述问卷方法时，工作分析人员应以上述的每一种要素为基础来分析和评价管理工作。

管理职位描述问卷的工作分析结果，能为许多方面的人事决策提供依据，如决定管理人员的培训需求、管理工作评价、管理工作族分类、确定管理人员报酬以及绩效考核表的设计等。

管理职位描述问卷在实际应用中可以作调整和补充性设计。例如，美国人力资源专家怀特利在 1985 年对三个组织（一家化学制品公司、一家银行和一所医院）的 70 名经理人员进行工作分析时，设计出了一种综合性问卷。怀特利问卷包含了工作行为内容和工作活动方式两方面的项目。在工作行动内容方面，列出了以下 7 组工作因素：①复杂性和紧张程度；②公共关系和顾客关系；③行动的自主性；④产品和服务责任，包括生产、营销或财务活动的策划，与其他部门及个人的协作等；⑤经济协定的审批权；⑥广泛的人事责任；⑦部门内部事务的控制。

此外，他还补充了工作活动方式方面的 6 组因素：①计划安排活动；②活动的时间持续性，包括 5 分钟之内的活动和 60 分钟以上的活动；③活动的方式，包括管理人员主动性活动和管理人员单独性活动；④接触方式，包括面对面的接触、同两人以上的接触、同上级的接触、同同级人员的接触、同下属的接触以及同外部人员的接触等；⑤获取信息的活动；⑥决策活动。

四、能力需求量表

能力需求量表（ability requirements scales）由弗莱希曼（fleishman）提出，它能够有

效获取工作对工作者的能力特点要求，现已成为工作分析技术中的一个亮点。这种方法把能力定义为能够引起个体绩效差异的，具有持久性的个人品质。并在能力分类的基础上建立了这一工作分析系统。弗莱希曼的能力分类中将工作能力分为 52 种，如表 2-4 所示。在他的工作分析系统中：首先对能力作出描述，然后用 7 分尺度表，按顺序对该项能力的不同水平分别列举出一个基准性行为的例子。

表 2-4　弗莱希曼工作分析系统中所包含的能力因素

1. 口头理解能力	19. 知觉速度	37. 动态灵活性
2. 书面理解能力	20. 选择性注意力	38. 总体身体协调性
3. 口头表达能力	21. 分时能力	39. 总体身体均衡性
4. 书面表达能力	22. 控制精度	40. 耐力
5. 思维敏捷性	23. 多方面协调能力	41. 近距视觉
6. 创新性	24. 反应调整能力	42. 远距视觉
7. 记忆力	25. 速率控制	43. 视觉色彩区分力
8. 问题敏感度	26. 反应时间	44. 夜间视觉
9. 数学推理能力	27. 手-臂稳定性	45. 外围视觉
10. 数字熟练性	28. 手工技巧	46. 景深感觉
11. 演绎推理能力	29. 手指灵活性	47. 闪光敏感性
12. 归纳推理能力	30. 手腕-手指速度	48. 听觉敏感性
13. 信息处理能力	31. 四肢运动速度	49. 听觉注意力
14. 范畴灵活性	32. 静态力量	50. 声音定位能力
15. 终止速度	33. 爆发力	51. 语音识别能力
16. 终止灵活性	34. 动态力量	52. 语音清晰性
17. 空间定位能力	35. 躯干力量	
18. 目测能力	36. 伸展灵活性	

注：书面理解能力是指理解书面文句和段落的能力。

在具体应用该项技术进行工作分析时，首先将这 52 种能力维度展示给有关的职业专家，专家的工作是指出每项能力的尺度表中哪个点能够最为恰当地指出了该项工作所要求的能力水平。通过系统的工作能力评价，就能为某种工作的能力要求提供十分精确的全面图景。许多研究都已表明这种工作分析方法在人员招聘、培训、职业生涯设计等人力资源管理活动中具有很高的应用价值。

与之相类似的一种确定工作任职资格的方法是"域限特性分析"方法，它能够有效地帮助确立任职资格的不同因素及等级水平，域限特性分析首先列出与各种工作有关的特性，如适应能力、控制能力、计划能力、决策能力、合作能力、创造能力、解决问题能力、口头表达能力、文字表达能力、数字计算能力、理解能力、感知能力、记忆能力、注意集中能力、忍耐力、影响力、力量、耐力、灵活性、听力、视力、工艺知识、工艺技能、个人形象等。每一项特性均以文字作出描述，例如：口头表达能力——能以清楚的语言有效地表达思想；灵活性——反应迅速、敏捷、协调；工艺知识——能运用专业信息。

在采用此方法对某种工作的资格要求作分析时，可选择 10～15 名熟悉该种工作的人员组成分析组，由他们对两方面问题作出各自的分析判断：其一，各项特性中哪些项目与该种工作不相关，不相关者判为零；其二，与该工作相关的特性，按工作对各项特性要求的程度，判定出所需特性的等级（1～5 等）。在每一位分析员都对这两方面问题作出判断后，就可通过计算平均值的计数，制作出该工作相关特性及其等级的一览表，并由此确定工作资格。

五、关键事件法

关键事件法（critical incident technique）是一种由熟知工作情况的人向工作分析员描述

一系列关键性工作事件来对工作作出分析的技术方法，这一技术方法最先由（John C. Flanagan）福莱诺格提出。关键事件技术要求以书面的形式至少描述出在6～12个月中能观察到的5个关键事件，并分别说出杰出的任职者和不称职的任职者在这些典型事件中会如何行事。具体需描述的关键事件问题包括：导致事件出现的原因；不同工作行为的后果是什么；工作行为是否处于任职者控制之中等。对一系列关键事件作出描述之后，再按若干标准，如该事件的出现频率、该事件在工作中的重要性、任职者处理该事件所需的能力水平等，对各种事件作出等级评定。关键事件及其特征作为工作分析的一个方面的结果，在绩效考核表格设计和确定培训需求中具有较大的应用价值。关键事件法的缺陷是收集关键事件需花费大量的时间，而且，这一技术注重分析任职者工作行为的两端，即杰出表现和不称职表现，难以评定居于其中的一般表现行为。在关键事件技术基础上发展出来的扩展关键事件技术克服了后一方面的缺陷，并使这种技术方法更趋完备。

扩展关键事件法中的基本概念是工作域（job domains）。工作域包含许多伞状型的具体任务。例如，一位经理的工作职责之一是指导员工掌握新的工作技能，而这项职责又包括多项任务，如安排员工自学、指导新员工适应工作和组织等。扩展关键事件技术的第一步是由任职者陈述某种工作的工作域，也就是描述出该种工作包括多少个工作域（通常为10～20个工作域）和每一工作域包含哪些任务。第二步是要求任职者写出该种工作的工作域和工作域中各项任务的范例或情节概要（scenarios），工作范例应分别代表工作行为的好、中、差三种情况。第三步再由任职者列出每个范例中的主要事件、任职者行为和行为后果。第四步，由工作分析员依据范例写出任务陈述，至此，便可形成工作描述。

六、面谈法

面谈法（interview technique）是指由工作分析员与任职者面对面地交谈来收集工作信息的一种方法。工作分析员在与任职者面谈中主要应了解和收集四方面的工作信息：①工作目的，组织为何设置这一工作，这一工作的价值何在；②工作能量，任职者在工作中能显示多大的作用，其行为的最终结果如何；③职位的性质和范围，这是面谈中需重点了解的信息，其中包括了该职位在组织中的地位。职位工作中形成了组织内部和外部关系；该职位下属人员数目、类别以及工作目标；该职位工作所需的技术、管理、人际关系等知识和能力；该职位工作所需解决的问题的性质，需解决的关键问题是什么，这些问题的变化性；控制的性质及来源，处理问题和行动的自由度；④工作责任，任职者在履行工作职责中承担的责任，包括组织责任、计划责任、行政责任、控制责任等。

工作分析员在与任职者交谈中应善于运用面谈技能。如果说职位分析问卷和管理职位描述问卷等技术方法在实际应用中的成败，很大程度上取决于调查表项目或要素设计是否科学，那么面谈法在实际运用中的成效有赖于工作分析员的交谈技巧。

工作分析员应掌握的面谈要领包括以下几点。

① 在面谈前预先制订出面谈计划，以使面谈成为一种有目的的交谈。

② 营造一种轻松的气氛来进行交谈，使任职者消除拘束、疑虑等心理障碍。

③ 交谈中提出的问题应与工作分析的目的相关，不应诱导任职者作有倾向性的回答，提问不要超出对方的知识及信息范围，也不要涉及会引起对方不满的私人问题。

此外，工作分析员与任职者面谈之后，还应同任职者上司和其他同类工作人员进行交谈，以核实任职者所提供信息的真实性。

七、观察法

观察法亦称直接观察法（direct observation），是指由工作分析员现场观察任职者的实际工作情况来收集工作信息的方法。这种方法较为传统，但却被经常采用。使用观察法时首先须选择好工作样本。对某种工作的观察人数无须穷尽，假如有 7 位工作人员做同样一种工作，只需观察其中两位任职者的工作行为即可，但这两位人员的工作行为应具有代表性。

观察中收集的工作信息应尽可能周全，包括各项任务的内容、工作中运用的技能、使用的工具及设备、工作中形成的人际关系、工作方法及程序、工作中的体能动作、工作环境条件等。观察中收集到的信息，可用描述文字记录下来，也可以逐项填入预先制订好的表格。观察时间的长短依据所观察工作的工作周期而定。

此外，工作分析员在观察过程中，应尽量不影响任职者的情绪和不干扰其正常工作，以避免工作行为的失真。观察法一般适用于工作行为相对标准化的、重复性强周期短的操作性工作，而不太适用工作行为较为复杂且工作周期较长的脑力劳动工种，如管理人员、专业技术人员等。

八、资料分析法

资料分析法（job documentation analysis）是指为了降低工作分析的成本，应当尽量利用现有资料，例如，责任制文件等，以便对每个工作的任务、责任、权力、工作负荷、任职资格等有一个大致的了解，为进一步调查奠定基础。岗位责任制是国内企业特别是大中型企业十分重视的一项制度。但是，岗位责任制只规定了工作的责任与任务，没有规定该工作的其他要求，如工作的社会条件、物理环境、聘用条件、工作流程以及任职条件等。如果根据各企业的具体情况，对岗位责任制添加一些必要的内容，则可形成一份完整的工作描述与任职说明书。一份较完善的岗位责任制对工作有较大的参考价值，可为工作描述与任职说明提供许多有用的信息。另外，还可通过作业统计，如对每个生产工人出勤、产量、质量、消耗的统计，对工人的工作内容、负荷有更深的了解，它是建立工作标准的重要依据。人事档案则可提供任职者的基本素质资料，如性别、年龄、文化程度、专业技能等。表 2-5 为岗位责任制文本的示例。

表 2-5　某炼铁厂计划科综合统计员的岗位责任制文件

职责
在科长的领导下，按照专业管理制度和上级有关规定，负责全厂生产、经济、技术指标综合统计工作，归口数据管理
工作标准
① 综合统计、编制报表、图表。月报于次月 6 日前报出，季、年报表于季后第 1 月 7 日前，次年 1 月 10 日前报出，每月 15 日前完成图表上墙，每月 28 日前提出产品、品种及主要经济指标预测，准确率达 99%。   ② 负责结算炼铁厂生产原料、燃料耗用量。每月 1 日与烧结厂、原料处结算烧结矿、废铁数量，做到准确无差错。   ③ 负责收集国内外同行业有关生产经济指标等资料。每月 20 日前将 16 个单位主要指标登入台账，填写图表上墙。   ④ 负责提出统计分析，每月 28 日完成。   ⑤ 建立健全数据管理制度，建立厂级数据库，使全厂数据管理系统化、规范化
任职条件
必须熟悉上级有关统计规章制度、统计方法，并严格执行，懂得炼铁生产工艺及主要设备生产能力；掌握企业管理的一般知识和工业统计理论知识及统计计算技能

九、工作分析技术方法的评价

工作分析中面临多种技术方法的选择问题——选择哪一种或哪几种技术方法来收集和分析工作信息。问题的抉择涉及对各种技术方法适用范围和应用价值的评价。国外学者依据服务目的和实用性这两类标准对各种工作分析技术方法进行了评价，如表 2-6 所示。

表 2-6 中目的一栏中列出了 6 种工作分析的目的，工作描述、工作分类和工作评价是工作分析的直接目的或直接结果，最能服务于这些目的的工作分析技术方法是职能性工作分析、面谈法、职位分析问卷；后四种是工作分析的间接目的，但在某些情况下，它们也可能成为工作分析的直接目的，更能为这些间接目的或单项目服务的技术方法，是两种关键事件技术，而就招聘和任用目的而言，各种技术方法都可以适用。

表 2-6 中应用性栏目中的各项标准具有的含义有以下 10 个方面。变通性和适应性：是指分析各种不同工作时的适用程度；标准化：是指对不同时间和不同来源收集的工作分析数据进行比较时的规范化程度；使用者接受性：即实际使用者对该技术方法及其收集信息效用的接受程度；使用者理解和参与性：指该方法使用者或受该方法结果影响者对该方法知晓程度，或在收集工作信息中的参与程度；必要的培训：使用者在运用该技术方法时需接受培训的程度；使用准备：该方法用于某种工作分析时所需准备的程度；完成时间：完成工作分析任务并获得工作分析结果所需花费的时间；可靠性和有效性：指该方法所获得结果的一致性和描述工作特点及工作资格的准确性；服务目的：是指该方法能为目的栏中的几种目的服务；效用：即指使用该方法在成本与收益关系上的总的受益程度。

工作分析的不同技术方法各具特点。企业可根据本组织的实际情况和实际需要。恰当选择合适的工作分析技术方法，以最好地实现工作分析的目的。表 2-6 所归纳得出的各种工作分析技术方法的应用特点可以作为一个很好的参考借鉴。

表 2-6 各种工作分析技术方法的评价

标　准 ＼ 方　法	职能性工作分析	管理职位描述问卷	面谈法	职位分析问卷	关键事件技术	扩展关键事件技术
目的 工作描述	5	4	5	4	3	3
工作分类和评价	5	4	5	5	2	3
招聘和任用	4	4	4	4	4	5
绩效考评	3	3	4	3	4	5
培训和发展	4	3	3	3	4	5
人力资源计划	4	4	3	4	4	4
应用性 变通性和适应性	5	4	4	4	5	5
标准化	5	5	5	5	3	3
使用者接受性	4	4	4	4	4	4
使用者理解和参与性	4	4	4	4	4	4
必要的培训	3	3	3	3	4	5
使用准备	5	5	5	5	3	3
完成时间	4	4	4	4	3	3
可靠性和有效性	4	4	4	4	4	4
服务目的	4	4	4	4	3	4
效用	4	4	4	4	4	4

目的栏说明：
1——表示不能服务于该目的；
2——表示不太适用于该目的；
3——表示适用于该目的；
4——表示很适合该目的；
5——表示十分适合该目的

实用性栏说明：
1——表示很有限程度；
2——表示有限程度；
3——表示一般程度；
4——表示一般以上程度；
5——表示很大程度

第三节　工作设计

工作设计是企业组织为改善员工工作生活质量及提高生产力所提出一套最适当的工作内容、方法与方式的活动过程，以作为职位说明书的依据。通过组织设计、工作设计可清楚定义出组织内部的沟通运作模式与流程，亦可定义出各个组织内部的职务及其任务，进而通过事先的工作设计，以达到整合的效果，组织必须从事工作设计使工作能符合组织的要求，并据以达成组织的工作目标。

一、工作设计概述

（一）工作设计的含义

人与工作之间的相互适应与匹配，是现代工业企业管理中的重要问题。工作设计是确定企业职工工作活动的范畴、责任以及工作关系的管理活动，目的在于更好地提高职工的工作效率与工作生活质量，充分发挥每个人的工作能力，实现组织目标。

工作设计涉及工作系统的各个方面，所的内容包括工作任务、工作职能、工作关系、工作标准与业绩、人员特性、工作环境等。工作任务方面的设计包括任务的种类、难度、复杂性、完整性、自主性、多样化等。工作职能方面的设计包含了工作所需要的方法和要求，如工作的责任、权利、信息交流、工作方法以及工作协调方式等。工作关系方面的设计涉及工作中人际关系问题，包括工作中与其他人交往的机会、程度，与哪些人交往以及工作群体成员的相互协调等。工作标准与业绩的设计包括工作任务完成的数量与质量要求，评估体系以及工作结果的反馈形式等。人员特性方面的设计包括对人员的需要、兴趣、能力、个性等方面的了解，以及相应工作中对人的特性要求等。工作环境方面的设计包括工作活动所处的环境特点，最佳环境条件及环境安排等。

（二）工作设计的历史发展

工作设计的发展随着管理科学的发展与社会历史的进步，大至经历了以下两个阶段。

1. 古典工作设计阶段

古典工作设计阶段开始于20世纪初的科学管理运动。在早期管理思想的影响下，逐步形成了一整套古典工作设计理论与原则，特点是强调工作任务的简单化、标准化和专业化，并以此来获取工作活动的高效率。在工作设计中强调劳动分工细化，作业活动的高度标准化和简单化。这方面最为经典的，影响最大的就是流水作业线式的工作设计。它采用固定运行节律，工作活动单调重复，技能要求低，限制工作中的社会交往，至今仍在许多企业中应用。

应该承认，通过古典工作设计，工作活动变得非常简单易行，确实极大地提高了企业的生产效率。但是，职工的工作实践也表明，古典工作设计思想下形成的工作系统亦存在许多弊病。例如工作单调乏味，缺乏内在激励，容易疲劳和紧张，进而造成工作动机的下降和组织功能失调。因此，从20世纪40年代起，许多企业采用了工作轮换和任务扩大等新的工作设计，认为许多有关工作行为方面的问题都可直接归因于古典工作设计过分单调重复式的工作模式。依据心理学的行为活动理论，在活动刺激总是单调不变的情况下，个体的"唤起"水平与活跃水平均会下降，从而出现工作中的白日梦、无休止闲谈、频繁停止活动、变形的工作姿态等不良工作现象，如果能够在工作中经常变化刺激模式，就能保持职工的较高活动水平与敏感性。工作轮换与工作扩大的工作设计，周期性地改变了职工的工作体验，对职工提出了必要的技能要求，降低了工作单调性，提高了职工在工作中的活动性与满意感，获得了相当广泛的应用。但是，这类设计中，工作本身并没有发生实质性的改变，如果新的工作任务像老任务一样单调乏味，人们对新的刺激亦会很快适应并感到厌烦。

2. 现代工作设计阶段

由于社会历史的进步，人的需求层次的提高以及现代化生产对人员的更高要求，古典工作设计越来越难以适应现代管理的要求。从 20 世纪 60 年代开始，工作设计步入新的阶段。现代工作设计十分强调工作生活质量的改进，力求作到人与工作的完善配合，在提高工作效率的同时保证工人较高的工作满意感。为此，工作设计立足于工作本身内在特性的改进，增强工作本身的内在吸引力，相当大地改变了工作活动的性质、功能、人员关系与反馈方面的特性。在实际应用中，现代工作设计已取得了不少有意义的结果。尽管在现代工作设计中并没有什么普遍的标准准则，但也逐步形成了一些基本共识。

现代工作设计一般包含以下两方面的内容。

① 改变有关工作的责任要求，增加具体工作人员的工作责任，提高工作中的自主权，包括自我作出有关工作的计划和检查，自我决定具体的工作程序和方法，自我确定工作节奏，自我处理与工作客户有关的事宜。

② 重新组合那些依据古典设计理论而被割裂和简化的零碎工作任务，使之形成一个有意义的完整工作任务系统。

在具体的工作设计活动中，一类是以职工的工作心理需要为框架的，以激发工人的工作动机，提高工作满意为目的，通常称之为"工作丰富化"活动。另一类是把工作设计为团体的任务形式，并授权某个工作小组对这一较大的和有意义的完整工作任务负全部责任。该工作小组对工作进行自主性管理，可以用自认为合适的方式进行工作作业，并以整个团体的名义接受报酬、奖励和上级的评定，甚至还可承担起本团体成员的选择、训练和解职责任。两类形式的工作设计都有许多成功的尝试。

（三）工作设计的原则

工作设计是十分重要的科学管理技术，好的工作设计是好的工作的先决条件。现代工作设计十分强调工作生活质量的改进，力求作到人与工作的完善配合，在提高工作效率的同时保证工人较高的工作满意感。为此，工作设计立足于工作本身内在特性的改进，增强工作本身的内在吸引力，相当大地改变了工作活动的性质、功能、人员关系与反馈方面的特性。根据工作设计的基本目的与要求，好的工作设计应该符合以下三条原则。

（1）效率原则　工作设计应使工作活动具有更高的输出效率，有效地提高工作效率。通过良好的工作设计，使组织成员更好地明确工作的职责与分工范畴，形成良好的工作协调与合作关系，提高组织活动的有序性、均衡性与连续性，创设符合职工个体特性的工作活动模式，促进职工能力的充分发挥。工作的简单化与专门化曾被视为提高工作效率最有效的法宝，确实，工作的简单化与专门化设计有助于职工较快地提高工作的熟练程度，迅速掌握工作方法、形成工作经验，也有助于发挥劳动特长。但专业化程度如果太高，就会导致工作的单调乏味，令人生厌，反而会造成工作效率下降。

（2）工作生活质量原则　工作设计应符合职工对工作生活质量的要求。工作生活质量体现了职工与工作中各个方面之间的关系好坏，反映了职工的生理与心理需要在工作中得到满足的程度。工作生活质量的提高，可使职工对工作产生更为满意与向往的心情，增强归属感，并由此形成良好的组织气氛，提高组织的活动效能。在工作设计中应注意考虑的工作生活质量要素包括：工作的挑战性和吸引力，工作的自主性与自由度，工作的多样化与丰富化，合理的工作负荷与节奏，安全舒适的工作环境，工作中个人需要的满足，上下左右之间的良好工作关系等。

（3）系统化设计原则　工作设计是一项复杂的系统工程，工作设计应充分考虑工作中各个有关方面的影响，包括组织体系、工艺技术、管理方式、工作者、工作环境等。在系统化设计中，应努力寻求各方面因素的最佳结合，使之在工作系统中构成良好的协调关系。

二、工作设计的基本模式

1. 古典型工作设计

古典型工作设计的思想来源于古典工业工程学之中，古典型工作设计方法强调的是寻找一种能够使效率达到最大化的工作方式。在一般情况下，人们首先想到的是通过降低工作的复杂程度来提高人的工作效率。也就是说，要让工作变得尽量简单，从而使得任何人都能在快速培训后容易的完成工作。古典工作设计方法强调要按照任务专门化、技能简单化、活动重复化的基本思路进行工作设计。

古典型工作设计模式最早出现在科学管理阶段，在科学崇拜的影响下，认为只要在工作设计的过程中采用科学的方法，就能够使生产率达到最大化。科学管理首先要做的是找出完成工作的"一种最好方法"。这通常需要进行时间—动作研究，从而找到工人在工作时可以采用的最有效运动方式。一旦找到了完成工作的最有效方式，就应当根据工人完成工作的潜在能力来对他们进行甄选，同时按照完成工作的这种"最优方式"的标准对工人进行培训，最后，还需要提供金钱刺激，从而激励工人在工作中发挥出自己的最大能力。

古典型工作设计方法要求将工作任务系统最大可能的拆散与分割，工作设计得越简单越好，从而使得工作任务的完成十分容易，甚至让人感到单调乏味。如果按照这种方法来进行工作设计，组织就能够减少它所需要的能力水平较高的雇员数量，从而减少组织对单个工人的依赖，每个人都是很容易被替代的，也就是说，新雇员经过快速并且低费用的培训就能够胜任工作了。

2. 人体工效型工作设计

人体工效型工作设计思想来源于工程心理学、人类工效学等，人体工效型工作设计所关注的是个体身心特征与工作物理环境之间的交互界面关系，人体工效型工作设计的基本思想是以人在工作活动中的身心特点为中心进行工作设计安排。减少降低工作中的疲劳，紧张与痛苦，避免工作对个体身心健康的伤害。人体工效型工作设计大体可分为生物型的工作设计法和感知运动型工作设计法两类。

在对工作体力要求较高的工作进行工作再设计时，生物型的工作设计方法得到普遍采用，这种工作再设计的目的通常是降低某些工作的体力要求，从而使得每个人都能够去完成它们。此外，许多生物型工作设计法还强调，对机器和技术也要进行再设计，比如调整计算机键盘的高度来最大限度地减少工作中的机体不适。对于许多办公室工作来说，座椅和桌子的设计符合人体工作姿势的需要也是非常重要的，这是许多生物型方法运用到工作设计之中的一个例子。

生物型工作设计法所注重的是人的身体能力和身体局限，而感知运动型工作设计法所注重的则是人类的心理能力和心理局限。这种工作设计法的目标是，在设计工作的时候，通过采取一定的方法来确保工作的要求不会超过人的心理能力和心理界限。这种方法往往是通过降低工作对信息加工的要求来改善工作的可靠性、安全性以及使用者的反应性。在进行工作设计的时候，工作设计者首先需要了解的是工人所能够达到的基础能力水平，然后再按照具有最起码能力水平的人也能够完成的标准来确定工作的要求。

3. 激励型工作设计

工作设计的激励型方法的思想来源于组织行为学与人力资源管理学。它所强调的是能够对工作承担者的工作价值感以及激励潜力产生影响的工作特征，并且它把态度变量（比如满意度、内在激励、工作参与）以及出勤、绩效这样的行为变量看成是工作设计的最重要结果。激励型的工作设计方法所提出的设计方案往往强调通过工作扩大化、工作丰富化等方式来提高工作的复杂性，它同时还强调要围绕社会技术系统来进行工作的构建。极大影响激励型工作设计思想的一个重要理论是赫茨伯格的双因素理论，这一理论指出，相对于工资报酬这些工作的外部特征而言，个人在更大的程度上是受到像工作内容的有意义性这类内部工作特征激励的。赫茨伯格指出，激励员工的关键不在于金钱刺激，而在于通过对工作进行重新设计来使工作变得更有意义。

关于工作设计如何影响员工反应的一个比较完整的模型是哈克曼的"工作特征模型"。

根据这种模型，可以从以下5个方面的特征来对工作进行描述。

① 技能多样性：是指工作要求任职者运用多种技能来完成任务的程度。

② 任务完整性：指的是一种工作要求任职者从头到尾完成某件"完整"工作的程度。

③ 任务重要性：指的是一种工作对他人生活所产生影响的重要程度。

④ 自主性：是指工作允许个人在工作完成方式方面进行自我决策的程度。

⑤ 反馈：是指一个人能够从工作本身获得关于自己完成工作的有效信息的明确程度。

以上5种工作特征通过影响三种关键的心理状态——"工作意义"、"责任"以及"对结果的认识"，进而决定了工作的激励潜能。根据这一模型，当核心工作特征（以及关键的心理状态）非常强时，个人就会受到较高水平的内在工作激励。而这种状态会带来较高的工作数量和质量，同时也会带来较高水平的工作满意度。

强调激励的工作设计方法通常倾向于强调提高工作的激励潜力。工作扩大化（增加所需完成工作的类型）、工作丰富化（增加工作的决策权）以及自我管理工作团队等管理实践都可以在激励型的工作设计方法中找到自己的渊源。针对这些工作设计方法所进行的大多数研究都表明员工的满意度和绩效质量获得了较大的改进提高。

几种工作设计类型的比较：尽管从总体上来说，现代组织中更加强调通过工作设计使工作本身更具激励作用。人性化的工作设计思想已得到普遍的响应，但这并不意味着古典工作设计就一无是处，没有应用价值了。

几种工作设计类型有着不同的特点和优劣，工作设计活动应根据企业的具体情况进行选择，表2-7是不同类型的工作设计方法的积极结果与消极结果的一个简要比较。

表 2-7　不同工作设计方法的结果总结

工作设计方法	积极的结果	消极的结果
激励型方法	更高的工作满意度 更高的激励性 更高的工作参与度 更高的工作绩效 更低的缺勤率	更多的培训时间 更低的利用率 更高的错误概率 更大的精神负担和压力
古典型方法	更少的培训时间 更高的利用率 更低的差错率 较低的精神负相和压力	更低的工作满意度 更低的激励性 更高的缺勤率
生物型方法	更少的体力付出 更低的身体疲劳度 更少的健康抱怨 更少的工伤事故 更低的缺勤率 更高的工作满意度	由于设备或工作环境的变化而带来更高的财务成本
知觉运动型方法	出现差错的可能性降低 发生事故的可能性降低 精神负担和压力出现的可能性降低 更少的培训时间 更高的利用率	较低的工作满意度 较低的激励性

三、工作设计的过程与经验

组织中新的工作设计所导致的是新的工作体系取代旧的工作体系，其实质是一场组织变革。

工作设计的改进涉及组织中各种因素，包括如下方面。

① 任务：工作的目标，内容和性质。

② 技术：新技术、设备、工具和工作场所。

③ 结构：组织层次，职权结构，作业流程和信息沟通渠道。

④ 人员：工作人员的态度、行为、需要、技能和愿望等。

因此，工作设计的成败往往取决于多方面因素的综合作用。根据工作设计的实践，以下几个方面是做好工作设计的成功要点。

1. 依据具体情况，权变应用

工作设计改革的方法途径很多，效用不一。在工作设计时，应根据企业的性质、技术类型、企业文化传统、人员素质与工作态度等情况，选择合适的方法。特别要注重对现有工作状况进行准确的诊断，根据所出现的问题与诊断结果，选择具体对策，有针对性地进行工作设计，避免照搬照套其他组织的工作设计模式。

2. 树立长远目标，逐步推进

工作设计作为一种组织变革，应有较为长远的目标与规划，分阶段逐步实施。由于工作设计后原有的工作结构和劳动活动的组织有较大变化，因而需从系统的、全局的观点出发，对整个工作系统作出合理的安排与计划。工作设计要从小到大，先试点，后推广，这样可以消除一些人的顾虑，使之有充分的心理准备；也有利于管理部门取得经验，从而收取更好的效果。

3. 科学地展开实施工作设计活动

为了提高工作设计的效果，在进行工作设计时应科学地按一定的步骤进行，一般应包括以下几个阶段。

（1）需求分析　工作设计的第一步就是对原有工作状况进行调查诊断，以决定是否应进行工作设计，应着重在哪些方面进行改进。一般来说，出现职工工作满意感和积极性较低、工作事故率高、工作绩效低、工作情绪消沉等情况，都是需要进行工作设计的前兆。

（2）可行性分析　在确认工作设计的需要之后，还应进行可行性分析。首先应该考虑该项工作是否能够通过工作设计改善工作特征，从经济效益、人员效益上而言，是否值得投资。其次应注意职工是否具备从事新工作的心理与技能准备，如有必要，可先行进行相应的培训和学习。

（3）评估工作特征　在可行性分析的基础上，正式设立工作设计小组负责工作设计，小组成员应包括工作设计专家、管理人员和一线职工。由工作设计小组负责调查、诊断和评估原有工作的基本特征，提出需要改进的方面，分析比较，找出原因。

（4）制订工作设计方案　根据工作调查和评估的结果，由工作设计小组提出可供选择的工作设计方案。工作设计方案中应包括工作特征的改进对策，新工作体系的工作职责、工作规程与工作方式等方面的内容。在方案确定后，可选择适当部门与人员进行试点，检验效果。

（5）评价与推广　根据试点情况，及时进行工作设计效果的评价。评价主要集中于三个方面：职工的态度和反映、职工的工作绩效、企业的投资成本和效益。如果工作设计效果良好，应及时在同类型工作中进行推广应用，在更大范围内进行工作设计。

4. 组织上下协力，共同合作

工作设计应由组织的领导直接发动和指挥，由工作设计专家协调各项工作，同时，应注意吸收一线职工的参加，上下同心协力作好这项工作。这样有助于形成良好的、有利于工作设计变革的组织气氛，促进企业组织内各个方面的目标趋向一致。也有利于提高工作设计本身的质量与可接受性，使新的工作体系更为符合职工的需要与实际工作的要求。

5. 加强职工培训，提高工作素质

一般来说，新工作体系将对工作人员提出更多、更高的工作技能与知识的要求。因此，应在工作设计过程中及时让有关人员接受培训，使他们了解、适应新的工作和环境。培训内容包括：工作技能知识、工作方式、工作态度和工作关系等。培训对象除了一线职工外，也包括管理部门人员。一线职工的培训重点可在新技能、新方法的掌握；管理人员的培训重点应在新的管理思想方式和工作作风方面，特别是在新工作体系增强了职工工作自主性，要防止管理人员因担心职权的削弱而产生的抵触。许多时候，人们往往把注意力集中于工作的新设计，轻视了教育与培训工作。其结果将是职工难以顺利地从原有工作过渡到新设计的工作之中，进而造成工作设计的失败。

【复习思考题】

① 请思考以下几个方面的趋势会如何影响管理类工作的任职资格要求：a. 计算机应用的普遍化；b. 经济全球化；c. 工作与家庭生活的冲突的激化；d. 生活富裕化；e. 受教育水平普遍提高。

② 管理者为什么必须进行工作分析？当管理者不了解向自己汇报的下级人员的工作，可能会产生哪些消极后果？

③ 各种不同工作设计方法的优势与不足是什么？你认为进行工作设计时哪一种方法应该得到优先考虑，为什么？

【案例分析】

光明洗衣连锁店

由于父亲年老退休，李华大学毕业两年后接手父亲经营多年的光明洗衣连锁店的工作。李华上任后，对连锁店的状况进行了认真的了解，认为他所要做的第一件事就是为洗衣店管理人员编写职务说明书。

正像李华所说，他在大学所学的管理课程和人力资源管理课程都强调了工作分析的重要性，但在上学时，他一直不相信工作分析在一家企业的顺利运行中会有如此重要的作用。在他上班的最初几周内，多次发现每当他问及洗衣店的管理人员为什么违反既定的公司政策和办事程序时，这些人总是回答："因为我不知道这是我的工作内容"或"因为我不知道应该怎么做。"李华这时才知道，只有花大力气编写职务说明书并制定整套标准和程序来告诉大家应该做些什么以及如何去做，才能使这一类的问题得到缓解。

每个洗衣店均只设管理人员一名，从总体上说，由其负责指挥店里的所有活动，工作内容包括在：生产服务质量的监督、顾客关系的维护、营业额的增长，以及通过有效地控制劳动力、物资、能源等方面的成本实现利润的最大化等。

案例讨论题

1. 此项有关洗衣店管理人员的工作分析活动大体上应怎样开展进行？
2. 应当将工作标准和程序写进职务说明书，还是应当将它们单独分列出来？
3. 李华应怎样收集编写工作标准、工作程序以及职务说明书所需要的信息？
4. 请你帮李华设计一份职务说明书。

第三章 人力资源规划

学习目标 ▶▶▶

1. 掌握人力资源规划的概念。
2. 掌握人力资源规划的内容。
3. 熟悉人力资源规划的过程。
4. 了解人力资源管理费用的项目构成与预算程序。
5. 了解人力资源管理成本的基本概念与构成。

【引例】

神龙物资运输有限责任公司

蒋大奎和陆误 1984 年考入同一所大学管理工程系本科不久，就十分投契。这对密友成绩都很优秀，尤其英语成绩更为突出。他俩 1988 年又一起被同一家合资企业招聘，分别在营销和人力资源部门工作。他俩又都考入本地一家大学的业余工商管理硕士班，经过三年苦读，获得了 MBA 学位。1996 年初，他俩觉得不再为洋老板打工，自己出去闯天下，自立门户的条件已成熟，便一起递上了辞呈。

首先遇到的难题是资金不足。幸运的是，遇上一位对他俩才华很欣赏的企业家李天霁答应鼎力支持。蒋、陆二人分析了自己的长处与不足，又做过初步市场调研后，决定涉足中、短途公路物资运输。经过筹备，办起了"神龙物资运输有限责任公司"，李先生是大老板，任"董事长"，蒋、陆分任"董事兼正、副总经理"。董事会决定，先小规模试探，买下三台旧卡车，择吉开张。

蒋、陆两人既兴奋又不安，究竟是头回下水，心中没底。但他们学的是 MBA，对管理理论是熟悉的，知道应该先务虚，再务实，即先制订公司文化与战略这些"软件"，再搞运营、销售、公关等这些"硬件"。

他们观察本地公路运输服务业，觉得竞争者虽多，但彼此差异不大，不见特色，这正犯兵家之大忌。"神龙"必须创造自己独有的特色，经仔细推敲，决定"神龙"就是要在服务方面出类拔萃，这指的是货物运输的质量（完好率）、及时性和低成本。他们为公司拟定的企业精神是四个字——服务至上。

但要做到这一点，需要适当的人来保证。蒋、陆二人觉得在这创业阶段，公司结构与人员都必须贯彻"少而精"原则。为此，组织结构只设两层，他俩都不要助理和秘书，直接一抓到底。分配上基本是平均的，工资也属行业中等，但奖金与企业效益直接挂钩，部分奖金不发现金，改取优惠价折算的本企业股票。基层的职工只分内、外勤，外勤即司机和押送员，内勤则是分管职能工作的职员，他们的岗位职责并不太明确，而是编成自治小组，高度自主，有活一起干，有福一同享，分工含混，可多学技能知识，锻炼成多面手。

这种设计会带来两个他们已预计到的问题：一是工作很累，忙起来简直不分昼夜，也没有周末休假，尤其是他们俩自己。但他们并不在乎，说："反正年轻，劲使不完，身体累不垮，创业维艰嘛。"二是职工们必须有极大自觉性，高度认同公司的价值观与目标。

为此，他们在选聘职工时十分仔细，精心考查，单兵教练，一定要文化高的，有理想主义色彩和创业精神的人员。好不容易选出了十个人，有刚毕业的大学生，有小学教师、共青团干部，个别是复员军人。蒋、陆两人轮流向他们介绍公司的宗旨和目标，说明这是一种值得一搏的尝试，不接受这些的人员可以另觅高枝。

前面大半年确实很辛苦，但似乎是得大于失的。这种团结一致，拼命向前的气势和决心，确实使"神龙"服务质量在用户中一枝独秀,口碑载道。本来是派人上门招引用户,半年下来,反是用户来登门恳请提供服务;用户们还辗转相告,层层推荐。"神龙"的业务滚雪球似地增长,蒋、陆二人已有些应接不暇了。

在开业将近一周年的某个晚上夜阑灯尽,蒋、陆二人刚歇下来喘口气时,他俩都意识到公司必须扩大了。这本是求之不得的好事,但规模大了,业务量不仅增多,而且性质上复杂起来,原有的两级式扁平结构应付得了么?但要招新人,去哪儿能找这么多有这种"书呆子傻劲"的铁哥儿们呢?若降低录取标准,新来的人还会吃这一套么?再说,如果结构复杂化、分工细了,层次多了,原来那种广而不专的"多面手"们还能胜任么?

蒋"总经理"和陆"副总经理"默默地陷入了沉思。

第一节 人力资源规划概述

一、人力资源规划的含义

(一)人力资源规划的定义

人力资源规划是指为实施企业的发展战略,完成企业的生产经营目标,根据企业内外环境和条件的变化,运用科学的方法对企业人力资源的需求和供给进行预测,制订相适宜的政策和措施,从而使企业人力资源的供给与需求达到平衡,实现人力资源合理配置,有效激励员工的过程。

人力资源规划又称人力资源计划。它是各项具体计划的重要组成部分,在整个人力资源管理活动中占有重要地位,是各项具体人力资源管理活动的起点和依据,它直接影响着企业整体人力资源管理的效率和效果。

我们可以从以下三个方面来理解人力资源规划的含义。

① 编制人力资源规划的主要原因在于,企业的内外部环境不断发生变化,对企业的人力资源管理提出了新的要求。比如市场对某种商品需求的变化会引起企业对劳动力需求与供给的变化,当产品需求旺盛时,对劳动力的需求量会增加,此时若企业的劳动力供给不足,就会使企业失去机会,进而影响到企业的效益,另一方面,当产品需求较低时,对劳动力的需求量也会下降,企业由于劳动力过剩而产生的成本会难以弥补。人力资源规划就是要对这些动态变化进行科学的预测和分析,以确保企业在近期、中期、远期对人力资源的需求。

② 人力资源规划的主要任务是制订符合本企业发展的人力资源政策和措施,只有制订出客观的、切实可行的人力资源政策和措施,才能保证企业目标的实现。

③ 人力资源规划不但要做好人力资源供给与需求的预测,还要找到人力资源配置的最佳结合点,充分发挥人们的积极性、主动性和创造性,在实现个人目标的同时实现企业目标,使企业和个人获得长期利益。

(二)人力资源规划的作用

人力资源规划是企业人力资源管理中的重要环节,其作用主要体现在以下几个方面。

1. 得到和保持企业在生存发展过程中对人力资源的需求

企业的生存和发展与人力资源的结构密切相关。在静态的条件下,人力资源的规划并非必要,但企业面临的是动态变化的内外部环境,在这样的条件下,人力资源的需求和供给的平衡就不可能自动实现,因此就要分析供求的差异,并采取适当的手段调整差异。随着企业规模的扩大,员工的分工越来越明晰,工作的专业化程度不断提高,人力资源的变化对企业的影响越来越明显。因此,企业必须进行人力资源规划,确保企业在生存发展过程中对人力的需求。

2. 控制人工成本

人力资源规划对预测中长期的人工成本有重要的作用。人工成本中最大的支出是工资，而工资总额在很大程度上取决于企业中人员的分布状况。人员分布状况是指企业中的人员在不同职务、不同级别上的数量状况。当一个组织年轻的时候，处于低职务的人多，人工成本相对便宜，随着时间的推移，人员的职务等级水平上升，工资的成本也就增加。如果再考虑物价上升的因素，人工成本就可能超过企业所能够承担的限度。在没有人力资源规划的情况下，未来的人工成本是未知的，难免会发生成本上升，效益下降的趋势。因此，在预测未来企业发展的条件下，有计划地逐步调整人员的分布状况，把人工成本控制在合理的支付范围内，这是十分重要的。

3. 充分利用现有人力资源，调动员工的积极性

人力资源规划对于企业充分利用现有人力资源，调动员工的积极性也很重要。在人力资源规划的条件下，员工可以看到自己的发展前景，从而会积极地努力，争取向企业要求的方向发展，这一方面有助于引导员工做好职业生涯设计、促进其职业生涯发展，另一方面有助于企业充分发挥现有人力资源的作用。

4. 保证组织管理的顺利进行和组织目标的实现

在大型和复杂结构的组织中，人力资源规划的作用特别明显。无论是确定人员的需求量、供给量，还是职务、人员以及任务的调整，不通过一定的计划显然都是难以实现的。如什么时候需要补充人员、补充哪些层次的人员、如何避免各部门人员提升机会的不均等的情况、如何组织多种需求的培训等。这些管理工作在没有人力资源规划的情况下，就避免不了"头痛医头、脚痛医脚"的混乱状况。因此，人力资源规划是组织管理的重要依据，它会为组织的录用、晋升、培训、人员调整以及人工成本的控制等活动提供准确的信息和依据。

（三）人力资源规划的内容

人力资源规划包含以下两个层次的内容。

1. 人力资源战略发展规划

根据企业未来发展战略，确定企业人力资源开发和利用的大政方针、政策和策略，是人力资源具体规划的指导原则和核心。包括人力资源数量、素质和结构规划。

2. 人力资源具体规划

人力资源具体规划是人力资源战略发展规划的具体体现，是它的实施计划，人力资源战略发展规划目标的实现，取决于这些规划的实施完成情况。包括如下内容。

（1）组织人事规划　组织结构的调整变革计划、作业组织的调整发展计划、劳动定员定额计划、晋升计划、薪酬激励计划等。

① 组织结构调整变革计划。即在企业内外部环境和条件变化的情况下，通过对企业组织结构的诊断，发现组织机构和部门结构现存的问题，围绕企业组织调整和变革的目标、措施、步骤、方法和期限等内容所制订的行动方案。

② 作业组织调整发展计划。它是根据企业生产经营总体计划的要求，通过对劳动分工与协作方式、工作地的组织状况、工作轮班方式和工时制度，以及技术工人的素质状况和结构特点等方面的深入分析，为提高工效、实现劳动组织科学化所提出的具体的措施计划。

③ 劳动定员定额提高计划。劳动定员定额是企业在一定的生产技术组织条件下，采用科学合理的方法，为生产企业产品或完成某项工作任务所预先规定的活劳动消耗量的限额。随着企业内外部环境条件的变化，以及劳动者素质的提高，企业应适时地制订企业劳动定员定额计划，它对提高劳动生产率，降低成本，有效贯彻按劳付酬原则，激励员工具有十分重要的意义和作用。

（2）制度建设规划　人力资源管理制度是企业人力资源管理系统有效运行的基本保障，

企业要保证人力资源总体规划目标的实现，就必须不断建立、健全和完善企业人力资源管理的制度体系，使人力资源管理的获取、整合、保持与激励、控制与调整、开发等五项基本职能得到充分的发挥。人力资源管理制度包括人力资源招聘、配置和使用制度、培训制度、绩效考核制度、薪酬制度、奖惩制度、福利制度等。

（3）培训开发规划　人力资源的开发和利用是人力资源规划的重点，包括员工职业道德教育计划、员工职业技能培训计划、专门人才的培养计划、管理人员提升领导力的计划等。这类计划的编制和实施，有利于提高员工的个体素质和企业的整体素质，提升企业形象和核心竞争力。

二、人力资源战略与企业经营战略的整合

（一）企业经营战略的概念

企业的经营战略是一个组织实现其宗旨的详尽计划，由三个部分组成：企业长远目标；实现目标的行动方案和资源分配。

人力资源战略从属于企业的经营战略，必须首先要明确企业的经营战略，认识人力资源在企业经营战略构架中的地位和作用，才能制订出有效的人力资源战略和规划。

（二）企业经营战略的层次

企业经营战略一般分为三个层次：企业总体战略、事业部战略、职能战略，各战略之间的关系如图 3-1 所示。

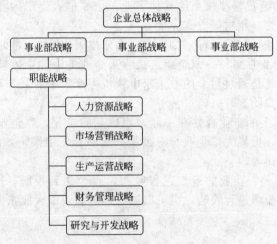

图 3-1　企业经营战略的层次

（三）企业经营战略的类型

企业经营战略多种多样，千差万别，主要分析与人力资源战略密切相关的经营战略：企业发展战略、企业竞争战略、企业文化战略。

1. 企业发展战略

企业发展战略主要分以下四种：成长战略、维持战略、收缩战略和重组战略。

（1）成长战略　企业在市场不断扩大、业务不断增长时通常采取成长战略，以抓住发展机会。企业在采取成长战略时，可以根据其具体情况选择以下三种不同的成长战略。

① 集中成长战略。即在原有产品基础上，集中发展成为系列产品或开发与原产品相关联的产品系列。采用这种发展战略的典型范例是青岛海尔公司。在青岛海尔公司的开创阶段，集中全部精力和资源生产经营冰箱。当公司的产品形成规模，创出了名牌后，开始全面出击，开发相关联的其他家电产品，如电视机、VCD、移动电话、电脑等。

② 纵向整合成长战略。即向原企业产品的上游产业或下游产业发展。如饲料生产厂家可以发展养殖、食品加工和销售，甚至餐饮，正大集团就成功运用了这种成长战略。

③ 多元化成长战略。即企业在原产品或产业的基础上，向其他不相关或不密切相关的产品和产业发展，形成通常所说的"多角化经营"的格局。

（2）维持战略　当市场相对稳定，且被几家竞争企业分割经营时，处于其间的企业常采用维持战略，即坚持自己的市场份额、客户和经营区域，防止企业利益被竞争对手蚕食，同时保持警惕，防止新的对手进入市场。采取这种战略的企业，经营目标不再是高速发展，而是维护已有的市场地盘，尽可能大地获取收益和投资回报。

常用的维持方法有：培养客户的忠诚感、维护品牌的知名度、开发产品的独特功能、挖掘潜在的顾客等。

（3）收缩战略　当企业的产品进入衰退期或因经营环境变化而陷入危机时，企业可以采取收缩战略以扭转颓势，克服危机，争取柳暗花明，走出困境。

常见的收缩战略方法如下。

① 转向。放弃当前经营的产品、产业，转入其他经营领域。

② 转移。将已呈颓势的产品、产业转移到其他发展相对落后的地区，本地的"瘦狗产品"可能在其他地区就成为了"明星产品"。

③ 破产。通过清算破产彻底退出某一产品或产业的经营，避免进一步损失，或者是为了"断其一指而保留全身"。

④ 移交。将企业的经营管理权交给其他企业，依靠他人走出困境。经营管理权的移交常通过兼并、合资、托管、租赁等方式完成。

（4）重组战略　是指企业通过资产重组的方式寻求发展的战略，常见的资产重组方式如下。

① 兼并。即一家企业收买另一家企业，被收买企业的法人主体被撤销，整体并入收买企业。例如，康佳公司就是通过对全国数十家电视机生产厂家的兼并，在短短几年里就迅速发展成为一家大型企业集团。

② 联合。即两家以上的企业合并在一起，组成新的企业，原企业法人主体撤销，全部并入新的企业。近年来，世界大型企业纷纷掀起一股联合的浪潮，如波音公司与麦道公司，克莱斯勒公司与大众公司等。

③ 收购。一企业对另一企业的股权进行收买，直至达到控股，从而控制被收购企业。既可以通过股市对上市公司进行收购，也可以通过接触和说服大股东出让股权从而控制非上市公司。

2. 企业竞争战略

企业基本竞争战略有以下三种。

（1）成本领先战略　企业在采取这种战略时，力求在生产经营活动中降低成本、扩大规模、减少费用，使自己的产品比竞争对手的产品成本低，因而可以用低价格和高市场占有率保持竞争优势。这种战略尤其适合于成熟的市场和技术稳定的产业。

（2）产品差异化战略　企业采取这种战略是为了努力使自己的产品区别于竞争对手的产品，保持独特性。为达到这一目的，企业必须以创新为导向，生产竞争对手无法生产的产品或竞争对手产品所不具有的独特功能的产品。企业还可以生产高品质产品来实现这一目的，以优秀品质胜过竞争对手的产品。

（3）集中战略　是指企业集中精力于某一个较小较窄的细分市场中进行生产经营，努力使自己在选定的市场缝隙中专门化。

3. 企业文化战略

企业文化主要指一个企业长期形成的并为全体员工认同的价值信念和行为规范。每一个企业都会有意或无意地形成自己特有的文化，它来源于企业经营管理者的思想观念，企业的历史传统、工作习惯、社会环境和组织结构等。美国密执安大学的奎因认为，企业文化可以根据两个轴向而分成四大类，如图 3-2 所示。

图 3-2　企业文化的分类

（1）创新导向式企业文化　特点是强调创新和成长，组织结构较松散，运作上非条规化。

（2）市场式企业文化　特点是强调工作导向和目标的实现，重视按时完成各项生产经营目标。

（3）家庭式企业文化　特点是强调企业内部的人际关系，企业像一个大家庭，员工像一个大家庭的成员，最受重视的价值是忠诚和传统。

（4）官僚式企业文化　特点是强调企业内部的规章制度，重视企业的结构、层次和职权，注重企业的稳定性和持久性。

以上是对企业经营战略的分析，每个企业的战略实际上都是发展战略、竞争战略和文化战略的综合运用，这三个方面都将影响到企业人力资源战略的选择和制订。

（四）人力资源战略与企业经营战略的整合

1. 人力资源战略的概念

人力资源战略是企业为适应外部环境变化的需要和人力资源开发与管理的自身需要，根据企业的发展战略，充分考虑员工的期望而制订的人力资源开发与管理的纲领性的长远规划。

2. 人力资源战略与企业竞争战略的配合

（1）成本领先战略下的人力资源战略　采用成本领先的企业多为集权式管理，生产技术较稳定，市场也较成熟，因此企业主要考虑的是员工的可靠性和稳定性，通常用高度分工和严格控制进行管理。企业追求的是员工在指定的工作范围内有稳定一致的表现，如果员工经常缺勤或表现参差不齐，必将对生产过程和成本构成严重影响。为适应这种竞争战略的需要，企业可采用诱引式人力资源战略与之配合。

诱引式人力资源战略主要是通过丰厚的薪酬去诱引和留住人才，从而形成一支稳定的高素质的员工队伍。为了控制人工成本，企业在实行高薪酬的诱引战略时，往往严格控制员工数量，所吸引的也通常是技能高度专业化的员工，招聘和培训的费用相对较低。

（2）产品差别化战略下的人力资源战略　采用产品差别化战略的企业主要以创新性产品和独特性产品去战胜竞争对手，其生产技术一般较复杂，企业处在不断成长和创新的过程中。这种企业的成败取决于员工的创造性，员工的工作内容没有明确的界定，常处于变化之中并具有一定的风险。为适应这种竞争战略的需要，企业可采用投资式人力资源战略与之配合。

投资式人力资源战略主要是通过聘用数量较多的员工，形成一个备用人才库，以提高企业的灵活性，并储备多种专业技能人才。采用这种战略的企业注重员工的开发和培训，注重培养员工的独立思考和创新工作的能力。企业的任务是为员工创造一个有利的环境，鼓励员工发挥其独创性。同时注意培育良好的劳动关系，目的是要与员工建立长期、稳定的工作关系，故企业十分重视员工，视员工为投资对象，让员工感到有较高的工作保障。

（3）产品集中、高品质战略下的人力资源战略　采取高品质产品战略的企业依赖于广大员工的主动参与和有效的团队合作与严格的品质保障措施，才能保证其产品的优秀品质。为适应这种竞争战略的需要，企业可以采用参与式人力资源战略与之配合。

参与式人力资源战略重视培养员工的归属感和合作参与精神，注重团队建设、自我管理和授权管理，通过授权，鼓励员工参与决策或通过团队建设让员工自主决策。管理人员则像教练一样为员工提供必要的咨询和帮助。企业在对员工的培训上重视员工的沟通技巧、解决问题的方法、团队工作等，这种人力资源战略的典型应用如日本企业开创的QC小组。

人力资源战略与企业竞争战略及企业文化战略的配合方式如表 3-1 所示。

表 3-1　人力资源战略与企业竞争战略及企业文化战略的配合方式

企业竞争战略	企业文化战略	人力资源战略
成本领先战略	官僚式企业文化	诱引式人力资源战略
产品差别化战略	创新导向式企业文化	投资式人力资源战略
产品集中、高品质战略	家庭式企业文化	参与式人力资源战略

3. 人力资源战略与企业变革的配合

史戴斯和顿菲指出，企业可能因变革的程度不同而采取以下四种人力资源战略：家长式人力资源战略、任务式人力资源战略、发展式人力资源战略和转型式人力资源战略。这四种人力资源战略的特点见表 3-2。

表 3-2　人力资源战略与企业变革的配合

变革的程度	人力资源战略类型	人力资源战略特点
避免变革，寻求稳定	家长式人力资源战略	集中控制人事的管理；强调程序、先例和一致性；硬性的内部任免制度；强调操作和督导；人力资源管理的基础是奖惩和严格的制度规定
较为稳定的经营环境，企业的发展也处于较为稳定的阶段，即使有变革，也是局部的变革	任务式人力资源战略	注重业绩和绩效管理；强调人力资源规划、工作再设计和工作常规检查；注重物质奖励；内部和外部招聘并重；进行正规的技能培训；有正规程序处理劳动关系问题；非常强调战略事业单位的组织文化
不断变化和发展的经营环境，经常的经营计划调整，局部变革较为频繁	发展式人力资源战略	大规模的发展和培训计划；尽量从内部进行招聘；运用内在激励多于外在激励；优先考虑企业的总体发展；注重团队建设，强调企业整体文化；重视绩效管理
全面变革：包括企业战略、组织机构和人事的重大改变、企业文化脱胎换骨在内的彻底变革	转型式人力资源战略	调整员工队伍的结构，进行必要的裁员，缩减开支；从外部招聘管理骨干；对管理人员进行团队训练，建立新的"理念"和"文化"；打破传统习惯，摒弃旧的组织文化；建立适应经营环境的新的人力资源系统和机制

第二节　人力资源规划的程序

人力资源规划可以分为以下几个步骤，如图 3-3 所示。这一过程主要包括企业内外环境分析、人力资源需求预测、人力资源供给预测、人力资源规划的编撰与供需平衡和人力资源规划的执行和控制五个部分。

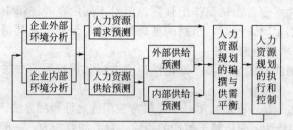

图 3-3　人力资源规划的程序

一、企业内外环境分析

1. 企业外部环境分析

外部环境分析主要包括：宏观经济和行业经济形势、技术变革和发展水平、竞争态势、劳动力市场的供求状况、人口、相关的政策和法规、政府监管情况等。

2. 企业内部环境分析

内部环境分析主要任务是核查企业现有人力资源，包括企业战略、业务计划、人力资源现状（数量、质量、结构与分布状况）、辞职率和内部流动性等。

本阶段是人力资源规划的第一个过程，也是后面各阶段的基础，它的质量如何对整个规划工作影响很大，必须高度重视。

核查现有人力资源关键在于人力资源的数量、质量、结构及分布状况。这一部分工作需要结合人力资源管理信息系统和工作分析的有关信息来进行。如果企业尚未建立人力资源管理信息系统，这项工作最好与建立该信息系统同时进行。一个良好的人事管理信息系统，应尽量输入员工个人和工作情况的资料，以备管理分析使用。人力资源信息应包括以下几个方面：个人自然情况、录用资料、教育资料、工资资料、工作执行评价、工作经历、职务与离职资料、工作态度、工作或职务的历史资料等。利用计算机进行管理的企业可以十分方便地存储和利用这些信息。

这一阶段必须获取和参考的另一项重要的信息，是工作分析的有关信息情况。工作分析是企业人力资源管理五大职能（获取、整合、保持与激励、控制与调整、开发）中起核心作用的要素，是下一步工作的基础。工作分析明确地指出了每个岗位应有的职务、责任、权力以及履行这些职、责、权所需的资格条件，这些条件就是对员工的质量上的水平要求。

二、人力资源需求预测

（一）人力资源需求预测的含义

根据企业的发展战略和内外部条件，对未来一定时期内企业所需要的人力资源的数量、质量进行预测。在预测人员需求时，应充分考虑以下因素对人员需求的数量上和质量上以及构成上的影响：

① 企业的产量或业务量对于人力资源的要求；

② 产品或服务质量升级或决定进入新的市场的决策对人力资源需求的影响；

③ 为提高生产率而进行的技术和组织管理革新对人力资源需求的影响；

④ 人力资源的稳定性，如计划期内人员的更替（退休、劳动合同终止和辞退）、人员流失（辞职）等原因引起的职位空缺；

⑤ 与上述变化相关的教育和培训对人力资源需求的影响；

⑥ 企业所拥有的财务资源对人力资源的约束。

一般来说，上述因素是影响企业对人力资源需求的类型、数量的重要变量，预测者通过收集历史资料并分析这些因素，从而作出预测。但对不同的企业或组织，每一因素对人力资源需求的影响程度并不相同。同时，预测的准确与否还与预测者及其判断能力紧密相关。

（二）人力资源需求预测的方法

人力资源需求预测的方法分两类：即定性预测方法和定量预测方法。

1. 定性预测方法

（1）直觉预测方法　是一种最简单，也是最常使用的定性预测方法。这种方法完全依赖预测者个人或一个小组的特性，即依赖于他们的经验、智力和判断力。一般进行预测的人是这一领域的专家，因此对这一领域的具体细节和总体情况都有较多的了解。也可以采取一组人进行预测，这样可以增加信息量，集中大家智慧，形成一致意见。但有时也存在信息太多，可能会冲淡主题，容易受到成员间的互相影响，权威人士会限制其他人的创造性思维等缺点。

（2）德尔菲法　又称专家预测法，一定程度上可以克服直觉预测方法的一些缺点。它是专家们对影响企业某一领域发展的看法达成一致意见的结构化方法。该方法通过邀请专家以书面形式提出各自对企业人力资源需求的预测，并通过反复多次以达一致。德尔菲法对人力资源的预测建立在专家的主观判断基础上，但由于采取匿名的形式进行，避免了面对面时因人际关系、职位高低等因素而造成的预测误差，同时几轮反复的沟通有利于专家更好地接受彼此的意见。专家们的选择是基于他们对影响企业的内部因素的了解程度。组织内部专家及外请专家均可成为专家构成的来源。例如在估计未来某公司对劳动力的需要时，可选出公司的计划、人事、市场、生产和销售等部门经理作为专家。

2. 定量预测法

定量预测法又称数学预测法，常用的定量预测方法主要有以下几种。

（1）时间序列分析法　这是一种相对简单的方法。预测者必须收集过去一段时间的历史数据，然后用这些数据去作图，以表明其趋势的变化。此曲线经过分析后用数学方法进行修正，即可以得到预测用的趋势线。将此趋势线延长，就可以用来进行预测。这种方法的缺点是没有考虑到将来有重大影响的事件。

（2）回归分析法　回归分析预测是通过建立人力资源需求及其影响因素之间的函数关系，从影响因素的变化来推测人力资源需求量变化的一种数学方法。

人力资源的需要水平通常和某个因素或某些因素有关系，当这种关系是一种高度确定的相关关系时，就可以用数理统计的方法定量地表示这种关系，从而得出一个回归方程。用此方程进行预测就会非常简单和方便。当人力资源的需要量与某一种因素有高度相关关系时，所建立的方程就是一元回归方程，若与该因素之间的关系呈比较简单的关系，比如线性关系，则所建立的方程就是一元线性回归方程。在实际工作中，影响人力资源需求的因素往往不只一个，因此需要建立多元回归方程，当人力资源的需要量与多个因素高度相关，并与每个因素的关系都是线性关系，就可以建立多元线性回归方程来预测。

应用该方法的关键在于找出和人力资源有高度相关性的因素。此外，在应用这一方法时，要能很容易得到这些变量的历史数据。

三、人力资源供给预测

（一）人力资源供给预测的含义

对人力资源需求预测后，要决定这些需求有无供给、何时何地能够获得供给，因此就需要对人力资源进行供给分析。人员供给预测也称为人员拥有量预测，是人力预测的又一个关键环节，只有进行人员拥有量预测并把它与人员需求量相对比之后，才能制订各种具体的规划。

（二）人力资源供给预测的内容

人力资源供给预测包括两部分：一是人力资源内部供给预测（内部拥有量预测），即是根据现有人力资源及其未来变动情况，预测出规划各时间点上的人员拥有量；另一部分是人力资源外部供给预测，确定在规划各时间点上的各类人员的可供量。

1. 人力资源内部供给预测

在人力资源的供给预测中，要搞清企业现有人力资源状况，如企业内部的晋升、降职和换岗等，还要考虑到员工的辞职、下岗、退休、开除等因素的影响。首先必须搜集企业人力资源的有关信息，建立企业人力资源数据库，其内容包括：每位员工的工作绩效记录、教育状况以及提升的可能性等。

（1）建立人力资源数据库　人力资源数据库的建立格式可以多种多样。如表3-3所示的人力资源登记表中，包括教育水平、所学专业、职业兴趣、职业发展兴趣、语言、技术水平等。通过这些信息可以判断现有员工中哪些是可以提升或调配到空缺职位上来。人力资源数据库一般用于晋升人选的确定、管理人员接续计划、对特殊项目的工作分配、工作调动、培训、薪酬计划、职业生涯计划和组织结构分析。

表3-3　人力资源登记表

姓名		部门		科室	工作地点	照片
到公司就职日期 （　年　月　日）		出生日期 （　年　月　日）		婚姻状况	职位名称	
教育状况	受教育程度		学位类别		取得学位年份	学习的主要科目
	初　中					
	高　中					
	大　学					
	硕　士					
	博　士					
	其　他					
职业与发展兴趣						
你对现职是否感兴趣 是□　否□			你是否愿意换工作 是□　否□		你愿意接受职位轮换吗 是□　否□	
你认为需要参加何种类型的培训 1. 在目前的职位上改善技能与绩效 2. 增加经验和能力以求进一步发展						
你认为自己还有能力完成哪些工作						
参加何种社团组织	名　称				职　务	
技能	技　能　类　型				证　书	
重要经历						
兴趣爱好						

（2）**职位接续配置法**　在人力资源供给预测中还可以用职位配置图来对每一位内部候选

人进行跟踪，以便为企业内重要的职位配置人员。如图 3-4 所示。这种配置图可以让决策者一目了然地了解企业内部员工当前绩效的状况以及可提升程度的高低。

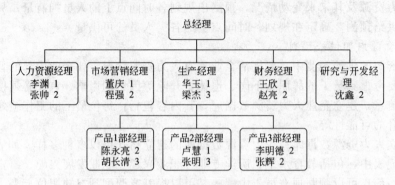

图 3-4　职位接续配置图

1—可以提升；2——年内可以提升；3—两年内可以提升

（3）马尔可夫分析法　马尔可夫分析法也称转换矩阵法，其基本思路是：找出过去人事变动的规律，以此来推测未来的人事变动趋势。

这种分析法的第一步是做一个人员变动矩阵表，表中的每一个元素表示一个时期到另一个时期在两个工作之间调动的员工数量的历史平均百分比。一般以 5～10 年为周期来估计年平均百分比。周期越长，根据过去人员变动所推测的未来人员变动就越准确。

例如：某会计师事务所，有四类人员：高层领导（G），部门经理（M），高级会计师（S），会计员（J），其人员的转移矩阵见表 3-4（A）。表中表明，在任何一年里，高层领导有 80％仍留在该所，20％退出；部门经理有 70％仍在原职，10％成为高层领导，20％离开；高级会计师有 5％晋升为部门经理，80％仍在原职，5％降为会计员，10％外流；会计员有 15％晋升为高级会计师，65％留在原职，20％另谋他职。用这些历史数据来代表每类人员转移流动的转移率，可以推算出人员变动情况。将计划初期每一种工作的人员数量（初始人数）与每一种工作的人员变动概率相乘，然后纵向相加，即得到组织内部未来劳动力的净供给量，见表 3-4（B）所示。

表 3-4（A）　某会计师事务所人力资源供给情况的马尔可夫分析

	人员调动概率				
	G	M	S	J	离职
高层领导（G）	0.80				0.20
部门经理（M）	0.10	0.70			0.20
高级会计师（S）		0.05	0.80	0.05	0.10
会计员（J）			0.15	0.65	0.20

表 3-4（B）　某公司人力资源净供给量的马尔可夫分析

	初始人数	G	M	S	J	离职
高层领导（G）	10	8				2
部门经理（M）	20	2	14			4
高级会计师（S）	120		6	96	6	12
会计员（J）	160			24	104	32
预计的人员供给量		10	20	120	110	50

再分析表 3-4 (B)，如果下一年该会计师事务所人员变动概率与上一年相同，可以预计下一年将有同样数量的高层领导（10 人），以及同样数目的高级会计师（120 人）和部门经理（20），会计员将减少 50 人。这些人员变动的数据，与正常的人员扩大、缩减或维持不变的计划相结合，就可以来决策怎样使预计的劳动力供给与需求相匹配。

2. 人力资源外部供给预测

如果企业中没有足够的内部候选人可供挑选的话，企业下一步要做的可能就是把目光转向外部候选人。对外部人力资源供给预测包括总体经济状况预测、当地市场情况预测及职业市场预测等。

① 本地区人口总量与人力资源率。当地人口数量越大，人力资源率越高，则人力资源供给就越充裕。

② 本地区人力资源的总体构成。它决定了在年龄、性别、教育、技能、经验等层次与类别上可提供的人力资源的数量与质量。

③ 本地区的经济发展水平。它决定了对外地劳动力的吸引能力。当地经济水平越发达则对外地劳动力的吸引力就越大，当地的劳动力供给也就越充分。

④ 本地区的教育水平。特别是政府与组织对培训和再教育的投入，它直接影响人力资源的供给的质量。

⑤ 本地区同一行业劳动力的平均价格、与外地相比较的相对价格、当地的物价指数等都会影响劳动力的供给。

⑥ 本地区劳动力的择业心态与模式、本地区劳动力的工作价值观等也将影响人力资源的供给。

⑦ 本地区的地理位置对外地人口的吸引力。一般说来，沿海地带对非本地劳动力的吸引力大。

⑧ 本地区外来劳动力的数量与质量。

⑨ 本地区同行业对劳动力的需求。

⑩ 另外还有许多本地区外的因素对当地人力资源供给有影响。如全国人力资源的增长趋势、全国对各类人员的需求与供给（包括失业状况）、国家教育状况、国家劳动法规等。

四、人力资源规划的编撰与供需平衡

（一）确定人员需求量和供给量

这一步主要是把预测到的各规划时间点上的供给与需求进行比较，确定人员在质量、数量、结构及分布不一致之处，从而得到人员需求量，即确定计划期内的员工人数。一般来说，计划期内的各部门原有员工人数虽然有变化，但是其主要部分仍然留在原岗位上。所以计划的关键就是正确确定计划期内员工的补充需要量。其平衡式如下。

$$\text{计划期内人员补充需求量} = \text{计划期内人员总需求量} - \text{现有人员总数} + \text{计划期内自然减员总人数}$$

企业各部门对员工的补充需求量主要包括两部分：一是由于企业各部门实际发展的需要而必须增加的人员；二是原有的员工中，因退休、退职、离休、辞职等原因发生了"自然减员"而需要补充的那一部分人员。

核算计划期内企业各部门人员的需要量，应根据各部门的特点，按照各类人员的工作性质，分别采用不同的方法。比如，企业的生产性部门是根据生产任务总量和劳动生产率、计划劳动定额以及有关定员标准来确定人员的需要量；而企业各职能部门的行政、服务人员的计划，应根据组织机构的设置、职责范围、业务分工、工作总量和工作定额标准来制订。

计划期内人员的需要量核算出来以后，要与现有的人员总数进行比较，其不足部分加上自然减员人数，即为计划期内的人员补充需要量。

（二）制订平衡政策确保需求和供给的平衡

人力资源计划在实施过程中供求有可能一致，也有可能不一致。往往一致是暂时的，相对的；而不一致是长期的，绝对的。因此，人力资源管理部门要经常性地对人力资源的供求进行调节，以达到相对的一致。

这一步的工作实际是制订各种具体的规划和行动方案，保证需求与供给在规划各时间点上的匹配。主要包括：人员补充计划、内部调换计划、晋升计划、培训计划、招聘计划等。

1. 当供小于求时，采取的调节方法

① 培训本企业员工，对受过培训的员工根据需要择优提升补缺，并相应提高其工资待遇，以便留住人才，防止发生人才危机。

② 进行岗位横向调动，或者进行跨职能管理，一人兼数职，充分发挥广大员工的主观能动性。

③ 延长员工的工作时间或增加员工的工作负荷，并给超时超负荷工作的员工提高工资和福利待遇，以激励员工的积极性和创造性。

④ 改进技术或重新进行工作设计，以提高员工的工作效率。

⑤ 雇用全日制临时工或非全日制临时工。

⑥ 制订招聘政策，加大招聘力度，向组织外招聘。

2. 当供大于求时，采取的调节方法

① 加大裁员力度，并做好提前退休的动员。

② 加大培训力度，做好人力资本的储备工作，为扩大生产规模作准备。

③ 减少工作时间，相应地减少工资与福利。

④ 考虑改变企业目标的可能性，如企业是否可以开发新市场或进行业务多元化。

（三）制订具体行动方案和时间表

在各分类规划的指导下，确定企业如何具体实施规划并制订详细的时间表，是这一步的主要内容。

五、人力资源规划的执行和控制

在人力资源规划的战略选择阶段所形成的方案，最终还要在方案执行阶段付诸实施。方案执行阶段的关键在于必须确保有专人负责既定目标的实施，并且要确保实施者有实现目标所需要的权力和相应的资源。另外还要有关于执行过程进展状况的定期报告，以保证所有的方案都能在既定的时间内执行到位，取得预计的效果，这就要求对人力资源计划的实施过程进行有效的控制。

（一）执行确定的行动计划

1. 建立完善的人力资源信息系统

企业在进行人力资源规划及其他人力资源活动（如招聘、培训开发、薪酬管理等）时都会对人力资源信息提出具体要求，为了满足这些要求，企业必须建立一个能系统收集、处理和报告信息的人力资源信息系统。通过有效利用人力资源管理信息系统中提供的统计分析、决策支持等工具，帮助人力资源规划的顺利实施，同时通过这个人力资源信息系统还可以帮助人力资源部门实现数据的集中管理和共享，优化业务流程及人力资源作业流程，为人力资源部门进一步提高工作效率，提升整体业务水平提供强有力的支持。

人力资源信息系统在人力资源计划中的重要作用体现在如下方面。

（1）为人力资源计划建立人事档案室　人事档案既可以用来分析目前劳动力的知识、技术、能力、经验和职业，又可用来对未来的人力资源需要进行预测。

（2）帮助完成人力资源计划过程中的各项工作　如晋升人选的确定、对特殊项目的工作分配、工作调动、培训；工资奖励计划、职业生涯计划和组织结构分析等。这些工作的完成都必须借助人力资源信息系统。

（3）为决策者提供各种报告　如用于日常管理的工作性报告：包括岗位空缺情况、新员工招聘情况、辞职情况、退休情况、提升情况和工资情况等。还可以向政府机构和一些指定企业提供规定性的统计报表、报告和用于组织内部研究的分析报告，以表明劳动力在各个部门或各管理层次上的性别、年龄和学历分布等。

总之，人力资源信息系统的建设，是人力资源管理中的一项基础性工作。完善的人力资源信息系统可为决策者提供许多必不可少的决策信息，使管理和决策更加科学化和更符合实际。

2. 对内部人力资源供应进行控制

外部劳动力的供给受整个社会经济及人口结构因素的影响，还受政府的教育政策和劳动、人事政策的影响，是企业不可控制的因素。所以这里主要分析如何进行人力资源的内部供应。

对内部人力资源供应的分析首先从现有员工着手。为了避免人力资源的流失或损耗，管理人员必须对造成员工损耗的因素加以分析。导致员工损耗的因素可分为企业内外两个方面：员工受到企业外部的吸引力所引起的"拉力"和企业内部所引起的"推力"。

"拉力"包括希望转到其他企业，以求较高收入和较好的发展机会；社会的就业机会较多，员工到外边可找到较好的工作；以及员工的心理问题。"推力"包括以下几方面：一是企业欠缺有效的人力资源计划，造成人力资源政策不稳，裁减员工等；二是员工自身的问题，如某些青年员工对工作认识不够，或不能适应新的工作环境，加上年轻、未婚、没有家庭负担等，使他们常常喜欢调换工作；三是工作压力过大而造成；四是人际关系的冲突也容易造成员工流失；五是工作性质的改变，或工作标准的改变，也可使某些员工对现有工作失去兴趣或无法适应而辞职。

3. 人力资源内部稳定性分析

任何一个组织都要保持内部人员的相对稳定性，如果流动率过高，对组织的发展极为不利。因为流动过快表示组织人事政策不稳，凝聚力低，并且会增加招聘、甄选及训练等费用。当然，完全不流动，则不足以产生新陈代谢的作用。人力资源内部的稳定性可以通过以下三个指标来分析，即员工离职率、人力稳定指数和留任率。

（1）员工离职率　员工离职率的计算公式为

员工离职率＝在某一年内离职的人数/在某一年内的平均员工人数×100％

在估计未来人力资源供应时，必须考虑离职率的大小。员工离职率越大，则企业保留人力资源的能力越低。一般说，当经济繁荣，劳动力短缺，失业率低，工作机会增加时，离职率亦相应增加。

（2）人力稳定指数　人力稳定指数的计算公式为

人力稳定指数＝现时服务满一年或以上的人数/一年前雇用的总人数×100％

这个指数没有考虑人力资源的流动，只计算了能任职一定时间的人数比例。

（3）留任率　留任率的计算公式为

留任率＝一定期间后仍在职人员/原在职人员×100％

4. 人力资源充分利用分析

人力资源充分利用的因素主要包括年龄、缺勤、职业发展和裁员等四项。

（1）员工年龄分布　企业内员工的年龄分布情况对于员工的工资、升迁、士气及退休福利等的影响极大。如一个已步入成熟或持续收缩阶段的企业，员工的年龄分布偏高，老年员工占较大比例，由于工资与年资有关，所以年资越长，工资越高，另外对于退休福利与接班人的需求问题也较严重，此外还会影响到其他员工的升迁机会、进取态度及工作士气。

（2）缺勤分析　缺值比值的计算公式为

缺勤比值＝因各类缺勤原因而损失的工作日数／（损失工作日数＋工作日数）×100%

缺勤通常包括假期、病假、事假、怠工、迟到、早退、工作意外、离职等。此外，士气低落、生产率低、工作表现差、服务水准差等都可以反映缺勤的情况。假如缺勤情况严重，就应对缺勤因素作出分析并加以改善，促进现有人力资源得以充分发挥作用，不致浪费。

（3）员工的职业发展　指导员工规划好个人的前程，提供充分发挥其潜能的机会，是挽留人才的有效方法之一，也是人力资源计划中重要的一环。帮助员工了解到他们可以获得某些职位或晋升的机会，会使他们对前途充满合理的期望。

（4）裁员　当企业内部需求减少或供过于求时，便出现人力资源过剩，裁员是无法避免的，这是国际上通行的做法。裁员对企业来说是一种浪费，因为损耗已培养过的人才，无论对企业现有员工还是对被解雇的员工本人都是很大的打击。一项好的人力资源计划必然没有员工过剩的现象出现，即使需要裁员也可以通过其他方法（如退休、辞职、提前退休等）来平衡。

（二）对执行过程实施控制

人力资源规划的控制是指针对企业所制订的人力资源规划和实际贯彻执行过程进行动态调节，纠正偏差，确保人力资源规划的实施与预期目标相互吻合，保障人力资源规划战略有效实施的过程。

在预测过程中，由于不可控因素很多，常会发生令人意想不到的变化或问题，如若不对规划进行动态的监控、调整，人力资源规划最后就可能成为一纸空文，失去了指导意义。因此，对执行过程进行控制是非常重要的一个环节。

对人力资源规划的实施进行控制主要基于以下几个方面的原因。

1. 人力资源环境的多变性

随着世界经济全球化的不断发展、知识经济的兴起、市场竞争的日益激烈以及技术发展的日新月异，企业所面临的环境正在发生剧烈的变化。这些变化导致了企业的组织结构、战略和企业文化的不断调整，同时也加大了企业制订和实施人力资源规划的难度和不确定性。因此，人力资源规划环境在广度、幅度、深度以及速度方面的变化，必然要求组织对最初制订的人力资源规划在内容、实施手段以及实现的目标上进行相应的控制。

2. 人力资源规划本身的不完整性

人力资源规划在制订的过程中由于受到制订者自身的主观能力和客观条件的限制，往往会存在一系列意想不到的问题和缺陷，而这些问题和缺陷只有在人力资源规划实施的过程中才可能暴露出来。因此，这就需要在具体实施的过程中不断地调整、补充和完善，以达到事先预期的目标。

3. 人力资源本身的能动性

企业在做人力资源规划时，不可能精确地预料企业内外人力资源本身能动性的作用给企业带来的变化，因此，在人力资源素质结构、损耗与内外部流动、人力资本以及员工需求等方面都会要求人力资源规划必须有动态的控制和评价来保证其兼容性，促使企业人力资源产生良性互动。

一般而言，实施人力资源规划的控制主要从以下几个方面进行。

（1）控制对象的选择　由于控制的可行性以及经济上的原因，不可能也没有必要对人力资源规划的每一个因素进行监控。通常选择对企业人力资源规划实施影响力大的关键因素作为控制点，主要包括人力资源实际数量及变化量、人力资源质量、经营战略变化、外部环境变化等方面，企业可根据自身情况对这些关键控制点进行监测与控制。

（2）控制标准的选择　控制标准是用来衡量人力资源规划实施情况的参考值，是一种理想预期值。选择控制标准应该结合企业本身的人力资源战略、企业的内外部环境、企业文化以及同类型人力资源管理优秀企业等多种因素并综合权衡。在有一个明确的控制标准的同时，还应适当保留一定的弹性。

（3）反馈比较　将从人力资源规划的实际运行中得到的观测值与已确定的控制标准进行比较，并对相应结果进行总结、判断分析，及时发现人力资源规划执行过程中出现的偏差，并将偏离方向和偏离程度进行剖析，找出问题的根源，为企业进行人力资源规划的调整提供基础。

（4）调整控制　反馈比较的结果，如果符合人力资源规划的发展方向和要求，就鼓励并保持良好的状态，如果实际执行过程出现偏差，就采取相应的措施进行调整，以确保人力资源规划与其目标的实现。

六、人力资源规划的评估

人力资源规划的评估是通过对有关人力资源规划实施的信息进行收集，将人力资源规划的预期结果和实际贯彻的结果相比较，进而分析并判断人力资源规划是否较好地解决了实际问题，采取的方法和技术手段是否合适，企业内外的资源是否得到充分的利用，人力资源规划的预期结果是否达到的管理活动。

1．人力资源规划评估的内容

在评估人力资源规划时，主要是将制订的人力资源规划与其实施后的结果进行对照，通过发现规划与现实之间的差距来指导以后的人力资源规划工作。人力资源规划评价的内容主要包括以下几个方面：

① 人力资源规划与总体战略目标的关联程度；

② 对企业内外部环境的评价与预测是否充分、彻底和客观；

③ 企业是否具有实施人力资源规划的能力和资源；

④ 组织结构是否与人力资源规划相互支持和匹配；

⑤ 所有等级层次上的经理们能否有效地和持续地理解和实施规划；

⑥ 工作职责、具体规定和描述是否清楚；

⑦ 实际的人员招聘数量与预测人员需求量的差距；

⑧ 实际的和预测的人员流动率差距；

⑨ 实际的和预算的人力资源成本的差距；

⑩ 人力资源规划实施后是否使企业避免了劳动力短缺或劳动力过剩情况的出现。

2．人力资源规划评价的方法

人力资源规划的评价方法主要有：人力资源关键指标评价、人力资源调查问卷评价、人力资源成本控制评价等。

（1）人力资源关键指标评价。该方法是利用一些测评企业人力资源开发、利用的关键量化指标来说明人力资源规划工作的情况。这些关键指标包括求职录用、平等就业机会、员工能力评估和开发、职业生涯发展、薪酬水平、福利待遇、工作环境、劳动关系等。每一关键指标均可量化为具体人力资源指标，如在企业招聘时，各个岗位能够吸引应聘人数和最终录用人数比等。

（2）人力资源调查问卷评价。一般而言，员工态度与组织绩效之间存在正相关性。人力资源调查问卷评价方法将员工态度与组织绩效之间相联系来实现对人力资源工作的评价。员工意见调查可以用于诊断哪些方面存在具体问题，了解员工的需要和偏好，使员工得以公开他们对人力资源规划工作的意见、态度和建议。

(3) 人力资源成本控制评价。该方法将人力资源规划的实施成本和预算成本之间的差距列出，然后将此与同行业中的先进者进行比较，以此评估人力资源规划的效果与人力资源的使用效率，为控制人力资源管理的成本提供依据。

第三节 人力资源管理费用预算和成本核算

一、人力资源管理费用预算和成本核算的理论基础

人力资源管理费用预算和成本核算的依据是人力资源会计，人力资源会计的理论基础则是人力资本理论。

（一）人力资本理论的主要观点

人力资本理论认为，人力资源是一种特殊的资本性资源，是一种具有主观能动性的资源，是促进经济增长的强大推动力。这种主观能动性及其发挥出来的作用是任何物质资源所不能替代的。美国芝加哥皇家科学院教授、被誉为"人力资本理论研究先驱"的西奥多·舒尔茨指出，人力是社会进步的决定因素，但人力的取得是需要付出代价的，是需要消耗稀缺资源及需要进行资本投资的，包括知识和技能的人力资源的形成是对人进行投资的结果，因此，人的知识和技能也是资本的一种形态，可以称之为人力资本。人力资本理论的创立和发展，促进了人力资源会计的产生和发展。

（二）人力资源会计的基本概念

人力资源会计是通过会计方法并借鉴其他学科领域的方法，确认、计量和报告有关人力资源的信息，以供管理层和其他利益相关者决策时使用的一门学科。

人力资源会计核算的对象是人力资源会计主体（企业）中人力资源的价值运动，包括作为价值运动的起点对人力资源的投入和作为价值运动的终点与该投入相对应的人力资源产出这两个方面。

企业对人力资源的投入主要包括：为了取得人力资源所发生的支出，如招聘费、选拔考试费、安置费等（获得成本）；为了使劳动者能掌握与其工作岗位相适应的技能和提高其素质所发生的支出，如教育培训费等（开发成本）；企业运用人力资源使用权时所发生的补偿费用，如工资、奖金等（使用成本）；企业取得或开发替代者来替代既定岗位上的职员的替代成本（离职成本）。

在人力资源产出过程中，人力资源的价值运动主要表现为：企业通过对人力资源的投入形成的人力资源价值的增量；企业的人力资源在使用过程中所创造的新价值等。

二、人力资源管理费用预算的编制

人力资源管理费用预算是指企业在一个生产经营周期内（一般为一年），人力资源全部活动预期费用支出的计划。该预算是计划期内人力资源管理活动得以正常运行的资金保证，编制预算是人力资源管理部门的重要职责之一。

（一）人力资源管理费用的项目构成

一般说来，企业人力资源管理费用包含三大基本项目。

1. 工资项目

在《劳动法》中"工资"是指用人企业依据国家有关规定或劳动合同的约定，以货币形式直接支付给本企业劳动者的劳动报酬，一般包括计时工资、计件工资、奖金、津贴和补

贴、延长工作时间的工资报酬以及特殊情况下支付的工资等。

2. 涉及职工权益的社会保险费以及其他相关的资金项目

这些费用项目包括：①基本养老和补充养老保险费；②基本和补充医疗保险费；③失业保险费；④工伤保险费；⑤生育保险费；⑥职工福利费；⑦职工教育经费；⑧职工住房公积金；⑨其他费用，如根据国家《工会法》规定应提取的工会基金等。这部分人力资源管理费用与工资项目存在一定的比例依存关系，各个项目提取比例的大小与企业所在地区的经济发展水平、劳动力的结构状况、政府现行的法律法规和政策等有着直接的联系。

3. 其他项目

这些费用项目是在企业人力资源管理费用中，除上述两项基本费用之外的一些其他费用，如人力资源招聘费用、人力资源开发费用、人力资源离职费用、企业承担的离退休人员费用和与人力资源有关的其他社会费用等。

人力资源管理费用按其变动情况可分为固定费用和变动费用。固定费用是指企业不论生产经营情况如何必须支付的人力资源管理费用，如人员固定工资、以职工上年月平均工资核定的缴费基数为依据缴纳的各项保险费用等。变动费用是指随企业生产经营情况变化而变化的人力资源管理费用，如企业因扩大生产而形成的加班费、奖金、增加机构人员而增加的工资支出、增加临时用工而形成的劳务费等。在人力资源管理费用预算编制过程中，也应根据一定的预测，将可能增加的费用考虑进去。

（二）人力资源管理费用预算的程序

1. 编制费用预算的基本依据

为了保证人力资源管理费用预算的正确性和准确性，人力资源管理人员应当关注国家有关部门发布的各种相关政策和法律法规信息，例如地区与行业的工资指导线、消费品物价指数、最低工资标准、企业支付的社会保险缴费标准等涉及员工权益的薪酬、社会保险等方面规定和标准的变化情况，作为预算编制的主要基本依据，这些项目若发生变化，都要准确地反映到预算中。企业在充分考虑以上外部环境因素的基础上，结合本企业实际情况所形成的下一年度工资及其他人力资源管理费用调整和控制的指导思想和要求，也是预算编制基本依据的另一个重要方面，下面我们就讨论如何编制费用预算。

2. 编制费用预算的基本程序和要求

（1）工资项目的预算　工资项目的预算，应当首先进行以下三个方面的分析检查。

一是分析预算期间上一年度本企业工资总额计划的执行情况，发现存在的问题，在新的费用预算中进行改进和调整。

二是对预算期间的外部环境进行分析，主要有以下四个方面。

① 分析预算期间最低工资标准对工资预算的影响。如有新的变化将影响到企业工资标准水平，需要进行必要的调整，以此为依据，测算出上一年度与预算期间的最低工资标准的增长幅度。

② 分析预算期间同比的消费者物价指数，是否大于或等于最低工资标准增长幅度。一般情况下，消费者物价指数只会大于或等于最低工资标准的调整幅度，因为最低工资标准调整的幅度是根据消费者物价指数进行调整的，如发生特殊情况，消费者物价指数小于最低工资标准增长幅度，那么，在确认最低工资标准增长幅度后，应以此增长幅度作为调整工资的标准。总之，二者取其增长幅度最高的指数，作为调整工资的标准，以此保证公司合法经营，又不降低员工生活水平。

③ 分析当地政府有关部门发布的工资指导线，作为编制费用预算参考指标之一。更重要的还是要掌握并理解企业高层领导对下一年度工资调整的意向，这种调整的意向只要大于或等于最低工资标准调整幅度与消费者物价指数两者增长幅度最高的比例即可，这是因为政

府虽然对计划期内的工资指导线即基准线、预警线和下线提出了建议，但采取何种工资调整策略，完全取决于企业高层领导者的决策。在职能部门工作的人力资源管理人员虽然不是决策者，但可以根据自己的分析判断，针对上述三类指标，通过对比分析，写出研究报告，提出工资调整的正确建议。例如，当企业对下一年度工资调整的意向小于最低工资标准调整幅度与消费者物价指数二者增长幅度的最高比例时，应建议企业适当提高调整幅度，以求正确地解决现存问题，切实保证企业合法经营。

④ 同行业相似企业的工资水平。

三是分析企业上一年度生产经营情况对工资总额计划执行情况的影响，对预算期间内本企业生产经营及效益情况进行预测，提出本企业工资总额调整与控制的指导思想和要求。

针对上述三方面内容，通过对比分析写出研究报告，提出工资调整的建议。再按照工资总额的项目逐一进行测算、汇总，就可以编写出工资年度预算表。

在编写工资预算表时，先将预算期间工资各子项目预算和上一年度工资各子项目预算，以及上一年度工资各子项目结算和预算期间已发生的工资各子项目结算情况统计清楚，然后比较分析，看一下预算与结算比较结果，再结合在上述三点初步确定的工资调整的比例，以及上一年度和当年企业生产经营状况、下一年度预测的生产经营状况进行分析，使工资各子项的变化在工资总额中进行调整。

（2）社会保险费与其他项目的预算　在工资项目预算的基础上，对涉及员工权益的社会保险费与其他项目的预算就比较容易了。具体步骤如下。

① 分析检查和对照国家有关的规定，对涉及职工权益的项目有无增加或减少，标准有无提高或降低。

② 由于本类项目的提取比例一般是按照本地区上年度职工月平均工资测算的，因此应当掌握本地区有关部门公布的各种有关员工工资水平的数据资料，如上年度职工平均工资水平等。

③ 参照企业上一年度工资及社会保险等方面的相关统计数据和资料。

（3）其他项目预算　人力资源管理部门应对上一年度的人力资源招聘费用、人力资源开发费用、人力资源离职费用、企业承担的离退休人员费用和与人力资源有关的其他社会费用等预算的执行情况进行分析，同时依据对预算期间内企业生产经营情况的预测，编制以上各项费用的预算。

编制企业人力资源管理费用预算是一项复杂而且精度要求很高的系统工程，它虽然是企业人力资源管理部门的基本职责之一，但它作为企业整体生产经营预算的重要组成部分，又需要企业多个职能和业务部门相互协调、相互配合、相互支持，才能保证质量、按期完成。

（三）人力资源管理部门费用的预算

根据人力资源管理的职能和国家有关规定，人力资源管理部门要开展一系列活动，才能履行其职责，实现其功能。因此，人力资源部门在开展日常业务工作过程中必须有一定的费用保障，这些费用是人力资源部门自身活动和建设的需要。在进行这部分费用预算时，首先要认真分析人力资源管理各方面活动及其过程，然后确定在这些活动及其过程中都需要哪些资源、多少资源（如：人力资源、财务资源、物质资源）。以某公司人事部门为例，其职责范围内的活动以及所需费用项目，如表3-5所示。对这些费用按公司财务科目分类，分别统计核实，纳入相关会计科目账户。

表 3-5　某公司人力资源管理费用项目统计表

活 动 项 目	费 用 项 目
1. 工资水平市场调查	调研费
2. 人员测评	测评费
3. 公务出国	护照费、签证费
4. 调研	专题研究会议费、协会会员费
5. 劳动合同	认证费
6. 劳动纠纷	法律咨询费
7. 办公业务	办公用品费与设备投资

这些费用预算与执行的原则是"分头预算，总体控制，个案执行"，企业根据上年度预算与结算比较情况给一个控制额度。大部分由人力资源部门掌握，项目之间根据余缺，在经过批准程序后可以调剂使用。

三、人力资源管理成本的核算

（一）人力资源管理成本的基本概念和构成

1. 人力资源的原始成本与重置成本

人力资源原始成本是指企业为了获得和开发人力资源所必须付出的费用，通常包括企业在人员招聘、选拔、录用、安置、培训、考核、正常退休等一系列管理活动过程中所投入的经费和人力。人力资源重置成本则是指企业为置换目前正在使用中的人力资源所必须付出的代价，包括因现有人员离去而导致的损失以及为获得与之相应的替代人员所发生的人员招聘、选拔、录用、安置、培训、开发等一系列活动必需付出的经费和人力。

在人力资源管理成本核算中，人力资源的原始成本和重置成本是两个最基本的概念。而在这两项基本成本的分析核算中，都不同程度地涉及下面的成本概念。

2. 人力资源管理的直接成本与间接成本

直接成本是指可以直接计算和记账的支出、损失、补偿和赔偿，例如：招聘广告费、选拔测试费、委托招聘费、委托培训费、缺勤、旷工、事故赔偿费及抚恤费等。间接成本是指不能直接记入财务账目的，通常以时间、数据或质量等形式表现的成本，例如负责某项人力资源管理项目或计划的管理人员的时间消耗，因生产或服务损失导致的加班工时及费用支出等。

3. 人力资源管理的可控制成本与不可控制成本

可控制成本是指通过周密的人力资源管理计划和行为，可以调节和控制的人力资源管理费用支出。例如，可通过控制招聘范围，控制人员招聘和选拔活动的支出；通过严格挑选培训方案，可以控制人力资源培训活动支出等。不可控制成本是指由人力资源管理者本身很难或无法选择、把握和控制的因素所造成的人力资源管理活动支出。例如，由于劳动力市场供需因素造成人力招聘困难，导致人员招聘成本上升。

可控制成本与不可控制成本都是相对的。对人力资源管理成本的控制力一方面取决于外部环境，另一方面取决于人力资源管理决策及管理行为的正确性和及时性。

4. 人力资源管理的实际成本与标准成本

实际成本是指为获得、开发和重置人力资源所实际支出的全部成本。标准成本则是指企业根据对企业现有人力资源状况及有关外部环境因素的估价而确定的对某项人力资源管理活动或项目的投入标准。确定这种投入标准对企业的人力资源管理成本控制具有积极意义，但前提是这种投入标准必须是比较合理而客观的。将实际成本与标准成本进行比较分析，有助于发现企业在人力资源管理程序和行为方面存在的问题。

（二）人力资源管理成本核算项目的确定

1. 人力资源原始成本核算的主要项目

① 人力资源获得成本（招募、选拔、安置）。

② 人力资源开发成本（培训、职业生涯管理、培训期间的生产损失、培训师的投入等）。

人力资源原始成本核算的主要项目如图 3-5 所示。

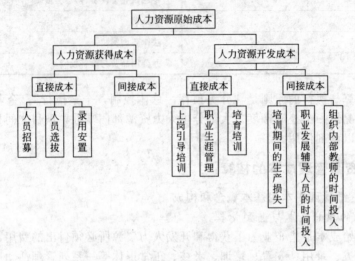

图 3-5　人力资源原始成本核算的主要项目

2. 人力资源重置成本核算的主要项目

① 人力资源获得成本（招募、选拔、安置）。

② 人力资源开发成本（对新聘人员或内部接替人员的培训、培训期间的生产损失、培训师的投入等）。

③ 人力资源离职成本（离职补偿、新聘人员不及离职者导致的损失、离职者离职前工作绩效的损失等）。

人力资源重置成本核算的主要项目如图 3-6 所示。

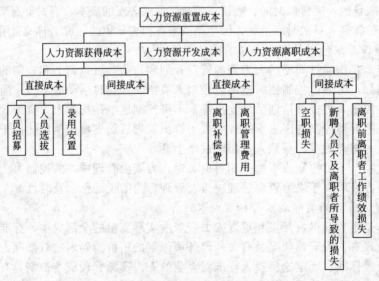

图 3-6　人力资源重置成本核算的主要项目

3. 人力资源管理成本核算办法

企业可以根据需要来规定本企业的人力资源管理成本核算办法，包括核算企业、核算形式和计算方法等。在核算上述模型所列项目时应注意以下方面。

（1）人员招聘与人员选拔的成本应按实际录用人数分摊。例如，某企业为招聘5名专业技术人员进行招聘和选拔活动，共有50名应征求职者，在招聘和选拔过程中支出的广告、接待、资料、面试以及测试等各种费用共10000元。核算时应按5人计算，折合招聘选拔一名合格的专业技术人员成本为2000元，而不应按50人计算，折合为每人200元，因为这一万元成本是为招聘5人而非50人所付出的。

（2）在某些直接成本项目中也包括间接成本。例如，在录用安置项目中，不仅包括为员工上岗所直接付出的经费，而且还包括各种有关的行政费用以及管理人员为员工上岗提供必须的物质条件而付出的时间等。在核算时，这些间接成本需折算合并入账。一般说来，对在人力资源管理活动中参与具体工作的管理人员的时间成本，应按其涉及具体工作的时间，根据其工资标准折合为具体金额。

（3）某些成本项目部分交叉。例如，职业生涯管理成本与教育培训成本会有部分交叉。在核算时，要注意鉴别成本交叉部分，避免重复核算。

（三）人力资源管理标准成本的设定

1. 制订人力资源管理标准成本作为人力资源管理成本控制的标杆

制订标准成本的依据为：本企业人力资源管理历史成本；对企业的人力资源管理活动相关的外部因素的估计与预测。

2. 人力资源管理标准成本分类

人力资源管理标准成本可分为以下三类：

① 人力资源获得标准成本；

② 人力资源开发标准成本；

③ 人力资源离职标准成本。

3. 人力资源管理标准成本的特点

作为人力资源管理成本控制的主要依据，标准成本不仅应力求客观、合理，而且在具体实施人力资源管理活动、计划和方案之前，应让负责这些活动、计划和方案的管理人员了解具体的标准成本，以便在一定范围内确定行动方案。

（四）人力资源管理实际成本支出的审核和评估

将人力资源管理的实际成本与标准成本进行对比，对实际成本支出的合理性做出评价，并提出减少成本和提高效益的建议和方案。

审核和评估的目的在于确定人力资源管理实际支出的合理性。审核的资料包括成本账目、核算结果、原始记录和凭证。账目和核算结果表明实际成本支出情况。原始记录和凭证能具体证明支出的合理性和必要性，主要包括：人事变动记录，如人员进出流动记录；人力资源管理活动记录，如人员招聘计划、员工工作绩效评价方案，人力资源培训项目计划；各部门、各层次管理人员对人力资源管理投入时间的记录；人力资源管理费用支出凭证，如收据、发票等。进行实际成本支出评估的主要依据是既定的标准成本。通过将实际支出与标准成本进行分类比较，可发现二者之间的差距，对实际成本支出的合理性做出评价，并确定减少成本和提高效益的行动方案。

【复习思考题】

① 在变化剧烈的今天，企业制订人力资源规划是否能有长期的效用。企业人力资源规划工作应如何应对组织中外环境的波动？

② 高科技企业中的人力资源供需状况一般是怎样的？这种状况需要我们在人力资源管理哪些职能领域做好预先的规划安排？

③ 你认为人力资源供求预测用主观判断法与定量统计法各有何优缺点？比较适合企业实际的方法是哪些？

④ 你认为在人力资源供给预测中运用管理者继任法有何好处？管理者继任图是否应在组织中公开？

【案例分析】

朗通公司的人力资源规划理念

2005 年某月，朗通人力资源开发中心丁主任的办公桌上放着职工汪华为的辞职申请书。

汪华为是刚进集团工作不久的大学生。在集团下属的电冰箱厂工作时，他表现突出，提出了一些有创造性的工作意见，被评为"揭榜明星"。领导看到了他的发展潜力，于是集团将其提升为电冰箱总厂财务处干部。这既是对其已有成绩的肯定，也为其进一步磨炼提供了一个更广阔的舞台。汪华为作为年轻的大学生，在朗通集团有着良好的发展前途，缘何要中途辞职？丁主任大惑不解。

经了解，汪华为接受了另一家用人单位的月工资高出上千元的承诺，他正准备跳槽。仅仅是因为更高的物质待遇吗？事实看来，并非如此简单。虽然汪华为在朗通的努力工作得到了及时肯定，上级赋予他更大的权力和责任，但他仍认为一流大学的文凭应是一张王牌和优势之上的通行证，理所当然，他可以进厂就担当要职，驾驭别人而非别人驾驭他。而朗通提出的"赛马不相马"的用人机制更注重实际能力和工作努力后的市场效果，人人都有平等竞争的机会，"能者上，庸者下"；岗位轮流制更是让人觉得企业中的"仕途漫漫"。作为刚步入社会的大学生，汪华为颇有些心理不平衡。另外，朗通有着严格的内部管理，员工不准在厂内或上班时间吸烟，违反者重罚；员工不准在上班时间看报纸，包括《朗通报》；匆忙之间去接电话，忘了将椅子归回原位，也要受到批评，因为公司有一条"离开时桌椅归回原位"的规定；《朗通报》开辟了"工作研究"专栏，工作稍一疏忽就可能在上面亮相；每月一次的干部例会，当众批评或表扬，没有业绩也没有犯错误的平庸之辈也归入批评之列；海豚式升迁，能上能下的用人机制更让人感到一种无处不在的压力。当另一家用人单位口头承诺重用他时，他便递上了辞职申请书。

刚上任的丁主任认为这件事情非常重大，因为任何事情都能以小见大。不能"一叶障目"，而忽略了朗通人力资源开发中或许比较重大的隐患的解决，或者这也是一个更好的完善现有的人力开发思路的一个契机。

丁主任望着办公大楼的外面，今年新招进的一批大学生正在参加上岗前的军训，与草地浑然一色的橄榄绿让人真正感受到这些年轻人的活力和朝气。究竟一个企业应如何为刚走出校门的大学生提供一个施展才华的空间？企业如何才能争得来人才并留住人才并保持合理的人员流动性？丁主任很想找汪华为谈谈，或者和这群刚入集团的大学生聊聊，充分了解他们的想法，或许沟通的不足是问题的症结所在。丁主任不仅反反复复地思索起朗通人力开发的各项政策和思路来。

朗通的用人理念

企业管理一般主要管四样东西：管人、管物、管财、管信息。后三者又都要由人去管理和操作，人是行为的主体，可以说，人的管理是企业管理的核心。因此，现代的企业总是把人力资源开发放在相当重要的位置，每个企业都有自己的一套用人理念。朗通当然也不例外。

古人曰："用人不疑，疑人不用"，韩愈曰："世有伯乐，然后有千里马"。而作为中国家电行业巨头的朗通集团在市场经济形势下，却明确提出：所谓"用人不疑，疑人不用"是对市场经济的反动，主张"人人是人才，赛马不相马"即为朗通人提供公平竞争的机会和环境，尽量避免"伯乐"相马过程中的主观局限性和片面性。

朗通总裁李玉龙就干部必须接受监督制约时指出：所谓"用人不疑，疑人不用"在市场经济条件下是一种反动理论，是导致干部放纵自己的理论温床。

《朗通报》上也曾撰写专文讨论此问题。该文指出，通过赛马赛出了人才就用，但用了的人不等于不需要监督。封建社会靠道德力量约束人，如忠义、士为知己者死，市场经济则靠法制力量，目前法规还不健全，需要强化监督。市场是变的，人也会变。必有的监督、制约制度对于干部来说，是一种真正的关心和爱护，因为道德的力量是软弱的，不能把干部的健康成长完全放在他个人的修炼上。"无法不可以治国，有章才可成方圆"，在市场经济条件下，权力在失去监督的情况下，就意味着腐败。所谓的道德约束，自身修养、素质往往在利益面前低头三尺。"将能君之御"，但权力的下放并不等于监督制约的放弃。越是有成材苗头的干部，越是贡献突出的干部，越是委以重任的干部，越要加强监督。总之，只要他们手中有权，有钱，就必须建立监督制约机制。

朗通集团总裁李玉龙认为，企业领导者的主要任务不是去发现人才，而是去建立一个可以出人才的机制，并维持这个机制健康持久的运行。这种人才机制应该给每个人相同的竞争机会，把静态变为动态，把相马变为赛马，充分挖掘每个人的潜质，并且每个层次的人才都应接受监督，压力与动力并存，方能适应市场的需要。

在以上人力思路的指导下，朗通建立了系列的赛马规则，包括三工并存、动态转换制度；在位监督控制；届满轮流制度；海豚式升迁制度；竞争上岗制度和较完善的激励机制等。

李玉龙的领导风格

李玉龙，山东莱州人，1984年接管电冰箱厂，引进了德国利勃朗通公司的冰箱技术，幸运地搭上了当时轻工部定电冰箱厂的末班车。近15年的发展，今天的朗通集团已成为中国民族企业的优秀代表，李玉龙也获得了许多殊荣。1985年，为了提高工人的质量意识，李玉龙带领工人亲手砸毁了76台质量不合格的冰箱；1989年，李玉龙逆市场而行，在同行业都降价的情况下，宣布产品涨价10%。这些在家电是上传为佳话。李玉龙给许多采访记者的印象是，他有着丰富的哲学思维，很有在谈笑间让对手灰飞烟灭的现代儒商风范。关于人力资源开发方面，李玉龙曾说：

"给你比赛的场地，帮你明确比赛的目标，比赛的规则公开化，谁能跑在前面，就看你自己的了。"

"兵随将转，无不可用之人。作为企业领导，你的任务不是去发现人才，而是建立一个出人才的机制，给每个人相同的竞争机会。作为企业领导，你可以不知道下属的短处，但不能不知道他的长处。"

"每个人可以参加预赛，半决赛，决赛，但进入新的领域时必须重新参加该领域的预赛。"

朗通的系列赛马规则

1. 在位监控

在位监控，朗通集团提出两个内容：一是干部主观上要能够自我控制，自我约束，有自律意识；二是作为集团要建立控制体系，控制工作方向、工作目标，避免犯方向性错误；控制财务，避免违法违纪。

朗通集团建立了较为严格的监督控制机制，任何在职人员都接受三种监督，即自检（自我约束和监督）、互检（所在团队或班组内互相约束和监督）、专检（业绩考核部门的监督）。干部的考核指标分为5项，一是自清管理，二是创新意识及发现、解决问题的能力，三是市场的美誉度，四是个人的财务控制能力，五是所负责企业的经营状况。这五项指标赋予不同的权重，最后得出评价分数，分为三个等级。每月考评，工作没有失误但也没有起色的干部也归入批评之列，这使在职的干部随时都有压力。《朗通报》上引用过一句名言"没有危机感，其实就有了危机；有了危机感，才能没有危机；在危机感中生存，反而避免了危机。"

戈风钰担任朗通运输公司的总经理，1997年初运输公司一直成为员工抱怨和投诉的对象。1997年1月8号《朗通报》登出文章：《对员工说不的运输公司赶紧刹车》，4月2日"工作研究"栏目里又是批评运输公司的文章，《运输公司：切莫再吃这等家常便饭》；5月14日点名批评总经理：《戈风钰：真不好意思再说你》，这种严格的监控制度使运输公司不得不重新调整工作，包括设立职工意见箱、投诉电话和便民服务车。

在这种严格的监控机制下，朗通的员工无时不感受到一种巨大的压力，许多刚踏入社会的大学生可能受不了这种约束。

2. 届满轮流

朗通集团的另一特色性的人力开发思路就是届满轮流。集团的经营在逐步跨领域发展，从白色家电涉足黑色家电，产品系列越来越大，但是朗通集团内部的发展并不平衡，企业与企业之间不仅有差距，有的差距还很大，而且集团整体高速的发展并不等于每个局部都是健康的发展。那些不发展的企业的干部没有目标，看不到自己的现状与竞争对手之间的差距，头脑跟不上市场的变化，于是就原地踏步。市场原则是不进则退。随着集团的逐步壮大，越来越需要一批具有长远眼光，能把握全局，对多个领域了如指掌的优秀人才。针对这种情况，朗通集团提"届满要轮流"的人员管理思路，即在一定的岗位上任期满后，由集团根据总体目标并结合个人发展需要，调到其他岗位上任职。届满轮流培养了一批多面手，但同时也让许多年轻人认为是"青云直上"的一种客观障碍。

　　3. 三工转换

　　朗通集团实行"三工并存、动态转换"制度。三工，即在全员合同制基础上把员工的身份分为优秀员工、合格员工、试用员工（临时工）三种，根据工作态度和效果，三种身份之间可以进行动态转化。"今天工作不努力，明天努力找工作"。三工动态转换与物质待遇挂钩，在这种用工制度下，工作努力的员工，可及时地被转换为合格员工或优秀员工，同时也意味着有的员工只要一天工作不努力，就可能有十天、百天甚至更长时间来弥补过失，就会由优秀员工被转换为合格员工或试用员工，甚至丢掉岗位。另外，朗通生产车间里通常有一个S形的大脚印，每天下班时，班组长工作总结，当天表现不好的职工都要当着大家的面站在S形的大脚印上，直到下班。

　　另外，朗通内部采用竞争上岗制度，空缺的职务都在公告栏统一贴出来，任何员工都可以参加应聘。朗通建立了一套较为完善的激励机制，包括责任激励、目标激励、荣誉激励、物质激励等，这对于处处感到压力的朗通员工来说，无疑是一种心理调节器。

　　朗通的用人机制可以概括为"人人是人才，赛马不相马"。朗通管理层的最大特色是年轻，平均年龄仅26岁，其中朗通冰箱公司和空调公司的总经理都才31岁，松下电器公司到朗通参观时，曾戏称此为"毛头小子战略"。《经济日报》、《中国商报》等许多报纸对朗通的人力资源开发思路作了报道。丁主任的办公桌上正放着公司编辑的长篇文章：《赛马不相马及海豚式升迁》，全面介绍朗通集团的人力资源管理。

　　"正步走！"场上教官的声音打断了丁主任的思路。望着那群斗志昂扬，对明天满怀憧憬的年轻人，丁主任禁不住又拿起了那份让人感觉沉甸甸的辞职申请。虽然汪华为可能是一时受了蝇头小利的诱惑，但丁主任深知，这件事非同小可，许多问题摆在了丁主任的面前：是否朗通的管理过严？怎样培养职工尤其是刚进入社会的大学生的"市场无情"意识？如何完善现有的人才机制，特别是激励机制？如何在放权与监控机制之间找到一个最佳的结合点？如何使各层次的人才责、权、利有机地相结合？

思 考 题

　　1. 有人认为朗通的管理制度太严、管理方法太硬，很难留住高学历和名牌大学的人才，如何解决这一问题？

　　2. 对于传统的用人观念"用人不疑，疑人不用"，"世有伯乐，然后才有千里马"，你怎样看待？全面评价朗通的人力资源规划思路。

　　3. 一位美国企业家曾说："你要想搞垮一个企业，很容易，只要往那里派一个具有40年管理经验的主管就行了。"如何解决朗通管理层的年轻化问题？

　　4. 分析"届满轮流"制度，它主要是为了培养人还是防止小圈子，或防止惰性？

　　5. 从人力资源部丁主任的角度如何处理这件事情？如何为刚进入社会的大学生提供充分发展的空间，并帮助他们实现从学校到社会的心理转化和角色转化？

　　6. 如何看待朗通报上对干部直点其名的严厉批评？

第四章 员工招聘与选拔

学习目标 >>>

1. 掌握招聘的原则。
2. 掌握招聘活动的操作流程。
3. 掌握面试的程序、面试问题的设计和提问技巧。
4. 熟悉人员测评与甄选的其他方法。
5. 了解劳务外派与引进的意义与基本工作程序。

【引例】

SGM 公司的招聘程序和策略

SGM 是国内某著名汽车工业集团和美国 GM 汽车公司各投资 50%合资建立的轿车生产企业,于 1997 年 6 月在华东某市创建,总投资 15.2 亿美元,是迄今为止我国最大的中美合资企业之一。SGM 主要业务是制造与销售整车、发动机与变速箱。

企业存在问题

SGM 的目标是成为国内领先、国际上具有竞争力的汽车公司。但一流的企业,需要一流的员工队伍。因此,如何建设一支高素质的员工队伍,是中美合作双方都十分关心的首要问题。同时 SGM 的发展远景和目标定位也注定其对员工素质的高要求:不仅具备优良的技能和管理能力,而且还要具备出众的自我激励、自我学习能力、适应能力、沟通能力和团队合作精神。这就要求 SGM 必须在一个很短的时间里,客观公正地招聘选拔到高素质的员工并配置到各个岗位。

"以人为本"的公开招聘策略

"不是控制,而是提供服务"这是 SGM 人力资源部职能的特点,也是与传统人事部门职能的显著区别。

首先,根据公司发展的战略和宗旨,确立把传递"以人为本"的理念作为招聘的指导思想。SGM 在招聘员工的过程中,在坚持双向选择的前提下,还特别注意应聘者和公司双向需求的吻合。应聘者必须认同公司的宗旨和五项核心价值观:以客户为中心、安全、团队合作、诚信正直、不断改进与创新。同时,公司也充分考虑应聘者自我发展与自我实现的高层次价值实现的需求,尽量为员工的发展提供良好的机会和条件。

其次,根据公司的发展计划和生产建设进度,制订拉动式招聘员工计划,从公司的组织结构、各部门岗位的实际需求出发,分层次、有步骤地实施招聘。1997 年 7 月至 1998 年 6 月分两步实施对车间高级管理人员、部门经理、骨干工程师、行政部门管理人员和各专业工程师、工段长的第一层次的招聘计划;1998 年底到 1999 年 10 月分两步实施对班组长、一班制操作工人和维修工、工程师的第二层次的招聘计划;二班制和三班制生产人员的招聘工作与拉动式生产计划同步进行。

再次,根据"一流企业,需要一流员工队伍"的公司发展目标,确立面向全国广泛选拔人才的员工招聘方针。并根据岗位的层次和性质,有针对性地选择不同新闻媒体发布招聘信息,采取利用媒介和人才市场为主的自行招聘与委托招募相结合的方式。

第四,为确保招聘工作的信度和效度,建立人员评估中心,确立规范化、程序化、科学化的人员评估原则。出资几十万元聘请国外知名的咨询公司对评估人员进行培训,借鉴美国 GM 公司及其子公司已有的"精益生产"样板模式,设计出具有 SGM 特点的"人员评估方案";明确各类岗位对人员素质的要求。

最后，建立人才信息库，统一设计岗位描述表、应聘登记表、人员评估表、员工预算计划表及目标跟踪管理表等。

公司先后收到 50000 多封应聘者的来信，最多一天曾收到 700 多封信，收发室只能用箩筐收集。这些信来自全国各地，有的还是来自大洋洲和欧洲等国家的外籍人士。为了准确及时处理这些信件，SGM 建立了人才信息系统，并开通了应聘查询热线。成千上万的应聘者，成筐的应聘者来信，这些都是对 SGM 人员招聘策略成功与否的最好检验。

严格规范的评估录用程序

1998 年 2 月 7 日 SGM 召开专场招聘会。那天，凡是进入会场的应聘者必须在大厅接受 12 名评估员岗位最低要求的应聘资格初筛，合格者才能进入二楼的面试台，由用人部门同应聘者进行初次双向见面，若有意向，再由人力资源部安排专门的评估时间。在进入科学会堂的 2800 人中，经初步面试合格后进入评估的仅有百余人，最后正式录用的只有几十人。

一、录用人员必须经过评估

这是 SGM 招聘工作流程中最重要的一个环节，也是 SGM 招聘选择员工方式的一大特点。公司为了确保自己能招聘选拔到适应一流企业、一流产品需要的高素质员工，借鉴 GM 公司位于德国和美国一些工厂采用人员评估中心来招聘员工的经验，结合中国的文化和人事政策，建立了专门的人员评估中心，作为人力资源部的重要组织机构之一。整个评估中心设有接待室、面试室、情景模拟室、信息处理室，中心人员也都接受过专门培训，评估中心的建立确保了录用工作的客观公正性。

二、标准化程序化的评估模式

SGM 的整个评估活动完全按标准化、程序化的模式进行。凡被录用者，须经填表、筛选、笔试、目标面试、情景模拟、专业面试、体检、背景调查和审批录用九个程序和环节。每个程序和环节都有标准化的运作规范和科学化的选拔方法，其中笔试主要测试应聘者的专业知识、相关知识、特殊能力和倾向；目标面试则由受过国际专业咨询机构培训的评估人员与应聘者进行面对面的问答式讨论，验证其登记表中已有的信息，并进一步获取信息，其中专业面试则由用人部门完成；情景模拟是根据应聘者可能担任的职务，编制一套与该职务实际情况相仿的测试项目，将被测试者安排在模拟的、逼真的工作环境中，要求被试者处理可能出现的各种问题，用多种方法来测试其心理素质、潜在能力的一系列方法。如通过无领导的两小组合作完成练习，观察应聘管理岗位的应聘者的领导能力、领导欲望、组织能力、主动性、说服能力、口头表达能力、自信程度、沟通能力、人际交往能力等。SCM 还把情景模拟推广到对技术工人的选拔上，如通过齿轮的装配练习，来评估应聘者的动作灵巧性、质量意识、操作的条理性及行为习惯。在实际操作过程中，观察应聘者的各种行为能力，孰优孰劣，泾渭分明。

三、两个关系的权衡

SGM 的人员甄选模式，特别是其理论依据与一般的面试以及包括智商、能力、人格、性格在内的心理测验相比，更注重以下两个关系的比较与权衡。

(1) 个性品质与工作技能的关系　公司认为：高素质的员工必须具备优秀的个性品质与良好的工作技能。前者是经过长期教育、环境熏陶和遗传因素影响的结果，它包含了一个人的学习能力、行为习惯、适应性、工作主动性等。后者是通过职业培训、经验积累而获得，如专项工作技能、管理能力、沟通能力等，两者互为因果。但相对而言，工作能力较容易培训，而个性品质则难以培训。因此，在甄选录用员工时，既要看其工作能力，更要关注其个性品质。

(2) 过去经历与将来发展的关系　无数事实证明：一个人在以往经历中，如何对待成功与失败的态度和行为，对其将来的成就具有或正或负的影响。因此，分析其过去经历中所表现出的行为，能够预测和判断其未来的发展。

SGM 正是依据上述二个简明实用的理论、经验和岗位要求，来选择科学的评估方法，确定评估的主要行为指标，来取舍应聘者。如在一次员工招聘中，有一位应聘者已进入第八道程序，经背景调查却发现其隐瞒了过去曾在学校因打架而受处分的事，当对其进行再次询问时，他仍对此事加以隐瞒。对此公司认为，虽然人的一生难免有过失，但隐瞒过错却属于个人品质问题，个人品质问题会影响其今后的发展，最后经大家共同讨论一致决定对其不予录用。

四、坚持"宁缺毋滥"的原则

为了招聘一个段长，人力资源部的招聘人员在查阅了当地人才服务中心的所有人才信息后，发现符合该职位要求的具有初步资格者只有 6 人，但经评估，遗憾的是结果一个人都不合格。对此，中外双方部门经理肯定地说：“对这一岗位决不放宽录用要求，宁可暂时空缺，也不要让不合适的人占据。”评估中心曾对1997 年 10 月到 1998 年 4 月这段时间内录用的 200 名员工随机抽样调查了其中的 75 名员工，将其招聘评估的结果与半年的绩效评估结果作了一个比较分析，发现当时的评估结果与现实考核结果基本一致，两次结果基本一致的 84% 左右，这证明人员评估中心的评估有着较高的信度和效度。

第一节　员工招聘概述

员工招聘是指企业按照企业经营战略和人力资源规划的要求，寻找、吸引那些有能力又有意愿到本企业任职的人员，并从中选出适宜人员予以录用的过程。

一、招聘的原因与意义

（一）招聘的原因

若出现以下几种情况企业可能招聘引进企业需要的人才：组建新的组织；业务扩张需要增加人员；原有员工调任、离职、退休或死伤而出现的职位空缺；调整不合理的人员配置（总量配置、结构配置、质量配置、负荷配置、效果配置）。

（二）招聘的意义

1. 引进企业需要的人才

人力资源，尤其是优秀的人力资源对于企业的重要性是不言而喻的，如果我们把企业看作一个输入，输出系统的话，那么人力资源就是这个系统的转换器，而招聘工作则是人力资源输入和起点。

2. 引进新思想、新观点

新员工较为积极和有活力，工作有激情，这就给组织增加了新气象。同时，在这种新气象的冲击下，给老员工一定的压力，有利于促进组织内部形成良性竞争。

3. 降低人力资源培训与能力开发成本

通过招聘，可直接找到那些组织空缺职位所需要的具有实际工作经验的人员，因此不需要进行专门的培训与开发，降低了人力资源培训与能力开发成本。

4. 确保高素质的员工队伍

招聘是人力资源工作的第一个环节，为开展人力资源的各项活动奠定了基础。如果能够招聘到优秀的员工，无疑为以后的工作提供很好的基础，保证企业拥有高素质的员工队伍。

5. 树立企业的良好形象

招聘是企业向公众展示自己的绝好机会，是否能够把握这一机会则取决于企业招聘工作的规范性和程序性。招聘人员的热情和职业素养，也会直接影响求职者对企业的印象。

二、招聘的原则

（一）效率优先原则

效率优先原则的含义是以尽可能低的招聘费用录用到高素质、适应企业需要的人员。效率优先是市场经济条件下一切经济活动的内在准则。不管企业采用何种方法招聘，都是要支付费用的，这就是获得成本，主要包括招聘广告的费用，对应聘者进行审查、评价和考核的费用等。一个好的招聘系统，表现在效益上就是用最少的获得成本获得适合职位的最佳人选。

效率优先在招聘中的体现就是根据不同招聘要求，灵活选用适当的招聘形式和方法，在保证招聘质量的基础上，尽可能降低招聘成本。常用的节约费用的方法如下：

1. 依靠证书进行筛选

目前在我国，证书经常作为现代人是否掌握某种技能的一种标志。就人群平均而言，拥有证书人群比没有证书人群在证书标志方面的技能要强，企业可以以此为依据进行筛选以节约招聘成本。但单纯利用证书进行筛选可能会带来"统计性"歧视，因为无论是使用证书还是别的群体特征来招聘员工，都是用统计学上的群体特征来代替个人特征，容易造成两类错误结果：部分地录用了差的员工，拒绝了好的应聘者。

我国目前存在单一强调学历的问题，学历的高低几乎成为现代人身份强弱或未来发展可能的证明，但是有些时候具备一定"学历"的人，其行为或活动结果并不能证明或直接反映出与其相称的能力。因此，在依靠证书招聘节约成本的基础上，还必须采用将学历和能力联系起来的方法，强调对运用知识、转化知识或其他方面的能力的挑选，树立以证书为依托的能力主义观念。

2. 利用内部晋升制度

利用内部晋升制度不仅比利用证书或其他群体特征来筛选员工更加可靠，而且能够节约相当数量的招聘成本。一方面证书或其他群体特征可能与员工的工作绩效并无多少联系，而有些与工作绩效有关的特征，如员工的独立作能力、灵活性以及他的工作动机和对企业的忠诚程度，都很难通过证书或其他群体征来说明。另一方面内部晋升制度可以给企业观察员工的实际工作能力的机会和时间，根据员工在职位上的表现来确定员工的去留与升降，发现能够胜任较高职位的人才，同时还会对员工有强大的激励作用，激励员工努力工作和学习提升，致使企业的培训成本与招聘成本下降。

值得特别指出的是，要充分发挥内部晋升制度的作用，首先内部必须拥有一套健全的管理制度，确保内部晋升人员是因为其才能而不是因为裙带关系或其他与员工的工作绩效无关的因素，否则，内部晋升制度不仅不能发挥有利作用，而且会成为组织正常生产与发展的障碍。

（二）双向选择原则

双向选择原则是指企业根据发展需要自主选择人员，劳动者根据自身能力和意愿自主选择职业，即企业自主择人，劳动者自主择业。

招聘中的双向选择原则，一方面能促使企业不断提高效益，改善自身形象，增强自身吸引力；另一方面，还能使劳动者为了获得理想的职业，努力提高自己科学文化知识、技术业务等方面的素质，争取在招聘竞争中取胜。

（三）公平公正原则

公平公正原则是指遵循国家法令、法规和政策，公开招聘条件，对应聘者进行全面考核，公开考核结果，通过竞争择优录用。这种公平公正的原则是保证企业招聘到高素质人员和实现招聘活动高效率的基础，是招聘的一项基本原则。

招聘过程中，不公正情况是很容易出现的。因此在人员招聘过程中，要努力做到公正，不仅要铲除偏见，掌握所需的完整、真实的信息，还必须遵法守法，避免一切与国家有关法规相抵触的活动，比如《劳动法》中规定的，劳动者就业，不因民族、种族、性别、宗教信仰不同而受歧视等。否则，不仅会影响招聘人员的素质和工作绩效，而且肯定还会严重损害企业的形象，最终不可避免地会带来损失。

（四）确保质量原则

确保质量原则是指根据职务岗位的性质和要求选聘符合职位要求的人员，做到职得其人、用其所长、人尽其才。

一般来说，选聘人员时应尽量选择素质高、质量好的人才，但也不能一味强调高水平，而应是"人尽其才"、"用其所长"、"职得其人"，并且使得整个企业的人员结构得到优化。

招聘到最优的人才并不是最终的目的，而只是手段，最终的目的是每个岗位上用的都是最合适的人员，达到企业整体效益的最优化。

在选聘人员时，要做到确保用人的质量，必须根据企业的人力资源规划的用人需求以及工作分析得出的任职资格要求，运用科学的招聘方法和程序开展招聘工作，并坚持能位相配和群体相容的原则。简单地说，就是要根据企业中各个职务岗位的性质选聘相关的人员，而且要求工作群体内部保持最高的相容度，形成群体成员之间心理素质差异的互补关系，形成群体优势。

第二节　招聘活动的操作流程与实施

招聘作为人力资源的一个组成部分，不仅与其他人力资源管理工作如人力资源规划、企业的激励机制、薪酬政策等有密切的联系，而且还受诸多因素的影响。所以一个有效的招聘活动应该认真筹划。招聘一般经过六个阶段：确定招聘需求阶段、制订招聘计划阶段、实施招聘计划阶段、测评与甄选阶段、录用阶段和招聘评估阶段，其流程如图 4-1 所示。

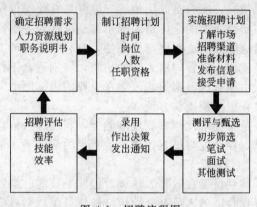

图 4-1　招聘流程图

下面我们介绍每个阶段的工作内容：

一、确定招聘需求

准确掌握企业内各部门对人员的需求信息，确定人员招聘的种类和数量。具体工作如下。

① 根据人力资源规划，或各部门根据长短期的实际工作需要，提出人力的需求量。

② 由人力需求部门填写"人员需求表"。

③ 人力资源部门审核，提出具体建议报送主管经理审批。

二、制订招聘计划

经主管批准的人员需求表，列入人力资源部门的招聘计划，人力资源部门着手制订招聘方案，包括制订详细的时间安排、需要招聘的岗位、人数和任职资格的说明等。

三、实施招聘计划

此阶段的主要工作是按照招聘计划中确定的时间实施招聘活动，主要的工作有确定招聘渠道、选择发布信息的媒体、准备招聘材料等。

（一）确定招聘渠道

招聘渠道主要有两种，一种是内部招聘，另一种是外部招聘。

1. 内部招聘

内部招聘有以下几种方法可以选择。

（1）推荐法　它是由本企业员工根据企业的需要推荐其熟悉的合适人员，供用人部门和人力资源部门进行选择和考核。由于推荐人对用人企业与被推荐者比较了解，使得被推荐者更容易获得企业与职位的信息，便于其决策，也使企业更容易了解被推荐者，因而这种方法较为有效，成功的概率较大。

在企业内部最常见的推荐法是主管推荐，其优点在于主管一般比较了解潜在候选人的能力，由主管提名的人选具有一定的可靠性。而且主管们也会觉得他们具有全部的决定权，满意度比较高。它的缺点在于这种推荐会比较主观，容易受个人因素的影响，主管们可能提拔的是自己的亲信而不是一个胜任的人选。有时候，主管们并不希望自己手下很得力的下属被调到其他部门，这样会影响本部门的工作实力。

（2）布告法　布告法是在确定了空缺职位的性质、职责及其所要求的条件等情况后，将这些信息以布告的形式，公布在企业中一切可利用的墙报、布告栏、内部报刊、网站上，尽可能使全体员工都能获得信息，所有对此岗位感兴趣并具有此岗位任职能力的员工均可申请此岗位。布告法的目的在于企业中的全体员工都了解到哪些职务空缺，需要补充人员，使员工感觉到企业在招聘人员这方面的透明度与公平性，有利于提高员工士气。

一般来说，布告法经常用于非管理层人员的招聘，特别适合于普通职员的招聘。目前在很多企业中，张榜的形式由原来的海报形式改为在企业的内部网上发布，各种申请手续也在网上完成，从而使整个过程更加快捷、方便。

（3）档案法　档案法是指在现代档案管理基础上，利用这些信息帮助人力资源部门发现那些具备相应资格的人员，在企业与员工达成一致意见的前提下，选择合适的员工进入空缺或新增的岗位。

利用员工档案可以了解到员工在教育、培训、经验、技能、绩效等方面的信息，帮助用人部门与人力资源部门寻找合适的人员补充职位空缺。员工档案对员工晋升、培训、发展有着重要的作用，因此员工档案应力求准确、完备，对员工在职位、技能、教育、绩效等方面信息的变化应及时做好记录，为人员选择与配备做好准备。

2. 外部招聘

外部招聘的主要方法如下。

（1）发布广告　广告是企业从外部招聘人员最常用的方法之一。通常的做法是在一些大众媒体上刊登出企业职位空缺的消息，吸引对这些空缺职位感兴趣的潜在人选应聘。采用广告的形式进行招聘，由于工作空缺的信息发布迅速，能够在一两天内就传达给外界，同时有广泛的宣传效果，可以展示企业实力。

发布广告有两个关键的问题，一是选择广告媒体，二是设计广告内容。一般来说，企业可选择的广告媒体很多，传统媒体如广播、电视、报纸、杂志等，现代媒体如网站等，其总体特点是信息传播范围广、速度快，应聘人员数量大、层次丰富，选择余地大。

广告的内容不仅应明确告诉潜在的应聘者，企业能够提供什么职位、对应聘者的要求是什么，而且广告应有吸引力，能够激起大众对企业的兴趣。广告还应告诉应聘者申请的方式，这些内容都应在确定广告内容时予以充分的注意。另外，在决定广告内容时，必须注意要维护和提升企业的对外形象。

（2）借助中介法　随着人才流动的日益普遍，人才交流中心、职业介绍所、劳动力就业服务中心等就业中介机构应运而生了。这些机构承担着双重角色：既为企业择人，也为求职者择业。借助这些机构，企业与求职者均可获得大量的信息，同时也可传播各自的信息。这些机构通过定期或不定期地举行交流会，使得供需双方面对面地进行商谈，缩短了招聘与应聘的时间。实践证明，这是一条行之有效的招聘与就业途径。

① 人才交流中心。在全国的各大中城市，一般都有人才交流服务机构。这些机构常年为企业服务。他们一般建有人才资料库，企业可以很方便地在资料库中查询条件基本相符的人员资料。通过人才交流中心选择人员，有针对性强、费用低廉等优点，但对于热门人才或高级人才的招聘效果不太理想。

② 招聘洽谈会。人才交流中心或其他人才机构每年都要举办多场招聘洽谈会。在洽谈会上，企业和应聘者可以直接进行接洽和交流，节省了企业和应聘者的时间，随着人才交流市场的日益完善，洽谈会呈现出向专业化方向发展的趋势。比如有中高级人才洽谈会、应届毕业生双向选择会、信息技术人才交流会等。通过参加招聘洽谈会，企业招聘人员不仅可以了解当地人力资源素质和走向，还可以了解同行业其他企业的人力资源政策和人力需求情况。这种方法，由于应聘者集中，企业的选择余地较大，但招聘高级人才还是较为困难。

③ 猎头公司。猎头公司是英文 Head Hunter 直译的名称，是我国近年来为适应企业对高层次人才的需求与高级人才的求职需求而发展起来的。对于高级人才和尖端人才，用传统的渠道往往很难获取，但这类人才对企业的作用却非常重大。因此，猎头服务的一大特点是推荐的人才素质高。猎头公司一般都会建立自己的人才库。优质高效的人才是猎头公司最重要的资源之一，对人才库的管理和更新也是他们日常的工作之一，而搜寻手段和渠道则是猎头服务专业性最直接的体现。

当然，与高素质候选人才相伴的是昂贵的服务费，猎头公司的收费通常能达到所推荐人才年薪的 25%～35%。但是，如果把企业自己招聘人才的时间成本、人才素质差异等隐性成本计算进去，猎头服务或许不失为一种经济、高效的方式。

此外，猎头公司往往对企业及其人力资源需求有较详细的了解，对求职者的信息掌握较为全面，猎头公司在供需匹配上较为慎重，其成功率比较高。

（3）上门招聘法　所谓上门招聘或称校园招聘，即由企业的招聘人员通过到学校、参加毕业生交流会等形式直接招聘人员。对学校毕业生最常用的招聘方法是一年一次或两次的人才供需洽谈会，供需双方直接见面，双向选择。除此之外，有的企业自己在学校召开招聘会、在学校中散发招聘广告等。有的则通过定向培养、委托培养等方式直接从学校获得所需要的人才。

校园招聘的主要方式有招聘张贴、招聘讲座和毕业分配办公室推荐三种，通常用来选拔工程、财务、会计、计算机、法律以及管理等领域的专业化初级水平人员。一般来说，工作经验少于 3 年的专业人员中约有 50%是在校园中招聘到的。

（4）熟人推荐法　通过企业的员工、客户、合作伙伴等熟人推荐人选，也是企业招聘人员的重要来源。这种方式的长处是对候选人的了解比较准确；候选人一旦被录用，顾及介绍人的关系，工作也会更加努力；招聘成本也很低。问题在于可能在企业内形成小团体。

据了解，美国微软公司 40%的员工都是通过员工推荐方式获得的。为了鼓励员工积极推荐，企业可以设立一些奖金，用来奖励那些为企业推荐优秀人才的员工。熟人推荐对招聘专业人才比较有效，不仅招聘成本小，而且应聘人员素质较高、可靠性强。

3. 内部招聘与外部招聘利弊的比较

（1）内部招聘的优势

① 从选拔的有效性和可信性来看，内部招聘较为客观，因为组织员工过去的业绩评价资料通常是很容易获得的，管理者也对内部员工的性格、工作动机以及发展潜能等方面有比较客观、准确的认识，能够做到心中有数。那么，人事决策就比较容易，成功率也较高。

② 从组织文化角度来分析，员工在组织中工作过较长一段时间，已融入到组织文化中去，认同组织的价值观，因而对组织的忠诚度较高，离职率低。

③ 从组织的运作模式来看，现有的员工了解组织及其运作方式，能比通过外部招聘得到的新员工更快地进入角色。

④ 从激励方面来分析，内部招聘能够给员工提供晋升机会，强化员工为企业工作的动机水平，促进员工履行对企业的承诺。尤其是各级管理层人员的选拔，这种晋升式的选拔往往会带动一批人做一系列晋升，从而能鼓舞员工士气。同时，这会在组织内部树立榜样。通过这样的相互影响，就可以在组织中形成积极进取、追求成功的气氛。

（2）内部招聘的弊端　尽管内部招聘有上面所概括出的许多优势，但其本身也存在着明显的不足，主要表现在以下一些方面。

① 内部招聘需要竞争，而竞争的结果必然有成功与失败，并且失败者占多数，竞争失败的员工势必心灰意冷，士气低下，不利于组织的内部团结。有时候甚至出现"提拔了一个，走了两个"的局面。所以说，有时内部招聘的代价也是很高的。

② 同一组织内的员工，有相同的文化背景，可能会产生"团体思维"现象，抑制了个体创新，有可能会给组织带来灾难性的后果。尤其是当企业内部重要职位主要由基层员工逐级提升，就可能会因缺乏新人与新观念的输入，而逐渐产生一种趋于僵化的思维意识，这将不利于企业的长期发展。

③ 内部招聘有可能是按年资而非能力，从而对企业的人力资源管理机制产生危害。这将会诱发员工养成"不求有功，但求无过"的心理，也给有能力的员工的职业生涯发展设置了障碍，导致优秀人才外流或被埋没，削弱企业竞争力。

④ 有可能出现"裙带关系"的不良现象。这种关系一方面损害了招聘的公平公正原则，另一方面也滋生了企业中的"小团体主义"，引发企业内的政治斗争，从而削弱了企业发展的动力。

⑤ 内部招聘可能导致部门之间"偷抢人才"现象，不利于部门之间的团结协作。

⑥ 内部招聘在培训上有时并不经济。因为一次产生了两个需要培训的员工：一个是被提拔的员工，一个是填补该员工留下的空缺的员工。

⑦ 内部招聘，尤其是管理者的内部提拔，有可能产生一种把人晋升到他或她所不能胜任的职位的倾向。此外，由于是从基层逐步晋升上来，组织的高层管理者多数年事偏高，不利于冒险和创新精神的发扬。

而冒险和创新则是处于新经济环境下组织发展至关重要的两个因素。要弥补或消除内部招聘的不足，需要人力资源部门做大量更细致的工作。

（3）外部招聘的优势　外部招聘相对于内部招聘而言，成本比较大，但也有其优势。

① 新员工会带来不同的价值观和新观点、新方法。从外部招聘来的员工对现有的企业文化有一种崭新的、大胆的视角，而较少有感情的依恋。典型的内部员工已经彻底地被企业文化同化了，受惯性思维影响，既看不出企业有待改进之处，也没有进行变革、自我提高的意识和动力，整个企业缺乏竞争的意识和氛围，呈现出一潭死水的局面。通过从外部招聘优秀的技术人才和管理专家，就可以在无形中给企业原有员工施加压力，激发斗志，从而产生"鲶鱼效应"。

② 外部招聘也是一种很有效的交流方式，企业可以借此在潜在的员工、客户和其他外界人士中树立良好的形象。

（4）外部招聘的弊端　外部招聘除了招聘成本和决策风险较大以外，还存在以下不足。

① 筛选难度大，时间长。组织希望能够比较准确地测量应聘者的能力、性格、态度、兴趣等素质，从而预测他们在未来的工作岗位上能否达到组织所期望的要求：而研究却表

明，这些测量结果只有中等程度的预测效果，仅仅依靠这些测量结果来进行比较科学的录用决策是很困难的。为此，一些组织还采用诸如推荐信、个人资料、自我评定、同事评定、工作模拟、评价中心等方法。这些方法各有各的优势，但也都存在着不同程度的缺陷。这就使得录用决策难上加难，而且耗费的时间也比较长。

② 从外部招聘来的员工企业需要花费较长的时间来进行培训和定位，才能了解企业的工作流程和运作方式。

综上所述，内部招聘和外部招聘各有其优势与不足。因此，企业在进行新员工招聘时，要进行综合考虑，发挥各自的优势，避免其不足，尤其高层管理人员的引进，应更为慎重。如果企业想维持现有的强势企业文化，不妨从内部招聘；如果想改善或重塑现有的企业文化，可以尝试从外部招聘。

当然，管理者的选拔还要考虑到文化的差异，例如美国的企业就倾向于外部招聘，而日本则倾向于内部招聘。由于新的岗位总是有限的，内部员工竞争的结果必然是有人欢喜有人忧，有可能影响到员工之间的关系，甚至导致人才的流失，这是企业不愿意看到的；企业内部长期的"近亲繁殖"、"团体思维"、"长官意志"等现象，不利于个体创新和企业的成长，尤其是中小型企业。

4. 选择招聘渠道时应遵循的原则

（1）高级管理人才选拔应遵循内部优先原则　在人力资本成为企业核心竞争力重要组成部分的今天，高级管理人才对于任何企业的发展都是不可或缺的。企业内部培养造就的人才，更能深刻理解和领会企业的核心价值观，由于长期受企业文化的熏陶，已经认同并成为企业文化的信徒，所以也更能坚持企业的核心价值观不变，同时企业的高层管理团队和技术骨干都是以团队的方式进行，核心价值理念相同的人一同工作更容易达成目标，如果观念存在较大差异，将直接影响到合力的发挥。

（2）外部环境剧烈变化时，企业必须采取内外结合的人才选拔方式　当外部环境发生剧烈变化时，行业的经济技术基础、竞争态势和整体游戏规则发生根本性的变化，知识老化、周期缩短，原有的特长、经验成为学习新事物、新知识的包袱，企业受到直接的影响，这种情况下，从企业外部、行业外部吸纳人才和寻求新的资源，成为企业生存的必要条件之一。同时时间也不允许坐等企业内部人才的培养成熟，因此必须采取内部招聘与外部招聘相结合、内部培养与外部专业服务相结合的措施。

（3）快速成长期的企业，应当广开外部渠道　对于处于成长期的企业，由于发展速度较快，仅仅依靠内部招聘与培养无法跟上企业的发展。同时受企业人员规模的限制，选择余地相对较小，无法得到最佳的人选。这种情况下，企业应当采取更为灵活的措施，广开渠道，吸引和接纳需要的各类人才。同时，处于快速成长期的企业，由于提供给新员工的职位比较多，在短时间内得到晋升的机会大，利用外部招聘可以很容易吸引人才以及留住人才。

（4）企业文化类型的变化决定了招聘方式　如果企业要维持现有的强势企业文化，不妨从内部招聘，因为内部的员工在思想、核心价值观念、行为方式等方面对于企业有更多的认同，而外部的人员要接受这些需要较长的时间，并且可能存在风险；如果企业想改善或重塑现有的企业文化，可以尝试从外部招聘，新的人员带来的新思想、新观念可以对企业原有的东西造成冲击，促进企业文化的变化和改进完善。

内部招聘优先还是外部招聘优先，对于不同层次的人才、不同环境和阶段的企业应采取不同的选择，必须视企业的实际情况来定。这就需要企业在既定的战略规划的前提下，在对企业现有的人力资源状况分析和未来情况预测的基础上制订详细的人力资源规划，明确企业的用人策略，建立内部的培养和选拔体系，同时有目的、有计划、分步骤地展开招聘选拔工作，给予企业内外部人才公平合理的竞争机会，以形成合理的人才梯队，保证企业未来的发展。

（二）准备招聘材料和其他有关事项

招聘渠道确定后，要针对不同招聘渠道的要求准备招聘材料以及接洽相应的招聘会、学校和中介公司等。这一过程中有大量细致、烦琐的工作要做，下面是一些主要的工作：设计、制作求职申请表；准备企业简介手册；申请展位、准备参展资料和设备（展板、宣传册、计算机、投影仪、录放机等）；制作广告；选择与接洽学校、准备校园海报与讲座；选择、培训招聘人员等。

下面较为详细地探讨求职申请表的设计、参加招聘会的程序、校园招聘活动的注意事项以及对招聘人员的选择。

1. 求职申请表的设计

求职申请表是招聘企业设计的包含职位所需基本信息并用标准化格式表示出来的一种初级筛选表，其目的是筛选出那些背景和潜质都与职务规范所需条件相当的候选人。

因为求职申请表所反映的资料对企业的面试评定以及应聘者的能力、资历的判断都有极其重要的作用，所以申请表的设计一定要科学、认真，以便能全面反映所需要的有关信息。一张好的应聘申请表可以帮助企业减少招聘成本，提高招聘效率，尽快招到理想的人选，所以应聘申请表的设计十分关键。

求职申请表作为应聘者所填写的由企业提供的统一表格，其目的要着眼于对应聘者初步的了解，主要收集关于应聘者背景和现在情况的信息，以评价求职者是否能满足最起码的工作要求，通过对求职申请表的审核剔除一些明显的不合格者。

不同的企业在招聘中使用的申请表的项目是不同的，而且不同职位因为职务说明书的差别，应聘申请表内容的设计也有一定的区别，应根据职务说明书来定，并且每一栏目均有一定的目的。

（1）求职申请表的内容　不管何种形式的求职申请表，一般来说都应能够反映以下一些信息：应聘者个人基本信息、应聘者受教育状况、应聘者过去的工作经验以及业绩、能力特长、职业兴趣等。设计申请表时要符合当地有关法律和政策的要求（如有些国家规定：种族、性别、年龄、肤色、宗教等不得列入表内），只能要求申请人填写与工作有关的情况，可参见以下各项内容。

① 个人基本情况。姓名、年龄、性别、住处、通信地址、电话、婚姻状况、身体状况等。

② 求职岗位情况。求职岗位、求职要求（收入待遇、时间、住房等）。

③ 工作经历和经验。以前的工作企业、职务、时间、工资、离职原因、证明人等。

④ 教育与培训情况。学历、所获学位、所接受过的培训等。

⑤ 生活和家庭情况。家庭成员姓名、关系，兴趣，个性与态度。

⑥ 其他。获奖情况、能力证明（语言和计算机能力等）、未来的目标等。

（2）设计求职申请表时应注意的问题

① 内容的设计要根据工作说明书来确定，考虑本企业的招聘目标以及欲招聘的职位，按不同职位要求、不同应聘人员的层次分别进行设计。

② 设计时还要注意有关法律和政策，不要将国家规定不允许的内容列入表格内。

③ 设计时还要考虑申请表的存储、检索等问题，尤其是在计算机管理系统中会出现的问题。

④ 审查已有的申请表。即使已经有一个现成的表格，也不要简单地就使用。要进行适当的审查，确保这份申请表可以提供你为填补职位空缺而需要从申请人那里了解的情况。

⑤ 要求应聘者保证所填内容都是真实的，这一说明要预先印在表上，这对于应聘者填

写申请表是十分重要的，否则候选人将被取消资格。

2. 参加招聘会的程序

由于招聘会的参展企业和应聘者众多，必须事先做好充分的准备，否则，没有营销策略，甚至不懂营销的原则，很难将企业推销出去。因此，参加招聘会的主要步骤如下。

(1) 准备展位　为了吸引求职者，有效的参加招聘会的关键是在会场设立一个有吸引力的展位。如果有条件的话，可以争取选择一个尽量好的位置，并且有一个比较大的空间。在制作展台方面最好请专业公司帮助设计，并且要留出富余的时间，以便可以对设计不满意的地方进行修改。在展台上可以放映公司的宣传片，在展位的一角可以设计一个相对安静的区域，企业招聘人员可以和一些有必要进行较为详细交谈的人员在那里交谈。

(2) 准备资料和设备　在招聘会上，通常可以发放一些宣传品和求职申请表，这些资料需要事先印制好，而且准备充足的数量，以免很快发完。有时在招聘会的现场需要用到电脑、投影仪、电视机、录像机、照相机等设备，这些都应该事先准备好。并且，要注意现场是否有合适的电源设备。其他特定的设备也要在会前一一准备好。

(3) 招聘人员的准备　参加招聘会的现场人员最好有人力资源部的人员，也要有用人部门的人员，所有现场人员都应该做好充分的准备。这些准备首先包括要对求职者可能会问到的问题了如指掌，对答如流，并且所有人在回答问题时口径要一致。另外，招聘人员在招聘会上要着正装，服装服饰要整洁大方。

(4) 与有关的协作方沟通联系　在招聘会开始之前，一定要与有关的协作方进行沟通。这些协作方包括招聘会的组织者、负责后勤事务的企业，还可能会有学校的负责部门等。在沟通中一方面了解协作方对招聘会的要求，另一方面提出需要协作方提供帮助的事项，以便提早做准备。

(5) 招聘会的宣传工作　如果是专场招聘会，会前要做好宣传工作，可以考虑利用报纸、广告等媒体，或者在自己的网站上发布招聘会信息。如果是在校园里举行招聘会，一定要在校园里张贴海报。这样才能保证有足够的人员参加招聘会。

(6) 招聘会后的工作　招聘会结束后，一定要用最快的速度将收集到的简历整理一下，通过电话或电子邮件方式与应聘者取得联系。因为很多应聘者都在招聘会上给多家公司递了简历，反应速度比较快的公司会给应聘者留下公司管理效率较高的印象。

3. 校园招聘活动的注意事项

(1) 事先充分了解国家对大学生在就业方面的一些政策和规定　各个学校的毕业分配也有相应的规定，企业一定要首先了解这些规定，以免选中了的人才由于各种手续上的限制无法到企业工作。

(2) 考虑一部分大学生在就业中有脚踩两只船或几只船的现象　例如有的大学生同时与几家企业签署意向；有的大学生一边复习考研或准备出国，一边找工作，一旦考研或出国成功他们将放弃工作。一定要注意这些情况，并且在与学生签署协议时就应该明确双方的责任，尤其是违约的责任。另外，招聘企业也应该有一定的思想准备，留有备选名单，以便替换。

(3) 学生往往对走上社会的工作有不切实际的估计　学生一般对自己的能力缺乏准确的评价，因此，企业在与学生交流的过程中就应该注意对学生的职业指导，注意纠正他们的错误认识。

(4) 对学生感兴趣的问题做好准备　在学校中招聘毕业生，学生常常会提一些他们关心的问题，对这些问题一定要提前做好准备，并保证所有工作人员在回答问题上口径一致。有的企业在向学生发放宣传品时就将常见的问题印在上面，或者在招聘的网页上回答学生提出的问题。

4．招聘人员的选择

招聘人员的选择是招聘成败的关键，尤其是外部招聘。因为他们更是应聘者了解组织的窗口，比起前面提到的材料，招聘人员更加重要。为了吸引更多的合格应聘者，选择的招聘人员应该具备下列特征。

（1）良好的个人品格和修养　招聘人员不仅反映出个人的修养水平，更重要的是，他们代表着企业，代表着一种企业文化的特征，从他们身上可以反映出企业的风范。因此招聘人员必须给人以正直、公正和良好修养的感受，使每位应聘者在他们的交流中形成对企业的良好印象，能公正、客观地评价应聘者。

（2）具备相关的专业知识　这是对招聘人员的基本要求。尤其是在面试中，专业知识的提问被看做是一种面试技巧，因此招聘人员需要具备这方面的知识。至少在一个招聘人员小组中，招聘人员的知识组合不应存在专业缺口。

（3）拥有丰富的社会工作经验　招聘过程在很多情况下是一个非量化评价过程，它的完成和质量在很大程度上依赖于招聘人员所具有的丰富的工作经验，借助工作经验的直觉判断往往能够把握应聘者的特征，同时，这也是提高和掌握甄选技能的保证之一。

（4）善于处理人际关系　无论招聘何种人员，其工作必然会与人际交往有关联，因此，对一个人处理人际关系能力的评价就成为招聘甄选要素中恒定的指标。

（5）能够熟练运用各种甄选技巧　甄选有一定的技巧性，要求招聘人员必须熟练掌握和运用各种甄选方法和技巧，达到准确、简捷地对应聘者做出判断评价的目的。在人员招聘时，应该注重综合素质，而不仅仅是懂技术就可以。如果不能掌握甄选技巧是很难考察应聘者的综合素质的。

（6）了解企业状况及职位要求　对应聘职位和企业状况进行深入、全面的了解有助于提高招聘工作的质量，从而选拔出真正需要的人才。

上述条件是较为理想的状态，有时无法在一位招聘人员身上集中反映出来，这就要考虑到招聘人员的组合问题。经组合的招聘人员小组应满足这些条件，否则将无法保证招聘工作的质量。

四、测评与甄选

招聘工作的第四个阶段是对应聘者进行测试和评价，并从中甄选出企业需要的人选。测试工作从简历筛选开始。

1．简历筛选

应聘简历是应聘者自带的个人介绍材料。对于如何筛选应聘简历，实际上并没有统一的标准，因为简历的筛选涉及很多方面的问题。而目前的简历大多是打印而成，没有办法从字体上来判断出什么问题。

（1）分析简历结构　简历的结构在很大程度上反映了应聘者组织和沟通能力。结构合理的简历都比较简练，一般不超过两页。通常应聘者为了强调自己近期的工作，书写教育背景和工作经历时，采取从现在到过去的时间排列方式，相关经历常被突出表述。

（2）重点看客观内容　简历的内容大体上可以分为两部分，主观内容和客观内容。在筛选简历时注意力应放在客观内容上。客观内容主要分为个人信息、受教育经历、工作经历和个人成绩四个方面。个人信息包括姓名、性别、民族、年龄、学历等；受教育经历包括上学经历和培训经历等；工作经历包括工作企业、起止时间、工作内容，参与项目名称等；个人成绩包括学校、工作企业的各种奖励等。主观内容主要包括应聘者对自己的描述，例如本人开朗乐观、勤学好问等对自己的评价性与描述性的内容。

（3）判断是否符合职位技术和经验要求　在客观内容中，首先要注意个人信息和受教育经历，判断应聘者的专业资格和经历是否与空缺岗位相关并符合要求。如果不符合要求，就没有必要再浏览其他内容，可以直接筛选掉。如在受教育经历中，要特别注意应聘者是否使用了一些含糊的字眼，比如没有注明大学教育的起止时间和类别。这样做很有可能是在混淆专科和本科的区别，或者是统分、委培、成教等的差别。

（4）审查简历中的逻辑性　在工作经历和个人成绩方面，要注意简历的描述是否有条理，是否符合逻辑。比如一份简历在描述自己的工作经历时，列举了一些著名的企业和一些高级职位，而他所应聘的却是一个普通职位，这就需要引起注意。比如另一份简历中称，自己在许多领域取得了什么成绩，获得了很多的证书，但是从他的工作经历中分析，很难有这样的条件和机会，这样的简历也要引起注意。如果能够断定在简历中有虚假成分存在，就可以直接将这些简历筛选掉。

（5）对简历的整体印象　通过阅读简历，问问自己是否留下了好的印象。另外，标出简历中感觉不可信的地方，以及感兴趣的地方，面试时可询问应聘者。

2. 求职申请表筛选

申请表的筛选方法与简历的筛选有很多相同之处，其特殊的地方如下。

（1）判断应聘者的态度　在筛选申请表时，首先要筛选出那些填写不完整和字迹难以辨认的材料。为应聘不认真的应聘者安排面试，纯粹是在浪费时间，可以将其筛选掉。

（2）关注与职业相关的问题　在审查申请表时，要估计背景材料的可信程度，要注意应聘者以往经历中所任职务、技能、知识与应聘岗位之间的联系。如应聘者过去的工作经历与现在申请的工作是否相符，工作经历和教育背景是否符合申请条件，是否经常变换工作而这种变换却缺少合理的解释等。在筛选时要注意分析其离职的原因、求职的动机，对那些频繁离职人员加以关注。

（3）注明可疑之处　不论是简历还是应聘申请表，很多材料都会或多或少的存在内容上的虚假。在筛选材料时，应该用铅笔标明这些疑点，在面试时作为重点提问的内容。如在审查应聘申请表时，通过分析求职岗位与原工作岗位的情况，对高职低就、高薪低就的应聘者加以注意。为了提高应聘材料的可信度，必要时应该检验应聘者的各类证明身份及能力的证件。

值得注意的是，由于个人资料和招聘申请表所反映的信息不够全面，决策人员往往凭个人的经验与主观臆断来决定参加复试的人选，带有一定的盲目性，经常产生漏选的现象，因此，初选工作在费用和时间允许的情况下应坚持面广的原则，应尽量让更多的人员参加复试。

3. 其他测评方法

由于人员资格审查与初选不能反映应聘者的全部信息，招聘企业不能对应聘者进行深层次的了解，个人也无法得到关于企业的更为全面的信息，因此需要通过其他的选择方法使企业与个人各自得到所需要的信息，以便企业进行录用决策，个人进行是否加入企业的决策。

企业在招聘时可以选用的测评方法包括常规的笔试、面试和其他测评方法。为了招聘到适合企业需要的员工，选择合适的测试方法非常重要，同时这些测试方法不仅仅在招聘中是必须的，它们还可以应用于人力资源管理工作的其他领域，比如职务升迁时的选拔考核、绩效考评等。

五、录用决策

录用是依据人员录用的原则，从综合评价的结果中择优确定录用名单的决定过程。

（一）录用决策的原则

1. 全面衡量又不求全责备

要录用的人员必然是符合企业需要的全面人才，因此必须根据企业和岗位的需要对不同的才能给予不同的权重，然后录用那些得分最高的应聘者。但是我们知道人没有十全十美的，在录用决策时也不要吹毛求疵，挑小毛病，总也不满意。我们必须分辨主要问题以及主要方面，分辨哪些能力对于完成这项工作是不可缺少的，这样才能录用到合适的人选。

2. 尽量减少参与录用决策的人员

在决定录用人选时，必须坚持参与人员少而精的原则，选择那些直接负责考察应聘者工作表现的人，以及那些会与应聘者共事的人进行决策。如果参与的人太多，会增加录用决策的困难，造成争论不休或浪费时间和精力。

3. 决策迅速

要吸引优秀的候选人必须迅速行动，不要让他们等待太长的时间。时间越长，他们被其他组织吸引走的可能性越大。如果决策花费太长的时间，还会给他们留下企业办事拖拉，工作效率低下的印象。

（二）录用策略的选择

录用过程是最终决定聘用应聘者并分配给他们岗位的过程，是人力资源形成和配置过程的一个重要部分，也是招聘结果的一个表现阶段。但是，实际上，并不是经过甄选决定录用，候选人就一定会来企业就任。人才市场是双向选择的，而对优秀人才的竞争是相当激烈的。因此，在录用阶段，招聘人员还应该运用有效的策略来吸引合格候选人前来就任。

（1）让优秀的候选人尽可能多地了解企业的信息　既要让他们了解企业的优势，也要使他们对企业有更加深入的了解，尽量让候选人感受到在这个企业中有用武之地。

（2）在优秀的候选人和企业之间寻找共同点　优秀的人才都有自己的愿望、目标和抱负。通过发现他们的价值观和他们看中的是什么，寻找其中与企业的共同追求。这种共同点越多，就越能够吸引优秀的候选人。

（3）让候选人感觉到企业对他的重视　比如多征求他们的意见，企业最高领导者接见，使候选人感觉他们很受重视。

（三）录用决策的依据

录用决策是按照人员录用的原则，避免主观武断和不正之风的干扰，把选择阶段多种考核和测验结果组合起来，进行综合评价，从中择优确定录用名单。值得强调的是，人员选择环节中的所有方法都可用来选择潜在的雇员，但决定使用哪些选拔方法，一般要综合考虑时间限制、信息与工作的相关性以及费用等因素，对相对简单或无需特殊技能的工作采用一种方法就行了。例如，招聘打字员，根据应聘者打字测试的成绩一般就足以作出决定。但是，对大部分岗位，通常需要采用几种方法。这时候的录用决策，就需要对所有选择方法的组合使用。

一般来说，人员录用的主要依据如下。

（1）单项测试即淘汰。

（2）多项测试综合淘汰。即每种测试方法都是淘汰性的，应聘者必须在每种测试中都达到一定水平，方能合格。该方法是将多种考核与测验项目依次实施，每次淘汰若干低分者。对考核项目全部通过者，再按最后面试或测验的实得分数，排出名次，择优确定录用名单。

（3）补偿式。即不同测试的成绩可以互为补充，最后根据应聘者在所有测试中的总成绩作出录用决策。如分别对应聘者进行笔试与面试选择，再按照规定的笔试与面试的权重比例，综合算出应聘者的总成绩，决定录用人选。值得注意的是，由于权重比例不同，录用人选也会有差别。

（4）结合式。在这种情况下，有些测试是淘汰性的，有些是可以互为补偿的，应聘者通过淘汰性的测试后，才能参加其他测试。

六、招聘评估

招聘评估是招聘过程必不可少的一个环节，是对整个招聘活动的效益与录用人员质量进行评定的活动。招聘评估的目的之一是通过成本与效益核算能够使招聘人员清楚地知道费用的支出情况，区分哪些是应支出项目，哪些是不应支出项目，这有利于降低今后招聘的费用，有利于为组织节省开支。招聘评估的目的之二是通过对录用员工的绩效、实际能力、工作潜力的评估，即通过录用员工质量的评估，检验招聘工作成果与方法的有效性，有利于招聘方法的改进。招聘评估包括以下三方面的内容。

（一）成本效益评估

招聘成本效益评估是指对招聘中的费用进行调查、核实，并对照预算进行评价的过程。招聘成本效益评估是鉴定招聘效率的一个重要指标。

1. 招聘成本

招聘成本分为招聘总成本与招聘单位成本。

招聘总成本即是人力资源的获取成本，它包括：招聘费用、选拔费用、录用员工的家庭安置费用和工作安置费用、其他费用（如招聘人员差旅费、应聘人员招待费等）。招聘单位成本是招聘总成本与实际录用人数之比。如果招聘实际费用少，录用人数多，意味着招聘单位成本低；反之，则意味着招聘单位成本高。

2. 成本效用评估

成本效用评估是对招聘成本所产生的效果进行的分析。它主要包括：招聘总成本效用分析；招聘成本效用分析；人员选拔成本效用分析；人员录用成本效用分析等。计算方法为

$$总成本效用＝录用人数/招聘总成本$$
$$招聘成本效用＝应聘人数/招聘期间的费用$$
$$选拔成本效用＝被选中人数/选拔期间的费用$$
$$人员录用效用＝正式录用的人数/录用期间的费用$$

3. 招聘收益—成本比

$$招聘收益—成本比＝所有新员工为组织创造的总价值/招聘总成本$$

它既是一项经济评价指标，也是一项考核招聘工作有效性的指标。招聘收益－成本比越高，说明招聘工作越有效。

（二）数量与质量评估

录用员工数量的评估是对招聘工作有效性检验的一个重要方面。通过数量评估，分析在数量上满足或不满足需求的原因，有利于找出各招聘环节上的薄弱之处，改进招聘工作；同时，通过录用人员数量与招聘计划数量的比较，为人力资源规划的修订提供了依据。而录用员工质量的评估是对员工的工作绩效行为、实际能力、工作潜力的评估，它是对招聘的工作成果与方法的有效性检验的另一个重要方面。

其评估公式为

$$录用比＝录用人数/应聘人数$$
$$招聘完成比＝录用人数/计划招聘人数×100\%$$
$$应聘比＝应聘人数/计划招聘人数×100\%$$

录用比越小，则说明录用者的素质可能越高；当招聘完成比大于等于100%时，则说明在数量上完成或超额完成了招聘任务；应聘比则说明招聘的效果，该比例越大，则招聘信息发布的效果越好。

录用人员的质量评估实际上是对录用人员在人员选拔过程中对其能力、潜力、素质等进行的各种测试与考核的延续，也可根据招聘的要求或工作分析中得出的结论，对录用人员进

行等级排列来确定其质量，其方法与绩效考核方法相似。当然，录用比和应聘比这两个数据也在一定程度上反映录用人员的质量。

（三）信度与效度评估

1. 信度评估

信度主要是指所用的测评方法得到的测试结果反映所测项目的准确性，即测试的可靠程度和客观程度。一个好的测试应当具有较高的信度，它要求对同一个人用一个或等值形式的测验反复进行测量时应当取得相同的结果，不能因为测量时间、地点或主考人的变化而发生变化。

信度可用稳定系数、等值系数、内在一致性系数来分析。

（1）稳定系数　是指用同一种测试方法对一组应聘者在两个不同时间进行测试的结果的一致性。即以同样的测评方式在第二次测评同一对象所获得的结果与第一次测评的结果相比较，差异不大时则说明测评结果比较准确。比如，在技能测评中测得肖某的分数是88，在全体被测者中排第一，这到底准不准呢？靠得住靠不住呢？我们用同样的方法再重复测一次，结果肖某的分数是95分，还是排第一位，而且其他被测者的位置顺序变化很小，那么我们就可以说，第一次的技能测评结果是准确的。

（2）等值系数　是指用不同的方法对同样的被测者进行等值的测评，其结果的一致性。即以不同的测评方式在第二次测评同一对象所获得的结果与第一次测评的结果相比较，差异不大时则说明测评结果比较准确。

（3）内在一致性系数　是指被测者在各测评项目上分数之间的一致性程度。假如一个被测者在第一个项目上比其他人分数高，在第二个项目上又比其他人的分数高，在第三个项目上还是比其他人分数高……相反，另一个人在第一个项目上比其他人分数低，在第二个项目上又比其他人的分数低，在第三个项目上还是比其他人分数低……，那么，毫无疑问，我们会认为测评结果比较可靠，这就是内在一致性的含义。

此外，还有评分者信度，这是指不同评分者对同样对象进行评定时的一致性，例如如果许多人在面试中使用同一种测评方法给一个求职者打分，他们都给候选人相同或相近的分数，则这种方法具有较高的评分者信度。

2. 效度评估

效度是指所用的测评方法得到的测评结果对所测素质反映的真实程度，即一个测试要测度的是什么特征？它对所要测度的特征测得有多准确？通俗地讲就是该种测试方法有效性程度。但这仍然是一个比较抽象的概念。我们可以用预测效度和内容效度来分析。

（1）预测效度　是说明测试方法用来预测将来行为的有效性。例如我们把应聘者在选拔中得到的分数与他们被录用后的绩效分数相比较，两者越相近，则说明所选的测试方法、选拔方法越有效，若比较的结果相差很大或实际表现与选拔时的测评结果完全相反，说明用此法预测人员潜力效果不大。

（2）内容效度　是指实际测到的内容与我们想测评内容的一致性程度，当实际测评到的内容与我们所想测评的内容越一致，则说明测评效果的内容效度越高，测评结果就越有效。例如我们想测评一个销售员的销售业绩，用观察法测评到的内容是该销售员经常迟到早退，而我们实际想测量的是该销售员在一定期间内的销量和回款数量。可见观察法实际测到的内容与我们想测评的内容很不一致，可以说观察法在测评销售员销售业绩时的内容效度很低。

信度评估与效度评估是对招聘过程中所使用的方法的正确性与有效性进行的检验，这无疑会提高招聘工作的质量。信度和效度是对测试方法的基本要求，只有信度和效度达到一定水平的测试，其结果才适于作为录用决策的依据，否则将误导招聘人员，影响其做出正确的决策。

第三节　人员测评与甄选的方法

对人员进行测评和甄选，是运用相关学科的研究成果，通过笔试、面试、心理测验、情境模拟等手段，对人的知识水平、能力结构、个性特征等因素进行测量，并根据岗位需求及企业组织特性进行评价。通过测评的过程，企业可以选拔合适人才，并让人尽其才，职得其人，提高工作效率；作为个人来说，可以了解自身状况，设计个人的职业生涯。

20世纪50年代以来西方测试思想和方法日新月异，开发了名目繁多、内容丰富的测评技术，主要有智力测试、能力测试、职业兴趣测试、成就测试、情景模拟等。随着社会的进步，这些测试方法被广泛运用到各个领域。本节着重讲述各种测试方法在招聘中的应用。

一、笔试

笔试是一种最古老的、最基本的测试方法。

1. 笔试的适应内容

笔试是让应聘者在试卷上笔答事先拟好的试题，然后根据应聘者解答的正确程度予以评定成绩的一种测试方法。笔试可以检测岗位特定的知识。许多岗位都需要特定的知识，如果不具备这些知识，上岗就会有困难。因此，通过笔试可以很容易地了解到应聘者是否具备应有的知识。

2. 笔试的优缺点

笔试的优点是一次考试能提出十几道乃至上百道试题，由于考试题目较多，可以增加对知识、技能和能力的考察信度与效度；可以对大规模的应聘者同时进行筛选，花较少的时间达到高效率；对应聘者来说，心理压力较小，容易发挥正常水平；同时，成绩评定也比较客观，且易于保存笔试试卷。正是由于上述优点，笔试至今仍是企业经常使用的选择人员的重要方法。其缺点是，不能全面考察应聘者的工作态度、品德修养以及企业管理能力、口头表达能力和操作能力等。因此，还需要采用其他选择方法进行补充。一般来说，在人员招聘中，笔试往往作为应聘者的初次竞争，成绩合格者才能继续参加面试或下轮的选择。

二、面试

面试是招聘企业最常用的，也是必不可少的测试手段。调查表明，99％的企业在招聘中都采用这种方法。在现代社会，企业用人越来越注重员工的实际能力与工作潜力，而不只是单纯注重知识掌握，因此，面试在人员选择环节中占有非常重要的地位。

（一）面试的作用

面试是供需双方通过正式交谈，达到企业能够客观了解应聘者的业务知识水平、外貌风度、工作经验、求职动机等信息；应聘者能够了解到更全面的企业信息的全过程。

在面试中代表企业的面试考官与应聘者直接交谈，可根据应聘者当场对所提问题的回答，考查他运用所掌握的知识、分析问题的熟练程度；通过对应聘者在面试中的回答情况和行为表现，观察分析该应聘者的态度和应变能力；面试考官可以通过连续发问，及时弄清楚应聘者在回答中表述不清的问题，从而提高考查的深度与清晰度，并减少应聘者欺骗、作弊等的可能性。可见，面试通过直接接触，可以综合了解应聘者各方面素质，不仅帮助企业（特别是用人部门）了解应聘者的语言表达能力、反应能力、个人修养、逻辑思维能力等综合情况，判断应聘者是否符合应聘岗位要求；而且应聘者也可以通过面试过程中的直接接触，了解自己在该企业可能的发展前途，能将个人期望与现实情况进行比较，企业提供的职位是否与个人兴趣相符等。

（二）面试的过程

面试是一种操作难度较高的测评形式，随意性较大，一般的人难以掌握，为了提高面试的质量与可比性，在实施中应掌握面试的程序和技巧。

（1）面试前的准备阶段　包括确定面试的目的、确定面试考官、科学地设计面试问题、确定面试的时间和地点等。面试考官要事先确定需要面试的事项和范围，写下提纲。并且在面试前要详细了解应聘者的资料。

（2）面试开始阶段　面试时应从应聘者可以预料到的问题开始发问，如工作经历、文化程度等，然后再过渡到其他问题，以消除应聘者的紧张情绪，创造和谐的面谈气氛。

（3）正式面试阶段　采用灵活的提问和多样化的形式，交流信息，进一步观察和了解应聘者。此外，还应该察言观色，密切注意应聘者的行为与反应，对所问的问题、问题间的变换、问话时机以及对方的答复都要多加注意。所提问题可根据简历或应聘申请表中发现的疑点，先易后难逐一提出，尽量创造和谐自然的环境。

（4）结束面试阶段　在面试结束之前，应该给应聘者一个机会，询问应聘者是否有问题要问，是否有要加以补充或修正错误之处。不管录用还是不录用，均应在友好的气氛中结束面试。如果对某一对象是否录用有分歧意见时，不必急于下结论，还可安排第二次面试。同时，整理好面试记录表。

（5）面试评价阶段　面试结束后。应根据面试记录表对应聘人员进行评估。评估可采用评语式评估，也可采用评分式评估。无论哪一种，都要做到客观而公正。

（三）面试问题设计与准备

在面试之前，面试考官需要准备一些基本的问题。这些基本问题的来源，主要是招聘岗位的工作说明书以及应聘者的个人资料。通过回顾工作说明书，就会对岗位的职责和任职资格有所了解，并且会考虑到该岗位所需要的主要能力，由此可以准备一些用来判断应聘者是否具备岗位所要求的能力的问题。另外，通过筛选应聘者的简历或申请表，一定也会发现某些矛盾或对某些问题感兴趣，也可以准备一些有关应聘者过去经历的问题。如某人力资源总监助理的职位空缺，其职责之一是：对应聘者进行面试，并将合适的候选人推荐给合适的部门。根据这项职责，可以设计以下问题。

①"请举一个例子说明你是怎样对应聘者进行面试的。面试之前你要进行哪些准备活动？面试的过程是怎样的？你是怎样做出判断的？"

②"你是否经常向用人部门的负责人推荐人选？请讲述某一次你所推荐的人选被用人部门拒绝的经历，你是怎样处理这件事情的？"

③"你是否遇到过与用人部门的负责人在对一个候选人的判断上产生分歧的时候，你是怎样处理的？"

④"能不能告诉我你所遇到的最难得出结论的候选人，具体的情况是怎样的？你是怎样做的？"

这些基本的面试问题不宜过多，而且这些问题最好是开放式的问题，能够让面试考官从应聘者的回答中引发出更多的问题。仔细倾听应聘者的回答，可以找到很多值得进一步追问的问题。

下面是在面试中经常会使用的一些关键问题。

① 你为何要申请这项工作？（了解应聘者的求职动机）

② 你认为这项工作的主要职责是什么？或如果你负责这项工作你将怎么办？（了解对应聘岗位的了解程度及其态度）

③ 你认为最理想的领导是怎样的？请举例说明。（据此可了解应聘者的管理风格及行为

倾向）

④ 对你来应聘你家庭的态度怎样？（了解其家庭是否支持）

⑤ 你的同事当众批评、辱骂你时，你怎么办？（了解其在现场处理棘手问题的经验及处理冲突的能力）

⑥ 你的上级要求你完成某项工作，你的想法与上级不同，而你又确信你的想法更好，此时你怎么办？（困境中是否冷静处理问题）

⑦ 你觉得自己最大的长处是什么？

⑧ 你觉得自己最大的弱点（缺点）是什么？

⑨ 目前的工作，你觉得比较困难的部分在哪里？

⑩ 谈谈你觉得对自己的表现不甚满意的一次工作经历。

⑪ 从你的履历来看，你在过去 5 年内更换工作颇为频繁，我如何知道如果我们录用你，你不会很快地离职？

⑫ 你曾经因为某一次特殊经验而影响日后地工作态度吗？

⑬ 你最近是否参加了培训课程？请谈谈培训课程的内容。这个培训课程是公司资助还是自费参加？

⑭ 对于工作表现不尽理想的人员，你会以什么样的激励方式来提升其工作效率？

⑮ 你曾听说过我们公司吗？你对于本公司的第一印象如何？

⑯ 你与同事之间的相处曾有不愉快的经历吗？

⑰ 谈谈你对加班的看法。

⑱ 请描述目前主管所具备的哪些特质是你认为值得学习的？

⑲ 你对于我们公司了解多少？

⑳ 在你过去的工作中，曾遇到什么样的难题？你是如何克服它的？

（四）面试提问技巧

在面试中，"问"、"听"、"观"、"评"是几项重要而关键的基本功。在此，我们重点讨论面试提问的技巧。

就"问"而言，无论哪种面试，都有导入过程，在导入阶段中的提问应自然、亲切、渐进式地进行，如"什么时候到的？家离的远吗？是怎么来的？"等；同时，面试考官的提问与谈话，应力求使用标准性以及不会给应试者带来误解的语言，通俗、简明地表达自己的问题；并且，问题安排要先易后难，循序渐进，先熟悉后生疏，先具体后抽象，让应聘者逐渐适应、展开思路，并进入角色。当然，提问方式的选择以及恰到好处地转换、收缩、结束与扩展问题和问话，也有很多值得注意的技巧。

一般来说，面试考官应运用一些提问的技巧来影响面试的方向以及进行的步调。主要提问技巧如下。

（1）开放式提问　开放式提问让应聘者自由的发表意见或看法，以获取信息，避免被动。一般在面试开始的时候运用，以缓解面试的紧张气氛，消除应聘者的心理压力，使应聘者充分发挥自己的水平和潜力。开放式提问又分为无限开放式和有限开放式。无限开放式提问没有特定的答复范围，目的是让应聘者说话，有利于应聘者与面试考官的沟通。如"谈谈你的工作经验"等问题。有限开放式提问要求应聘者的回答在一定范围内进行，或者对回答问题的方向有所限制。

（2）封闭式提问　封闭式提问即让应聘者对某一问题做出明确的答复，如"你曾干过秘书工作？"一般用"是"或"否"回答。它比开放式的提问更加深入、直接。封闭式提问可以表示两种不同的意思：一是表示面试考官对应聘者答复的关注，一般在应聘者答复后立即提出一些与答复有关的封闭式问话；二是表示面试考官不想让应聘者就某一问题继续谈论下去，不想让对方多发表意见。

（3）清单式提问　清单式提问即鼓励应聘者陈述优先选择，以获取应聘者选择可能性或决策方面的能力。如"你认为产品质量下降的主要原因是什么？"。

（4）假设式提问　假设式提问即鼓励应聘者从不同角度思考问题，发挥应聘者的想象能力，以探求应聘者的态度或观点。如"如果你处于这种状况，你会怎样处理？"。

（5）重复式提问　重复式提问即让应聘者知道面试考官接收到了应聘者的信息，检验获得信息的准确性。如"你是说…如果我理解正确的话，你说的意思是…"。

（6）确认式提问　确认式提问即鼓励应聘者继续与面试考官交流，表达出对信息的关心和理解。如"我明白你的意思！这种想法很好！"。

（7）举例式提问　这是面试的一项核心技巧，又称为行为描述提问。传统的面试往往集中问一些信息，十分注意求职申请表中所填的内容，加以推测分析。同时还询问应聘者过去做过的工作，据此来判断他将来能否担任此任，这是完全必要的。但有时应聘者也会编造一些假象。为了克服这一点，在考察对象工作能力、工作经验时，可针对应聘者过去工作行为中特定的例子加以询问。基于行为连贯性原理，所提的问题并不集中某一点上，而是一个连贯的工作行为。例如，"过去半年中你所建立最困难的客户关系是什么？当时你面临的主要问题是什么？你是怎样分析的？采取什么措施？效果怎样？"等，从而能较全面地考察一个人。当应聘者回答该问题时，面试考官可通过应聘者解决某问题或完成某项任务所采取的方法和措施，鉴别应聘者所谈问题的真假，了解应聘者实际上解决问题的能力。面试中一般可让应聘者列举应聘职务要求的、与其过去从事的工作相关的事例，从中总结和评价应聘者的相应能力。

（五）提高面试有效性的守则

① 避免提出引导性的问题。不要问带有提问者本人倾向的问题，例如以"你一定……"或"你没……"开头的问题。再如："当你接受一项很难完成的任务时，会感到害怕吗？"，"你不介意加班，是吗？"，"你经常提出建设性的意见吗？"目的是不要让应聘者了解你的倾向、观点和想法，以免应聘者为迎合你而掩盖他真实的想法。

② 有意提问一些矛盾的问题，引导应聘者做出可能矛盾的回答，来判断应聘者是否在面试中隐瞒了真实情况。

③ 面试中非常重要的一点是了解应聘者的求职动机，这是一件比较困难的事，因为一些应聘者往往把自己真正的动机掩盖起来。但我们可以通过他的离职原因、求职目的、个人发展、对应聘职位的期望等方面加以考察，再与其他的问题联系起来综合加以判断。如果应聘者属于高职低求、高薪低求，离职原因讲述不清，或频繁离职，则须引起注意。在这方面，一定要注意通过应聘者的工作经历分析应聘者的价值取向，而不要轻信应聘者自己的观点。

④ 所提问题要直截了当，语言简练，有疑问可马上提问，并及时做好记录。并且，不要轻易打断应聘者的讲话，对方回答完一个问题，再问第二个问题。

⑤ 面试中，除了要倾听应聘者回答的问题，还要观察他的非语言的行为，如脸部表情、眼神、姿势、讲话的声调语调、举止，从中可以反映出对方的一些个性、诚实、自信心等情况。

（六）对面试进程的控制

1. 对面试内容的控制

通常的面试是面试考官就应聘人员求职材料所描述的内容和与之相关的问题与应聘者展开问答，但有的时候可能是泛泛而谈，有时面试考官还可能会离题万里地与应聘人员大谈家常，神聊神侃其他与面试无关的问题，等面试结束时，才发现自己想了解的、该了解的信息竟然没有完全了解，仅凭手头的信息又无法做出准确的判断，再组织一次面试既费时也不专业，给双方都造成了不必要的麻烦。

另外，一般说来应聘者求职材料上写的都是一些结果，描述自己做过什么，成绩怎样，比较简单和泛泛。而面试考官需要了解应聘者如何做出这样的业绩，做出这样的业绩都使用了一些什么样的方法，采取了什么样的手段，只有通过提出相关的问题，倾听应聘者回答这些问题的过程，才可以全面了解该应聘者的知识、经验、技能的掌握程度以及他的工作风格、性格特点等与工作成就有关的内容。因此，为了使面试朝着正确的方向进行，有必要采取一些手段控制面试的进程和内容。

可以运用 STAR 原则来控制面试的进程与内容。STAR 是 SITUATION（背景）、TASK（任务）、ACTION（行动）和 RESULT（结果）四个英文字母的首字母组合。

例如，企业需要招聘一个业务代表，而应聘者的资料上写着自己在某一年做过销售冠军，某一年销售业绩过百万等。是不是就简单地凭借这些资料认为该应聘者就是一名优秀的业务人员，就一定能适合自己企业的情况？当然不是。首先要了解该应聘者取得上述业绩是在一个什么样的背景（SITUATION）之下，包括他所销售的产品的行业特点、市场需求情况、销售渠道、利润率等问题。通过不断地发问，可以全面了解该应聘者取得优秀业绩的前提，从而获知所取得的业绩有多少是与应聘者个人有关，多少是和市场的状况、行业的特点有关。进而，要了解该应聘者为了完成业务工作，都有哪些工作任务（TASK），每项任务的具体内容是什么样的。通过这些可以了解他的工作经历和工作经验，以确定他所从事的工作与获得的经验是否适合现在所空缺的职位，更好地使工作与人配合起来。了解工作任务之后，继续了解该应聘者为了完成这些任务所采取的行动（ACTION），即了解他是如何完成工作的，都采取了哪些行动，所采取的行动是如何帮助他完成工作的。通过这些，可以进一步了解他的工作方式、思维方式和行为方式，这是面试者非常希望获得的信息。最后，才来关注结果（RESULT），每项任务在采取了行动之后的结果是什么，是好还是不好，好是因为什么，不好又是因为什么，这样，通过 STAR 式发问的四个步骤，一步步将应聘者的陈述引向深入，一步步挖掘应聘者潜在的信息，为企业更好的决策提供正确和全面的参考。

2. 对面试时间的控制

为了面试的有效进行，必须考虑速度问题，可以这样向应聘者说明："由于面试要考察的内容较多，为确保你有机会回答所有的问题，有时我们可能会打断你的谈话，然后提出下一个问题，希望你能够正确理解我们的做法和目的。"有时面对非常健谈的应聘者，即使要多次打断他的谈话，也要确保面试的正常进行，掌握好面试的速度。因为完成整个面试过程无论对应聘者还是企业都是最有利的事情。

三、情景模拟方法

情景模拟方法是根据被测试者可能担任的职位，编制一套与该职位实际情况相似的测试项目，将被试者安排在模拟的、逼真的工作环境中，要求被试者处理可能出现的各种问题，用多种方法来测试其心理素质、实际工作能力以及潜在能力的一系列方法。

（一）情景模拟测试方法的特点

这种方法将应聘者放在一个模拟的真实环境中，让应聘者解决某方面的一个"现实"问题或达成一个"现实"目标，通过观察应聘者的行为过程和行为效果来鉴别应聘者的工作能力、人际交往能力、语言表达能力等综合素质。此法比较适合在招聘服务人员、事务性工作人员、管理人员、销售人员时使用，但是，由于这种测试方法设计复杂，且费时耗资，因此目前在招聘中高层管理人员时使用较多。

（二）情境模拟测试的常用方法

情境模拟测试的方法有很多，如公文处理模拟法、无领导小组讨论法、管理游戏、访谈法、角色扮演、即席演讲、案例分析法等。下面我们介绍其中最常用的几种。

1. 公文处理模拟法

公文处理模拟法也叫做公文筐测试。这是已被多年实践充实完善并被证明是很有效的管理干部测评方法。其具体做法如下。

首先，向每一位被测评者发给一套（15～25 份）文件，包括下级呈来的报告、请示、计划、预算，同级部门的备忘录，上级的指示、批复、规定、政策，外界用户、供应商、银行、政府有关部门乃至所在社区的函电、传真及电话记录，甚至还有群众检举或投诉信等。

其次，向应试者介绍有关的背景材料，然后告诉应试者，他（她）现在就是这个职位上的任职者，负责全权处理文件篓里的所有公文材料。要使应试者认识到，他现在不是在做戏，也不是代人理职。他现在是货真价实的当权者，要根据自己的经验、知识和性格在给定的时间内去处理解决问题。

最后，将处理结果交由测评组，按既定的考评维度与标准进行考评。最常见的考评维度有七个，即个人自信心、企业领导能力、计划安排能力、书面表达能力、分析决策能力、敢担风险倾向与信息敏感性；但也可按具体情况增删，如加上创造性思维能力、工作方法的合理性等。总的说来，是评估被测者在拟予提升岗位上独立工作的胜任能力与更远程度发展的潜力与素质。

2. 无领导小组讨论法

无领导小组讨论是指由一组被测者临时组成一个小组，讨论事先给定的问题，并做出决策。测试目的在于考察被测试者的各种表现，观察被测试者潜在的领导能力。

所谓"无领导"，是指不指定谁充任主持讨论的组长，也不布置议题与议程，更不提要求；而是发给一个简短案例，即介绍一种管理情境，其中隐含着一个或数个待决策和处理的问题，以引导小组展开讨论。所谓"小组"，是指对一组人同时进行测试的方法，一般小组由 4～6 人组成，在规定的时间内根据某个特定的问题展开讨论。考官不参与应试者的讨论，即使讨论过程出现冷场、僵局，甚至发生争吵，测评者也不出面、不干预，令其自发进行。通过观察应试者在整个讨论中的表现，对其能力素质、主动性、人际协调能力、创新能力、抗压能力等做出评定。考官评分的依据是：发言次数的多少；是否善于提出新的见解和方案；敢于发表不同意见，支持或肯定别人的意见，坚持自己的正确意见；是否善于消除紧张气氛，说服别人，调解争议，把众人的意见引向一致；能否倾听别人的意见，是否尊重别人，是否侵犯他人发言权等。同时，还要看语言表达能力、分析能力、概括和归纳总结不同意见的能力，发言的主动性、反应的灵敏性等。

3. 管理游戏

管理游戏也是情境模拟测试常用的方法之一。在这种活动中，将应聘者组成小组，小组成员各被分配一定的任务，必须合作才能较好地完成，例如购买、供应、装配或搬运等。组员自愿组合或指派均可，每个人在小组中分工承担的责任或职务，由每人自报或推举，小组协商确定，不予指派。组内是否要有分工或分工到什么程度，由各组自定，不予强求。有时会引入一些竞争因素，如三四个小组同时进行销售或进行市场占领，以分出优劣。考官通过被试者在完成任务的过程中所表现的行为来测评被试者的素质和实际管理能力，考评维度有进取心、主动性、组织计划能力；沟通能力、群体内人际协调、团结能力、出点子与创造性思维能力等。

例如，6 个被试者一组扮演小型企业的管理委员会，他们经营计算机产品所用的键盘支架的买卖业务。对于给定的具有不同利润的键盘，每个小组成员均要就采购、筹资、销售、股票控制及投资问题发表意见。当红利产生后，还要讨论如何分配利润的问题。考官通过对被试者

110

行为表现的观察，关注小组讨论中自然形成的领导人来了解小组成员的组织能力、财政敏锐性、思维的敏捷性及压力条件下的工作情况。

管理游戏的优点：首先，它能够突破实际工作情境时间与空间的限制。其次，它具有趣味性。再次，它具有认知社会关系的功能。它能帮助参加者对错综复杂的组织内部各单位之间的相互关系有一个更加深刻的了解。

管理游戏本身也存在某些缺点：首先，被试者专心于战胜对方从而会忽略对所应掌握的一些管理原理的学习和应用。其次，压抑了被试者的开创性。因为富有开创性精神的个人或小组，可能会在游戏中处于不利的境况或失败。再次，操作不便，难于观察。在管理游戏活动中，被试者因为完成任务需要来回走动，这就使观察难于进行。假如主试人需要观察几个被试者的行为，就更为困难。此外，要组织好一次管理游戏，通常需要花费很长的时间准备与实施。

4. 角色扮演

角色扮演是一种主要用以测评人际关系处理能力的情境模拟活动。在这种活动中，考官设置一系列尖锐的矛盾与冲突，要求被试者扮演某一角色并进入角色情境去处理各种问题和矛盾。考官通过对被试者在不同情境中表现出来的行为进行观察和记录，测评其素质潜能。

考官对被试者在角色扮演中各种角色的评价，应事先设计好表格。一般评价的内容分为以下四个部分。

① 角色的把握性。被试者是否能迅速地判断形势并进入角色情境，按照角色规范的要求去采取相应的对策行为。

② 角色的行为表现。包括被试者在角色扮演中所表现出的行为方式、价值观、人际倾向、口头表达能力、思维敏捷性、对突发事件的应变性等。

③ 角色的衣着、仪表与言谈举止是否符合角色及当时的情境要求。

④ 其他内容。包括缓和气氛化解矛盾技巧、达到目的的程度、行为策略的正确性、行为优化程度、情绪控制能力、人际关系技能等。

5. 即兴演讲

即兴演讲是指让应聘者在事先无准备的情况下，就眼前的场面、情境、事物、人物即席发表的演讲。比如给定一个主题和有限的准备时间（3～5分钟比较合适）。测试者可以事先准备几个主题，让应试者抽签决定自己需要准备的主题，围绕该主题，让应聘者在给定的时间（3分钟左右）内发表自己的见解。主题一般要求简洁明了，并且与当前社会现象吻合。这种方法对应试者的应变能力和表达能力要求非常高，对甄选需要良好口头表达的工作候选人非常有效。不仅如此，应聘者知识面是否宽广、是否关心社会现象也能很好地反映出来。

四、心理测试法

所谓心理测试，是指在控制的情境下，向应试者提供一组标准化的刺激，以所引起的反应作为代表行为的样本，从而对其个人的行为作出评价的一种科学测量方法。它通过一系列手段，将人的某些心理特征数量化，来衡量应聘者智力水平和个性方面的差异，其结果是对应聘者的能力特征和发展潜力的一种评定。心理测试是一种比较先进的测试方式，在国外被广泛使用。心理测试有以下类型。

1. 能力测试

能力测试是用于测定从事某项特殊工作所具备的某种潜在能力的一种心理测试。由于这种测试可以有效地测量人的某种潜能，从而预测他在某职业领域中成功和适应的可能性，或判断哪项工作适合他，因此它对人员招聘与配置都有重要意义。能力测试的内容一般如下。

（1）普通能力倾向测试 其主要内容有：思维能力、想象能力、记忆能力、推理能力、分析能力、数学能力、空间关系判断能力、语言能力等。

（2）特殊职业能力测试　它是指那些从事特殊职业或职业群的能力。测试职业能力的目的在于：测量已具备工作经验或受过有关培训的人员在某些职业领域中现有的熟练水平，选拔那些具有从事某项职业的特殊潜能，并且能在很少或不经特殊培训就能从事某种职业的人才。

（3）心理运动机能测试　其主要包括两大类：一是心理运动能力，如反应时间、肢体运动速度、四肢协调、手指灵巧、手臂稳定、速度控制等。二是身体能力，包括动态强度、爆发力、灵活性、身体协调性与平衡性等。在人员选拔中，对这部分能力的测试一方面可通过体检进行，另一方面可借助于各种测试仪器或工具进行。

2. 人格测试

所谓人格，由多种人格特质构成，大致包括：体格与生理特质、气质、能力、动机、价值观与社会态度等。人格对工作成就的影响极为重要，不同气质、性格的人适合于不同种类的工作。对于一些重要的工作岗位如主要领导岗位，为选择合适的人才，还需进行人格测试。因为领导者的失败，有些是因为智力、能力和经验的不足，而有些则归咎于人格。

人格测试的目的是了解被测者的人格特质。心理学家对人格有不同的分类，比较常见的是将人格分为16种类型：乐观型、聪慧型、稳定型、恃强烈、兴奋型、持久型、敢为型、敏感型、怀疑型、幻想型、世故型、忧虑型、实验型、独守型、自律型和紧张型。

人格测试是比较新的心理测试领域，而且也是难度很大的领域。这是因为人格内涵复杂，又是动态的。目前，人们使用的人格测试方法多达数百种，由于依据的人格理论不同，所采用的方法也不同，主要的方法有自陈量表法、投射法、情境法、评定量表法等。

（1）自陈量表法　是让受试者个人提供关于自己人格特征的报告。其基本的理论假设是，只有受试者个人最了解自己，因为自己可以随时随地观察自己。所谓自陈，是相对于评定量表法的，因为评定量表法是由他人对受试者进行评定的。它采用的是客观测试的形式，其题目形式如下。

① 是非式（如我无事时喜欢上街游荡。□是　□否）。

② 折中是非式（如你喜欢单独去看电影吗？□是　□否）。

③ 二择一式（如 A. 我经常批评那些有权威和有地位的人。B. 在长辈或上级面前，我总是感到胆怯）。

④ 文字量表式（如你对自己的工作满意吗？□非常满意　□比较满意　□无所谓　□不大满意　□极不满意）。

⑤ 数字量表式（如我喜欢唱歌。□5　□4　□3　□2　□1，5—经常，4—多次，3—偶尔，2—极少，1—从未）。

（2）投射法　投射法有广义与狭义两种定义。广义的投射技术是指那些把真正的测评目的加以隐蔽的一切间接测评技术。狭义的投射技术是指把一些未经组织的刺激情境，通常是一些无意义的、模糊的、不确定的图形、句子、故事、动画片、录音、哑剧等呈现在被测者面前，让其在不受限制的情境下（不给任何提示、说明或要求），自由地表现出他的反应，然后问被测评者看到、听到或想到了什么。考官通过分析被测者反应的结果，推断出他的人格状况。

投射测试的原理来自人的心理投射现象。其理论根据是，被测者在模糊不清的刺激面前其反应行为很少受到认识方面因素的影响，加上可以自由反应，不受什么约束，因此，潜藏于被测评者心底深处的东西，必然会活跃起来，并主导个体的反应行为。这样，表现的反应行为就反射出了被测评者的内心情感或潜意识。因此，投射方法适用于对应聘人员的德育进行测评，尤其非常适用于测评应聘者的深层思想品德。

根据投射的具体方式来分类，可将投射测试分为五种。

① 联想投射。给被测者一定的刺激，如给一个文字、看一张墨渍图形等，然后让被测者

说出这些刺激所引起的联想。代表方法如荣格的文字联想和罗夏克墨迹测试。在使用文字联想方法时，考官大声朗读某个词，要被测者报告他第一个想到的词，由此获取被测者德育测评的信息。

② 构造投射。要求被测者根据其看到的图画，编造出一套含有过去、现在、将来等发展过程的故事。典型的方法如主题统觉测试，该方法的依据是认为个人对图像的认识与经验有关，想象和编造的内容实际是个人意识与潜意识的反应，因此被测者在所编故事的情节中会宣泄内心的冲突与欲望。

③ 完成投射。提供一些不完整的句子、故事或辩论材料，让受试者自由补充，使之完成。代表方法如语句完成测试，要求被测者用自己的话将句子补充完整，从所补充的词语中可获取有关被测者德育测评的信息。如：我在_____时候感到幸福。

④ 选择排列投射。要求被测者对投射物进行挑选、归类或排列。例如，让被测者根据某一准则（如意义、美观等）来选择项目，或作各种排列，可用图画、照片等作为刺激项目，然后从所作的行为中获取德育测评信息。

⑤ 表演投射。在这种投射技术中，让被测者自由地扮演某种戏剧的角色，或者让被测者自由自在地作某种游戏，在被测者扮演角色与自由游戏过程中，很容易将其内心情感和道德修养表露出来，从中可获取德育测评信息。

投射测试可以对人格作出综合的、完整的分析，也可以对受测者的思想作深层次的探讨，在德育测评中很有价值。但这种技术的实施与解释只有训练有素的专业人员才能胜任，而且编制起来也相当不容易，被测者的反应及考官的解释都具有很大的随意性，在评分上缺乏客观标准，难以量化，因此它只能是一种辅助性的测评工具。

3. 职业兴趣测试

职业兴趣揭示了人们想做什么和他们喜欢做什么，从中可以发现应聘者最感兴趣并从中得到最大满足的工作是什么。一个有强烈兴趣并积极投身本职工作的人与一个对其职业毫无兴趣的人相比，二者的工作态度与工作绩效是截然不同的。如果能根据应聘者的职业兴趣进行人事合理配置，则可最大限度地发挥人的潜力，保证工作的圆满完成。心理学家对职业兴趣进行了分类，最常见的分类是将职业兴趣分为六种：实际型、研究型、常规型、艺术型、开拓型和社交型。

下面是一个职业兴趣测试的题目，主要测试艺术型和研究型两种类型的职业兴趣。

本测试的每一个题目都给出一种活动、一种技能或一种职业，请你依自身情况选择。

1. 演奏乐器
A：非常不喜欢　　B：稍有不喜欢　　C：无所谓　　D：稍有喜欢　　E：非常喜欢

2. 了解鸟类迁徙规律
A：非常不喜欢　　B：稍有不喜欢　　C：无所谓　　D：稍有喜欢　　E：非常喜欢

3. 设计服装
A：非常不喜欢　　B：稍有不喜欢　　C：无所谓　　D：稍有喜欢　　E：非常喜欢

4. 研究天空的星系
A：非常不喜欢　　B：稍有不喜欢　　C：无所谓　　D：稍有喜欢　　E：非常喜欢

5. 创作诗歌
A：非常不喜欢　　B：稍有不喜欢　　C：无所谓　　D：稍有喜欢　　E：非常喜欢

6. 植物专家
A：非常不喜欢　　B：稍有不喜欢　　C：无所谓　　D：稍有喜欢　　E：非常喜欢

7. 作家
A：非常不喜欢　　B：稍有不喜欢　　C：无所谓　　D：稍有喜欢　　E：非常喜欢

8. 地理学家

A：非常不喜欢　　B：稍有不喜欢　　C：无所谓　　D：稍有喜欢　　E：非常喜欢

9. 画家

A：非常不喜欢　　B：稍有不喜欢　　C：无所谓　　D：稍有喜欢　　E：非常喜欢

10. 探讨骨髓的功能

A：非常不喜欢　　B：稍有不喜欢　　C：无所谓　　D：稍有喜欢　　E：非常喜欢

11. 歌唱表演

A：非常不喜欢　　B：稍有不喜欢　　C：无所谓　　D：稍有喜欢　　E：非常喜欢

12. 探讨人类的起源

A：非常不喜欢　　B：稍有不喜欢　　C：无所谓　　D：稍有喜欢　　E：非常喜欢

答案规则：

答案 A，艺术型和研究型分别为 0.5 分。

答案 B，艺术型和研究型分别为 1.0 分。

答案 C，艺术型和研究型分别为 1.5 分。

答案 D，艺术型和研究型分别为 2.0 分。

答案 E，艺术型和研究型分别为 2.5 分。

说明：

艺术型：6～12 分为较低，13～24 分为中等，25～30 分为较高。

研究型：6～12 分为较低，13～22 分为中等，23～30 分为较高。

　　分数越高，表明你越喜欢该类型的工作。艺术型的个体喜欢艺术性工作，如音乐、舞蹈、歌唱等。这种类型的人往往具有某些艺术技能，喜欢创造性的工作，富于想象力。这类人通常喜欢同观念而不是事务打交道。他们较开放、好想象、独立、有创造性。如果他们没有成为艺术家，仍然能够选择那些能发挥其特长的工作。研究型的个体喜欢各种研究性工作如实验室研究人员、医师、产品检查员等。这类人通常具有较高的数学和科学研究能力，喜欢独立工作，喜欢解决问题。他们的逻辑性强、好奇、聪明、仔细、独立、安详、俭朴。

第四节　劳务外派与引进

一、劳务外派与引进概述

1. 劳务外派与引进的意义

　　劳务外派与引进属于国际劳务合作的两种形式，外派是走出去，引进是请进来，其实质是将作为生产要素的劳动力通过外派与引进进行国际流动。

　　我国是世界上劳动力最多的国家，劳务资源丰富，特别是近年来产业结构调整，部分人员下岗、待业人员增加，农村剩余劳动力比重大，为劳务输出提供了较好的资源条件。应当组织有优势的各方面人士走出国门，为世界人民服务，为国创汇。同时我国外经贸企业经过多年的打拼，对外承包劳务业务的市场不断扩大，已从初期的中东地区，扩展到亚洲、非洲、美洲、欧洲 180 多个国家和地区，而且经营水平不断提高，经营规模日益壮大，国际地位逐步上升，外商对我国的对外承包劳务合作的信心也比以前增强了。

　　此外，我国进行现代化建设，需要引进人才和外国智力，把外国专家请进来，解决本国某些领域技术人才短缺的问题。

　　近些年来随着改革开放的不断深入发展，特别是中国加入 WTO 之后，我国劳务外派与引进事业不断拓展，可以说，这是一项有生命力、有前途、利国利民的事业，是国际经济技术合作的重要形式之一。

2. 劳务外派与引进的类型

劳务外派与引进分为公派和民间两种类型。公派是由具有劳务外派权或引进权的劳务代理机构与劳务聘方签订劳务合同，派出劳务人员到国外或引进劳务人员到中国从事合同所规定的服务。民间劳务外派与引进是劳务人员自己或通过亲友联系，寻找国外聘用企业或聘用者。这里重点强调的是公派劳务与引进的计划和管理等问题。

二、劳务外派工作的基本程序

为促进我国劳务合作事业进一步发展、国务院有关部门对简化外派劳务人员出国手续，加强对外派劳务人员的管理，颁布了许多具体规定，使外派劳务工作步入了规范和制度化轨道，其基本程序步骤如下：

① 外派劳务人员填写申请表，进行登记；

② 外派公司负责向雇佣方推荐并安排雇佣方面试劳务人员；

③ 外派公司与雇佣方签订《劳务合同》，雇佣方对录用人员发邀请函；

④ 录用人员提交办理出境手续所需资料，外派公司负责办理审查、报批、护照、签证等手续；

⑤ 外派劳务人员接受出境培训；

⑥ 外派劳务人员到检疫机关办理国际旅行《健康证明书》、《预防接种证书》；

⑦ 离境前缴纳有关费用。

三、劳务外派的管理

1. 外派劳务项目的审查

为维护我外派劳务人员的各方面权益，我国政府要求经办劳务外派的公司必须是具有劳务外派权的劳务代理机构，同时还必须能够提供下列材料进行审查。

① 填写完整、准确的《外派劳务项目审查表》。

② 与外方、劳务人员签订的合同以及外方与劳务人员签订的雇用合同。

③ 项目所在国政府批准的工作许可证证明。

④ 外方（雇主或中介）的当地合法经营及居住身份证明。

⑤ 劳务人员的有效护照及培训合格证。

2. 外派劳务人员的挑选

为了维护祖国的荣誉，维护改革开放 20 年来劳务人员的国际信誉，必须重视外派劳务人员的选拔工作，不能降低标准，不能把劳务外派当作解决劳动力就业问题的途径，应该在现有员工中选拔政治思想好、技术业务好、身体素质好的人员出国服务，或经过专门培训的人员出国服务。同时，根据《中华人民共和国公民出境入境管理法》第八条规定，有下列情形之一者，不批准出境：

① 刑事案件的被告人，或公安机关、人民检察院、人民法院认定的犯罪嫌疑人；

② 人民法院通知有未了结民事案件不能离境的；

③ 被判处刑罚正在服刑的；

④ 正在被劳动教养的；

⑤ 国务院有关主管机关认为出境后将对国家安全造成危害或国家利益造成重大损失的。

3. 外派劳务人员的培训

为提高我国外派劳务人员的素质，适应国际劳务市场的需要，我国实行外派劳务培训制度。

（1）培训的内容　包括学习国家的有关法律、法规和方针政策，爱国主义、安全、外事纪律和涉外礼仪；了解派往国家（地区）的有关法律、法规、社会常识和当地的民俗民情；进行转变观念的教育，树立正确的劳务观念和职业道德，遵守驻在国的劳工制度，认真学习外国的先进生产技术和管理经验，服从管理，认真履行合同；根据派往国家（地区）的特点和要求，开设外语、适应性技能、国别概况等课程；其他需要培训的内容。

（2）培训方式　根据不同的劳务层次和不同国家对外籍劳务的培训要求采取相应的培训方式：一般来说，具有初级职称以上（含初级职称）从事技术劳务的，如已经掌握了相应技术和派往国家（地区）官方语言日常用语，凭技术职称证和外语考试证书（成绩表）可免试技术和外语课程，只进行规定时间内的公共课程培训；普通技术劳务应进行适应性技能培训和简单生活用语和工作用语的外语培训及公共课程培训；对于成建制派出（指 15 人以上）的劳务人员（含管理人员），专业技能方面的考核由执行合同的单位或派出单位进行把关，为确保培训质量，培训结束时应进行考试，合格者应发给《外派劳务培训合格证》。

四、劳务引进的管理

任何一个单位，引进外国人来中国就业都不是一件小事。从成本上说，引进外国人的耗资巨大；从程序上讲，引进过程复杂。一旦决定引进外国人并已找好人选，人力资源部门就要及早准备，仔细计划好与此相关的所有环节。

1. 聘用外国人的审批

1996 年 1 月，劳动部、公安部、外交部、对外经济贸易合作部联合发布了《外国人在中国就业管理规定》并于同年 5 月 1 日实施，外国人在华就业自此走上了法制管理的轨道。该规定要求有行业行政主管部门的用人单位聘用外国人，须填写《聘用外国人就业申请表》，向其与劳动行政主管部门同级的行业主管部门提出申请，并提供下列有效文件：

① 拟聘用外国人的履历证明；

② 聘用意向书；

③ 拟聘用外国人原因的报告；

④ 拟聘用的外国人从事该项工作的资格证明；

⑤ 拟聘用的外国人健康状况证明；

⑥ 法律、法规规定的其他文件。

经行业主管部门批准后，用人单位应持申请表到本企业所在地区的省、自治区、直辖市劳动行政部门或其授权的地市级劳动行政部门办理核准手续。省、自治区、直辖市劳动行政部门或授权的地市级劳动行政部门应指定专门机（以下简称发证机关）具体负责签发许可证书工作。

中央级用人单位、无行业主管部门的用人单位聘用外国人，可直接将上述文件提交给当地劳动行政部门发证机关，提出申请和办理就业许可手续。

外商投资企业聘用外国人，无须行业主管部门审批。提交上述所提到的六种文件后，可凭合同、章程、批准证书、营业执照以及相关资料直接到劳动行政部门发证机关申领许可证书。用人单位只有从劳动行政部门获得了《中华人民共和国就业许可证明》，方可聘用外国人。

2. 聘用外国人就业的基本条件

用人单位聘用外国人从事的岗位应是有特殊需要，国内暂缺适当人选，且不违反国家有关规定的岗位。除了要满足聘用单位的具体标准外，还必须满足下列条件：

① 年满 18 周岁，身体健康；

② 具有从事其工作所必需的专业技能和相应的工作经历；

③ 无犯罪记录；

④ 有确定的聘用单位；

⑤ 持有有效护照或能代替护照的其他国际旅行证件。

3. 入境后的工作

外国人获得就业许可证并办好职业签证以后，就可以到中国来工作，但还有下面工作要做。

（1）申请就业证　就业许可证是国家劳动行政部门批准用人单位聘用外国人的法律文件，其管理对象是用人单位，来华工作的外国人入境后，还应办理针对其个人的《就业证》，这一般由用人单位代为办理。用人单位应在被聘用的外国人入境后 5 日内，持许可证书、与被聘用的外国人签订的劳动合同（聘用期限不得超过五年）及其有效护照或能代替护照的证件到原发证机关为外国人办理就业证，并填写《外国人就业登记表》。批准的就业证只在发证机关规定的区域内有效。

（2）申请居留证　已办理就业证的外国人在入境后 30 日内，应持就业证到公安机关申请办理居留证。居留证件的有效期限可根据就业证的有效期确定。上述各种要求是根据《外国人在中国就业管理规定》总结的，各地方可能根据本地区、本部门的具体情况，在该规定的基础上有其他更具体的要求，在实际工作中要以当地政策规定为主。

【复习思考题】

① 员工招聘的一般程序有哪些？

② 试述招聘在组织中的地位和作用，它与其他人力资源管理职能的关系如何？

③ 常用的招聘方法有哪些？它们各有哪些优缺点？如何对它们进行评价？

④ 请简述一下人员录用决策模式，什么情况下运用某些录用决策模式比较好？

⑤ 假如你是一个某大型网络公司的人力资源管理人员，请你为所在组织制订一个详细的招聘计划并说明理由。

【案例分析】

总经理选拔的情景模拟

某企业集团聘请招聘专家为其下属百货公司选拔总经理。在最后阶段，招聘专家对一路过关的四位候选者使用了情景面试的方法。四位候选者被安排同时观看一段录像，录像内容如下。

画面呈现一座小城市，画外音告知这是一个中等发达程度的小县城。镜头聚焦于一家百货商场，时间显示当时是上午 9 时 30 分。这时，商场的正门入口处出现了一位身高 1 米 80 左右、穿皮夹克的年轻小伙子。他走进商场，径直走向日用品柜台。柜台里是一位三十岁出头的女售货员。小伙子向女售货员说："拿包牙膏。"女售货员问："什么牌子？""中华牌。"小伙子答道。女售货员说："三块八毛"小伙子掏出钱包，取出一张一百元的人民币，女售货员找给他 96 元 2 角。然后，小伙子将钱和牙膏收好，走出了商场。

画面重新回到了百货商场正门，时间显示是上午 10 时整。这时，一位身高 1 米 65 左右、穿笔挺西装的小伙子出现在门口，并径直向日用品柜台走去。"同志，要点什么？"女售货员问道。"一支牙刷"小伙子答道。"什么牌子？"女售货员接着问。小伙子用手指了其中的一种。女售货员说："两块八毛钱。"小伙子掏出钱包，取出一张十元的人民币递给了女售货员。女售货员给小伙子一只牙刷并找回 7 元 2 角钱。然而，小伙子突然说："同志，你找错钱了，我给你的是一百块钱。"

"你给我的明明是十块钱呀！"女售货员吃惊地说道。

"我给你的就是一百块钱，赶快给我找钱，我还有事情要做！"小伙子提高了嗓门，语气也相当严厉。

女售货员急了，声音也提高了八度："你这人怎么不讲理呢？你明明给的是十块钱，为什么偏要说是一百元呢？你想坑人啊？"这时，日用柜台边已经聚拢了十几位买东西的顾客看热闹。这位小伙子似乎实在难以容

117

忍了，向整个人群说道："大伙都瞧瞧，这是什么服务态度！你们经理呢？我要找你们经理。"说来也巧，百货商场的总经理正好从楼上下来，看到这边有人围观，便走了过来。

总经理看上去是一位二十八九岁的年轻人。"怎么回事？"总经理问道。

女售货员看到总经理来了，像来了救兵一样，马上委屈地向总经理告状："经理，这个人太不讲理了，他明明给我的是一张十块钱，硬说是一张一百块钱。"经理见她着急的样子，立即安慰她说："张姐，别着急，慢慢讲，他买了什么？你有没有收一百块钱一张的人民币？"这位被总经理称为"张姐"的女售货员心情似乎平静了些。"他买的是牙膏，不，他买的是牙刷。对了我想起来了，今天，我没收几张一百块钱的人民币，有一位高个儿给了我一百块钱，他买的是牙膏。这个人给我的就是十块钱。"总经理听了张姐的话，眉头有些舒展，转身走向人群中那位身高1米65左右的小伙子，很有礼貌地说道："很不好意思出现了这种事情。您能告诉我事情的真实情况吗？"小伙子也似乎恢复了平静，同样有礼貌地坚持自己付给女售货员的是一张一百块钱，是女售货员将钱找错了。这时总经理环视了一下人群，然后将视线定格在这位小伙子身上，继续有礼貌地说："这位先生，根据我对这位售货员的了解，她不是说谎和不负责任的人，但是我同样相信您也不是那种找茬的人。所以为了更好地将事情弄清楚，我可否问您一个问题？""什么问题？"小伙子问道。"您说您拿的是一张一百块钱，请问您有证据吗？"总经理问道。小伙子的眼睛一亮，马上提高了嗓门说："证据？还要什么证据？不过我想起来了，昨天我算账的时候，顺手在这张钱的主席像一面的右上角用圆珠笔写了2888四个数字。你们可以找一下。"总经理立即吩咐张姐在收银柜中寻找，果真找到了一张主席像一面用圆珠笔写2888的一百块钱纸币。这时，小伙子来了精神，冲着人群高喊："那就是我刚才给的一百块钱，那个2888就是我写的。不信，可以验笔迹。"人群开始骚动，顾客们明显表示出对商场的不满。镜头在人群、小伙子、张姐和总经理之间切换的脸上。

这时录像结束，并在屏幕上弹出两个问题。

1. 假如您是该百货商场的总经理，您将如何应付当时的局面？
2. 作为总经理，您将如何善后？

第五章 员工培训与开发

学习目标 ▶▶▶

1. 掌握培训与开发的作用、原则与过程。
2. 掌握培训需求分析的含义、内容与方法。
3. 能够独立拟定培训方案并编制培训费用预算。
4. 能够对培训效果进行跟踪，并及时反馈培训信息、起草培训总结。
5. 熟悉新员工导向培训的意义和内容，能够独立组织并实施新员工导向培训的活动。

【引例】

新员工培训的困惑

李娜是上海一家医疗器械公司的人力资源部经理，公司最近找了一名销售员李勇，在经过面谈后，李娜认为李勇在销售方面具有很大的潜力，具备公司要找的销售人员条件。可是，两星期后销售部经理却告诉她，李勇提出一个月后离开公司，李娜把李勇叫到办公室就他提出辞职一事进行面谈。

李娜：李勇，我想和你谈谈。希望你能改变你的主意。

李勇：我不这样认为。

李娜：那么请你告诉我，为什么你想走，是别的企业给你的薪水更高吗？

李勇：不是。实际上我还没有其他工作。

李娜：你没有新工作就提出辞职？

李勇：是的，我不想在这里呆了，我觉得这里不适合我。

李娜：能够告诉我为什么？

李勇：在我上班的第一天，别人告诉我，正式的产品培训要一个月后才进行，他们给我一本销售手册，让我在这段时间里阅读学习。第二天，有人告诉我在徐汇区有一个展览，要我去公关部帮忙一周。第三周，又让我整理公司的图书。在产品培训课程开课的前一天，有人通知我说，由于某些原因课程推迟半个月，安慰我不要着急，说先安排公司的销售骨干胡斌先给我做一些在职培训，并让我陪胡斌一起访问客户。所以我觉得这里不适合我。

李娜：李勇，在我们这种行业里，每个新员工前几个月都是这样的，其他地方也一样。

第一节 培训与开发概述

一、培训与开发的含义

培训是通过教学、实验或体验的方法，使员工在知识、技术、能力和工作态度方面有所提高和改进，从而达到企业工作要求的活动。开发则是通过学习进一步增进员工的知识和能力，同时满足企业未来的工作需求和员工职业生涯发展需要的活动。

员工的培训与开发是企业人力资源管理的一个重要内容。从员工个人来看，培训和开发可以帮助员工充分发挥和利用其人力资源潜能，更大程度地实现其自身价值，提高工作满意度，增强对企业的归属感和责任感。从企业来看，对员工的培训和开发是企业应尽的责任。有效的培训可以减少事故，降低成本，提高工作效率和经济效益，从而增强企业的市场竞争能力。因此，任何企业都不能对员工的培训和开发掉以轻心。

二、培训与开发的作用

所有企业培训和开发计划的目的，都是保持或改善员工的绩效，从而保持或改善企业的绩效。员工培训和开发的作用表现在以下方面。

1. 提高工作绩效

有效的培训和开发能够使员工加深和扩展工作中所需要的知识，包括对企业和部门的组织结构、经营目标、策略、制度、程序、工作技术和标准、沟通技巧，以及人际关系等知识。

2. 提升员工的满足感和安全水平

培训和开发对提高员工满足感和安全水平有正面作用。经过培训和开发之后，员工不但在知识和技能方面有所提高，自信心加强，而且还能感受到管理层对他们的关心和重视，使得员工士气、安全水平和产品品质都因而得以提高。

3. 建立学习型组织的企业文化和形象

培训和开发计划能传达和强化企业的价值观和行为，一方面可以建立优秀的企业文化，另一方面可以通过员工体现企业的优良形象。

4. 增强企业和个人的应变适应能力

随着科学技术的迅速发展，科技知识每十年就增生一倍，知识的折旧加快，每年的折旧率为 20% 左右，人们大约每 3~5 年就需要进行知识和技能的更新。从发达国家的经验来看，许多人为了适应科技的发展不断进行学习培训，中国目前也出现了"充电"的热潮，这充分反映了知识和技能更新的必要性。

在当今世界，市场竞争越来越激烈，游戏规则不断变化。企业要想生存和发展，就必须激发企业的活力，在市场中灵活应变，及时作出快速的反应，才能满足顾客在质量、品种以及服务方面的需求。这就要求员工们能够分析和解决与工作有关的问题，卓有成效地在团队中工作，灵活善变，迅速适应工作转换。所以必须加大员工的培训力度。

三、培训与开发的原则

1. 按需施教、学以致用原则

企业组织员工培训的目的在于通过培训让员工掌握必要的知识技能，以完成规定的工作，最终为提高企业的经济效益服务。因此，在培训项目实施中，要把培训内容和培训后的使用衔接起来，这样培训的效果才能体现到实际工作中去，才能达到培训目标。如果不能按需培训、培训与使用脱节，不仅会造成企业人力、物力的浪费，而且会使培训失去意义。

2. 全员教育和重点提高原则

全员教育培训，就是有计划、有步骤地对所有在职员工进行教育和培训，全员培训的对象应包括企业所有的员工。同时，全员培训也不是说对所有员工平均分摊培训资源，在全员培训的基础之上还要强调重点，重点培训对企业的发展起着关键作用的领导人才、管理人才和工作骨干，优先教育培训急需人才。需分清主次先后、轻重缓急制订规划，分散进行不同内容、不同形式的教育培训。

3. 主动参与原则

培训效果的好坏与培训内容的针对性和员工接受培训的积极性有着极为密切的关系，而提高培训内容的针对性和员工的积极性都离不开员工的主动参与。在每个年度末，要求每个员工填写"年度培训需求表"。首先，员工根据自己的岗位现状对技能的需要、自己目前的技能水平，以及行业发展方向做一个综合论述，然后提出自己的培训需求。其次，上级负责人在与员工沟通后，结合员工岗位的发展变化，确定员工下年度主要培训内容和次要培训内容。这种做法可使员工意识到个人对于工作的"自主性"和对于企业的"主人翁地位"，创造了上下级之间思想交流的渠道和场合，更有利于促进集体协作与配合。

4. 专业知识技能培训和企业文化教育并重的原则

培训和开发的内容，应坚持专业知识技能培训和企业文化教育并重的原则，除了传授知识和提高技能外，还应加强企业文化的教育，包括企业的信念、价值观和职业道德等，使员工的工作态度和道德操守也能符合企业发展的需要。

5. 严格考核和择优奖励原则

严格考核是保证培训质量的必要措施，也是检验培训质量的重要手段。只有培训考核合格，才能择优录用或提拔。鉴于很多培训只是为了提高素质，并不涉及录用、提拔或安排工作问题，因此对受训人员择优奖励就成为调动其积极性的有力杠杆。根据考核成绩，设立不同的奖励等级，还可记入档案，与今后的奖励、晋级等挂起钩来。

培训的对象既然是企业内部员工，就要求把培训看成是某种激励的手段。如果他们接受了培训，并从中获得了自身的发展，带来了益处，他们就会乐于参与和支持企业的培训计划，越来越多的企业把培训作为一种激励的手段，企业的员工在接受培训的同时感受到了企业对他们的重视，提高了员工对自我价值的认识，也增加了员工职业发展的机会。

6. 投资效益原则

员工培训投资属于智力投资，它的投资收益应高于实物投资收益。但对这种投资投入产出的衡量具有特殊性，培训投资成本不仅包括可以明确计算出来的会计成本，还应纳入机会成本。培训投入较容易计算，但产出回报是较难量化计算的，而且对有些培训来说确定其具有长期效益还是短期效益也是比较困难的。不能纯粹以传统的经济核算方式来评价培训产出，它包括潜在的或发展的因素，还有社会的因素。虽然如此，还是要把它当作极其重要的问题来考虑。

四、培训与开发的过程

员工培训既然这样重要，而培训活动的成本无论从费用、时间与精力上来说，又都是不低的，所以必须精心设计与组织。要有效地做好这一工作，应把它视为一项系统工程，即采用一种系统的方法，使培训活动能符合企业的目标，让其中的每一环节都能实现员工个人及其工作和企业本身三方面的优化。图 5-1 的人力资源培训（简称 HRT）模型便显示了这样一个系统，它代表了由六个环节构成的一个循环过程。这六个环节分别是：培训需求分析，设置培训目标，拟定培训方案，实施培训活动，监控培训过程，评估培训效果。

以下内容将分析每一个环节需要完成的主要工作。

培训需求分析

设置培训目标

拟定培训方案

实施培训活动

监控培训过程

评估培训效果

图 5-1　人力资源培训模型

第二节　培训需求分析

一、培训需求分析的含义

培训需求分析是指在设计和开展每项培训活动之前，对企业员工的目标、知识、技能等方面进行系统的鉴别与分析，以确定是否需要培训活动及培训的内容。通过培训需求分析主要回答以下问题：谁需要培训？需要哪些培训？它是设置培训目标、拟定培训方案的前提，也是评估培训效果的基础和培训活动的首要环节。

二、培训需求分析的内容

培训需求分析一般包括企业需求分析、工作需求分析和员工需求分析。

1. 企业需求分析

企业需求分析是指在确认培训需要时要审视企业的使命、目标、经营战略和文化，预测企业未来在技术、市场及组织结构上可能发生的变化，了解现有员工的能力并推测未来将需要哪些知识与文化，从而估计出哪些员工需要在哪些方面进行培训。

企业需求分析通常要考虑培训的背景，即要在给定公司经营战略的条件下，来决定相应的培训，同时应考虑企业为培训可以提供的资源及管理者和员工对培训活动的态度。

2. 工作需求分析

这里的工作需求分析侧重研究具体工作岗位操作者的工作行为与期望行为标准的差距，从而确定该种岗位的操作者需要接受什么样的培训。

工作需求分析包括确定工作岗位的主要工作任务，以及需要在培训中加以强调的知识、技能和行为方式，以帮助员工达到工作岗位所要求的标准。

3. 人员需求分析

人员需求分析有助于了解谁需要培训。主要目标是分析工作绩效不能令人满意的原因，判断是由于知识、技术、能力的欠缺，还是属于个人动机、工作态度或是由于工作本身设计的问题，从而确定谁需要培训、需要哪些培训，并让员工做好接受培训的准备。

实际上，企业、工作、人员需求分析并不是按特定的顺序进行的。由于企业需求分析与培训是否适合公司的战略目标及公司是否愿意在培训上投入时间与资金的决策有关，所以通常要首先进行。而工作需求分析和人员需求分析常常是同时进行的，因为若不了解工作和工作环境就很难确定绩效达不到要求是否是培训方面的问题。

培训需求分析的结果是什么呢？如图 5-2 所示，需求分析过程可获得谁需要培训和培训对象需要学些什么等方面的信息，包括他们通过培训要完成的任务及知识、技能、行为方式和其他工作要求。

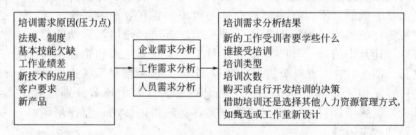

图 5-2　培训需求分析的结果

图 5-2 显示了从培训需求分析得出的培训需求原因和培训需求分析结果，可以看到这些不同的"压力点"表明培训是必要的。压力点包括基本技能欠缺，工作业绩差、新技术的应用、客户要求等。

同时我们也应当指出，这些压力点并不能说明只有培训是解决问题的正确途径。例如，一名卡车司机，他的工作是向医院输送麻醉气体。这个司机错误地将麻醉气体的输送管线与一家医院的氧气供应管线连在了一起，从而导致这家医院的氧气供应受到了污染。这个司机为什么会犯这样的错误呢？问题出在哪里呢？原因也许在于这个司机缺乏正确的连接麻醉气体管线的知识，或者是因为最近他对经理拒绝他的加薪要求而不满，抑或是由于连接气体供应管线的阀门没有标识。然而只有知识的缺乏可以由培训手段来解决，其他的压力点需要通过其他的与绩效结果（薪酬体系）或工作环境设计有关的办法来解决。

三、培训需求分析的程序与方法

（一）培训需求分析的程序

1. 确定信息来源

信息的主要来源渠道：①来自于领导层的主要信息；②来自于各部门的主要信息；③来自于外部的主要信息；④来自于企业内部个人的主要信息。

2. 选择调查方法

培训需求信息收集的方法有很多种，如面谈、问卷调查等。进行不同的培训需求分析时，要根据这种培训需求的内涵，选定相应的方法。

3. 调查与收集信息

收集的主要信息内容：①企业决策者的指导性文件；②培训信息库的外部培训信息；③专业培训顾问的培训信息；④市场营销部门的顾客反馈信息；⑤人力资源部门的人员招聘、调动等信息；⑥财务部门的经营损耗信息；⑦生产制造部门的生产情况信息；⑧新事业开发部门的信息；⑨企业决策者的组织目标和战略规划资料；⑩人力资源部门关于各部门内工作职能和每个岗位工作职能的描述；⑪人力资源部门关于员工绩效考核报告；⑫各部门的具体工作计划；⑬培训部门备存的关于以往培训情况的记录性资料；⑭关于员工行为评估的备存资料。

访问调查的对象包括各级主管及与培训工作推动有关的人员，从面谈中收集到的资料可以找出他们对培训的态度和看法，从他们的反应中可以预估他们对培训的支持程度。这种访谈一方面让他们积极参与培训推动工作，另一方面也可与他们建立良好的关系，对往后的执行有所帮助。

培训需求的调查表可分为两部分，一张表格用来探索培训与企业部门目标之间的关联即"部门培训需求调查表"，另一张用来确定各部门的培训需求项目后，针对各职位设定"职位培训需求表"。

4. 分析调查结果

访谈资料整理出来后，要分析这些信息，以确定培训的目标，一方面与企业和部门目标做分析比较，另一方面评估其可行性及成本费用。

（二）培训需求分析的方法

1. 面谈法

面谈法是指培训组织者为了了解培训对象在哪些方面需要培训，就培训对象对于工作或对于自己的未来抱着什么样的一种态度，或者说是否有什么具体的计划，并且由此而产生相关的工作技能、知识、态度或观念等方面的需求而进行面谈的方法。

面谈法是一种非常有效的需求分析方法。培训者和培训对象面对面进行交流，可以充分了解相关方面的信息。通过面谈，培训者可以推心置腹地和培训对象交谈其工作情况以及个人发展计划，对工作中存在的问题进行双向交流，这样有利于培训双方相互了解，建立信任关系，从而使培训工作得到员工的支持。而且，面谈中通过培训者的引导提问，能使培训对象更深刻地认识到工作存在的问题和自己的不足，激发其学习的动力和参加培训的热情。

但是面谈法也有其自身的缺点。首先，培训者和培训对象对有关问题的探讨需要较长的时间，在一定程度上可能会影响员工的工作，而且会占用培训者大量的时间。其次，要求培训者有很高的面谈技巧，因为一般员工不会轻易吐露自己工作中存在的问题和自己的不足，员工在没有了解对方真实意图的时候，也不会将其个人发展计划透露给培训者。

面谈法分个人面谈法和集体面谈法两种。个人面谈是培训者分别和每一个培训对象进行一对一的交流，可采用正式或非正式的方式进行。个人面谈得到的相关资料可以采取会谈中记录概要，事后进行整理的办法进行处理。集体面谈法是以集体会议的方式进行，培训者和培训对象在会议室集体参加讨论，但会议中不宜涉及有关人员的缺点和隐私问题。培训者通过指定专门人员进行会议记录的方式获得调查资料。

无论是哪一种方式的面谈，培训者在面谈之前都要详细准备好面谈的内容，并在面谈中加以引导。

面谈法需要专门的技巧，在进行面谈之前，一般要对面谈人员进行培训。面谈时应注意以下几点：①确定面谈的目标，也就是明确"什么信息是最有价值的，是必须得到的"。②准备全面的面谈提纲，这对于启发、引导面谈对象讨论关键的信息，防止转移面谈中心是非常关键的。③营造融洽的、相互信任的面谈气氛。在面谈中，进行面谈的人员必须首先获得面谈对象的信任，以避免敌意或抵制性情绪的产生。这对于所收集信息的正确与准确性非常重要。面谈中应包括以下一些问题：

① 你对组织状况了解多少？

② 你认为目前组织存在的问题有哪些？

③ 你对这些问题有什么看法？

④ 你目前的工作对你有些什么要求？

⑤ 你认为自己在工作中的表现有哪些不足之处？

⑥ 你觉得这些不足是什么导致的？

⑦ 你对自己以后的发展有什么计划？

⑧ 你需要我们在哪些方面给予你帮助？

2. 重点团队分析法

重点团队分析法是指培训者在培训对象中选出一批熟悉问题的员工作为代表参加讨论，以调查培训需求信息。重点小组成员不宜太多，通常由8～12人组成一个小组，其中有两名协调员，一人组织讨论，另一人负责记录。

这些人员的选取要符合两个条件：一是他们能代表培训对象的培训需求，可以从各个部门、各个层次的员工中选取数名代表参加；二是选取的成员要熟悉需求调查中讨论的问题，他们一般在其岗位中有比较丰富的工作经历，对岗位各方面的要求、其他员工的工作情况都比较了解。

这种需求调查方法是面谈法的改进，优点在于不必要和每个员工逐个面谈，花费的时间和费用比面谈法要少得多。各类培训对象代表会聚一堂，各抒己见，可以发挥头脑风暴法的作用，各种观点意见在小组中经过充分讨论以后，得到的培训需求信息更有价值。而且这种需求调查方法易激发出小组中各成员对企业培训的使命感和责任感。

这种方法的局限性在于，小组成员对所代表的全体对象的了解程度对培训需求调查结果影响很大，如果其对所代表的培训对象不了解，将会导致培训不能满足大家的需要，因此成员的选取会对培训的效果产生很大的影响。另外，对协调员和讨论组织者要求高，由于一些主、客观方面的原因，可能会导致小组讨论时大家不会说出自己真实的想法，不敢反映本部门真实的情况，某些问题的讨论可能会流于形式。这时需要协调员和组织者运用各种技巧充分调动大家的热情，创造条件使大家敢于说出真话。

重点团队分析法在实际操作中可按照以下几个步骤进行。

（1）将培训对象分类　培训对象的培训需求在一定程度上有共性，可以依据这种共性将有类似培训需求的培训对象分成不同的类别。确定了培训对象的类别以后，再在各类培训对象中选出数名代表。代表成员可以是这个类别中较高层次的管理人员，也可以是普通员工，两者各有优劣。管理人员在会议发言中可能会顾及自己部门声誉或害怕自己的领导能力受到怀疑而不讲实话，但其优点在于对本部门员工比较了解；普通员工敢于发言，但可能对实际情况又不是很了解。最好选取那些工作经历较丰富，同时又不是部门直接领导的这类员工参加。

（2）安排会议时间及会议讨论内容　要根据所有选中小组成员的情况，安排适当的时间进行小组会议，尽量避免影响小组成员的工作。

在会议前，组织者要详细准备会议讨论的内容，这样在讨论时才能做到游刃有余，最好事先对会议各项讨论内容进行思考并拟定简单的提纲，以便在必要的时候引发小组成员思考。

（3）培训需求结果的整理　会议之后，要对会议记录进行整理，对有争论问题要进一步讨论或以其他方式选出合适的建议。

3. 工作任务分析法

工作任务分析法是以工作说明书、工作规范或工作任务分析记录表作为确定员工达到要求所必须掌握的知识、技能和态度的依据，将其与员工平时工作中的表现进行对比，以判定员工要完成工作任务的差距所在。工作任务分析法是一种非常正规的培训需求调查方法，它通过岗位资料分析和员工现状对比得出员工的素质差距，结论可信度高。但这种培训需求调查方法需要花费的时间和费用较多，一般只是在非常重要的一些培训项目中才会运用。

（1）工作任务分析记录表的设计　工作任务分析记录表通常包括主要任务和子任务、各项工作的执行频率、绩效标准、执行工作任务的环境、所需的技能和知识以及学习技能的场所等。记录表的具体内容可以根据不同工作的特点进行相应的修改。

（2）工作盘点　工作盘点是一种比较有名的工作方法，它列出了员工需要从事的各项活动内容、各项工作的重要性以及执行时需要花费的时间。这些信息可以帮助负责培训的人员安排各项训练活动的先后次序。

4. 观察法

观察法是培训者亲自到员工工作岗位上去了解员工的具体情况。通过与员工在一起工作，观察员工的工作技能、工作态度，了解其在工作中遇到的困难。观察法是一种最原始、最基本的需求调查工具之一，它比较适合生产作业和服务性工作人员，而对于技术人员和销售人员则不太适用。这种方法的优点在于培训者与培训对象亲自接触，对他们的工作有直接的了解。但观察员工需要很长的时间，观察的效果也受培训者对工作的熟悉程度影响。另外，观察者的主观偏见也会对调查结论有影响。

为了提高观察效果，通常要设计一份观察记录表，用来查核要了解的细节。这样，会使得观察既不流于形式，并且当研究结束时，有资料作为选择培训内容的参考。

5. 问卷调查法

利用问卷调查员工的培训需求也是培训者较常采用的一种方法。问卷调查法是以标准化的问卷形式列出一组问题，要求调查对象就问题进行打分或是非选择。当需要进行培训需求分析的人员较多，并且时间较为紧迫时，则可以精心准备一份问卷，以信函、传真或直接发放的方式让被调查者填写，也可以在进行面谈和电话访谈时由访谈人员填写。问卷调查发放简单，可节省培训者和培训对象双方的时间，同时其成本较低，又可针对许多人实施，所得资料来源广泛。但其缺点在于调查结果是间接取得，无法断定其真实性，而且问卷设计、分析工作难度较大。

在进行调查问卷的设计时，应注意以下一些问题：

① 问题清楚明了，不会产生歧义；

② 语言简洁；

③ 问卷尽量采用匿名方式；

④ 多采用客观问题方式，易于填写；

⑤ 请别人检查问卷，并加以评价；

⑥ 在小范围内对问卷进行模拟测试，并对结果进行评估，对问卷进行必要的修改。

运用问卷调查法有其优点也有其不足。

其优点主要表现为：①灵活的形式和广泛的应用面。可以以普查或投票的形式面向不同层次的对象征求意见，如可以同时征求管理层和员工对同一个培训的需求意见。专业培训调查可以限定在某一部门，而通用培训可以在全公司范围内进行。②多样的提问方式。如多项选择、填空、简短回答、优先排序等样式。③自主性。填写者可以随时随地在有时间的情况下完成，而培训部门不必投入大量人力进行控制、解释和管理。④成本较低。相对于面谈和调研等形式可投入较少的时间、人力和资金。⑤有利于总结和报告。因为问卷的内容简短明确，容易对收集到的数据进行统计和汇总。

问卷调查法的不足主要表现为：①缺少个性发挥的空间，因为调查问卷的形式强调的是面，而不能照顾到每一个回答者的特性。②要求科学的问卷内容设计和明确的说明，在准备时要耗费一定的精力。③深度不够，因问卷的简明性要求，所以不适用于探索深层次、较详尽的问题。④返回率低。特别是回答者需要通过邮寄等较麻烦的形式返回问卷，或者当回答者对不感兴趣或者设计说明不清晰都可能造成较低的返回率。不过，随着互联网和企业内部网的发展，这一不足将会逐渐得以改变。

通常，面谈法与问卷调查法结合使用，通过面谈来补充或核实调查问卷的内容，讨论填写不清楚的地方，探索深层次的、较详尽的原因。

第三节　设置培训目标　拟定培训方案

一、培训目标的设置

培训与开发的第二个阶段是明确培训目标，有了培训目标，才能确定培训对象、内容、时间、培训方法和培训教师等具体内容，同时在培训结束之后来对照目标进行效果评估。设置的培训目标不仅必须与企业的要求相一致，而且还要切实可行。培训目标主要有以下几大类。

1. 技能培训

在较低层的员工中，需要将具体的操作训练作为培训的主要目标。掌握技能当然也离不开思维活动，在高层员工中，则主要是思维性活动了。例如，分析与决策能力，同时还应该涉及具体的技巧训练，如书面与口头沟通能力，处理人际关系的技巧等。

2. 传授知识

传授知识包括概念与理论的理解与纠正、知识的灌输与接受、认识的建立与改变等，这些都属于传授知识的范畴。在培训中应注意理论与实际相结合，才能透彻理解，灵活掌握，巩固记忆。

3. 转变态度

态度的确立或转变涉及认识的变化和感情因素，包括对工作本身的态度、对组织的认识、对上下级关系的看法、对本人的认识与定位、对人际关系的认同等。将转变态度作为培训的目标，旨在改变或纠正员工不正确或有偏颇的工作态度、与组织目标相偏离的个人目标，强化与组织价值观相一致的个人价值观，改善企业内部的沟通环境，调整企业的人际关系。这在性质与方法上不同于单纯的传授知识。

4. 工作表现

将工作表现作为培训的目标是希望培训对象经过培训后能完善工作行为，在一定的工作情境下能够达到特定的工作绩效和行为表现。

二、培训方案的拟定

拟定培训方案的过程其实就是将培训目标具体化的过程。包括四个方面的工作：培训方法的选择、培训时间的选择、培训机构的选择和培训经费的预算。

（一）培训方法的选择

拟定培训方案的第一步是选择合适的培训方法。员工培训的形式繁多，从培训与工作的关系来划分，有脱产培训（离岗培训）、非脱产培训（在岗培训）和岗前培训；从培训的对象来划分，有技术人员培训、销售人员培训和管理人员培训等；从培训的目的来划分，有转岗培训和晋升培训等；从培训的层次划分，有高级、中级和初级培训。

脱产培训（离岗培训）的方法主要以下几种。

1. 课堂教学

课堂教学是指培训者向一群培训对象进行课堂讲授，在许多情况下，在讲授过程中常常还辅之以问答、讨论或者案例研究等传授形式。传统的课堂教学法是一种能够以最低的成本、最少的时间耗费向大量的培训对象提供某种专题信息的方法之一。此外，课堂教学中培训者和培训对象能够面对面的交流，培训者若是能够调动培训对象积极参与，在课程讲授中引用较多与工作相关的例子，并在讲授过程中穿插一定的练习，则培训对象就越有可能学会并且在工作中应用培训中所了解到的信息。

由于计算机辅助讲解系统之类的新技术不断涌现，越来越多的视频工具被引进到传统的课堂教学中来，包括投影、幻灯和录像等。录像是最常用的培训工具之一，它被广泛运用在提高员工的沟通技能、面谈技能、客户服务技能等方面，同时也被运用到描绘如何完成某些工作程序（如焊接）方面。然而录像很少被单独使用，它常常是与课堂讲授结合在一起使用的，以便向培训对象展示真实的生活经历或者实例。

2. 案例研究

案例一词源于英语的 case，在一定情况下是指某一例子，用于教学与培训则指某种情景。它作为一种研究工具早就广泛用于社会科学、军事和医学等的调研工作中，20 世纪 20 年代起，美国哈佛大学商学院首先把案例用于管理教学，是谓案例研究。

案例研究作为一种培训方法是让培训对象通过对案例情景的分析，解决案例中的经营管理问题。其目的在于使培训对象在探索解决问题的过程中，学会分析问题、解决问题的逻辑方法，提高分析决策能力，并使他们在小组活动中通过与其他人的频繁交往，提高沟通、说服及群体协调等管理技巧。

可以用一定的视听媒介如文字、录音、录像等来描述案例情景。对案例研究通常分为三个阶段，即个人学习、小组讨论及全班的课堂讨论。个人学习是后两个阶段的基础，培训对象必须首先认真自学。研读案例的方法一般是先粗读或初看一遍，快速了解梗概，进而精读或细看第二遍，掌握细节后，再按解决问题的七个环节（发现问题、分清主次、找出原因、拟定备选方案、比较权衡、做出决策和贯彻实施）去系统思考。分析案例必须摆脱旁观者身份，进入角色，从案例中主要当事者即决策人的角度去考虑。小组讨论则是一个重要的中间环节，它不仅可使培训对象相互交流观点、形成共识、集思广益，而且可以在查找文献、制作图形和演示文稿等方面进行分工配合，在培养学员个人决策能力的同时，也培养了他们的沟通和协作能力。案例研究的成功主要取决于最后一个环节，即全班讨论，它是全体教学和培训参与人员研究结果的交流与总结。对于大型综合性案例，有的还要求每一位培训对象独立撰写和呈交一份书面分析报告。

3. 角色扮演

角色扮演是情景模拟的一种，是模仿现实生活中的场景的培训方法。其目的是让参与者通过扮演情景中的角色，揣摩角色的内涵，学习实际管理技巧的应用。

角色扮演活动需先设置某一管理情景，指派一定的角色，但没有既定的详细脚本。角色扮演者在弄清所处情景及各自所扮演角色的特点与制约条件后，即进入角色，自发地即兴进行表演，如交往、对话、主动采取行动或被动做出反应，合情合理地表演，至教师（导演）发出中止信号时为止。

在这种模拟的场景下，培训对象的决定所产生的结果就是培训对象在工作中作出同类决策时可能产生的后果。它可以使得培训对象看到他们的决策在一种人工的、没有风险的环境中可能产生的影响。此方式多用于提高培训对象的面谈技巧、在处理日常经营事务时的沟通技巧和决策技巧等方面。

模拟的环境必须与实际的工作环境有相同的构成要素。模拟环境还必须能够对培训对象给出的指令和决定做出反应。正是由于这种原因，开发模拟环境的成本是很高的，并且当获得了新的工作信息之后，还需要对这种模拟环境进行不断的改进。

4. 公文处理训练

公文处理训练也是情景模拟的一种。具体操作方法是模拟日常的工作情况，让培训对象处理一堆文件，做出一连串的决定后，再与其他参与者讨论，以训练其在指定时间内做出决定的能力。

5. 竞赛或管理游戏

以竞赛和游戏的方式来模拟企业的整体经营，让培训对象做出一连串生产、财务和销售决定，然后观察绩效。在一定的规则和假设限制下，通过电脑辅助，评估每项决定对企业功能所造成的影响，计算培训对象的模拟绩效。

6. 探险学习法（户外拓展训练）

探险学习法是近年来比较流行的一种培训方法，它是指运用结构性的室外活动来开发培训对象协作能力与领导能力的一种培训方法。实践表明，探险学习法对于开发与群体有效性有关的技能，比如自我感知能力、问题解决能力、冲突管理能力以及风险承担能力等是最合适的。

在探险学习中可能包括一些非常耗费力气且颇具挑战性的体力活动，比如拉爬犁以及爬山等，也可以利用一些结构性的个人和群体户外活动来进行，比如爬墙、过绳索、信任跳（每一位培训对象都要分别站到桌子上，然后背朝后跳下，倒在团队同伴的手臂中）、爬梯子以及利用连接两座塔的绳索从一座塔爬到另外一座塔等。

为了使探险学习取得成功，必须使练习的内容与希望开发的技能结合起来。不仅如此，在练习之后，还要由一位经验丰富的指导者来组织大家讨论在练习中所发生的事情，学到了哪些东西，在练习中所发生的事情与实际的工作场景存在什么样的联系，以及如何确定目标以把在练习中所学的内容应用到实际工作当中去。

非脱产培训（在岗培训）的方法主要以下几种。

1. 辅导与操作示范

辅导与操作示范也称教练法，是最好的在岗培训方式之一。培训者通常是培训对象的直属上司或导师，或在另一部门工作，但能帮助培训对象学习的人。上司或导师会给予培训对象指导、辅助、协助和示范，使其能更有效地完成工作。

2. 特别工作指派

特别工作指派是安排培训对象参与一些日常职务以外的工作，是暂时性的，使培训对象可以接触日常工作以外的事务。

3. 工作轮换

工作轮换是有系统地将培训对象分派到不同的工作岗位，使其可以接触和学到企业不同部门和不同层面的工作。在此期间有专人的工作指导，借此培训通才，为各级管理层储备人才。同时，这样也可以培训新员工，使其全面了解企业各部门的运作。

脱产培训和非脱产培训具有互补作用，前者着重知识、技术和态度的传授和培养，后者则强调直接的学习后果，对行为的改变和企业绩效的改进有明显的效用。脱产培训的转移效果较低，学习后未必能完全应用在工作上，而非脱产培训的转移效果较高。

（二）培训时间的选择

拟定培训方案的第二步是安排培训时间。安排培训时间时需考虑如下问题。

① 什么时间最可行？对培训对象来说，什么时间是最好的培训时间？什么时间培训能与工作配合？什么时间培训对工作的影响最小？

② 倘若培训对象是企业的一组重要成员，当他们接受培训时，是否会打乱企业的正常工作？对别的成员工作是否会有影响？

③ 什么时候进行培训，能取得督导人员或培训人员的合作？这些人还有其他业务吗？他们能否将精神集中放在培训工作上？

④ 什么时候能够获得培训必需的设备，如会议室和投影机？

⑤ 若考虑到企业可用于培训的资金因素，什么时间是最好的培训时间？

（三）培训机构的选择

拟定培训方案的第三步是选择实施培训的机构。培训活动的实施方式有以下几种选择。

1. 企业自己培训

大型企业往往设置有专门的教育与培训职能机构与人员，从个别或少数负责培训工作的职员或经理，到专门的科、处乃至部，有的还建有专门的培训中心或学校乃至职工大学，配有整套专职教师与教学行政管理人员。在课程开设上，可从个别简单的低层技工培训直到完整的全脱产的学士学位的大学本科课程。

培训部门的人员包括在培训部门经理领导下的项目协调人员和专职培训人员。他们负责分析调查培训需求、确定培训项目的目标、编写考核标准及开发、执行和评估各个培训项目。其中的专职培训人员还要亲自授课或组织培训活动。许多企业常请车间和科室的管理人员或专业人员兼课或组织培训活动，另外还常请有经验的老师傅现身说法。但培训部门必须意识到，懂得某种知识或掌握某种技能的人并不一定保证能很好地进行传授，会操纵一台机器与教会别人也能操纵毕竟是两种不同的能力，后者还需了解教学方法论的基本原理，因此不能忽视对企业内部的兼职培训人员本身在教学法方面的训练。

2. 企校合作

企业与技工学校、专科学校或高等学校合作，由学校教师向企业提供各类员工培训。现在越来越多的企业，通过企校挂钩进行培训合作，与学校达成培训承包协议，在学校或由学校派教师来企业进行各类职工培训，其内容可以是通用的，也可以是针对合作企业具体的特殊需要而专门设计的。在我国，像广播电视大学、自考函授、刊授等各类成人教育项目，也常被企业用作培训职工的手段。对特殊需要的人才，选派职工脱产送往高等学府作定向的正规学制深造，也并不罕见。

3. 专业培训机构

近年来，我国各地出现了大量的专业培训机构，以满足企业日益膨胀和日新月异的培训需要。这些机构根据企业对员工的培训需要，开发和设计出相应的培训方案和教材，主要以

"公开课"和"内训"两种方式为企业提供培训服务。

"公开课"是指专业培训机构以广告方式向众多企业邀请相关人员参加的集中性的短期培训，或周末两天，或一周，或一个月，培训地点通常是在宾馆、饭店的会议室，每次参加人数可以是几十人或几百人。"内训"则是培训机构为某一企业专门提供的短期培训项目，通常在该企业内部进行，没有外部人员参加。

选择培训机构时应考虑如下问题：

① 该机构在设计和传递培训方面有多少和哪些类型的经验；

② 曾经开发过的培训项目或拥有的客户；

③ 可说明其提供的培训项目是卓有成效的证据；

④ 该机构对本行业、本企业发展状况的了解程度；

⑤ 咨询合同中提出的服务、材料和收费等事宜；

⑥ 培训项目的开发时间；

⑦ 该机构以前的顾客及专业组织对其声誉、服务和经验的评价。

当由咨询人员或其他的外部培训机构提供培训服务时，很重要的一点就是要考虑培训项目是针对本企业的特定需要，还是咨询者只准备根据以往在其他组织中应用的培训的基本框架来提供服务。外部培训机构只有在对其企业进行了深入细致的研究之后，才能提供符合需要的因地制宜的培训项目。

（四）培训经费的预算

拟定培训方案的第四步是对实施培训计划所需的费用进行预算。

培训经费是进行培训的物质基础，是培训工作所必须具备的场所、设施、教材、教师等费用的资金保证。能否确保培训经费的来源和能否合理地分配及使用经费，不仅直接关系到培训的规模、水平及程度，而且关系到培训者与培训对象能否有很好的心态来对待培训。培训成本预算就是对培训项目进行成本收益分析，主要是通过会计方法决定培训项目的经济收益的过程，它需要从成本和收益两方面的信息进行考虑。

1. 分析培训成本的构成

培训成本包括直接成本和间接成本。具体包括培训项目管理费、培训教师劳务费、交通费、培训对象受训期间工资福利以及培训中的各项费用等。对不同培训方案的培训成本进行比较。

分析培训成本要考虑的因素包括：

① 参加培训的人次及层次；

② 员工培训期间替代人员是否需要额外支出；

③ 从每次培训最多可容纳的人数计算需要几期才能完成培训计划；

④ 准备开展什么类型的培训；

⑤ 采取什么样的培训实施方式；

⑥ 参与培训活动的人员成本、设施费用、地点教室及获得其他企业支持的费用；

⑦ 是否需要添置新的设施；

⑧ 培训计划从设计、安排、协调、执行到追踪评估所需要的时间、人力、物力。

通过对上述各项费用的分析、过滤，编制公司的培训计划费用，交部门主管及公司审批，审批后的费用，按标准严格执行，一个季度回顾一次费用的使用情况，并根据需要对培训项目作相应的调整。

2. 分析培训收益

培训的收益一般为潜在收益，如生产操作工经过培训，次品率下降，企业可能降低生产成本或额外成本，或者销售人员在受过培训后，顾客的重复购买量有明显的增加，从而给企业增加收益。但生产成本的降低或销售业绩的提高有多少归因于培训，或者有时培训的效果需要经过相当一段时间以后才能显示出来，不易估算和衡量，故而给企业带来的效益是潜在的。

可以用一定的方法来分析培训收益，如应用培训前与培训后对比的方法来观测、证实与特定培训计划有关的收益；在公司大规模投入培训资源前，通过实验性的培训评价一小部分培训对象所获得的收益；通过对成功工作者的观察，帮助企业确定成功与不成功的工作者的绩效差别，从而为不成功的工作者提供有针对性的培训，再对其受训后的工作表现与业绩进行评估，得到其培训后带来的收益。

3. 编制培训预算方案的注意事项

每年培训部门必须就编制的预算向企业管理当局做简报，简报内容扎实、明确，才能获得管理当局对预算的支持，因此简报一定要包含培训目标及财务分析报告。

① 培训的具体目标应符合企业经营目标的要求，并按各部门的需求安排培训计划，协助各部门达成他们的工作目标。

② 各项培训计划应详细列出各项费用，尤其是培训人员的薪资福利费用、执行培训计划的运作费用及培训设施、设备、工具等购买费用。

③ 预计可能的成本节省、浪费减少、利润增加，亦即产量、效率、品质的提高所产生的效益。

第四节 培训效果的监控与评价

一、培训效果的监控

对培训进行跟踪与监控是为了保证培训能够取得预期的效果，及时解决培训过程中出现的问题，发现影响培训效果的因素，以便在今后的培训中加以改进和提高。由于影响培训效果的因素较多，所以必须在多方面对培训效果进行跟踪与反馈。

（一）培训前对培训对象的跟踪与反馈

对培训对象进行培训前的状况摸底，了解培训对象与工作相关的知识、技能和能力水平，目的是为了与培训后的状况进行比较以测定培训的效果。如果培训的内容比较单一，摸底就没有必要在很大的范围内进行，只需在与培训内容相关的方面进行即可。

（二）培训中对培训效果的跟踪与反馈

在培训中对培训效果的跟踪与反馈可以从以下几个方面着手。

1. 内容的相关性

要取得预期的培训效果，必须保证培训内容与培训对象实际需求的合理衔接，即把培训提供给那些真正需要这些培训的人员。实际运作中的衔接方式有两种：一是先定培训内容，再根据培训内容选择培训对象，如财会培训班；二是先定培训对象再定培训内容，如经理培训班。对前者要审视培训对象的选择是否合理，对后者要根据培训前的摸底情况审视培训内容的设计是否恰当。

2. 培训对象对培训项目的认知程度

根据成人教育理论，只有当培训对象对培训项目比较了解后，才可能对培训产生兴趣并积极接受培训。因此，为了充分调动培训对象的参与意识，培训者应该向培训对象宣传所安排的培训活动的内容、进程、方式，让培训对象对培训有尽可能多的了解，进而调整自己的态度和行为。对培训对象在培训过程中的出勤率和教学合作态度等方面进行监测，可以了解培训对象对培训的参与热情和持久性。

3. 培训内容与计划内容的一致性

监控的目的是及时发现实际提供的培训内容与计划的培训内容之间的差异，保证实际提供的培训与计划高度一致。差异主要表现为提供了非计划的内容、内容缺失或不完整、培训内容与培训对象的需求不一致等。导致出现这些差异的原因可能有这样几点：培训项目的管理机构或人员没有严格按照计划实施培训；计划中的培训内容没有得到培训对象的认同，从而在执行中走了样；不同项目之间的交叉或相互影响，从而对培训内容做了调整；外部环境的干扰。一般情况下，应该保证培训按计划进行，除非有充分的理由证明调整和改变的必要性。

4. 培训的进度和中间效果

监控培训进度是为了保证培训项目在时间进度和费用投入进度方面与计划保持一致。监控中间效果是对培训对象在不同培训阶段的进步和提高程度进行评估，及时发现培训对象取得的进步和计划预期的差距并采取补救措施。如果只是在培训结束后才来检查，即使发现问题也为时已晚。这种监控在大型的培训项目中，特别是那些承接性很强的培训项目中非常有用。

5. 培训环境

根据学习转换理论，计划时一般都会使培训的实施环境与培训对象的工作环境尽量相似，以保证培训效果得到最大的转换，因此，在具体培训实施过程中，就需要及时分析培训对象实际工作环境的变化，调整培训的实施环境，以保证培训适应新环境下的新需求。

6. 培训机构和培训人员

培训的管理人员和培训教师都是培训的具体执行者，培训最终效果的好坏与他们的工作密切相关。监控的内容主要是他们的行为表现，如管理人员的工作积极性、合作精神、领导能力和沟通能力；教师的教学经验、能力、方法等，其目的是为了保证培训机构和培训人员有能力做好培训，使其真正地满足需要。

二、培训效果的评价

培训效果评价是指培训结束后，对培训究竟发挥了多大效果，培训使培训对象的行为发生了多大程度的改变，个人与企业所获得的收益进行评价的活动。

（一）培训效果评价的主要内容

1. 培训对象究竟学习或掌握了的东西

可以以考卷形式或实地操作来测试。这时就需要把测试结果与培训前对培训对象的摸底情况进行对比分析。

2. 培训对象的工作行为的改进

即培训对象把在培训中学到的知识技能是否有效地运用到工作中去。如果培训对象在培训中学到的知识技能未能有效地运用到工作中去，培训也就没有发挥作用。

3. 企业的经营绩效的改进

如果一项培训达到了改进培训对象工作行为的目的，那么这种改进是否有助于提高企业的经营业绩呢？提高企业的经营业绩是企业投资培训的真正目的。

（二）培训效果的评价指标

（1）认知成果　衡量培训对象对培训项目中强调的原理、事实、技术、程序或过程的熟悉程度。

（2）技能成果　衡量培训对象技能的学习（技能掌握）及技能在工作中的应用（技能转

换）能力。

（3）情感成果　包括态度与动机。一种是对培训本身的态度，另一种是培训后态度变化的程度。

（4）绩效成果　用来衡量培训项目对于企业的贡献，如事故率的下降导致成本的下降，工作热情和工作效率的提高导致产量的提高，工作技能的提升和工作态度的转变导致产品质量和服务质量的提高，从而导致顾客满意度的提高等。

（5）投资回报率　培训的货币收益与培训成本的比值。

三、培训效果的总结

培训效果总结是对培训情况的阐述与分析，对培训项目实施效果、监控情况进行总结，目的是为了确定培训工作的好坏，更重要的是帮助培训者提高培训水平。总结报告可以通过两个方面的信息来获取：一是通过培训者自评，二是通过培训对象评价。

总结报告的主要内容为：简要介绍培训目的；简要介绍培训对象和内容；简要介绍培训方法；对本次培训的综合分析与评价；结论和建议。

第五节　新员工导向培训

一、新员工导向培训的意义

现代企业应该重视新员工导向培训，因为新员工在进入企业之初，最为关心的是企业当初的承诺是否会兑现？是否会被群体接受？工作环境如何？最初的工作是否有人指导？等诸如此类的问题如果能够得到及时而完善的解决，那么新员工会尽自己的努力去适应组织的期望和要求，以积极的态度投入工作，而这样的态度和由此而产生的绩效会在工作中不断地受到奖励而被强化，就会形成一个良性循环，达到企业和个人的双赢。

新员工导向培训的作用如下。

1. 使新员工获得职业生活所必需的有关信息

通过新员工导向培训活动，可以使新员工熟悉工作场所、了解企业的规章制度和晋升、加薪的标准，清楚企业的组织结构和发展目标，从而有利于新员工适应新的环境。

2. 明确工作职责、要求和工作流程

通过员工手册、职位说明书、必要的参观活动和一定的技能培训，新员工明确了自己的工作任务、职责权限和上下级汇报关系，适应了新的工作流程，对利用一定的工作设施不再感到陌生，有利于新员工尽快胜任自己的工作。

3. 为建立良好的人际关系架设桥梁

通过参加初级的沟通游戏、团队协作课程等，使新员工树立团队意识，也使老员工与新员工充分接触、相互交流，为建立良好的人际关系架设桥梁。

4. 培养员工归属感的重要途径

为了使企业的使命得到贯彻，为了使企业的目标和品牌得到维持，企业必须将自己的经营理念和企业文化等融入到员工的行为与观念体系中，从而使员工成为本企业真正的"企业人"。通过新员工导向培训活动，新员工能够从一开始就从思想、感情及心理上产生认同、依附、参与和投入，对企业的文化和传统有正确的认识和理解，并在以后的工作中加深理解，为培养员工对企业的忠诚、承诺与责任感奠定基础。

5. 为招聘、甄选和录用、职业生涯管理等提供信息反馈通过新员工导向培训，新员工在招聘与甄选活动中"制造"的假象会暴露，或者招聘负责人的错误认知和主观偏见会得到证实，而且新员工也会充分地表现自己的全面形象，加深了企业对员工的了解，这些都会给招聘、甄选和职业生涯管理等提供信息反馈。

二、新员工导向培训的内容

1. 企业概况介绍

企业概况的介绍既包括有形的硬件设施如工作环境、技术装备等，也包括无形的软件如企业的创业历程、组织结构和发展目标等。

（1）工作场所与设施　带领新员工参观企业的工作环境，并介绍新员工自己的工作场所。对于盥洗间、餐厅、休息室、复印室、紧急出口、附近的邮局、银行，电话的使用及交通工具的存放地点和安全事项等细节也都要一一介绍。

（2）企业历史、使命与发展规划　向新员工描述企业是一个什么样的企业，是如何白手起家的，在创业过程中发生过什么大事，创业者有什么样动人的故事，企业的优良传统是什么，该企业要求员工具备的优良品质是什么等，使员工对企业产生感情。除此之外，还应该告诉新员工企业正在做什么，企业为什么存在，企业要发展成什么样子，企业的近期、远期目标具体是什么，实现这些目标存在的问题是什么，新员工将对企业目标的实现有何重要作用以及新员工如何加入这一奋斗过程等。

（3）企业的产品、服务及工作流程　向新员工介绍企业的产品和服务种类，工作流程即产品的生产过程或服务的运作过程等，让新员工心中有数。

（4）企业的客户和市场竞争状况　要让新员工充分了解企业的客户及企业的市场竞争状况，可以使新员工增强危机感和使命感。

（5）企业的组织结构及重要人物　本企业的组织构架如何，有多少分支机构和职能部门，高层管理者的辉煌历史、职责及分工，新员工的直接上司是谁，这些都是新员工急于想知道的。

2. 法律文件和规章制度

① 法律文件是指劳动合同等基于有关法律和有关规定而签署的文件。

② 规章制度是员工工作和行为的准则。必须让新员工了解有关员工工作和人力资源管理方面的规章制度，这些规章制度通常载于内部刊物或员工手册中。

3. 职位说明与职业必备技巧介绍

职位说明与职业守则一般为新员工进入具体部门后由部门主管和同事传达介绍。如工作部门的业务政策、管理规则、部门间工作关系，请示汇报渠道、设施性能与使用方法、专业业务知识与技能等。

① 详细说明职位说明书的工作职责、流程和要求，安排必要的辅导和示范，对绩效考核、晋级、加薪等规定也要详加说明。

② 职业必备技巧是指员工在工作中与同事、上下级的联络、沟通、部门间的工作关系的处理技巧，以及必要的保密要求，组织中的一些"行话"等。

三、新员工导向培训活动的实施

1. 新员工导向培训活动实施前的准备工作

一般而言，导向培训是企业的一项固定培训项目，企业根据经营目标、企业文化和人力资源战略确定新员工的导向培训目标。依据导向培训目标，制订导向培训的具体计划。在实施导向培训具体计划时，应做好如下准备工作：

① 确定导向培训的主题与工作目标；

② 确定导向培训内容与形式；

③ 确定导向培训的时间跨度及课程安排的具体时间；

④ 人力资源部门和用人部门在导向培训中的分工与合作；

⑤ 员工手册的内容制作与更新，新员工文件袋的制作与设计；

⑥ 准备新员工文件袋的内容。

新员工文件袋的内容较丰富，通常包括：企业最新组织结构图，未来组织结构的规划图；企业区域分布图；有关本行业、本企业或本工作的重要概念和术语；重要政策手册的副本；工作目标及说明的副本；工作绩效评价的表格、日期及程序副本；其他表格副本等；在职培训机会表；重要的企业内部刊物样本；重要任务及部门的电话、地址等。

2. 新员工导向培训活动的实施

新员工导向培训，一般由人力资源管理部门和用人部门合作进行。人力资源管理部门总体负责员工导向培训的组织、策划、协调和跟踪评估和企业层面的导向培训活动。企业层面的导向培训活动主要包括：企业概况，企业政策和规章制度，企业文化和员工行为规范讲解介绍等。用人部门主要负责新员工有关本部门和岗位导向培训。新员工所在的部门经理或主管应该向新员工介绍本部门的情况，参观本部门的工作设施和环境，向新员工介绍其所从事的工作内容、职责要求和注意事项，以及工作绩效考核标准和方法等，并介绍新员工与本部门原有员工认识和联系。

现代企业都很重视这种导向活动，有的企业由人力资源部门设计和制备了"导向活动检查清单"，表5-1就是美国通用电气公司的清单。

表 5-1 美国通用电气公司新员工导向活动检查清单

一、新员工刚来报到	
□ 欢迎加入本公司及担任此职务	□ 本班组(科室)工作简介
□ 指引更衣箱及厕所的地点	□ 引见本班组(科室)同事
□ 指出员工食堂及饮水点	□ 介绍安全规程与安全设备的使用
□ 介绍进、出厂区及门卫检查制度	□ 引导新员工开始工作,介绍工作规程
□ 引领参观工作地点状况	□ 提醒他在有问题或需帮助时找你
□ 介绍作息与考勤制度	

二、第一天工作之后	
□ 介绍奖酬情况	□ 进一步仔细研究安全规程
□ 介绍自备车存放及公司交通车情况	□ 介绍本班组(科室)中各职务间关系
□ 介绍公司医疗卫生设施	□ 下班前检查其绩效、讲评并答疑

三、头两周	
□ 介绍公司福利待遇	□ 检查工作习惯是否有违安全要求
□ 介绍投诉及合理化建议渠道	□ 继续检查、讲评和指导其工作

【复习思考题】

① 培训的意义与作用有哪些？为什么至今仍有许多企业忽视或者不愿意开展培训活动？

② 比较分析以下一些培训对象在培训方面有何区别与差异？新员工与老员工，高层人员与基层人员，低学历员工与高学历员工。

③ 企业应如何看待组织内员工的业余学历学习。特别是在这类学历学习与本职工作关系不大，并且员工将较多精力投入自我的进修学习时，应该如何看待处理？

【案例分析】

　　××股份有限公司是国内知名的大型家电生产厂家，其代表产品××微波炉除了在国内市场占有很大份额以外，还远销到欧洲、非洲、东南亚等地。公司进行股份制改造以后，现有人员3400左右。

　　自公司股票公开上市以后，公司的发展非常迅速。1997年底，公司与某大学合作，对组织结构进行了重新设计，从各个管理岗位上精简下了200多人，使得机构更加精简而富有效率。1998年，公司又与该大学合作，研究公司下一步人员培训如何做的问题，其目的是将公司建成学习型组织，将公司的发展建立在人员素质的普遍提高之上。因为目前国内微波炉行业的竞争已经白热化，几家大型微波炉厂家竞相角逐，如何在未来获得竞争优势，是每个微波炉厂家都面临的课题。××公司在进行ISO9001认证前后已进行了多年的培训，并对部分管理人员进行了MBA的课程培训，但公司总感到已有的培训效果不理想，培训总是缺乏主动性，常常跟着业务变化及公司大的决策变动而变化，计划性较差，随时性和变动性很大。而且公司也感到将来竞争优势的取得要依靠人员素质的大幅度提高，同时在公司的经营与发展也遇到一些现实的问题，希望能够通过培训加以解决，鉴于此公司决定开展为期三年的公司全员大培训。

一、公司已有培训体系与人员结构

　　公司三级培训体系如下表所示。

	一级培训	二级培训	三级培训
内容	具有共性的培训	对本部门或本分厂所涉及的专业技术进行培训，包括岗前、岗中、岗后培训	重点是针对操作工人进行的
具体任务	①新员工进厂培训 ②整个公司计划进行的培训 ③二三级培训做不了的培训 ④关键岗位培训	①本部门系统的人员工艺、技术培训 ②公司下达的培训任务 ③职工的岗前培训	①一般人员的上岗培训 ②公司下达的培训任务
组织者	公司的人力资源部	各部门 各分厂	各部门 各分厂
培训量	大	中	小
师资	由人力资源部统一任命，比较规范	师资选择不很规范，稳定性较差	师傅带徒弟，规范性就更弱
种类	各级培训都有基础培训与提高培训，并进行不同形式的考试与考核。有些培训在公司内部做不了的或者是由国家规定必须到国家规定的机构进行培训的，则由公司派出学习与培训		
教材	部分是公司自己编写的，部分是采用外部的。公司自编教材更新速度不够快。而采用外部的教材，则因各个教师的取向而定，相互之间差异性比较大		

　　对公司已有的培训体系有以下说明。

　　① 培训计划的制订。每年年底由各部门、各分厂及车间分别上报自己下一年度的培训计划，由人力资源部汇总，并根据公司整个培训的资源与发展需要而进行一定的调整，从而制订出下一年度的培训计划。但在执行培训计划时，还会根据公司业务经营的需要而进行适时的调整与改变。

　　② 公司人员分布一览表

人员类别	数量/人	类别与范围说明
1. 公司决策层	9	公司一级领导
2. 公司中层管理人员	132	公司各职能部门管理骨干与管理人员
3. 车间主任	26	各车间的正副主任

人员类别	数量/人	类别与范围说明
4. 车间班组长	99	各车间的正副班组长
5. 车间管理人员	27	车间里的事务性管理人员
6. 科技人员	144	研究所的研究人员与车间的技术员
7. 销售人员	340	销售公司的人员，内勤50，外勤290
8. 售后服务人员	91	维修人员，内勤50，外勤41
9. 一线生产工人	2395	生产线的工人
10. 重要辅助技能岗位	242	锅炉、计量、焊工、叉车司机、污水处理等
合　计	3475	

二、公司已进行的培训

在过去几年中，公司已进行的主要培训如下。

① 围绕 ISO9001 的实施与贯标认证，公司对全体人员进行了有关质量保证与质量管理体系的培训，并针对每个岗位的要求进行了技能培训。而且由于 ISO9001 的要求是培训的持续性以保证体系的不断提高与完善，所以公司每年为实施 ISO9001 而进行了较多的培训。

② 新员工进厂培训。每年新分进来的大学生与从外单位调进来的人员，都要进行进厂培训，时间大约为两个星期，内容包括公司文化、公司精神、公司概况、微波炉基本知识、规章制度等，然后是到各个岗位上进行实习培训（实习培训由实习单位组织进行，这种培训直接为新进人员上岗工作服务，通常与其将从事的工作密切相关，大部分人员的实习岗位就是将来工作的岗位）。

③ 公司从 1997 年初抽调了几十名中层管理人员进行 MBA 课程培训，这一培训是由人力资源部组织与管理的。

④ 配合公司管理中引入电脑的举措，在公司的管理层进行了普遍的电脑培训。

三、公司培训存在与面临的问题

① 公司因政府安排而兼并了 W 塑料二厂，其 800 多名职工也就进了公司，公司将其安排到各个部门与车间。由于这些职工过去在塑料总厂的有效工作时间每天不到 4 小时，而进入公司后每天要正正规规地工作八小时，这样他们就有些不适应。公司中部分车间管理人员在管理方法上又较简单，造成部分新进入的职工思想波动，同时对原公司职工的思想也产生了冲击。此外公司又在昆明兼并了一家企业，开出了一条生产线，这样在本部之外又有一个生产地点。公司打算对这些新进入公司的人员进行系统而有效的培训，以使这些人员完全融入公司的文化之中。

② 公司的生产工艺设计与规定都很完备，但工艺方面的问题还是时有发生，给企业带来较大损失。公司的生产是流水线作业，工艺已经成熟，对每个职工的操作要求不是太高，关键是工艺的贯彻和工作责任心问题。而在一线工人的调查会上，有的工人认为自己的工作很忙、很累，有的认为业余文娱活动太少，有的职工认为他们的积极性与主动性还没有完全发挥出来。此外一线职工中正式工对车间管理人员将他们与临时工一样看待有想法。临时工都是农民，没有什么技术，主要都是体力好，而正式工有一定的技术，要正式工与临时工一样干体力活他们认为不是很妥。公司希望利用培训与教育来解决这些问题。

③ 中层管理人员工作繁忙，经过上次组织结构的重构，每个部门的人员大大精简，提高了办事效率，但同时也使每个人的工作量增加了，各个部门都是一个萝卜一个坑，离不开。这对于他们进行培训来说是一个难题，即培训与提高没有时间进行。正如公司在 1997 年初抽调了几十名中层管理人员进行 MBA 课程培训，由于他们都是各部门的骨干，导致很多人常常没有时间参加，效果自然不理想。公司在对管理人员进行培训时还面临一些其他困难：部门之间的工作职责与人员的专业都不一样，放在一起培训，缺乏培训的针对性，单纯培训又因每个部门的人员较少而造成培训成本太高，这是对中层人员进行培训所遇到的另一个难题。

④ 销售人员常年在外且分散于全国各地，一部分是由公司其他部门与岗位转过去的，这些人对公司的文化有一定的认同感。另一部分人则是进入公司后直接进入销售岗位的。第二部分人中大多是大学毕业分配来的，也有的是从别的企业或公司转过来的，他们来了以后，一般就进行一个月的业务培训，就派往全

国各地，常年在外，基本上很少回来，缺少对××本部的深入了解与感受的机会。销售人员工作地点非常分散，一个省常常只有七八个销售员，每个人要管很大一片地方，很难抽身回来接受公司的培训，但他们在市场上又会遇到这样那样的问题，如竞争对手新的竞争举措、经销商的变化、银行改制等，他们需要学习新的知识与技能，但公司又不能将他们拉回来集中培训，使得一些问题反复出现而得不到解决，如有的问题在同一个地方反复出现，有的问题在此地解决了，在此地又出现。另外一些老的销售员在外面时间一长，养成了一些不好的工作习惯，还有些销售员有一些思想问题，觉得自己付出很多，公司没有给他充分的回报，这些因素没有及时得到解决，不仅影响老的销售员的工作，而且对新分去的销售员也将产生不好的影响。

⑤ 技术人员分为两块，一块在技术研究与开发部，另一块是分布在车间里，是车间的技术员。研究与开发部的技术人员重在研究与开发，而车间技术人员重在解决车间里的技术问题，但两类人员还会相互流动。对他们两类人员的培训该不该有区别呢？此外还有新老技术员培训的差异问题，老的技术人员很多已经接受过培训，但需要提高，新进来的技术人员则需要从基础的东西开始进行培训。过去的培训方法中，有的是请国内的专家来交流，但效果不理想，有的是派人员到外面培训或者到国外学习，但人员又不能太多，使得技术人员下一步的培训困难较大。

⑥ 公司一线职工有正式工与临时工。临时工的聘请季节性较强，他们大都是农民，流动性较大，培训了很长时间，弄得不好他们走了，前面的培训白干了，所以现在的办法是对他们进行很短的进厂培训，然后放到车间由车间进行岗位技能培训和上岗实习。往往是公司培训了一批农民工，有些已经成为熟练工，流走以后，对公司产生一定的损失。这是下一步培训所必须解决的问题。

⑦ 对成批进来的人员可以一下子集中培训，但对分散的、零星进来的人员却不能对他们进行及时培训，只能等人数凑到一定数量以后再集中进行进厂培训，这会产生有些人进厂以后很长时间对企业都不甚了解的情况。由于过去的培训系统性不强，效果不理想，计划常常因情况变化而变化，没有形成一个培训方面的有效制度，激励与监督机制也没有建立起来，培训往往有走过场的味道，培训完了就完了，没有看到效果，到底怎样培训才能起到理想的效果，一直是困扰公司的难题。

思 考 题

1. 如何决定公司的培训需求及各层次的名额？

2. 各部分人员培训的内容是什么，怎样体现出三级培训的渐进性、层次性与针对性？

3. 各部分人员该如何培训？包括在哪儿培训、由谁来培训，培训应该使用什么教材、进度与时间如何安排？

4. 如何激励与约束各类人员参与培训，以及如何确保培训的效果？

5. 如何评价培训的效果？（从三个层次来分析：对员工个人培训效果的评价；对员工所在部门的评价；对整个公司培训效果的评价）

6. 如何对培训进行管理，并使之形成有效的培训管理体系与制度？包括对培训教师、培训教材、培训管理主体、培训档案（如成绩、评语、试卷等）等的管理以及对培训计划、组织、指挥、协调与控制等培训过程的管理。

第六章　员工职业生涯管理

学习目标 >>>

1. 了解员工职业生涯管理的基本理论内容。
2. 理解员工职业生涯管理的基本流程。
3. 理解员工职业生涯管理实际操作关键技能点及实际操作困境。
4. 掌握基本的员工职业生涯管理实际操作。

【引例】

让人才在高速奔跑中作"有氧呼吸"
——洛阳鼎好员工职业生涯规划实践案例

洛阳鼎好技术工程有限公司（以下简称"洛阳鼎好"）是一家成立于2001年底的股份公司，主要从事钢铁行业内工业电气自动化控制系统的研究开发、工程设计、设备供货及施工安装"一条龙"总承包服务。它是由集团公司发起，整合了集团内分布于河南的钢铁自动化设计院的优良资源而设立的科技型股份制企业。

由于近两年钢铁市场异常火热，吸引了许多实力雄厚的企业投资兴建钢铁工厂，因此洛阳鼎好的业务量一直非常饱满，其员工经常是超负荷工作，疲于应付各项工作任务；为了适应市场的需求和公司的长期发展，公司的人员规模一直在扩大，单技术人员就从最初的60多人增加到了182人，公司的总人数也由100多人增加到了300多人。为了有效解决急剧的业务膨胀和人员扩张给公司带来的诸多现实性和发展性问题，公司决定借助外脑为企业设计出科学合理的员工职业生涯规划和管理方案。

企业与个人诊断

员工职业生涯规划和管理的本质就是基于企业价值的个人价值实现，在具体操作前一般都要调查和诊断两个重要因素：一是公司价值基础；二是个人价值追求。针对公司价值基础，进行组织环境与管理现状的诊断，以期发现公司价值追求和现实基础的差距；针对个人价值追求，施行职业发展调查与人才测评，以期发现个人的价值追求和现实素质的差距。

1. 组织环境与管理现状诊断

咨询公司在对企业施行了常规的文件资料调研、关键人员访谈和问卷调查等之后，初步掌握了洛阳鼎好的基本特征。

（1）公司具有技术型和知识型特性　除了生产线的工人以外，公司100%的员工具有本科及本科以上的学历；技术人员在公司中占据主导和核心的地位，所有职能部门的管理人员也都来自于技术骨干，用公司领导的话讲就是"不懂得技术怎么做管理啊！"由此也看出，技术权威在公司发挥着更为重要的作用和影响力。

（2）公司正处于战略探索和业务成长期　公司在2002年制订的经营目标是1亿元人民币，但是在年终时却完成了2个多亿的销售额；根据2002年的业绩完成情况制订了2003年3亿元的目标，但是截至项目开始的2003年8月份，销售额已经突破了4亿元，并且还有好多待签项目。这种迅猛的发展固然是件好事，但也使得公司对于自身能力和外部环境的审视具有了很大的不确定性，公司的发展战略及资源配置不知该往哪个方向投入或集中。

（3）管理注重人性化和管理的发展滞后　由于知识分子的特性，使得公司的管理非常开放，非常尊重人才和技术权威，对于人员的个性能合理化地接受和予以保护，注重和谐与人性化的发展；同时，由于公司所有人员一直在忙于应对市场需求，而很少时间来系统地考虑管理和制度化、规范化建设，始终想着"等业务不忙了，再好好抓一下管理"，这种等靠的心态也决定了公司管理的相对滞后性。

（4）公司领导具有超前的意识和开放的心态　在管理体制的建设上，公司领导大胆并积极地引入了平衡计分卡的战略绩效考核体系和几近于上海薪酬水平的激励性薪酬体系，确立了"人才是企业最宝贵的财富，企业利益与个人发展相辅相成"的公司价值观。同时积极实践这一人才战略，不仅所有高级管理人员已读或都在读各知名院校 EMBA，而且鼓励全部员工积极参加各种培训，在平衡计分卡的考核指标里明确规定了个人的年度培训课时。不管参加何种培训，不论是否与公司业务相关，一律报销全部培训费用。可以说，洛阳鼎好在人才的培养上下足了功夫。

（5）公司的文化正处于整合的过程中　有以下几个突出的特点：一是公司人员结构复杂，原有合并员工大都保持了原设计院的工作习惯和文化特征，彼此之间存在着潜在的而非表现化的矛盾和冲突；二是主流文化没有确立和形成，新进人员很难找到归属感，大都钻研技术，注重学习；三是管理的地区性限制；四是工程人员的服务现场性和流动性强，一方面工程技术人员长时间在项目工地现场对客户进行协调和服务，另外一方面是由于公司业务项目较多，工程技术人员在各项目间流动的频度较高，一人可能同时兼任好几个项目经理，同时负责好几个项目，这样既增加了公司对于人员异地监管的难度，又不利于企业文化的培养和形成。

（6）人员有较强的归属感和认同感

（7）公司员工的工作压力非常大　一是来自行业内激烈的技术竞争；二是由于公司业务量增大，个人的工作量长时间饱满，人员一直处于紧张忙碌状态。由于不能够寻求技术上的发展和突破，一味的输出造成了技术人员心理很强的压力感受，加上技术人员的培养周期较长，技术梯队难以在短时期内完成。

2. 测评和评价中心

实施人才测评和评价中心，主要是基于职业生涯规划中的"能力—动机—个性"统一模型：即全面、深入测量个人的能力状况、动力状况和个性倾向，准确探寻其事业的能力区域、愿望区域和适合区域，客观认识和调整三者达到统一状态，以达到能做、想做和适合做的高效统一。

3. 综合评价

（1）员工能力评价　能力水平普遍较高，具有很强的逻辑思维能力和解决问题的能力，但人际技能普遍偏弱，尤其是语言表达和沟通能力均表现不足。

（2）员工动力评价　比较喜欢具有创新和挑战性的活动，对于自我成就期望和目标设置较低，缺乏积极进取的动力，相对更喜欢安稳，同时回避矛盾和挫折，缺乏积极决策的胆识和魄力；在组织内表现得更多的是一种本位意识和任务导向，具有很好的服从愿望，而积极影响和控制他人的愿望普遍较低。

（3）员工的个性评价　有65%的员工性格偏内向型，在组织活动中更多的是关注自己的内心活动，风格较为独立；有75%的员工性格偏向直觉型，有很好的系统性和完整性，关注变化，对于现实的、具体问题关注不够，比较粗心；有80%的员工性格偏向理智型，注重通过理智的分析和逻辑推理解决问题，对待工作事务比较客观，但对于人际不敏感，较为忽略他人的情绪感受，刚性有余，柔性不足；有70%的员工性格偏向判断型，做事都有很强的条理性和计划性，遵从规范和程序，但处理变化的能力稍弱，灵活性和适应性不足。

（4）员工的职业性向评价　绝大部分员工喜欢技术操作型和研究型的工作和活动，而对于社交和经营的兴趣不高，即对于组织的经营管理和人际交往活动都不感兴趣。

（5）员工职业角色评价　职业角色是员工在团队中实际承担和认同的角色，它与职位的名称和高低无关。调查资料分析表明，企业员工角色占据了主导，反映了团队的顺从和执行倾向；而资源调查员角色相对缺乏，从而不能客观、全面地审视自有实力，即对于自己有什么和没有什么的探知会比较缺乏，多数的员工都会在一定程度上脱离企业的实际状况，不够务实。

规划方案

在进行方案的设计时，确立了个人、团队和组织三个层面的职业生涯规划和开发原则并注重操作的实际性和步骤性。

1. 个人层面

① 加强自我认知：客观审视自我，明晰自我发展的能力、动力和个性适合范围。

② 职业生涯规划和开发的系列培训，包括自我认知与管理的技巧。

③ 寻找具体和细化的差距，包含知识、技能、个性、动力等方面。差距主要包括：与现职岗位要求的差距；与企业战略发展和创新变革发展的差距；与自我价值实现要求的差距等。

④ 职业生涯规划：确定职业发展目标、发展重点和实施步骤；制订详细的年度工作目标和计划；确定月度评审办法和生涯规划合作伙伴，以相互监督和支持；制订个人培训计划，并向组织申请。

⑤ 定期接受职业顾问的咨询和辅导。

2. 团队层面

① 确定每个人在工作上的合作伙伴，组建互助小组。

② 建立内部研修制度：配合公司知识管理，确立企业内部技术方向的导师制度，以研修的方式进行人才培养。

③ 确定内部讲师制度：加强关键员工的人际技能和沟通技能，同时促进公司的专业团队向纵深拓展。

④ 加强小组研习活动：以专业和项目为单位，组织定期和不定期的讨论活动，在问题的解决中加强个人风格磨合和团队的形成。

⑤ 修订现有培训管理规定，兼顾组织和个人发展需要，制订统一的、有时效性的培训计划。

3. 组织层面

① 成立职业生涯规划领导小组，由北森盛世职业顾问、公司高管和人力资源主管组成，负责全公司的职业生涯规划领导与指导，提供职业生涯规划的组织保证。

② 建设公司内部的信息网络平台：将四地办公系统通过网络集中，制订统一的信息发布标准和平台。

③ 建立企业"发展中心"、"评价中心"、"资源中心"和"咨询中心"，对个人和团队的发展提供资源支持和咨询辅导，并建立和完善以内部员工满意度为目标的职业生涯规划服务体系。

第一节　职业生涯管理基本理论

一、员工职业生涯管理的概念

英文中的"career"一词，牛津辞典上解释为"一生的经历"、"谋生之道"、"职业"、"事业前程"与"生涯"。该词来源于法语"carrlère"，意思是一条路或跑道，意味着个体在某一专业领域取得的进步和发展。

所谓职业生涯，根据美国组织行为学家道格拉斯·霍尔的观点，是指一个人一生工作经历所包括的一系列活动和行为，它包含外职业生涯和内职业生涯两个方面。前者是指从事职业时的工作单位、地点、时间、内容、职务、环境和工资待遇等因素的组合及其变化过程；后者是指从事一项职业时所具备的知识、观念、心理素质、经验、能力、内心感受等因素的组合及其变化过程。

职业生涯管理是指企业通过帮助员工制订职业生涯计划和帮助其职业生涯发展的一系列活动，以竭力满足员工、管理者和企业三者需要的一个动态过程，是企业帮助员工确定个人在本企业的职业发展目标，并提供员工在工作中增长职业素质的机会的人力资源管理方法，它使企业发展目标与员工个人发展目标相联系并协调一致，有助于企业与员工间建立双赢的关系，进而结成紧密的利益共同体。职业生涯管理工作包含两个层面的内容，一个是员工层面，主要工作有：自我评估，对发展机会进行分析判断，确定自我发展目标，制订具体的发展计划或规划，实施发展计划等；另一个是企业层面，主要工作有：在充分了解员工能力及各种需求的基础上，结合企业的发展规划，帮助员工对其职业生涯进行规划和管理，并设置职业通道，开展相应的培训，帮助员工实现职业发展计划，增强员工的归属感和成就感，以期达到员工与企业的共同发展。

二、员工职业生涯管理的意义

员工职业生涯管理是进行人力资源开发的前提，是合理处理员工个人事业成功和企业发展关系的基础。因此，做好员工职业生涯管理，对员工个人和企业都有极为重要的意义。

第一，进行员工职业生涯管理有利于明确企业的职业发展机会。对企业来说，首先要明确企业将来的发展，即战略目标。只有明确其目标定位，才能确定企业需要什么样的人员结构，将现实与理想状态比较后，就能够提出组织的期望。对员工来说，了解了组织的期望后，会调整自己的价值取向，努力并积极创造条件，达到组织期望的职位要求，获得晋升或成长。

第二，进行员工职业生涯管理有利于个人潜力的充分发挥，为企业创造出更大价值。个人潜力的发挥需要一定的舞台，这个舞台在于能够促成职业与个性的匹配；在于职业技能能够得以提升；在于有一条合乎员工发展的职业发展通道；在于企业能够认可员工的成长。只有企业中人的潜力充分发挥出来，才能为企业创造出更大的价值。而上面所讲的这个舞台就是企业的员工职业生涯管理系统。

第三，进行员工职业生涯管理有利于企业有计划地提升员工队伍的素质。这一点，在企业扩张过程中，尤其明显。企业扩张的过程，同时是一个队伍不断壮大的过程，这就有一个整体性技能提升的要求。企业只有根据自己的发展状况，调整职位结构、职业发展的阶梯，一个阶段、一个阶段地向前发展，而一个合乎企业发展要求的组织职业生涯设计将促使企业的员工队伍素质和技能不断提高。

第四，进行员工职业生涯管理有利于企业选拔、使用和培养人才。企业在了解员工个人的能力、兴趣、特长、性格等的基础上，设计个人的职业发展路径，将其纳入到组织的目标上来，使之符合组织的利益，进而根据组织需要对员工进行有针对性的培养，同时根据其专长对人才合理使用。

三、员工职业生涯管理的理论研究视角

总体来看，已有的职业生涯管理研究包含两个视角：一是组织针对个人和组织发展需要，对员工实施职业生涯管理，称为组织员工职业生涯管理，实施主体是企业；二是员工个人针对自己的职业发展需要，为自己进行职业生涯设计和管理，称为员工个人职业生涯管理，实施主体是员工个人。

1. 组织员工职业生涯管理

组织员工职业生涯管理于20世纪70年代中期在美国发展起来，其特点主要集中在识别员工职业发展路径及更详细的追踪员工的职业发展方面。而评估中心的加入及更多地由组织管理层驱动成为该研究视角区别于个人职业生涯管理研究视角的关键。评估中心在进行职业生涯管理中所使用的工具，于20世纪60年代末、70年代初在美国电话电报公司开始出现并得到进一步发展。评估中心的主要任务是培训潜在的经理层，通过将有潜质的员工置于经理级所涉及的日常工作中，以观察他们的业绩表现。有时这种课程也被称之为职业发展项目。但是，这种职业发展项目无一例外由公司管理层启动，并且严格地遵循组织利益至上的原则。由组织中的管理层决定谁可以参加该发展项目，如何设计项目内容，并且控制项目的进程。许多采用这种职业发展项目的组织机构，通常会为那些迅速成长的员工创造一种"特权制度"。组织员工职业生涯管理的基本模式为：企业通过帮助员工制订其生涯计划和帮助其生涯发展的一系列活动，竭力满足员工和企业二者需要；企业通过帮助员工确定个人在本企业的职业发展目标，并提供员工在工作中增长职业素质的机会的人力资源管理方法，使企业发展目标与员工个人发展目标相联系并协调一致，建立与员工间的双赢关系，进而结成紧密的利益共同体。本章所涉及的员工职业生涯管理主要是指组织员工职业生涯管理。

2. 员工个人职业生涯管理

个人职业生涯管理研究要早于组织员工职业生涯管理研究。最早出现的职业生涯管理模型称为"自我职业生涯管理模型"。它们的特点是基于员工个人的主观意识，强调自主性和主动性，并且更多地由员工个人为实现自己的职业生涯目标而开展。该模型最早出现在20世纪60年代末、70年代初的美国国家培训实验室。当时的员工个人自愿报名参加实验室的培训课程，这些课程的内容通常都独立于员工工作环境之外，员工所在的组织通常不了解员工学习的内容及学习的进度，而组织的主要角色只是负责支付培训费用。此类的培训课程主要集中于员工个人发展及个人价值的实现，通常课程的组织及策划都是通过咨询心理学专家来完成的。参加此

类培训课程的员工个人通常会感觉得到组织的认可，重新焕发工作的动力，也对组织的业务开展及其最终实现目标有清晰的认识。但是这种职业生涯管理的方式只是由员工个体进行的，组织没有提供外部环境予以支持，员工无法采取任何直接的、可量化的行动来将组织所开展的业务活动与自己的工作结合起来。因此员工对组织没有感情，当员工有更好的发展机会时，员工通常会选择离开。值得一提的是，目前绝大部分的中国本地企业还停留在该阶段上，没有将员工的个人职业生涯规划与组织的发展有机地结合起来，从而导致员工发展了，企业却未从中获益。

四、职业生涯管理的基本原则

在企业对员工进行职业生涯管理时，需遵循下列原则。

1. 利益结合原则

即个人发展、企业发展和社会发展相结合的原则。管理职业生涯与管理一个产品生产不同，企业的最终目标是要通过帮助员工的职业发展，实现企业的持续发展，达到企业目标。同时，在企业提供的有效职业管理中，员工发展顺利，并将自己的聪明才智奉献给社会。企业目标要服从社会需要，员工能力也要服从企业发展需要，三者相互影响达到共赢，即择己所能，择世所需，择己所利，这是职业生涯管理与设计的根本原则。

2. 动态性原则

职业生涯管理的对象是职业生涯，而职业生涯是伴随人一生的一个长期的、动态的过程。施恩将人的一生分为九个阶段：成长阶段、进入工作实践阶段、基础培训阶段、早期职业的正式成员资格阶段、职业分析阶段、职业中期危险阶段、职业后期阶段、衰退与离职阶段和退休阶段。在不同的阶段，人都有不同的心理状态和行为能力，因而职业生涯的任务也是不同的，由此将职业生涯管理也分成四个阶段，即：进入组织阶段、早期职业阶段、中期职业阶段和后期职业阶段。企业应针对不同阶段的特点进行研究，也就是要坚持动态性原则，使各项管理措施能伴随着员工的成长和企业环境的变化而不断进行更新。

3. 系统性原则

职业生涯管理是一项系统工程，职业生涯管理体系的各个组成部分必须按照统一的条件和前提联系起来，比如与业绩考核、招聘、人力资源规划和提升、转岗等人力资源开发活动密切联系，要和企业的营销、生产、财务等工作结合起来，将企业外部条件和内部条件有机结合，创造出企业和员工的更大发展空间。

4. 互动性原则

企业与个人在职业生涯管理中是相互依存、相互作用、共同发展的，因此必须坚持互动性原则。企业要根据员工个体特点给予必要的职业生涯规划指导，为员工职业生涯路径疏通道路，并对员工进行必要的培训或提供学习的条件和机会；员工个人要关注企业发展战略，有效规划职业生涯，要不断学习，提高个人职业生涯发展水平，以满足企业发展的需要。

第二节　职业生涯管理基本流程

一、员工职业生涯管理流程

员工职业生涯管理是一个系统的管理工程，应具备完善的流程和体系。进行员工职业生涯管理，首先必须清楚它的流程，使企业的员工职业生涯管理在一开始就走在正确的道路上。员工职业生涯管理系统的开发应与公司的发展战略紧密结合在一起，高层管理者要支持并且管理者与员工要共同参与设计，在员工的职业管理过程中要给员工配备职业辅导员，提供全程的咨询与辅导。

二、员工职业生涯管理流程阐释

员工职业生涯管理流程总体包含七大步骤，具体步骤如下。

1. 公司依据发展战略制订人才发展规划

员工发展是企业发展的根本保证。实践证明，员工职业生涯规划与管理跟企业目标之间是密切相关的。企业目标的实现是所有员工部分个人目标（与企业目标相一致的部分）实现之和，因而，员工的职业生涯规划和管理要与企业的发展战略紧密结合起来。企业根据发展战略制订相应的企业人才发展规划，所有员工的职业生涯规划和管理应以企业人才发展规划为宏观指导。企业人才发展规划主要包括以下方面。

（1）人才发展总体规划　是指企业在战略规划期内人力资源管理的总目标、总政策，是关于人力资源管理总的实施步骤和总预算的安排。包括：阐述组织对各种人力资源需求和配置的总框架；阐明与人力资源管理方面有关的重要方针、政策和原则，如人员选聘、晋升、培训、奖惩和福利等方面；确定人力资源投资预算。

（2）人力资源业务计划　指总体规划的具体实施和人力资源管理具体业务的部署。具体包括：职务编制计划，是指根据企业发展需要，指定企业经营活动需要设立什么职务，设立多少职务，每个职务又需要什么条件的计划。在企业的人力资源管理中，必须充分预计企业每一阶段的经营管理活动，并根据经营管理活动本身对人员的需求，准确估计企业自身的优势和劣势，精确测算各职务业务量和人员的能力，明确岗位职责和权利，再根据岗位职责要求来确定该岗位的能力要求，完成职务说明书和职务要求细则，在企业组织结构中依据能岗匹配的原则来设置岗位和安排人员。

（3）人力资源补充计划　是指企业根据组织运行的实际情况，对企业中长时间内可能产生的空缺职位加以弥补的计划，旨在促进人力资源数量、质量和结构的改善，是吸收新员工的依据。一般来说，该计划是和晋升计划相联系的，因为晋升会造成组织内的职务空缺逐级向下移动，最后积累到较底层次的人员需求上来。有时较高的职位也会出现空缺，需要从企业外部以较高的代价来获得。所以，在企业进行招聘录用活动时，既要考虑几年后员工的使用情况，还要考虑采用什么方式来获得这些人员。

（4）人员流动计划　是指有计划地安排人员流动，以实现企业内部人员的最佳配置。

2. 员工确定个人职业发展意向

公司向所有员工通报战略期内公司人才发展规划，员工结合战略期内公司人才发展规划，根据自己的个人特征、职业兴趣等，确定适合自己的职业生涯发展意向。

3. 员工个人职业素质客观测试，并与职业辅导员协商确定初步职业发展规划

企业对员工个人的职业发展目标有了初步了解后，便要对员工个人特质与能力进行测评和分析，以避免员工进行自我设计时，职业生涯目标盲目偏高或偏低，造成设计失真。主要是通过对员工的个性、智力水平、职业倾向、气质、管理能力、一般能力倾向等方面的测评，了解员工的基本素质情况，还可以较全面地分析员工的长处与不足，在职业生涯规划中扬长避短，并针对其不足，制订相应的培训计划。主要测试方法有卡特尔16种人格因素测验、智力测验、霍兰德职业倾向测验、气质测验、管理能力测验和一般能力测验等。

在进行员工个人职业素质客观测试后，对员工的基本职业素质有了较为全面的掌握，专职的职业辅导员便可与员工进行深度交流和协商。职业辅导员从专业的角度，结合职业素质测试情况，以及平时员工工作情况，充分考虑员工的个人职业意向，制订出员工职业发展初步的规划。之后，向员工征询意见，对意见不统一的内容进行重点沟通，双方阐述理由，争取达成一致的意见。

4. 公司职业发展委员会审核和修正员工职业发展初步规划

在职业辅导员与员工就员工职业发展规划基本达成一致，制订出初步的员工职业发展规划后，将员工职业发展规划递交到公司职业发展委员会。公司职业发展委员会由公司最高层、公司外部职业发展指导顾问、人力资源部专职职业辅导员、各部门主管和员工代表共同组成。其主要作用有三：其一是从公司发展战略以及衍生出的公司人才发展规划角度，去审核和修正员工职业生涯发展初步规划；其二是从综合专家的角度解决职业辅导员与员工未达成的一致意见；其三是从全公司的宏观层面规划和协调各位员工的职业生涯发展事宜。

5. 制订员工的职业生涯发展正式规划

在公司职业发展委员会审核和修正员工职业发展初步规划后，由职业辅导员向员工通报和解释，在得到员工的同意后，便制订出员工的职业生涯发展正式规划。职业生涯发展规划包含员工个人职业素质测评结果、职业选择、职业通道选择、职业生涯目标以及完成目标所采取的相应措施等几项关键内容。具体事项内容见表 6-1 所示。

表 6-1　员工职业生涯发展规划样表

姓　名		性　别		年　龄		政治面貌	
现工作部门		现任职务			到职年限		
个人职业素质测评结果							
职业选择							
职业通道选择							
职业生涯目标	长期目标		完成时间				
	中期目标		完成时间				
	短期目标		完成时间				
完成短期目标计划与措施							
完成中期目标计划与措施							
完成长期目标计划与措施							
员工个人意见							
公司职业发展委员会思意见							

6. 员工职业生涯发展规划的实施

职业生涯规划的制订是员工职业生涯管理的基础，职业生涯规划的落实是员工职业生涯管理的关键。员工职业生涯规划制订后，便进入了职业生涯规划的实施阶段。企业一方面应建立与职业生涯管理相配套的员工培训与开发体系，有针对性地提高各类员工的知识和能力，完善其职业发展需要的能力体系；另一方面要制订完整、有序的职业生涯管理制度与方法，要让员工了解企业的文化、经营理念、管理制度，并及时向员工反馈信息。最常用的方法有：①继任规划，即企业为保障其重要岗位有一批优秀的人才能够继任，而采取的相应的开发培训、晋升与管理等方面的制度与措施，或叫接班人计划；②导师计划，即由企业中富有经验的、生产效率较高的资深员工担任导师，辅导、指导、传授年轻的员工，达到角色示范、心理辅导、接纳承认和形成友谊的目的。另外，员工个人方面是否积极的实施职业生涯发展规划也是员工职业生涯管理成功的关键。

7. 员工职业生涯发展情况评估

在职业生涯发展规划的实施过程中，需要不断地评估与反馈，并适当进行调整。员工职业生涯发展评估一般一年进行一次，称为员工职业生涯年度评审。员工职业生涯年度评审主要对员工的职业目标达成情况、职业业绩、职业素质、职业技能等进行评价，使员工发现自己的缺点，并促使其愿意改正，满足员工想要知道别人怎样看待他的工作的正常愿望，使员工无拘无束地讲述自己的才干、所遇到的困难及愿望，消除企业内可能存在的误解。当然，通过员工职业生涯发展情况评估后，有时也需对员工职业生涯发展规划进行调整。这种调整可能是全盘调整，即重新制订员工职业生涯发展规划（这种情况较少，主要出现在企业的发展战略改变后，致使公司的人才发展规划进行了改变）。另外一种调整是局部调整，可能是调整具体的行动计划，也可能是对职业生涯通道的调整。

有一点需要说明的是，在整个员工职业生涯规划和实施的过程中，每位员工都须配备一名职业辅导员。职业辅导员对员工进行全程的职业咨询和辅导。

第三节　职业生涯管理关键技能点

一、员工职业生涯管理和人力资源管理系统的整合

职业生涯管理并不是企业当中单独的一项管理职能，而是人力资源管理的一项子职能。职业生涯管理功能的实现必须依托人力资源管理的其他子职能。人力资源管理系统代表着组织的如下机制：预测人力资源需要；进行人员招聘；对员工进行培训、开发、评估、晋升和奖励。职业生涯管理在实践中取得效果如何，取决于职业生涯管理和人力资源管理系统二者的整合程度。埃德加·舍因的人力资源计划和开发管理系统的模型（如图 6-1 所示）是整合二者的最为全面的方法。

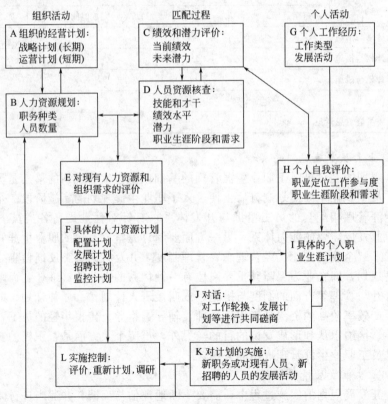

图 6-1　人力资源计划和开发管理系统的模型

146

舍因指出，这个模型的左半部分讲的是组织必须采取哪些行动，才能使公司的战略方向与所使用的人力资源水平和类型长期保持一致。具体说就是，组织的人力资源管理系统应该与组织的经营计划（框 A 和框 B）互为表里。接下来，公司就要对其人力资源管理能在多大程度上满足组织的需要做出评价（框 E）。通过这项评价，组织即可确定：为确保公司能够获得恰当的、满足自己需要的、有才干的人力资源，应该采取哪些行动。招聘、配置和开发行动（框 F）就是用来确保恰当的人力资源组合的有效工具。

正如组织具有经营增长和发展目标一样，个人也有其个人成长和发展的需要。舍因模型的右半部分描述了在这种整体行动中同时发生的个人行动。他指出，个人会对他们所处的岗位进行自我评价（框 G），并对自己的价值观和才能做出评判（框 H）。接下来，员工就要参与到职业生涯管理计划和目标设定（框 I）中去，而这些行动又必须在组织的经营计划（框 A）和人力资源计划（框 B、E、F）这一大背景下进行。换句话说，如果员工和雇主之间要互相配合，那么个人的目标就必须与组织的目标相一致。

舍因提出这种匹配过程，是为了使个人和组织的需要和计划做到协调一致。确切地讲，组织必须对它的员工的绩效和潜力做出评价（框 C），并将评价数据存入人力资源库中（框 D），这个库要查阅方便，并且可以将现有的人力资源与组织需求相互比较（框 E）。人力资源库中应该包括对员工能力、绩效、潜力的评价，还应该对员工职业发展中的主观因素进行评价。组织知道了每位员工的职业需要以及和职业阶段有关的任务，有助于避免"怎样最有利于员工"这一问题做出未经证实的假设。人力资源信息系统（HRIS）能为组织提供有关组织人才库的信息数据。

另外，绩效评价是员工获得反馈和进行自我评价（框 H）的强有力的来源。取得员工共识的开发计划或是职业生涯发展战略（框 J 和框 K）也能够将个人的期望和组织的人力资源需要联系在一起。最后，这一过程像其他很多过程一样，个人和组织的需要不断的更新、监控达到目标的过程（框 L）。

二、员工职业生涯目标的设计

员工的职业生涯目标设计需在企业人才发展规划的指导下，在对员工职业分析、职业素质测评的基础上，在员工本人与企业充分沟通的情况下，制订出短期、中期、长期三个层次的目标，并且要配之以相应的行动计划。

1. 以企业的人才发展规划为指导

员工的职业生涯规划和管理与企业目标是密切相关的。企业目标的实现是所有员工部分个人目标（与企业目标相一致的部分）实现之和。因而，员工的职业生涯规划和管理要与企业的发展战略紧密结合起来。企业根据发展战略制订相应的企业人才发展规划，所有员工的职业生涯目标的制订需以企业人才发展规划为宏观指导，这样才能使员工职业发展目标与企业发展目标相统一，从而员工的发展最终推动企业的发展，进而实现企业的发展战略。

2. 以员工职业分析、职业素质测评为基础

企业应对员工所处的工作环境进行深度分析，掌握员工的基本资料，包括职务名称、类别、直接上级、定员人数、性格、能力、兴趣、特长与需求等方面的内容，同时要让员工明确自己所从事职务的特点，包括需要的文化知识水平、工作经验、能力要求，对各个岗位都制订相应的工作描述和工作说明书。可采用的方法有：职位问卷分析法、工作日写实法、测试法、工作抽样法、面谈法、工作实践法、资料分析法和关键实践分析法等。

3. 员工本人与企业需充分沟通

在制订员工职业生涯目标时，员工与企业的沟通是必不可少的。在双方的沟通中，企业一方要明确传递出这样一条理念：员工的职业生涯目标制订以员工为中心，并辅之考虑企业的实际情况。企业要以平等、民主的氛围与员工进行耐心而有诚意的交流协商。双方要有多

次反复沟通协商的心理准备。表 6-2 为某金融公司值班秘书的职业生涯发展目标样例。

表 6-2　某金融公司值班秘书的职业生涯发展目标

职业发展目标		
目标类型	目标内容	达到目标所需知识、能力及经验
短期目标	成为一名合格的金融企业值班秘书	金融、证券基础知识，秘书(行政管理方面)专业基础知识与技能
中期目标	拓展工作领域，丰富工作内容，向综合秘书或业务部门综合岗发展	金融、证券专业知识，公司各项业务知识、风险管理知识、档案管理、公文流转、会议筹备组织等知识、技能
长期目标	根据自身特点和业务专长，向文字秘书或机要秘书发展	系统的金融专业理论、专业知识，管理知识，公文写作能力，计划能力，组织协调能力，职业道德，保密意识

发展行动计划			
目标内容	学习提高内容	学习提高目标	学习提高方式
成为一名合格的金融企业值班秘书	金融基础知识，金融业相关法律、法规及行业特点，金融业务的基本运作模式	通过资格考试取得金融从业人员资格	金融从业人员资格考试(参加工作1年完成)
		全面系统地学习金融基础理论和专业知识	金融专业第二学位或研究生课程
	商务礼仪、电话(信函)接转、外事接待、会议服务、办公用品及固定资产管理等行政秘书应掌握的基础知识与基本技能	掌握秘书基础知识技能取得初级秘书职业证书	参加初级秘书资格考试
		明确值班秘书岗位职责知识技能满足岗位要求	在职指导、岗位实践
向综合秘书或业务部门综合岗发展	金融专业知识、企业主要业务构成、经营模式及风险管理知识	掌握各项业务相关专业知识及主要风险控制关键点	金融从业人员资格考试参加企业各种岗位培训
		掌握金融新业务、新法规通过金融从业人员年检	参加企业各种业务培训、行业从业人员后续培训
	档案管理、公文流转、信息收集整理、会议筹备组织等知识和技能	掌握秘书专业知识与技能中级秘书职业证书	参加中级秘书资格考试
		成为秘书岗位的专家、能手，可独立操作某项工作	在指导者的持续指导下进行广泛、深入的岗位实践
向文字秘书或机要秘书发展	调整专业结构，系统的金融专业理论、专业知识	掌握金融理论、专业知识，取得第二学位或结业证书	第二学位或研究生课程班
	管理知识	掌握管理学基本原理及其实务操作方法	参加企业各种管理培训及部门内部学习
	公文写作能力	能够独立完成部门规章制度、工作方案撰写工作	学习公文写作相关知识加强公文写作工作实践
	计划能力和组织协调能力	能够协助领导完成部门工作计划并组织实施	加强自身实践和目标管理，在岗位实践中获得指导
	职业道德及保密意识	能够自觉遵守秘书职业道德规范，强化保密意识	认真学习秘书职业道德规范及企业保密制度

三、员工职业生涯通道的设计

企业内部一般为一种"金字塔式"的组织结构，仿佛职业发展就意味着升迁到更高的管理岗位，这种千军万马过独木桥的局面严重挫伤了广大员工的工作积极性。开辟多条职业发展道路，提供多种职业变动的选择模式，包括纵向的晋升序列和一系列横向的选择机会，将有助于减少职业发展道路堵塞的可能性，进而增强员工的满意度和对组织的忠诚度。

1. 分解功能模块，设计多条职业发展系列

企业的一切经营活动都是围绕企业发展战略展开的。因此，进行职业发展通道的设计，首先要从企业价值链分析入手，明确企业的经营方向、发展规划以及实现组织目标所需的功能模块；然后根据模块功能实现的要求，确定组织所需要的工作类型；再按照工作性质的差异将这些不同类型的工作划分为若干个职系。与传统的划分方式不同，建立在功能实现基础上的模块划分打破了部门、区域分割，实质上是一种建立在企业价值链基础之上的笼统的专业分工，需要综合运用专业技术和现代企业管理知识。一个模块代表企业价值链中的某一功能环节，也就是将组织目标分解后的一个二级子目标；同时也对应着实现某一功能的一系列的人，或者说从事某一职业的一类人。所以职业发展系列是功能实现目标和功能实现主体的统一体，实现了从组织的经营目标到职业发展系列的分解与转化——将组织的经营目标分解成不同职业发展系列的目标，转化成各个员工职业发展的目标。例如，某企业根据其战略规划，将整套业务流程划分为5个功能模块：管理模块、技术模块、生产模块、工程模块和业务模块，由此对应5个职业发展系列：管理、技术、生产、工程和业务。

2. 针对每条职业发展系列设置职业阶梯

职业发展的阶梯可分为两种：一种是基于职位而设计的，如管理系列；另一种是基于任职者而设计的，如技术系列和生产系列。基于岗位的职业阶梯，就是以岗位设计所产生的能级不同的岗位为基础，鼓励员工通过职业晋级，向能级更高的岗位迈进，从而实现职业发展。这种职业阶梯设计实质上属于岗位设计的范畴。基于任职者的职业阶梯设计，则需要建立岗位职称评定体系。例如，技术系列的员工，通过运用专业知识，提高产品的质量或推出新的产品或服务，满足市场需求。专业知识和能力素质是他们工作成绩和对企业贡献大小的关键因素。也就是说，能力的提高是技术员工职业发展的主线。因此，技术系列员工的职业发展阶梯应以专业能力素质为基础，充分体现能力的培养和提高在职业发展中的决定作用。除此之外，企业还需系统地考虑职称体系的设立，以及相应的任职资格的确定，为员工设计能满足其职业发展需要的成长空间和晋升路径。如按技术员工所掌握的能力素质等因素，设置技术人员Ⅰ级、技术人员Ⅱ级、技术人员Ⅲ级、技术人员Ⅳ级和技术人员Ⅴ级5个职业阶梯。

四、员工职业生涯管理相关者及其相应角色

1. 员工职业生涯管理相关者

员工职业生涯发展管理是一项全员参与式的管理活动，只有充分调动员工本人、管理者、公司等各个方面的积极主动性，才有可能实现有效的职业生涯规划。

2. 员工职业生涯管理相关者的角色扮演

在一套有效的职业生涯规划和管理体系中，员工本人、公司、管理者各自承担着不同的责任，扮演的角色互不相同，且缺一不可。

(1) 员工在职业生涯发展管理中的责任和角色　职业生涯规划从某个角度讲，就是员工对自己人生的规划和设计。因此，没有员工本人参与其中的职业生涯设计是不可想象的。那么，企业在开展员工职业生涯规划的过程中，应该让员工承担哪些责任？或者说，应该让员工扮演什么样的角色呢？

① 初步了解职业生涯规划方面的理论知识，明确自身所处的职业生涯阶段和开发需求。这一步应该是员工所扮演的角色中的重中之重。

② 确定自己未来的职业发展方向。未来的职业发展方向只有员工本人才能确定，别人是难以强加的。

③ 展现出良好的工作绩效，这样，员工才会有在公司中进一步发展的可能。而反过来，职业生涯规划也有助于员工提高自己的绩效。

④ 主动从上司和同事、客户等信息源那里获得有效的反馈，清楚地认识到自己在工作中的优势及不足。

⑤ 主动了解公司内部有哪些学习活动、培训项目。通过自我评估，员工已确定了自己需要的知识技能，这时就应主动收集公司内相关的教育培训信息。

⑥ 跟管理者开展有关职业生涯设计的面谈。

⑦ 与来自公司内外的不同群体（例如一些专业协会、项目小组等）进行接触，一方面可以进一步收集更多的信息，另一方面也在学习中提高自己的能力。

（2）企业在员工职业生涯发展管理中的责任和角色　开展员工职业生涯规划，企业应从组织和制度上给予保证。要设立职业发展委员会来完成相关的职能和工作。公司职业发展委员会由公司最高层、公司外部职业发展指导顾问、人力资源部专职职业辅导员、各部门主管和员工代表共同组成，人力资源部是公司职业发展管理委员会的具体执行机构。通过建立完善的制度体系，主要包括基础制度和监管制度以保证员工职业生涯规划工作的效率和效果。基础制度主要包括职业信息系统和数据库制度、员工自我测评系统和数据库制度、规范科学的职业发展培训体系制度、多重职业发展路线以及岗位轮换制度、职业生涯设计程序制度；监管制度主要体现为将基础制度落实到各个部门和各级管理人员，明确企业、主管人员和员工三个层面的责任、权利和义务，有序开展员工职业生涯规划工作，并且监督该项工作的进展和执行情况。

（3）企业管理者在员工职业生涯发展管理中的责任和角色　由于在员工职业生涯规划和管理工作中，管理人员起着关键性的联系和纽带作用，所以他们在这一过程中的积极参与是至关重要的。员工的职业辅导员、直接主管和人力资源部管理者负有对员工的职业生涯规划和管理工作进行辅导的责任。这三者的具体责任和角色如表 6-3 所示。

表 6-3　员工职业生涯管理部分相关管理者的责任和角色

员工的职业辅导员的角色及职责	员工围绕职业生涯管理所展开的个人活动	人力资源部、员工直接上级的外在支持
辅助系统	自我激励	咨询及指导
评估者评估并识别员工的职业兴趣、强项及弱项给予员工关于其行为方式的反馈	自我评估 职业技能 其他软技能 职业兴趣 管理风格	员工入职培训 导师培训课程 职业发展中心 个人职业发展咨询 绩效评估系统 职业生涯管理小组 职位描述 空缺岗位招聘系统 职位评级系统 职业通道系统 内部培训课程 接班人计划 主管/经理人发展计划
信息提供者提供员工各种职业选择及可能出现的困难给予员工明确的信息	自我选择晋升扩大职责范围职位调动轮岗辞职	
指导人建议员工可以给予其帮助的人员提供员工可获得的书籍及其他信息资料	职业目标 明确的目标 清晰的目标 可获得的目标	
指导人鼓励员工重视可实现的目标给予员工在实现目标过程中所采取的适当方法及真实的反馈	合适的目标 明确的目标是什么 什么是最好的目标？为何职业生涯发展计划	
导师教导员工编写职业生涯发展计划鼓励员工实施职业生涯发展计划的各个步骤鼓励员工实施职业生涯发展计划	如何实现职业目标（明确实现目标的步骤） 实现职业目标的每一步骤发生的时间（步骤实施时间表）	
开发者将员工置于不同的任务及角色中进行锻炼	其他可能会涉及的人（哪些人可以帮助你？你实施的计划会对哪些人有影响）	

（4）员工职业生涯管理其他相关人员的责任和角色　除了上述员工职业生涯管理相关者之外，与员工职业生涯管理有紧密关系的相关人员还有员工的同事、直接下属、朋友、家庭和职业咨询专家等。这些人员主要向员工本人如实反映对员工本人的职业印象、工作素质和能力的感性认识等，作为第三者向员工提供建议。而职业咨询师可作为外部独立的咨询专家，可向员工提供更为客观的职业发展建议。

第四节　实践困境讨论

企业在进行员工职业生涯管理的实际过程中，即使秉承了科学合理的员工职业生涯管理流程和正确的职业生涯管理方法，但也常常会面临种种员工职业生涯管理的实际操作困境。那么这些实际操作困境如何去解决，下面给出参考性的解决方式。

一、员工职业生涯早期阶段如何进行管理

职业生涯早期阶段是指一个人由学校进入组织，并在组织内逐步"组织社会化"、为组织所接纳的过程。这一阶段一般发生在17~25岁，是一个人由学校走向社会、由学生变成员工、由单身生活走向家庭生活的过程。

（一）职业生涯早期阶段员工的特征

职业生涯早期阶段员工的主要特征如下。

1. 进取心强与好高骛远的心理特征并存

处在职业生涯初期的员工，有积极向上、争强好胜的心态。这种心理状态能促使员工不断上进，追求发展，给组织带来新的血液，但由于年轻气盛，难免表现出浮躁和冲动。高估自己，低估他人；缺乏基本的踏实苦干的精神；在工作团队中，争强好胜，职业中表现出极大的不稳定性，跳槽频繁，对企业组织忠诚度不高。

2. 自主立业意识增强与社会经历不足的现象并存

一方面，随着工作时间的延长，他们逐步提高工作能力，积累经验，熟悉工作情境，对职业成功的信心不断增加，创业意识不断得到强化；另一方面，由于处于职业生涯早期阶段的职业者社会经验不足，自主立业具有一定的难度。

3. 家庭角色和职业角色的冲突并存

这一时间，常常是员工处于由单身向组建家庭、或向有子女过渡的时期，这会给家庭和事业能否协调发展带来考验。

4. 组织与个人相互接纳和考验并存

这一时期，员工刚进入组织，必然要经历一个组织与员工相互适应与接纳的过程。组织与员工的相互接纳是新员工在进入组织的职业生涯早期，经过个人组织化阶段之后，个人与组织间经过进一步的互相认识与了解，达到认同。员工获得组织正式成员资格，希望贡献于组织，并在组织中获得发展；组织希望通过初期的工作来考察员工是否适应工作需要，是否满足公司紧缺人员的需要，能否给企业带来长期的效益，能否为企业的文化和制度所容纳。

（二）组织对员工个体早期职业发展的管理和调节

组织在对处在职业生涯早期阶段的员工进行职业生涯管理时，可重点在以下几个方面寻求突破。

1. 对新员工进行心理疏导

新员工初进公司，和企业处于相互熟悉、磨合、适应的过程，或多或少要面临一些问题和困惑，比如我是否会被群体接纳，企业价值观是否和我的一致等。这些问题如果得不到及

时解决，不但会延长适应期的时间，对员工以后的发展也不利，加大其跳槽的可能性，导致企业前期努力付之东流。因此，企业要以应有的真诚、热情去接纳和感动每一位新员工。公司不仅要通过各种欢迎仪式来迎接新员工，还要在与他们的每一次接触中都给他们留下和善、友好、亲近的形象。上司要尽快熟悉新员工，企业和员工要互相沟通，理解彼此的价值观和道德标准。美国著名的管理咨询师赫尔曼在他的《留住雇员》一书中提到：无论是现在还是未来，成功的公司都必须基于坚实的道德准则。公司的价值观将被视为积累人才和留住人才的生命线。这一观点表明，企业的核心价值观不但已成为企业吸引人才的重要砝码，而且也逐渐成为企业聚留优秀人才的向心力。

2. 引导员工客观自我评估，进行职业定位

员工选择进入某一企业、应聘某一职位是建立在对自己兴趣、能力等方面评价的基础上的，这种自我评价不可避免地带有个人的主观色彩，而且员工对企业的了解不够深入，选择的职位有可能不是最适合自己的。这就需要企业引导他们进行客观的自我评估，协助其进行职业探索，寻求人职最佳匹配。在这方面，施恩的职业锚理论具有较为明显的实践意义。他通过研究个体的社会化过程和心理契约的形成，致力于寻求个体需要和组织要求的结合点。他认为个人的职业目标是自己收集个人活动信息的结果，而这种信息主要来源于两方面：实际工作经验和自我评价，个体依此来评价企业提供工作机会与自己职业设计的匹配程度。这种对话机制的建立是企业人力资源规划和职业生涯开发系统的中心环节，它关系到企业人力资源政策的成效。职业锚是员工内心深处对自己的看法，它是一个人的才干、价值观、动机经过自省后形成的，是个人面临职业选择时，无论如何都不会放弃的、职业中至关重要的东西或价值观。即个人进入工作情境后，根据实际工作经验，所感受到的与自己内省的动机、需要、价值观、才干相符合的、能满足自我的、一种长期稳定的职业定位，包括追求技术能力型、管理能力型、安全与稳定型、自主与独立型和创新型五种。在企业早期的职业管理中，一个重要的方面就是应该认识到影响员工满意度的因素存在着很强的非物质性成分，而职业锚理论提供了理解这些因素的一条途径。企业可以根据每种职业锚类型员工的特征，决定采取不同的职业支持措施。在企业的引导和资源支持下，员工可以对自身有更充分的了解，客观性增强，使得个性倾向性与职业吻合，个性心理特征与职业匹配。企业从职业定位可以判断雇员职业成功的标准，从而有针对性地为员工开展职业生涯规划。

3. 指导员工早期职业生涯规划

依据马斯洛的需要层次理论，物质需要是人类较低层次的需要，而自我实现是人的最高层次的需要。职业发展规划属于满足人的自我实现需要的范畴，因而会产生强大的激励作用。而且，很多先进企业的经验表明，帮助员工设计未来职业生涯规划，使员工走上通往未来的"光辉大道"，是企业实现人才战略目标的重要手段。因此，企业要留人、要发展，就应该尽早为员工规划职业生涯，使员工看到未来发展的希望，增强归属感，在提高员工自身素质的同时也就提高了企业竞争力。

职业生涯规划是员工谋求自我发展的个人设计，但企业可以通过文化、制度体系等辅助性措施从外部加以指导。积极参与员工早期职业生涯规划，可以使企业尽早掌握员工的个性化特征和职业发展动向，了解员工的需要、能力及自我目标，加强个体管理；再辅以按照员工兴趣、特长和公司需要相结合的培训发展计划，充分挖掘员工潜力，使其真正安心于企业工作并发挥最大潜能，创造出企业与员工持续发展的良好氛围与条件。

了解员工个人自我发展规划，寻找其与企业理念、目标的最佳切入点，是企业指导员工早期职业生涯规划的起点。企业和员工是紧密联系的利益共同体，双方的发展相互依存。每个员工都会有自己的生涯设计，追求的可能是权力、财富或是工作的安定感。管理者和员工应就个体的职业需要和发展要求等问题进行沟通，企业对个体的职业发展提供咨询和建议。

公司可以设立职业发展辅导员制度，上层的直接主管或资深员工可以成为员工的职业辅导员，另外可以使用测评工具对员工进行个人特长、技能评估和职业倾向调查，帮助员工明确职业发展意向。员工谋求职业发展是一个不断提升自我的过程，以企业为主导的培训应成为辅助员工职业发展的有力工具。重视通过有效的新员工培训提升员工的职业安全感和工作能力，变利用员工能力为开发员工潜能。从组织角度来看，要保证员工早期生涯规划的有效开展，企业有必要提供职业需求信息、职业提升路线或策略以及岗位需要的能力和个性特征，作为员工职业发展的客观依据。员工可根据企业提供的信息对自己的优劣势、面临的机会和威胁进行分析，保证起步阶段就找准路子，选对方向，沿着正确的职业生涯轨道发展。由于组织结构趋于扁平化，企业中可晋升的职位将会越来越少。企业应给新员工灌输这样一种思想：晋升存在，但不是唯一的出路，个人发展才是最重要的。企业可通过对新员工的工作轮换，使其在不同岗位上积累经验，为提升或工作丰富化打基础，满足组织发展的要求。

4. 积极鼓励员工追求内职业生涯发展

职业生涯可分为外职业生涯和内职业生涯，外职业生涯是指工作时间、地点、收入、职位等，它往往是他人给的，也容易被他人收回和剥夺；内职业生涯是指从事一项职业时所具备的知识、观念、心理素质、能力、内心感受等因素的组合及其变化过程。内职业生涯各项因素的取得，可以通过他人的帮助而实现，但主要还是靠自身努力实现的，并且一旦取得，他人便不能收回或剥夺。内职业生涯发展是外职业生涯发展的前提，内职业生涯发展带动外职业生涯发展，在人的职业生涯成功乃至人生成功中内职业生涯发展具有关键性作用，因而在职业生涯的各个阶段，都应重视内职业生涯的发展，尤其是在职业生涯早期和中前期，对内职业生涯各因素的追求要比外职业生涯更重要。内职业生涯对员工的职业生涯发展具有十分重要的作用，如果员工能够认识到内职业生涯对自身发展的重要性，在工作过程中不断地追求内职业生涯的提升，内职业生涯也就成了一种重要的激励源。另外，企业也要从精神和物质奖励上积极鼓励员工追求内职业生涯发展。员工内职业生涯的发展需要企业的指导和帮助。企业的帮助主要体现在为员工提供科学合理的培训，推动员工内职业生涯快速发展。

二、如何消除员工的职业高原现象

当企业中的高层管理者们纷纷碰到职业发展的"玻璃天花板"时，另一类更为普遍的现象出现在不少企业内——很多员工遭遇职业高原现象，有的员工甚至有多次这样的经历，以前所忽视的职业危机问题也变得越来越严重。

职业高原这一概念是 20 世纪 70 年代由美国心理学家 Ference 最早提出的，他认为：职业高原就是指在个体职业生涯中的某个阶段，员工获得进一步晋升的可能性很小。在当前的职业生涯管理研究中，职业高原主要是指个体在职业生涯的峰点，是向上运动中工作责任与挑战的相对终止，是个体职业发展上的一个停滞期。

（一）职业高原现象的影响

职业高原并非每个人都会经历，而且对某些人来说，有时候遇到职业高原也并非坏事，因为处于职业高原的人们也许更能冷静思考自己现在的处境与未来的发展方向，从而为以后的发展奠定更好的基础。

但对大部分人来说，职业高原更多地意味着负面影响：它可能会冲击员工的生活、工作、心理等各个方面。例如，处于职业高原的员工常常会对自己未来的发展感到迷茫，对工作前景缺乏信心，在工作中相应表现为缺乏激情，消极怠工，而工作的压力又通常会导致心理压抑怨愤和对生活不满，从而导致对工作的抱怨和消极应对，这样形成了一个恶性循环，对个人身心带来非常不健康的影响。

而对组织来说，长期处于职业高原的员工也往往是较大的隐患。首先，这部分员工通常会对工作感到枯燥、乏味，对工作缺乏激情，导致工作效率降低，或者安于现状，不再追求工作上的进步，这些往往导致企业没有活力，创新能力降低，竞争力下降；更有甚者，那些处于职业高原的员工可能故意压制或打击积极优秀的年轻员工，造成新员工对工作或企业失去信心，也给企业带来不良氛围，产生组织内讧，因而对企业造成极大的消极影响；再者，职业高原也是导致人才流失的重要因素，一些员工发现在原公司无法再取得更高的成就，便"另投明主"，寻求更好的发展机会，造成企业优秀人才流失。

（二）职业高原现象类型及产生的原因

职业高原可以划分为三种类型：结构高原、内容高原和个人高原。结构高原是指由于组织结构的限制，个体在组织中进一步晋升的可能性很小；内容高原是指个体掌握了与工作相关的所有知识和技能之后，工作缺乏挑战性而引起的个人职业生涯的停滞；个人高原一般指个体对生活和工作缺乏方向感和热情而造成的无法面对自身所承担的社会角色的现象。

导致职业高原的原因一般包含社会因素、组织因素、家庭因素和个人因素。

1. 社会因素

在知识经济时代，为了适应技术和市场的快速变化，人们需要不断学习以提升自身价值。因此那些不注意及时更新知识、提高技能的职工，不能满足企业的要求，在企业中的地位无法提高，甚至面临被淘汰的危险。另外，知识经济时代人们所承受的压力越来越大，希望获得成功的愿望也越来越强烈。然而，成功的定义在当今时代常常与权力、金钱等联系在一起，而权力和金钱的更大程度的获得又往往依赖于职位的晋升，因此，晋升在一定程度上成为成功的衡量标准。在员工职业生涯的成功重点体现在职位的快速提升，而企业的职位晋升通道和晋升层级却是相对有限的，这便使许多人陷入职业高原的泥潭。

2. 组织因素

结构型职业高原现象的产生与组织方面的原因密切相关，主要包括组织结构和职业路径的影响。

① 组织结构的限制。现在仍有许多企业采用"金字塔"式组织结构，员工越往上升，晋升机会越小。即使一些员工完全有能力胜任高一级职位，但因组织提供的这种职位太少，这些员工只能停留在原有职位上，这就造成了晋升的瓶颈，使一直得不到晋升的员工进入职业高原期。另外，采用扁平式结构的企业倾向于减少中层管理人员和裁减冗员，这也使许多员工失去了进一步晋升机会，成为导致职业高原现象的又一个原因。

② 职业路径的影响。企业为员工提供的职业路径的长短与多寡对职业高原现象的产生有很重要的影响。一般来说，企业为员工提供的职业路径越长或越多，员工遇到职业高原的可能性越小。例如，一个企业的晋升层级多或可晋升的职位多，员工就有更多的晋升机会和更广的晋升空间，因此碰到职业高原的可能性就会变小。

3. 家庭因素

家庭因素包括家庭满意度、家庭生命周期等。例如，家庭满意度高的员工，由于生活相对于家庭满意度低的员工幸福，家庭事务牵扯的精力也相对较小，更容易将重心放在工作中，对工作也更有兴趣、热情，工作绩效也可能较高，发生职业高原的可能性比较小。

4. 个人因素

员工的许多个人因素如年龄、能力、人格特点等与职业高原现象也有很大关系。比如说，从所处职级和创新能力等因素来分析，中年员工常常会遭遇职业瓶颈，晋升机会也相对较小，所以较易遭遇职业高原。另外，人格特点也是影响职业高原的一个重要因素。

（三）组织面对员工职业高原现象的管理对策

采取有效的措施，创造一个良好的工作环境以消除职业高原负面效应，对企业来说至关重要。

1. 岗位轮换与工作丰富化

岗位轮换是指使员工在同一水平的职位上轮换工作；工作丰富化是指工作的纵向扩张，它增加了员工对计划、执行以及工作评价控制的程度。若长期从事某一项工作，大部分人都会产生厌烦感和消极情绪。因此，企业可以根据各岗位性质，进行不定时的岗位轮换和工作丰富化，尽量丰富员工的工作内容，给员工以更大的自主权、独立性和责任感去从事一项完整的活动，也使员工能够根据自己的才干、能力和兴趣来选择工作。岗位轮换和工作丰富化，一方面可以缓解员工对工作的枯燥感，使其对工作更有兴趣和激情，并培养员工多方面的能力，充分挖掘和发挥员工的潜能，提升员工的价值；另一方面，可以淡化员工的晋升观念，有效缓解员工的晋升期望压力，使员工不是为了追求提升而工作，从而激发其工作积极性。

2. 竞聘上岗

现代人力资源管理的首要目的就是实现人职匹配。不同的工作岗位对任职者的素质有不同的要求。企业通过实行竞聘上岗制度，以公开竞聘方式选人用人，并遵循"公正、公开和透明"的原则和"标准明确、程序规范、竞争公平"的要求，用一把尺衡量人才，谁上谁下全凭实力，真正做到"优者上，相形见绌者下"，从而形成优胜劣汰、更新交替的用人机制。

竞聘上岗制度一方面强调晋升与能力的关系，使员工相信只要有能力，就会在企业有很好的发展前途，从而使其获得心理上的公平，为组织营造一个公平竞争的氛围；另一方面，也拓宽了企业的用人视野，并促使企业内部人员流动，以便企业人尽其才、才尽其用，充分发挥人力资本的价值。

3. 宽带薪酬

宽带薪酬，就是在组织内用少数跨度较大的工资范围来代替原有的数量较多的工资级别的跨度范围，将原来十几甚至二十几个、三十几个薪酬等级压缩成几个级别，取消原来狭窄的工资级别所带来的工作间明显的等级差别，但同时将每一个薪酬级别所对应的薪酬浮动范围拉大，从而形成一种新的薪酬管理系统及操作流程。实行宽带薪酬制度，弱化职级与薪酬的联系，使薪酬的提高不仅仅与职级相联系，更与员工能力挂钩，从而引导员工重视个人技能的增长和能力的提高，发挥特长追求卓越，淡化晋升的重要性；同时更加体现了员工的价值，更能调动员工的工作积极性和工作满意度，使其增加对工作的热情和投入。

4. 双通道晋升

晋升通道即组织为员工提供的职级提升的路径。企业一般都会根据岗位之间的差异进行职级分档，并依据员工的工作表现对其进行提拔。通常的晋升通道只是单通道晋升，也就是纯粹的管理通道。而晋升的双通道包括管理通道和技术通道，即从技术方面再开辟一条晋升通道。实行双通道晋升，一方面能够增加员工的职业路径，减少其遭遇职业高原的可能性；另一方面使并不适合做管理人员的优秀技术人员有机会继续上升，避免遭遇晋升瓶颈，从而激励他们更加重视技术上的钻研和提高。

5. 完善培训体系

培训是指企业有计划地实施一些活动，以帮助员工学习与工作相关的能力。在企业竞争日益表现为人力资本竞争的今天，培训无疑是企业培养高素质员工并提高企业核心竞争力的重要手段。在实际中，许多企业并不重视或尚未建立有效的培训体系。为了防治职业高原现象，企业必须尽力完善培训体系，按照员工的不同状况和需求，采取不同的方式、方法进行培训，帮助员工更新知识，提高技能，从而提高他们的自我认同感，增加其工作满意度；另外，培训也可以将员工个人的发展目标与企业的战略发展目标统一起来，调动员工的工作积极性。

6. 职业生涯指导

职业生涯指导是指企业为员工的职业历程提供建议等活动。企业应针对每一岗位员工的个体差异，对其进行合理的职业生涯指导，使其有目标、有计划地实现个人的职业发展，进而实现自身价值。在以人为本的现代社会，企业为员工提供职业生涯指导尤为重要。

7. 培养良好的企业文化

企业文化是在企业成员相互作用的过程中形成的，为大多数成员所认同并用来教育新成员的一套价值体系。在竞争日益激烈的环境中，优秀的企业文化可以说是企业竞争的最有力、最长效的武器，而优秀的企业文化，同时也是防治职业高原现象的一剂良药。培养良好的企业文化，有利于员工间的沟通协调，有利于增强员工凝聚力和培养团队精神，使员工心情愉快，从而提高其工作效率。同时，培养优秀的企业文化，能够引导员工塑造正确的价值观和成功观，使他们不仅仅为了晋升和金钱而工作，更重要的是为了工作本身提供的乐趣和自我价值的提升而工作。另外，一旦企业形成良好的文化氛围，员工对企业会有更强的认同感、归属感和忠诚心，愿意为企业做出更多努力与奉献，企业也能真正留住人才。

【复习思考题】

① 职业生涯设计和选拔、培训之间的关系是什么？它的优点是什么？

② 为什么在进行职业生涯设计的时候要强调职业兴趣测试？

③ 什么样的公司需要正式的职业生涯规划？为什么？

④ 试述个人职业生涯规划管理的基本步骤与内容。

【案例分析】

美国 A 公司的职业生涯设计与开发

1987 年，美国 A 公司正式成立"公司员工职业生涯系统部"，它是一个面向整个公司的内部咨询机构，由 15 人组成，专门负责员工职业生涯开发工作。驱动美国 A 公司开展员工职业生涯开发的主要因素有：①管理层担心公司规模缩减会影响员工士气；②通过员工离职谈话和 1987～1988 年度员工调查显示，人们认为公司缺乏对员工职业生涯开发的机遇或关注；③重点人才和中层管理人员的大量流失；④在实施一项新的人员接替规划过程中，员工职业生涯开发显示出核心作用。

公司员工职业生涯系统部的第一步工作是在一个员工职业生涯开发顾问委员会的协助下进行需求分析。这一委员会由来自各个业务单位的中层人力资源管理人员组成，下设不同的专题小组，其中一个小组专门负责一套员工个人职业生涯参考指南。

美国 A 公司的这次文化转型，一定程度上涉及给各个具体单位以更大的自主权。虽然一线管理人员不参加员工职业生涯开发顾问委员会，但公司常常征求他们的意见。员工职业生涯系统的工作人员的使命之一就是向全公司员工推广职业生涯开发理念，直接与一线人员接触，并通过员工职业生涯开发顾问委员会开展工作。

一、实施

公司通过由各级员工组成的核心小组与高层管理人员面谈等调查研究活动来进行需求分析，并发现了各部门的具体需求情况，例如公司财务部的具体需要是利用员工职业生涯开发工具来完成新的人员接替过程等。

公司创办了一个面向各级主管和员工职业生涯开发的公开研讨班，并制订了开展职业生涯开发讨论活动的指导原则，同时还起草了如何撰写个人简历的指南。这些材料在若干业务部门中试行，并由培训系统设计者和公司外部专家联合进行了修改。

1988 年 5 月，公司推出了多项员工职业生涯开发工具。通过各种简报、公司刊物和人力资源部高级副总裁发表讲话等宣传活动，人们知道公司领导支持员工职业生涯开发这一项全公司范围内的大项目，并认识到这是"应该做的事情"。公司还对培训教员举办了为期一天的培训，辅导各业务单位的人力资源负责人掌握员工职业生涯开发系统及其各项工具，使他们可以对本部门的人力资源代表进行培训。所有人力资源工作人员都要通过培训，每当教材更新、有新员工就职或发现有人尚未学习掌握时，都定期举行再培训。

越来越多的员工拟定了自己的职业生涯发展计划。最近的一次调查表明，当员工制订出个人职业生涯计划后，80％的人会参加员工与主管的对话，82％的人会按制订出的个人职业生涯计划行动。出于这样或那样的原因，如将职业生涯开发仅仅视为是晋升和调动而不是持续提高技术水平的观念，员工个人职业生涯规划工作有时会遇到公司业务紧缩的影响等，仍有部分员工不接受职业生涯开发。虽然公司一再通告员工应对自己的职业生涯负责，但是由于企业文化向自主性发展方面转型，人力资源开发计划无法涵盖所有员工。

总之，实施推广工作步履维艰，连个人简历指南都必须附加谨慎的解释，例如要说明个人简历在内部或外部求职时具有实用价值，而不仅仅是用于裁员。

二、内容

美国 A 公司的员工职业生涯开发系统包括如下内容。

① 广泛宣传 25 条员工职业生涯开发指导原则，特别是对未来的展望。

② 面向主管和员工的公开研讨班。

③ 职业生涯开发组合，包括一项自我评估工具，一个基本上由自己掌握进度的学习班，以及其他的辅助性资料。

④ 一份非常通俗的个人职业生涯参考指南。它使所有员工都清楚各个业务单位的工作内容，并提供具体的工作内容说明实例，以及两份资讯性表格，一份是按业务领域分类的业务单位清单，另一份是按技能分类的业务领域清单。

⑤ 一次人力资源规划与开发运作程序（HRPD）。它帮助员工将自己的个人职业生涯计划与业务计划结合起来。各级管理人员的职责是，就人力资源规划与开发运作程序进行磋商，对员工职业生涯计划进行总结，了解它们怎样与未来的规划相结合，以及需要采取哪些措施。

⑥ 若干种岗位需求信息的发布方法，其中包括在线系统、贝尔实验室书面服务系统以及针对那些有下岗风险者的公开研讨班。

⑦ 一个针对有下岗风险的人的职业生涯中心，帮助那些失去工作的人寻找外部就业机会。

⑧ 一本面向一线管理人员的杂志——《正确匹配》，是专门解答员工职业生涯问题的便览。它受到人们广泛欢迎，几乎供不应求。

员工职业生涯开发系统是与其他人力资源活动紧密相联的。例如，将绩效管理周期分离一部分进行职业发展问题讨论，即从战术的角度展开战略性的个人职业生涯规划。事实上，A 公司的整个评估过程都非常强调职业发展问题，这是一次关系重大的变革。现在，领导者要通过评估过程担负起辅导和开发人才的职责。

三、成效

公司负责员工职业生涯系统的地区经理注意到，在实际过程中要花相当长的时间才能实施一套员工职业生涯开发系统，而且维护工作需要极大的韧性和耐心，需要不断增加凭借本项目获得成功的人数，才能使它具有感染力。

员工职业生涯开发规划系统是一只"三条腿的凳子"，员工、领导者和公司各担负一个基本角色。个人应该为自己的前途负责，然而领导者和公司需要给予这一过程以不懈的支持，要言而有信。在从原有的家长式统治向员工要对自己负责过渡的企业文化转型过程中，员工可能会感到自己"被遗弃"了。幸运的是，通过人力资源规划与开发运作程序特别是主管培训过程，大幅度地提高了公司和领导者对该系统的关心和参与程度。

员工们逐渐认识到了自己的责任，认识到这是对自己有好处的事情。另外，人们也广泛意识到事业发展的重要性，承认传统升职不再是衡量成就的必要尺度。

从 20 世纪 90 年代初开始，一线管理层对员工职业生涯开发系统的支持逐步得以加强。当时，该系统的资金支持机制发生了变化，从公司自然而然地提供服务转移到必须向每一个业务单位推销自己的服务。经过大量的推销工作，除资金严重紧缺的单位外，所有单位都购买了这一服务，这一事实令人信服地证明了该系统的价值。

当员工职业生涯开发系统于 1988 年推出时，有些人认为员工职业生涯开发只是别出心裁，类似"本周创意"的东西，一阵风吹过之后，人们还得重新调整到原位。然而现在看来，员工职业生涯开发工作并没有半途而废，人们面对未来难卜的职业前景，更加需要有计划地开发自己的职业生涯。

美国 A 公司的员工职业生涯开发系统已经通过了两次调查和一次公开研讨班的审查。以往进行的几次年度员工民意调查结果说明，人们对个人职业生涯计划及其工具的满意程度一直在稳定提高。未来的计划包括以计算机为手段的评估工具和个人简历指南，以及协助公司实施员工职业生涯计划（人力资源规划与开发运作过程）公开研讨班。

思 考 题

1. 美国 A 公司的职业生涯开发系统有何特色？
2. 美国 A 公司的职业生涯开发系统对我国企业有何借鉴意义？

第七章 绩效管理

学习目标 >>>

1. 掌握绩效、绩效考评、绩效管理的概念。
2. 掌握绩效管理制度制订的原则、内容和要求。
3. 掌握绩效考评的内容与标准。
4. 掌握绩效考评的程序和方法。
5. 熟悉人力资源管理部门对绩效管理的责任。
6. 了解绩效考评效果评估的内容和指标。

【引例】

人事处长的困惑

A 公司是一家 20 世纪 60 年代建厂，年产 120 万吨钢材，拥有 3 万名职工的老国营大型企业。在市场经济的冲击下 A 公司也进行了公司化制度改革，初步建立了现代企业制度，公司生产、经营业绩显著提高，职工收入明显增加。但后来公司也面临着降低成本的巨大压力，公司高层根据分析论证认为：产品成本太高的主要原因在于公司闲杂人员太多，人未尽其事。因此，公司给人事处下达了工作任务：在引进高层次人才的同时将企业总职工人数降至 2.5 万人。面对 5 千人的减员计划，公司人事处制订了一系列的考核政策，采取下岗分流、内退、工龄买断、提前退休等措施。

经过第一季度的政策实施，在季度工作总结中发现公司减员成绩显著，仅钢铁生产部就减少员工 300 人，加上其他部门，第一季度总共减员 1500 人，人事处上下对这一成绩感到振奋，认为 5 千人的裁员目标指日可待。但是在季度生产工作总结会上，人事处长却受到了各生产部门经理的责难。会上公司总经理认为第一季度钢材产量和质量都不如从前，要求各部门经理找出原因。

生产部经理说：第一季度从我部门离职的员工有 300 人，其中有 150 人是刚毕业不久的大学生以及有5～10 年以上工作经验的工程师，刚毕业不久的大学生都是主动要求下岗离去，而有工作经验的工程师大多是通过买断工龄或提前退休离去。年轻大学生申请离职时都说：从大学里出来，本来以为可以有一个很好的环境去发挥自己所学知识，没想到自己卖力工作拿的工资与成天闲聊的技校生没区别，真没劲。离职的工程师说：都为企业工作了十几年了，小孩都快上小学了一家人还挤在一间屋子里。高素质的技术人员都走光了，产品质量能上得去吗？该走的没有走，不该走的全走了。我手里现在还有几个大学生的辞职报告，你说我批还是不批。

技术部经理也反映说自己部门大学生流失严重，高级技术人员抱怨得不到再学习的机会，对前途没有信心，成天对工作不投入，技术革新缓慢，更谈不上开发适应市场需求的新产品，要求人事部对此负责。

市场部经理抱怨：市场部业务员无论业绩多好工资也得不到提升，仍然拿固定工资，奖金微薄，市场部业务员工作没有积极性。

对此，公司经理要求人事部门经理做出书面解释，并制订出有效的措施。

第一节 绩效管理概述

一、绩效的概念与特征

（一）绩效的概念

绩效是指员工完成工作要求的职责任务的程度，反映员工在一定时期内对企业目标的贡献。绩效的含义包括两个方面：一方面反映员工对某一工作完成的好坏程度，由工作的职责任务及其相应的绩效标准所决定；另一方面反应对企业目标的贡献，有助于企业目标完成的员工行为是绩效行为。

（二）绩效的特点

1. 绩效的多因性

多因性是指绩效的优劣不会只取决于单一的因素，而要受到主、客观多种因素影响，员工受到的激励和其所具备的技能是影响员工绩效大小的主观性因素，而环境与机会，则是客观性影响因素。

（1）激励　是指企业运用各种物质和非物质手段调动员工工作积极性的过程，激励本身又取决于员工的需要层次、个性、感知、学习过程与价值观等个人特点，其中需要层次影响力最大，员工在谋生、安全与稳定、友谊与温暖、尊重与荣誉、自为与自主以及实现自身潜能诸层次的需要方面，各有其独特的强度组合。企业需经调查摸底，具体分析，才能对症下药予以激发。

（2）技能　是指员工工作技巧与能力的水平，它取决于个人天赋、智力、经历、教育与培训等个人特点。

（3）环境因素　首先指企业内部的客观条件，如劳动场所的布局与物理条件（室温、通风、粉尘、噪声、照明等)，任务的性质，工作设计的质量，工具、设备与原料的供应，上级的领导作风与方式，企业的规章制度，工资福利、培训机会以及企业的文化、宗旨及氛围等。环境因素当然也包括企业之外的客观环境，如社会政治、经济状况，市场竞争强度等宏观条件，但这些因素的影响都是间接的。

（4）机会　机会则是偶然性的，如此项任务正巧分配给甲员工，而乙员工不在或因纯随机性原因而未被指派承担某项任务时，乙员工就无从表现，其实乙的能力与绩效均优于甲。不能否认，现实中不可能做到真正彻底而完全的平等，此因素是完全不可控的。

2. 绩效的多维性

多维性是指员工的绩效需要从多种角度来分析与考量。例如：一名工人的绩效，除了产量指标完成情况外，质量、原材料消耗、能耗、出勤，甚至团结、服从纪律等硬、软方面的表现，都需要综合考虑，逐一考评。因为各维度可能权重不等，考评侧重点也会有所不同。

3. 绩效的动态性

即员工的绩效随着时间的推移会发生变化，绩效差的可能改进转好，绩效好的也可能退步变差，因此管理者切不可凭一时印象，以僵化的观点看待员工的绩效。

总之，管理者对下级绩效的考察，应该是全面的、发展的、多角度的和权变的，力戒主观片面和僵化。

二、绩效管理与绩效考评

（一）绩效管理的内涵

1. 绩效管理的定义

绩效管理是指为实现企业发展战略和目标，采用科学的方法，通过对员工个人或群体的行为表现、劳动态度和工作业绩，以及综合素质的全面检测、考核、分析和评价，充分调动员工积极性、主动性和创造性，不断改善员工和企业的行为，提高员工和企业的素质，挖掘其潜力的活动过程。

员工工作的好坏、绩效的高低直接影响着企业的整体效率和效益，因此，掌握和提高员工的工作绩效是企业管理的一个重要目标。员工绩效管理就是实现这一目标的人力资源管理的重要措施。企业应鼓励员工积极地看待考核和评价，它不是处分员工的方式，也不是员工抱怨工资、工作条件和同事的机会。在进行绩效管理的过程中，应深入讨论员工各方面的工作表现、工作能力、发展前景以及进行系统性和有针对性的培训需求分析，并提出相应的改进措施。

2. 绩效管理的目标

绩效管理的目标是不断改善企业氛围，优化作业环境，持续激励员工，提高企业效率。

3. 绩效管理的范围

绩效管理的范围覆盖企业中所有的人员和所有的活动过程，是企业全员、全面和全过程的立体性的动态管理。

4. 绩效管理的性质

绩效管理是企业人力资源管理的重要组成部分，也是企业生产经营活动正常运行的重要支持系统，它由一系列具体的工作环节所组成。

（二）绩效考评的定义

绩效考评是指用一套正式的规章制度，用来衡量、评价并影响与员工工作有关的特性、行为和结果，考察员工的实际绩效，了解员工可能的发展潜力，以期获得员工与企业共同发展的活动。

（三）绩效管理与绩效考评的关系

从上面的定义可以看到，绩效管理与绩效考评（或称绩效评价、绩效评估）是两个内涵不同的概念，既有明显的区别又存在十分密切的联系。

绩效考评是事后考评工作的结果，只是绩效管理的一个重要环节。绩效考评从制度上明确规定了企业对员工个人或部门进行绩效考评的具体程序、步骤和方法，为绩效管理的运行与实施提供前提和依据。

相比于绩效考评的概念，绩效管理的内容更为宽泛，包括事前计划，事中管理和事后控制的管理活动全过程，即从绩效计划到绩效考评标准的制订，从具体考核评价的实施到考评结果的反馈、总结，从提出改进意见到进行修正等全部活动的过程。

绩效管理的活动过程，不仅仅着眼于员工个体绩效的提高，更加注重员工绩效与组织绩效的有机结合，最终实现企业总体效率和效能的提升。

（四）绩效管理的作用

绩效管理的作用包括以下多个方面。

（1）对企业而言，绩效管理是以下各项工作的依据：

① 改进绩效的依据；

② 制订员工培训计划的依据；

③ 激励员工的依据；

④ 人事调整的依据；

⑤ 薪酬调整的依据。

（2）对员工而言，绩效管理使员工：

① 加深了解自己的职责和目标；

② 了解与员工自身有关的各项政策的推行情况；

③ 成就与能力获得上司的赏识；

④ 获得说明困难和解释误会的机会；

⑤ 了解自己在组织中的发展前程；

⑥ 在评估过程中获得参与感。

第二节 绩效管理制度的制订

一、制订绩效管理制度的原则

建立绩效管理制度及实施绩效管理时，必须遵循一些基本原则，这些原则既是建立绩效管理制度的重要理论依据，又是保证企业人力资源管理体系有效运行的基本条件。

1. 公开与开放的原则

绩效管理制度必须建立在公开性、开放式的要求下。开放式的绩效管理制度首先应体现在评价上的公开、公正和公平，借此才能取得上下级的认同，使绩效管理得以推行；其次评价标准必须是十分明确的，上下级之间可通过直接对话，面对面地沟通，进行绩效管理工作。在贯彻开放性原则时，应注意以下几点。

① 通过工作分析（或岗位分析）制订岗位任职资格标准和绩效标准，将企业对其员工的期望和要求明确地规定下来，使员工明确自己的努力方向。

② 分阶段引入绩效管理的评价标准和规则，使员工在绩效方面就企业对自己的要求和标准有一个逐步认识、理解和接受的过程。

③ 实现绩效管理活动的公开化，让员工了解绩效评价的方法和程序，破除神秘感，进行上下级间的直接对话，并将技能开发与员工发展的要求引入考评体系之中。

④ 引入自我主体及自我申报机制，作为对公开的绩效评价的补充。

2. 可行性与实用性的原则

可行性是指任何一个绩效管理方案所需的时间、人力、物力、财力，要能够被使用者及其实施的客观环境和条件所允许。因此，在制订绩效管理方案时，应根据绩效管理目标和要求，合理地进行方案设计，并对绩效管理方案进行可行性分析。主要从以下几个方面进行。

（1）限制因素分析 任何一项绩效管理活动都是在一定条件下进行的，必须研究该考评方案所拥有的资源、技术以及其他条件，并对绩效管理方案的对象与范围的适用性，进行深入全面的分析。

（2）目标与效益分析 全面分析和确定绩效管理所要实现的目标，全面评价绩效管理方案对人力资源管理所能带来的直接和间接的效益，包括经济效益和社会效益。

（3）潜在问题分析 预测每一考评方案可能发生的问题、困难、障碍，问题发生的可能性以及可能产生的不良效果，并找出原因，提出应变措施。解决这一问题的办法是在实施绩效管理活动前，对各种绩效管理考评工具进行调试，通过调试发现问题，减少绩效管理的误差。

所谓实用性，包括两个方面的含义：第一是指绩效管理考评工具和方法，应适合不同绩效管理的目的和要求，第二是指所涉及的绩效管理考评方案，应适合企业不同部门和岗位的人员素质的特点和要求。

3. 可靠性与正确性原则

可靠性又称信度，是指某项测量的一致性和稳定性。绩效管理的信度是指绩效管理方法保证收集到的人员能力、工作绩效、工作态度等信息的稳定性和一致性，它强调不同评价者之间对同一个人或一组人评价的结果应该大体一致，如果绩效管理的评价指标和绩效管理的标准是明确的，那么测评者就能在同样的基础上评价员工，从而有助于改善信度。

正确性又称效度，是指某项测量有效地反映其所测量内容的程度。绩效管理的效度是指绩效管理方法测量员工的能力与绩效内容的准确性程度。它强调的是绩效管理内容的效度，即绩效管理事项能否真实反映特定工作程序与方法（行为、结果和责任）的程度。

可靠性与正确性是保证绩效管理有效性的充分必要条件，一个绩效管理体系要想获得成功，必须具备良好的信度和效度。

4. 定期化与制度化原则

绩效管理是一种连续性的管理过程，因而必须定期化、制度化。绩效管理既是对员工能力、工作绩效、工作态度的评价，也是对未来行为表现的一种预测。因此只有程序化、制度化地进行绩效管理，才能真正了解员工的潜能，才能发现组织中的问题，从而有利于组织的有效管理。

5. 反馈与修改的原则

即把绩效管理的结果，及时反馈给员工。将正确的行为、方法、程序、步骤、计划和措施坚持下去，发扬光大。不足之处，加以纠正和弥补。

在现代人力资源管理系统中，没有反馈的绩效管理制度将失去存在的意义，不能发挥员工潜能，调动员工的积极性。

二、绩效管理制度的基本内容和要求

1. 基本内容

绩效管理制度一般应由总则、正文和附则等章节组成，并包括以下内容。

① 概括说明建立绩效管理制度的原因，绩效管理的地位和作用，即在企业中加强绩效管理的重要性和必要性。

② 对绩效管理的组织机构设置、职责范围、业务分工，以及各级参与绩效管理活动的人员的责任、权限、义务和要求做出具体的规定。

③ 明确规定绩效管理的目标、程序和步骤，以及具体实施过程中应当遵守的基本原则和具体的要求。

④ 对各类人员绩效考评的方法、设计的依据和基本原理、考评指标和标准体系做出简要确切的解释和说明。

⑤ 详细规定绩效考评的类别、层次和考评期限（何时提出计划，何时确定计划，何时开始实施，何时具体考评，何时面谈反馈，何时上报结果等）。

⑥ 对绩效管理中所使用的报表格式、考评量表、统计口径、填写方法、评语撰写和上报期限，以及对考评结果偏误的控制和剔除提出具体的要求。

⑦ 对绩效考评结果的应用原则和要求，以及与之配套的薪酬奖励、人事调整、晋升培训等规章制度的贯彻实施和相关政策的兑现办法做出明确规定。

⑧ 对各个职能和业务部门年度绩效管理总结、表彰活动和要求做出原则规定。

⑨ 对绩效考评中员工申诉的权利、具体程序和管理办法做出明确详细的规定。

⑩ 对绩效管理制度的解释、实施和修改等其他有关问题做出必要的说明。

2. 基本要求

绩效管理制度是企业组织实施绩效管理活动的准则和行为的规范，它是以企业规章制度的形式，对绩效管理的目的、意义、性质和特点，以及组织实施绩效管理的原则、方法、程序、步骤和要求所作的统一规定。绩效管理制度作为绩效管理活动的指导性文件，在拟定起草时，一定要从企业现实生产技术组织条件和管理工作的水平出发，不能脱离实际，一定要注重它的科学性、系统性、严密性和可行性。如果措辞不当或过于原则化，缺乏适用性，就会使制度条文流于形式，在实际管理中难以发挥作用，以至于各有关责任人相互扯皮推诿，考评工作无法落实，造成绩效管理"推而不动，停滞不前"。

具体来说，制订起草企业绩效管理制度应体现以下要求。

（1）全面性与完整性　这是绩效管理的多维性带来的要求，绩效管理虽不能包罗万象，过于烦琐，但必须包括影响工作绩效的各种因素，只有这样才能避免片面性。

（2）相关性与有效性　这是对绩效管理制度在内容上的要求，如个人生活习惯、爱好之类琐碎内容便不宜包括在绩效管理的内容之中。一定要切实保障绩效管理的有效性，使绩效管理名副其实。

（3）明确性与具体性　这是对绩效管理标准的要求，如果考评标准含混不清，抽象深奥，则无法使用。

（4）可操作性与精确性　这是上一项要求的自然延伸，考评标准必须便于操作，可直接测量；考评指标应尽可能量化；绩效管理标准应是有形的、可度量的，尽量转化为具体行为或活动，如"政治思想好"或"工作热情高"这两条标准便不能满足上述要求。应当规定什么样的行为表现才能算"政治思想好"或"工作热情高"，若后者变为"工作认真，不闲聊，不使设备停机或空转"，就满足了可操作性与精确性的要求。

（5）原则一致性与可靠性　这是对绩效管理标准在适用程度上的要求，考评标准应适合相同类型的所有员工，即一视同仁，不能区别对待或经常变动，致使考评结果的横向与纵向可比性降低或丧失，绩效管理就失去了必要的公正性。

（6）民主性与透明性　绩效管理要达到使被考评者心服口服、诚心接受确非易事。事实上，民主性常常是实现客观公正的必要条件。这是指在制订标准时要听取员工的意见，在条件允许时，应吸收各类员工推选的代表参与绩效管理制度的制订过程，在执行绩效管理制度时要切实保障被考评者申诉与解释的权利。透明性既要求绩效管理的程序向员工公开，还要求绩效管理结果应向被考评者进行必要和及时的反馈。

绩效管理制度草案提出后，应由专家和有关人员组成的工作小组在广泛征询各级主管和被考评人意见的基础上，对其进行深入的讨论和研究。经反复调整和修改，上报企业最高领导审核批准。绩效管理制度一旦获得批准，人力资源部门应规定一个试行过渡期，使各级主管有一个逐步理解、适应和掌握的过程，在试行过程中如遇有特殊情况或发现重大的问题，亦可以采取一些补救措施，以防止给生产经营活动带来不利的影响。

一项成功的绩效管理制度，需要经过不断的实践和不断的探索，总结经验教训，扬其长补其短。随着企业生产经营环境和条件的变化，先进的企业文化和经营理念的导入，以及技术水平和管理水平的提高，应该定期或不定期地对绩效管理制度作出适当的补充和修改。

三、人力资源管理部门对绩效管理的责任

绩效管理的实施主要是各级主管和直线管理人员的职责，但企业人力资源管理部门对绩效管理负有贯彻实施与改进完善的重要责任，主要包括如下内容。

① 设计、试验、改进和完善绩效管理制度。

② 向员工宣传绩效管理制度，说明贯彻与实施该制度的意义、目的、方法与要求。

③ 督促、检查、帮助各部门贯彻绩效管理制度，培训实施绩效管理的人员。

④ 本部门认真执行该项制度，起到示范作用。

⑤ 收集反馈信息，包括存在的问题、难点、批评和建议，记录和积累有关资料，提出改进方案和措施。

⑥ 根据绩效管理的结果，制订相应的人力资源开发计划，并提出相应的人力资源管理政策。

第三节 绩效管理制度的贯彻与实施

一、绩效考评的内容与标准

（一）绩效考评的内容

绩效考评的内容体现了企业对员工的基本要求。考评内容是否科学、合理，直接影响到绩效考评的质量。因此，实行绩效考评的企业都应该重视有关考评内容的问题。考评内容应该符合企业实际情况需要，能够全面而准确地评价员工工作。由于绩效的多因性，导致绩效考评的内容设计颇为复杂，但不论多么复杂都可以分为业绩、能力和态度三大方面的内容。

1. 业绩考评

业绩考评是对员工承担岗位工作的成果所进行的评定和估价。对企业来说，希望每一个员工的行为都能有利于企业经营目标的实现，为企业做出贡献，这就需要对每个员工的业绩进行考评，并通过考评衡量员工的价值以及对企业贡献的大小。

对每个员工来说，企业则是自己谋生的场所和手段，希望自己的业绩得到公正、公平的评价，自己的贡献得到企业的认可。业绩考评的主要内容见表 7-1 所示。

表 7-1　业绩考评的项目和重点

考评项目	重点考察内容
任务完成度	是否以企业的战略方针为准则，依照计划目标完成工作任务，使其成果的质与量均达到要求的标准
工作质量	业务处理的过程是否正确，工作成果是否都达到了标准的要求
工作数量	规定期间内的业务处理量或数额是否达到标准或计划要求的水平；工作的速度或时效的把握情况如何

2. 能力考评

能力考评是根据工作说明书规定的岗位要求，对应于员工所担任的工作，对其能力所作出的评定过程。能力考评的内容是考评其在岗位工作过程中显示和发挥出来的能力，如员工在工作中判断理解指令时，是否正确、迅速；协调上下级关系时，是否得体、有效等。依据员工在工作中的行为和表现，参照标准或要求，评价他的能力发挥得如何，评判其能力是大是小，是强是弱等。

能力考评是针对员工素质的考核，它并不以工作所要求的业绩为重点，而是以能力与员工发展潜力为考核的内容，包括知识、经验、理解能力、沟通能力、计划能力、创新能力等，对不同层次的员工，对其能力的要求是不一样的，对其能力考评的项目和重点也不尽相同，表 7-2 是对管理人员能力考评的项目和重点。

表 7-2　管理人员能力考评的项目和重点

考评项目	重点考察内容
经验阅历	生活、生产、社会的经验阅历，思想认识水平高深的程度，对外界事物分析、判断、理解的能力及程度
知识水平	理论知识、经验知识和相关业务知识丰富的程度
语言文字能力	运用语言和文字正确表达思想的能力及程度
理解判断力	以正确的知识技能经验为依据，准确把握事物现状，将不同的组成部分进行综合，及时做出正确判断的能力及程度
分析能力	对一种形势或一项工作的组成因素进行论证，并能分析出其中相互关系的能力及程度

考评项目	重点考察内容
预测能力	是否具有前瞻意识和洞察力,制订战略性计划、组织先行工作的能力及程度
组织能力	设计一个组织机构,制订目标、工作方法和相关制度,并创造实现工作目标所需条件的能力及程度
领导能力	指导或激励下属,将具体任务授权给同事或下属完成,进行组织落实,确定检验标准及范围,对工作进行追踪,对工作结果进行评价,并有传达评价、更正或弥补工作结果与目标之间差距从而统帅全局的能力及程度
执行能力	正确传达上级指示,核定行动计划,制订具体落实方案的能力及程度
沟通协调能力	就生产经营管理中出现的各种问题说明自己的意见,观察别人的反映,倾听别人的意见,对其意见进行整理,做好协调工作的能力及程度
应变能力	在变化的形势中,面对不同的对手,仍能把握住方向,随机应变采取相应对策的能力及程度
谈判能力	在冲突的形势和环境中,论证自己的意见,分析对方的观点,并找到协调方法的能力及程度
责任能力	全身心的投入落实所定目标的工作中,具有行使权利、独立管理自己工作范围的能力及程度
创新能力	经常保持不断探索的心态,灵活运用知识、经验,对工作有自己独到见解和创意的能力及程度
情绪控制能力	了解自己和他人的情绪,控制自己和他人的不良或极端情绪的能力及程度
激励能力	在平凡或挫折中使自己和他人保持积极性的能力及程度
学习能力	根据工作要求主动向书本、向他人、向经验学习的能力及程度
身体能力	承受连续工作一定时间和大负荷工作量对体能的要求及耐受程度

评价说明:此考评表将管理能力划分为 18 项,可根据被评价者的层级与侧重点不同选择不同的能力项进行组合评估。

能力与业绩有密切的联系,一般而言,一位员工在某些方面能力强,那么安排与之相适应的工作就有可能取得良好的工作业绩。但是能力并不是业绩,只是表明获得某种业绩的潜力。在员工考核体系中纳入能力考评指标,考察员工在某些方面可能具备得某种能力,可以为工作安排、培训、职务晋升等人事政策提供强有力的依据。

3. 态度考评

一般说来,能力越强,业绩就可能越好。可是在企业中常常见到这样一种现象:一个人能力很强,但出工不出力;而另一个人能力不强,却兢兢业业,干得很不错。两种不同的工作态度,就产生了截然不同的工作结果,这与能力无直接关系,主要与工作态度有关。所以,需要对员工"工作态度"进行考评。态度考评的项目和重点,参见表 7-3 所示。

表 7-3 态度考评的项目和重点

考评项目	重点考察内容
积极性	是否经常主动的完成各种业务工作,不用指示或命令,也能自主自发的努力工作,不断改善
热忱	是否在执行业务时,以高度的热忱面对挑战,认真努力工作,表现出不达目的绝不罢休的精神
责任感	是否能自觉的尽职尽责工作,在执行公务时,无论遇到何种困难都能不放弃、不退缩。对自己或下属的工作或行为,自始至终的表现出负责的态度
纪律性	是否遵守有关规定、惯例、标准或上司的指示,忠于职守、表里一致,有秩序地进行工作
自主性	是否在职权范围之内,能进行自我管理,不依赖上级或同事,能在准确判断之下,自主、自立、自信地处理业务
协调性	是否能协调好上下级、同级以及与外界的关系,并能创造和谐的工作环境,圆满完成上级指派的工作

工作态度是工作能力向工作业绩转换的"中介",但是,即使态度不错,能力未必全能发挥出来,并转换为业绩。这是因为从能力向业绩转换过程中,还需要除个人努力因素之外

的一些"辅助条件",有些是企业内部条件,如分工是否合适,指令是否正确,工作场地是否良好等;企业外部条件,如市场的供求关系、产品的销售状况、原材料保证程度等。

工作态度考评要剔除本人以外的因素和条件。由于工作条件好,而做出了好成绩,如果不剔除这一"运气"上的因素,就不能保证考评的公正性和公平性。相反,由于工作条件恶化,使业绩受挫,并非个人不努力,绩效管理时也必须予以充分考虑。这是态度考评与业绩考评的不同之处。

另外,态度考评与其他项目的区别是,不管你的职位高低,不管你的能力大小,态度考评的重点是工作的认真程度、负责任的态度,工作的努力程度,是否有干劲、有热情,是否忠于职守,是否服从命令等。

(二)绩效考评的标准

说到绩效考评的标准,必须首先提出绩效考评指标体系的概念,考评的内容通过绩效考评的指标体现,对各个指标的完成程度进行设定就成为考评的标准。

1. 绩效考评指标定义与构成

绩效考评指标是指在绩效考评过程中,对被考评对象进行评估时指向的方面或要素。绩效考评指标由以下四个要素构成。

(1) 指标名称　是对考评内容的总体性概括。

(2) 指标定义　对指标内容的操作性定义,是所要评价的具体内容。

(3) 等级标志　对评价结果不同等级的命名。

(4) 等级标度　对等级标志所规定的各个等级的具体说明,使各个等级之间有明确的态度、行为或数量化结果的差异界限。

以下指标及表7-4是某公司保洁员评价指标一个简单的例子。

① 指标名称:清扫及时性。

② 指标定义:考察是否按规定清扫卫生责任区,并在相应的记录卡中做出完整记录。

表7-4　保洁员评价指标的标志与标度

等级标志	S	A	B	C	D
等级标度	清扫及时,记录完整	一个月有1~2次未及时清扫	一个月有3~5次未及时清扫	一个月有6~8次未及时清扫	8次以上未及时清扫

从以上的例子中可以看到,标志就如一把尺子上的刻度,而标度则代表刻度的具体标准,因此标志与标度是一一对应的。

2. 绩效考评指标的分类

根据不同的分类标准可将绩效考评指标分成不同的类型,最常用的分类标准是按指标值是否可以量化分为以下两类。

(1) 可以量化的程度性绩效指标　标度有明确的绝对数据或相对数据可测量。

(2) 不可量化的判断性绩效指标　标度没有明确的数据可测量,其等级一般根据行为、态度的不同表现用描述性语言加以区分。

3. 绩效考评指标体系设计与权重分配

(1) 绩效考评指标体系　绩效考评指标构成员工考核的主体内容,但是对员工的考核并不限于对员工绩效的评价。在实际的工作中,一个组织评定一个员工不仅仅为了薪酬目的,还有识别培训需要、晋升、换岗与解雇等多方面的目的,若只考察一个员工在绩效考评指标上的表现,并以此作为人事政策的依据是不充分的。例如,在考虑一个员工的晋升或工作调动时,除了业绩比较好以外,还要评价晋升以后所在工作的能力要求,评价他对组织的忠诚程度与对组织文化的认同程度等多个方面,综合考虑、权衡多个因素才能做出正确决策。

综合绩效考评的内容，将绩效考评的指标体系分为三大类：业绩考评指标；能力考评指标；态度考评指标。

（2）绩效考评指标的权重

① 权重的概念。权重是一个相对的概念，是针对某一指标而言。某一指标的权重是指该项指标在整体绩效考评中的相对重要程度。

权重表示在评价过程中，从被评价对象的不同侧面的重要程度的定量分配，对各评价因子在总体评价中的作用进行区别对待。事实上，没有重点的评价就不算是客观的评价，每个人员的性质和所处的层次不同，其工作的重点也肯定是不一样的。因此，对其工作所进行的业绩考评必须对不同内容对目标贡献的重要程度做出估计，即权重的确定。

总之，权重是要从若干评价指标体系中分出轻重来，一组评价指标体系相对应的权重组成了权重体系。各级权重体系 $\{V_i, l=1, 2, \cdots, n\}$，必须满足：$0 < V_i \leqslant 1$；$\sum V_i = 1$ 两个条件。

其中 n 是权重指标的个数。

② 权重的作用。

第一，突出重点目标。在多目标决策或多指标（多准则）评价中，突出重点目标和指标的作用，使多目标、多指标结构优化，实现整体最优或满意。比如在经营者的业绩评价系统中，权重的确定过程要适应市场经济和现代社会发展的要求，对经济效益和社会效益做出平衡，"国有资产的保值增值"是企业家应尽的责任，对这个指标权重的确定，体现出评价者对这个问题的认识程度和持有的观点。

第二，作为资源分配的导向根据。权重作用的实现，决定于评价指标的评分值。每项指标的评价结果是它的权数和它的评分值的乘积。当某项指标的评分值很小，甚至等于零时，那么权重的作用就不是很明显，权重的大小对总结果影响不大。相反，若各项评价指标的评分值相差不大，这时权重的取值对评价结果影响比较明显，权重大的指标，其评价结果得分高；权重小的指标，其评价结果得分低。例如，甲人员的 A、B 指标评分值分别为 8 分和 5 分，A 指标权重为 0.8，B 指标权重为 0.2，那么甲人员的综合得分：$8 \times 0.8 + 5 \times 0.2 = 7.4$，乙人员的 A、B 得分为 5 分和 10 分，那么乙人员的综合得分：$5 \times 0.8 + 10 \times 0.2 = 6$。由此可看出权重的突出作用。若 A 指标是作为重点的指标，相对重要程度要高。这样，权重可以作为资源分配的导向根据。表 7-5 是某公司绩效考评表的指标体系和权重分配表。

一般而言，生产经营性职位的工作成果比较明显，工作业绩考评指标在生产、经营性职位的绩效考评指标体系中占有重要比重，态度考评指标和能力考评指标所占的比重相对较小；对于中层的职能性管理职位、后勤职位，他们的工作成果表现并不明显，很难与组织的总体业绩有直接联系，因此，绩效考评指标在这些职位的绩效考评指标体系中所占比重很有限，甚至于没有，而态度考评指标和行为考评指标占有较大的比重。

4. 考评标准编制的一般程序

（1）建立标准编制小组，提出工作计划　企业绩效考评标准的编制应该在企业领导的带领下进行，由具有一定现代科学知识和丰富实践经验的人力资源专业人员、管理人员以及有关部门负责人组成标准编制小组，并提出标准编制的工作计划。标准编制的工作计划应包含以下内容：

① 编制标准的目的和要点；

② 国内外同类绩效考评标准的现有水平；

③ 工作步骤、计划进度和分阶段目标；

④ 编制标准可能出现的问题和相应措施；

⑤ 编制标准的效果预测。

（2）编制考评标准草案

① 调查研究，试点验证。首先，通过工作分析、理论推演和专家咨询设计出考评指标

体系。然后，调查国内外同类绩效考评的水平，初步形成绩效考评标准试行草案。之后，进行试点。

表 7-5 某公司绩效考评指标体系和权重分配表

姓名		级别		部门						职别			
一级指标	二级指标	二级指标权重		一季度		二季度		三季度		四季度		审批	特记事项
		管理人员/%	非管理人员/%	初评	调整	初评	调整	初评	调整	初评	调整		
工作态度考评	纪律性	6	7										
	协调性	6	7										
	积极性	6	7										
	责任感	6	7										
	自主性	6	7										
业绩考评	质量	5											
	数量	5	15										
	教育、指导	7	15										
	创新、改善	8											
能力考评	智力素质	5											
	体力素质	5	5										
	性格、个性	5	5										
	知识	5	5										
	技能、技巧	5	5										
	理解、判断	5	5										
	表达、交涉	5	5										
	指导、监督	5	5										
	应用、规划	5											
合　计		100	100										评语
考评时间													
考评者													

　　填表说明：① 评定时，每格应得分数以 10 分计，各分数均为相对值：2—差；4—较差；6——一般；8—较好；10—优秀。

　　② 每季度初评、调整一次，调整根据他人反映、个人申告、其他部门工作报告进行，均记入特记事项；初评为直接上级实施。

　　③ 每年总分根据各季度得分和考评权重调整后总计确定。

　　② 起草征求意见稿，广泛听取意见。在调查研究和试点的基础上，编制小组应进行统计分析和综合研究，起草征求意见稿，并根据本行业的具体情况使标准详细、准确，便于实施。同时，编制《绩效考评标准编制说明书》。

　　（3）绩效考评标准草案的审定　企业绩效考评标准的审定，可以先由人力资源部门初审，然后请有关领域的专家进行鉴定。最后，把鉴定的意见附于绩效考评标准之后一起呈报上级批准生效。

二、绩效考评的程序

　　绩效考评是一项严肃和细致的工作，必须按一定的程序进行。绩效考评的程序如图 7-1 所示。

　　1. 确定被考评的对象

　　考评的对象可根据被考评者所从事的工作内容来分类，如分为：经营管理人员的考评、

169

专业技术人员的考评和基层员工的考评，也可以根据被考评者在组织中所处的位置来考评，如分为高层管理人员的考评、中层管理人员的考评和基层员工的考评。

考评对象的确定工作非常重要，因为不同的考评对象其工作要项是不同的，要考评的内容也不同，必须针对不同的考评对象设计不同的考评指标和考绩标准。将从事同类工作内容或处于同层次的人员设计统一的指标和标准，既能保证考评的公平性和可比性，又可以使考评工作的工作量大大减少。

考评的顺序一般是先从基层员工开始，进而对中层人员考评，形成由下而上的过程。

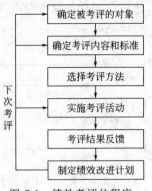

下次考评

图 7-1　绩效考评的程序

（1）以基层为起点，由基层部门的领导对其直属下级进行考评　考评分析的单元包括员工个人的工作行为（如是否按规定的工艺和操作规程进行工作，或一名主管领导在管理其下级时是如何具体进行的等），员工个人的工作效果（如产量、废品率、原材料消耗率、出勤率等），也包括影响其行为的个人特征及品质（如工作态度、信念、技能、期望与需要等）。

（2）在基层考评的基础上，进行中层部门的考评　内容既包括中层负责人的个人工作行为与绩效，也包括该部门总体的工作绩效（如任务完成率、劳动生产率、产品合格率等）。

（3）完成逐级考评之后，由企业的上级机构（或董事会）对企业高层次人员进行考评　其内容主要是经营效果方面硬指标的完成情况（如利润率、资产收益率等）。

2. 确定考评内容和标准

绩效考评的第二步是确定考评内容和标准，即针对不同的考评对象对照工作说明书确定考评要项，并选择相应的考评指标，制订每个指标的等级标志和标度，并确定每个指标的权重。

3. 选择考评方法

根据组织的环境和条件，以及各类岗位和人员的特点，选择相应的考评方法。各种考评方法及其特点将在以后的内容中介绍。

4. 实施考评活动

考评活动的实施就是将工作的实际情况与考评标准逐一对照，给出绩效的等级。合格的考绩执行者应当满足的理想条件是：了解被考评者的职务性质、工作内容、工作要求、考绩标准与公司有关政策，熟悉被考评者的工作表现，尤其是本考绩周期内的，最好有直接的近距离密切观察其工作的机会。当然此人还应当公正客观，不具偏见。

考绩执行者无非是五类人，即直接上级、同级同事、被考评者本人、直接下属及外界的人事考绩专家或顾问。近年来，出现了一些新的发展趋势，很多企业运用电脑系统考评法和360度考评法。

5. 考评结果反馈

考评结果反馈是绩效管理极为重要的环节，就是将考评结果反馈给被考评者。通过管理者与员工（或绩效完成者）面谈、书面通知或绩效结果公布等形式，让员工充分了解和接受绩效评价的结果，并促成员工在下一个绩效周期内改进绩效。绩效管理的最终目的是为了让员工提高绩效水平，所以绩效反馈不仅仅要让员工知道他的绩效等级，更重要的是通过绩效反馈，让员工了解如何对今后的绩效进行改进，制订相应的绩效改进计划。绩效反馈完成以后，员工为了更好地完成新一周期的绩效管理，可以在某些技能方面努力改进。

6. 制订绩效改进计划

制订绩效改进计划是绩效考评的最后一个环节。是在对绩效分析的基础上，制订出切实可行的改进计划的过程。是绩效管理过程中总结经验、分析失误的过程。在这一过程中，要找出绩效评价结果背后深层次的原因，使制订的计划有的放矢，还要分析考核方法上存在的问题，为下一次考核积累经验，提出改进意见。同时要注意计划应由易到难，要得到相关人员的认同，并有明确的时间要求。

三、绩效考评的方法

绩效考评的方法有很多，可以根据不同的标准分类。这里按照所设定参照标准的不同，将绩效考评的方法分为以下三类。

（一）相对评价方法

相对评价方法主要指通过人与人之间的比较确定绩效水平的方法，目前主要使用的有以下三种。

1. 简单排序法

将员工按业绩优劣排列名次，从最好的一直排到最差的。简单排序法的依据要么凭综合印象，要么选取一个衡量因素作为排序的依据。例如对销售员，可以凭综合多种因素（如销售额、毛利额、新客户开发等）给予综合排名，也可以只选取其中某一因素进行排名，如选择新客户的开发数作为排序的依据。

简单排序法的特点是：评价的结果很大程度上取决于评价者对员工的主观看法，操作方法简单，适合于刚起步的企业，这类企业在评价措施与制度方面不完善，可以采取此方法。

2. 交替排序法

交替排序法是简单排序法的一个补充。交替排序法根据某一（或综合）工作绩效，首先选择绩效最优的员工和绩效最差的员工比较，然后再从剩下的员工选取次优和次劣，依此类推进行排序，直至排完。

3. 强制分布法

根据"两头小、中间大"的正态分布规律，划分业绩等级，确定各等级在总数中所占的比例，将员工按绩效归到不同的等级中去。其基本做法是：先划分绩效分级（如划分3～7个等级），确定每个等级所分配员工数占全部接受评价员工的比例，然后将被评价的员工按绩效高低归到不同的等级中去。例如，若划分成优、中、差三等，则分别占总数的30%、40%和30%；若分成优、良、中、差、劣五个等级，则每个等级分别占10%、20%、40%、20%与10%。然后按照每人绩效的相对优劣程度，强制列入其中的一个等级。

4. 相对评价方法的优缺点

相对评价方法在员工相互比较的基础上进行绩效评价，其优点是：简便易行、成本低；其缺点是：判定绩效的标准比较模糊，评判受主观性影响大，绩效反馈比较困难，难以保证员工的公平感。

（二）绝对评价方法

绝对评价方法有很多种，目前常用的方法如下。

1. 关键事件法

所谓关键事件法就是管理者对员工表现中与工作有关的关键事件发生时的行为进行书面记录，并在整个考核期间保留每个员工的关键事件清单，用于考核期末的描述性考核评定。

考评者要记录和观察这些关键事件，因为它们通常描述了员工的工作行为以及工作行为发生的具体情境，这样在评定一个员工的工作行为时，就可以利用关键事件作为衡量的尺度。关键事件对事不对人，让事实说话，考评者不仅要注重对行为本身的评价，还要考虑行为的情境。在关键事件法的评价中，评价内容与员工岗位任务职责是密切联系的，如表7-6所示。

表 7-6 对工厂助理管理人员的关键事件记录

负有的职责	目 标	关 键 事 件
安排工厂的生产计划	充分利用工厂中的人员和机器;及时发布各种指令	为工厂建立了新的生产计划系统;上个月的指令延误率降低了 10%;上个月提高机器利用率 20%
监督原材料采购和库存控制	在保证充足的原材料供应的前提下,使原材料的库存成本最小	上个月使原材料库存成本上升了 15%;"A"部件和"B"部件的订购富余了 20%;而"C"部件的订购却短缺了
监督机器的维修、保养	不出现因机器故障而造成的停产	为工厂建立了一套新的机器维护和保养系统;由于及时发现机器部件故障而避免了机器的损坏

关键事件法的优点如下。

① 为向下属人员解释绩效结果提供了一些确切的事实证明。

② 还会确保在对下属人员的绩效进行考察时,依据的是员工在整个年度的表现而不是最近一段时间的表现。

③ 保存一套动态的关键事件记录还可以获得一份关于下属员工是通过何种途径消除不良绩效的具体事例。

关键事件法的缺点如下。

① 对什么是关键事件,并非所有的管理者都具有相同的看法。

② 每天或每周都对每个员工的表现和评价进行记录会很费时间。

③ 可能使员工过分关注他们的上司到底写了些什么,并因此而恐惧经理的"小黑本"。

关键事件法成功运用的关键在绩效点的记录,记录越完善,评价就越有依据、越客观。这一方法对其他方法也有很强的借鉴意义,一般而言,参考关键事件法的考核过程,在绩效考核过程中,设置绩效记录卡,对关键绩效事件进行记录是每一种绩效评价方法在使用过程中的必须步骤。

2. 行为观察量表法

行为观察量表法是在关键事件法的基础上发展起来的。具体做法是根据某一工作行为发生频率或次数多少对被评定者打分,对不同工作行为的评定分数可以简单相加得到总分,也可以根据重要性加权平均。如:从不（1分）、偶尔（2分）、有时（3分）、经常（4分）、总是（5分）;对不同工作行为的评定分数可以相加得到一个总分数,也可以按照工作行为对工作绩效的重要性程度赋予不同的权重,经加权后再相加得到总分。总分可以作为不同员工之间进行比较的依据。发生频率过高或过低的工作行为不能选取作为评定项目。表 7-7 为考评销售代表的行为观察量表。

表 7-7 销售代表的行为观察量表

评价指标	评价尺度	得 分	评 语
1. 衣着与仪表	O 100～90		
2. 客户服务态度	V 90～80		
3. 同事合作	G 80～70		
4. 销售额完成量	I 70～60		
5. 下属管理	U 60 以下		
	N 不做评论		

表 7-7 说明:① O 为杰出（outstanding）。在所有方面的绩效都十分突出,总是明显地比其他人的绩效要优异得多。

②V为很好（very good）。工作业绩的大多数方面明显超出职位的要求。工作绩效是高质量的并且在考核期间一贯如此。

③G为好（good）。是一种称职的和可信赖的工作绩效水平，一般情况下都能达到工作绩效的要求。

④I为需要改进（improvement needed）。在绩效的某一方面存在缺陷，偶尔达不到工作绩效的要求，需要进行改进。

⑤U为不令人满意（unsatisfactory）。工作绩效水平总的来说无法让人接受，从来就不能达到令人满意的绩效水平，必须立即加以改进。绩效评价等级在这一水平上的员工不能增加工资。

⑥N为不做评论（not rated）。在绩效等级表中无法利用标准或因时间太短而无法得出结论。

行为观察量表法克服了关键事件法不能量化、不可比以及不能区分工作行为重要性的缺点，同时编制一份行为观察量表也费时费力，而且，完全从行为发生的频率来考评会使考评者和员工双方都容易忽略工作的意义和本质内容。

3. 行为定点量表法

选择可以区分员工的关键行为，并为每种行为赋值，按照维度和赋值量的顺序整理排列，形成实用的评定量表，称为行为定点量表。

行为定点量表法和关键事件法一样，也需要由主管事先为每一个工作维度收集可以描述有效、平均和无效的工作行为，每一组行为可以用来评定一种工作或绩效的维度，如管理能力、人际交往能力等。例如，考评销售代表"处理客户关系"这一绩效指标时，利用行为定点量表法可以参考表7-8的标准进行评价。

表 7-8 销售代表"处理客户关系"行为定点量表

标 志	得 分	标度（行为或事件）
S	6分	经常替客户打电话,给他做额外的查询
A	5分	经常耐心地帮助客户解决很复杂的问题
B	4分	当遇到情绪激动的客户时会保持冷静
C	3分	如果没有查到客户需要的相关信息会告诉客户,并说对不起
D	2分	忙于工作的时候,会忽略等待中的客户,长达数分钟
E	1分	一遇到事儿,就说这种事儿跟自己没什么关系

行为定点量表法的优点与缺点都很突出。它的优点在于：评价标准明确具体，绩效评价的客观性、可靠性有保证，可以利用其结果指导员工的行为，对负面绩效的反馈比较容易；其缺点在于：制订一套行为定点绩效评价表要花费大量的精力与时间，所费成本较大。

4. 目标评价法

目标评价法是在确定目标的基础上，对目标的完成结果进行评价的一种绩效评价方法。通过对员工的工作结果进行分等，建立一定的尺度等级标志，并赋予一定绩效得分，从而对绩效目标或绩效标准进行评价。这种方法要求被评价的工作成果是可以观察、可测量的。

目标评价法是目标管理原理在绩效评价中的应用。企业往往根据年初制订的产量目标、产值目标、销售目标、利润目标来考核相应部门的主管，或者企业集团用这些指标来考核各分公司的经营管理者。表7-9是一个销售主管的绩效目标及其评价等级。

表 7-9　销售主管的绩效目标及其评价等级

指　标	目　标	标志与得分	标　　度
销售额	完成 100 万元	S—5	完成销售额在 115 万元以上
		A—4	完成销售额在 105 万～115 万元之间
		B—3	完成销售额在 95 万～105 万元之间
		C—2	完成销售额在 85 万～95 万元之间
		D—1	完成销售额在 85 万元以下

目标评价法能使员工个人的努力目标与组织目标保持一致，能够减少管理者将精力放到与组织目标无关的工作上的可能性，而且还能够使企业管理当局根据迅速变化的竞争环境对员工的行为进行及时的引导。由于评价标准直接反映员工的工作内容，结果易于观测，所以很少出现评价失误，也适合对员工提供建议、反馈和辅导，有助于改善员工的工作成果。但是，目标评价法没有在不同部门，不同员工之间设立统一目标，因此难以对员工和不同部门间的工作绩效做横向比较，不能为以后的晋升决策提供依据。

（三）描述法

描述法是指对员工在工作中的各种表现进行记录，并对照其工作职责进行评价的一种绩效评价方法。这一方法普遍用于一些"工作总结"的评价中。为了提高描述法的评价效度，在评价过程中一般结合员工的工作计划来评价。

描述法要求考评者以报告的形式，认真描述被评价的员工。考评者通常被要求记录员工的优点和缺点，并对员工的发展提出建议。描述法可以提供一些其他方法所不能提供的描述性信息，使考评者有机会指出员工独有的特征。描述法常与其他方法一起使用。

描述法的缺点是，如果对员工的所有特征进行描述，太费时（尽管与其他方法一起使用时，不一定要求作全面描述），而且描述将受到考评者写作风格和表达技巧的影响。此外，描述法带有主观性，描述的重点不一定能放在与绩效管理相关的方面。

四、绩效考评结果的反馈

只作考评而不将结果反馈给被考评的下级，考绩便失去它极重要的激励、奖惩与培训的功能。因此，在考评员工绩效之后，应该将考评结果反馈给被考评者，使考评的积极作用能够得到发挥，帮助他们制订改善绩效的计划，进一步挖掘和发挥他们的潜能。反馈的方式主要是面谈。

一般这种面谈都由做过考绩并发现被考评的下级在某些绩效上的缺陷而主动约见的。因为谈话具有批评性，又与随后的奖惩措施有联系，所以颇为敏感，但同时却又是必不可少的。因此掌握好此种谈话便需要某种技巧乃至艺术。从人们经验之谈中归纳出下列几点诀窍。

1. 对事不对人

先不要责怪和追究当事者个人的责任与过错，因为针对个人的批评很易引起反感、强辩与抵制，这就达不到考绩的真正目的。要强调的是客观结果，例如，一位计划科科长在讲评手下一位组长绩效缺陷时说："你们组的计划工作这回可很不理想啊，你瞧瞧这些数据，你们这次是全科任务完成得最糟的一个组，是不是？"这样，就比当头一句"你这人真是个很差劲的计划人员！"效果好多了。考评者首先要表明他所关心的是哪方面的绩效，再说下级的实际情况与要求达到的目标间的差距，要上、下一起来找差距。

2. 谈具体，避一般

不要作泛泛的、抽象的一般性评价。要拿具体结果出来支持结论，援引数据，列举实例。例如，上面那位计划科长对他手下的组长，若只说"你对计划工作根本不重视，太不认真"，就不如说"你上回要求追加预算，增拨设备，还要增加加班工时，当时事态紧急，我是批了，但你们事先为什么没仔细考虑，预料到这种可能情况？这说明你们的计划做得很马虎。"要用事例说明你想看到的改进结果，引导下级看到差距在哪里。

3. 找原因，提建议

首先应该帮助被评者寻找绩效不够理想的原因，而这点常被人忽略，常是发现问题后马上追问："该怎么办？"这就绕过了对病因的挖掘，而制订改进措施成了无的放矢，不能对症下药。要引导和鼓励被评者自己分析造成问题的原因，即使浅薄牵强，也切不可反驳和嘲笑，而要启发他继续深挖原因到找准为止。

找原因本身可以变成解决问题式的过程，借此可以找出所应采取的措施并提出解决问题的建议。

4. 保持双向沟通

要共同解决问题，必须是个双向过程，不能上级单方面说了算。同时应尊重员工，让下级有申述和抱怨的时间，尽量对下级表现出理解和接受，如果变成让上级主宰一切，教训下级，这样只会造就傀儡，不能造就人才，也只会激起抵制心理而不是对克服缺点的热情。

5. 正确对待员工的防御心理

在与员工进行绩效面谈时，出现防御心理现象是很正常的。一般会出现几种情况：一是矢口否认工作绩效不佳；二是对批评感到十分恼怒；三是闭口不言。无论出现何种防御心理，作为面谈者首先要理解这种心情，然后想办法来解除这种防御心理。心理学家摩特默·弗因伯格提出了以下建议：①认识到防御心理是一种很正常的心理。②不要攻击一个人的防御心理。③推迟行动，这就是我们经常说的冷处理，随着时间的推移，问题的处理也就比较容易了。④正确认识自己的能力。作为绩效面谈者，不要期望自己能解决所有的问题，尤其是与人有关的问题。

6. 几种典型面谈情况的处理

（1）对优秀的下级 这种情况最顺利，但考评者要注意两点：一是要鼓励下级的上进心，为他订好个人发展计划；二是不要急着许愿，答应几时提拔或给何种特殊物质奖励之类。

（2）与前几次比未显进步的下级 考评者应当开诚布公，与下级讨论是不是现职不太适合，要不要换个岗位。目的要让其意识到自己有哪些不足。

（3）绩效差的下级 造成绩效差的可能原因有多种，如工作态度不良、积极性不足，缺乏训练、工作条件恶劣等。必须具体分析，找出真正的原因并采取相应措施。切忌不问青红皂白，就认准是下级的过错。

（4）年龄大的、工龄长的下级 对这种下级一定要特别慎重。他们看到年纪轻而资历浅的人后来居上，自尊心会受到伤害，或者是对他们未来的出路或退休感到焦虑。对他们要尊重，要肯定他们过去的贡献，耐心而关切，为他们出主意。

（5）过分雄心勃勃的下级 有雄心是优良品质，但过分了则不好。他们会急于被提升和奖励，虽然他们此时还没发展到这种程度。对他们要耐心开导，说明政策是论功行赏，用事实说明他们还有一定差距，但不能只泼冷水，可以跟他们讨论未来进展的可能性与计划。不过不要让他们产生错觉，以为达到某一目标就一定马上能获奖或晋升；要说明努力进步，待机会到来，自会水到渠成的道理。

（6）对沉默内向的下级 这种人就是不爱开口，对他们只有耐心启发，用提出非训导性的问题或征询他意见的方式，促使其做出反应。

(7) 对易发火的下级　对这种人首先要耐心地听他讲完，尽量不要马上跟他争辩和反驳。从他发泄出的话可以听出他气愤的原因，然后便与他共同分析，冷静地、建设性地找出解决问题的办法来。

第四节　绩效考评主体与 360 度考评

一、绩效考评主体

绩效评价主体是绩效评价行为的执行者，但是到底由谁对员工进行评价一直以来是个比较有争议的问题。需要注意的是，由于人力资源管理部门仅负责绩效评价的程序、方法及相关制度的开发，传统上评价工作的实际执行者是直线经理。但是仅由直线经理对下属员工进行评价有时会产生一些偏差，尤其是在直线经理存在管理风格问题时，或对直线经理本身的评价基于其下属绩效表现时更是如此。在这种情况下，很多学者提出应该采用多主体评价的方法，360 度反馈考评的思想正是在这一背景下提出的，试图全方位（包括上级、同事、下属、客户及本人）地收集绩效信息，以期对某一员工绩效做出更为准确的判断。绩效评价主体包括以下几种。

1. 上级主管

上级主管是最常见的一种评价主体，在实践中，绝大多数企业只执行上级主管的评价。上级主管评价之所以普遍为大多数组织所采用，其原因主要如下。

（1）从绩效评价有效性出发　上级主管是下属工作信息最完整的掌握者，他对下属的了解是全面的、深层次的，让其对下属进行评价的有效性最高。

（2）从绩效管理的根本目的看　绩效评价是为了下属绩效的提高，上级负有绩效辅导的责任，因此让上级主管对下属进行评价，可以让上级主管掌握下属的绩效动态，能更有针对性地进行绩效改进辅导，更有针对性地提出下属员工的绩效改进计划。

（3）从上级主管的管理权威看　尽管管理者权威的树立是多渠道的，但是由管理层次规定的管理权威是根本性的。能对下属进行绩效评价是上级主管权威的一种体现方式。上级主管评价提供了一种引导和监督员工行为的手段。

但是上级主管评价也可能存在某些消极的方面。例如，有些主管与下属之间有矛盾或对下属有某种偏见，可能会借绩效评价之机将个人偏见或不满融入到评价结果中，特别在绩效指标体系不完善的情况下，这种情况出现的可能性就会增加。考虑到这些情况，大多数组织在设置绩效考评制度时，设置了越级申诉制度等，用以制衡这些情况的产生。

2. 同事

同事也可以是评价主体。一起合作工作的同事或与之有业务相关关系的同事一般相互之间比较了解，具备一定的工作信息，因此将同事作为评价者之一是可行的。同事评价可以是一起工作的同事进行的评价，也可以是内部客户（相关上下游部门）的评价。其优点主要表现在以下几个方面。

（1）同事评价有助于帮助其他评价者（主要为上级主管）消除个人偏见，形成关于被评价者绩效的一致性意见。任何评价都有可能具有主观偏见，让更多知道工作信息者参与评价，就有可能使评价者的偏见得到抵消或制约，从而使评价结果趋于客观、准确。

（2）同事评价有助于帮助被评价者接受绩效评价结果。很多被评价者对于消极的或负面的绩效评价结果天生就有一种抵触心理，尤其是单一评价者时，被怀疑评价结果不客观、不公正的可能就会更大。当有同事参与这一评价时，绩效评价结果就成了众说一词的评价，容易在心理上消除这些抵触情绪。

当然同事评价也有一些消极方面的因素，应该在应用中加以注意与避免。

（1）同事并不是信息的完整知情者　其评价的有效性比上级主管评价要弱。

（2）同事之间相互评价可能会产生相互标榜和相互诋毁的情况　当同事之间没有利益冲突，评价的结果又与各自的利益相关时，就有可能出现相互标榜的情况；当同事之间有利益冲突，而且一方评价结果好就有可能导致另一方的利益受到威胁时，就可能出现相互诋毁的情况。

因此，同事评价比起上级主管评价，效度相对要低，在使用中不宜有过大的权重，其评价的指标不宜超出作为同事所了解的范围。

3. 下属

越来越多的组织让下属以不署名的方式参与到对他们的主管人员所进行的绩效评价过程中。很多组织通过这一方法了解管理者管理风格，找出组织中潜在的管理问题，为下属评价提供了一种越级反馈的渠道。

但是有相当一些人不太主张用此法。这是因为下级若提了上级缺点，有可能被记恨而报复，给"小鞋"穿，所以只报喜不报忧；下级还易于仅从上级是否照顾自己个人利益去判断其好坏，对坚持原则、严格要求而维护企业利益的上级评价不良。对上级来说，常顾虑这种考评方法会削弱自己的威信与奖惩权；而且如果考绩要由下级来做，便可能使上级在管理中缩手缩脚，投鼠忌器，充老好人，尽量少得罪下级，从而使管理工作受损。

同时下属对上级的绩效信息方面掌握是天然就不足的，因此，其评价的有效性比起同事评价可能还要弱一些。所以实践中，下级评价的目的主要是为了这种绩效评价主要用于管理目的，而非真正对主管的工作业绩进行评价。

在评价指标方面，下属评价的主要指标仅限于授权有效性、协调团队的有效性、管理不当行为等指标上，而对上级的组织计划结果、完成组织目标等方面一般不宜作为下属评价的指标。

4. 客户

由于客户的满意度、忠诚度等方面越来越成为一些组织生存与发展的关键性因素，客户评价也因此受到越来越多组织的重视。从客户的构成看，客户有内部客户和外部客户，对于内部客户已在同事评价中有所交代，这里的客户评价仅指外部客户的评价。

客户评价可以使企业发现客户对员工的看法，可以从客户的角度评价员工工作行为、工作方式与工作态度的有效性，同时也可以发现客户对企业的某些期望，为企业改善客户关系服务。

客户评价往往应用于两种情况：一是员工所从事的工作直接为客户服务，或需要为客户联系在企业内部所需要的其他服务；二是当企业希望通过收集信息来了解客户希望得到什么样的产品或服务时。

客户评价的缺点也是显然的。

① 客户不是被评价者信息的完整知情者，其评价具有局限性，只能从某些侧面，选取某些指标进行评价。

② 客户具有不稳定性，也不是组织的成员，对其评价指导具有一定困难，影响了其评价的有效性。

③ 由于客户不是组织成员也影响了其进行评价的方便性与及时性，执行成本较大，影响了他们评价周期的常规性。

5. 本人

随着"人本管理"、"参与式管理"等理念在组织越来越流行，员工本人评价也越来越受到重视，更多的组织将员工本人评价纳入绩效评价必要的范围内。

从绩效信息的完备性看，员工是除上级主管以外第二个拥有完整绩效信息的人，因此员工本人评价具备了很好的信息条件。但是心理学的研究表明，个人有"自我归因偏好"，本人评价往往会趋于夸大自己的成绩，而对自己的失误视而不见，或以各种客观理由掩盖对自己不利的事实，特别是这一评价结果被直接用于一些人事管理决策问题时，这种偏好就会更严重。有鉴于此，员工本人评价的有效性受到怀疑。在实际工作中，一般不会单独采用员工本人评价结果作为全部的绩效评价结果。

员工本人评价的优点在于可以增加员工对自我工作有效性的关注，能够以积极的态度发现自己在工作中存在的不足，并积极主动地进行工作技能开发。同时上级在绩效反馈之前员工已进行过本人绩效评价，使得员工更容易看到自己工作中的绩效表现，更容易接受负面绩效。

二、中央企业经营者经营业绩考评的主体

对国务院确定的由国务院国有资产监督管理委员会（以下简称国资委）履行出资人职责的国有及国有控股企业的负责人，即中央企业经营者的考评是由直接上级主管部门国资委对其进行考评的。国资委自 2004 年 1 月 1 日起施行了《中央企业负责人经营业绩考核暂行办法》，该办法具体规定了对中央企业经营者的考评内容和标准。该暂行办法指出考核企业负责人的经营业绩，实行年度考核与任期考核相结合、结果考核与过程评价相统一、考核结果与奖惩相挂钩的考核制度。企业负责人经营业绩考核工作应当遵循以下原则。

① 按照国有资产保值增值以及资本收益最大化和可持续发展的要求，依法考核企业负责人的经营业绩。

② 按照企业所处的不同行业、资产经营的不同水平和主营业务等不同特点，实事求是，公开公正，实行科学的分类考核。

③ 按照责权利相统一的要求，建立企业负责人经营业绩同激励约束机制相结合的考核制度，建立健全科学合理、可追溯的资产经营责任制。

④ 该暂行办法中所指的中央企业负责人包括：国有独资企业和不设董事会的国有独资公司的总经理（总裁）、副总经理（副总裁）、总会计师；设董事会的国有独资公司的董事长、副董事长、董事，总经理（总裁）、副总经理（副总裁）、总会计师；国有控股公司国有股权代表出任的董事长、副董事长、董事，总经理（总裁），列入国资委党委管理的副总经理（副总裁）、总会计师。

该暂行办法规定对中央企业经营者的考评分为两个部分：年度经营业绩考核与任期经营业绩考核。

1. 年度经营业绩考核

（1）年度经营业绩考核的指标　年度经营业绩考核以公历年为周期对企业经营者进行考评。考评指标包括基本指标与分类指标。

基本指标包括年度利润总额和净资产收益率指标。

① 年度利润总额是指经核定后的企业合并报表利润总额。企业年度利润计算可加上经核准的当期企业消化以前年度潜亏。

② 净资产收益率是指企业考核当期净利润同平均净资产的比率，计算公式为

$$净资产收益率 = \frac{净利润}{平均净资产} \times 100\%$$

其中：净资产中不含少数股东权益。

分类指标由国资委根据企业所处行业和特点，综合考虑反映企业经营管理水平及发展能力等因素确定，具体指标在责任书中确定。

（2）年度经营业绩的考核程序

① 每年 4 月底之前，企业负责人依据经审计的企业财务决算数据，对上年度经营业绩考核目标的完成情况进行总结分析，并将年度总结分析报告报国资委。

② 国资委依据经审计并经审核的企业财务决算报告和经审查的统计数据，结合企业负责人年度总结分析报告并听取监事会对企业的年度评价意见，对企业负责人年度经营业绩考核目标的完成情况进行考核，形成企业负责人年度经营业绩考核与奖惩意见。

③ 国资委将最终确认的企业负责人年度经营业绩考核与奖惩意见反馈各企业负责人及其所在企业。企业负责人对考核与奖惩意见有不同意见的，可向国资委反映。

2. 任期经营业绩考核

（1）任期经营业绩考核的指标　任期经营业绩考核以三年任期为考核期，由于特殊原因需要调整的，由国资委决定。任期经营业绩考核指标包括基本指标和分类指标。

基本指标包括国有资产保值增值率和三年主营业务收入平均增长率。

① 国有资产保值增值率是指企业考核期末扣除客观因素后的所有者权益同考核期初所有者权益的比率，计算公式为

$$国有资产保值增值率 = \frac{考核期末扣除客观因素后的所有者权益}{考核初期所有者权益} \times 100\%$$

客观因素由国资委根据国家有关规定具体审核确定。

企业国有资产保值增值结果以国资委确认的结果为准。

② 三年主营业务收入平均增长率是指企业主营业务连续三年的平均增长情况，计算公式为

$$三年主营业务收入平均增长率 = \left(\sqrt[3]{\frac{考核期末当年主营业务收入}{三年前主营业务收入}} - 1 \right) \times 100\%$$

分类指标由国资委根据企业所处行业和特点，综合考虑反映企业可持续发展能力及核心竞争力等因素确定，具体指标在责任书中确定。

（2）任期经营业绩考核的程序

① 考核期末，企业负责人对任期经营业绩考核目标的完成情况进行总结分析，并将总结分析报告报国资委。

② 国资委依据任期内经审计并经审核的企业财务决算报告和经审查的统计数据，结合企业负责人任期经营业绩总结分析报告并听取监事会对企业负责人的任期评价意见，对企业负责人任期经营业绩考核目标的完成情况进行综合考核，形成企业负责人任期经营业绩考核与奖惩意见。

③ 国资委将最终确认的企业负责人任期经营业绩考核与奖惩意见反馈各企业负责人及其所在企业。企业负责人对考核与奖惩意见有不同意见的，可向国资委反映。

三、360 度考评

（一）360 度考评的概念

360 度考评，又称多评价者评估和多源反馈系统或全方位考评。其主要的概念是指针对特定的个人，以包含被评者在内的多位评价者来进行评定。也就是根据当事人的行为或能力，由员工自己、上司、直接下属、同事以及外部顾客等进行全方位的评定，并在评价之后给予反馈。简言之 360 度考评就是扩大考绩者的人数与类型，使各类考绩者优势互补，结论

公正而全面。

从上文可以看到，不同的评价主体可以站在不同的角度对被评价者进行评价，但是不同的评价主体所掌握的信息，进行评价的角度，以及评价中可能存在的一些问题也是不同的，360度考评的思想正是基于这一现实情况提出的。其本质是进行全方位评价的过程，让各个评价者（上级、同事、下属、客户及本人）都参与到员工的绩效评价中，以期尽可能准确、全面地进行考绩。

（二）360度考评的优点

研究表明，360度考评具有以下优点。

（1）全面 360度考评通过上级、同事、下属、客户、自己等五个维度作为评价源，对被评价者进行多角度、全面性评价，并且通过反馈程序，达到改善被评价者行为，最终达到提高组织绩效的目的。相比传统绩效考评方法，360度考评信息来源渠道广，从多个角度客观反映被评价者的工作绩效和关系绩效，不但使被评价者容易接受反馈意见，而且通过反馈过程提供了企业内各阶层相互学习和交流的机会。

（2）自我发展意识增强 360度考评通过反馈程序，使被评价者可以充分了解到各评价源对其评价的结果，并且针对结果找出自身不足，激励被评价者不断改善自我行为，不断加强自我发展，实现自我完善。

（3）可信度较高 360度考评具有全方位信息提供者即评价源，评价渠道广泛，使评价更加准确可靠。

（4）误差小 360度考评的考评者不仅来自不同层面，而且每个层面的考评者都有若干名，考评结果取其平均值，从统计学的角度看，其结果更接近于客观情况，可减少个人偏见及评分误差。

（三）360度考评的弊端

尽管理论界对360度考评这种新型的绩效评估方法给予了较高的评价，但不少学者的研究发现，360度考评方法在企业实施时仍然暴露出不少弊病，使得360度考评方法的应用并未取得人们预期的效果。其弊端主要体现在以下方面。

1. 评价目的不明确

360度考评在企业人力资源管理中主要用于个人发展性评价与绩效评价。个人发展性评价是对员工个人能力的评价，目的是为了改善个人绩效，为了员工的个人发展而进行的评价，它是企业帮助员工设计企业内职业发展规划的前提和基础；绩效评价则是对企业员工的工作行为进行的绩效考核，以评价其工作进展程度和工作成果，并以此作为其加薪和职位提升的依据。

360度考评在用于个人发展性评价和用于绩效评价所发挥的效用是截然不同的。这是因为360度考评在用于不同目的时，评价者所持评价的标准不同。当360度考评的主要目的是服务于员工的发展时，评价者所做出的评价会更客观和公正，被评价者也更愿意接受评价的结果；而当360度考评的主要目的是加强行政管理，用作员工晋升、提薪等的参考时，情感因素和对个人利益得失的考虑就会渗透到评价中去，从而使评价很难做到客观公正，而被评价者也极易据此怀疑评价者评价的准确性和公正性。

2. 缺乏评价前的培训

当要作出与绩效管理相关的决策而使用360度考评法时，应对评价者和被评价者进行培训，而至今对哪一种培训方法更有效，以及培训对于诸如像评价者的可靠性在评价过程中的个体差异这类问题，一直未有解决办法。

3. 成本高

由于企业信息化改造的缓慢性和企业对评价主体选择的随意性，使得360度考评成本居高不下。

4. 文化因素影响

360度考评在企业实施过程中的文化问题主要体现在以下几方面。

（1）个人主义和集体主义　在西方文化背景下的企业不大赞成员工在工作中形成人与人之间的亲密关系，他们把上下级关系看成纯粹的工作关系。因此西方企业员工可能更加从工作角度上考虑和参与360度考评，容易保障评价的公正性。

与之相比，中国企业深受儒家文化影响，强调群体至上，重视"人和"，注重人与人之间的关系，因此在评价过程中，企业员工会以"关系"角度出发，避免会损害关系的评价，从而影响评价的准确性和公正性。

（2）权力距离　研究表明，美国、澳大利亚等一些西方国家是低权力距离国家，而中国是高权力距离的国家，在这种前提下，西方企业员工能较平等地参与对上级和同事的绩效评价，而中国企业员工则易受到上级的权力和权威干扰，因为害怕打击报复而可能做出夸大事实或有偏向性的评价。

（3）情景依赖性　西方文化中蕴涵低情景文化，在这种文化背景下，交流是直接和清晰的；而中国文化蕴涵高情景文化，在这种文化背景下，实施360度考评与反馈程序时，人们比较含蓄，从而严重影响反馈效果。

因此，在采用360度考评与反馈时，应注意以下几个方面。

（1）不同评价者的权重应有所区分　从以上分析中可以看到，上级主管的评价不管从管理重要性方面，还是从有效性方面看，都是比较高的一个评价主体。因此，上级主管的评价权重可以最大，其他评价主体的权重应相对低一些。具体取值可以根据组织文化进行权衡确定。

（2）不同评价者的考评指标应该有所侧重　从以上的分析中可以看到，信息最为完整的有两个评价主体，一是上级主管，二是本人，因此这两者的评价指标可以比较全面，可以保持一致性。但是同事、客户与下属等评价主体，不完全了解被评价者职位的所有信息，因此他们的指标只能从其知情的信息出发进行设计，侧重点应该是不同的。

通常，直接主管对被考评员工了解比较全面，因此，针对直接主管而设计的考评指标体系的内容应比较全面，也就是要包括工作业绩、工作态度、工作能力三个方面。为完成任务，各部门之间经常需要相互合作与协作，所以针对同事设计的考评指标应集中在分工、合作与协作中的态度与能力方面。下属人员在企业和部门中的位置决定了他们很少有机会或能力对其上司的整体工作关系有全面深入地了解，决定了这一层次的考评应集中在那些与他们的工作直接相关的主管的能力与态度方面。每个顾客与被考评员工的接触时间通常都很短，但是却对员工在提供服务时的态度、行为举止等很敏感。因此最适合客户使用的考评指标应着重放在行为、态度上，并且考评指标不能太多。在客户得到服务后，在不烦扰客户的情况下，让客户对员工的服务质量进行一下评价，会对整个考评起到很好的补充作用，同时也有利于改善员工的工作与组织的形象。

（3）对不同评价者评价结果的使用也应该有所区别　因为在绩效评价过程中，除了要揭示被评价者的绩效外，不同的评价者进行评价的出发点是不同的。如上级主管的评价还在于管理目的与指导目的；下属评价的目的还在于越级反馈；同事评价的目的还在于增加评价结果的可接受性；自我评价的目的还在于增加自我发展的自觉性；客户评价的目的还在于改善客户关系等。除这些特有的目的外，他们的评价又具有各自的局限性，因此，在使用这些评价信息时，应该根据不同目的区别对待。表7-10为××公司员工360度绩效考核表。

表 7-10 ××公司员工 360 度绩效考核表

单位名称：   填表时间：   年 月 日

被评价者姓名：		部门：			职务：		
评价者姓名：		部门：			职务：		
评价区间： 年 月 — 年 月							
评价尺度及分数 杰出(6分) 优秀(5分) 良好(4分) 一般(3分) 较差(2分) 极差(1分)							

评价项目		评价得分				权重	备注
		上级评价	同事评价	下级评价	自我评价		
个人素质	品德修养					%	
	个人仪表仪容					%	
	坚持真理,实事求是					%	
	意志坚定,不骄不躁					%	
	谦虚谨慎,勤奋好学					%	
工作态度	热情度					%	
	信用度					%	
	责任感					%	
	纪律性					%	
	团队协作精神					%	
专业知识	专业业务知识					%	
	相关专业知识					%	
	外语知识					%	
	计算机应用知识					%	
	获取新知识					%	
工作能力	文字表达能力					%	
	逻辑思维能力					%	
	指导辅导能力					%	
	人际交往能力					%	
	组织、管理与协调能力					%	
工作成果	工作目标的达成					%	
	工作效率					%	
	工作质量					%	
	工作创新效能					%	
	工作成本控制					%	
分数合计						100%	
工作表现综合评价							
优势及劣势项目分析	优势分析						
	劣势分析						
项目的建议与训练	有待提高技能						
	参加培训项目						
工作预期	明年目标						
	预期表现						

第五节 绩效考评效果的评估

一、绩效考评的信度与效度

1. 绩效考评的信度

所谓信度是指考绩的一致性，即不因所用考绩方法及考评者的改变而导致不同的结果。影响考绩信度的因素既有情景性的，如考核时机不同、对比效应等，也有个人性的，如考评者的情绪、疲劳程度、健康等，还有绩效定义与考核方法方面的因素如忽略了某些重要考绩维度、各考评者对所考核维度的意义及权重有不同认识，考绩方法自身也可能造成差异等。为了提高信度，应在考绩中对同一维度采用多种方法与角度、请一个以上的考评者进行多次测评，并尽量使考绩程序与格式标准化。对考评者进行统一的培训，也有助于信度的改善。

2. 绩效考评的效度

所谓效度是指考绩所获信息与待测评的真正工作绩效间的相关程度。如果所测量的指标和信息不是拟测的，纳入了无关信息，而忽略了有关信息，出现文不对题与答非所问的情形，必然会导致考评结果效度差。例如考核设计工程师的工作绩效时，测定他在每月内完成各类图纸的数量多少，就比检查他借阅资料室文献按期归还状况效度高。为保证考评结果的高效度，应选用和设计适当的考绩方法，并侧重考核具体的、可量化测定的指标，不流于泛泛的一般性评价。另外对考评者进行培训也可以提高绩效考评的效度。

3. 影响绩效考评信度与效度的因素

有许多因素会影响绩效考评信度与效度，分析起来，这些因素共有四方面。

（1）考评者的判断 考评者的个人特点，如个性（是否怕伤害别人的感情等）、态度（是否视考绩为不必要的累赘）、智力（对考绩标准、内容与方法的理解与掌握会因智力而不同）、价值观（如性别、年龄歧视等）和情绪与心境（高昂愉快时考评偏宽，低沉抑郁时偏严）等对考绩效果常有影响。

（2）与被考评者的关系 除考评者与被考评者关系的亲疏，过去的恩怨外，对被评者的工作情况及其职务的特点与要求的了解程度，对考绩效果也颇有影响。

（3）考评的标准与方法 考评指标选择的恰当性、是否相关和全面，定义是抽象含混还是具体明确，是否让考评者了解考评的标准与方法都对考绩效果有影响。

（4）考评的组织 企业领导对考绩工作的重视与支持；考绩制度的正规性与严肃性；对各级主管干部是否进行过考绩教育与培训；考绩结果是否认真分析；是用于人事决策，还是考完便锁进档案文件柜，使考绩流于形式；考绩过程中是否发扬了民主，让被考评者高度参与；所用考绩标准与方法是长期僵守，还是随形势发展而修正、增删与调整等，上述因素对考绩效果影响都很大。

二、绩效考评效果的评估

绩效考评效果是指考评活动实施后，对企业和员工个人带来的影响和变化。

1. 短期效果的评估

短期效果的评估主要指评估考核体系实行之后的效果，主要的指标如下。

① 考核完成率。

② 考核面谈所确定的行动方案的可行性。

③ 考核结果书面报告的质量。

④ 上级和员工对考核的态度以及对所起作用的认识。

2. 长期效果的评估

虽然考核体系可能会不断地调整，但是大部分的调整主要是考核方法的变化，而非整个考核体系的改变，所以对考核效果可以进行长期的评估。主要的指标如下。

① 组织的绩效是否有提高。

② 员工的素质是否有提高。

③ 员工的离职率是否下降。

④ 员工对企业的认同度、工作热情是否增加。

【复习思考题】

① 为什么要进行绩效评估？

② 如何有效实施 360 度绩效反馈评估？

③ 怎样评估绩效评估的效果？

【案例分析】

齐洛公司的绩效管理体系

公司背景：

齐洛铁路有限责任公司（以下简称齐洛公司）是 1998 年在国家铁路运输整体提出"网运分离"的号召下，前几批进行市场化运营的国有大型股份制企业，主要由齐洛集团投资控股。

齐洛公司在成立之初，为了实现市场化运营和管理，引入了现代化的法人治理结构，进行产权结构的现代化变革，同时为了充分的调动各级人员的积极性，大胆引入市场化的用人机制，由过去传统的一种用工形式——国家正式工，转变成正式工三年一签的劳动合同工，同时相对扩大了非正式工的人员比例的形式，通过这些多种形式的改革，齐洛公司内生动力，实现了"当年铺通当年运输"的行业先例，同时节省大量人工，也为国家和企业节省了大量开支，并为下一阶段企业快速发展奠定了良好基础。

2003 年春节前某天下午，齐洛公司总部会议室，赵总经理正认真听取关于 2002 年度公司绩效考核执行情况的汇报，其中有两项决策让他左右为难。一是经过年度考核成绩排序，成绩排在最后的几名却是在公司干活最多的人，这些人是否按照原先的考核方案降职和降薪，下一阶段考核方案如何调整才能更加有效？另一个是人力资源部提出上一套人力资源管理软件来提高统计工作效率的建议，但一套软件能否真正起到支持绩效提高的效果？

齐洛公司成立仅四年，但是实际上前三年都在进行国家重点工程"西煤东运"煤炭铁路基建与施工，在 2000 年才正式开始煤炭运输的工作，为了更好的进行各级人员的评价和激励，齐洛公司在引入市场化的用人机制的同时，建立了一套绩效管理制度，这套方案目前已经在 2002 年度考核中试行实施，对于这套方案，用人力资源部经理的话说：是细化传统的德能勤绩几项指标，同时突出工作业绩的一套考核办法。其设计的重点是将德能勤绩几个方面内容细化延展成考量的 10 项指标，并把每个指标都量化出 5 个等级，同时定性描述等级定义，考核时只需将被考核人实际行为与描述相对应，就可按照对应成绩累计相加得出考核成绩，这套方法操作起来简单易行，另外这套体系汇总起来有比较明显的四个特点。

特点一：全员参与。公司规定全体在编人员都进行考核（频率年度和季度两种）。

特点二：内容统一。所有干部考核都使用同一个量表，内容包括 4 个方面 10 项指标以及规范权重。参见附表一和附表二。

特点三：民主评议。考核形式采用类似民主评议的方法，每个被考核的干部分别由与其相关的所有人员考核（包括上级，本部门员工，相关部门代表等），成绩最后取平均成绩。

特点四：结果排序。所有管理干部统一进行成绩排序，对前几名和最后几名落实薪酬、晋升与处罚。

附表一：中层管理人员考核要素与权重

序　号	考核要项	满分权重
1	政治思想素质	10
2	品德素质	10
3	专业能力与学识水平	10
4	事业心与责任感	10
5	工作业绩	18
6	工作效率	10
7	组织与协调能力	12
8	创新能力	10
9	口头与书面表达能力	5
10	团队协作能力	5

附表二：具体考核标准量表：（摘选部分）

姓名：　　　　　部门：　　　　　时间：

1. 政治思想素质				
10分	8分	6分	4分	2分
自觉维护党和国家利益，全面地自觉执行党的方针政策	能够从党和国家利益，执行党的方针政策	一般能够服从党和国家利益，勉强执行党的方针政策	经引导，勉强能够服从党的方针政策	不能服从党和国家利益，不能执行党的方针政策
自觉执行齐洛集团及其公司各项规章制度	能执行齐洛集团以及公司各项规章制度	一般能执行齐洛集团以及公司各项规章制度	经说服教育，勉强能执行齐洛集团以及公司各项规章制度	不能执行齐洛集团以及公司各项规章制度
能够自觉运用理论于实践中	专业能力与学识水平	能努力运用理论于实践中	经引导，有理论联系实践意识	轻视理论与实践
全局观念强，模范维护公司整体利益	全局观念较强，能自觉维护公司利益	有全局观念，有时能维护公司集体利益	缺乏全局观念，不能维护公司整体利益	全局观念差
主动深入基层和群众	能深入群众和基层	不主动深入群众和基层	经引导，勉强同意深入群众和基层	不愿意深入群众和基层
严格律己，宽以待人	有自知之明，能正确待人	对人观点有片面性	对他人漠不关心	自以为是
2. 专业能力与学识水平				
10分	8分	6分	4分	2分
专业知识、经验丰富并善于运用，善于总结	有一定的专业知识、经验并能够运用，比较善于总结	专业知识、经验少，运用不熟练，一般不善于总结	专业知识、经验甚少，不能运用，不善于总结	无专业知识、经验，不能运用和总结
有很强的专业特长并能够充分发挥	有较强的专业特长并能够适当运用，有比较广的知识面	有一定的专业特长，能适应专业知识与能力要求，知识面一般	有基本专业特长，但能够适应部分专业知识与能力要求，知识面窄	无专业特长，不适应专业与能力要求，知识面窄
3. 工作业绩				
18分	15分	12分	9分	6分
能提前完成任务，工作质量突出，有突出工作成绩	能按期完成任务，工作质量高于一般水平，工作业绩良好	工作质量一般，能够完成任务，工作业绩一般	工作质量较低，经努力基本能完成任务，工作业绩较差	工作质量低劣，经常出现差错，工作业绩差或者根本无业绩

4. 工作效率

10分	8分	6分	4分	2分
守时惜时,处理事务迅速,准确,效率高	处理事务比较迅速,工作效率高	工作有时需要催促,工作效率一般	工作效率较低	工作中办事拖拉,经常需要催促,工作效率低

5. 创新能力

10分	8分	6分	4分	2分
善于创新,勇于探索,常有新点子和改革设想,工作实践效果明显	尚能创新,但新的思想和见解不多	有一定的创新意识,很少有新的思想和见解	思想比较保守,工作趋向安于现状	思想保守,工作因循守旧

6. 口头与书面表达能力

5分	4分	3分	2分	1分
口头表达能力较强,重点突出,条理清晰,言语生动简练	口头表达能力较强,言语清晰,条理性强	有口头表达能力,言语清楚,有一定的条理性	有一定的口头表达能力,言语比较清楚,能表达自己的思想	口头表达能力较弱,言语欠清晰,有时词不达意,言语重复啰嗦
书面表达能力很好,结构严谨,文字流畅,生动,文章质量高	书面表达能力好,文章结构合理,文字简洁	有一定的书面表达能力,文字顺畅,表达清楚,较少语言病句	有一定的书面表达能力,文章基本通顺	书面表达能力较差,文章不够通顺,有病句

7. 团结协作

5分	4分	3分	2分	1分
主动的与其他班子成员团结协作,善于团结与自己观点不同的人	能够与其他班子成员团结协作,能容纳不同观点的人	一般能与其他班子成员团结协作,不能容忍别人的过错	一般能与其他班子成员以及同事合作	不能与其他班子成员合作,气量狭隘

　　人力资源部负责人接着介绍道:本次考核虽然是公司一年中最大的一次大规模全面的考核,却也取得了绝大多数干部职工的认可,同时各级领导组织积极配合人力资源部考核工作,据统计,全公司在编的5700人中有96%的人参加了本次考核,很多干部职工反映现在的考核比在原先单位的考核进了一大步,考核内容更加容易量化了。当然,我们在考核中也发现了一个奇怪的现象:就是原先工作比较出色和积极的职工考核成绩却常常排在多数人后面,一些工作业绩并不出色的人和错误很少的人却都排在前面。还有就是一些管理干部对考核结果大排队的方法不理解和有抵触心理。但是综合各方面情况,我们认为目前的绩效考核还是取得了一定的成果,各部门都能够很好地完成,唯一需要确定的是对于考核排序在最后的人员如何落实处罚措施,另外对于这些人降职和降薪无疑会伤害一批像他们一样认真工作的人,但是不落实却容易破坏我们考核制度的严肃性和连续性。另一个是:在本次考核中,统计成绩工具比较原始,考核成绩统计工作量太大,我们人力资源部就三个人,却要统计总部200多人的考核成绩,平均每个人有14份表格,统计,计算,平均,排序发布,最后还要和这些人分别谈话,在整个考核的一个半月中,我们人力资源部几乎都在做这个事情,其他事情都耽搁了。因此,我们希望尽快购买一套人力资源信息化软件,这样一方面提高公司整体人力资源水平和统计工作效率,同时减少因相互公开打分而造成的人为矛盾。

　　听完这些汇报,赵总经理决定亲自请车辆设备部、财务部和工程部的负责人到办公室深入了解一些实际情况。因为他知道这几个人平常工作非常认真,坚持原则,也从不计较个人得失,说话也比较直率,赵总经理非常想知道他们目前的感受和想法。

　　1个小时以后,车辆设备部李经理,财务部王经理,来到了总经理办公室,当总经理简要地说明了原因之后,车辆设备部李经理首先快人快语回答道:我认为本次考核方案需要尽快调整,因为它不能真实反映我们的实际工作,例如我们车辆设备部主要负责公司电力机车设备的维护管理工作,总共只有20个人,却管理着公司总共近60台电力机车,为了确保它们安全无故障地行驶在600公里的铁路线上,我们主要工作就是按计划到基层各个点上检查和抽查设备维护的情况,同时我们还主动对在一线的机车司机进行机车保养知识的培训,累计达到12次,目前安全行车公里数和保养标准完全符合国家标准,这是我们工作业绩,但在评估成绩中也就是占18分,还有在日常工作中,我们不能有一次违规和失误,因为任何一次失误都是致命的，也是造成重大损失的，但是在考核业绩中有允许出现"工作业绩差的情况"，因此我们的考核就是合格和不合格之说，不存在分数等级多少，还算有第九个指标，口头表达能力，我是做技术工作的，语言表达能力就不是我的强项，现在我的这项成绩和办公室主任的成绩如何比较，如何科学的区分？

财务部王经理紧接着说道：我赞成车辆设备部老李的意见，我认为考核内容需要进一步调整，比如对于创新能力指标，对于我们财务部门，工作基本上都是按照规范和标准来完成的，平常填报表和记账等都要求万无一失，这些如何体现出创新的最好一级标准？如果我们没有这项内容，评估我们是按照最高成绩打分还是按照最低成绩打分？还有一个问题，我认为我们应该重视，在本次考核中我们沿用了传统的民主评议的方式，我对部门内部人员评估我没有意见，但是实际上让很多其他人员打分是否恰当？因为我们财务工作经常得罪人，让被得罪的人评估我们财务，这样公正么？比如说物资部何某曾多次要求我们报销他部门的超额费用，我坚持原则予以回绝，让他产生不满，在这次评估中，他给我的成绩最差，我的考核成绩也就被拉下来了，因此，现在我是让违反制度的人满意还是坚持公司原则而得罪他？最后一个就是项目中"专业知识技能考核"，财务部人员的专业技能是只有上级或者财务专业人员能够客观和准确评估的，现在却由大量的其他非财务部门进行评估，这样科学么？

……

听完大家的各种反馈，赵总经理想：难道公司的绩效管理体系本身设计得就有问题，问题到底在哪里？考核内容指标体系如何设计才能适应不同性质岗位的要求，公司是否同意人力资源部门提出购买软件方案？目前能否有一个最有效的方法解决目前的问题，总经理陷入了深深的思考中。

思　考　题

1. 您认为齐洛公司绩效管理方面真正的问题是什么？
2. 您认为业绩出色的人评估成绩排序落后的原因是什么？
3. 您认为齐洛公司的绩效考核指标内容有哪些问题？
4. 结合企业实际，用什么样子的评估形式来评估干部更科学？民主评议的方式是否合适？
5. 如何设计新的绩效管理体系，应从哪些地方入手？

第八章　薪酬管理

学习目标 >>>

1. 掌握薪酬管理的主要原则和内容。
2. 掌握岗位评价的工作程序和方法，能够对岗位信息进行分析和评价。
3. 掌握薪酬调查的工作程序和方法，能够实施薪酬调查活动。
4. 掌握福利的本质、福利管理的原则和内容。
5. 熟悉工资福利的法规、能够起草薪酬管理制度。
6. 熟悉薪酬、奖金调整的方式和过程。
7. 了解影响员工薪酬水平的主要因素。
8. 了解福利的主要类型和福利增长趋势的动因。

【引例】

诸葛先生的不满之处

采购经理诸葛先生正着手拟订明年的费用预算。展望明年的业务却不能乐观，在消费下降和原材料涨价的双重压力下，自己很难实现公司要求的预算目标。在这种情形下，他准备降低部门工作人员的加薪幅度，必要的时候甚至减薪。为此，他请人事部门提供一份采购部门的人员薪资资料。当他阅读这份薪资资料的时候，发现人事部门的工作人员将公司主管的薪资资料错给了他。他发现总经理的薪资是自己的 5 倍之多；营销经理的薪资也是自己的 3 倍。此外，这两位还享受额外的福利，而诸葛先生却没有。

以人数论，诸葛先生的下属不比营销部门少，而且每年的采购金额高达 2000 万元。再说，他一直都将成本控制在预算内。通常情况下，总经理的薪资只是采购经理的 2 倍，营销经理比采购经理的薪资要高，但仅仅高的 50% 而已，公司的薪资制度确实有点离谱。

诸葛先生气愤之余，最后决定找周总经理讨个说法。起先周总经理勃然大怒，他认为诸葛先生违背了公司的保密制度，不应当知道其他主管的薪资资料，现在用数字来与自己理论，是一种不道德的行为。"您认为我不道德？"诸葛先生也提高了嗓门说道："我在公司担任采购经理，一直为公司争取利益，从来没有收过客户的好处。而这些资料也不是我主动询问的，也是偶然得到的。我从来都没有过不道德的行为。恰恰是公司，如此制订薪资标准，才是不道德的。"

周总经理听到这里，缓和了口气说道："我一直以为您很满意目前的待遇，因为您从来都没有提过这方面的要求和问题。"诸葛先生说："如果其他部门的经理们要是知道了事实，一定也会有相同的感受。尤其是我为了公司的利益，一次次拒绝客户的好处，现在真有被公司欺骗的感觉。"

最后，周总经理要求诸葛先生给他三天时间好好考虑一下再做答复。

公司在行业中并不是很大，但在这个小地方却是一个大企业，并且是当地人所向往的，因此公司支付的薪资要低于行业平均水平。正是这个原因，周总经理才把自己的薪资定得很高。公司所属的行业是一个高度成熟的行业，市场竞争十分激烈。周总经理为了确保市场，对营销人员格外优待，以高于行业水平的待遇聘请了行为中优秀的营销人员。从目前来看，周总经理的这种策略是成功的。但这种策略也要求营销经理的薪资足够高，以吸引和保持有能力的营销人员。

周总经理明白诸葛先生是自恃工作业绩优异而摆开阵势与自己谈判。再想想其他的部门主管，其实也不及行业水平，主要原因还是因为公司地处的城市是一个经济一般的小城市。如果同意诸葛先生的加薪要求，那么其他待遇偏低的主管知道真实情况后，很有可能会集体向自己摊牌。但是如果全面加薪的话，在市场如此不景气的环境中，公司必定亏本无疑。

周总经理想起自己对诸葛先生说过，如果他不满意公司现在给予的待遇，他大可以离职。凭良心说，周总经理绝对不愿意失去诸葛先生这样的人才。另一方面，如果不采取行动，诸葛先生很可能对公司彻底绝望，几乎可以肯定，诸葛先生一定会将资料透露给其他部门的主管，那么不满的情绪很快会弥漫整个公司。诸葛先生也可能在采购时动手脚，让供应商为自己加薪。这种情形确实在其他的采购主管身上发生过。

第一节　薪酬管理概述

薪酬管理是人力资源管理的一项重要内容。薪酬制度是否科学合理和公平，不仅与员工的切身利益密切相关，而且直接影响企业对人力资源的使用效率和劳动生产率，从而关乎企业战略目标的实现。

一、薪酬的含义和构成

（一）薪酬的含义

薪酬就是企业对员工为企业做出的贡献所付给的相应的回报，一般分为直接薪酬和间接薪酬两个部分。直接薪酬是指员工获得的以工资形式给付的全部报酬，间接薪酬即福利，是指所有除直接薪酬以外的其他各种经济回报。

（二）薪酬的构成

1. 工资

劳动部《关于贯彻执行劳动法若干问题的意见》（劳动部发［1995］309号）第53条规定，劳动法中的"工资"是指用人单位依据国家有关规定或劳动合同的约定，以货币形式直接支付给本企业劳动者的劳动报酬，一般包括计时工资、计件工资、奖金、津贴和补贴、延长工作时间的工资报酬以及特殊情况下支付的工资等。

"工资"是劳动者劳动收入的主要组成部分。劳动者的以下劳动收入不属于工资范围：

① 用人单位支付给劳动者个人的社会福利保险费用，如丧葬抚恤救济费、生活困难补助费、计划生育补贴等；

② 劳动保护方面的费用，如用人单位支付给劳动者的工作服、解毒剂、清凉饮料费用等；

③ 按规定未列入工资总额的各种劳动报酬及其他劳动收入，如根据国家规定发放的创造发明奖、国家星火奖、自然科学奖、科学技术进步奖、合理化建议和技术改进奖、中华技能大奖等，以及稿费、讲课费、翻译费等。

工资有两种基本形式：计件工资和计时工资。

① 计时工资：是指企业按照员工的工作时间支付的报酬。如小时工资、日工资、月工资、年工资等。

② 计件工资：是指企业按照员工的产量（或件数）支付的报酬。这也是最流行的一种激励性报酬。用一种简单的方式来表述就是，将员工的计时工资按照他们在规定时间内必须完成的产量分成两部分，对超过该标准的每件产品，员工可以从中提取一定比率的激励金。如销售人员的报酬就与销售量直接挂钩。

2. 福利

福利是组织为员工提供的除工资之外的一切物质待遇。是一种补充性报酬。多以实物福利或服务的形式支付。如各种保险、带薪假期、以优惠价格购买本企业股票、股权等。

二、薪酬管理的原则和内容

（一）薪酬管理的目标

① 保证薪酬在劳动力市场上的竞争力、能够吸引优秀人才。

② 激励保留员工。

③ 通过薪酬机制，将短、中、长期经济利益结合，促进组织与员工结成利益共同体。

④ 合理控制人工成本、保证产品的竞争力。

（二）薪酬管理的原则

实际上薪酬管理的原则是一个企业给员工传递信息的渠道，也是企业价值观的体现。它告诉员工：企业为什么提供薪酬，企业关注的是什么样的行为或结果，企业会采取什么样的薪酬结构来影响和引导员工的行为或结果，企业会用什么样的薪酬水平来激励员工努力工作多做贡献。进行有效的薪酬管理应遵循以下原则。

（1）对外具有竞争力原则　支付等于或高于劳动力市场水平的薪酬，确保企业的薪酬水平与类似行业、类似企业的薪酬水平相一致，虽然不一定完全相同，但是相差不宜太大。因为如果企业薪酬水平太高，会提高企业的人力成本，太低则使企业对人才失去吸引力。

（2）对内具有公正性原则　支付相当于员工岗位价值的薪酬。在企业内部，不同岗位的薪酬水平应当与这些岗位对企业的贡献相一致，否则会影响员工的工作积极性。薪酬的设定应该对岗不对人。无论男女老少在同一岗位上工作都应当享受同等的薪酬政策。它的前提是每个员工都是按照岗位说明书经过严格的筛选被分配到该岗位的，岗位与员工相匹配。

（3）对员工具有激励性原则　适当拉开员工之间的薪酬差距。根据员工的实际贡献付薪，并且适当拉开薪酬差距，使不同业绩的员工能在心理上觉察到这个差距，并产生激励作用，使业绩好的员工认为得到了鼓励，业绩差的员工认为值得去改进绩效，以获得更好的回报。

（4）薪酬成本控制原则　在考虑前三个原则的前提下，根据企业财力进行成本控制。

企业应根据自身的具体情况，按照上述薪酬管理的普遍原则，制订适合本企业境况的薪酬管理原则。

（三）薪酬管理的内容

薪酬管理主要包括三部分内容：经营者的工资管理，工资总额管理以及制订并执行企业内部的薪酬制度。

1. 经营者的工资管理

20世纪90年代初以来，国家各项改革措施陆续出台，企业工资改革的步伐加大加快，并提出要在国有企业管理体制的改革过程中实施经营者年薪制，以此作为经营者的新的考核管理制度，并在全国主要城市选择试点企业。经营者年薪制是一项基本薪酬与绩效薪酬相结合的薪酬模式，是指以年度为企业确定企业经营者的基本薪酬，并视其经营成果确定其效益或风险薪酬的工资制度。

在具备条件的国有企业中要积极稳妥地推行企业经营者年薪制办法，使经营者工资收入与一般职工工资收入相分离，与企业经营难度、经营风险和经营业绩相联系。企业经营者一般是指企业的厂长或总经理，每家企业一人。企业党委书记、董事长的年工资收入可比照经营者年薪制执行。企业领导班子的其他成员一般不实行年薪制，只能按岗位技能工资制等企业内部工资分配办法取得工资收入。

经营者年薪收入包括基本收入和效益收入两部分。基本收入按本地区（省、自治区、直辖市）和本企业职工综合平均工资的一定倍数确定。确定具体倍数要符合国家关于经营者工资收入管理的政策，考虑企业的生产经营规模大小及历年经济效益水平高低等因素，企业之间不得攀比。经营者的效益收入根据本企业当年实际完成的经济效益情况确定，同时，还应参考其生产经营的责任轻重、难易程度等因素。

企业主管部门、劳动部门以及其他综合管理部门在年度末考核企业完成各项任务和经济指标的情况。经济指标主要是国有资产保值增值率、资本收益率和实现利润等。经营者没有完成核定的国有资产保值增值指标，不得获取效益收入；没有完成其他主要经济效益考核指标，扣减效益收入。

2. 工资总额管理

工资总额管理是薪酬管理的另一项重要内容，劳动部、国家经济贸易委员会、国家经济体制改革委员会 1993 年颁布的《全民所有制企业工资总额管理暂行规定》对全民所有制企业工资总额的概念进行了严格的界定，对工资总额的管理提出了指导原则，并对工资总额的确定方法、使用、调控和检查监督给出了具体的意见。

（1）企业工资总额的界定　企业工资总额是指企业（包括公司和新建企业）在一定时期（一般是一年）内直接支付给本企业全部职工的劳动报酬总额。企业工资总额由下列各项组成：

① 计时工资；

② 计件工资；

③ 奖金；

④ 津贴和补贴；

⑤ 加班加点工资；

⑥ 特殊情况下支付的工资。

（2）企业工资总额管理必须遵循的原则

① 坚持企业工资总额与企业经济效益相联系的原则，正确处理国家、企业和职工的分配关系，在国民经济发展、企业经济效益提高的基础上保证三者利益的共同增进，兼顾效率与公平。

② 坚持企业工资总额的增长幅度低于经济效益（依据实现税利计算）增长幅度，职工实际平均工资增长幅度低于劳动生产率（依据不变价的人均净产值计算）增长幅度的原则（两低于原则）。

③ 贯彻按劳分配原则，把职工个人的劳动所得与其劳动成果联系起来，克服平均主义。

④ 坚持工资宏观管好，微观搞活原则。在保障国家所有权的前提下，落实企业工资分配自主权。

企业工资总额管理包括企业工资总额的确定、使用、宏观调控和检查监督。企业工资总额管理，实行国家宏观调控、分级分类管理、企业自主分配的体制。

（3）企业工资总额的确定　企业工资总额分别采用工资总额同经济效益挂钩、工资总额包干等办法确定。

实行工资总额同经济效益挂钩办法的企业，根据劳动、财政部门核定的工资总额基数、经济效益指标基数和挂钩浮动比例，按企业经济效益的实际情况提取工资总额。企业经济效益下降，其工资总额要相应下浮。

实行工资总额包干办法的企业，其工资总额包干数以企业实行包干前的上年度工资统计年报实际发放数为基础，由劳动部门核定。企业据此提取年度工资总额，增人不增工资总额，完成生产任务的前提下减人不减工资总额。以上原则也适用于由于各种客观原因暂未实行工资总额同经济效益挂钩办法的企业。

（4）企业工资总额的使用　企业有权自主使用、自主分配由上述方法确定的工资总额。

实行工资总额同经济效益挂钩的企业，在编制本企业年度生产经营计划的同时，要编制本年度预计发放的工资总额计划，报企业主管部门和同级劳动部门备案。企业应当每年从工资总额的新增部分中提取不少于百分之十的数额，作为企业工资储备金，主要用于以丰补歉。

实行工资总额包干的企业，本年度的工资总额实际发放数不得超过包干的工资总额。

企业在使用提取的工资总额进行内部工资分配时，应保障职工取得劳动报酬的合法权益，按期支付职工工资。

企业在提取的工资总额内确定和调整内部职工工资关系，要把工资分配同职工个人的技术高低、岗位责任大小、劳动负荷轻重、劳动条件好差、劳动贡献多少紧密联系起来，使从事复杂劳动的职工工资水平高于从事相对较简单劳动的职工，使在艰苦、繁重、危险岗位和技能要求高、责任重岗位上工作的职工工资水平高于一般岗位上的职工。

企业在提取的工资总额内，在进行岗位劳动评价的基础上，自主确定实行岗位技能工资制或其他适合本企业特点的基本工资制度以及具体分配形式；依据国家及本省、自治区、直辖市规定的最低工资或起点工资及最高工资倍数，制订和调整本企业的工资标准；在建立严格的考试、考核制度的基础上，自主制订适合本企业的职工晋级增薪、降级减薪办法。

（5）企业工资总额的宏观调控　国家按照投入产出和效益、效率原则对省、自治区、直辖市、计划单列市、中央产业部门、计划单列企业集团的工资总额，分别实行动态调控的弹性工资总额计划和工资总额同经济效益总挂钩办法进行宏观调控。

① 企业工资总额的宏观调控办法之一：动态调控的弹性劳动工资总额计划。

弹性劳动工资计划根据我国经济体制改革过渡时期经济增长的特点和工资增长与经济增长的一般规律，实行当经济高速增长时，适当控制工资过快增长的办法，其用意是调节地区之间的工资关系，以保持合理的工资差距；控制企业人工成本的过快增长，提高企业的市场竞争力；通过调控工资总额间接调控职工人数，促进就业，保持社会稳定。

弹性劳动工资计划的核定方法：地区弹性劳动工资计划工资增量含量每年进行核定。核定时以上年非农国内生产总值工资总量含量为基础，根据计划年度非农国内生产总值计划增长率确定相应的工资含量调节系数，并综合考虑地区综合经济效益、就业状况、居民消费价格指数以及地区之间的工资关系、人工成本水平、国内外贸易状况后核定。其中，当综合经济效益下降或失业率上升时，相应核减工资含量。一般情况下，核定的计划年度弹性计划工资增量含量不应大于上一年度的工资总量含量。

其中非农国内生产总值以上年年报数为计划年度的基数；工资总额基数一般以上年年报数为基础，当年报数超过弹性工资计划结算的工资总额时，以上年结算工资总额为计划年度工资总额基数。

各地区采用的各种企业工资调控方式确定的工资总额都应包括在弹性计划之内。国家对地区弹性劳动工资计划执行情况每年都要考核认定。对无特殊原因，年度工资实际发放超过国家对其结算的工资总额的地区，除了通报批评外，要按照国家有关文件精神，相应增加上缴中央财政的数额，或相应减少中央财政的补贴，同时在调整下一年度弹性工资计划时予以核减，并要求其制订具体措施，从紧调控工资总额，以使下一年度的工资适度增长。

实行动态调控的弹性工资总额计划的部门，其所属企业实行工资总额同经济效益挂钩办法的经济效益指标、工资总额和经济效益基数、浮动比例，由企业主管部门按有关规定审核后，报劳动部和财政部审批；暂时不能实行工资总额同经济效益挂钩的企业，要实行工资总额包干办法，其包干数由部门在弹性工资总额计划内合理核定。

各级政府劳动部门，负责实施国家下达的弹性工资总额计划，并及时汇总所属企业编报的年度预计发放工资总额计划；如汇总数超过地区、部门弹性工资总额计划的，应认真查找原因，及时调整实行工资总额包干办法企业的工资总额计划，建议实行工资总额同经济效益挂钩办法的企业相应调整当年预计发放的工资总额计划，多留工资储备金，确保本地区、部门所属企业的工资总额包容在地区、部门弹性总额计划之内。

地区和实行弹性工资总额计划的部门所属企业的实发工资总额超过弹性工资总额计划的部分，要在弹性工资总额计划执行期末结算时，等额增加该地区或部门上缴中央财政的数额

（补贴地区、部门等额减少国家财政补贴），并等额核减其下一个计划期的工资总额基数。实行总挂钩的部门、总公司和计划单列企业集团，应严格按核定的经济效益指标基数、工资总额基数和浮动比例进行清算，超过规定多提取的工资，应于当年或下年扣回。

各地区、部门、全国性公司、企业集团所属企业实发工资总额必须严格控制在弹性计划的工资总额之内。企业编制的当年工资总额使用计划应在国家按政策允许提取或核定的总额之内，如有突破，劳动部门应会同企业主管部门综合运用经济的、法律的和必要的行政手段，指导企业对当年预计发放的工资总额进行相应的调整，鼓励企业多留一些工资储备金，以利以丰补歉。

② 企业工资总额的宏观调控办法之二：工资总额同经济效益挂钩。

各类国有企业原则上都要实行工效挂钩办法，并逐步加强对资金利税率、工资利税率、劳动生产率等复合挂钩指标的考核和调控力度。暂不具备工效挂钩条件的国有企业均应实行工资总额包干办法，各级劳动部门要严格审核企业的包干基数。经政府批准试行自主确定工资总额的国有企业，各级劳动部门要与财政部门密切配合，对其工资总额基数和经济效益基数进行认真核定。

劳动部、财政部、国家计委1993年颁布了《国有企业工资总额同经济效益挂钩规定》，该规定明确指出工资总额同经济效益挂钩（以下简称工效挂钩）目前是向社会主义市场经济体制转换过程中，确定和调控企业工资总量的主要形式。企业实行工效挂钩办法，必须坚持工资总额增长幅度低于本企业经济效益（依据实现利税计算）增长幅度、职工实际平均工资增长幅度低于本企业劳动生产率（依据净产值计算）增长幅度的原则。

实行企业工效挂钩，贯彻的是效益与公平的原则，要根据企业的生产经营特点，从实际情况出发，确定具体的挂钩形式。企业的工资总额基数，应在地区工资总额弹性计划范围内核定。

对于考核指标体系的建立，该规定也给出了具体的意见，指出考核指标体系应能够全面反映企业综合经济效益和社会效益，一般以实现利税、实现利润、上缴税利为主要挂钩指标；因企业生产经营特点不同，也可将实物（工作）量、业务量、销售收入、创汇额、收汇额以及劳动生产率、工资利税率、资本金利税率等综合经济效益指标作为复合挂钩指标。经财政部门认定的亏损企业可实行工资总额与减亏额指标挂钩，或采用新增工资按减亏的一定比例提取的办法。工资总额与税利总额严重倒挂的企业，可采取税利新增长部分按核定定额提取效益工资的办法。

考核指标还应该包括：企业承包合同完成情况、国有资产保值增值状况以及质量、消耗、安全等。要把国有资产保值增值作为否定指标，达不到考核要求的不能提取新增效益工资。其他考核指标达不到要求的，要扣减一定比例的新增效益工资。

经济效益指标基数的确定是实施企业工效挂钩的基础。确定的原则是鼓励先进、鞭策后进，既对企业自身经济效益高低、潜力大小进行纵向比较，又进行企业间的横向比较。经济效益指标基数，一般以企业上年实际完成数为基础，剔除不可比因素或不合理部分。

企业的挂钩工资总额基数的确定分为两种情况：已实行工效挂钩办法的企业，其工资总额基数以上年工资清算应提取的工资总额为基础，核增暂未实行基建和生产企业统一核算管理企业新建扩建项目的增人增资、按国家政策接收复转军人和大中专毕业生的增人增资，以及增减成建制划入划出职工的工资等其他增减工资的因素后确定。新实行工效挂钩办法的企业，其工资总额基数以上年劳动工资统计年报中的工资总额为基础，核减一次性补发上年工资、成建制划出职工工资以及各种不合理的工资性支出；核增上年增人、成建制划入职工的翘尾工资以及国家规定的增减工资后确定。

企业挂钩工资总额应根据企业挂钩效益指标当年实际完成情况，严格按核定的挂钩浮动比例计算提取。总的原则是经济效益增长时按核定比例增提工资总额，下降时按核定比例减提工资总额。挂钩的浮动比例一般按 1：0.3～0.7 核定。少数特殊的企业，其浮动比例经过批准可适当提高，但最高按低于 1：1 核定。

③ 企业工资总额的宏观调控办法之三：工资指导线制度。

1997 年起，在部分地区进行工资指导线制度试点，这是企业工资宏观调控办法改革的一项重要举措。政府运用工资指导线，对国有企业及其他各类企业的工资分配进行指导与调控，使企业工资增长符合经济和社会发展的要求，进一步促进生产力的发展。

工资指导线水平的制订应以本地区年度经济增长率、社会劳动生产率、城镇居民消费价格指数为主要依据，并综合考虑城镇就业状况、劳动力市场价格、人工成本水平和对外贸易状况等相关因素。

• 工资指导线。工资指导线水平包括本年度企业货币工资水平增长基准线、上线、下线。工资指导线对不同类别的企业实行不同的调控办法：国有企业和国有控股企业，应严格执行政府颁布的工资指导线，企业在工资指导线所规定的下线和上线区间内，围绕基准线，根据企业经济效益合理安排工资分配，各企业工资增长均不得突破指导线规定的上线。在工资指导线规定的区间内，对工资水平偏高、工资增长过快的国有垄断性行业和企业，按照国家宏观调控阶段性从紧的要求，根据有关政策，从严控制其工资增长。

非国有企业（城镇集体企业、外商投资企业、私营企业等）应依据工资指导线进行集体协商确定工资，尚未建立集体协商制度的企业，依据工资指导线确定工资分配，并积极建立集体协商制度。企业在生产经营正常的情况下，工资增长不应低于工资指导线所规定的基准线水平，效益好的企业可相应提高工资增长幅度。

各企业支付给职工的工资不得低于当地政府颁布的最低工资标准。

• 对企业的要求。企业应根据本地区工资指导线的要求，在生产发展、效益提高的基础上合理安排职工工资分配。各企业应在政府颁布工资指导线后 30 日以内，依据工资指导线编制或调整年度工资总额使用计划。国有企业工资总额使用计划报企业主管部门和当地劳动行政部门审核，非国有企业报劳动行政部门备案。所有企业都要依据工资总额使用计划填写《工资总额使用手册》，并报当地劳动行政部门审核签章。中央驻地方企业《工资总额使用手册》由其主管部门审核签章或主管部门委托当地劳动行政部门审核签章。

各企业应建立和完善内部工资分配自我约束机制，加强人工成本管理和人工成本约束，使本企业工资增长和经济效益增长相适应。

（6）企业工资总额的检查监督　企业工资总额的确定和提取违反政府规定办法的按以下各款处理。

① 实行工资总额同经济效益挂钩的企业，其自行调整挂钩工资总额基数和经济效益指标基数或超过核定的浮动比例多提取工资的，由劳动、财政部门予以纠正，通过核减下年度挂钩工资总额基数或用企业工资储备金抵补等办法扣回其多提的工资。

② 实行工资总额包干办法的企业，其发放的工资总额超过劳动部门核定的包干数额的，劳动部门通过核减其下年度工资总额包干数，扣回其多发的工资。

③ 已批准试行按照"两低于"原则确定工资总额办法的试点企业，其提取工资总额增长幅度高于经济效益增长幅度的部分或实际人均工资增长幅度高于劳动生产率增长幅度的部分，劳动部门应于当年或下年度扣回，或用企业工资储备金抵补。

④ 企业没有按规定实行《工资总额使用手册》管理制度，坐支、套支现金支付的工资，或采用其他手段变相多发的工资，一律如数扣回。

⑤ 企业由于经营管理不善造成经营性亏损的，厂长（经理）、其他厂级领导和职工应当根据责任大小，承担相应的经济责任，并由劳动部门核减企业工资总额。

⑥ 实行工资指导线的地区，各级劳动行政部门，应进一步转变职能，加强对企业工资分配的指导，对企业工资增长情况进行动态监测、预测，及时调控。

（7）"最低工资"的规定　在《劳动法》中明确规定：国家实行最低工资保障制度。"最低工资"是指劳动者在法定工作时间内提供了正常劳动的前提下，其所在企业应支付的最低劳动报酬。最低工资率是指企业劳动时间的最低工资数额。

最低工资率应参考政府统计部门提供的当地就业者及其赡养人口的最低生活费用、员工的平均工资、劳动生产率、城镇就业状况和经济发展水平等因素确定，高于当地的社会救济金、失业保险金标准，低于平均工资。考虑到同一地区不同区域和行业的特点，对不同经济发展区域和行业可以确定不同的最低工资率。

最低工资率发布实施后，如果确定最低工资率的诸项因素发生变化，或本地区职工生活费用价格指数累计变动较大时，应当适时调整，每年最多调整一次，但两年至少调整一次。

最低工资应以法定货币按时支付。下列各项不作为最低工资的组成部分：加班加点工资；中班、夜班、高温、低温、井下、有毒有害等特殊工作环境条件下的津贴；国家法律、法规和政策规定的劳动者保险、福利待遇。

企业必须将政府对最低工资的有关规定告知本企业劳动者。企业支付给劳动者的工资不得低于其适用的最低工资率。劳动者由于本人原因造成在法定工作时间内未提供正常劳动的，不适用于最低工资制度。劳动者因探亲、结婚、直系亲属死亡按照规定休假期间，以及依法参加国家和社会活动，视为提供了正常劳动。

劳动者与企业之间就最低工资发生争议时，按《中华人民共和国企业劳动争议处理条例》处理。企业违反了最低工资制度的规定，劳动行政主管部门应责令其限期改正，逾期未改正的，对用人企业和责任人给予经济处罚，责令其限期补发所欠劳动者工资，并视其欠付工资时间的长短向劳动者支付赔偿金。欠付一个月以内的向劳动者支付所欠工资 20% 的赔偿金；欠付三个月以内向劳动者支付所欠工资 50% 的赔偿金；欠付三个月以上的向劳动者支付所欠工资 100% 的赔偿金。拒发所欠工资和赔偿金的，对企业和责任人给予经济处罚。

3. 制订并执行企业内部的薪酬制度

企业以国家和地方关于工资和福利方面的政策法规为依据，制订企业内部的薪酬分配制度，是企业薪酬管理的主要内容。

（1）薪酬制度的含义　薪酬制度就是企业对本企业薪酬结构、薪酬水平和加薪标准的规定。

（2）薪酬制度制订的程序　制订科学合理和公平的薪酬制度，需要有一套科学而完整的程序来保证：

① 付酬原则与策略的拟定；

② 岗位评价；

③ 薪酬调查；

④ 薪酬结构设计；

⑤ 薪酬分级和定薪；

⑥ 薪酬制度的执行、控制与调整。

下面将详细介绍这一程序中的具体内容。

第二节　付酬原则与策略的制订

制订科学合理和公平的薪酬制度，首先需确定企业的付酬原则与策略。在制订付酬原则与策略时需要考虑以下因素。

一、影响企业整体薪酬水平的因素

影响企业整体薪酬水平的因素可以从以下两个方面来考量。

1. 企业外部因素

（1）劳动力市场的供需关系与竞争状况　本国、本地区、本行业的其他企业，尤其是竞争对手的薪酬政策与水准，对企业确定自身员工薪酬的影响很大。若竞争对手众多，成本控制就变得特别重要，这在一定程度上会压抑薪酬水平；但同时人才竞争也更激烈，又在一定程度上需要提升薪酬水平。总体而言；薪酬的确定更直接地受制于劳动力市场的供求水平，供应少，薪酬水平高，反之则低。

（2）地区差异与行业差异　不同的地区、不同的行业，薪酬水平受到当地薪酬习惯、劳动力供应结构等因素的影响，会存在较大差异。如沿海地区企业与内地企业，国有企业与三资企业，传统产业与高新技术产业等，由于劳动力供应结构与用工结构的不同，它们之间的薪酬水平差异仍然会长期存在。

（3）地区生活水平　不同地区的生活水平存在较大差异，生活水平高的地区，员工期望与员工生活压力都会对薪酬水平造成压力，其最低薪酬保障线就高于生活水平低的地区，平均薪酬水平也相对需要定得高一些。

（4）国家与地区相关法律规定　在制订起草薪酬制度时，要严格遵循国家和地方关于工资福利方面的政策法规，严格依法办事。在薪酬方面，国家的政策法规主要体现在最低工资、超时工作的工资支付两大方面。在福利方面，国家和地方的政策法规，主要包括最长工作时间、企业代缴的各类养老、医疗、失业、工伤、生育保险等。详细内容应参照《劳动法》与其他各种相关政策法规文件的规定。

2. 企业内部因素

（1）企业的薪酬战略与政策　不同市场地位的企业可能采取不同的薪酬战略。如有些企业采取市场领先战略，确定的薪酬水平相对就高一些；有些企业采取的是市场跟随战略，可能会采取相当于中等水平的薪酬水平或中下水平的薪酬。

（2）企业的经营状况与支付能力　一般而言，企业经营状况好，企业支付能力高，员工绩效相对要高，企业支付给员工的薪酬就相对较高。但这里有一个原则就是，员工薪酬水平的提高一般不能高于企业劳动生产率提高的水平。

（3）企业内部历史的薪酬水平　薪酬具有一定的刚性，企业内部以往的薪酬水平会影响当前薪酬水平的确定，以前高，如果没有特殊的危机形势，则现在很难降低员工的薪酬。

（4）企业文化与管理哲学　不同企业的企业文化存在较大的差异，有些企业的员工只注重物质收入，而轻视个人职业发展与社会责任，对薪酬的重视程度就高，必须以高薪吸引人才；而有些企业则提倡社会责任与个人发展，相对而言，薪酬收入水平则在其次。

二、影响员工个人薪酬水平的主要因素

企业在制订薪酬制度时，除了要考虑影响企业整体薪酬水平的内外部因素以外，还要考虑员工的个人因素。影响员工个人薪酬水平的主要因素有业绩水平、职务（岗位）、技术和能力水平、资历和工作经验。不同的企业根据自己的情况在制订薪酬制度时对影响员工个人薪酬水平的主要因素有不同的侧重点，以绩效为导向的企业主要根据员工的近期劳动绩效来决定员工的薪酬，薪酬随劳动绩效量的不同而变化。以工作为导向的企业主要根据其所担任的职务（或岗位）的重要程度、任职要求的高低以及劳动环境对员工的影响等来决定员工的薪酬。以能力为导向的企业主要根据员工所具备的工作能力与潜力来确定员工的薪酬。大多

数企业则根据上述因素将薪酬分解成几个组成部分，分别依据绩效、职务（或岗位）、技术和能力水平、年龄和工龄等因素确定薪酬。

三、薪酬制度设计的策略性决定

管理者在设计薪酬制度时，须做出以下策略性决定。

① 管理者必须重视外在竞争对企业薪酬制度的重要性，决定相对于其他竞争者，企业所给予的薪酬是较高、相等或较低。

② 管理者必须决定企业的薪酬制度与企业总体经营战略是否需要保持有高度的密切程度，使薪酬计划鼓励员工的产出，促成企业总体经营战略的实现。

③ 管理者必须决定加薪的原因是基于绩效还是全面性调整的准则。选择基于绩效的企业须面对如何设定绩效标准和让员工了解使用这些标准的挑战性；选择全面性调整的企业，则要面对如何激励绩效优异的员工，使其对企业有归属和投入感。

④ 管理者必须决定是否需将个别员工的薪酬保密，还是可以公开让其他人知道。

⑤ 管理者必须决定薪酬制度是否基于工作性质来确定，还是按员工的资历来决定。这类决定会影响员工对薪酬的"对内公平性"的感觉。

⑥ 管理者必须决定如何将内在报酬（即基于工作任务本身的报酬，如对工作的胜任感、成就感、责任感、受重视、有影响力、个人成长和富有价值的贡献等）和外在报酬（即来自工作以外的报酬，如组织提供的福利和晋升机会，以及来自于同事和上级的评价）结合起来。

第三节　岗位评价

一、岗位评价概述

1. 岗位评价的定义

岗位评价也称工作评价，是对企业所设岗位的难易程度、责任大小等相对价值的多少进行评价的过程。通常是以具体工作岗位对上岗人员的资格要求为基础，判断各岗位在企业中的地位和相对重要性。

2. 岗位评价的目的

岗位评价的目的是发现和确认哪些岗位在企业战略目标实现中具有更加重要的地位；哪些岗位需要更高的管理、业务和技能水平；现有岗位上的人员是否符合岗位的任职要求，从而为制订科学合理和公平的薪酬制度提供依据。岗位评价的最终结果需要经过岗位评价小组的审核确认，个别岗位可能需要进行特殊调整。岗位评价的结果还应该根据企业的发展等客观情况进行相应地修改。

3. 岗位评价的原则

在进行岗位评价时，应注意以下原则。

① 岗位评价的目标是岗位而不是在岗位上的员工。

② 让员工参与评价的工作，这样能让员工认同评价的结果。

③ 公开岗位评价的结果。

二、岗位评价的工作程序

① 确定岗位评价指标体系，设定岗位评价标准。

② 选择岗位评价的方法，对岗位进行评价，形成规范化的岗位说明书。

③ 根据岗位评价结果确定工资等级。

三、岗位评价的方法

1. 岗位排列法

按照不同岗位总体上对企业的相对价值而进行从高到低的排列，有定限排列和成对排列两种排序方法。

（1）定限排列法　定限排列法是将一个企业相对价值最高与最低的岗位选择出来，作为高低界限的标准，然后在此限度内，将所有的岗位，按其性质与难易程度逐一排列，显示岗位与岗位之间的高低差异。

（2）成对排列法　成对排列法的工作程序是：将企业中所有工作岗位，成对地加以比较。如表 8-1 所示。可将表 8-1 中的岗位工作价值从高到低排队为乙、甲、丁，丙。

表 8-1　成对排列法

工作岗位	甲	乙	丙	丁	总分
甲	—	0	1	1	2
乙	1	—	1	1	3
丙	0	0	—	0	0
丁	0	0	1	—	1

2. 岗位分类法

岗位分类法也称套级法，是将不同的岗位进行总体评估后，放入事先设置好的岗位等级之中的一种评价方法。具体步骤如下。

步骤一：确定岗位结构和岗位类别的数目，即究竟有多少个岗位类别与等级。一般情况下，一个企业的岗位越多，同一类别内部的岗位差异越大，总的岗位等级就可能越多。目前有越来越多的企业，采取较多的岗位等级，目的在于给员工有晋升工资等级的机会，与员工的业绩考核与能力测评相结合，使员工有较长的上升空间，提高薪酬的激励功能。

步骤二：对每一岗位类别的各个岗位等级进行明确定义并编写说明。编写岗位等级说明有利于提高具体岗位评价活动中评价的准确性。一般而言，应该说明以下几方面的岗位特征：岗位内容概要、所承担的责任、所需要具备的知识水平和技能、所接受的指导与监督等。

步骤三：进行具体的岗位评价，将被评价岗位与所设定的等级标准进行比较。在这一步，评价者根据岗位等级说明，对每一个岗位进行评价，并将其置于最为适合的岗位等级中，最终形成岗位等级分类表。

步骤四：岗位评价完成以后，就可以以此为基础设定工资等级。

图 8-2 为某企业岗位等级分类表。

表 8-2　某企业岗位等级分类表

岗位等级 ＼ 岗位类别	10 总裁	9 副总裁	8 高级经理	7 中层经理	6 基层主管 专业3级	5 专业2级	4 专业技术员1级 职业技术员3级 专业技术员3级	3 技术员2级 职业技术员2级	2 技术员1级 职业技术员1级	1 一般支持岗位
管理	5	4	3	2	1					
经营			6	5	4	3	2	1		
专业、技术					5	4	3	2	1	
职员						5	4	3	2	1

由于岗位分类法是一种比较简单易行的方法，其思路也比较符合企业中岗位相比较的通行看法，所以这一方法在很多企业中得到应用，只是它的岗位价值基础不是很明朗，在实施过程中的反馈、说服功能比较弱，薪酬改革冲突比较大的企业往往不宜采用这一方法。

3. 要素比较法

要素比较法是在选取岗位价值要素（付酬要素）的基础上，对不同的基准岗位按每一个要素进行比较，以比较结果进行分级，并根据市场调查的结果对每一个要素的每一个级别都进行定价，将一个岗位的所有要素定价结果累加，就得到这个岗位的基本工资。

要素比较法的基本步骤如下。

① 根据工作说明书收集岗位评价的相关信息。

② 确定付酬要素，如将付酬要素确定为知识、能力、责任、工作条件等。

③ 选取 15～25 个关键基准岗位，一般将人数最多的岗位、代表一个级别的岗位或市场上普遍存在的岗位选为基准岗位。

④ 根据岗位说明书，按照付酬要素将关键岗位排序（如表 8-3 所示）。

⑤ 对每个岗位分别分配各评价因素所占权重，然后按权重对岗位进行排序。

⑥ 确立各岗位每个评价因素所对应的工资（如表 8-4 所示）。

⑦ 将其他非关键岗位与关键岗位按照付酬要素进行比较。

表 8-3　按付酬要素对关键岗位进行排序

付酬要素 岗位名称	技能	智力	体力	责任	工作条件
技术员	1	1	2	1	2
吊车操纵员	2	3	1	2	1
文员	3	2	3	3	3

注：1、2、3、代表岗位排列的次序，1 表示排在最前面，2 次之……

表 8-4　按付酬要素分配工资

付酬要素 岗位名称	技能	智力	体力	责任	工作条件	元/月
技术员	800(1)	400(1)	100(2)	250(1)	50(2)	1600
吊车操纵员	300(2)	100(3)	200(1)	100(2)	100(1)	800
文员	250(3)	150(2)	80(3)	80(3)	40(3)	600

只要确定了技术员、吊车操纵员和文员的工资，其他工作（如电脑程序员）的工资就可以比照对关键岗位的付酬要素确定。假设电脑程序员的技能需求介乎技术员和机床操作工之间，那么，月工资应为 1200 元。其中，技能为 660 元，智力为 300 元，体力 80 元，责任 120 元，工作环境 40 元，加总起来的值为 1200 元。两份工作的月工资一样，其组合未必一定相同。有些企业会设定一些业务标准（例如营业额、市场占有率、成本控制和员工流失率等）作为高级管理人员的比较因素，以便将他们的岗位评价和一般员工分别开来。

很明显，上述方法的优点是合理和客观，缺点却是复杂和费时、费力。表 8-5 是将电脑程序员与上述三个标准工作职务相比较以确定其月工资的过程。

这一方法的关键在于如何确定每一个要素、每一个等级的价格。实践表明这一难点在实际薪酬设计中很难克服，因为市场上的工资一般以岗位为基础进行定价的，而不是以要素为基础进行定价的。另外，必须选择足够多的要素才能使岗位评价结果有一定的说服力，但是当要素比较多时，这一方法的复杂性更大，制订成本更高。因此，这一方法并没有在企业薪酬管理实践中得到较多应用。

表 8-5　电脑程序员与其他三个标准工作岗位付酬因素比较表

月薪/元	技能	智力	体力	责任	工作环境
1100					
1000					
900					
800	技术员				
700					
650	电脑程序员				
600					
500					
400		技术员			
300	吊车操纵员	电脑程序员			
250	文员			技术员	
200					
150		文员	吊车操纵员	电脑程序员	
100		吊车操纵员	技术员	吊车操纵员	吊车操纵员
80			电脑程序员/文员	文员	
50					技术员
40					电脑程序员/文员
0					

4. 要素计点法

要素计点法和要素比较法类似，均按照付酬要素来确定薪酬结构，只是计算方法不同。要素计点法在选取岗位价值要素的基础上，不仅对每一要素分级、赋分，同时还要设定每一要素的权重，即相对价值，根据这些因素的等级和权重来确定岗位的相对价值。

要素计点法自 20 世纪 40 年代开始被运用，直到今天为止一直是企业中常用的一种岗位评价方法。由于这一方法具有一定的复杂性，所以一般中小企业由于开发力量不足，除委托咨询机构进行设计以外，自主开发并不多见。而在咨询机构中，由于这一方法的具有量化特征，在客观性、说服力等方面具有很大优越性，得到了普遍使用，是专业化方法的代表。

要素计点法的具体步骤。

（1）选择付酬要素　所谓付酬要素就是一个企业认为各个岗位包含的有助于企业目标实现的价值特征，是企业价值实现的微观价值基础。在实际操作中，很多企业一致认同的关键性付酬要素一般集中在知识、能力、责任、工作复杂性等价值要素上，再将这些因素细分为二级要素，如表 8-6 所示。

表 8-6　付酬要素选择举例

一级要素	二级要素	一级要素	二级要素
一、专业知识	1. 学历	三、责任	5. 有无对他人监督
			6. 直接部下数量
	2. 职业资格证书		7. 部下层次水平
			8. 责任的影响面
二、经验	3. 相关专业工作年限	四、任务复杂性	9. 工作涵盖点
			10. 程序性/创新性
	4. 专业技术职称		11. 决策/执行
			12. 沟通度

一级要素	二级要素	一级要素	二级要素
五、工作条件	13. 班次稳定性	七、精神/心理要求	18. 心理紧张度
	14. 安全性		19. 工作间歇可控性
	15. 环境优劣	八、市场供求	20. 职位专用性
六、体能要求	16. 站/坐	要素说明:	
	17. 体力要求		

（2）确定要素权重或相对价值　由于不同的付酬要素在实现企业目标中的重要性不同，因此有必要对各个付酬要素的重要程度进行评价，确定各要素在企业目标实现中的相对价值，并赋予一定的权重。付酬要素的权重可以采取百分比制，也可以采取 10 分制或 100 分制。其确定方法有多种，一般可以采用内部专家问卷调查法，也可以采取比较复杂的回归方法或层次分析法确定。内部专家问卷调查法简单易行，使用最为广泛。

由于不同的企业价值取向不同，选取的付酬要素可能不同，所确定的要素权重也可能不一致。表 8-7 是付酬要素权重确定的一个例子。

表 8-7　要素权重选择举例

一级要素	权重1	二级要素	权重2	综合权重＝权重1×权重2
一、专业知识	1.5	1. 学历	8	12
		2. 职业资格证书	2	3
二、经验	1.5	3. 相关专业工作年限	5	7.5
		4. 专业技术职称	5	7.5
三、责任	2	5. 有无对他人监督	2.5	5
		6. 直接部下数量	1.5	3
		7. 部下层次水平	2	4
		8. 责任的影响面	4	8
四、任务复杂性	2	9. 工作涵盖点	2	4
		10. 程序性/创新性	3	6
		11. 决策/执行	3	6
		12. 沟通度	2	4
五、工作条件	0.5	13. 班次稳定性	2.5	1.25
		14. 安全性	4	2
		15. 环境优劣	3.5	1.75
六、体能要求	0.5	16. 站/坐	6	3
		17. 体力要求	4	2
七、精神/心理要求	0.5	18. 心理紧张度	5	2.5
		19. 工作间歇可控性	5	2.5
八、市场供求	1.5	20. 职位专用性	10	15
合计	10			100

（3）确定各付酬要素的等级、等级说明及其点值　当付酬要素及其权重确定以后，再将要素本身具体化为若干等级。明确各个等级的含义是要素计点法的核心步骤与难点。

在这一步骤中，确定了要素与企业各个岗位实际情况的结合点，在实际工作中，往往不能凭空进行分级，一般是在对企业代表性岗位进行必要的调查以后进行，使得要素等级的划分与组织实际情况有更紧密的结合，如表8-8所示。

表8-8　对知识与责任两个二级要素的分级与说明举例

二级要素	分级	评分说明	分值
1. 学历	1	初中及以下	1
	2	高中（技工）	2
	3	中专	4
	4	大专	8
	5	本科	16
	6	本科以上	32
2. 责任的影响面	1	部门内责任，如有差错部门内可弥补	1
	2	部门内责任，但有部门间的间接影响	2
	3	部门内责任，但有部门间的直接影响	4
	4	部门间责任，有部门间直接影响或有高于部门的间接影响	8
	5	有高于部门的直接影响或具有局部性的影响	16
	6	全局性影响	32

表中分值的确定采用了指数法，即运用 $1 \times 2n$ 的（$n = 0 \sim 5$）形式，还有其他赋分规则，主要有算术法、指数法和经验法三种，其举例如表8-9所示。

表8-9　付酬要素等级赋分方法举例

二级要素	分级	评分说明	算术法（等间距）		指数法 $a \times m^n, a=1$		经验法
			间距为5	间距为10	$m=2$	$m=1.5$	
学历	1	初中及以下	10	10	1	1	1
	2	高中（技工）	15	20	2	1.5	2
	3	中专	20	30	4	2.3	3
	4	大专	25	40	8	3.8	5
	5	本科	30	50	16	5.1	8
	6	本科以上	35	60	32	7.6	15

从以上三种赋分规则的实际数据模型看，三种赋分规则的工资曲线是不同的，算术法的工资曲线假设是直线，指数法的工资曲线假设是向上弯曲的曲线，经验法的工资曲线假设是向上倾斜的曲线，如图8-1所示。

在实际工作中，当前比较认同的是向上加速上升的工资曲线，指数法比较符合这一观念，上升的速率为多大，则由"m"的大小进行控制。

（4）运用付酬要素的具体定义对组织中的每一个岗位进行评价　以上三个步骤已为进行具体的岗位评价活动做好了准备，在这一基础上，首先对每一个岗位按付酬要素及其他相关方面进行调查，主要调查对象为担任岗位的员工及其主管。然后对调查结果进行分析、对比并参照已做好准备的付酬要素等级及赋分标准进行岗位评分。最后将付酬要素得分与权重相乘后加总，便得到某一岗位的评价得分。表8-10是对某公司人力资源部经理岗位

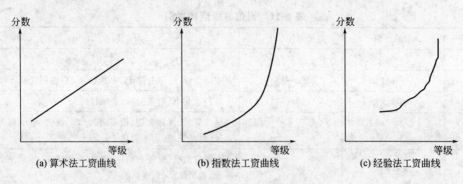

图 8-1　不同赋分规则下的工资曲线

评价举例。

表 8-10　某公司人力资源部经理付酬要素评价得分

一级要素	二级要素	综合权重	评价等级	要素得分	综合权重×要素得分
一、专业知识	1. 学历	12	5	16	192
	2. 职业资格证书	3	4	8	24
二、经验	3. 相关专业工作年限	7.5	4	10	75
	4. 专业技术职称	7.5	5	16	120
三、责任	5. 有无对他人监督	5	4	8	40
	6. 直接部下数量	3	3	6	18
	7. 部下层次水平	4	5	12	48
	8. 责任的影响面	8	5	12	96
四、任务复杂性	9. 工作涵盖点	4	3	6	24
	10. 程序性/创新性	6	3	8	48
	11. 决策/执行	6	4	8	48
	12. 沟通度	4	4	8	32
五、工作条件	13. 班次稳定性	1.25	2	2	2.5
	14. 安全性	2	1	1	2
	15. 环境优劣	1.75	1	1	1.75
六、体能要求	16. 站/坐	3	1	1	3
	17. 体力要求	2	1	1	2
七、精神/心理要求	18. 心理紧张度	2.5	1	1	2.5
	19. 工作间歇可控性	2.5	1	1	2.5
八、市场供求	20. 岗位专用性	15	4	10	150
合计		100			Σ综合权重×要素得分＝931.25

（5）将所有经过评价的岗位按分数高低排序，建立岗位等级结构表　对组织内所有的岗位评价以后，按评价得分大小将岗位进行排序，将得分相近的岗位归入同一等级，并以均值取整等办法确定某一等级的基准得分，建立岗位等级结构表。如表 8-11，就是一个划分等级结果举例。

表 8-11　岗位等级结构举例

等级	基准点值	点值范围（10%）	岗　位
8	...	...	...
7	580	520～638	主办会计、法律主管、PC 系统管理、PC 应用管理、营销策划
6	520	468～572	总经理秘书、财务分析、薪酬管理
5	470	423～517	电气管理、基建管理、设备管理、PC 网管、电子商务、投资业务、财产管理、用工管理
4	410	369～451	市场管理员、财务出纳、空调员、高配电工、维修工、食堂事务长、消防队员、保安队员
...	...	...	...

表中在基准点值的基础上，给出了点值范围，为了操作需要，可以在点值范围中划分若干个档次，对同一级别内的岗位做进一步区分，同时为在职员工考核升级做好准备，提高工资等级结构的适用性。

根据点值范围和设定的基准工资就可以确定每一点值范围所对应的工资范围。

岗位评价的几种方法各有其优缺点，其比较如表 8-12 所示。

表 8-12　岗位评价方法优缺点比较

比较维度	排序法	岗位分类法	要素比较法	要素计点法
客观性	差	差	中等	较好
精确性	低	低～中	中～高	中～高
说服力	低	低～中	中	高
操作成本	低	低	高	中～高
沟通难易	易	易	难	中等难度
复杂性	简单	较简单	复杂	中等复杂
适应组织	小	小～中	中～大	中～大
可使用性	中	强	弱	较强

第四节　薪酬调查

一、薪酬调查的含义

薪酬调查是企业在确定本企业薪酬结构和水平时，对相关劳动力市场和同行业其他企业薪酬水平的调查。岗位评价为企业制订具有内部公平性的工资结构和水平奠定了基础，薪酬调查则为企业制订具有外部公平性的薪酬结构和水平提供了可能。如果企业付给员工的薪酬高于相关企业的水平，那么企业的成本就会上升，竞争力就会下降；如果企业付给员工的薪酬低于相关企业的水平，那么企业就会失去对已有员工的保持力，对外部人才也没有足够的吸引力。因此，大多数企业在制订薪酬标准时，都会考虑相关劳动力市场和同行业其他企业的薪酬水平，确定一个与市场水平相适应的薪酬标准，实现外部公平。

薪酬调查内容分为两个方面：一是收集工资数据，二是收集有关员工福利的相关信息。目前，国家、地区、行业每年也搞薪酬调查，如几个大城市的平均薪酬水平的比较，不同知识阶层的薪酬水平的比较，每年都在报纸上公布。但为了得到与自己的需要相吻合的数据，企业必须自己收集所需的薪酬资料。在薪酬调查时，首先要确定需要进行薪酬调查的岗位，然后确定被调查的竞争企业，这样收集与工资、福利和薪酬政策有关的工作就可展开了。如果是调查工资数据，那么就必须明确收集的是小时工资、日工资、周工资、月工资还是年工资。另外，还要搞清是新员工还是老员工的工资，从而提高调查结果的准确度。当调查结果出来后，就有了一些可以据此参考的薪酬结构数据了。

二、薪酬调查的程序

① 确定企业中需要进行薪酬调查的岗位。

② 确定被调查的企业。一般考虑选择本行业、本地区内是本企业竞争对手的企业。

③ 确定被调查企业中需要调查的岗位。这些岗位的工作任务、职责、权限、任职要求要与本企业的岗位差不多，在选择岗位时，不能只看岗位名称，要看岗位的实际工作内容。

④ 确定调查方法。可以选择的调查方法有：委托顾问公司调查、采访、集中讨论、收集公开信息等。在中国，薪酬调查非常困难，企业总是希望得到别的企业的薪酬信息，却不愿公开自己的薪酬状况。

⑤ 确定调查内容。具体内容应包括被调查企业的基本情况、被调查岗位的情况、调查的项目等。

⑥ 薪酬调查统计分析。统计分析的方法常采用数据排列法，表 8-13 所示是调查的会计岗位的薪酬数据。

表 8-13　会计岗的薪酬调查数据

企业名称	平均月薪/元	排　列	企业名称	平均月薪/元	排　列
A	2500	1	I	1600	9
B	2200	2　90％处＝2200 元	J	1600	10
C	2200	3	K	1550	11
D	1900	4　75％处＝1900 元	L	1500	12　25％处＝1500
E	1700	5	M	1500	13
F	1650	6	N	1500	14
G	1650	7	O	1300	15
H	1650	8　中点或 50％处＝1650 元			

将调查的同一类数据由高至低排列，再计算出数据排列中的中间数据，即 25％点处、中点（50％点）处和 75％点处，薪酬水平高的企业应注意 75％点处甚至是 90％点的薪酬水平，薪酬水平低的企业应注意 25％点处的薪酬水平，一般的企业应注意中点薪酬水平。

⑦ 提交薪酬调查分析报告。薪酬调查分析报告应该包括薪酬调查的组织实施情况分析、薪酬数据分析、政策分析、趋势分析、企业薪酬状况与市场状况对比分析以及薪酬建议。

第五节　薪酬结构设计、分级和定薪

经过岗位评价以后，可以得到每一个工作岗位对本企业的相对价值、等级、分数或象征性的金额。但找到了这种理论上的价值外，还必须将其转换成实际的薪酬值，根据工资结构线将众多类型的岗位薪酬划分成若干等级，形成一个薪酬等级系列，才具有使用价值。这个过程便是薪酬结构的设计、分级和定薪。

一、工资结构线

工资结构线是企业内各个工作岗位的相对价值与实付工资之间的关系，是一个企业工资结构的直观表现形式。它清晰显示出企业内各个岗位的相对价值与其对应的实付工资之间的关系。工资结构线是两维的，即绘制在以岗位评价所获得的表示其相对价值的点数为横坐标，以所付工资值为纵坐标的工资结构图上。图 8-2 上便绘有 a、b、c、d 四根典型的工资结构线。

理论上，工资结构线可呈任何一种曲线形式，但实际上它们多呈直线或由若干直线段构成的一种折线的形式。这是因为企业各项岗位的工资是按某种一致的分配原则确定的，是可以清晰地加以说明的，在市场经济中通行的这种原则便是等价交换，也就是谁的贡献越大，对企业的价值越高，所获报酬便应越多。报酬正比于贡献，而正比的关系是线性的，即是一种直线性关系，其对应的关系线便会呈直线形式。

图 8-2 中的 a 与 b 两条工资结构线都是单一的直线，说明采用此线的企业中所有岗位都按某个统一的原则定资的，工资值是严格正比于工作的相对价值的。但 a 线较陡直，斜率较大，而 b 线较平缓，斜率较小。这说明采用前者的企业偏向于拉大不同贡献员工的收入差距；采用后者的企业则偏向于照顾大多数，不喜欢收入悬殊。c 与 d 两例则都是折线，c 是至某点后尾端上翘，即后段斜率增大；d 则相反，即至某点后转为尾端下垂，后段斜率减小。前者可能是基于对自某一级别以上干部均属骨干与精英，对企业成败影响很大，是企业最宝贵的人力资源，故应重赏以激励他们的考虑；后者则可能是着眼于不使高层骨干太脱离群众，以平息中、下层职工的不平感与抱怨，至于那些高层骨干，则可用加强教育、启发自觉及辅以非工资形式的其他福利来补偿。

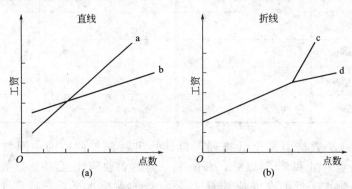

图 8-2　典型的工资结构线

各企业还可能有其各自不同的特殊考虑，因而设计出具有其独特特征的工资结构线。因此不同企业的工资结构线，无所谓何者最优，何者较劣，因为每一企业的内外部条件不同，需作权变处理。可见，不同性质的职务系列，可根据其性质差异及市场供需状况采用不同的工资政策，只是每种政策都得有一定的"说法"。

工资结构线设计的用途有：①开发出企业的工资系统，使每一岗位的工资都对应于它的相对价值；②用来检查已有工资制度的合理性，供作改进的依据；③根据市场状况调整企业工资结构。

二、工资分级

理论上工资结构线，已为相对价值不同的所有岗位确定了一个对应的工资值，但在实际操作上，若企业中每一个岗位都各对应一个工资值，会给工资的管理和发放带来很大的困难与混乱，所以在实际上总是把众多类型的工资合并组合成若干等级，形成一个工资等级系列。工资分级的依据就是把经岗位评价而获得的相对价值相近的一组岗位编入同一等级。

在实际操作上把众多种类型的工资归并组合成若干等级，形成一个工资的等级系列；这一步骤其实已成为整个工资制度建立过程中不可缺少的环节。这样，经岗位评价而获的相对价值相近的一组职务，便被编入同一等级。图8-3便是一例，其中经点数法所评出的分数，每隔50分的一个区间便成为一个岗位等级，尽管它们的相对价值并不完全相等，同一等级中的职务将付给相同的工资，因而有的吃些亏，有的占点便宜，但因差别不大，大大简化了管理，所以是切实可行的。岗位等级划分的区间宽窄及岗位等级数量的确定并无一定之规，将取决于诸如结构线的斜率、岗位总数的多少及企业的工资管理政策和晋升政策等因素。总的原则是，岗位等级的数目不能少到相对价值相差甚大的岗位都处于同一岗位等级而无区别，也不能多到价值稍有不同便处于不同岗位等级而需作区分的程度。级数太少，难以晋升，不利士气；太多则晋升过频而刺激不强，徒增管理成本与麻烦。实践上，有的企业工资等级系列中只有4～5级，也有的级数为此几倍，平均约在10～15级之间。

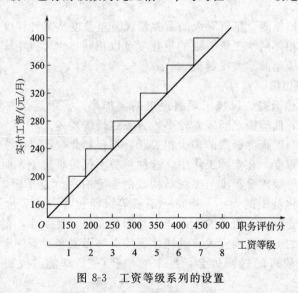

图 8-3 工资等级系列的设置

图8-3中每一工资等级只有一个单一的工资值，如第一级为160元，第八级为400元。实际上的做法，是给每一等级都规定一个工资变化范围。关于工资范围将在接下来的内容中讨论。

三、工资范围

工资范围是指为每一等级的工资规定一个变化范围。其下限为等级最低工资，上限为等级最高工资。确定工资范围时要考虑两个相关因素：工资等级数的多少和相邻等级工资范围的重叠程度。用图 8-4 来形象地说明设定工资范围时要用到的一些基本术语。

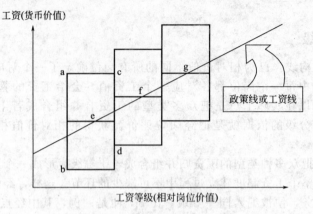

图 8-4　工资范围示意图

其中

a：该等级员工可能获得的最高工资。

b：该等级员工可能获得的最低工资。

a－b：工资范围。每一工资等级的级别宽度，反映同一工资等级的在职员工因工作性质及对公司影响不同而在工资上的差异。工资范围可以相同，也可以不同。一般说来，工资等级的宽度随着层级的提高而增加，即等级越高，在同一工资等级范围内的差额幅度就越大。

c－d：重叠度。相邻两个工资等级的重叠情况。重叠度从某种程度上能够反映公司的工资战略及价值取向。相邻两个工资等级的重叠度可以相同，也可以不同。一般说来，低等级之间重叠度较高，等级越高重叠度越低。

e,f,g：某等级中位值。

f－e,g－f：中位值级差。反映了等级递进的增加率。等级递进的增加率可以相同，也可以不同。一般说来，低等级之间级差较小，等级越高级差越大。

工资范围的确定与工资等级数的多少相关联，不仅如此，还有另一个相关因素，即相邻等级工资范围的重叠程度。在实际工作中，这种重叠不仅很难避免，而且适当的重叠也是必要的和有益的。相邻等级重叠程度与工资结构线的斜率有关（越平缓则重复越多），但更取决于工资范围，即变化范围的大小。当每一工资等级所包含的相对价值范围较广，岗位较多，而工作绩效又主要取决于职工的个人能力与干劲而非客观条件，企业的政策又是提薪较频时，每一工资等级的工资范围宜大。这样才能使那些因主客观条件未能升级但有能力且经验丰富的员工，能有较多的提薪机会，虽未能"升官"，却能"发财"，也具有一定激励作用。

但工资范围的增大，会带来与邻级的重叠随之扩大，这会导致另一种消极后果，那就是一旦员工获得晋升，提至较高岗位等级时，如果他们的工资从这较高一级的最低工资处算起，就会出现"升官"反而"减资"的现象。虽然在实际执行时，他们的工资不会从这较高一级的最低工资处算起，而是至少应与提升前工资相等，一般都会有所提升，但是由于其工资距此等级的最高点已较近，增加工资机会不多，这就减弱了工资制度的激励功能，同时也给管理增添了困扰。

因此，工资等级的数量、工资结构线的曲度与斜率、工资范围必须统筹兼顾，恰当平衡。图 8-5 表示的是工资范围有一定重叠、工资结构线呈曲线的工资等级划分。

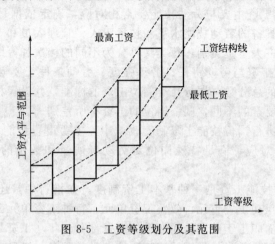

图 8-5　工资等级划分及其范围

四、几种流行的工资体系介绍

（一）岗位技能工资制

岗位技能工资制是近几年我国企业改革中普遍采用的工资制度，它是一种以劳动技能、劳动责任、劳动强度、劳动条件等基本劳动要素为评价依据，以岗位或职务工资和技能工资为主要内容，根据劳动者的实际劳动质量和数量确定报酬的多元组合的工资类型。

1. 特点

岗位技能工资制的特点如下。

① 体现了按劳取酬的原则，使劳酬挂钩。

② 是对传统的等级工资制的一种制度性改革。

③ 把企业的工资水平和经济效益挂钩，有利于发挥工资的效益职能。

④ 岗位技能工资制从结构上把岗位劳动评价与职工个人的劳动绩效评价区分开，即分为基本工资和辅助工资。

2. 基本内容

（1）岗位劳动评价体系　岗位劳动评价是将各类岗位、职务对职工的要求和影响归纳为劳动技能、劳动责任、劳动强度、劳动条件四个基本要素，通过测试和评定不同岗位的基本劳动要素，科学评价不同岗位的劳动差别，并以此作为确定工资标准的主要依据。

① 劳动技能要素评价。劳动技能要素评价主要反映不同岗位、职务对职工素质的要求，评价指标包括受教育程度、实践经验和实际工作能力等。根据不同岗位的需要，还可以再将指标细分，例如，受教育程度分解为高等、中等、初等和文盲等不同层次，时间经验也可按照工作年限分为不同档次。

② 劳动责任要素评价。劳动责任评价主要反映不同岗位、职务对职工劳动责任的要求，评价指标包括在产品的质量、数量、成本和消耗，以及设备、财产、安全卫生、经营管理等方面的劳动责任程度。

③ 劳动强度评价指标。劳动强度评价主要反映不同岗位、职务的负荷强度，主要通过劳动紧张程度、劳动疲劳程度、劳动姿势和工作利用率等指标衡量。

④ 劳动条件要素评价。劳动条件要素评价主要反映不同岗位、职务的危险程度、危害程度以及自然地理环境和不同工作班次对劳动者生理、心理的损害程度。

（2）工资单元的设置　岗位技能工资属于基本工资制度，由技能工资和岗位工资两个单元组成。

① 技能工资。技能工资主要与劳动技能要素相对应，确定依据是岗位、职务对劳动技能的要求和职工个人所具备的劳动技能水平。技术工人、管理人员和专业技术人员的技能工资都可分为初、中、高三大工资类别，每类又可分为不同的档次和等级。

② 岗位工资。岗位工资与劳动责任、劳动强度、劳动条件三要素相对应，它的确定是依据三项劳动要素评价的总分数，划分几类岗位工资的标准，并设置相应档次，一般采取一岗多薪的方式，视劳动要素的不同，同一岗位的工资有所差别。

我国大多数企业在进行岗位技能工资制度改革中，主要设置技能和岗位两个工资单元，便于与四个劳动要素相对应，满足特殊岗位对劳动者质量和数量的客观要求及为了操作简单。

③ 辅助工资。岗位技能工资是一种基本工资制度，在推行中，还要以辅助工资制度作为补充。辅助工资包括年功工资单元、效益工资单元、特种工资单元三个工资单元。

● 年功工资单元。随职工工龄增长而变动的工资部分。年功工资是对长期从事本职工作的职工的一种报酬奖励形式，目的是承认职工以往劳动的积累，激励职工安心本职工作。年功工资单元以职工的连续工龄作为工资上升的依据，定期提高工资档次。例如，某企业年功工资单元的计算方法如表 8-14 所示。

表 8-14　年功工资计算方法

企业工龄	年功工资/元	企业工龄	年功工资/元
5 年以下	5	15～25 年	25
5～8 年	10	20～25 年	30
8～10 年	15	30 年以上	40
10～15 年	20		

● 效益工资单元。随企业经济效益而变动的工资部分。为了体现职工报酬与企业效益挂钩，设定效益工资单元，随企业效益的波动而增加或减少。在企业具备了长期支付能力的前提下，效益工资有可能转为基本工资。

● 特种工资单元。特种工资主要是指津贴，它是对在特殊作业环境、劳动条件、劳动强度下职工生活、生理和心理损害的工资性补偿。津贴一般分为四种类型：特殊工种的岗位津贴、流动人员的野外作业津贴、从事有毒或有害作业的保健津贴和到边远艰苦地区作业的补偿津贴。

3. 岗位技能工资标准

鉴于我国目前的市场经济发育情况，不可能完全由企业自主制订工资标准，采取国家控制下的企业岗位工资标准方式。由国家制订最低、最高标准，提出标准参照系，即确定各类工资标准和工资单元比重的制订原则，并对企业实行工资总额控制。企业在国家政策允许的范围内，制订和选择本企业的工资制度和工资形式，以平衡企业各类职工，特别是工人与管理人员、专业技术人员之间的工资关系。

（二）职务工资制

所谓职务工资制，是首先对职务本身的价值做出客观的评估，然后根据这种评估的结果赋予担任这一职务的从业人员与其职务价值相当的工资的这样一种工资制度。这种工资体系建立在职务评价基础上，职工所执行职务的差别是决定基本工资差别的最主要因素。职务工资制依据职务这一不含任何个人特征的因素来决定工资的主体部分，因而被称为"属职工资"。

1. 职务工资制的特点

① 职务工资制是对于从业人员现在所担任的职务的工作内容（价值）进行工资支付的制度，因而能够比较准确地反映劳动的质与量，贯彻同工同酬的原则。

② 职务工资制要求对职务必须有严密的客观的分析，并且在对每一职务进行分析的基础上还要进行分级，称为职务等级（有时略称"职级"）的划分。

③ 在职务工资制下，虽然每种职务下可划分为数级，但经过几次工资提升之后，便会达到本职务的最高限额，在这种情况下，如果员工在职务上不能升等，便不可能再使工资得到提升，因此，职务工资制是以升等提薪为基本原则的。

④ 在职务工资制下，工资是根据职务确定的，工资的确定必须要考虑到与职务有关的各种要素，并加以客观的分析、评价，由于不掺杂容易导致偏好的个人因素，因此，客观性较强。

2. 推行职务工资的步骤

① 进行职务分析和职务编制。

② 职务评价，也就是对职务本身的难易程度和对担当人员的要求高低作出可比性评价，划定等级。职务评价的方法详见前文所述，将岗位换成待评价的职务即可。职务评价是执行职务工资制最关键的一环，因为对职务评价的等级高低与职务工资额是直接对应的。将每种代表性职务的工资额分配给职务内各个要素身上，各要素工资价值之和等于职务的工资额。对于其他职务的价值评估的做法是：待评价职务亦被分解为与代表性职务相同的要素，考虑待评估职务的每一要素各与代表性职务的哪一种的同一要素类似或相同，就根据这一代表性职务的这一要素的工资价值作为待评价职务这一要素的工资价值，待评价职务的所有要素的工资价值找出来以后，把它们加总，就成为待评价职务应得的工资额。

3. 决定职务工资额

职务工资额可使用要素计点法决定。在使用计点方法完成职务评价之后，每种职务都获得了一个具体的点数，将这些点数按大小顺序加以排列，就是职务评价点数等级表。将职务评价点数加以归并，将某一点数区间定一个职务等级，一般来说，一个企业的职级定为10～15级左右为宜。职务工资额的确定则用职务评价点数与点数单价的乘积决定，即

$$职务工资＝职务评价点数×单价$$

4. 职务工资表的设计

职务工资表可划分为单一型职务工资表和范围型职务工资表。

（1）单一型职务工资表　就是在同一职务等级上只设计唯一的一个标准工资，在这一职务上的所有人员均拿这一工资，这种设计方法的缺点是没能为个人能力的发展提供变通余地，容易造成不提职即不能提工资的困境，所以一般均采用范围型职务工资表。

（2）范围型职务工资表　是在同一职务等级上，根据一个标准职务工资额，在其上下再分设几级，以根据个人的职务完成能力做出适当的调整，使职务工资制有较强的适应性。

范围型职务工资表的设计　从相邻职级的工资关系来看，又可分为下述四种类型。

① 间隔型。职等与职等之间的工资率没有重复的情形，且上一职等的最低职务工资高于下一职等的最高职务工资。

② 衔接型。职等与职等之间的工资率没有重复的情形，上一职等的最低职务工资与下一职等的最高职务工资相同，呈现出一种相连接的形状。

③ 重叠型。即上一职等的下边某一部分的工资额与下一职等上边某一部分的工资额发生重叠的职务工资表的形式。采用这种方法的时候，只要工资在下一职等中提升到某一程度（不必到上限），其工资便已与上一职等的最低工资率相同，所以在升级和升等提升工资方面比较容易处理。而且，在调职或降职的时候，在重叠的幅度内即可解决问题，而用不着减少

工资，因此，进行人事调动很方便，有利于人员在企业内的流动，这是重叠型职务工资表最大的特色。

④ 直上型。即每一职等的工资所能达到的最高工资幅度都是相同的，相邻职等的工资重叠幅度相当大。在这种直上型的工资提升幅度下，有时可采用不同职级制订不同工资率的制度。

5. 职务工资制的优点

① 实现了同种劳动，同种报酬，实际是按劳分配的一种具体实现方式。

② 有利于按职务系列进行工资管理，同时使责、权、利有机地结合起来。

③ 有利于鼓励从业人员提高业务能力和管理水平。

6. 职务工资制的缺点

① 当采用职务工资制时，会抑制企业内部人员的配置和职务安排。

② 由于职务与工资挂钩，因此当职工在企业内晋升无望时，其工资最多只能提升到其所在职务等级的最高点，没有机会进一步提薪，这样，这些职工就会丧失进取的动力，劳动积极性会受到很大挫折，从而使企业的员工流动率过高，生产发展受阻。

7. 采取职务工资制所需具备的条件

① 职务内容已经明确化、规范化、标准化，具备进行职务分析的基本条件。

② 职务内容已基本趋于安定，职务意识清楚，工作序列关系有明确的界限，不至于因为职务内容的频繁变动而使职务工资体系的相对稳定性和连续性受到破坏。

③ 必须具有按个人能力安排职务的机制。

④ 在企业中职务性质不同的级数应当多一些，不至于产生很快就无法升级的情形，从而阻塞工资提升的道路，加剧提职的竞争。

（三）结构工资制

结构工资制又称分解工资制或组合工资制，它是在企业内部工资改革探索中建立的一种新工资制度。这一制度依据工资的各种职能，将工资分解为几个组成部分，分别确定工资额；它的各个组成部分，均有其质的规定性和量的规定性，各有其职能特点和作用方式。同时，各个组成部分又具有内在的联系，互相依存，互相制约，形成一个有机的统一体。

1. 结构工资制的特点

结构工资制是基于这样一种思路建立的，即：企业职工的劳动差别主要是由劳动条件的差别、劳动者素质（能力、经验、业务技术水平）的差别、实际劳动消耗量的差别和劳动成果的差别诸要素构成的。这几个要素可以单独或是一起变动。为此，工资也应与上述劳动差别的诸要素相配套，随其变动而变动。只有这样，才能有效地将工资分配与职工的劳动紧密联系起来，更好地贯彻按劳分配原则。结构工资制具有如下特点。

① 工资结构应反映劳动差别的诸要素，即与劳动结构相对应，并紧密联系在一起。劳动结构分为几个部分，工资结构就应有相对应的几个部分，并随前者变动而变动。

② 结构工资制的各个组成部分各有各的职能，分别计酬，从劳动的不同侧面和角度反映劳动者的贡献大小，发挥工资的各种职能作用，因此，它具有比较灵活的调节功能。一方面，职工个人可以发挥自己的长处，通过某一方面的努力而灵活地增加工资；另一方面，企业在安排职工增加工资时可以避免一刀切的做法，对不同的职工分别安排不同的增资项目和增资水平。

③ 结构工资制主要适用于技术密集型企业，其他类型的企业也可以根据实际需要和可能采用结构工资制。

2. 结构工资制的构成

企业结构工资制的内容和构成，各企业可以根据不同情况作出不同的具体规定。其组成部分可以按劳动结构的划分或多或少，各个组成部分的比例，可以依据生产和分配的需要或大或小，没有固定的格式。一般应包含以下基本内容。

$$结构工资＝基础工资＋岗位工资或技能工资＋效益工资＋年功工资$$

（1）基础工资　基础工资即保障职工基本生活需要的工资。设置这一工资单元的目的是为了保证维持劳动力的简单再生产。基础工资主要采取按绝对额或系数两种办法确定和发放。绝对额办法，主要是考虑职工基本生活费用及占总工资水平中的比重，统一规定同一数额的基础工资；系数办法，主要是考虑职工现行工资关系和占总工资水平中的比重，按大体统一的参考工资标准规定的职工本人标准工资的一定百分比确定基础工资。

（2）岗位（职务）工资或技能工资　岗位工资或技能工资是根据岗位（职务）的技术、业务要求、劳动繁重程度、劳动条件好差、所负责任大小等因素来确定的。它是结构工资制的主要组成部分，发挥着激励职工努力提高技术、业务水平，尽力尽责完成本人所在岗位（职务）工作的作用。岗位（职务）工资有两种具体形式，一种是采取岗位（职务）等级工资的形式，岗（职）内分级，一岗（职）几薪，各岗位（职务）工资上下交叉；另一种是采取一岗（一职）一薪的形式。岗位（职务）工资标准一般按行政管理人员、专业技术人员、技术工人、非技术工人分别列表。

（3）效益工资　效益工资是根据企业的经济效益和职工实际完成的劳动的数量和质量支付给职工的工资。效益工资发挥着激励职工努力实干，多做贡献的作用。效益工资没有固定的工资标准，它一般采取奖金或计件工资的形式，全额浮动，对职工个人上不封顶、下不保底。

（4）年功工资　年功工资是根据职工参加工作的年限，按照一定标准支付给职工的工资。它是用来体现企业职工逐年积累的劳动贡献的一种工资形式。它有助于鼓励职工长期在本企业工作并多做贡献，同时，又可以适当调节新老职工的工资关系。年功工资采取绝对额或按系数两类形式发放的办法。绝对额又可分为按同一绝对额或分年限按不同绝对额的办法发放。按系数又可分为按同一系数或不同系数增长的办法发放。

3. 结构工资制的制订

在制订结构工资制时，要做好以下几方面工作。

① 做好制订结构工资制的基础工作。

② 将全体职工人数、工资、工作年限、学历职称、技术等级、生产（工作）岗位、职务等登记造表，进行综合分析，剔除不合理因素，找出工资关系上的突出问题。

③ 根据本企业生产、工作和人员结构的特点，对职工劳动进行分析归类，确定有代表性的劳动结构，譬如：劳动岗位（职务）、劳动能力、现时劳动、积累劳动等部分。

④ 根据计量劳动量的客观需要，补充必要的工种形式，确定各工资形式的相互关系。

⑤ 设计结构工资制的基本模式。

根据上述基础工作提供的资料和情况，确定工资结构，如设置基础工资、岗位（职务）工资、年功工资、效益工资等四个单元。再确定结构工资中各单元的比例，即将结构工资总额视为100％，分别确定各工资单元所占百分比。一般来说，生产、工作的重点环节，其相对应的工资单元比例应当安排高一些，反之，则可以安排低一些，然后，按各工资单元比例求出各单元工资额。

$$单元工资额＝结构工资总额×该工资单元所占百分比$$

例：某企业确定结构工资制中的岗位（职务）工资所占百分比为40％，结构工资总额为每月10万元，那么岗位（职务）工资单元的工资额即为4万元。

⑥ 确定各工资单元的内部结构。按照岗位功能测评办法确定岗位工资单元中各类岗位的岗位顺序，如实行一岗一薪的，需确定各岗位之间的岗差系数，如实行岗位等级工资的，还需确定每类岗位内部各等级的工资系数，并测算平均工龄，确定效益工资的具体工资形式

和发放办法等。与此同时，根据各工资单元内部结构的安排，规定相应的技术、业务标准、职责条例、劳动定额等项要求，并拟定具体考核办法。

4. 确定各工资单元的计发办法

以结构工资中的岗位工资单元为例说明如下。

假设某企业已确定岗位工资占结构工资总额的比例为 40%，即 4 万元，设计岗位工资为一岗一薪制。岗位类别按岗位功能测评法划分为五类岗，每类岗的工资系数，即每类岗的工资标准与最低岗的工资标准的比例关系已按岗位之间的劳动差别分别确定。按五类岗位的顺序，每类岗的工资系数和各岗的人数如表 8-15 所示。

各类岗的工资系数与人数加权以后的工资总量的系数为 1390，

即：工资总量系数 $= X_1 \times F_1 + X_2 \times F_2 + X_3 \times F_3 + X_4 \times F_4 + X_5 \times F_5 = 1390$

一类岗工资标准 $=$（岗位工资总额/工资总量系数）$\times X_1 = (40000/1390) \times 1 = 28.77$（元）

二类岗工资标准 $=$（岗位工资总额/工资总量系数）$\times X_2 = 28.77 \times 1.2 = 34.5$（元）

三至五类岗工资标准分别按上述方法计算，再对尾数作适当调整，得出各岗工资标准分别为 29 元、34.5 元、40 元、46 元、52 元。

表 8-15　结构工资制中工资单元的计发办法

	岗位工资系数	人数	岗位工资系数×人数
一类岗	$X_1 = 1$	$F_1 = 150$	150
二类岗	$X_2 = 1.2$	$F_2 = 200$	240
三类岗	$X_3 = 1.4$	$F_3 = 300$	420
四类岗	$X_4 = 1.6$	$F_4 = 250$	400
五类岗	$X_5 = 1.8$	$F_5 = 100$	180
合计		1000	1390

5. 测算、检验并调整结构工资制方案

根据初步确定的结构工资制各单元工资标准，将全部职工（或抽样）纳入方案测算，一是看全部职工个人的结构工资相加后是否基本符合安排的结构工资总额；二是看职工个人结构工资水平与其本人以前的工资水平是否基本相当，多数人略有增加，其中原拟安排增加工资的生产、业务骨干是否较多增加了工资；三是根据职工各方面情况的变化（如工龄增长、技术业务水平提高、岗位职务变动等）预测各类职工个人工资增长以及结构工资总额增长的趋势。如果存在工资总额超过或剩余过多，或是多数人工资水平下降，以及今后结构工资增长速度过快或过慢等问题，都需要适当调整结构工资制方案。

6. 拟定职工纳入结构工资制的具体办法

一般是按照职工原标准工资的一定百分比就近靠入岗位（职务）工资，如工资结构中设置了基础工资单元的，则先确定基础工资，再按上述办法靠入岗位（职务）工资，提升岗位、职务者按新岗位、职务计发工资，然后，再分别确定职工的年功工资等，并确定计提效益工资的办法。

7. 结构工资制的实施和应注意的问题

企业试行结构工资制，较之于实行其他工资制度工作量更大，各方面要求也要高，需要认真细致地做好工作。在方案经过分析、论证、测算基本可行后，企业领导和工资管理部门应通过深入细致的宣传解释工作，使企业职工了解并接受结构工资制方案。方案经职工代表大会讨论通过以后，企业工资管理部门要制订结构工资制的管理制度和实施细则，包括：基础工资管理；技术、业务、职责等方面考核办法；各工资单元的计发办法；升级降级制度；

职工调动和岗位、职务变动工资处理；关于减发工资的特殊规定等。

企业试行结构工资制是内部工资制度改革的新探索。从目前的实践看，需要注意处理好以下几个问题。

① 明确试行结构工资制的目的。试行结构工资制是为了更好地贯彻按劳分配原则，调动职工积极性。能否实施结构工资制，关键要看是不是具备了实行结构工资制的条件。

② 由于企业职工的劳动特点不同于国家机关工作人员的劳动，因此，企业试行的结构工资制应区别于国家机关的以职务工资为主的结构工资制，尽可能充分适应企业生产经营的特点。

③ 由于企业的职工是物质生产者，因此，企业试行的结构工资制，其工资结构中活的部分应保证占有较大比例，以利于将职工的工资同其本人的实际劳动成果紧密联系起来，及时、有效地激励员工。

④ 由于结构工资制要对劳动诸要素进行比较细致的划分和归类，并要求工资各单元与之相对应及随其浮动，因此，实行这种工资制度，要求企业有较高的管理水平、较健全的规章制度，同时要求企业经济效益能持续稳定增长，有较强的资金负担能力。

几种典型工资制度比较如表 8-16 所示。

表 8-16　几种典型工资制度的比较

类　　型	分配原则	特　　点	优　　点	缺　　点
绩效工资制	根据员工近期绩效决定工资	与绩效直接挂钩的工资，随绩效浮动	激励政策明显	易助长员工短期行为，不利提高员工技能和素质，不适合合作性强的复杂性工作
岗位技能工资制	根据工作能力确定工资	因人而异、技高薪提	鼓励员工学习技术有利于人才队伍建设	工资与绩效和责任关系不紧密，引致员工对工作的挑拣
职务工资制	根据与职务相关的有关因素决定工资	一岗一薪、薪随职变	鼓励员工争挑重担，承担责任	激励涉及面受职务多少限制
结构工资制	综合考虑员工年功、能力、职务和绩效确定工资	有基本工资、年功工资、职务工资、绩效工资及各种补贴、津贴构成结构工资	综合考虑员工对企业所付出的劳动，易产生公平感和激励作用	设计和管理都比较麻烦

第六节　薪酬制度的执行、控制与调整

薪酬制度和方案在执行中应该随着组织内外部相关因素的变化作相应的调整，一成不变的、僵化的薪酬制度会使其激励功能大打折扣。

一、薪酬调整的几种方式

由于企业的薪酬制度和方案受企业内、外部相关因素的影响，而这些因素随时都在发生变化，因此，为保证薪酬制度和方案的科学合理性，对企业的工资、奖金和福利方案进行必要的调整是在所难免的。

工资奖金调整的几种方式如下。

（一）奖励性调整

奖励性调整的主要方式是论功行赏，例如，当企业经济效益变化时调整奖金总额，个人业绩变化时调整其奖金的系数，最终调整奖金数额。在进行奖励性调整时，应考虑奖励的对象是个人层面、小组层面、部门层面还是企业层面上。

1. 个人层面的奖励制度

个人奖励制度是根据员工个人的生产数量和品质来决定其奖金的金额，常见形式如下。

（1）计件制　这是按产出多少进行奖励的方式。

① 简单计件制。具体公式为

$$应得奖金＝（完成件数－标准定额）×每件工资率$$

此方法将报酬与工作效率相结合，可激励员工勤奋工作。但容易导致员工一味追求数量而忽视质量，因此必须有严格的检验制度加以配合。

② 梅里克多级计件制。这种计件制将员工分成三个以上的等级，随着等级变化，工资率逐级递减 10%，中等和劣等的员工获得合理的报酬，而优等的员工则会得到额外的奖励。

EL＝N×RL		在标准 83% 以下时；
EM＝N×RM	RM＝1.1RL	在标准 83%～100% 时；
EH＝N×RH	RH＝1.2RL	在标准 100% 以上时。

其中：RH、RM、RL 表示优、中、劣三个等级的工资率；依次递减 10%；N 代表完成的工作件数或数量；EH、EM、EL 分别表示优、中、劣三个等级工人的收入。

③ 泰勒的差别计件制。这种计件制首先要制订标准的要求，然后根据员工完成标准的情况有差别地给予计件工资。

E＝N×RL	当完成量在标准的 100% 以下时；
E＝N×RH　RH＝1.5RL	当完成量在标准的 100% 以上时。

其中：E 代表收入，N 代表完成的工作件数或数量，RL 代表低工资率，RH 代表高工资率，通常为低工资率的 1.5 倍。

梅里克和泰勒这两种计件制的特点在于用科学的方法衡量员工完成的工作件数或数量对企业的贡献程度，用高于单纯计件制中标准工资的高工资率奖励高效率的员工，同时刺激低效率员工提高工作效率。

（2）计效制　把时间作为奖励尺度，鼓励员工努力提高工作效率，节省人工和各种制造成本。主要的计效方式如下。

① 标准工时制。这种奖励制度以节省工作时间的多寡来计算应得的工资，当工人的生产标准要求确定后，按照节约的百分比给予不同比例的奖金，对每位员工均有最低工资做保障。

② 哈尔西 50—50 奖金制。此方法的特点是工人和企业分享成本节约额，通常进行五五分账，若工人在低于标准时间内完成工作，可以获得的奖金是其节约工时的工资的一半。即

$$E＝TR＋P(S－T)R$$

式中，E 为收入；R 为标准工资率；S 为标准工作时间；T 为实际完成时间；P 为分成率，通常为 1/2。

③ 罗恩制。罗恩制的奖金水平不固定，依据所节约的时间占标准工作时间的百分比而定，计算公式是

$$E＝TR＋\frac{S－T}{S}×T×R$$

其中，E 为收入，R 为标准工资率，S 为标准工作时间，T 为实际完成时间。根据这种方法所计算出的奖金，其比例可以随着节约时间的增多而提高，但平均每超额完成一个标准工时的奖金额会递减，即节省工时越多，员工奖金的增加幅度越小，这一方面避免了过度高额奖金的发出，而且也使低效率员工能获得计时的薪金。

(3) 佣金制　佣金常用于销售行业。企业销售人员的薪金相当大部分是其产品所赚得的佣金。其具体形式如下。

① 单纯佣金制

收入＝销出产品件数×每件产品单价×提成比率

对销售人员而言，单纯佣金制是一种风险较大而且挑战性极强的制度。

② 混合佣金制

收入＝底薪＋销出产品数×每件产品单价×提成比率

③ 超额佣金制

收入＝(销出产品数－定额产品数)×每件产品单价×提成比率

2. 小组/部门层面的奖励制度

以小组/部门的生产或绩效为企业，奖励小组/部门内所有成员。当工作成果是由小组/部门的合作所促成，便很难衡量个别员工的贡献，或当企业在急剧转型中，无法订立个人的工作标准时，皆宜采用小组/部门奖励制度，如图 8-6 所示。

- 小组/部门奖励计划
  - 以节约成本为基础
    - 斯坎伦计划
    - 拉克计划
    - 现付制
  - 以分享利润为基础
    - 递延式滚存制
    - 现付与递延式滚存结合制

图 8-6　小组/部门奖励计划

下面分别介绍上述奖励计划。

(1) 斯坎伦计划　斯坎伦计划的目的是减少员工劳动力成本而不影响公司的运转，奖励主要根据员工的工资（成本）与企业销售收入的比例，鼓励员工增加生产以降低成本，因而使劳资双方均可以获得利益，其计算公式为

员工奖金＝节约成本×75％

＝(标准工资成本－实际工资成本)×75％

＝(商品产值×工资成本占商品产值百分比－实际工资成本)×75％

其中，工资成本占商品产值的百分比由过去的统计资料得出。

(2) 拉克计划　拉克计划在原理上与斯坎伦计划相仿，但计算方式复杂得多。拉克计划的基本假设是工人的工资总额保持在工业生产总值的一个固定水平上。拉克主张研究公司过去几年的记录，以其中工资总额与生产价值（或净产值）的比例作为标准比例，以确定奖金的数目。

(3) 现付制　现付制通常将所实现利润按预定部分分给员工，将奖金与工作表现直接挂钩，即时支付、即时奖励。需要注意的是，要将奖金与基本工资区分开，防止员工形成奖金制度化认识。

(4) 递延式滚存制　递延或滚存制是指将利润中发给员工应得的部分转入该员工的账户，留待将来支付。这对跳槽形成一定约束，但因为员工看不到眼前利益，因而会降低鼓励员工的作用。

(5) 现付与递延式滚存结合制　即以现金即时支付一部分应得的奖金，余下部分转人员工账户，留待将来支付，它既保证了对员工有现实的激励作用，而且还为员工日后，尤其是退休以后的生活提供了一定的保障。

3. 企业层面的奖励制度

企业层面的奖励制度多采用利润分享的形式。当企业的利润超过某个预定的水平时，而将部分利润与全体员工分享。分享的形式包括发放现金、拨作退休金积累或发放企业股票。在目前，股票奖励制主要有以下两种形式。

（1）员工持股计划　员工持股计划（ESOP）是通过一定的方式让企业员工持有一定比例的企业股份，从而成为企业的所有者并分享企业的剩余索取权的一种企业制度安排。员工持股计划是股票奖金计划的特殊形式，员工投资于企业的股票，经过若干个经营周期后，当股票价值上升，持股员工能通过卖出股票得到丰厚的报酬。同时在经营周期内，员工由于持有股份而获得分红的权利，使得企业价值的上升与员工的利益紧密结合。

（2）股票期权制度　所谓股票期权制度是给予企业内高级管理人员在未来某时间按某一固定价格购买本企业普通股的权力，并使其有权在一定时期后将所购入的股票在市场上出售的一种奖励制度。股票期权持有人可以在规定时期内以预先确定的价格购买本企业股票，在行使期权前，股票期权持有人并没有得到任何现金，行使期权之后，才会获得行权价格与行权日市场之间的差价，但期权本身不允许转让。股票期权行权与否主要取决于行权价格和交易价格的差价，以及期权持有人对企业股价的预期和判断。其激励作用表现在持有股票期权的员工必须在经营期间努力工作，才能提升企业的股票价值，从而为自己在行权之日赚取更大的行权价格与市场价格之间的差价。

利润分享旨在鼓励努力的员工，帮助企业赚取利润，加强员工对企业的投入感和提高他们继续留在企业工作的可能性。利润分享较宜用在劳资关系良好的企业、小型企业或适用在经营管理人员身上。

（二）生活指数调整

生活指数调整是为了补偿员工因通货膨胀而导致的实际收入无形减少的损失，使生活水平不致恶化而作出的调整，显示了企业对员工的关怀。

生活指数调整常用的方式有两类，一类是等比调整，即所有职工都在原有工资基础上调同一百分比。这样，工资偏高的调升绝对值幅度较大，似乎进一步扩大了级差，工资偏低的多数员工很易有"又是当官的占了便宜的感觉"，产生"不公平"的怨言。但等比调整却保持了工资结构内在的相对级差，使代表企业工资政策的工资结构线的斜率虽有变化，却是按同一规律变化的。另一类则是等额调整，即全体员工不论原有工资高低，一律给予等幅调升。这似乎一视同仁，无可厚非，但却引来级差比的缩小，致使工资结构线的曲度或斜率发生了变化，造成了混乱，动摇了原薪酬结构设计的依据。

（三）工龄工资调整

相当一部分企业认为，在本企业工作年限的增加，不仅表明了企业对员工的认同，而且意味着员工对企业的贡献值增加，以及其工作经验的积累、技能的娴熟和能力的增加。因此，在工资中，多有体现年资或工龄的这项内容。一般的做法是工龄工资实行人人等额增加，逐年递增调整的制度。

工龄的增加意味着工作经验的积累与丰富，代表着能力或绩效潜能的提高。从这一角度来说，工龄工资具有按绩效与贡献分配的性质。因此，现有的工龄工资调整实行人人等额渐年递增的做法未尽合理。

近年来有人主张把工龄与考绩结果结合起来，作为提薪时考虑的依据。可以在考核合格的基础上，给予不等时段的年功工资，比如，5 年以内工龄每年 10 元，5～10 年每年 15 元，10 年以上每年 20 元，按月发放。也可根据考核成绩优秀、良好和合格并结合工龄构造职务成熟曲线来综合绩效和年功两个因素考虑。

利用职务成熟曲线来进行工龄工资的调整正变得日益普遍，尤其是对绩效较难作精确测评的职务，如工程技术人员等，更是如此。应用此法时，需为每一职务分别绘制出一幅成熟曲线，如图 8-7 所示。此线有一"控制线"，对应于该职务的工资变化幅度的中点（该职务的平均工龄工资 300 元/月，规定其为相对值 100%）。此图的横轴是工龄（通常以年为单位），纵轴是工资提升幅度的绝对值（如若干元/月）或相对值（如纵轴上的百分数）。从图

8-7 可以看出，绩效优异的员工（图中灰白区），在同样工龄条件下，调薪幅度大些，如工龄达 7 年的最优异者，可调至控制线（100%）的 125% 之多，绝对调薪幅度为 475 元/月；而绩效令人满意者（图中中等灰度区），工龄亦为 7 年，只能最多调至 115%，绝对调薪幅度为 375 元/月；绩效仅达合格水准者（图中深灰区），工龄 3 年时，只调至控制线的 92% 左右，绝对调薪幅度为 230 元/月；工龄增至 7 年时，才恰好到控制线，绝对调薪幅度为 300 元/月。如果一位员工的绩效水准多年一直保持不变，则他每年的定期工龄调薪便以该绩效水准为参数的成熟曲线进行，如果一员工被提升到新的较高职务了，则他的年度工龄调薪将按新职务的另一组成熟曲线进行。

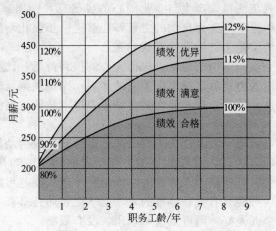

图 8-7　典型的职务成熟曲线

（四）特殊调整

对企业做出特殊贡献或属于市场稀缺的岗位人才企业可采取特殊的工资、奖金政策。当然，这类调整完全依据企业当时的情况和需求，只针对少数人。

二、薪酬、奖金方案调整的步骤

① 根据岗位评价结果或绩效考核结果，参照员工定级、入级规定与要求给员工定级。

② 按照新的工资奖金方案确定每个员工的岗位工资、能力工资和奖金。

③ 如果出现某员工薪酬等级降低，原来的工资水平高于调整后的工资方案，根据过渡办法中的有关规定，一般是本着维持工资水平不下降的原则，维持原有的工资水平，但薪酬等级按调整后的确定。

④ 如果出现员工薪酬等级没有降低，但调整后的薪酬水平比原有的低，则应分析原因，以便重新调整方案。

⑤ 汇集调整过程中出现的问题，供上级参考，以便对调整方案进行完善。

第七节　福利管理

一、员工福利概述

（一）福利的本质

1. 福利的本质

福利是指企业在工资之外向员工本人或家属提供的货币、实物或服务。从本质上来讲福利是一种补充性报酬，是薪酬的重要组成部分。为员工提供除工资以外的福利旨在为员工有效而持续地投入工作提供有用的要素，激励员工尽力工作，改善和提高员工的生活水平，满足员工生存和安全的需要。

2. 福利与工资的关系

（1）福利是工资的补充　在市场经济条件下，激励的主要方式是物质激励。尽管精神激励仍然需要，但在当今社会条件下，物质激励更为有效和普遍。工资集中体现了企业对员工的物质激励，而且可以吸引来、保留住、激励起企业所需要的人力资源。现代企业越来越注重对员工的全面关怀，全面而完善的福利会使员工因受到周到体贴的照顾而体会到企业这个大家庭的温暖，改善士气与气氛，产生与企业同心的成员感和归属感，增强对企业的认同、忠诚和责任心，这是一种更加持久而自觉的力量，能够进一步强化薪酬体系中保留与激励人才的功能，所以说福利激励是工资激励的有效补充。

随着经济的发展、企业间竞争的加剧，深得人心的福利待遇，比高工资更能有效地激励员工。高工资只是短期内人力资源市场供求关系的体现，而福利则反映了企业对员工的长期承诺，正是由于福利的这一独特作用，使许多在企业中追求长期发展的员工，更认同福利待遇而非仅仅是高工资。

（2）工资有目的性，而福利普遍化　工资一般是与劳动者或劳动群体的劳动量相联系的劳动报酬，它具有很强的目的性。而福利是不与劳动者的个别劳动量或群体劳动量相联系的，每个人都有权利享受。有些是人人有份的，如免费午餐；有些可能只是部分人受益，如健身房或各种体育设施，可能只有爱好体育的人才能享受，而且具有重复享受或终身享有的特性，如游泳池，如果个人爱好，则可以常年享用，没有限制。

（二）福利增长的趋势与动因

员工福利的增长有愈演愈烈的趋势，其动因有以下几点。

1. 福利作为工资的补充，其灵活机动性使之有广泛的适用性

一般来说，提高工资要受到国家的政策和法律的约束，而员工的福利支出要比工资支出所受到的税收待遇要优惠，这意味着在员工身上所花出去的每一元福利比在他们身上所花出去的每一元工资能产生更大的潜在价值。

2. 利于缓和劳资矛盾，增强企业凝聚力

随着工业化程度和劳动复杂程度的提高，人力资源对生产率提高的重要性日益超过物质资源，同时对员工劳动的监督也越来越困难，企业必须更加依赖员工的自觉性来提高劳动生产率。出于对这一系列因素的考虑，企业也愿意通过增加员工福利来提高员工的凝聚力。

3. 降低企业人力资源成本

在包括员工福利在内的社会保障制度建立之前，劳动力的价格完全体现在工资上。从这个角度看，员工福利和其他社会保障项目本质上都是劳动者原有工资的转化形式。但是福利带来的是不同于工资的效用。首先，福利不是员工的直接收入，它是不用纳税的；其次，企业可以因为规模经济的原因而以较低的费率购买某些商品（譬如保险等），并且在讨价还价上具有一定的优势；再次，企业可以雇佣专业人员，更好地了解市场行情，作为"内行"来购买一些商品和服务作为员工的福利。

4. 政府对法定性福利的规定与福利支出、收入的减免税收所起的推动作用

许多国家的政府除了通过立法要求企业为员工提供某些福利外，还通过税收方面的优惠，鼓励企业为员工提供福利，这对企业提高员工的福利支出起到了推动作用。

5. 企业把提供某种独特的福利作为树立形象及与其他企业区分开来的一种手段

不同的企业都有自己的企业文化，福利有时候就成为一种与其他企业区别开来，并且具有特殊吸引力的办法。

综合来看，员工福利发展及其表现方式的演变有政治的、社会的特殊原因，但更重要的还是经济原因。随着生产的社会化程度提高和科技进步，国家经济的发展，员工福利在劳动成本中所占的比重还会有相应的提高。

（三）福利的类型

福利的形式多种多样，按照不同的标准，可将其分为不同的类型。

（1）按福利的享受对象划分　全员福利、特殊福利、困难补助。

（2）按福利的表现形式划分　经济性福利、工时性福利、设施性福利、娱乐及辅助性福利。

（3）按常规划分方法划分　强制性福利（又称为员工法定福利）和自愿性福利（又称为企业福利）。

（四）福利管理的内容

福利管理的内容主要包括以下几个方面：设计福利制度、确定福利总额、明确实施福利的目标、确定福利的支付形式与对象、评价福利措施的实施效果。

1. 设计福利制度

福利制度必须符合劳动力市场的标准、政府法规和工会的要求，并按照企业的竞争策略、文化和员工的需要而制订。也就是既要考虑外在因素的要求与制约，也要考虑内在因素的条件与需要。

（1）外在因素

① 劳动力市场的标准。企业在订立福利制度时，应参考劳动力市场调查的资料，来决定企业的福利水平究竟是超过、相等于或是低于竞争对手的水平。常用的参考资料包括行业内企业提供的福利范围、成本和受惠员工的比例等，而常用的比较指标则包括福利费用总成本、员工平均福利成本和福利费用在整个薪酬中的百分比等。

② 政府法规。企业在制订福利计划时，必须遵守企业所在地的政府规定，如对劳动保险、法定假期、产假的规定以及反歧视条例等，以免触犯法律、法规，引起法律诉讼。

③ 工会洽商。有时企业需要和工会进行洽商，以决定福利计划的范围和内容。

（2）内在因素

① 企业竞争策略。不同的竞争策略，需要有不同的福利制度相配合。如在企业的成长初期，企业致力于开创事业，应尽量减低固定的员工福利，并以直接的方法，如企业股票认购计划，奖励出色的员工，鼓励员工投入创业；在企业的成长期，企业的利润丰厚，应尽量增加员工福利，回报员工对企业的贡献，增大对员工的保持力和吸引力，激励员工继续努力。

② 企业文化。企业如注重关怀和照顾员工，会为员工提供优厚的福利。企业如注重业务，则更加关注员工现时绩效的提高，因而强调工资的激励作用，弱化福利的作用。事实上，大多数企业会在关怀员工和业务发展两者之间取一个平衡点，采用合适的福利制度。

③ 员工的需要。员工的需要因人而异，因年龄、学历、收入和家庭状况而有所不同。一般来说，收入低的员工喜欢工资多于福利，收入高的员工则较关心福利；年轻的员工较喜欢带薪休假，年长的员工则较关心退休福利。因此，福利制度的设计应考虑企业员工需要。

2. 福利总额的预算

企业向员工提供各种福利，意味着企业增加投入，因此必须充分考虑到企业的支付能力和薪酬计划，制订福利总额预算计划十分重要。

预算计划应包括企业向员工提供的所有福利设施和服务，比如：员工食堂、工作餐、子女教育津贴、企业为员工缴纳的各类社会保险、工作服、通信和交通费、医疗费、带薪休假、带薪旅游、带薪培训等。

各项福利总额预算计划的制订程序和内容如下。

① 该项福利的性质与目的；

② 该项福利的起始、执行日期，上年度的效果以及评价分数；

③ 该项福利的受益者、覆盖面、上年度总支出和本年度预算；

④ 新增福利的名称、原因、受益者、覆盖面、本年度预算、效果预测、效果评价标准；

⑤ 与工资、奖金等计划合在一起，检查加上该项福利计划后是否能控制在总的人工成本计划内。

3. 福利制度的实施

实施福利制度时，企业须做以下决定。

（1）竞争能力　实施福利制度时，企业一方面要减低福利成本，保持产品价格的竞争力。另一方面，要提高员工福利，吸引优秀的员工加入。故企业在实施福利制度时，应参考市场的福利指标，分析和比较市场上的福利成本和价值，确保企业的竞争能力。

（2）选择福利类型　员工福利的范围，可分为经济性福利、带薪休息时间、员工保险、员工服务和退休金等，表8-17列举了一些可供企业选择的员工福利的类型，企业要根据员工的需要来考虑福利类型的选择。

表 8-17　员工福利的类型

经济性福利	带薪休息时间	员工保险	员工服务	退休金
1. 额外金钱性收入 2. 住房性福利 3. 交通性福利 4. 饮食性福利 5. 教育培训性福利 6. 医疗保健性福利 7. 金融性福利（助学金及低息贷款）	1. 工作的休息时间（包括午饭时间、小休、如厕时间等） 2. 非工作的休息时间（包括年假、法定假期、病假等）	1. 医疗保险 2. 养老保险 3. 工伤保险 4. 失业保险 5. 职业病疗养 6. 特别工作津贴等	1. 文化旅游性福利 2. 其他生活性福利（洗理津贴、服装津贴等） 3. 咨询性服务（法律咨询和心理健康咨询） 4. 保护性服务（平等就业权保护、性骚扰保护；隐私权保护等） 5. 工作环境保护（员工参与民主化管理等）	1. 投资储蓄计划 2. 购买企业股票 3. 直接退休金额

（3）沟通　在订立和推行福利制度的同时，企业必须向员工清楚说明所享有的福利，使他们能对这些福利善加利用。沟通是双向的，企业告诉员工福利的内容和情况，如员工所累积的退休金额或储蓄金额，而员工也要主动向企业表达自己的需要。沟通方式包括印制员工福利手册、派发员工福利年结表和设立意见箱等。

（4）遵守法规　企业在制订福利计划时，必须遵守企业所在地的政府规定，避免触犯法律法规，引起员工提出法律诉讼。

总的来说，员工福利制度和薪酬制度一样，必须进行定期检讨、回馈和调查，在成本控制、员工需要和公平问题上有所兼顾，同时需要与企业的策略和文化相互配合，才能有效。

（五）福利管理的原则

（1）合理性原则　所有的福利都意味着企业的投入或支出，因此，福利设施和服务项目应在规定的范围内，力求以最小费用达到最大效果。对于效果不明显的福利应当予以撤销。

（2）必要性原则　国家和地方规定的福利条例，企业必须坚决严格执行。此外，企业提供福利应当最大限度地与员工要求保持一致。

（3）计划性原则　福利制度的实施应当建立在福利计划的基础上，例如，福利总额的预算报告。

（4）协调性原则　企业在推行福利制度时，必须考虑到与社会保险、社会救济、社会优抚的匹配和协调。已经得到满意的福利要求没有必要再次提供，确保资金用在刀刃上。

二、法定福利体系

我国企业员工的法定福利体系包括社会保险制度、住房公积金制度、法定节假日与休息、劳动安全与健康四大板块。

为了确保员工利益，同时也保障企业的利益，国家已经制定了有关保险的法律条款，要求员工个人、企业按照各自的比例缴纳养老等社会保险费。这些法律条文不仅规定了各类员工不同保险费的具体计算、缴纳方法，而且规定了这些保险费的具体管理方法。这些社会保险项目与社会救济、社会福利、社会优抚一起构成了我国在社会主义初级阶段的社会保障体系，如图8-8所示。

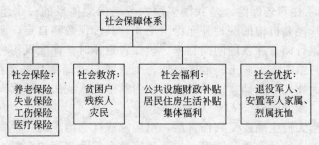

图 8-8 社会保障体系

其中，社会保险针对劳动者，社会救济针对社会贫困者或生活在贫困线以下的人，社会福利针对全体居民，社会优抚针对军人及其家属而言。它们互为补充又有很大的差别。

下面主要介绍企业员工法定福利体系的主要内容。

（一）社会保险制度

我国企业员工的社会保险制度包括养老保险、失业保险、工伤保险、医疗保险和生育保险，俗称"五险"。

1. 养老保险

（1）养老保险的概念　养老保险是社会保障制度的重要组成部分，是社会保险五大险种中最重要的险种之一。所谓养老保险（或养老保险制度）是国家和社会根据一定的法律和法规，为解决劳动者在达到国家规定的解除劳动义务的劳动年龄界限，或因年老丧失劳动能力退出劳动岗位后的基本生活而建立的一种社会保险制度。

（2）养老保险的特点　养老保险是世界各国较普遍实行的一种社会保障制度。一般具有以下几个特点：①由国家立法，强制实行，企业和个人都必须参加，符合养老条件的人，可向社会保险部门领取养老金；②养老保险费用来源，一般由国家、企业和个人三方或企业和个人双方共同负担，并实现广泛的社会互济；③养老保险具有社会性，影响很大，享受人多且时间较长，费用支出庞大。

社会统筹与个人账户相结合的基本养老保险制度是我国在世界上首创的一种新型的基本养老保险制度。这个制度在基本养老保险基金的筹集上采用传统型的基本养老保险费用的筹集模式，即由国家、企业和个人共同负担；基本养老保险基金实行社会互济；在基本养老金的计发上采用结构式的计发办法，强调个人账户养老金的激励因素和劳动贡献差别。因此，该制度既吸收了传统型的养老保险制度的优点，又借鉴了个人账户模式的长处；既体现了传统意义上的社会保险的社会互济、分散风险、保障性强的特点，又强调了职工的自我保障意识和激励机制。

（3）我国养老保险的构成　我国的养老保险由三个部分（或层次）组成。第一部分是基本养老保险，第二部分是企业补充养老保险，第三部分是个人储蓄性养老保险。

① 基本养老保险。亦称国家基本养老保险，它是按国家统一政策规定强制实施的为保障广大离退休人员基本生活需要的一种养老保险制度。在劳动者年老或丧失劳动能力后，根据他们对社会所作的贡献和所具备的享受养老保险资格或退休条件，按月或一次性以货币形式支付的保险待遇，主要用于保障职工退休后的基本生活需要。

② 企业补充养老保险（又称为"企业年金"）。企业补充养老保险是指由企业根据自身经济实力，在国家规定的实施政策和实施条件下为本企业职工所建立的一种辅助性的养老保险。它居于多层次的养老保险体系中的第二层次。企业补充养老保险由劳动保障部门管理，企业实行补充养老保险，选择经劳动保障行政部门认定的机构经办。企业补充养老保险费可由企业完全承担，或由企业和员工双方共同承担，承担比例由劳资双方协议确定。

③ 职工个人储蓄性养老保险。是我国多层次养老保险体系的一个组成部分，是由职工自愿参加、自愿选择经办机构的一种补充保险形式。其投保数额自定，所储款项的利率一般高于城乡居民个人银行储蓄存款的同期利率。投保者退休时，保险机构将储蓄性养老保险金一次总付或分次支付给本人。职工跨地区流动，个人账户的储蓄性养老保险金应随之转移。职工未到退休年龄而死亡，其储蓄性养老保险金由其指定人或法定继承人继承。

2. 医疗保险

医疗保险就是当人们生病或受到伤害后，由国家或社会给予的一种物质帮助，即提供医疗服务或经济补偿的一种社会保障制度。它是国家社会保障制度的重要组成部分，也是社会保险的重要项目之一。

医疗保险具有社会保险的强制性、互济性、社会性等基本特征。因此，医疗保险制度通常由国家立法，强制实施，建立基金制度，费用由用人企业和个人共同缴纳，医疗保险费由医疗保险机构支付，以解决劳动者因患病或受伤害带来的医疗风险。

我国的基本医疗保险费由用人企业和职工共同缴纳。用人企业缴费率一般控制在职工工资总额的 6%（说明：请参照当地的缴费标准）左右，职工缴费率一般为本人工资收入的 2%（说明：请参照当地的缴费标准）。随着经济发展，用人企业和职工缴费率可作相应调整。基本医疗保险基金由统筹基金和个人账户构成。职工个人缴纳的基本医疗保险费，全部计入个人账户。用人企业缴纳的基本医疗保险费分为两部分，一部分用于建立统筹基金，另一部分划入个人账户。

3. 失业保险

（1）失业保险的概念　失业保险是指国家通过立法强制实行的，由社会集中建立基金，对因失业而暂时中断生活来源的劳动者提供物质帮助的制度。它是社会保障体系的重要组成部分，是社会保险的主要项目之一。

它主要是为了保障有工资收入的劳动者失业后的基本生活而建立的，其覆盖范围包括劳动力队伍中的大部分成员。因此，在确定适用范围时，参保单位应不分部门和行业，不分所有制性质，其职工应不分用工形式，不分家居城镇、农村，解除或终止劳动关系后，只要本人符合条件，都有享受失业保险待遇的权利。

（2）失业保险基金的构成　《失业保险条例》规定：失业保险基金由下列各项构成：①城镇企业事业单位、城镇企业事业单位职工缴纳的失业保险费，包括企业缴纳和个人缴纳两部分，这是基金的主要来源；②失业保险基金的利息，是基金存入银行和购买国债的收益部分；③财政补贴，这是政府负担的一部分；④依法纳入失业保险基金的其他资金，其他资金是指按规定加收的滞纳金及应当纳入失业保险基金的其他资金。

失业保险基金是社会保险基金中的一种专项基金。其特点：一是强制性，即国家以法律规定的形式，向规定范围内的用人企业、个人征缴社会保险费。缴费义务人必须履行缴费义务，否则构成违法行为，承担相应的法律责任。二是无偿性，即国家征收社会保险费后，不需要偿还，也不需要向缴费义务人支付任何代价。三是固定性，即国家根据社会保险事业的需要，事先规定社会保险费的缴费对象、缴费基数和缴费比例。在征收时，不因缴费义务人的具体情况而随意调整。固定性还体现在社会保险基金的使用上，实行专款专用。

（3）参加失业保险的企业和个人应缴纳的失业保险费　《失业保险条例》规定：城镇企业事业单位按照本单位工资总额的 2％缴纳失业保险费。城镇企业事业单位职工按照本人工资的 1％缴纳失业保险费。城镇企业事业单位招用的农民合同制工人本人不缴纳失业保险费。

失业人员可享受的失业保险待遇包括按月领取的失业保险金，领取失业保险金期间的医疗补助金，领取失业保险金期间死亡的失业人员的丧葬补助金及其供养的配偶、直系亲属的抚恤金。失业保险金的发放标准，按照低于当地最低工资标准、高于城市居民最低生活保障标准的水平，由省、自治区、直辖市人民政府确定。失业保险金的领取时间是由失业人员失业前所在单位和本人按照规定累计缴费时间决定的，满 1 年不足 5 年的，最长不超过 12 个月；满 5 年不足 10 年的，最长不超过 18 个月；10 年以上的，最长不超过 24 个月。失业人员享受失业保险待遇的条件，除了原单位和本人按规定履行缴费义务外，还必须符合失业不是因自己意愿造成的、失业后办理了失业登记手续并有求职要求这两个条件。

对农民合同制工人的规定是个人不缴费，合同期满不再续订或提前解除劳动合同的，支付给一次性生活补助。这样规定，主要考虑农民合同制工人流动性较强，且离开原单位后可以回乡务农，有一定生活保障，应与城镇失业人员有所区别，采取支付一次性生活补助的办法较为可行。对农民合同制工人采取不同办法，既维护了他们的合法权益，也与目前尚不具备城乡一体、待遇统一的现实相适应，这是对失业保险制度的一项重要政策。

4. 工伤保险

工伤保险是国家为了保障劳动者在工作中遭受事故伤害和患职业病后获得医疗救治、经济补偿和职业康复的权利，分散工伤风险，促进工伤预防的一种社会保障手段。工伤保险要与事故预防、职业病防治相结合。工伤保险实行社会统筹，设立工伤保险基金，对工伤职工提供经济补偿和实行社会化管理服务。工伤保险费由企业按照职工工资总额的一定比例缴纳，职工个人不缴纳工伤保险费。工伤保险费根据各行业的伤亡事故风险和职业危害程度的类别实行差别费率。

5. 生育保险

生育保险是国家通过立法，对怀孕、分娩的女职工给予生活保障和物质帮助的一项社会政策。其宗旨在于通过向职业妇女提供生育津贴、医疗服务和产假，帮助他们恢复劳动能力，重返工作岗位。

生育保险提供的生活保障和物质帮助通常由现金补助和实物供给两部分组成。现金补助主要是指给予生育妇女发放的生育津贴。有些国家还包括一次性现金补助或家庭津贴。实物供给主要是指提供必要的医疗保健、医疗服务以及孕妇、婴儿需要的生活用品等。提供的范围、条件和标准主要根据本国的经济势力而确定。

（二）住房公积金制度

住房公积金是单位及其在职职工缴存的长期住房储备金，是住房分配货币化、社会化和法制化的主要形式。住房公积金制度是国家法律规定的重要的住房社会保障制度，具有强制性、互助性、保障性。单位和职工个人必须依法履行缴存住房公积金的义务。职工个人缴存的住房公积金以及企业为其缴存的住房公积金，实行专户存储，归职工个人所有。

1. 住房公积金的有关制度规定

① 按照中国人民银行的有关规定，单位应当在指定的银行办理住房公积金贷款、结算

等金融业务和住房公积金账户的设立、缴存、归还等手续。

② 单位应当与受委托银行签订委托合同，在受委托银行设立住房公积金专户，到住房公积金管理中心办理住房公积金缴存登记，经住房公积金管理中心审核后，到受委托银行为本企业员工办理住房公积金账户设立手续，每个员工只能有一个住房公积金账户。

③ 住房公积金管理中心应当建立员工住房公积金明细账，记录员工个人住房公积金的缴存、提取等情况。新成立的企业应当自成立之日起 30 日内到住房公积金管理中心办理住房公积金缴存登记，并自登记之日起 20 日内持住房公积金管理中心的审核文件，到受委托银行为本单位员工办理住房公积金账户设立手续。

④ 单位合并、分立、撤销、解散或者破产的，应当自发生上述情况之日起 30 日内由原单位或者清算组织到住房公积金管理中心办理变更登记或者注销登记，并自办妥变更登记或者注销登记之日起 20 日内持住房公积金管理中心的审核文件，到受委托银行为本单位员工办理住房公积金账户转移或者封存手续。

⑤ 单位录用员工的，应当自录用之日起 30 日内到住房公积金管理中心办理缴存登记，并持住房公积金管理中心的审核文件，到受委托银行办理员工住房公积金账户的设立或者转移手续。

⑥ 单位与员工终止劳动关系的，单位应当自劳动关系终止之日起 30 日内到住房公积金管理中心办理登记，并持住房公积金管理中心的审核文件，到受委托银行办理员工住房公积金账户转移或者封存手续。

2. 员工住房公积金的缴费

① 员工住房公积金的月缴存额为员工本人上一年度月平均工资乘以员工住房公积金缴存比例。

② 单位为职工缴存的住房公积金的月缴存额为职工本人上一年度月平均工资乘以单位住房公积金缴存比例。

③ 新参加工作的职工从参加工作的第二个月开始缴存住房公积金，月缴存额为职工本人当月工资乘以职工住房公积金缴存比例。

④ 单位新调入的职工从调入单位发放工资之日起缴存住房公积金，月缴存额为职工本人当月工资乘以职工住房公积金缴存比例。

⑤ 职工和单位住房公积金的缴存比例为职工上一年度月平均工资的 5%～12%；有条件的城市，可以适当提高缴存比例。具体缴存比例由住房委员会拟订，经本级人民政府审核后，报省、自治区、直辖市人民政府批准。

⑥ 职工个人缴存的住房公积金，由所在单位每月从其工资中代扣代缴。

⑦ 单位应当于每月发放职工工资之日起 5 日内将单位缴存的和为职工代缴的住房公积金汇缴到住房公积金专户内，由受委托银行计入职工住房公积金账户。

⑧ 单位应当按时、足额缴存住房公积金，不得逾期缴存或者少缴。

⑨ 对缴存住房公积金确有困难的单位，经本单位职工代表大会或者工会讨论通过，并经住房公积金管理中心审核，报住房委员会批准后，可以降低缴存比例或者缓缴；待单位经济效益好转后，再提高缴存比例或者补缴。

⑩ 住房公积金自存入职工住房公积金账户之日起按照国家规定的利率计息。

⑪ 住房公积金管理中心应当为缴存住房公积金的职工发放缴存住房公积金的有效凭证。

3. 单位为职工缴存的住房公积金的列支

按下列规定列支：

① 机关在预算中列支；

② 事业单位由财政部门核定收支后，在预算或者费用中列支；

③ 单位在成本中列支。

4. 住房公积金的提取和使用

职工有下列情形之一的，可以提取职工住房公积金账户内的存储余额：

① 购买、建造、翻建、大修自住住房的；

② 离休、退休的；

③ 完全丧失劳动能力，并与单位终止劳动关系的；

④ 户口迁出所在的市、县或者出境定居的；

⑤ 偿还购房贷款本息的；

⑥ 房租超出家庭工资收入的规定比例的。

依照该款第②、③、④项规定，提取职工住房公积金的，应当同时注销职工住房公积金账户。

职工死亡或者被宣告死亡的，职工的继承人、受遗赠人可以提取职工住房公积金账户内的存储余额；无继承人也无受遗赠人的，职工住房公积金账户内的存储余额纳入住房公积金的增值收益。

职工提取住房公积金账户内的存储余额的，所在单位应当予以核实，并出具提取证明。

（三）法定节假日与休息

按我国《劳动法》规定，有条件的单位应实行"双休日"制度，因工作性质和生产特点不能实行"双休日"的，用人单位应当保证劳动者每周至少休息一日；员工有权享受国家法定节日、有薪假期。

1. 法定节日

全体公民放假的节日包括：

① 元旦（1月1日，1天）；

② 春节（农历正月初一、初二、初三，3天）；

③ 劳动节（5月1日，1天）；

④ 国庆节（10月1日、2日、3日，3天）；

⑤ 妇女节（3月8日，妇女放假半天）；

⑥ 青年节（5月4日，14周岁以上的青年放假半天）；

⑦ 建军节（8月1日，现役军人放假半天）；

⑧ 清明节、端午节、中秋节（根据当年的日历，各放假一天）。

全体公民放假的假日，如果恰逢星期六、日，应当在工作日给予补假。

2. 带薪休假

我国法定带薪休假包括：婚假、丧假、生育假、流产假。有关法规规定员工享受节日休假、年休假、婚假、丧假、产假期间，单位应按照国家规定或劳动合同约定的工资标准支付工资。

（四）劳动安全与健康

劳动安全与健康措施是企业生产财务计划的一个组成部分，国家要求同时编制，列入企业的长期规划和年度计划，并同生产挖潜、技术革新、设备改造等相结合，系统考虑，通盘设计。它主要包括以下四类。

① 以防止伤亡事故为目的的安全技术措施。

② 以改善生产环境、防止职业病和职业中毒为目的的工业卫生措施，如通风、降温、防虫、防毒等。

③ 为保证生产卫生的辅助设施，如沐浴室、消毒室、更衣室等。

④ 增添开展安全生产教育所需的教材、图书、仪器以及举办安全技术培训班、安全展

览等所需的设施。

总体来说，员工法定福利有强制性、社会性、非赢利性、人道性和互助性等几个方面特征。员工法定福利可以防范风险，实现对人力资源自身的保护功能；使员工收入平滑，起到了工薪家庭基本生活保障功能；同时实现了收入再分配，实现对弱势群体的保护功能。

三、企业福利

（一）企业福利的主要类型

企业福利形形色色，种类繁多，国内、国外已经设计和使用过的，不下百种。下面仅将其中最主要的分类列出，并作必要简介。这些福利项目是就广义来说的，目的都在于提高员工的全面"工作生活质量"，因而涵盖面较广，有些是经济性的，有些则属非经济性的，后者中有些可能已超越我们根据常识所能理解的狭义的福利范围，但无论如何还属于人力资源管理及"以人为中心的管理"。

应指出的是，这里所列的项目中有些是国外已在实行或已较普及，但我国目前尚未实行或正在探索的。但随着改革开放的进展，有些项目必然会逐渐提上议程。这里列出，以供参考借鉴。

1. 经济性福利

经济性福利指以金钱或实物为形式的福利。

（1）额外金钱性收入 如年终或中秋、端午、国庆等特殊节日加薪、分红、物价津贴、商业与服务业企业的小费等。

（2）超时酬金 超时加班费、节假日值班费或加班优待的饮料、膳食之类。

（3）住房性福利 免费单身宿舍、夜班宿舍，廉价公房出租或出售给本企业员工，提供购房低息或无息贷款，发放购房补贴等。

（4）交通性福利 企业接送员工上、下班的免费或廉价通勤车服务，市内公共交通费补贴或报销，个人交通工具（自行车、摩托车或汽车）购买低息贷款或津贴、保养费或燃料费补助等。

（5）饮食性福利 免费或低价工作餐，工间免费饮料（茶水、咖啡或冷饮），公关应酬饮食报销，食品免费发放，集体折扣代购等。

（6）教育培训性福利 企业内在职或短期脱产培训、企业外公费进修（业余、部分脱产或脱产）、报刊订阅补贴、专业书刊购买补贴、为本企业员工向大学捐助专用奖学金、免费提供计算机或其他学习设施服务等。

（7）医疗保健福利 公费医疗（全部或部分）、免费定期体检及防疫注射、药费或滋补营养品报销或补贴、职业病免费防护、免费或优惠疗养等。

（8）意外补偿金 意外工伤补偿费、伤残生活补助、死亡抚恤金等。

（9）离退休福利 包括退休金，公积金（按月抽取员工基薪一定比例，企业同时提供一定补贴，积累至退休时一次发还，若提前离职，企业发还其自供款额，还可能按规定对不同服务年限发给不同部分企业补贴额）及长期服务奖金（工龄达规定年限时发给）等。

（10）有薪节假 除每周末及法定假日和病假、产假外，每月及每年有若干带薪事假或休假日，其长短通常按年资的不同而作区别性规定。

（11）文体旅游性福利 有组织的集体文体活动（晚会、舞会、郊游、野餐，体育竞赛等），企业自建文体设施（运动场、游泳池、健身房、阅览室，书法、棋类、牌类、台球等活动室），免费或折扣价电影、戏曲、表演、球赛票，旅游津贴，优惠车、船、机票，无费订票服务等。

（12）金融性福利 信用储金、存款户头特惠利率、低息贷款、预支薪金和额外困难补助金等。

（13）其他生活性福利 洗澡、理发津贴，降温、取暖津贴，优惠价提供本企业产品或服务等。

这些福利项目不仅给予员工本人，还可全部或部分提供给员工的直系家属。

2. 非经济性福利

这是广义的福利，目的与经济性福利一样，在于全面改善员工的"工作生活质量"。这类福利多取服务或环境改善形式，不涉及金钱与实物，故称非经济性的。但应当记住，对于企业来说，也是同样要发生成本的。

（1）咨询性服务 免费的员工个人发展设计的咨询服务（给予分析、指导和建议，提供参考资料与情况等）、员工心理健康咨询（过分的工作负荷与压力导致的高度焦虑或精神崩溃等心理症状的诊治）及免费或优惠价的法律咨询等。

（2）保护性服务 包括平等就业权利保护（反种族、性别、年龄等歧视）、投诉检举的反报复保护、性骚扰保护、隐私保护等，都属国外新的关注焦点。

（3）工作环境保障 如人机工程原理用于工作环境设计，工作扩大化，工作丰富化，弹性工作时间，缩短工作时间，扩大工作反馈渠道等工作再设计项目，企业内部提升政策（即有高层职位空缺时，只从内部已有员工中选拔递补，不到外界去寻觅的规定），员工参与的民主化管理等。

（4）中国特殊国情确定的某些福利 例如，"职工本人及其家属的户口迁入企业所在城市"的特殊条件。户口制是我国为控制城市人口无节制地恶性膨胀而在历史上久已实行的政策，它在历史上曾对既定目标的实现起过积极作用，但它对人才流动的无区别的限制在当前形势下消极影响日益明显。为了促进经济尤其是高科技行业的发展，为在人才竞争中创造优势，已有许多城市放松了对急需人才的限制。这其实并不是企业的"非经济性福利"，而是广义的具有特殊激励性的薪酬，是我国特殊国情中的现象。提供有挑战性的工作机会（项目与工作条件）也可归入这一类，是具有内在激励性的。

这些非经济性的福利项目，其中不少已超出传统人力资源管理职能范围，但对改进企业人力资源的有效使用却有相当重要意义。其中有些在我国已获重视和采用，但可能名称不同；有些则在目前国内条件下尚难适用，可供参考。

（二）弹性福利体系介绍

员工的需要因人而异，对福利形式的喜好也各不相同，企业可以制订一个较为全面的福利制度，设定一个供员工选择弹性范围，让员工选择适合自己的项目，使其得到满足感。此即弹性福利体系，它是一种有别于传统固定式福利的新的员工福利体系。弹性福利体系又称为"自助餐式的福利"，即员工可以从企业所提供的一系列福利项目的菜单中选择组合满足自己需要的福利"套餐"。

弹性福利制在实际操作过程中演化为几种有代表性的类型：核心福利加选择型、福利套餐型、选高择抵型、积分型、弹性支用账户等。企业可以根据自己的不同需要加以比较和选择。

1. 核心福利加选择型

由"核心福利"和"弹性选择福利"所组成。"核心福利"是每个员工都可以享有的基本福利，不能自由选择，可以随意选择的福利项目则全部放在"弹性选择福利"之中，员工根据自己的需求来选择。如国外休假补助、人寿保险等。但通常都会标上一个"金额"作为"售价"。企业根据每一个员工的薪资水准、服务年资、职务高低或家眷数等因素，发给数目不等的福利限额，员工再以分配到的限额去认购所需要的额外福利。有些公司甚至还规定，员工如未用完自己的限额，余额可折发现金，不过现金的部分于年终必须合并其他所得课税，此外，如果员工购买的额外福利超过了限额，也可以从自己的税前薪资中扣抵。

2. 福利套餐型

这是由企业同时推出不同的"福利组合"，每一个组合所包含的福利项目或优惠水准都不一样，员工只能选择其中一个的弹性福利制。就好像西餐厅所推出来的 A 餐、B 餐一样，食客只能选其中一个套餐，而不能要求更换套餐里面的内容。在规划此种弹性福利制时，企业可依据员工群体的背景（如婚姻状况、年龄、有无眷属、住宅需求等）来设计。

3. 选高择抵型

一般会提供几种项目不等、程度不一的"福利组合"给员工做选择，以企业现有的固定福利计划为基础，再据以规划数种不同的福利组合。这些组合的价值和原有的固定福利相比，有的高，有的低。如果员工看中了一个价值较原有福利措施还高的福利组合，那么他就需要从薪水中扣除一定的金额来支付其间的差价。如果他挑选的是一个价值较低的福利组合，他就可以要求企业发给其间的差额。

4. 积分型

这是体现业绩激励的福利制度。它是按福利项目不同、成本不同设立不同分数，然后结合业绩考核评价分数抵兑福利项目分，次年积分累计。员工随时可以根据抵兑的福利分，享受抵兑的福利项目。这样不仅仅与业绩挂钩，同时也与对企业贡献年限相关，增强了企业的留人机制。

5. 弹性支用账户

这是一种比较特殊的弹性福利制。员工每一年可从其税前总收入中拨取一定数额的款项作为自己的"支用账户"，并以此账户去选择购买企业所提供的各种福利措施。拨入支用账户的金额不需扣缴所得税，不过账户中的金额如未能于年度内用完，余额就归公司所有；即不可在下一个年度中并用，亦不能够以现金的方式发放。此种福利制度的优点是福利账户的钱免缴税，相对增加净收入，所以对员工极有吸引力，不过管理起来较为烦琐。

第八节　现代薪酬管理发展的趋势

薪酬制度对于企业来说是一把"双刃剑"，使用得当能够吸引、留住和激励人才；而使用不当则可能给企业带来危机。建立全新的、科学的、系统的薪酬管理系统，对于企业在知识经济时代获得生存和竞争优势具有重要意义；而改革和完善薪酬制度，也是当前企业面临的一项紧迫任务。与传统薪酬管理相比较，现代薪酬管理有以下发展趋势。

1. 全面薪酬制度

薪酬既不是单一的工资，也不是纯粹的货币形式的报酬，它还包括精神方面的激励，比如优越的工作条件、良好的工作氛围、培训机会、晋升机会等，这些方面也应该很好地融入到薪酬体系中去。内在薪酬和外在薪酬应该完美结合，偏重任何一方都是跛脚走路。物质和精神并重，这就是目前提倡的全面薪酬制度。

2. 薪酬与绩效挂钩

单纯的高薪并不能起到激励作用，这是每一本薪酬设计方面的教科书和资料反复强调的观点，只有与绩效紧密结合的薪酬才能够充分调动员工的积极性。而从薪酬结构上看，绩效工资的出现丰富了薪酬的内涵，过去的那种单一的僵化的薪酬制度已经越来越少，取而代之的是与个人绩效和团队绩效紧密挂钩的灵活的薪酬体系。

3. 宽带型薪酬结构

工资的等级减少，而各种职位等级的工资之间可以交叉。宽带的薪酬结构可以说是为配合组织扁平化而量身定做的，它打破了传统薪酬结构所维护的等级制度，有利于企业引导员工将注意力从职位晋升或薪酬等级的晋升转移到个人发展和能力的提高方面，给予绩效优秀者比较大的薪酬上升空间。

4. 职工激励长期化、薪酬股权化

目的是为了留住关键的人才和技术，稳定员工队伍。其方式主要有：员工股票选择计划（ESOP）、股票增值权、虚拟股票计划、股票期权等。

5. 重视薪酬与团队的关系

以团队为基础开展项目，强调团队内协作的工作方式正越来越流行，与之相适应，应该针对团队设计专门的激励方案和薪酬计划，其激励效果比简单的单人激励效果好。团队奖励计划尤其适合人数较少，强调协作的组织。

6. 薪酬制度的透明化

关于薪酬的支付方式到底应该公开还是透明，这个问题一直存在比较大的争议。从最近的资料来看，支持透明化的呼声越来越高，因为毕竟保密的薪酬制度使薪酬应有的激励作用大打折扣。而且，实行保密薪酬制的企业经常出现这样的现象：强烈的好奇心理使得员工通过各种渠道打听同事的工资额，使得刚制订的保密薪酬很快就变成透明的了，即使制订严格的保密制度也很难防止这种现象。既然保密薪酬起不到保密作用，不如直接使用透明薪酬。

7. 有弹性、可选择的福利制度

公司在福利方面的投入在总的成本里所占的比例是比较高的，但这一部分的支出往往被员工忽视，认为不如货币形式的薪酬实在，有一种吃力不讨好的感觉；而且，员工在福利方面的偏好也是因人而异，非常个性化的。解决这一问题，目前最常用的方法是采用选择性福利，即让员工在规定的范围内选择自己喜欢的福利组合。

【复习思考题】

① 薪酬体系的作用是什么？设计薪酬体系有什么样的要求？
② 职务评价的方法有哪些？各有什么优缺点？
③ 薪酬和福利各自起到了什么作用？如何用激励理论解释？
④ 管理人员的薪酬设计和技术人员有什么主要区别？

【案例分析】

××机械集团有限公司的薪酬制度

××机械集团有限公司是目前我国规模最大、装备最好、产销量最多的工程用轮式装载机系列产品的专业生产厂家和主导厂，是国家重点骨干企业和大型一级企业，是国家经贸委确定的首批512家重点联系企业之一。××现有员工8300人，工程技术专业管理人员上千人。1992年，××进入全国500家最大工业企业和500家最佳经济效益企业行列。1993年，××创造了销售收入10.8亿元，税利3.2亿元的辉煌成果。

集团的上市公司——××公司（员工2569人），拥有目前世界先进的生产制造技术，主导产品ZL系列轮式装载机的产品质量、性能均处于国内领先水平。为了巩固竞争优势，保持长足的发展动力，公司高层领导班子意识到企业人力资源在现代企业激烈竞争中的重要地位。因此，近几年，公司在培训人力资源专业队伍和学习、运用现代人力资源管理方法上，做了许多具体工作，以增强××的市场竞争优势。

企业存在的问题

作为国有大型企业，近几年，××的各项改革不断向纵深发展。与之相配套的"劳动人事制度"、"劳动用工制度"、"劳动薪酬制度"等三项制度改革也在不断深化发展。在这种改革态势下，"如何建立一个与之相适应的工资薪酬制度"成为××三项制度改革中的核心工作和成败关键。围绕这一课题，在国内某著名大学管理专家们的指导下，××对内部的薪酬制度进行了系统的诊断，并进行了全方位的薪酬制度改革，目的在于通过改革、创新，制订出鼓舞士气、吸引人才和促进公司发展的薪酬体系，确保××工资薪酬制度的先进性和可行性。经过近一年的努力，薪酬制度改革试行工作已全面启动。

企业的解决方案

一、新分配制度的模式

为了解决现行工资薪酬结构中"活的成分小，单位之间差距小，岗位之间差别小，易岗易薪力度小"等问题，在管理专家的建议下，××决定采取灵活的多元化的工资分配模式（以薪点工资制为主，其他薪酬形式为辅）代替以前的分配模式。通过调整员工的活工资比例，新的分配模式将充分调动公司员工工作的主动性和积极性，使员工的收入与个人劳动成果以及公司经济效益更加紧密地结合起来。同时，这种新模式还将侧重于把优厚的待遇向有贡献的人员倾斜，建立有效的公司内部工资薪酬激励约束机制，实现"奖勤罚懒，按劳取酬"的按劳分配目标。在实施过程中，新的分配制度将以岗位评价为依据，易岗易薪，上岗则有，下岗则无，岗变薪变。具体地，公司根据以下四个方面调分配方式。

① 指导思想：充分体现"岗位靠竞争，收入靠贡献"。

② 基本思路：采用科学测评手段确定工资薪酬依据，实行一岗多薪（一岗十档）。

③ 改革原则：岗位导向原则、效益优先原则、特殊贡献人员重点激励原则。

④ 工资模式：薪点工资制，特区工资制。

二、新工资制度的模式

新的工资模式是××薪酬制度改革的中心内容和最终目标。这些模式主要包括薪点工资制和特区工资制，特区工资制还可以细分成年薪制、谈判工资制、佣金制、产品技术奖励制、项目比例提奖制、高学历奖励制等六种，具体内容如下。

1. 薪点工资制

薪点工资制是公司的主要薪酬形式，资金占公司年工资总额的90%，适用于一般员工。这种薪酬体制是在对岗位的责任、风险、负荷和性质要求等进行调查分析后，用量化成点数的方法（计点法）对岗位进行科学的评价，然后确定在岗员工的岗位评价总点数，用当年的年工资总额（90%）与在岗员工的评价总点数相除，比值结果即为当年每个薪点的点值，薪酬结构为

员工工资＝岗位基本工资(30%)＋岗位业绩工资(60%)＋岗位附加工资和岗位专项奖金(10%)

（1）岗位基本工资　体现岗位劳动差异和个人技能差异的工资，占员工工资额的30%，用薪点形式表示。岗位基本工资薪点取决于岗位劳动要素点和岗位员工技能点。岗位劳动要素点取决于工作岗位的内容和性质，由岗位评估确定，劳动要素点数等于岗位评估分数。同等级岗位的基本工资实行一岗十档，档次就取决于岗位员工技能点。员工所在部门根据岗位员工技能点评估表确定员工技能点。员工技能点随员工的岗位变动而变动，通过新岗位级别和员工技能点重新确定员工工资。

（2）岗位业绩工资　通过与经济指标、个人能力、工作态度挂钩的月度考核，及时地反映岗位员工的贡献。岗位业绩工资薪点是岗位基本工资薪点的2倍。

（3）岗位附加工资　由工龄补贴、工作津贴和加班补贴构成。计算工龄补贴的工龄，按工作年限确定工龄，每年1月1日进行调整。工龄补贴按员工的工龄长短分三段计算。工龄1～10年（含10年）的，按2元/年计发；工龄11～25年（含25年）的，按5元/年计发；工龄26年（含26年）以上的，按10元/年计发。工作津贴是指依据国家有关规定核准对特殊作业人员发放的津贴。加班补贴则按《劳动法》执行。

（4）岗位专项奖金　依据《××奖惩管理制度》。奖项分为23项，集体奖8项，个人奖15项。依据奖励项目制订的标准发放，由奖惩委员会负责管理。

2. 年薪制

为了有效地调动经营者的积极性和创造性，提高公司的经济效益，公司高层管理系统和经营者以及独立核算部门、下属子公司，分别签订年度经济目标责任书。它通过年初制订的经济考核指标，与工资收入直接挂钩。年薪工资的固定部分按月平均发放，其他部分根据年终经济指标的完成情况进行考核发放。

3. 谈判工资制

为了吸引和留住优秀人才，公司每年以年工资总额的10%设立特区人才谈判工资。实行谈判工资的人员为公司总人数的1%～3%，主要是生产、管理、技术、销售方面的精英和公司急需的专业人才。工资水平由双方根据人才市场供求关系、最新劳动力市场价格情况、同行业工资水平、个人作业业绩、个人工作能力等因素协商确定。谈判工资的年工资总额固定的部分按月平均发放，其他部分经量化考核后发放。进入特区人才的试用期为3～6个月，实施动态管理，按年度考核，有进有出。

4. 佣金制

这是为了调动销售人员的主动性和积极性，专对外勤销售人员实行的一种薪酬制度。年初时，由销售公司根据市场信息和各分公司的实际情况，制订全国各销售分公司的销售任务，年终按计划完成的分公司经理和一般人员均可按标准提取一定数额的佣金。分公司在完成销售任务的基础上，还可根据销售机器的数量按标准提取一定数额的佣金。

5. 产品技术奖励制

这是在公司技术中心的科技人员中试行的一种薪酬制度，由公司组织专家委员会评估，精选获奖的产品开发、设计、改进等项目，按照年度评估的价值含量，奖励课题组人员。

6. 项目比例提奖制

这是在公司技术中心的科技人员中试行的另外一种薪酬制度；是新产品转化为商品后，按实现利润第一年40%、第二年30%、第三年20%、第四年10%的比例提成奖励课题组。

7. 高学历奖励制

对符合聘用条件的高学历员工执行新的工资薪酬方式。硕士研究生试用期 X 元/月，正式聘用后 1.5X 元/月；博士生试用期 N 元/月，正式聘用后 1.5N 元/月，同时按年度进行考核。此办法的推行，为公司吸引和留住了一批高学历人才。

8. 岗位薪点评价

薪酬制度改革之前，有必要对自身情况进行彻底的了解。根据价值规律，劳动力是商品，有其自身的价值。工资是劳动者付出劳动并创造社会价值后应得的报酬。确定劳动者的收入，涉及单位的效益和个人的利益等诸多方面关系。为此，在薪酬制度改革的过程中，××对公司的投入产出、经济效益、人工成本等情况，以及职工收入基础与增长幅度等进行了大量数据收集和科学量化分析，使薪酬制度的改革有了充分的依据。

确立一个公正有效的岗位评价制度是实现薪点工资制的基本保证。薪点工资制以劳动技能、劳动责任、劳动强度和劳动条件等基本劳动要素为基础，以岗位薪资、技能薪资为主要内容的一种薪资制度，目前，国际上较为通行，关键在于岗位评价与业绩考核。因此，决定工资水平的合理方法是通过岗位评价制度来评估某一岗位在公司的价值。据有关资料显示，美国有75%的公司使用这一方法。但是如果不能对员工劳动量进行科学评价，没有一系列扎实的基础工作，将无法真正有效地实施这种制度。

在推行新薪酬制度的过程中，岗位测评（评价）作为前期基础工作，其结果必须客观、真实、科学地反映岗位的价值。这要求评估人员对评定要素定义有一致的理解，合理划分等级，充分把握因/要素计点法中"对岗不对人"的基本原则。××强调："这次改革是工资结构的调整，而不是单纯的工资额的升降；坚持责任、风险和利益的一致，把利益向处在关键岗位和有贡献的人员倾斜；坚持与有关政策措施同步进行、逐步到位；坚持效益优先、兼顾公平、纵向排列、横向平衡，整体一盘棋。公司岗位测评工作，优先在股份公司进行。采取具有代表性的因素/要素计点法，按照程序清岗、核岗，对工作岗位进行调查分析，编写职务说明书，规范岗位责任、资格和要求，然后组织各类专业人员进行评估。评价使用千分制对1200余个岗位的责任、知识技能、努力程度、工作环境四大要素及28个子因素进行了反复的评价。先后组织了由不同人员参加的三个评价工作组，对岗位薪点评价反馈、再评价再反馈，保证评价结果的合理性和公正性。评价后的岗位薪点最高值936点，最低值274点，两者差距约为3.5倍。由于评估人员的水平不一致，不可避免评价结果仍存在一些问题，尚需进一步地改进、完善。"

三、业绩考核

通过岗位评测，公司形成了一套相对固定的岗位工资标准，与之相匹配，还需要制订业绩考核的标准。业绩考核是反映员工当月工作绩效的直接依据，由企业管理部门和员工所在的部门负责实施。岗位业绩工资依据其评价结果进行计算，考核公式如下

$$Z = B \times G \times N_1 \times N_2 \times N_3$$

式中 Z——员工岗位业绩工资；

B——员工岗位业绩工资薪点数；

G——当年薪点点值；

N_1——公司当月效益系数（生产部门以当月完成的生产任务量为依据确定系数；职能管理部门以当月完成的销售任务为依据确定系数，由公司企业管理部门操作）；

N_2——单位（部门）综合考核分数（以各单位的工作任务、完成质量、经济指标、服务态度和协作精神为依据确定系数，由企业管理部门操作）；

N_3——个人综合考核分数（以员工当月完成工作的任务、质量、态度和协作精神为依据确定系数，由员工所在部门操作）。

岗位业绩工资的变化主要取决于公司当月效益系数N_1、单位（部门）综合考核分数N_2和个人综合考核分数N_3三个系数的变化。因此，为了确保其结果的公平与合理，公司成立了工资管理委员会，各级单位/部门成立了相应的二级工资管理委员会，分别监督管理公司和部门的具体工资运行与考核工作。各部门的工资管理委员会，可结合本部门的具体情况，制订更为适合本部门特点的考核管理体系并实施工资管理。如公司驱动桥厂，结合本厂实际情况，对员工的考核增加了N_4（任务完成率）、N_5（奖励基金系数的考核指标），使考核更切合本厂实际。

新薪酬制度实现了员工的收入与公司的效益、单位/部门的业绩和个人的工作成绩的紧密挂钩，加强对员工的工作态度、能力和业绩等因素的考核，年终以业绩为依据按一定比例进行奖惩。员工在年度考核中成绩排名在部门前10%的为优，可晋升一档工资，成绩排名在部门前10%～85%的为良，成绩排名在后5%的为差。公司对最后的2%实行末尾淘汰，其余3%降低一档工资。新薪酬制度通过考核，实现了人事、劳动、薪酬三位一体的滚动淘汰制。

四、新薪酬制度的实施

改革旧制度的过程中总会遇到阻力。在××将新的薪酬理论付诸实施时同样遇到了一定的困难。××推行的新薪酬制度，在结构上发生了质的变化，完全不同于旧的薪酬体系。它取消了工资级别概念，将报酬与工作岗位直接挂钩（即对岗不对人）。但是要让员工在短时间内完全理解新方案，很不容易，尤其是新制度引入了考核、淘汰因素，这使一些有着较深计划经济时代观念的老职工缺乏信心，面对当前"残酷"的竞争，有个别老师傅发现自己的收入还没有其徒弟高，感到愤愤不平。

自1999年5～12月，××完成了所有的基础准备工作，薪酬试行方案于2000年1月出台，并提交公司员工和职代会讨论征求意见，同时，人事部门展开了大规模的培训与宣传工作。通过采取集中培训、下部门宣传、利用有线电视和内部报纸等多种形式，公司对新薪酬制度进行了广泛深入的讲解，指导员工领会新方案的构思原则，特别强调岗位评价中"对岗不对人"的原则，使大部分员工逐渐接受新方案。工资制度的最终方案于2000年3月经公司职代会正式通过。

为进一步验证新方案的可行性和操作性，××在方案通过当月就选择了两个分厂进行试点，以期暴露各种可能出现的问题和矛盾，探索全面解决实际问题的具体方法。2000年4月，股份公司成功地贯彻实施了薪点工资，6月份起，集团公司也分阶段地开始实施。

实行岗位评价制度相应地产生了一些问题。例如，与岗位相联系的工资标准使个人所能得到报酬的增加受到了限制，员工只有通过职务晋升才能显著提高地位与报酬，如果没有晋升机会，员工的进取欲望将受挫。岗位评价制度也会使企业内部人员流动的灵活性有所下降，如果新岗位的工资水平较低，对低地位与低工资的担忧将降低员工调动的意愿。即使公司"特批"给予员工以超出新岗位员工标准的高薪，但是对长期而言，失落感与实际物质损失都会使调换岗位变得更难。

为了解决由岗位评价制度带来的实际问题，××又在薪酬制度改革中融合了人事制度和用工制度的相关内容，使三项制度较科学地结合在一起。即，薪酬采取一岗多薪（一岗十档），同一岗位的员工由于技能不同，存在着档次的差异，薪资的档次依据人事制度中的年度考核结果可升可降，每年调整一次，实行"小步慢跑"、动态管理。通过员工职务的晋升、岗位变更，激发员工永远追求卓越的奋斗精神，从而有效地解决岗位评价制度所产生的矛盾。

五、新薪酬制度的效果

新薪酬制度的试行，使员工的责任心明显增强，××的全员劳动生产率得到提高。以股份公司（按增加值）为例，××全员劳动生产率1999年1～6月累计25659元/人，2000年1～6月累计36851元/人，同比增长43.6%，在激烈的市场竞争中给企业带来了显著的成效。2000年上半年，股份公司实现工业总产值（1990年价）2.4亿元，工业增加值1.1亿元，销售收入3.69亿元，实现利润约1200万元，主要产品销量1470台，继续保持了行业排头兵的地位。

思 考 题

1. ××公司的薪酬制度有什么特色？

2. 如果××公司下一步准备大规模进入国际市场，需引进大量熟悉国际贸易事务的人才，那么作为人力资源部经理的你，对公司的薪酬制度改进有什么建议？

第九章 劳动关系管理

学习目标 >>>

1. 掌握劳动关系的概念和劳动关系的特征，理解和认识劳动者的权利，知道劳动关系管理的作用及劳动关系管理制度的内容。

2. 掌握劳动合同的概念、劳动合同的种类、劳动合同的法定条款、劳动合同订立的原则及劳动合同订立的程序。了解劳动合同变更的概念和条件。知道集体合同的概念及集体合同订立的程序。

3. 掌握劳动争议调整的目的和方法，理解劳动争议处理的基本原则，知道劳动争议仲裁和劳动争议诉讼。

4. 掌握沟通的作用，了解企业信息沟通的制度，知道如何降低沟通的障碍和干扰。

【引例】

李××诉石狮市××吸塑制品厂
——因公上街购物被撞伤应按工伤待遇对待纠纷案

案情

原告：李××

被告：石狮市××吸塑制品厂

原告李××自1992年8月底开始到石狮市××吸塑制品厂（私营企业）做工，负责机械维修的调试工作。1992年10月6日下午，李××在检修机械时发现一个零件损坏，即向厂长施××报告，厂长让工人郭××上街购买。李××考虑郭××不懂行，担心买错零件，主动与郭××骑自行车上街购买，途中被一辆无牌照的人力三轮车撞倒受伤，肇事者趁乱溜走。经医院检查，李××髌骨骨折，后发展为合并创伤性关节炎。李××先后在泉州市正骨医院、清流县中医院治疗6个月，共花去医疗费及车旅费618.44元。

1992年12月，李××向石狮市人民法院起诉，称其为工厂上街购买零件被撞伤，应按工伤对待，要求被告石狮市××吸塑制品厂按《中华人民共和国劳动保险条例》的有关规定，赔偿医疗费、护理费、伙食费、误工工资等共计5928.44元。

被告石狮市××吸塑制品厂辩称：厂里并未指派李××上街购买零件，李××属上班时间擅自外出途中被撞伤，应由肇事者负责任，与工厂无关。

审判结果

石狮市人民法院经审理认为，李××在街道被人力三轮车撞倒，属道路交通事故，根据国务院《道路交通事故处理办法》的规定，应由公安机关先行处理。李××未经厂方指派，擅自外出受伤，并非劳动安全未得保障所致，其要求厂方赔偿损失，于法无据。鉴于李××上街的主观目的是为厂方利益，根据《中华人民共和国民法通则》第四条规定的公平原则，厂方应给予适当的经济补偿。据此，石狮市人民法院于1993年6月23日做出判决：一、驳回原告李××要求被告石狮市××吸塑制品厂支付医疗费、护理费、伙食费、误工工资5928.44元的诉讼请求；二、被告石狮市××吸塑制品厂应于本判决生效之日起3日内付给原告李××经济补偿费人民币1000元。

宣判后，原告、被告均未提出上诉。

第一节　劳动关系及其管理制度

一、劳动关系

（一）劳动关系的概念和特征

1. 劳动关系的概念

劳动关系是一个内涵比较丰富的概念。基于不同的国家、不同的政治经济制度和文化传统，对劳动关系有不同的称谓：劳资关系、雇佣关系、产业关系等。劳资关系、雇佣关系是相对于资本与劳动者之间的关系而言的，反映出出资人与劳动者或雇主与雇员之间的关系。西方发达国家常使用产业关系的概念，是指产业关系系统中的雇佣关系或劳资关系。它强调的是劳动者与雇佣者、劳动者与产业环境之间的相互作用，包含了雇佣关系的各个方面：个人、企业、社会。

一般来说，劳动关系有两种含义，一种是广义的劳动关系，另一种是狭义的劳动关系。广义的劳动关系是指人们在社会劳动过程中发生的一切关系，包括劳动力的使用关系、劳动管理关系、劳动服务关系等。狭义的劳动关系是指劳动者与用人单位之间在劳动过程中发生的关系，包括工作任务、工作条件、工作时间、工作期限、劳动报酬、社会保险、生活福利、劳动权利及其他权利和义务等。

2. 劳动法律关系

劳动法律关系是指，劳动者与用人单位之间，依据劳动法律规范所形成的，实现劳动过程的权利和义务关系。也就是说，是劳动法调整劳动关系所形成的权利和义务关系。劳动法律关系体现了双重意志：一方面，它是按照劳动法律规范的具体要求形成的，体现了国家的意志；另一方面，它又是通过劳动合同的缔结而形成的，体现了双方当事人的共同意志。但国家意志处于主导地位，双方当事人的意志必须在符合国家意志或国家意志允许的范围内发挥作用。

劳动法律关系与劳动关系既有联系又有区别，其区别可以从两方面阐述：一是二者形成的前提条件不同。劳动关系的形成以劳动交换为前提，是提供劳动和接受劳动的双方在交换劳动的实际过程中发生的关系；而劳动法律关系的形成是以法律法规的存在为前提的，具体的劳动关系要上升为劳动法律关系，必须有相应的劳动法律法规的存在，否则就不能形成劳动法律关系。二是二者的内容和效力不同。劳动法律关系是以法定的权利和义务为内容，受国家强制力保护；而劳动关系是以劳动的事实关系为内容，如果国家没有制定调整相关劳动关系的法律和法规，则这些事实关系就不具备法律上的效力，不受国家强制力保护。

3. 劳动关系的特征

在现代市场经济条件下，劳动关系呈现以下特征。

① 劳动关系是实现劳动过程中发生的关系，与劳动者有着直接的联系，与社会劳动过程密不可分。也就是说，如果劳动力不投入使用，不与生产资料相结合，不进入劳动过程，就不会产生劳动关系。

② 劳动关系的主体是特定的，一方是劳动者即劳动力的所有者和支出者，在劳动过程中处于被支配地位，另一方是雇佣者即用人单位，是劳动力的需求主体，在劳动过程中处于支配者的地位。

③ 劳动关系兼有平等性和隶属性。在劳动关系建立之前，劳动者与雇佣者（用人

单位）是平等的主体，双方是否建立劳动关系及建立劳动关系的条件由双方按照平等自愿的原则协商解决。在劳动关系建立后，用人单位与劳动者双方则形成管理与被管理的隶属关系。

（二）劳动者的地位和权利

劳动者是企业生产经营活动的主体，是企业利润的提供者，也是社会财富的创造者。劳动者在企业内应处于主体地位，经营管理者则处于主导地位。

劳动者的劳动权利，也称劳动权，是指以就业权为核心的、与其相互联系、相互作用的诸多权利的总和，劳动权是生存权最基本的构成部分之一。《中华人民共和国劳动法》（以下简称《劳动法》）规定了劳动者在劳动关系中的各项权利，主要有以下几个方面。

1. 平等就业和选择职业的权利

平等就业权是指具有劳动能力的公民，有获得职业的权利。劳动是人们生活的第一个基本条件，是创造物质财富和精神财富的源泉。公民的劳动就业权是公民享有其他各项权利的基础。劳动者选择职业的权利是指劳动者根据自己的意愿选择适合自己才能、爱好的职业。劳动者拥有自由选择职业的权利，有利于劳动者充分发挥个人的特长，促进社会生产力的发展。

2. 获取报酬的权利

劳动者付出劳动，依照劳动合同及国家有关法律取得报酬，是劳动者的权利，及时定额地向劳动者支付工资是用人单位的义务。劳动报酬是劳动者与用人单位签订劳动合同的必备条款，用人单位如果不承担这些应尽的义务，劳动者有权依法要求有关部门追究其责任。获取劳动报酬是劳动者持续地行使劳动权必不可少的物质保证。

3. 休息与休假的权利

我国宪法规定，劳动者有休息和休假的权利，国家发展劳动者休息和休养的设施，规定职工的工作时间和休假制度。我国劳动法规定的休息时间包括工作间歇、两个工作日之间的休息时间、公休日、法定节假日以及年休假、探亲假、婚丧假、事假、生育假、病假等。休息、休假的法律规定既是实现劳动者休息权的重要保障，又是对劳动者进行劳动保护的一个方面。《劳动法》规定，用人单位不得任意延长劳动时间。

4. 获得劳动安全卫生保护的权利

劳动者在其劳动过程中，其生命安全与身体健康依法受到保护，具体表现在：第一，劳动者有权获得符合国家劳动安全卫生标准的劳动条件，并接受劳动安全卫生知识的教育；第二，女职工和未成年工有权要求获得特殊的劳动保护；第三，劳动者有权拒绝用人单位提出的违章作业要求，并在劳动过程中遇到严重危及生命安全的危险时有权采取紧急避险行为；第四，劳动者有权要求定期进行健康检查，职业病患者有权要求及时治疗并调离原岗位等。

5. 接受职业技能培训的权利

我国宪法规定，公民有受教育的权利和义务。所谓受教育既包括受普通教育，也包括受职业教育。公民要实现自己的劳动权，就必须拥有一定的职业技能，而要获得这些职业技能，越来越依赖于专门的职业培训。因此，劳动者若没有职业技能培训的权利，那么劳动就业权利也就成为一句空话。

6. 享有社会保障和福利的权利

我国相关劳动法律规定劳动者有权要求用人单位依法为其办理养老、医疗、失业、工伤、女职工生育等法定项目的社会保险，并按规定缴纳保险费；在发生工伤事故、生病、生育、离退休或失业时有权要求社会保险机构和用人单位提供保险和福利方面的物质帮助。

7. 提请劳动争议处理的权利

劳动争议是指劳动关系当事人，因执行《劳动法》或履行集体合同和劳动合同的规定而引起的争议。劳动关系当事人，作为劳动关系的主体，各自存在着不同的利益，双方会不可避免地产生分歧。用人单位与劳动者发生劳动争议，劳动者可以依法申请调解、仲裁、提起诉讼。其中劳动争议调解委员会由用人单位、工会和职工代表组成；劳动仲裁委员会由劳动行政部门的代表、同级工会、用人单位代表组成。解决劳动争议应该贯彻合法、公正、及时处理的原则。

（三）劳动关系的调整机制

建立劳动关系调整机制是发展良好的劳动关系的客观要求，这种调整机制涉及法律、经济和行政三个方面，三者相互配合、相辅相成，形成了由法律法规调整、企业内部调整、劳动争议处理、三方（政府、工会、企业）协商谈判和国家劳动监察等方面构成的劳动关系调整系统。

1. 法律法规调整

劳动关系在社会关系中占有极为重要的地位，各国都制定了一系列的法律法规，包括劳动实体法和劳动程序法对劳动关系进行调整。比如《劳动法》、《就业法》、《社会保障法》、《职业安全卫生法》、《限制雇佣童工法》、《企业劳动争议处理条例》等。这些法律法规具有强制力，是调整劳动关系的最根本依据。

2. 企业内部调整

企业内部调整劳动关系的机制是和谐的劳动关系的基本保证。它的建立主要包括：培养劳动关系双方"企业共同体"、"伙伴关系"等合作共赢的理念，建立集体协商制度，根据劳动法第四条规定（用人单位应当依法建立和完善规章制度，保障劳动者享有劳动权利和履行劳动义务）完善企业内部规章制度、成立用人单位劳动争议调解委员会等方面的工作。其中，合作共赢的理念可以促使劳动关系双方换位思考，增强相互的理解和信任；完善企业内部规章制度则既是用人单位的法定权利也是用人单位的法定义务，它可以使用人单位的劳动管理行为规范化，从而排除用人单位任意发号施令，乱施处罚权，保障劳动者合法权益；而劳动争议调解委员会是化解劳动关系双方矛盾的润滑剂，可以防止矛盾的激化，是企业内部调整劳动关系的一种主要形式。

3. 劳动争议处理

劳动争议处理，是各国普遍采用的一种比较成熟的调整劳动关系的机制。当劳动关系双方出现矛盾，发生争议时，以劳动法律法规为依据，通过相应的劳动争议处理程序，可以加强协调与对话，及时化解矛盾，建立起稳定协调的企业劳动关系，维护劳动关系双方的合法权益，规范双方的行为，增进双方的合作，以共谋企业的发展，从整体上维护劳动关系双方和社会的稳定。

4. 三方协商机制

三方协商机制，即政府、工会、企业三方代表共同参与劳动关系调整的活动及其方式，其法律依据是我国的《劳动法》和《企业劳动争议处理条例》等国家的法律法规。劳动关系三方协商机制，是市场经济国家为促进劳动关系协调发展而普遍采取的一种重要方式，是政府、企业和工会三方相互影响和制衡，共同参与，就与劳动关系相关的社会经济政策和劳动立法以及劳动争议等问题进行协商、谈判和合作的机制，是调整劳动关系的实践中形成的有效机制。

5. 劳动监察

劳动监察，国外又称劳动检查，是指法定专门机构和人员代表国家对劳动法律法规的遵守情况进行的监督、检查，并对违法行为进行处罚的一系列活动。它作为保障劳动法律法规实施、维护劳动关系双方当事人的合法权益的一种强制性手段，广为世界各国所运用。

238

二、劳动关系管理及其作用

（一）劳动关系管理

1. 劳动关系管理的含义

劳动关系管理是指以国家的法律法规为依据，通过控制、监督与协调等管理手段，形成公平合理、保障各方权益的劳动关系管理机制，创建和谐的、宽松的、有利于员工积极性和创造性充分发挥的企业环境的管理活动。这里的劳动关系主要是指企业所有者、经营管理者、普通员工和工会组织之间在企业的生产经营活动中形成的各种责、权、利关系。

2. 劳动关系管理的主要内容

劳动关系管理要本着以法律为准绳、以预防劳动争议产生为主的原则，兼顾各方利益、协商解决争议、实现劳动关系的规范化和制度化。

劳动关系管理的主要内容有：建立劳动关系管理制度体系、劳动合同管理、劳动争议处理、实现有效的员工沟通等。

（二）劳动关系管理的作用

（1）保障劳动关系双方的利益　通过劳动关系管理可以有效保障企业内部各方面的正当权益，减少因劳动关系恶化而带来的损失，使劳动关系当事人各方受益。

（2）实现人力资源的优化配置　通过劳动关系管理可以保障企业与员工的互择权，使人力资源适当流动，以实现生产要素的优化组合，取得更好的运营效益。

（3）调动人力资源的积极性　通过劳动关系管理可以改善企业内部劳动关系，避免纠纷，营造一个尊重、信任、合作、心情舒畅的工作环境，从而激发人的潜力，充分调动人力资源的积极性。

（三）劳动关系管理制度体系的建立

劳动关系管理制度体系包括劳动合同管理制度、企业工作标准、劳动安全卫生制度、企业内部沟通制度等。

1. 劳动合同管理制度

劳动合同管理制度主要指与劳动合同有关的管理原则、管理流程、管理方法、管理权限等方面的规定，主要内容有：对劳动合同履行原则的规定；员工招收录用条件、招工简章、劳动合同草案、有关专项协议草案等文件的审批权限的规定；员工招收录用计划的审批、执行权限的划分；劳动合同签订、续订、变更、解除事项的审批流程和办法；试用期的考察办法；员工档案的管理规范和办法；应聘人员相关材料保存和处理的方法与程序；集体合同草案的拟定、协商程序；解除、终止劳动合同人员的档案移交办法和程序；劳动合同管理制度的修改、废止的程序等。

2. 企业劳动规则

企业劳动规则指企业依法制定的、全体员工在劳动过程中必须遵守的行为规则，也可以称为劳动纪律。企业员工必须按照规定的时间、地点、质量、方法、程序和有关规程的要求履行自己的劳动义务，从而保持全体员工在劳动过程中的行为方式的规范化，以维护正常的生产、工作秩序。

企业劳动规则的主要内容包括：时间规则，如作息时间、考勤办法、请假程序和办法等；组织规则，企业各直线部门、职能部门或各组成部分及各类层级权责结构之间的指挥、服从、接受监督、保守商业秘密等方面的规定；岗位规则，如劳动任务、岗位职责、操作规程、职业道德等方面的规定；编制定员规则，企业机构的设置及配备各类人员的数量界限；劳动定额规则，指在一定的技术组织条件下，企业劳动者完成单位合格产品所消耗劳动量的标准，分为工时定额和产量定额两类；协作规则，工种、工序、岗位之间的关系，上下层次之间的连接、配合等规则；品行规则，言语、着装、用餐、行走、礼节等规则；其他规则。

3. 企业工作标准

对企业中需要协调统一的工作事项所制定的规范化的工作内容和工作过程（流程）称为企业工作标准。企业工作标准是衡量企业职工工作数量和质量的基本依据。企业应该把每个工作岗位上一些稳定的重复性工作事项制定为科学合理的企业工作标准，并以此作为企业职工岗位培训教育的重要内容，使企业职工理解、掌握自己的工作标准，并认真严格地实施，从而保证工作井然有序，有条有理。企业工作标准依据岗位的工作性质不同，又可分成以下三类。

① 管理岗位的工作标准，对管理工作事项所制定的企业工作标准。

② 操作或作业岗位的工作标准，对操作或作业事项所制定的岗位操作规程或企业作业标准。

③ 服务标准，对交通运输、商场饭店、广播、邮电、通讯、银行、旅游以及工业企业的食堂、后勤等服务岗位的服务事项所制定的服务标准或服务规范。

4. 劳动安全卫生制度

在劳动者的各项权利中，生命安全和身体健康权是最基本的权利。劳动安全卫生制度是以保护劳动者的生命安全和身体健康为目的而设立的劳动保护制度。劳动安全卫生制度主要由劳动安全技术规程、劳动卫生规程、劳动安全卫生管理制度等内容构成。

（1）劳动安全技术规程　主要是对工厂、矿山、建筑安装工程领域的安全技术规定，主要是为保护劳动者在劳动过程中的安全，防止伤亡事故发生而必须采取的各种安全保护措施的规章制度。

（2）劳动卫生规程　是指为保护劳动者在劳动过程中的身体健康，防止各类职业病的发生所必须采取的各种防护措施的规章制度，如通风、照明、防暑防晒、防冻保暖、防止有毒有害物质、职业病的防治与报告等。

（3）劳动安全卫生管理制度　是指为保障劳动者在劳动过程中的健康和安全，企业根据国家相关法规并结合本单位实际，在组织劳动和科学管理方面制定的有关劳动安全卫生管理的规章制度，包括安全生产责任制度、安全技术措施计划制度、安全卫生教育制度、安全卫生检查制度、劳动安全卫生监督制度和伤亡事故报告处理制度等。

5. 企业内部沟通制度

现代生产的一个特征就是社会和企业的分工越来越细，这使得协调沟通显得更为重要。企业内部沟通制度的建立，可以促进企业内各部门及工作人员之间的交流，培养一种正确的沟通心态，把积极的沟通变成一种习惯，使每一个岗位对上对下的沟通都变成一种需求，在沟通中提高工作效率和准确度，减少误解和矛盾，融洽工作关系，增进同事及上下级感情，建立和谐的工作关系。同时企业内部沟通制度也为建立良好、健康的问题反映及解决渠道提供了保障。

6. 其他制度

如工资、福利、考核、奖惩、晋升、培训等制度。这些制度都与协调劳动关系有着直接的联系，并且反映着劳动关系的实质内容。

第二节　劳动合同管理

一、劳动合同

（一）劳动合同的概念

劳动合同亦称劳动契约，是指劳动者与用人单位之间为确立劳动关系，依法协商达成的双方权利和义务的协议。劳动合同是确立劳动关系的凭证，是建立劳动关系的法律形式，是维护双方合法权益的法律保障。

劳动合同应当以书面形式订立，并由用人单位和劳动者本人各执一份。劳动合同依法订立即具有法律约束力，当事人双方必须履行劳动合同中规定的义务。由他人代签的劳动合同属于无效合同，对签约双方都没有约束力。

（二）劳动合同的法律特征

（1）劳动合同的主体是特定的　劳动合同的主体一方是自然人，即劳动者；另一方是法人或非法人经济组织，即用人单位。当事人不以劳动者或用人单位身份订立的协议，不是劳动合同。

（2）劳动合同当事人的法律地位是平等的　劳动者与用人单位在订立合同时，法律地位是平等的，双方根据平等、自愿的原则确定合同关系。

（3）劳动合同履行中的隶属性　即劳动者在合同签订后，成为用人单位的一员，与用人单位存在着依从、隶属关系。

（4）劳动合同属于法定要式合同　即劳动合同必须具备法定条款，而且必须以特定的形式（书面形式）才能具有法律效力。

（三）劳动合同的种类

1. 按照合同期限的不同划分

按照合同期限的不同可以划分为有固定期限劳动合同、无固定期限劳动合同、以完成一定工作为期限的劳动合同。

（1）有固定期限的劳动合同　又称定期劳动合同，是指当事人明确规定合同有效的起止日期的劳动合同。期限届满，劳动合同即告终止。除法律有特别规定外，在合同期限届满前，劳动者与用人单位经协商一致可以续签劳动合同。定期劳动合同能保持劳动关系相对稳定，有利于劳动力的合理流动。但用人单位可能利用期限的约定，仅使用劳动者的"黄金年龄段"，因此，这种合同对劳动者的利益的保障比较差。我国劳动法律对定期合同的最长期限和续订次数没有限制，仅规定劳动者在同一用人单位连续工作满十年的，当事人双方同意续签劳动合同的，如果劳动者提出订立无固定期限的劳动合同，应当订立无固定期限的劳动合同。

（2）无固定期限的劳动合同　又称不定期劳动合同，是指当事人只写明合同生效日期，不明确约定合同终止日期的劳动合同。只要不出现法律、法规或合同约定的可以变更、解除、终止劳动合同的情况，双方当事人均不得擅自变更、解除、终止劳动关系。这种合同确立的劳动关系比较稳定，有利于保护劳动者，防止用人单位在使用完劳动者的"黄金年龄段"后即解聘劳动者。国内外对无固定期限劳动合同的适用范围一般没有限定。

（3）以完成一定工作为期限的劳动合同　是指当事人将完成某项工作约定为合同终止条件的劳动合同。当该工作完成后，劳动合同即告终止。此种合同本质上也属于有固定期限的劳动合同。主要适用于建筑业和临时性、季节性的工作。

2. 按照合同产生的方式划分

按照合同产生的方式划分有：录用合同、聘用合同、借调合同。

（1）录用合同　是指用人单位通过面向社会，公开招收，择优录用员工所签订的劳动合同。它是由用人单位在社会上招收新员工或续签合同时使用的合同类型。其内容约定的是一般性的劳动权利和义务，是劳动合同中的基本类型。

（2）聘用合同　是指聘用方与被聘用的劳动者之间签订的明确双方责、权、利的协议。聘用合同主要适用于用人单位从在职和非在职劳动者中招聘有特定技术业务专长者的专职或兼职的技术专业人员或管理人员时使用的。例如：企业高薪聘请外地或本地的技术专家、法律工作者、高级管理人员等用以改善本企业的经营状况，或为本企业提供特定服务。

（3）借调合同　是指借调单位、被借调单位与借调人员之间所签订的约定将某用人单位职工调至另一单位从事短期性的工作并确定三方权利义务关系的合同。借调合同一般适用于借调单位急需且又是临时性的情况。这种合同一般由借调单位支付借调人员劳动报酬和福利待遇。

3. 按照用工形式划分

按照用工形式划分：有全日制劳动合同和非全日制劳动合同、兼职劳动合同和非兼职劳动合同、农民轮换工合同、学徒劳动合同。

（1）全日制劳动合同和非全日制劳动合同　全日制劳动合同是指从事工作日全时工作的合同；非全日制劳动合同是指从事工作日部分时间工作的劳动合同。

（2）兼职劳动合同和非兼职劳动合同　兼职劳动合同指的是可以从事第二职业的合同；非兼职劳动合同是指对兼职加以严格限制的合同。

（3）农民轮换工合同和学徒劳动合同　农民轮换工，即指从农村招用的不转户口，不改变农民身份，定期轮换做工务农的工人，他们与用人单位签订的合同称为农民轮换工的劳动合同。学徒劳动合同，是指青年工人在就业培训期间与企业签订的劳动合同，具有工作和培训双重特征。

（四）劳动合同的法律约束力

劳动合同是约束用人单位和劳动者之间权利义务的契约或协议，劳动合同不是法律，但是具有法律效力。劳动合同属于当事人之间的"法律"，必须严格履行遵守，否则将承担不利的法律后果。劳动合同的法律效力来自国家的依法承认和保护。其约束力如下。

① 劳动合同经依法订立，当事人之间就产生了法律意义上的劳动权利和义务关系。当事人如不履行劳动合同，将承担法律责任。

② 未经协商，当事人不得任意变更、增减合同内容或终止合同。

③ 用人单位法定代表人的更换，不影响劳动合同的法律约束力。

④ 任何单位和个人不得非法干预当事人履行劳动合同所确定的义务。

⑤ 当劳动合同与企业规章制度产生矛盾时，劳动合同的效力高于用人单位单方制定的规章制度。因为一般来说，劳动合同属签约双方的合意，两者发生矛盾时以劳动合同为准。有时劳动合同中当事人会约定规章制度作为该合同的附件，此情况下，二者效力一致，除非合同中有明确的特殊规定。

如果劳动合同内容与法律相悖，则此类内容将视为因违法而无效，也不能作为劳动争议案件中裁判的法律依据。

（五）劳动合同的内容

劳动合同的内容即劳动合同条款，是劳动关系的实质。它作为劳动者与用人单位就建立劳动关系协商一致的对象和结果，将双方的权利和义务具体化。劳动合同的内容包括必备的法定条款和协商条款。

1. 法定条款

法定条款是劳动法律规范规定的，劳动合同双方必须遵照执行的条款。只有具备这些条款，劳动合同才能成立。根据我国《劳动法》第十九条的规定，劳动合同应当具备劳动合同期限、工作内容、劳动保护和劳动条件、劳动报酬、劳动纪律、劳动合同终止的条件和违反劳动合同的责任。此外，一些地方性法规也将工作时间、社会保险等条款也列入法定必备条款。

（1）劳动合同期限　劳动合同期限即合同有效的起止期间。劳动合同应当规定合同的生效时间。没有规定劳动合同生效时间的，一般将当事人签字或盖章之日起即视为该劳动合同的生效时间。劳动合同终止的期限依法分为有固定期限、无固定期限和以完成一定工作为期限三种形式，在签订劳动合同时，按照《劳动法》的规定，只要当事人双方协商一致，即可签订有固定期限的劳动合同、无固定期限的劳动合同以及以完成一定工作为期限的劳动合同。

（2）工作内容　工作内容即用人单位提供给劳动者的劳动岗位、工作任务与要求，一般通过具体的工作岗位或工种体现出来。

（3）劳动保护和劳动条件　指用人单位应当为劳动者提供的劳动安全保障和完成劳动任务所需的必要条件。劳动保护是用人单位为了保障劳动者在劳动过程中的身体健康与生命安全，预防伤亡事故和职业病的发生，而采取的有效措施，包括劳动安全和劳动卫生方面的设施、防护措施以及工作环境等。在劳动保护方面，凡有国家强制性标准规定的，用人单位必须按照国家标准执行，劳动合同约定的劳动保护标准不得低于国家标准；国家没有规定强制性标准的，劳动合同中约定的标准以不使劳动者的生命安全受到威胁、身体健康受到侵害为前提条件。

（4）劳动报酬　劳动报酬是劳动力价值的表现形式，是劳动者履行劳动义务后享有的劳动权利。按约定向劳动者支付报酬是用人单位的一项基本义务。劳动报酬主要由工资、奖金、津贴构成并以货币形式支付。劳动合同中应当明确劳动报酬的具体标准（不得低于当地政府规定的最低工资标准）和工资计算办法、工资的支付方式和时间、奖金和津贴的取得条件与标准等。

（5）社会保险　社会保险是国家通过立法建立的，对符合法定条件的劳动者在其养老、疾病、死亡、伤残、失业、生育以及发生其他生活困难时，给予物质帮助的制度。本条款应明确双方当事人各自的社会保险缴费项目、缴费标准和缴费办法等。

（6）劳动纪律　劳动纪律是劳动者在劳动中必须遵守的用人单位的工作秩序和劳动规则。主要包括国家有关劳动纪律的法律、行政法规，此外，用人单位可以把企业内部规章制度作为合同附件，这样可以使企业的规章制度具有与合同一样的法律效力。需要注意的是，劳动合同中应明确规定劳动者同意接受用人单位依法制定的劳动规章制度。

（7）劳动合同终止的条件　劳动合同终止的条件有法定条件和约定条件两种。法定条件是指法律直接规定的劳动合同终止的情形，一旦法定情形出现，劳动合同即告终止。法定条件具有约束性，当事人不得协商更改。约定条件是当事人在法定条件以外协商约定的其他可以中止的情形。

（8）违反劳动合同的责任　简称违约责任，是指一方当事人因违反劳动合同的约定给对方当事人造成损失时，应承担的法律后果。在劳动合同中明确规定违约责任，既有助于督促当事人自觉履行合同义务，减少或避免违约行为的发生，又有助于违约行为发生后受损一方的损失得到合理补偿。

2. 约定条款

劳动合同中除法律规定的必备条款外，当事人双方可以协商约定其他内容，即约定条款。约定条款又称法定可备条款：根据我国《劳动法》及有关规定，可备条款主要有试用期限、培训事项、保密事项、补充保险和福利待遇以及当事人要求的其他事项（如住房、带薪休假、子女就学等不违反法律法规的要求）。

（1）试用期限　我国《劳动法》第二十一条规定，劳动合同可以约定试用期，试用期最长不得超过 6 个月。因为试用期内劳动者的劳动报酬及福利待遇等一般低于正式员工，所以试用期过长对劳动者不利。原劳动部颁发的《关于实行劳动合同制度若干问题的通知》中进一步规定，劳动合同期限在 6 个月以下的，试用期不得超过 15 日；劳动合同期限在 6 个月以上 1 年以下的，试用期不得超过 30 日；劳动合同期限在 1 年以上 2 年以下的，试用期不得超过 60 日；劳动合同期限 2 年以上的，试用期由双方协商约定，最多不得超过 6 个月。试用期包含在劳动合同期限内。

（2）职业培训　职业培训是指对具有劳动能力的劳动者获得从事某种职业所必需的专业技术知识、实际操作技能、职业道德和职业纪律等方面所进行的教育训练。按照培训主体的不同，职业培训可以分为就业培训、在职培训和专业培训。在劳动合同中所规定的职业培训是指在职培训，即对已经就业的劳动者所进行的专业知识和技能的培训，以提高劳动生产率和劳动者的文化技术水平及劳动水平，使劳动者能适应社会发展和用人单位的要求。双方当事人可以约定培训的条件、培训期间的工资待遇、培训费用的支付方法、培训后须服务的期限等。

（3）保密条款　保密条款是指用人单位为使劳动者保守用人单位的商业秘密而与劳动者协商确定的合同条款。其内容主要包括需要保密的事项、范围、期限、方式及违约责任。《劳动法》第二十二条规定："劳动合同当事人可以在劳动合同中约定保守用人单位商业秘密的有关事项。"《劳动法》第一百零二条规定："劳动者违反本法规定的条件解除劳动合同或者违反劳动合同中约定的保密事项，对用人单位造成经济损失的，应当依法承担赔偿责任。"用人单位与掌握商业秘密的职工在劳动合同中约定保守商业秘密相关事项时，可以约定在劳动合同终止前或该职工提出解除劳动合同后一定时间内（不超过 6 个月），调整其工作岗位，变更劳动合同中相关内容。

（4）补充保险和福利待遇　双方当事人可以根据法律法规的有关规定和企业的经营发展战略、企业的效益，协商确定补充养老、补充医疗等保险以及与企业相适应的福利待遇。

（5）协商约定的其他事项　劳动合同当事人的具体需要具有多样性如住房、子女或亲属就学或就业、人身意外伤害保险等，这些需要都可以在不违反国家法律法规的条件下，通过协商约定成为劳动合同的条款，对当事人具有法律约束力。

二、劳动合同的订立

劳动合同的订立是劳动者与用人单位就劳动合同的条款经过协商一致达成协议，并以书面形式明确规定双方的责任、义务和权利的法律行为。劳动合同的订立是劳动法律关系发生的依据，并产生一定的法律后果，因此劳动合同订立时劳动关系双方当事人必须认真对待。

（一）劳动合同订立的原则

我国《劳动法》第十七条规定："订立和变更劳动合同，应当遵循平等自愿、协商一致的原则，不得违反法律、行政法规的规定。"这一规定明确了订立合同必须遵循的三项基本原则。

1. 平等自愿原则

平等就是当事人双方的法律地位是平等的，当事人双方以平等的身份订立劳动合同；自愿是指订立劳动合同完全出自当事人自己的意愿，任何一方不得将自己的意愿强加给对方。

2. 协商一致原则

协商一致原则是指当事人双方在充分表达自己真实意愿的基础上，经过平等协商，取得一致意见后，方可签订合同。

3. 不违反法律法规原则

订立劳动合同的行为不得违反法律法规的规定，这是劳动合同有效并受国家法律保护的前提条件。依法订立劳动合同必须符合以下三项要求：

（1）订立劳动合同的主体必须合法　订立劳动合同的双方当事人必须具备合法的主体资格，用人单位应当依法成立，劳动者必须年满 16 周岁，特殊工作需招用未满 16 周岁的未成年人，必须依照国家有关规定。

（2）订立劳动合同的目的、内容必须合法　当事人不得以订立劳动合同的合法形式来掩盖非法意图和违法行为。订立劳动合同，对于劳动者来说，是为了实现就业，获取劳动报酬，以利于生存和发展；对于用人单位来说，是为了组织合法生产，创造财富，获取利润。

（3）订立劳动合同的程序和形式必须合法　订立劳动合同的程序和形式必须符合有关劳动法律、行政法规的规定。

（二）劳动合同订立的程序

劳动合同的订立程序，就是签订劳动合同必须履行的法律手续。劳动合同订立程序与其他合同的主要区别在于，劳动合同的被要约人在开始时是不确定的，需要首先确定被要约人，即确定与用人单位签订劳动合同的劳动者才能完成劳动合同订立的全过程。

劳动合同订立的程序包括提议、协商、签约和劳动合同的履行四个阶段。

1. 提议（要约）

即一方向另一方提出订立劳动合同的建议，在这个阶段，用人单位根据本单位岗位的需要，按照有关规定进行招工，这时既是初步要约，又可以约定被要约人。被录用的人员就是订立劳动合同被要约人。

2. 协商

双方当事人在互相尊重对方的基础上就劳动合同内容进行充分的平等协商。被要约人确定后，由用人单位提出劳动合同草案，劳动者如果完全同意，经双方签订后劳动合同成立。如果劳动者对劳动合同草案提出修改或补充意见，应视为对要约拒绝。双方经过新的要约—再要约，反复协商，直至最终达成一致协议。

3. 签约

劳动合同当事人双方在签约前应认真审阅劳动合同文本约定的内容是否真实，是否与约定的条件一致。经确认后，劳动者本人和用人单位法定代表人（或其书面委托代理人）签字、盖章，并填写年月日。如果当事人双方要求的劳动合同的生效时间与最后一方签字盖章的时间不一致时，必须注明该劳动合同的生效时间。

4. 劳动合同的履行

依法订立的劳动合同具有法律约束力，当事人必须履行劳动合同规定的义务。

三、劳动合同变更、解除与终止

劳动法律法规对劳动合同变更、解除和终止做了规范要求。

（一）劳动合同变更

1. 劳动合同变更的含义

劳动合同的变更是指劳动合同的双方当事人就已订立的劳动合同条款达成修改、补充协议的法律行为。劳动合同的变更，一般不涉及已履行的部分，其效力仅限于未履行的部分。劳动合同的变更，要遵循平等自愿、协商一致的原则，任何一方不得将自己的意志强加给对方。根据劳动法律、法规的规定，只要劳动合同双方协商同意，劳动合同即可变更；此外，当发生企业重组、机构合并、调整生产任务、企业生产状况发生重大变化、改变作业方式、企业严重亏损等情况时均可变更劳动合同。劳动合同的变更一般包括两种类型：法定变更和协议变更。法定变更是指在法律规定的原因出现的情况下，经当事人一方提出，可以变更劳动合同。协议变更指经双方当事人协商一致，达成协议对企业劳动合同进行变更。同时，这种变更也必须符合法律的规定。

2. 劳动合同变更的条件

（1）原依据的法律法规发生变化　当订立劳动合同时所依据的法律、法规已经修改或废止时，可以对劳动合同进行变更。

（2）原依据的客观环境发生重大变化　当企业经有关部门批准转产、调整生产任务，或者由于上级主管机关决定改变单位的工作任务，或者企业严重亏损，或发生自然灾害确实无法履行劳动合同规定的义务等情况时，可以变更劳动合同。

（3）劳动合同双方当事人协商一致，并且符合法律规定。

（二）劳动合同解除

1. 劳动合同解除的含义

劳动合同的解除是指合同期限届满之前，双方或单方提前终止劳动关系的法律行为。劳动合同的解除可以起到终止劳动合同的作用，合同未履行的部分不再履行，对当事人双方不再发生法律效力。劳动合同的解除可以分为法定解除和协商解除。法定解除是指法律、法规或劳动合同规定可以提前终止劳动合同的情况。协商解除是指双方经过协商一致而提前终止劳动合同的法律效力。

2. 劳动合同解除的条件

（1）用人单位解除劳动合同的条件　按照《劳动法》第二十五条规定，当劳动者有下列情形时，用人单位可以解除劳动合同：在试用期被证明不符合录用条件的；严重违反劳动纪律或用人单位规章制度的；严重失职，营私舞弊，对用人单位利益造成重大损害的；被依法追究刑事责任的。

此外，具有下列情形之一的，用人单位可以解除劳动合同，但必须提前30天以书面形式通知劳动者：①劳动者患病或者非因工（公）负伤，医疗期满后，不能从事原工作也不能从事用人单位另行安排的适当工作的；②劳动者不能胜任劳动合同约定的工作，经过培训或调整工作岗位，仍然不能胜任工作的；③劳动合同订立时所依据的客观情况发生重大变化，致使原劳动合同无法履行，经当事人双方协商不能就变更劳动合同达成协议的。

（2）用人单位不得解除劳动合同的条件　《劳动法》第二十九条规定，当劳动者有下列情形之一的，用人单位不得解除劳动合同：①患职业病或者因公负伤并被确认丧失或者部分丧失劳动能力的；②患病或者负伤在规定医疗期内的；③女员工在孕期、产期、哺乳期间的；④应征入伍、在义务服兵役期间的；⑤复员、转业退伍军人退伍后初次参加工作未满三年的；⑥实行集体合同制度的企业，员工一方代表在劳动合同期限内自担任代表之日起5年内的；⑦法律、行政法规规定的其他情形。

（3）劳动者解除劳动合同的条件　一般情况下，劳动者可以解除劳动合同，但应当提前30天以书面形式通知用人单位，如果给用人单位造成经济损失的，劳动者应当承担赔偿责任。

劳动者提前30天以书面形式通知用人单位，既是解除劳动合同的程序，也是解除劳动合同的条件。劳动者提前30天以书面形式通知用人单位，解除劳动合同，无需征得用人单位的同意。超过30天，劳动者向用人单位提出办理解除劳动合同的手续，用人单位应予以办理。但由于劳动者违反劳动合同有关约定而给用人单位造成经济损失的，应依据有关法律、法规、规章制度的规定和劳动合同的约定，由劳动者承担赔偿责任。劳动者违反提前30天以书面形式通知用人单位的规定，而要求解除劳动合同的，用人单位可以不予办理。劳动者违法解除劳动合同而给原用人单位造成经济损失的，应当依据有关法律、法规、规章的规定和劳动合同的约定，承担赔偿责任。

《劳动法》第三十一条和第三十二条规定，属于下列情形之一的，劳动者可以随时通知用人单位解除劳动合同：在试用期内的；用人单位以暴力、威胁或者限制人身自由的手段胁迫劳动的；用人单位未按照劳动合同约定支付劳动报酬或提供劳动条件的。

3. 解除劳动合同的经济补偿

解除劳动合同的经济补偿是指用人单位解除劳动合同给劳动者的生活造成困难，按照国家法律法规规定给予劳动者相应的一次性经济补偿金。我国现行解除劳动合同的经济补偿金标准主要取决于劳动者在用人单位的工作年限和劳动者解除合同前 12 个月的平均工资水平。根据解除合同对劳动者的影响程度的不同，以及解除合同的具体原因，确定了两个补偿标准，设置了 12 个月平均工资的补偿下限和不设上限的补偿标准。对双方协商，劳动者不胜任工作，由用人单位解除合同的，用人单位应按劳动者在本企业工作年限，工作每满 1 年，发给相当于 1 个月的工资的经济补偿金，最多不超过 12 个月；对经济性裁员、因病解除合同或因客观情况变化不能就变更合同达成协议而解除合同的，用人单位按劳动者在本单位的工作年限，每满 1 年发给相当于 1 个月工资的经济补偿金，不设上限；对用人单位强迫劳动而造成劳动者解除劳动合同的，用人单位应当按照劳动者在本企业的连续工作年限，每满 1 年发给劳动者 1 个月工资的经济补偿金，工作年限不满 1 年的按 1 年计算，经济补偿金按本地区上一年企业平均工资计算。

（三）劳动合同终止

劳动合同终止是指劳动合同期满或双方当事人约定的劳动合同终止的条件出现，以及劳动合同一方当事人因某种原因无法继续履行劳动合同以至结束劳动关系的法律行为。劳动合同终止有以下几种情况。

① 劳动合同期限届满，即应终止执行合同。合同期限届满是劳动合同终止的法定原因，没有特殊情况，一般都终止合同关系。由于生产、工作需要，在双方完全同意的条件下，可以续订合同。

② 劳动合同约定的任务完成，合同即告终止。

③ 劳动合同当事人的一方——职工死亡，或者职工因年老而符合退休条件时，或者因疾病、伤残并经医生证明完全丧失劳动能力需要退职时，原定劳动合同随之终止。

④ 企业、事业、机关、团体等用人单位及其个别领导人，在招工时违反劳动法规定或政策精神，徇私舞弊，非法录用，一经群众揭发必须对所招人员进行清退，签订的劳动合同即行终止。

⑤ 职工经企业、事业、机关、团体等用人单位同意，参加全国统一考试而被录取者，与原单位签订的劳动合同随之终止。

⑥ 依照我国兵役法，适龄职工经体检合格服兵役者，与原所在单位终止劳动合同。

劳动合同期满，对尚处在医疗期或孕期、产期、哺乳期内的劳动者，不能终止劳动合同，劳动合同的期限应延续至医疗期或者孕期、产期、哺乳期满为止。

四、违反劳动合同的责任

（一）用人单位违反劳动合同的责任

根据《违反〈中华人民共和国劳动法〉有关规定的赔偿办法》（劳部发［1995］223 号）的规定，用人单位有下列情形之一对劳动者造成损害的应赔偿劳动者损失：

① 用人单位故意拖延不订立劳动合同，即招用后故意不按规定订立劳动合同以及劳动合同到期后故意不及时续订劳动合同的；

② 由于用人单位的原因订立无效劳动合同，或订立部分无效劳动合同的；

③ 用人单位违反规定或劳动合同的约定侵害女职工或未成年工合法权益的；

④ 用人单位违反规定或约定解除劳动合同的。

具体赔偿办法按下列规定执行：

① 造成劳动者工资收入损失的，按劳动者本人应得工资收入支付给劳动者，并加付应得工资收入 25％ 的赔偿费；

② 造成劳动者劳动保护待遇损失的，应按国家规定补足劳动者的劳动保护津贴和用品；

③ 造成劳动者工伤、医疗待遇损失的，除按国家规定为劳动者提供工伤、医疗待遇外，还应支付相当于劳动者医疗费用 25％的赔偿费用；

④ 造成女职工和未成年工身体健康损害的，除按国家规定提供治疗期间的医疗待遇外，还应支付劳动者相当于医疗费用 25％的赔偿费用；

⑤ 按照用工形式划分劳动合同约定的其他赔偿费用。

根据《违反和解除劳动合同的经济补偿办法》（劳部发［1994］481 号）的规定，用人单位解除劳动合同后，未按规定给予劳动者经济补偿，除全额发给经济补偿金外，还须按经济补偿金数额的 50％支付额外补偿金。

根据《违反〈中华人民共和国劳动法〉有关规定的赔偿办法》（劳部发［1995］223 号）的规定，用人单位招用尚未解除劳动合同的劳动者，对原用人单位造成经济损失的，除该劳动者承担赔偿责任外，该用人单位应当承担连带赔偿责任。其连带赔偿的份额应不低于对原用人单位造成经济损失总额的 70％，向原用人单位赔偿下列损失：

① 对生产经营和工作造成的直接经济损失；

② 因获取商业秘密给原用人单位造成的经济损失，赔偿办法按《反不正当竞争法》第二十条规定执行，即给被侵害的经营者造成损害的，应当承担损害赔偿责任，被侵害的经营者的损失难以计算的，赔偿额为侵害人在侵权期间因侵权所获得的利润；并应当承担被侵害的经营者因调查该经营者侵害其合法权益的不正当竞争行为所支付的合理费用。

（二）劳动者违反劳动合同的责任

根据《违反〈中华人民共和国劳动法〉有关规定的赔偿办法》（劳部发［1995］223 号）的规定，劳动者违反规定或劳动合同的约定解除劳动合同，对用人单位造成损失的，劳动者应赔偿用人单位下列损失：

① 用人单位招收录用其所支付的费用；

② 用人单位为其支付的培训费，双方另有约定的按约定办理；

③ 对生产、经营和工作造成的直接经济损失；

④ 劳动合同约定的其他赔偿费用。

根据《违反〈中华人民共和国劳动法〉有关规定的赔偿办法》（劳部发［1995］223 号）的规定，劳动者违反劳动合同中约定的保密事项，对用人单位造成经济损失的，按《反不正当竞争法》第二十条的规定支付用人单位赔偿费用。

根据《劳动部关于企业职工流动若干问题的通知》（劳部发［1996］335 号）规定，解除劳动合同，应当按照《中华人民共和国劳动法》的有关规定执行。未经当事人双方协商一致或劳动合同中约定的工作任务尚未完成，任何一方解除劳动合同给对方造成损失的，应按照《违反〈中华人民共和国劳动法〉有关规定的赔偿办法》承担赔偿责任。

职工自动离职属于违法解除劳动合同，应当按照《违反〈中华人民共和国劳动法〉有关规定的赔偿办法》承担赔偿责任。

五、集体合同的协商和履行

（一）集体合同的概念和内容

1. 集体合同的概念

集体合同又称团体协议、团体契约、团体协约或集体协议等。国际劳工组织第 91 号建议书《1951 年集体协议建议书》中将集体协议定义为"由一个或几个雇主或其组织为一方与一个或几个工人的代表组织（不存在这种组织的，应由通过按照国家法律或法规由工人正常选举产生并认可的工人代表）为另一方所达成的，涉及工作条件和就业条件的任何书面协议。"在我国，根据劳动和社会保障部颁发的《集体合同规定》，集体合同是指用人单位与本单位职工根据法律、法规、规章的规定，就劳动报酬、工作时间、休息休假、劳动安全卫生、职业培训、保险福利等事项在平等协商一致的基础上签订的书面协议。集体合同是一种契约关系，也是一种法律制度。

作为一种合同形式，集体合同有一般合同的共同特征，即当事人订立集体合同的地位是平等的，集体合同作为独立的劳动法律关系的载体是当事人在平等自愿的基础上产生的；集体合同双方当事人各自享有协议所规定的权利，履行协议所规定的义务；集体合同依法订立、变更、终止等。

2. 集体合同的内容

集体合同的内容是随着经济的发展和工人不断进行的维权运动而逐步增加的。集体合同的内容表现为集体合同的条款，根据我国《集体合同规定》第八条的规定，集体合同一般应包括以下条款。

① 劳动报酬。劳动报酬包括工资分配方式，工资支付办法，工资增加幅度，工资收入水平，延长工作时间付酬标准，特殊情况下工资标准，以及其他劳动报酬分配办法等。

② 工作时间。工作时间包括工时制度，加班加点办法，特殊工种的工作时间，劳动定额标准等。

③ 休息休假。休息休假包括日休息时间，周休息安排，年休息办法，不能实行标准工时职工的休息休假，其他假期等。

④ 劳动安全与卫生。劳动安全与卫生主要包括劳动安全卫生责任制，劳动条件和安全技术措施，安全操作规程，劳保用品发放标准，定期健康检查和执业健康体检等。

⑤ 保险福利。保险福利包括应依法参加的各项社会保险，企业补充保险的设立项目、资金来源以及相关的条件和标准，企业集体福利设施的修建，员工文化和体育活动的经费来源，员工补贴和津贴标准等。

⑥ 女职工和未成年员工特殊保护。主要包括女职工和未成年员工禁忌从事的劳动，女职工的经期、孕期、产期和哺乳期的劳动保护，女职工、未成年员工定期健康检查，未成年员工的使用和登记制度等。

⑦ 职业技能培训。职业技能培训包括员工上岗前和工作中的培训，转岗培训，培训的周期和时间以及培训期间的工资和福利待遇等。

⑧ 劳动合同管理。主要包括劳动合同签订时间，劳动合同期限的条件，劳动合同变更、解除、续订的一般原则及无固定期限劳动合同的终止条件，试用期的条件和期限等。

⑨ 奖惩。主要包括劳动纪律、考核奖惩制度、奖惩程序等。

⑩ 裁员。主要包括裁员的方案、裁员的程序、裁员的实施办法和补偿标准等。

⑪ 集体合同期限。目前我国推行的集体合同都是有固定期限的合同，集体合同的期限一般为1～3年。

⑫ 变更、解除、终止集体合同的条件和程序。

⑬ 履行集体合同发生争议时的协商处理办法。

⑭ 违反集体合同的责任。违法集体合同的责任是保证集体合同有效履行的重要条款，主要内容包括：当事人违反集体合同时，依其违约的情节、程度等实际情况应承担的具体责任；违反集体合同的免责条件等。

⑮ 合同双方认为应当协商的其他内容，比如对集体合同的监督、检查等。

以上这些条款可以归纳为三类：一是标准性条款，包括劳动报酬、工作时间、劳动安全卫生、保险福利等，是集体合同的核心；二是目的性条款，规定在合同期限内，要达到的具体目的和实现目的的措施条款。如规定建成某项福利设施或劳动安全卫生保护工程等；三是程序性条款，规定集体合同自身运行的程序、规则的条款，包括集体合同的订立、履行、变更、解除、终止、续订以及违反集体合同的责任承担与集体合同争议处理等，是维护合同双方合法权益不可缺少的程序保证。

（二）集体合同的效力和作用

集体合同的效力是指集体合同发生作用的范围，包括对人的效力、对时间效力和对劳动合同的效力。

1. 集体合同对人的效力

集体合同对人的效力即集体合同的适用对象，《劳动法》第三十五条规定"依法签订的集体合同对企业和企业全体职工具有约束力。职工个人与企业订立的劳动合同中劳动条件和劳动报酬等标准不得低于集体合同的规定。"同时《集体合同规定》第六条规定"符合本规定的集体合同或专项集体合同，对用人单位和本单位的全体职工具有法律约束力。用人单位与职工个人签订的劳动合同约定的劳动条件和劳动报酬等标准，不得低于集体合同或专项集体合同的规定。"

2. 集体合同的时间效力

集体合同的时间效力，是指集体合同从什么时间开始发生，什么时间终止其效力。集体合同的时间效力由双方当事人协商确定，集体合同的期限都是固定的，可以是一年，也可以稍长一点。集体合同期限届满后，一般都可以续订。

3. 集体合同对劳动合同的效力

对于签订集体合同的企业来说，集体合同对本企业全部劳动合同都具有约束力。集体合同的内容，劳动合同未涉及的，对劳动者和企业都适用，都应按照集体合同的规定执行；劳动合同的内容不能低于集体合同规定的标准，否则应确认为无效。集体合同规定的标准依法变更后，劳动合同的标准也应随之变更。

集体合同在保护劳动者利益和协调劳动者与用人单位的关系方面，具有劳动法和劳动合同所无法替代的作用。它既可以提高对劳动者利益的保护标准，又可以扩大劳动法的保护范围；它既有利于提高劳动者在劳动关系中的地位，实现当事人地位的真正平等，又有利于加强劳动者与用人单位的沟通，促进用人单位的发展和社会的稳定，还有利于简化劳动合同的内容。

（三）签订集体合同的原则和程序

1. 签订集体合同的原则

根据我国《劳动法》、《工会法》和其他有关法律法规的规定，集体合同的签订应遵循以下原则。

（1）地位平等，权利对等原则　在签订集体合同的过程中，当事人双方代表不仅在人数上对等，而且在法律地位上也是完全平等的，不存在任何隶属关系、主从关系或依附关系。双方应在实际平等的气氛中，相互尊重，充分陈述各自的意见和主张，任何一方都不能把自己的意见强加给对方，也不能以威胁、限制人身自由等非法手段强迫对方。

（2）合法的原则　平等协商和签订施行集体合同，从程序到内容都应符合国家有关法律法规的规定。

（3）权利与义务相结合原则　在签订集体合同的过程中，双方当事人既享有同等权利，又要承担相应义务。任何一方都不能只享有权利而不履行义务。权利和义务相结合的原则，是集体合同本质的体现。

（4）合作共事、兼顾各方利益的原则　国家倡导推行集体合同制度的目的在于保护劳动者的合法权益和促进企业的发展，集体合同当然应在相互理解、求同存异、顾全大局的基础上订立。

2. 签订集体合同的程序

集体合同的签订程序直接关系到集体合同的合法性和合同的履行。签订集体合同的主要程序如下。

(1) 双方指定或选举集体协商的代表　集体协商代表是指按照法定程序产生并且有权代表本方利益进行集体协商的人员。集体协商代表每方为3～10名。企业方首席代表可以由其法定代表人担任，也可由非法定代表担任，由非法定代表人担任的应当由法定代表人书面委托，其他代表由法定代表人指派。员工方首席代表可由工会主席担任，也可由非工会主席担任，由非工会主席担任的应当由工会主席书面委托，其他员工协商代表由员工代表大会选举产生，员工协商代表必须是已与企业签订劳动合同，建立劳动关系的。未建立工会的企业，员工协商代表由员工民主推举产生，并必须得到半数以上员工的同意，协商代表按少数服从多数的原则产生首席代表。协商双方应共同设定1名记录员，负责记录协商会议的内容，整理双方协议。协商记录应由双方首席代表签字确认。

(2) 做好集体协商前的准备工作　集体合同涉及双方重要权利和义务，内容复杂，条款较多，为充分反映双方的意见和要求，协商代表在正式协商前应进行下列准备工作。

① 熟悉与集体协商内容有关的法律、法规、规章和制度。

② 了解与集体协商内容有关的情况和资料，收集用人单位和职工对协商意向所持的意见。

③ 拟定集体协商的议题。集体协商议题可以由提出协商一方起草，也可以由双方指派代表共同起草。

④ 拟定协商方案。集体协商的方案可以由工会或企业单方面起草，也可以由双方的代表组成起草小组共同完成。无论是哪一方起草协商方案，都必须熟悉有关法律法规和政策规定，掌握相关资料，结合企业实际情况，进行认真的综合分析，参照借鉴同类型企业集体合同的样本和典型范例，在此基础上起草拟定协商方案。方案内容应当包括：协商的时间、地点、参加人员等事项；协商的程序；协商双方应当遵守的原则规定和其他需要说明的事项。

(3) 进行集体协商，确定合同草案　集体协商是签订集体合同的法定必要程序，集体协商不一定产生集体合同，但集体合同必须得经过集体协商，达成一致意见。当事人进行集体协商，签订集体合同时，应当遵守法律、法规和国家有关规定，坚持相互尊重、平等协商、诚实守信和公平合作的原则，兼顾双方合法权益。

集体协商会议由双方首席代表轮流主持，协商开始后，由提议方将协商事项按双方议定的程序，逐一提交协商会议讨论。协商双方就商谈事项发表各自的意见，开展充分讨论，双方达成一致后，制作集体合同草案，由双方首席代表签字确认。集体协商未达成一致意见或者出现事先未预料的问题时，经双方协商，可以中止协商。终止期限以及下次协商的具体事项由双方商定。

(4) 职工代表大会审议、双方签字　集体合同草案经双方代表协商一致后，应当依法提交职工代表大会或全体职工讨论。职工代表大会或全体职工讨论集体合同草案，应当有2/3以上职工代表或者职工出席，并且须经过全体职工代表半数以上或者全体职工半数以上同意，集体合同草案方可获得通过。

集体合同草案经职工代表大会通过后，由集体协商双方首席代表签字。集体合同草案未获得通过的，应由双方重新协商，进行修改。

(5) 劳动行政管理部门审查　由劳动行政部门依法对集体合同法律效力进行审核确认，是集体合同管理的重要内容，是集体合同生效的必经程序。集体合同签订后，应当在七日内由企业一方将集体合同一式三份及说明报送劳动行政部门，由县级以上人民政府劳动行政部门的劳动合同管理机构负责集体合同的审查。劳动行政部门在收到集体合同书后15日内未提出异议的，应将《集体合同审查意见书》送达集体合同双方代表，集体合同即行生效。

（6）公布并实施　经劳动行政部门审查生效的集体合同，双方应及时以适当的形式向各自代表的全体成员公布并实施。

（四）集体合同的履行、监督检查和责任

1. 集体合同履行的原则和方式

履行集体合同，对于集体合同的当事人来说，既是约定义务，也是法定义务。履行集体合同应当坚持实际履行、全面履行和协作履行的原则。

在集体合同履行过程中，应当针对不同的合同条款采用不同的履行办法。其中涉及劳动标准的条款，当事人应当在集体合同有效期内按照集体合同规定的标准签订和履行劳动合同，确保劳动者利益的实现不低于集体合同所规定的标准；对于目的性条款，双方应按照合同的规定，制订具体实施计划，自觉履行各自的义务。

2. 对集体合同履行的监督检查

集体合同的履行要接受工会和职工群众的监督。集体合同在履行过程中，企业工会应当承担更多的监督检查责任；也可以与企业协商，建立集体合同履行的联合监督检查制度，一旦发现问题，及时与企业协商解决。

3. 违反集体合同的责任

任何一方当事人违反集体合同的规定，都应承担法律责任：企业不履行集体合同的规定，承担法律责任；工会不履行或不适当的履行集体合同规定的义务，应承担道义上的责任；个别劳动者不履行集体合同规定的义务，则按照劳动合同的规定承担责任。

六、劳动合同管理的主要业务

（一）起草劳动合同及各类专项协议

1. 起草劳动合同

在起草劳动合同时，应当注意以下几个问题。

（1）要依据当地劳动合同的示范文本　一般情况下应该使用当地示范文本。这是因为当地示范文本是依据当地经济文化发展的一般水平和企业管理的一般状况而制订的，企业可以根据自身的具体状况以示范文本为基础订立劳动合同的具体条款。

（2）劳动合同的法定条款不可或缺　劳动合同的法定条款是劳动合同必须具备的条款，但在涉及劳动纪律条款时，为了使劳动合同当事人双方的权利和义务之间的界限更加清晰，并具有操作性，同时为了避免合同文本过于烦琐，在起草劳动合同时可以把企业依法制定的相关的企业内部管理制度作为劳动合同的附件，通过附件的形式对劳动合同的相关内容具体化。

（3）劳动合同的条款必须统一　劳动合同的各项条款（包括合同双方当事人所协商的内容）必须统一，不应有内在矛盾，否则该条款极有可能成为无效的条款而丧失法律效力。

2. 专项协议

与劳动合同有密切联系的是各类专项协议。劳动关系当事人的部分权利义务可以以专项协议的形式规定。所谓专项协议，是指劳动关系当事人为明确劳动关系中特定的权利义务，在平等自愿、协商一致的基础上所达成的契约。专项协议既可以在订立劳动合同时协商确定，也可以在劳动合同履行期间为适应主观、客观情况的变化的需要而订立。前者通常包括服务期限协议、培训协议、保守商业秘密协议、竞业禁止协议、聘任协议书、岗位协议书、补充保险协议等；后者通常适用于企业劳动制度改革过程中，因劳动制度的变化、组织结构调整，拖欠劳动者工资、应报销的医疗费及其他债务或离岗、下岗后的保险费缴纳、下岗津贴等内容的专项协议。

专项协议书约定在特定条件下用人单位和劳动者的权利义务，此时劳动合同中就同一事

项约定的权利义务暂时中止执行。如果专项协议与劳动合同同时订立，应当在劳动合同的附件中注明，以保证其法律效力；如果专项协议在劳动合同的履行期间订立，必须要保证与劳动合同的一致性，当出现矛盾时，应及时变更劳动合同的相关内容。

（二）建立劳动合同台账

劳动合同管理必须做到心中有数，准确记录合同期内的各类台账，并妥善分类保管。建立和完善劳动合同管理台账是一项基础工作。企业组织结构的不同、规模的不同、劳动用工管理事务分工的不同，对台账的种类要求、类目粗细等都存在着比较大的差异。台账种类的确定与记录必须坚持简明、准确、及时和稳定的原则。劳动合同管理台账的内容如下。

（1）员工登记表　员工登记表应能够全面反映员工本人的基本情况，包括姓名、年龄、学历、所在工作岗位、合同期限、在本单位的工作时间、档案存放机构以及企业需要了解的其他情况。

（2）劳动合同台账　劳动合同台账应能全面反映员工合同签订、续订、变更等情况。

（3）员工统计表　员工统计表按照一定的员工序号全面记录员工个人的情况，其栏目及统计指标根据劳动合同管理的需要设定。

（4）专项协议台账　专项协议台账又称岗位协议台账。

（5）医疗期台账　反映员工患病或非因工负伤的治疗与休假情况。

（6）员工培训台账　员工培训台账反映员工培训类别、培训时间、培训费用以及企业需要了解的其他情况。

（7）终止和解除劳动关系台账。

（8）其他必要的台账。

第三节　劳动争议

一、劳动争议的内容

（一）劳动争议概述

劳动争议，作为劳动关系不协调这样一种普遍存在的社会现象，必然对劳动关系的稳定与和谐产生消极的影响。而劳动关系的稳定与和谐则直接关系到企业生产经营工作的正常开展和社会的安定。因此，世界各国历来都非常重视维护劳动关系的稳定与和谐，并将劳动争议的处理纳入法制轨道，以法律规范的形式对劳动争议的处理程序作了明确规定。

1. 劳动争议的含义

劳动争议又称劳动纠纷，是指劳动关系当事人之间因实现劳动权利和履行劳动义务而发生的争执和纠纷，是劳动关系冲突的初级形式。通常基于劳动合同。在私营企业和外商独资企业，劳动争议又称为劳资纠纷。

2. 劳动争议的构成

劳动争议包括三个构成要素：劳动争议的主体、劳动争议的内容和劳动争议的客体。

（1）劳动争议的主体　劳动争议的主体是指劳动争议当事人（包括自然人、法人以及具有经营权的用人单位），即劳动法律关系中权利的享有者和义务的承担者。在我国，劳动争议主体主要有以下几类：

① 具有劳动权利能力和劳动行为能力的中国公民；

② 在中国境内的具有劳动权利能力和劳动行为能力的外国人及无国籍人；

③ 用人单位，包括各类企业法人与非企业法人，如事业单位、国家机关及具有经营权

的用人单位等。

（2）劳动争议的内容　劳动权利和劳动义务构成了劳动争议的内容要件。劳动权利和义务主要包括：人们在劳动过程中产生的分工与协作，技能培训与考核，工作时间、休息时间以及劳动生产条件，劳动报酬，劳动纪律，社会保险与福利等。

（3）劳动争议的客体　劳动争议的客体也就是劳动争议主体的权利和义务所指向的对象。如果没有客体，就没有劳动争议当事人之间的权利与义务所指向的对象，也就无法构成具体的劳动争议。在我国，劳动争议具体包括行为、物以及与人身相联系的非物质财富等，如企业开除、辞退职工、职工辞职、自动离职的行为，具体的工资、奖金、劳动保护用品、设施等财物，都可以成为劳动争议的客体。

（二）劳动争议的范围

《中华人民共和国企业劳动争议处理条例》规定了我国劳动争议的范围：

① 因开除、除名、辞退职工和职工辞职、自动离职发生的争议；

② 因执行国家有关工资、保险、福利、培训、劳动保护的规定发生的争议；

③ 因履行劳动合同发生的争议；

④ 法律法规规定依照本条例处理的其他劳动争议。

（三）劳动争议的特征

由于劳动关系具有主体特定，权力、义务限定，产生于社会生产集体劳动过程中等特点，因此，劳动争议也相应的具有如下特征。

1. 有特定的当事人

劳动争议的主体必须符合《劳动法》第二条规定的劳动关系当事人，即一方是用人单位，另一方是该用人单位使用的劳动者；劳动争议的主体之间必须存在劳动关系，即劳动者与用人单位之间存在隶属性劳动关系，劳动争议是在这种劳动关系的存续期间发生的。

2. 有限定的争议内容

劳动争议的内容应是劳动争议的主体之间发生的因享有劳动权利和履行劳动义务而发生的纠纷。比如工资纠纷、合同纠纷、社会保险纠纷等。

3. 有特定的争议手段

有特定的争议手段，即存在争议的表现形式，如抱怨、怠工、破坏、罢工等。

4. 劳动争议的社会影响较大

劳动争议的社会影响较大，主要是就集体劳动争议来说的。由于劳动关系产生于集体劳动过程中，所以一旦发生劳动争议而未能妥善处理，就极易引发消极怠工、罢工等突发事件，不仅会对生产造成重大损害，还威胁到社会的稳定。

二、劳动争议调整的目的和方法

（一）劳动争议调整的目的

市场经济条件下，劳动关系双方出现争议是不可避免的。所以劳动争议调整是劳动关系管理必不可少的内容。劳动争议调整的目的主要是：妥善处理劳动争议，保证劳动者与用人单位的合法权益，维护正常的生产秩序，发展和谐的劳动关系，减少或避免激烈的冲突，为社会经济的顺利发展奠定基础。

1. 维护劳动关系双方当事人的合法权益

由于劳动关系双方的利益不同，立场和角度也不一样，发生争议在所难免。劳动争议处理机构和程序为当事人解决劳动争议打通了渠道。劳动争议处理机构通过依法受理和审理争议案件，来维护当事人的合法权益，纠正违法或不适当的行为，从而保护企业和劳动者双方的权益。

2. 维护正常的生产秩序和劳动关系的协调与稳定

劳动争议调整可以及时化解企业与职工之间的矛盾冲突，维护正常的生产秩序，发展和谐的劳动关系。

劳动争议有其产生和长期性存在的必然性，如果不能及时得到处理，其危害性是极大的。特别是对于集体劳动争议，如果处理不当，往往会引发激烈冲突的事件，从而影响企业正常的生产秩序和劳动关系的稳定。因此，及时、正确地处理劳动争议，妥善解决企业与员工之间的隔阂与矛盾，有助于维护正常的生产秩序和劳动关系的协调与稳定。

3. 避免矛盾激化及恶性事件发生

劳动争议的突出特点是它与劳动者的生活密切相关，一旦处理不好，极易使矛盾激化，引发大量集体上访以及停工、罢工等恶性事件，从而影响社会关系的稳定。劳动争议处理制度运用法律的途径和手段，及时公正地解决劳动争议，有助于防止矛盾进一步激化，减少恶性事件的发生，维护社会的安定。

（二）劳动争议调整的方法

比较常见的劳动争议调整的方法如下。

（1）协商　劳动争议的双方自行解决纠纷。

（2）斡旋　协商失败的情况下，由第三方介入，帮助争议双方互递信息和意思表示，促成和解。

（3）调解　由第三方介入劳动争议处理过程，第三方可以提出独立的主张和建议，供双方参考，促使双方达成和解协议。

（4）仲裁　由第三方介入劳动争议处理过程，可以做出处理争议的决定。仲裁人具有仲裁决定权，仲裁裁决具有约束力。实践中有自愿仲裁和强制仲裁两种。自愿仲裁是当事人双方在劳动争议发生后或争议未达成和解协议时，自愿将争议提交仲裁机构处理，并服从仲裁裁决。强制仲裁是根据法律规定，双方必须将争议提交仲裁机构处理，或由仲裁结构主动介入争议处理。我国目前实行的是强制仲裁制度。

（5）审判　人民法院根据司法程序对劳动争议进行审理和判决，是劳动争议调整的最终程序。

三、劳动争议调整的原则和程序

（一）劳动争议调整的原则

劳动争议调整的原则是指劳动争议处理机构在解决劳动争议的过程中应当遵循的行为准则。我国《劳动法》和《企业劳动争议处理条例》都对这个问题作了明确规定。

1. 合法原则

合法原则是指劳动争议处理机构在处理劳动争议案件的过程中应当坚持以事实为依据，以法律为准绳，依法处理劳动争议。所谓合法，包含三个层次的含义：第一层次是指要以劳动法律、法规的有关规定为依据；第二层次是指要以劳动合同（包括集体合同）的约定为依据；第三层次是指要以（合法的）企业规章制度为依据，但它只对本企业的争议当事人具有效力。

2. 公正原则

公正原则是指在处理劳动争议的各个阶段，不论是对企业一方，还是对员工一方，也不论是对国有企业还是非国有企业，是对中国人还是对外国人，在适用法律上，不论是适用实体法还是程序法，都一律平等，以保证争议获得公正的解决。强调坚持公正原则对正确处理劳动争议具有重要的意义。这是因为在劳动争议关系中，劳动者和用人单位之间存在隶属关系，这种管理与被管理的关系使劳动者在劳动关系中处于较弱的地位。一旦发生劳动争议，进入争议处理程序，劳动者与用人单位都应该是平等的争议主体，劳动争议处理机构必须坚持公正的原则，保证争议双方都平等的享有法律赋予的权利，并承担法律赋予的义务，任何一方都不应有超越另外一方的特权。同时，为了确保劳动争议处理机构的公正执法，《企业劳动争议处理条例》和《民事诉讼法》都规定了回避制度。

3. 及时处理原则

劳动争议与劳动者的生活以及企业的生产都密切相关，一旦发生争议，不仅影响正常的生产经营秩序，而且还会影响劳动者及其家庭的生活，甚至会影响社会稳定。因此，对劳动争议的处理必须及时进行，及时保护权利受到侵害一方的合法权益，以协调劳动关系，维护社会的正常秩序。

(二) 劳动争议调整的程序

劳动争议调整的程序包括协商、调解、仲裁、诉讼。我国法律规定，劳动争议发生后，当事人应当协商解决；不愿协商解决或协商不成的，可以向本企业劳动争议调解委员会申请调解；调解不成的，可以向劳动争议仲裁委员会申请仲裁（当事人也可以直接向劳动争议仲裁委员会申请仲裁）；对仲裁不服的，可以向人民法院提起诉讼。我国现行劳动争议处理制度的基本体制是自愿选择企业调解，而仲裁是劳动争议诉讼的前置程序。

1. 协商

协商是指劳动争议双方当事人在平等、自愿的基础上，在没有第三者参与的情况下，自行协商解决劳动争议的一种手段。劳动争议发生后，双方当事人应当尽可能协商解决，这样做有利于及时处理劳动争议。但是，协商不是解决劳动争议的必经程序。

2. 调解

劳动争议的调解是指在独立第三方的主持斡旋下，在查明事实、分清争议责任的基础上，对双方进行说服教育，促使双方互谅互让，达成协议，从而解决争议。我国《劳动法》规定的劳动争议调解机构分别是用人单位劳动争议调解委员会、劳动争议仲裁委员会和人民法院。其中，用人单位调解委员会的调解完全依靠当事人双方的自觉履行，不具有法律强制力，也不是法定的劳动争议处理程序；劳动仲裁委员会的调解是法定的劳动争议处理程序，且调解一旦生效，即具有法律效力，当事人双方必须执行；人民法院的调解不是法定必经程序，但调解一旦生效，就具有法律效力。另外，目前在实际工作中比较常用的劳动争议调解方式还有信访调解、行政调解、案外调解方式。这可以成为劳动争议调解广义的概念，狭义的劳动争议调解专指用人单位劳动争议调解委员会的调解。

3. 仲裁

仲裁是指劳动争议仲裁委员会以独立第三方的身份根据劳动争议当事人一方或双方的申请，依法就争议的事实及当事人应当承担的责任作出判断和裁决的活动。在我国，劳动争议仲裁是一种执法活动，由法定的劳动争议仲裁委员会主持并行使法律赋予的仲裁权。

在仲裁中，对案件的评判、裁决必须以劳动法律法规为依据，仲裁活动要依照劳动法律法规规定的程序进行。劳动争议当事人申请仲裁应当自劳动争议发生之日起 60 日内，以书面形式提出；仲裁裁决应当在收到仲裁申请之日起 60 日内做出；仲裁调解书自送达之日起即具有法律效力。当事人对仲裁裁决不服的，应自收到裁决书之日起 15 日内向人民法院提起诉讼。劳动争议仲裁实行强制原则，即仲裁申请无须像调解那样必须得到双方同意才可以进行，只要一方申请，仲裁委员会即可受理。当仲裁庭对争议调解不成时，无须征得当事人的同意，即可直接做出裁决。对发生法律效力的仲裁文书，仲裁委员会可向人民法院申请强制执行。在劳动争议处理程序中，仲裁是当事人向人民法院提起诉讼前的必经程序。

4. 诉讼

劳动争议的诉讼是人民法院依据劳动法规和有关政策对劳动争议案件行使最终审判的活

动。人民法院的审理是我国处理劳动争议的最终程序，它与用人单位调解委员会的调解、劳动争议仲裁委员会的仲裁共同构成我国劳动争议处理的完成程序。

人民法院的审理程序与调解程序和仲裁程序有着很大不同。调解以双方当事人自愿申请为前提，签订和履行调解协议也要本着自愿的原则。

仲裁不以是否经过调解为先决条件，当事人可以不经过调解程序而直接申请仲裁。

人民法院的审理，必须以当事人不服劳动争议仲裁委员会的仲裁为前提，即发生劳动争议后，当事人不能直接向人民法院提起诉讼，必须先经过仲裁程序，对仲裁的裁决结果不服的，才能进入诉讼程序。如果不经过仲裁委员会的仲裁而直接起诉，人民法院则不予受理。最高人民法院规定，劳动争议案件由民事审判庭依据《民事诉讼法》规定的程序审理，实行两审终审制。

第四节　员工沟通

一、沟通的作用

（一）沟通的含义

沟通是为了设定的目标，人与人之间通过语言、文字、符号或其他的表达形式，进行信息传递和交换，并达成共同协议的过程，也是一种通过传递观点、事实、思想、感受和价值观而与他人相接触的途径。沟通是一种具有反馈功能的程序，沟通的目的是在于增进双方或多方彼此的了解，增进群体和谐。沟通的方式有语言、书信、肢体语言等。

沟通从本质上讲，是源于社会大生产的发展，人们因分工协作而必然要求信息的相互交流即沟通。它包括分工与合作的信息沟通、需求的信息沟通、情感的信息沟通等。在企业内部，有上下级之间的纵向的沟通，有平行的组织和人员之间的横向沟通；有正式的沟通，也有非正式的沟通。

管理的过程是一个通过发挥各种管理功能，充分调动人的积极性，提高组织的效能，实现共同目标的过程。从一定意义上讲，沟通就是管理的一种有效手段。管理离不开沟通，沟通渗透于管理的各个方面。著名组织管理学家巴纳德认为"沟通是把一个组织中的成员联系在一起，以实现共同目标的手段"。沟通是企业管理的重要组成部分，也是进行劳动关系管理的非常重要的环节。

（二）沟通的作用

鉴于人的社会性、社会分工的协作性，人际沟通和组织间的信息交流和沟通是必然的。随着时代的发展和信息化水平的日益提高，企业与企业之间，企业与相关方之间，企业内的人与人之间，部门与部门之间，上下级之间，为实现共同的目标，无不需要充分沟通，互通信息，互相理解，互相配合。有效的沟通在劳动关系管理中的作用如下。

1. 实现劳动关系双方的信息交流

劳动关系双方在企业中是一个矛盾统一体，由于双方的地位不同、考虑问题的立场不同、信息的获取渠道不同等，会导致对同一事务的理解、看法、评价、感受的不尽相同，为矛盾的产生埋下隐患。沟通可以实现劳动关系双方的信息交流，使得双方对对方的观点、想法、感受有所了解，为化解矛盾奠定基础。

2. 促进劳动关系双方的相互理解

劳动关系双方在反复的沟通中，可以逐步深入地阐述各自的观点、想法、感受，同时也不断加深对对方观点、想法、感受的认识，通过换位思考，达到相互理解，相互接受。有利于顺利解决矛盾和纠纷。

3. 协调和改善劳动关系

企业中各个部门和各个岗位是相互依存的，依存性越大，对协调的要求就越高，没有适当的沟通，企业与员工、管理者与下属、员工与员工之间不能就工作目标、工作方式、方法、工作要求等达成共识，就可能对分配给他们的任务和要求他们完成的工作有错误的理解，员工之间的协作关系就会产生认知差异，从而导致劳动关系乃至人际关系的恶化。沟通可以消除误解，减少对立情绪；可以统一对工作目标的认识；实现协调一致，改善劳动关系和人际关系。

4. 创造和谐的劳动氛围

充分的沟通可以使领导者了解员工的需要，关心员工的疾苦，在决策中更多考虑员工的要求，以提高他们的工作热情。人一般都会希望上级和同事对自己的工作能力有一个恰当的评价。如果领导的表扬、同事的认可能够通过各种渠道及时在员工之中传递，会增加员工的满意，起到意想不到的激励作用。同时，内部良好的人际关系更离不开沟通。思想上和感情上的沟通可以增进彼此的了解，消除误解、隔阂和猜忌，即使不能达到完全理解，至少也可取得谅解，使单位有和谐的组织氛围，所谓"大家心往一处想，劲往一处使"就是有效沟通的结果。

二、建立企业信息沟通制度

有效的员工沟通是需要相应的沟通平台来实现的。建立企业信息沟通制度是搭建沟通平台的最主要的内容。

企业内的信息沟通存在两种形式：正式沟通和非正式沟通。企业信息沟通制度是基于正式组织而建立的正式沟通形式，其目的在于保证正式信息沟通渠道的畅通和效率，引导和利用非正式沟通渠道的信息。正式沟通形式的组成如下。

（一）纵向信息沟通制度

纵向信息沟通制度是指根据企业组织的管理层级结构而建立的指挥、命令、执行、反馈信息系统（渠道、制度、规则、载体等）。

1. 正向沟通

正向沟通又称向下沟通，顾名思义，就是设计自上而下的信息逐级传递系统：企业内高层管理机构和职能人员逐级或越级向下级机构和职能人员、直至生产作业员工的信息沟通。向下沟通的各个环节要对信息加以分解并使之具体化。

2. 逆向沟通

逆向沟通又称向上沟通，就是设计自下而上的信息传递和反馈系统：由下级机构、人员向上级机构、人员反映、汇报情况，提出意见或建议。逆向沟通的信息应逐层集中，在各环节进行综合，然后向上一级传输。在逆向沟通渠道中，应建立员工的申诉制度，作为企业奖惩、考核制度的有机组成部分。

（二）横向信息沟通制度

横向信息沟通制度是指企业内同一层级机构和人员之间的信息传递和反馈系统。横向信息沟通制度强调在同一机构部门之间进行信息传递时，要加强协作，要集中信息的焦点，注意对口的连接。

（三）制订标准化的信息载体

1. 劳动管理表单

劳动管理表单是由企业劳动管理制度规定、有固定传输渠道、按照规定程序填写的统一的表格。如统计表、台账、工资单、员工卡片等。管理表单记录和反映企业组织的劳动关系系统的数据和现实情况。通过劳动管理表单可以掌握、分析企业劳动关系系统运行状况，以及据此形成各类管理信息。

2. 汇总报表

汇总报表是为企业高层管理人员充分了解情况，掌握管理实际进程的工具。汇总报表包括两类：工作进行状况汇总报表和业务报告。

3. 正式通报、刊物、通告栏

这类信息载体用以说明企业劳动关系管理计划、目标，发布规定和管理标准等。它的优点是信息传递准确、不易受到歪曲，且沟通内容易于保存等。

4. 例会制度

例会制度包括员工接待日、专题座谈会、谈话制度等，它直接以口头语言的形式，综合了正向沟通、逆向沟通和横向沟通三种信息沟通的方式。例会制度的具体形式可以是会议、召见、询问、指示、讨论等多种。此种沟通方式具有亲切感，可以通过语调、表情、形体语言等增强沟通效果，容易获得沟通对方的反馈，具有双向沟通的优势。

5. 调研表单

三、降低沟通障碍

任何沟通都会存在不同程度、不同形式、不同特点的障碍，它们会影响、干扰乃至破坏正常的沟通。有效沟通不仅取决于制度体系，还取决于对沟通对方的心理状态、价值观念、人格特征、语言习惯的把握。因此，降低沟通障碍应注意以下问题。

1. 准确传递信息

沟通的目的在于传递信息。如果信息没有被传递到所在单位的每一位员工，或者员工没有正确地理解管理者的意图，沟通就出现了障碍。那么，如何才能准确地传递信息，消除沟通障碍呢？首先，要准确理解信息的含义，包括信息对沟通对象的意义；其次，采取积极的沟通态度，尽可能与他人分享信息；再次，减少沟通层次，避免信息的过滤和失真；还有就是建立相互信任的氛围，说与听同样重要。

2. 沟通语言的选择

语言是思维的表达工具，它会成为沟通中一个大的主要障碍。当发送信息者的语言过于拖沓冗长时，接受者很可能就像掉入了一片汪洋大海中，自然体会不到发送者语言的含义。因此，在运用语言进行沟通时，要注意以下三方面。

① 词汇运用要避免引发歧义，尽量运用通俗易懂的词汇。

② 尽可能借助图像使语言形象化。

③ 适当运用身体语言，运用身体语言可以使沟通更具活力、吸引力。

3. 充分利用工会及其他团体组织在员工沟通中的作用

在企业中，工会是劳动者的代表，在员工沟通中具有其特有作用。

① 工会是和谐劳动关系中的劳方代表者，发挥其独特优势，有助于企业处理好改革、发展与稳定的关系。

② 工会是职工参与管理的组织者，可以协助企业组织开展员工技术经济活动、合理化建议活动，调动员工参与管理的积极性，舒缓员工的不满情绪；组织员工教育、培训工作，提高员工队伍的整体素质，化解员工的技能、素质与企业要求不相适应的矛盾；加强员工和员工之间、员工和企业之间的沟通。

③ 工会是劳动者合法权益的维护者，解决劳动关系领域中的基本问题是其最重要的职责，有义务协助企业为困难职工排忧解难。

④ 工会是劳动争议处理的参与者，可以积极发挥其劳动争议的主要调解者的作用，在

劳动仲裁和诉讼过程中，也可以向劳动者提供帮助，降低矛盾激化的可能性。

⑤ 工会是劳动法律执行情况的监督者，通过建立健全制度和机制，可以把矛盾解决在基层。

此外，企业中的其他正式的或非正式的团体组织在企业中必然有其存在的基础，它们在部分人群中有相应的沟通渠道和影响力，通过它们与员工沟通，或通过它们消除沟通障碍，也会取得一些积极的甚至意想不到的效果。

第五节　人力资源管理的相关法律知识

法律问题渗透在人力资源管理的各个方面，贯穿于从招聘、使用、薪酬管理到解职、解聘和退休的全过程。随着我国有关劳动关系立法的逐步完善，劳动者法律意识的不断增强，法律问题在人力资源管理中的地位不断提升。人力资源管理必须依法进行、人力资源管理者的法律知识必须得到加强已经成为有关人士的共识。

一、劳动法

（一）劳动法的概念与调整对象

1. 劳动法的概念

劳动法是一个有多种含义的概念。一般意义上讲，劳动法是指调整劳动关系以及与劳动关系有密切联系的其他社会关系的法律规范的总称。有时劳动法也可以专指国家的劳动法典。在我国，调整劳动关系的基础法律是《中华人民共和国劳动法》。

法律是意志的产物，作为国家意志的表现，劳动法与其他法律一样，是通过法律的规范作用，把当事人的意志纳入统治阶层规定的范围，从而达到调整社会关系的目的。

2. 劳动法调整的对象

（1）劳动法所调整的劳动关系　劳动关系指为了实现劳动过程而在劳动者与用工单位之间发生的权利与义务关系。我国现阶段的劳动关系主要包括：在中国境内的各种企业中的劳动关系；从事合法经营的个体经济中的劳动关系；国家机关、事业组织、社会团体中的劳动关系。值得注意的是，国家与国家工作人员之间的关系不是劳动关系，它是由《公务员法》调整；事业单位和社会团体的劳动人事制度比较复杂，是否存在劳动关系以用人单位与劳动者是否建立了劳动合同关系为界定标准。

劳动法所调整的劳动关系并不是与劳动有关的所有关系。它须具有以下特点：其一，劳动关系发生的原因是实现劳动的过程，即劳动者要直接参加生产产品或提供服务的过程。其二，劳动关系是在用人单位录用了劳动者，使劳动者与劳动过程有了联系之后才发生的。其三，劳动关系是由有偿的劳动而发生的关系，非职业的劳动、无偿的劳动、义务的劳动所发生的关系不由劳动法调整。

（2）劳动法所调整的其他关系　劳动关系虽然是劳动法调整的最主要、最基本的关系，但并不是惟一的关系。劳动法调整的对象还包括与劳动关系有密切联系的其他社会关系。这些社会关系有些是发生劳动关系的必要前提，有些是劳动关系的直接后果，有些是伴随劳动关系而附带产生的。这些关系的当事人，有一方是劳动关系当事人中的一方，而另一方则是有关政府部门等。例如，有关政府部门与用人单位及其员工之间由于处理劳动争议而产生的关系；政府的劳动就业管理部门与用人单位及员工之间由于招收和培训劳动者而发生的关系；有关政府部门与用人单位之间因监督、检查劳动法律法规的执行而产生的关系。

（二）劳动法的内容框架

劳动法的内容不是统一的和一成不变的。在不同的国家，由于各自的国情不同和法律传统不同，劳动法的具体内容不完全相同；在同一国家的不同历史发展阶段，劳动法的内容也有程度不同的差异。从劳动法的发展历史看，其内容一直处于不断充实中。从各国的总体情况看，现代劳动法主要内容框架由以下方面制度构成。

1. 就业促进方面的制度

促进就业，建立良好的就业环境是保障民众生活、维护社会稳定的基本条件。因此各国政府历来都十分重视就业促进制度的立法。促进就业制度主要包括国家的基本就业方针，政府有关部门在拓宽就业渠道、提供就业服务、实施失业保护方面的责任和措施，以及对妇女、残疾人、少数民族、退出现役的军人等特殊群体的专门的促进就业的措施等内容。

2. 劳动关系方面的制度

劳动关系方面的制度是建立和维持正常劳动关系的基本制度。包括劳动合同、集体谈判和集体合同、工会组织和权利等方面的制度。其中，集体谈判是指员工代表（一般是工会代表）和单位行政部门或雇主之间就劳动条件的改善和劳动关系的处理问题进行谈判的制度。我国目前称其为"集体协商"。当谈判达成一致，双方签署的协议称为集体合同。在劳动关系发展的历史中，由于工会方面的长期努力，集体谈判制度早已成为各国法律所认可的一种劳动法律制度。

3. 劳动标准方面的制度

劳动标准制度规定了劳动者在劳动关系中的基本权利，是国家为保护劳动者而制定的有关劳动条件的最低标准。劳动标准具有单方面的强制力，劳动关系当事人可以约定高于劳动标准的劳动条件，但不能约定低于劳动标准的劳动条件。劳动标准的具体内容包括：最低工资标准、最长工作时间标准、休息休假制度、劳动安全和卫生（如工伤和职业病预防措施）、女工和未成年工的保护等。

4. 职业技能开发方面的制度

职业技能开发方面的制度是指对要求就业或已就业的劳动者进行的专业技术知识和实际操作技能的教育和训练。有关的制度包括：规定政府有关部门及用人单位在发展培训、开发劳动者技能方面的职责以及相关的职业技能鉴定制度。

5. 社会保险福利制度

社会保险福利制度一直是劳动法的重要内容，它规定劳动者可以享受的基本保障和福利待遇。这一制度的功能在于使劳动者在年老、患病、工伤、失业和生育等情况下能够获得帮助和补偿。社会保险制度包括：社会保险的项目种类，社会保险的享受范围、资格条件和待遇标准，以及社会保险基金的筹集、管理和运营等。

6. 劳动争议处理制度

劳动争议，广义可以是指与劳动关系有关的一切争议，既包括劳动关系双方当事人之间的争议，也包括与劳动关系密切联系的其他争议，如劳动行政争议。狭义的劳动争议指员工与用人单位之间关于劳动关系和劳动权利、义务的争议。劳动争议处理方面的制度属于劳动程序法，是为了保证劳动实体法的实现而制定的有关处理劳动争议的调解程序、仲裁程序和诉讼程序的规范。

7. 劳动监察制度

劳动监察方面的制度的主要功能是通过政府专门行政部门的监察活动，纠正违反劳动法的行为和现象，保证劳动法的贯彻执行。劳动监察制度规定了劳动监察机构的职权、劳动监察的范围、程序以及纠偏和处罚等方面的规范。

(三) 劳动法的作用和基本原则

1. 劳动法的作用

(1) 维护劳动者的合法权益　劳动法是以保护劳动者为主的法律，是人权保障的重要组成部分。在劳动法中，确认劳动力为劳动者所有，赋予劳动者在劳动关系中的法律主体地位，规定了劳动者有就业、获得劳动报酬、休息、安全健康、享受社会保险、接受职业培训、组织工会、参与企业管理等项权利，使人权在劳动领域得到了具有实在内容的法律保障。

(2) 是预防和解决劳动争议的重要手段　只要存在劳动关系，就有可能发生劳动争议，而完善的劳动立法和执法对于减少劳动争议的发生具有积极意义；对于劳动争议发生后得到及时合理的解决也意义重大。

(3) 规范劳动力市场的运作　劳动法确认了劳动者在市场上的法律地位，为劳动力供求双方通过市场进行相互选择，为劳动力在市场上自由流动提供了法律规范和基本保障。

2. 我国劳动法的基本原则

(1) 劳动既是权利又是义务的原则

根据我国《宪法》的规定，我国公民有劳动的权利和义务。这为我国劳动法调整劳动关系以及与其密切联系的其他社会关系确立了出发点。

劳动是公民的权利，意味着我国每一个有劳动能力的公民都有从事劳动的同等权利。这对劳动者、用人单位和政府都有特定的法律意义。对劳动者来说，意味着不分性别、民族和财产状况，都有权实现就业；有权依法选择适合自身特点的职业和用工单位；有权利用国家和社会所提供的各种就业保障条件，以提高就业能力、增加就业机会。对用人单位来说，意味着应当平等地录用符合条件的劳动者，履行职业培训、就业服务、提供失业保险等方面的职责。对政府来说，意味着为劳动者实现劳动权提供必要的保障，并通过促进社会经济发展来创造就业条件，使劳动者有均等的就业机会。

劳动是公民的义务则意味着公民应当以劳动为谋生手段，在积极争取政府和社会提供的就业机会的同时，也要抓住其他多种方式的就业机会，并在工作岗位上履行应尽的义务。而对用工单位则意味着有义务组织和安排录用的员工按照相应的规范和要求进行工作，完成劳动任务。

(2) 保护劳动者合法权益的原则

保护劳动者是各国劳动法的主要宗旨。我国宪法中对公民作为劳动者应该享有的基本权利作了许多原则性的规定。依据宪法的原则性规定，劳动法对劳动者合法权益的保护具有偏重、平等、全面和最基本的保护的特点。

① 偏重保护和优先保护。偏重保护指劳动法在对劳动关系当事人双方都给予保护的同时，偏重于保护在劳动关系中事实上处于相对弱者地位的劳动者，也就是向保护劳动者倾斜。为此，劳动法要体现劳动者的权利本位和用人单位的义务本位。

优先保护指在特定条件下，当对劳动者利益的保护与对用人单位利益的保护发生冲突时，劳动法应该优先保护劳动者利益。比如，在劳动过程中，当安全与生产发生冲突时，应当坚持安全重于生产的原则，即使生产受到影响，也必须采取安全措施。

② 平等保护。平等保护是指全体劳动者的合法权益都平等地受到劳动法保护。平等保护包括两层含义，一是对各类劳动者的平等保护，即民族、种族、性别、职业、职务、劳动关系的所有制形式或用工形式等不同的各类劳动者，在劳动法上的法律地位是平等的，都一律适用劳动法所规定的劳动标准，禁止对劳动者的歧视。二是对于特殊劳动者，如女性劳动者、未成年劳动者、残疾劳动者等，其特殊利益受到劳动法的特殊保护。这种特殊保护是对一般性平等保护的必要补充，目的在于使特殊劳动群体因某些特定原因而具有的特殊利益与

一般劳动者的共有利益一样受到平等保护。

③ 全面保护。全面保护是指劳动者的合法权益，包括财产权益和人身权益、法定权益和约定权益，无论其内容涉及经济、政治、文化等哪个方面，无论它存在于劳动关系缔结前、缔结后或终止以后，都要纳入劳动法的保护范围之中。

④ 基本保护。基本保护是指对劳动者最低限度的保护，即对劳动者基本权益的保护。在劳动者的利益结构中，维持劳动力再生产所必须的人身安全健康、基本生活需要等利益属于基本利益，对劳动者的意义最重要。保护劳动者首先就是要保护其基本利益。因此，劳动法会对劳动者的基本利益直接规定或者授权有关部门规定最低标准，用人单位向劳动者支付的利益不得低于最低标准。这就使得劳动者的利益有了绝对性的保护。

（3）劳动力资源合理配置的原则

我国宪法规定，劳动者各尽所能。这意味着劳动者的劳动能力应得到充分使用和发挥。这为我国劳动法对劳动力资源的宏观和微观配置进行规范确立了总目标。根据这一总目标，劳动法在劳动力资源合理配置上体现了以下几点。

① 双重价值取向。劳动关系作为劳动力与生产资料结合的社会关系，也是劳动力资源配置的社会形式。劳动法也可以说是劳动力资源配置法，它以劳动力资源配置合理化为宗旨。在社会主义市场经济条件下，对劳动力资源配置合理化的判断标准是：能否兼顾效率和公平的双重价值取向。因此，兼顾效率和公平是劳动法合理配置劳动力资源的基本原则。

② 劳动力资源的宏观配置。劳动力资源的宏观配置即指社会劳动力在全社会范围内的各个用人单位之间的配置。在市场经济条件下，这种配置是通过市场来进行的。劳动法的任务是，促成和发展劳动力市场，确立和完善劳动力资源配置体制，维护劳动力市场的运行秩序。比如，劳动法要赋予和保护劳动力供求双方确立劳动关系的自主权，规范政府促进就业和保障就业、调控劳动力流动的职责等。

③ 劳动力资源的微观配置。劳动力资源的微观配置是指在用人单位内部，对劳动者的岗位、劳动时间和劳动量的安排，即劳动过程中的分工与协作。在劳动力资源微观配置中，劳动法的任务是处理好劳动者利益和劳动效率的关系。

二、我国与劳动关系有关的法律法规

在我国，调整劳动关系的法律法规很多，不同的法律法规从不同的角度来维护劳动关系各方的权利。以下介绍其中一部分主要的法律法规的不同视角。

1. 劳动法是劳动关系法律法规的核心

现行的《中华人民共和国劳动法》是 1994 年 7 月 5 日第八届全国人民代表大会常务委员会第八次会议通过的，1995 年 1 月 1 日起施行。《中华人民共和国劳动法》共 13 章 107 条，对促进就业、劳动合同和集体合同、工作时间和休息休假、工资、劳动安全卫生、女职工和未成年工特殊保护、职业培训、社会保险和福利、劳动争议、监督检查以及法律责任等方面作出了规定，是一部调整劳动关系的综合性法律，是劳动关系法律法规的核心。

2. 劳动合同法是调整劳动合同关系的法律规范

劳动合同法就是指《中华人民共和国劳动合同法》，它是指国家立法机关制定的，为了规范劳动合同，调整劳动关系，当事人基于劳动合同而产生的权利义务关系的劳动法律规范。现行的《中华人民共和国劳动合同法》是 2007 年 6 月 29 日第十届全国人民代表大会常务委员会第二十八次会议通过，2008 年 1 月 1 日施行。《中华人民共和国劳动合同法》共八章九十八条。

3. 公司法对劳动关系的有关内容作了一般性的规定

现行的《中华人民共和国公司法》是 1993 年 12 月 29 日第八届全国人民代表大会常务委员会第五次会议通过，根据 1999 年 12 月 25 日第九届全国人民代表大会常务委员会第十三次会议《关于修改〈中华人民共和国公司法〉的决定》第一次修正，根据 2004 年 8 月 28 日第十届全国人民代表大会常务委员会第十一次会议《关于修改〈中华人民共和国公司法〉的决定》第二次修正。第二次修正的《中华人民共和国公司法》于 2004 年 8 月 28 日通过并予公布，自公布之日起施行。《中华人民共和国公司法》共 11 章 230 条，规范了公司的组织和行为，其中对与劳动关系有关的内容作了一般性的规定。

4. 专门的法律法规对劳动关系中的各项具体内容作了规定

由于劳动关系涉及的内容非常广泛，所以国家、政府及其有关部门制定了专门的法律法规来具体保护劳动者和用人单位的利益、规范政府的职责。这些专门的法律法规包括就业方面、劳动合同和招工方面、工资方面、劳动保护方面、工人考核奖惩方面、职工工作时间方面、社会保险方面、劳动争议与监督检查方面、工会组织方面等。

5. 民事诉讼法对劳动争议处理程序作了规定

劳动争议属于民事纠纷，其处理过程适用于《中华人民共和国民事诉讼法》。《中华人民共和国民事诉讼法》1991 年 4 月 9 日第七届全国人民代表大会第四次会议通过。该法共 29 章 270 条，规定了民事诉讼的程序。为了更有效地解决劳动纠纷，在《中华人民共和国民事诉讼法》的基础上，1993 年 8 月 1 日国务院发布施行的《中华人民共和国企业劳动争议处理条例》，更为具体、更加有针对性地对劳动争议的受理、调解、仲裁、诉讼、法律责任做出了规定。

【复习思考题】

① 什么是劳动关系？我国现阶段的劳动关系有什么特征？
② 劳动争议处理应遵循什么样的程序？
③ 社会保险有哪些特征？

【案例分析】

工伤引起的纠纷

2003 年年初，山东枣庄市薛城区法院依法执结了一起由宋某因公意外伤残后被单位辞退，该单位欠交宋某养老保险金和支付的伤残就业补助金而引发的工伤待遇纠纷案。1995 年 1 月，宋某与枣庄金利煤矿（化名）签订了劳动合同。1999 年 7 月 25 日，宋某在井下作业时，不慎被溜子挤伤，在该矿职工医院救治，单位认定是工伤，经鉴定已构成八级伤残。由于宋某伤后不能从事井下作业，2002 年 3 月，该矿派人口头通知宋某终止劳动合同关系，并答应一次性向宋某支付伤残补助金 6790 元。宋某同意解除劳动合同关系。此后，宋某发现金利煤矿一直没有为其缴纳养老保险金，双方终止劳动合同关系后，也没有支付伤残就业补助金。2002 年 4 月，宋某向枣庄劳动争议仲裁委员会提出诉讼，要求金利煤矿为其缴纳在劳动合同履行期间应缴的养老保险金，并一次性支付伤残就业补助金。对此，金利煤矿认为，宋某在每月领取的工资中已经包含了应为其缴纳的养老保险金，并且支付了一次性伤残补助金。拒绝宋某提出的一次性补助伤残就业补助金的要求。

枣庄市劳动争议仲裁委员会调查后认为，宋某于 1995 年与金利煤矿签订了劳动合同，1999 年在井下施工中受伤，构成了人体八级伤残的事实存在。金利煤矿在劳动合同履行期间没有为宋某缴纳养老保险，违反了《社会保险费征缴暂行条例》的规定，并且未能提供养老保险金已在宋某的工资中支付的证明。依照《中华人民共和国劳动法》、《社会保险费征缴暂行条例》的规定，金利煤矿应当依法为宋某缴纳劳动合同存续期间的养老保险费。而且，依照《企业职工工伤保险试行办法》、《山东省劳动厅关于贯彻劳动部〈企业职工工伤保险试行办法〉的通知》的规定，职工因工伤致残达到八级的，可以一次性享受职工上年度月平均工资的 10 倍；劳动合同期满终止后本人另行择业的，单位应当一次性支付伤残就业补助金，标准相当于本人上年度月平均工资的 20 倍，但应当减去宋某已经享受的待遇及在伤残等级鉴定之后至劳动合同终止未到单位上班而实际领取的工资。劳动仲裁裁定：金利煤矿应为宋某缴纳养老保险金 10502.65 元；一次性补发伤残补助金、伤残就业补助金 9375.8 元，并承担本案的仲裁费用。

经过多方努力，2003 年来临时，宋某走完了艰难的维权之路，获得了应得的赔偿。

思 考 题

1. 请问金利煤矿败诉的原因在哪里？
2. 请问本案中劳动仲裁的依据是什么？

附录 A　人力资源管理专业英语词汇

（以汉语在本书中出现的顺序为序）

人力资源管理　human resource management
（HRM）

人力资源经理　human resource manager

职业　profession

人力资本　human resource capital

外部环境　external environment

内部环境　internal environment

政策　policy

目标　mission

统计学　statistics

法律　law

理论　theory

工作　job

工作概要　job summary

工作名称　job title

职位　position

职责　responsibility

职权　authority

职称　the title of a technical post

工作分析　job analysis

工作说明　job description

工作规范　job specification

工作分析计划表　job analysis schedule

职位分析问卷法　position analysis questio-
nnaire（PAQ）

功能性工作分析法　functional job analysis
（FJA）

经济人假设　rational-economic man hypothesis

社会人假设　social man hypothesis

马斯洛需求层次理论　Maslow's hierarchy of
human needs

赫茨伯格双因素理论　Herzberg's
two-factor theory

麦格雷戈 X 理论与 Y 理论　McGregor's theory
X and theory Y

人力资源规划　human resource planning
（HRP）

战略规划　strategic planning

战略事业单位　strategic business unit（SBU）

程序　process

长期趋势　long term trend

人力资源需求预测　human resource
requirement forecast

人力资源供给预测　human resource
availability forecast

缩减规模　downsizing

人力资源信息系统　human resource
information system（HRIS）

市场调查　market research

定量方法　quantitative methods

定性方法　analysis methods

回归分析　regression analysis

时间序列分析　time series analysis

实施　implement

选择方法　selection methods

企业文化　corporate culture

监控　supervise

评估　evaluation

费用　expenses

预算　budget

人力资源会计　human resource accounting

获得成本　acquiring cost

开发成本　development cost

离职成本　dismissing cost

招聘　recruitment

员工申请表　employee requisition

简历　resume

资格　qualification

招聘方法　recruitment methods

内部提升　promotion from within

内部招聘　internal recruiting

外部招聘　external recruiting

校园招聘　college recruiting

职位公告　job posting

广告　advertising

推荐　recommendation

职业介绍所　employment agency

猎头公司　headhunter

特殊事件　special events
招聘成本　cost of recruitment
信度　reliability
效度　validity
选择　selection
选择率　selection rate
客观性　objectivity
规范　norm
业务知识测试　job knowledge tests
笔试　written test
求职面试　employment interview
小组面试　group interview
情景模拟测试　situational simulation test
公文处理　in-basket test
无领导小组讨论　leaderless group discussion
心理测试　psychological test
能力测试　ability test
职业兴趣测试　vocational interest test
人格测试　personality test
劳务外派　labor force output
劳务引进　labor force input
人力资源开发　human resource development
培训　training
开发　development
满足感　feeling of satisfaction
安全　safety
学习型组织　learning-organization
培训方案　training program
培训需求分析　training needs assessment
组织分析　organization analysis
人员分析　person analysis
任务分析　task analysis
讲座　lecture
视听讲授　audiovisual instruction
管理游戏　management games
案例研究　case study
会议方法　conference method
工作轮换　job rotating
在岗培训　on-the-job training
非在岗培训　off-the-job training
情景模拟　situational simulation
团队培训　team training
辅导　mentoring
角色扮演　role playing
特别工作指派　assignment for special work
探险学习法　adventure learning
培训效果　training effect
新员工导向培训　new employee orientation

training
职业　career
职业计划　career planning
职业道路　career path
职业发展　career development
自我评估　self-assessment
职业锚　career anchors
横向职业途径　horizontal career path
纵向职业途径　vertical career path
双重职业途径　dual career path
绩效管理　performance management
绩效考评　performance appraisal
激励　motivation
技能　skill
机会　opportunity
绩效管理制度　performance management
　system
考评指标　appraisal index
权重　weighted
相对评价方法　relative appraisal method
绝对评价方法　absolute appraisal method
描述法　essay method
排序法　ranking method
交替排序法　alternation ranking method
强制分布法　forced distribution method
关键事件法　critical incident method
量表法　rating scales method
行为定点量表法　behaviorally anchored rating
　scale（BARS）
目标管理　management by objectives（MBO）
上级主管评价　appraisal by supervisor
同事评价　peer appraisal
下属评价　appraisal by subordinates
客户评价　appraisal by client
自我评价　self-appraisal
360度反馈　360-degree feedback
全方位评价　full circle appraisal
绩效反馈　performance feedback
考绩面谈　appraisal interview
降职　demotion
调动　transfer
晋升　promotion
薪酬　compensation
直接经济薪酬　direct financial compensation
间接经济薪酬　indirect financial compensation
工资　wage
计时工资　time wages
计件工资　piecework wage

福利　benefits
津贴　perquisite
员工保留　employee retaining
公平　equity
外部公平　external equity
内部公平　internal equity
员工公平　employee equity
劳动力市场　labor market
岗位评价　job evaluation
排列法　ranking method
分类法　classification method
报酬要素　compensable factors
要素比较法　factor comparison method
要素计点法　point method
工作定价　job pricing
薪酬调查　compensation survey
管理者的报酬　executive compensation
工资等级　pay grade
工资结构　pay structure
薪酬结构线（工资曲线）　wage curve
薪酬范围（工资幅度）　pay range
业绩工资　pay for performance
技能工资　skill based pay

职务工资　position based pay
员工持股计划　employee stock ownership plans（ESOP）
奖金　bonus
自助餐式的福利　cafeteria style benefit
保险　insurance
养老保险　endowment insurance
失业保险　unemployment insurance
医疗保险　medicare
住房公积金　housing accumulation fund
劳动关系　labor-management relation
劳动法　labor laws
合同　contract
约定条款　stipulation
协商　negotiate about
斡旋　mediation
仲裁　arbitration
诉讼　lawsuit
沟通　communication
工会　union
集体协商　collective bargaining
内部员工关系　internal employee relations
纪律　discipline

附录 B　人力资源常用法律法规

中华人民共和国劳动法

(1994 年 7 月 5 日第八届全国人民代表大会常务委员会第八次会议通过　1994 年 7 月 5 日中华人民共和国主席令第二十八号公布自 1995 年 1 月 1 日起施行)

第一章　总则
第二章　促进就业
第三章　劳动合同和集体合同
第四章　工作时间和休息休假
第五章　工资
第六章　劳动安全卫生
第七章　女职工和未成年工特殊保护
第八章　职业培训
第九章　社会保险和福利
第十章　劳动争议
第十一章　监督检查
第十二章　法律责任
第十三章　附则

第一章　总　　则

第一条　为了保护劳动者的合法权益,调整劳动关系,建立和维护适应社会主义市场经济的劳动制度,促进经济发展和社会进步,根据宪法,制定本法。

第二条　在中华人民共和国境内的企业、个体经济组织(以下统称用人单位)和与之形成劳动关系的劳动者,适用本法。

国家机关、事业组织、社会团体和与之建立劳动合同关系的劳动者,依照本法执行。

第三条　劳动者享有平等就业和选择职业的权利、取得劳动报酬的权利、休息休假的权利、获得劳动安全卫生保护的权利、接受职业技能培训的权利、享受社会保险和福利的权利、提请劳动争议处理的权利以及法律规定的其他劳动权利。

劳动者应当完成劳动任务,提高职业技能,执行劳动安全卫生规程,遵守劳动纪律和职业道德。

第四条　用人单位应当依法建立和完善规章制度,保障劳动者享有劳动权利和履行劳动义务。

第五条　国家采取各种措施,促进劳动就业,发展职业教育,制定劳动标准,调节社会收入,完善社会保险,协调劳动关系,逐步提高劳动者的生活水平。

第六条　国家提倡劳动者参加社会义务劳动,开展劳动竞赛和合理化建议活动,鼓励和保护劳动者进行科学研究、技术革新和发明创造,表彰和奖励劳动模范和先进工作者。

第七条　劳动者有权依法参加和组织工会。

工会代表和维护劳动者的合法权益,依法独立自主地开展活动。

第八条　劳动者依照法律规定,通过职工大会、职工代表大会或者其他形式,参与民主管理或者就保护劳动者合法权益与用人单位进行平等协商。

第九条　国务院劳动行政部门主管全国劳动工作。

县级以上地方人民政府劳动行政部门主管本行政区域内的劳动工作。

第二章　促进就业

第十条　国家通过促进经济和社会发展，创造就业条件，扩大就业机会。

国家鼓励企业、事业组织、社会团体在法律、行政法规规定的范围内兴办产业或者拓展经营，增加就业。

国家支持劳动者自愿组织起来就业和从事个体经营实现就业。

第十一条　地方各级人民政府应当采取措施，发展多种类型的职业介绍机构，提供就业服务。

第十二条　劳动者就业，不因民族、种族、性别、宗教信仰不同而受歧视。

第十三条　妇女享有与男子平等的就业权利。在录用职工时，除国家规定的不适合妇女的工种或者岗位外，不得以性别为由拒绝录用妇女或者提高对妇女的录用标准。

第十四条　残疾人、少数民族人员、退出现役的军人的就业，法律、法规有特别规定的，从其规定。

第十五条　禁止用人单位招用未满十六周岁的未成年人。

文艺、体育和特种工艺单位招用未满十六周岁的未成年人，必须依照国家有关规定，履行审批手续，并保障其接受义务教育的权利。

第三章　劳动合同和集体合同

第十六条　劳动合同是劳动者与用人单位确立劳动关系、明确双方权利和义务的协议。

建立劳动关系应当订立劳动合同。

第十七条　订立和变更劳动合同，应当遵循平等自愿、协商一致的原则，不得违反法律、行政法规的规定。

劳动合同依法订立即具有法律约束力，当事人必须履行劳动合同规定的义务。

第十八条　下列劳动合同无效：

（一）违反法律、行政法规的劳动合同；

（二）采取欺诈、威胁等手段订立的劳动合同。

无效的劳动合同，从订立的时候起，就没有法律约束力。确认劳动合同部分无效的，如果不影响其余部分的效力，其余部分仍然有效。

劳动合同的无效，由劳动争议仲裁委员会或者人民法院确认。

第十九条　劳动合同应当以书面形式订立，并具备以下条款：

（一）劳动合同期限；

（二）工作内容；

（三）劳动保护和劳动条件；

（四）劳动报酬；

（五）劳动纪律；

（六）劳动合同终止的条件；

（七）违反劳动合同的责任。

劳动合同除前款规定的必备条款外，当事人可以协商约定其他内容。

第二十条　劳动合同的期限分为有固定期限、无固定期限和以完成一定的工作为期限。

劳动者在同一用人单位连续工作满十年以上，当事人双方同意续延劳动合同的，如果劳动者提出订立无固定期限的劳动合同，应当订立无固定期限的劳动合同。

第二十一条　劳动合同可以约定试用期。试用期最长不得超过六个月。

第二十二条　劳动合同当事人可以在劳动合同中约定保守用人单位商业秘密的有关事项。

第二十三条　劳动合同期满或者当事人约定的劳动合同终止条件出现，劳动合同即行终止。

第二十四条　经劳动合同当事人协商一致，劳动合同可以解除。

第二十五条　劳动者有下列情形之一的，用人单位可以解除劳动合同：

（一）在试用期间被证明不符合录用条件的；

（二）严重违反劳动纪律或者用人单位规章制度的；

（三）严重失职，营私舞弊，对用人单位利益造成重大损害的；

（四）被依法追究刑事责任的。

第二十六条 有下列情形之一的，用人单位可以解除劳动合同，但是应当提前三十日以书面形式通知劳动者本人：

（一）劳动者患病或者非因工负伤，医疗期满后，不能从事原工作也不能从事由用人单位另行安排的工作的；

（二）劳动者不能胜任工作，经过培训或者调整工作岗位，仍不能胜任工作的；

（三）劳动合同订立时所依据的客观情况发生重大变化，致使原劳动合同无法履行，经当事人协商不能就变更劳动合同达成协议的。

第二十七条 用人单位濒临破产进行法定整顿期间或者生产经营状况发生严重困难，确需裁减人员的，应当提前三十日向工会或者全体职工说明情况，听取工会或者职工的意见，经向劳动行政部门报告后，可以裁减人员。

用人单位依据本条规定裁减人员，在六个月内录用人员的，应当优先录用被裁减的人员。

第二十八条 用人单位依据本法第二十四条、第二十六条、第二十七条的规定解除劳动合同的，应当依照国家有关规定给予经济补偿。

第二十九条 劳动者有下列情形之一的，用人单位不得依据本法第二十六条、第二十七条的规定解除劳动合同：

（一）患职业病或者因工负伤并被确认丧失或者部分丧失劳动能力的；

（二）患病或者负伤，在规定的医疗期内的；

（三）女职工在孕期、产期、哺乳期内的；

（四）法律、行政法规规定的其他情形。

第三十条 用人单位解除劳动合同，工会认为不适当的，有权提出意见。如果用人单位违反法律、法规或者劳动合同，工会有权要求重新处理；劳动者申请仲裁或者提起诉讼的，工会应当依法给予支持和帮助。

第三十一条 劳动者解除劳动合同，应当提前三十日以书面形式通知用人单位。

第三十二条 有下列情形之一的，劳动者可以随时通知用人单位解除劳动合同：

（一）在试用期内的；

（二）用人单位以暴力、威胁或者非法限制人身自由的手段强迫劳动的；

（三）用人单位未按照劳动合同约定支付劳动报酬或者提供劳动条件的。

第三十三条 企业职工一方与企业可以就劳动报酬、工作时间、休息休假、劳动安全卫生、保险福利等事项，签订集体合同。集体合同草案应当提交职工代表大会或者全体职工讨论通过。

集体合同由工会代表职工与企业签订；没有建立工会的企业，由职工推举的代表与企业签订。

第三十四条 集体合同签订后应当报送劳动行政部门；劳动行政部门自收到集体合同文本之日起十五日内未提出异议的，集体合同即行生效。

第三十五条 依法签订的集体合同对企业和企业全体职工具有约束力。职工个人与企业订立的劳动合同中劳动条件和劳动报酬等标准不得低于集体合同的规定。

第四章　工作时间和休息休假

第三十六条 国家实行劳动者每日工作时间不超过八小时、平均每周工作时间不超过四十四小时的工时制度。

第三十七条 对实行计件工作的劳动者，用人单位应当根据本法第三十六条规定的工时制度合理确定其劳动定额和计件报酬标准。

第三十八条 用人单位应当保证劳动者每周至少休息一日。

第三十九条 企业因生产特点不能实行本法第三十六条、第三十八条规定的，经劳动行政部门批准，可以实行其他工作和休息办法。

第四十条　用人单位在下列节日期间应当依法安排劳动者休假：

（一）元旦；

（二）春节；

（三）国际劳动节；

（四）国庆节；

（五）法律、法规规定的其他休假节日。

第四十一条　用人单位由于生产经营需要，经与工会和劳动者协商后可以延长工作时间，一般每日不得超过一小时；因特殊原因需要延长工作时间的，在保障劳动者身体健康的条件下延长工作时间每日不得超过三小时，但是每月不得超过三十六小时。

第四十二条　有下列情形之一的，延长工作时间不受本法第四十一条的限制：

（一）发生自然灾害、事故或者因其他原因，威胁劳动者生命健康和财产安全，需要紧急处理的；

（二）生产设备、交通运输线路、公共设施发生故障，影响生产和公众利益，必须及时抢修的；

（三）法律、行政法规规定的其他情形。

第四十三条　用人单位不得违反本法规定延长劳动者的工作时间。

第四十四条　有下列情形之一的，用人单位应当按照下列标准支付高于劳动者正常工作时间工资的工资报酬：

（一）安排劳动者延长工作时间的，支付不低于工资的百分之一百五十的工资报酬；

（二）休息日安排劳动者工作又不能安排补休的，支付不低于工资的百分之二百的工资报酬；

（三）法定休假日安排劳动者工作的，支付不低于工资的百分之三百的工资报酬。

第四十五条　国家实行带薪年休假制度。

劳动者连续工作一年以上的，享受带薪年休假。具体办法由国务院规定。

第五章　工　　资

第四十六条　工资分配应当遵循按劳分配原则，实行同工同酬。

工资水平在经济发展的基础上逐步提高。国家对工资总量实行宏观调控。

第四十七条　用人单位根据本单位的生产经营特点和经济效益，依法自主确定本单位的工资分配方式和工资水平。

第四十八条　国家实行最低工资保障制度。最低工资的具体标准由省、自治区、直辖市人民政府规定，报国务院备案。

用人单位支付劳动者的工资不得低于当地最低工资标准。

第四十九条　确定和调整最低工资标准应当综合参考下列因素：

（一）劳动者本人及平均赡养人口的最低生活费用；

（二）社会平均工资水平；

（三）劳动生产率；

（四）就业状况；

（五）地区之间经济发展水平的差异。

第五十条　工资应当以货币形式按月支付给劳动者本人。不得克扣或者无故拖欠劳动者的工资。

第五十一条　劳动者在法定休假日和婚丧假期间以及依法参加社会活动期间，用人单位应当依法支付工资。

第六章　劳动安全卫生

第五十二条　用人单位必须建立、健全劳动安全卫生制度，严格执行国家劳动安全卫生规程和标准，对劳动者进行劳动安全卫生教育，防止劳动过程中的事故，减少职业危害。

第五十三条　劳动安全卫生设施必须符合国家规定的标准。

新建、改建、扩建工程的劳动安全卫生设施必须与主体工程同时设计、同时施工、同时投入生产和使用。

第五十四条　用人单位必须为劳动者提供符合国家规定的劳动安全卫生条件和必要的劳动防护用品，

对从事有职业危害作业的劳动者应当定期进行健康检查。

第五十五条　从事特种作业的劳动者必须经过专门培训并取得特种作业资格。

第五十六条　劳动者在劳动过程中必须严格遵守安全操作规程。

劳动者对用人单位管理人员违章指挥、强令冒险作业，有权拒绝执行；对危害生命安全和身体健康的行为，有权提出批评、检举和控告。

第五十七条　国家建立伤亡事故和职业病统计报告和处理制度。县级以上各级人民政府劳动行政部门、有关部门和用人单位应当依法对劳动者在劳动过程中发生的伤亡事故和劳动者的职业病状况，进行统计、报告和处理。

第七章　女职工和未成年工特殊保护

第五十八条　国家对女职工和未成年工实行特殊劳动保护。

未成年工是指年满十六周岁未满十八周岁的劳动者。

第五十九条　禁止安排女职工从事矿山井下、国家规定的第四级体力劳动强度的劳动和其他禁忌从事的劳动。

第六十条　不得安排女职工在经期从事高处、低温、冷水作业和国家规定的第三级体力劳动强度的劳动。

第六十一条　不得安排女职工在怀孕期间从事国家规定的第三级体力劳动强度的劳动和孕期禁忌从事的劳动。对怀孕七个月以上的女职工，不得安排其延长工作时间和夜班劳动。

第六十二条　女职工生育享受不少于九十天的产假。

第六十三条　不得安排女职工在哺乳未满一周岁的婴儿期间从事国家规定的第三级体力劳动强度的劳动和哺乳期禁忌从事的其他劳动，不得安排其延长工作时间和夜班劳动。

第六十四条　不得安排未成年工从事矿山井下、有毒有害、国家规定的第四级体力劳动强度的劳动和其他禁忌从事的劳动。

第六十五条　用人单位应当对未成年工定期进行健康检查。

第八章　职业培训

第六十六条　国家通过各种途径，采取各种措施，发展职业培训事业，开发劳动者的职业技能，提高劳动者素质，增强劳动者的就业能力和工作能力。

第六十七条　各级人民政府应当把发展职业培训纳入社会经济发展的规划，鼓励和支持有条件的企业、事业组织、社会团体和个人进行各种形式的职业培训。

第六十八条　用人单位应当建立职业培训制度，按照国家规定提取和使用职业培训经费，根据本单位实际，有计划地对劳动者进行职业培训。

从事技术工种的劳动者，上岗前必须经过培训。

第六十九条　国家确定职业分类，对规定的职业制定职业技能标准，实行职业资格证书制度，由经过政府批准的考核鉴定机构负责对劳动者实施职业技能考核鉴定。

第九章　社会保险和福利

第七十条　国家发展社会保险事业，建立社会保险制度，设立社会保险基金，使劳动者在年老、患病、工伤、失业、生育等情况下获得帮助和补偿。

第七十一条　社会保险水平应当与社会经济发展水平和社会承受能力相适应。

第七十二条　社会保险基金按照保险类型确定资金来源，逐步实行社会统筹。用人单位和劳动者必须依法参加社会保险，缴纳社会保险费。

第七十三条　劳动者在下列情形下，依法享受社会保险待遇：

（一）退休；

（二）患病、负伤；

（三）因工伤残或者患职业病；

（四）失业；

（五）生育。

劳动者死亡后，其遗属依法享受遗属津贴。

劳动者享受社会保险待遇的条件和标准由法律、法规规定。

劳动者享受的社会保险金必须按时足额支付。

第七十四条 社会保险基金经办机构依照法律规定收支、管理和运营社会保险基金，并负有使社会保险基金保值增值的责任。

社会保险基金监督机构依照法律规定，对社会保险基金的收支、管理和运营实施监督。

社会保险基金经办机构和社会保险基金监督机构的设立和职能由法律规定。

任何组织和个人不得挪用社会保险基金。

第七十五条 国家鼓励用人单位根据本单位实际情况为劳动者建立补充保险。

国家提倡劳动者个人进行储蓄性保险。

第七十六条 国家发展社会福利事业，兴建公共福利设施，为劳动者休息、休养和疗养提供条件。

用人单位应当创造条件，改善集体福利，提高劳动者的福利待遇。

第十章　劳动争议

第七十七条 用人单位与劳动者发生劳动争议，当事人可以依法申请调解、仲裁、提起诉讼，也可以协商解决。

调解原则适用于仲裁和诉讼程序。

第七十八条 解决劳动争议，应当根据合法、公正、及时处理的原则，依法维护劳动争议当事人的合法权益。

第七十九条 劳动争议发生后，当事人可以向本单位劳动争议调解委员会申请调解；调解不成，当事人一方要求仲裁的，可以向劳动争议仲裁委员会申请仲裁。当事人一方也可以直接向劳动争议仲裁委员会申请仲裁。对仲裁裁决不服的，可以向人民法院提起诉讼。

第八十条 在用人单位内，可以设立劳动争议调解委员会。劳动争议调解委员会由职工代表、用人单位代表和工会代表组成。劳动争议调解委员会主任由工会代表担任。

劳动争议经调解达成协议的，当事人应当履行。

第八十一条 劳动争议仲裁委员会由劳动行政部门代表、同级工会代表、用人单位方面的代表组成。劳动争议仲裁委员会主任由劳动行政部门代表担任。

第八十二条 提出仲裁要求的一方应当自劳动争议发生之日起六十日内向劳动争议仲裁委员会提出书面申请。仲裁裁决一般应在收到仲裁申请的六十日内作出。对仲裁裁决无异议的，当事人必须履行。

第八十三条 劳动争议当事人对仲裁裁决不服的，可以自收到仲裁裁决书之日起十五日内向人民法院提起诉讼。一方当事人在法定期限内不起诉又不履行仲裁裁决的，另一方当事人可以申请人民法院强制执行。

第八十四条 因签订集体合同发生争议，当事人协商解决不成的，当地人民政府劳动行政部门可以组织有关各方协调处理。

因履行集体合同发生争议，当事人协商解决不成的，可以向劳动争议仲裁委员会申请仲裁；对仲裁裁决不服的，可以自收到仲裁裁决书之日起十五日内向人民法院提起诉讼。

第十一章　监督检查

第八十五条 县级以上各级人民政府劳动行政部门依法对用人单位遵守劳动法律、法规的情况进行监督检查，对违反劳动法律、法规的行为有权制止，并责令改正。

第八十六条 县级以上各级人民政府劳动行政部门监督检查人员执行公务，有权进入用人单位了解执行劳动法律、法规的情况，查阅必要的资料，并对劳动场所进行检查。

县级以上各级人民政府劳动行政部门监督检查人员执行公务，必须出示证件，秉公执法并遵守有关规定。

第八十七条 县级以上各级人民政府有关部门在各自职责范围内，对用人单位遵守劳动法律、法规的情况进行监督。

第八十八条 各级工会依法维护劳动者的合法权益，对用人单位遵守劳动法律、法规的情况进行监督。

任何组织和个人对于违反劳动法律、法规的行为有权检举和控告。

第十二章 法律责任

第八十九条 用人单位制定的劳动规章制度违反法律、法规规定的，由劳动行政部门给予警告，责令改正；对劳动者造成损害的，应当承担赔偿责任。

第九十条 用人单位违反本法规定，延长劳动者工作时间的，由劳动行政部门给予警告，责令改正，并可以处以罚款。

第九十一条 用人单位有下列侵害劳动者合法权益情形之一的，由劳动行政部门责令支付劳动者的工资报酬、经济补偿，并可以责令支付赔偿金：

（一）克扣或者无故拖欠劳动者工资的；

（二）拒不支付劳动者延长工作时间工资报酬的；

（三）低于当地最低工资标准支付劳动者工资的；

（四）解除劳动合同后，未依照本法规定给予劳动者经济补偿的。

第九十二条 用人单位的劳动安全设施和劳动卫生条件不符合国家规定或者未向劳动者提供必要的劳动防护用品和劳动保护设施的，由劳动行政部门或者有关部门责令改正，可以处以罚款；情节严重的，提请县级以上人民政府决定责令停产整顿；对事故隐患不采取措施，致使发生重大事故，造成劳动者生命和财产损失的，对责任人员比照刑法第一百八十七条的规定追究刑事责任。

第九十三条 用人单位强令劳动者违章冒险作业，发生重大伤亡事故，造成严重后果的，对责任人员依法追究刑事责任。

第九十四条 用人单位非法招用未满十六周岁的未成年人的，由劳动行政部门责令改正，处以罚款；情节严重的，由工商行政管理部门吊销营业执照。

第九十五条 用人单位违反本法对女职工和未成年工的保护规定，侵害其合法权益的，由劳动行政部门责令改正，处以罚款；对女职工或者未成年工造成损害的，应当承担赔偿责任。

第九十六条 用人单位有下列行为之一，由公安机关对责任人员处以十五日以下拘留、罚款或者警告；构成犯罪的，对责任人员依法追究刑事责任：

（一）以暴力、威胁或者非法限制人身自由的手段强迫劳动的；

（二）侮辱、体罚、殴打、非法搜查和拘禁劳动者的。

第九十七条 由于用人单位的原因订立的无效合同，对劳动者造成损害的，应当承担赔偿责任。

第九十八条 用人单位违反本法规定的条件解除劳动合同或者故意拖延不订立劳动合同的，由劳动行政部门责令改正；对劳动者造成损害的，应当承担赔偿责任。

第九十九条 用人单位招用尚未解除劳动合同的劳动者，对原用人单位造成经济损失的，该用人单位应当依法承担连带赔偿责任。

第一百条 用人单位无故不缴纳社会保险费的，由劳动行政部门责令其限期缴纳，逾期不缴的，可以加收滞纳金。

第一百零一条 用人单位无理阻挠劳动行政部门、有关部门及其工作人员行使监督检查权，打击报复举报人员的，由劳动行政部门或者有关部门处以罚款；构成犯罪的，对责任人员依法追究刑事责任。

第一百零二条 劳动者违反本法规定的条件解除劳动合同或者违反劳动合同中约定的保密事项，对用人单位造成经济损失的，应当依法承担赔偿责任。

第一百零三条 劳动行政部门或者有关部门的工作人员滥用职权、玩忽职守、徇私舞弊，构成犯罪的，依法追究刑事责任；不构成犯罪的，给予行政处分。

第一百零四条 国家工作人员和社会保险基金经办机构的工作人员挪用社会保险基金，构成犯罪的，依法追究刑事责任。

第一百零五条 违反本法规定侵害劳动者合法权益，其他法律、法规已规定处罚的，依照该法律、行政法规的规定处罚。

第十三章 附 则

第一百零六条 省、自治区、直辖市人民政府根据本法和本地区的实际情况，规定劳动合同制度的实施步骤，报国务院备案。

第一百零七条 本法自 1995 年 1 月 1 日起施行。

中华人民共和国劳动合同法

（2007 年 6 月 29 日第十届全国人民代表大会常务委员会第二十八次会议通过）

第一章 总 则

第一条 为了完善劳动合同制度，明确劳动合同双方当事人的权利和义务，保护劳动者的合法权益，构建和发展和谐稳定的劳动关系，制定本法。

第二条 中华人民共和国境内的企业、个体经济组织、民办非企业单位等组织（以下称用人单位）与劳动者建立劳动关系，订立、履行、变更、解除或者终止劳动合同，适用本法。国家机关、事业单位、社会团体和与其建立劳动关系的劳动者，订立、履行、变更、解除或者终止劳动合同，依照本法执行。

第三条 订立劳动合同，应当遵循合法、公平、平等自愿、协商一致、诚实信用的原则。依法订立的劳动合同具有约束力，用人单位与劳动者应当履行劳动合同约定的义务。

第四条 用人单位应当依法建立和完善劳动规章制度，保障劳动者享有劳动权利、履行劳动义务。

用人单位在制定、修改或者决定有关劳动报酬、工作时间、休息休假、劳动安全卫生、保险福利、职工培训、劳动纪律以及劳动定额管理等直接涉及劳动者切身利益的规章制度或者重大事项时，应当经职工代表大会或者全体职工讨论，提出方案和意见，与工会或者职工代表平等协商确定。

在规章制度和重大事项决定实施过程中，工会或者职工认为不适当的，有权向用人单位提出，通过协商予以修改完善。

用人单位应当将直接涉及劳动者切身利益的规章制度和重大事项决定公示，或者告知劳动者。

第五条 县级以上人民政府劳动行政部门会同工会和企业方面代表，建立健全协调劳动关系三方机制，共同研究解决有关劳动关系的重大问题。

第六条 工会应当帮助、指导劳动者与用人单位依法订立和履行劳动合同，并与用人单位建立集体协商机制，维护劳动者的合法权益。

第二章 劳动合同的订立

第七条 用人单位自用工之日起即与劳动者建立劳动关系。用人单位应当建立职工名册备查。

第八条 用人单位招用劳动者时，应当如实告知劳动者工作内容、工作条件、工作地点、职业危害、安全生产状况、劳动报酬，以及劳动者要求了解的其他情况；用人单位有权了解劳动者与劳动合同直接相关的基本情况，劳动者应当如实说明。

第九条 用人单位招用劳动者，不得扣押劳动者的居民身份证和其他证件，不得要求劳动者提供担保或者以其他名义向劳动者收取财物。

第十条 建立劳动关系，应当订立书面劳动合同。已建立劳动关系，未同时订立书面劳动合同的，应当自用工之日起一个月内订立书面劳动合同。

用人单位与劳动者在用工前订立劳动合同的，劳动关系自用工之日起建立。

第十一条 用人单位未在用工的同时订立书面劳动合同，与劳动者约定的劳动报酬不明确的，新招用的劳动者的劳动报酬按照集体合同规定的标准执行；没有集体合同或者集体合同未规定的，实行同工同酬。

第十二条 劳动合同分为固定期限劳动合同、无固定期限劳动合同和以完成一定工作任务为期限的劳动合同。

第十三条 固定期限劳动合同，是指用人单位与劳动者约定合同终止时间的劳动合同。用人单位与劳动者协商一致，可以订立固定期限劳动合同。

第十四条 无固定期限劳动合同，是指用人单位与劳动者约定无确定终止时间的劳动合同。

用人单位与劳动者协商一致，可以订立无固定期限劳动合同。有下列情形之一，劳动者提出或者同意续订、订立劳动合同的，除劳动者提出订立固定期限劳动合同外，应当订立无固定期限劳动合同：

（一）劳动者在该用人单位连续工作满十年的；

（二）用人单位初次实行劳动合同制度或者国有企业改制重新订立劳动合同时，劳动者在该用人单位连续工作满十年且距法定退休年龄不足十年的；

（三）连续订立二次固定期限劳动合同，且劳动者没有本法第三十九条和第四十条第一项、第二项规定的情形，续订劳动合同的。

用人单位自用工之日起满一年不与劳动者订立书面劳动合同的，视为用人单位与劳动者已订立无固定期限劳动合同。

第十五条 以完成一定工作任务为期限的劳动合同，是指用人单位与劳动者约定以某项工作的完成为合同期限的劳动合同。用人单位与劳动者协商一致，可以订立以完成一定工作任务为期限的劳动合同。

第十六条 劳动合同由用人单位与劳动者协商一致，并经用人单位与劳动者在劳动合同文本上签字或者盖章生效。

劳动合同文本由用人单位和劳动者各执一份。

第十七条 劳动合同应当具备以下条款：

（一）用人单位的名称、住所和法定代表人或者主要负责人；

（二）劳动者的姓名、住址和居民身份证或者其他有效身份证件号码；

（三）劳动合同期限；

（四）工作内容和工作地点；

（五）工作时间和休息休假；

（六）劳动报酬；

（七）社会保险；

（八）劳动保护、劳动条件和职业危害防护；

（九）法律、法规规定应当纳入劳动合同的其他事项。

劳动合同除前款规定的必备条款外，用人单位与劳动者可以约定试用期、培训、保守秘密、补充保险和福利待遇等其他事项。

第十八条 劳动合同对劳动报酬和劳动条件等标准约定不明确，引发争议的，用人单位与劳动者可以重新协商；协商不成的，适用集体合同规定；没有集体合同或者集体合同未规定劳动报酬的，实行同工同酬；没有集体合同或者集体合同未规定劳动条件等标准的，适用国家有关规定。

第十九条 劳动合同期限三个月以上不满一年的，试用期不得超过一个月；劳动合同期限一年以上不满三年的，试用期不得超过二个月；三年以上固定期限和无固定期限的劳动合同，试用期不得超过六个月。

同一用人单位与同一劳动者只能约定一次试用期。

以完成一定工作任务为期限的劳动合同或者劳动合同期限不满三个月的，不得约定试用期。

试用期包含在劳动合同期限内。劳动合同仅约定试用期的，试用期不成立，该期限为劳动合同期限。

第二十条 劳动者在试用期的工资不得低于本单位相同岗位最低档工资或者劳动合同约定工资的百分

之八十，并不得低于用人单位所在地的最低工资标准。

第二十一条 在试用期中，除劳动者有本法第三十九条和第四十条第一项、第二项规定的情形外，用人单位不得解除劳动合同。用人单位在试用期解除劳动合同的，应当向劳动者说明理由。

第二十二条 用人单位为劳动者提供专项培训费用，对其进行专业技术培训的，可以与该劳动者订立协议，约定服务期。

劳动者违反服务期约定的，应当按照约定向用人单位支付违约金。违约金的数额不得超过用人单位提供的培训费用。用人单位要求劳动者支付的违约金不得超过服务期尚未履行部分所应分摊的培训费用。

用人单位与劳动者约定服务期的，不影响按照正常的工资调整机制提高劳动者在服务期期间的劳动报酬。

第二十三条 用人单位与劳动者可以在劳动合同中约定保守用人单位的商业秘密和与知识产权相关的保密事项。

对负有保密义务的劳动者，用人单位可以在劳动合同或者保密协议中与劳动者约定竞业限制条款，并约定在解除或者终止劳动合同后，在竞业限制期限内按月给予劳动者经济补偿。劳动者违反竞业限制约定的，应当按照约定向用人单位支付违约金。

第二十四条 竞业限制的人员限于用人单位的高级管理人员、高级技术人员和其他负有保密义务的人员。竞业限制的范围、地域、期限由用人单位与劳动者约定，竞业限制的约定不得违反法律、法规的规定。

在解除或者终止劳动合同后，前款规定的人员到与本单位生产或者经营同类产品、从事同类业务的有竞争关系的其他用人单位，或者自己开业生产或者经营同类产品、从事同类业务的竞业限制期限，不得超过二年。

第二十五条 除本法第二十二条和第二十三条规定的情形外，用人单位不得与劳动者约定由劳动者承担违约金。

第二十六条 下列劳动合同无效或者部分无效：

（一）以欺诈、胁迫的手段或者乘人之危，使对方在违背真实意思的情况下订立或者变更劳动合同的；

（二）用人单位免除自己的法定责任、排除劳动者权利的；

（三）违反法律、行政法规强制性规定的。

对劳动合同的无效或者部分无效有争议的，由劳动争议仲裁机构或者人民法院确认。

第二十七条 劳动合同部分无效，不影响其他部分效力的，其他部分仍然有效。

第二十八条 劳动合同被确认无效，劳动者已付出劳动的，用人单位应当向劳动者支付劳动报酬。劳动报酬的数额，参照本单位相同或者相近岗位劳动者的劳动报酬确定。

第三章　劳动合同的履行和变更

第二十九条 用人单位与劳动者应当按照劳动合同的约定，全面履行各自的义务。

第三十条 用人单位应当按照劳动合同约定和国家规定，向劳动者及时足额支付劳动报酬。

用人单位拖欠或者未足额支付劳动报酬的，劳动者可以依法向当地人民法院申请支付令，人民法院应当依法发出支付令。

第三十一条 用人单位应当严格执行劳动定额标准，不得强迫或者变相强迫劳动者加班。用人单位安排加班的，应当按照国家有关规定向劳动者支付加班费。

第三十二条 劳动者拒绝用人单位管理人员违章指挥、强令冒险作业的，不视为违反劳动合同。

劳动者对危害生命安全和身体健康的劳动条件，有权对用人单位提出批评、检举和控告。

第三十三条 用人单位变更名称、法定代表人、主要负责人或者投资人等事项，不影响劳动合同的履行。

第三十四条 用人单位发生合并或者分立等情况，原劳动合同继续有效，劳动合同由承继其权利和义务的用人单位继续履行。

第三十五条 用人单位与劳动者协商一致，可以变更劳动合同约定的内容。变更劳动合同，应当采用书面形式。

变更后的劳动合同文本由用人单位和劳动者各执一份。

第四章　劳动合同的解除和终止

第三十六条　用人单位与劳动者协商一致，可以解除劳动合同。

第三十七条　劳动者提前三十日以书面形式通知用人单位，可以解除劳动合同。劳动者在试用期内提前三日通知用人单位，可以解除劳动合同。

第三十八条　用人单位有下列情形之一的，劳动者可以解除劳动合同：

（一）未按照劳动合同约定提供劳动保护或者劳动条件的；

（二）未及时足额支付劳动报酬的；

（三）未依法为劳动者缴纳社会保险费的；

（四）用人单位的规章制度违反法律、法规的规定，损害劳动者权益的；

（五）因本法第二十六条第一款规定的情形致使劳动合同无效的；

（六）法律、行政法规规定劳动者可以解除劳动合同的其他情形。

用人单位以暴力、威胁或者非法限制人身自由的手段强迫劳动者劳动的，或者用人单位违章指挥、强令冒险作业危及劳动者人身安全的，劳动者可以立即解除劳动合同，不需事先告知用人单位。

第三十九条　劳动者有下列情形之一的，用人单位可以解除劳动合同：

（一）在试用期间被证明不符合录用条件的；

（二）严重违反用人单位的规章制度的；

（三）严重失职，营私舞弊，给用人单位造成重大损害的；

（四）劳动者同时与其他用人单位建立劳动关系，对完成本单位的工作任务造成严重影响，或者经用人单位提出，拒不改正的；

（五）因本法第二十六条第一款第一项规定的情形致使劳动合同无效的；

（六）被依法追究刑事责任的。

第四十条　有下列情形之一的，用人单位提前三十日以书面形式通知劳动者本人或者额外支付劳动者一个月工资后，可以解除劳动合同：

（一）劳动者患病或者非因工负伤，在规定的医疗期满后不能从事原工作，也不能从事由用人单位另行安排的工作的；

（二）劳动者不能胜任工作，经过培训或者调整工作岗位，仍不能胜任工作的；

（三）劳动合同订立时所依据的客观情况发生重大变化，致使劳动合同无法履行，经用人单位与劳动者协商，未能就变更劳动合同内容达成协议的。

第四十一条　有下列情形之一，需要裁减人员二十人以上或者裁减不足二十人但占企业职工总数百分之十以上的，用人单位提前三十日向工会或者全体职工说明情况，听取工会或者职工的意见后，裁减人员方案经向劳动行政部门报告，可以裁减人员：

（一）依照企业破产法规定进行重整的；

（二）生产经营发生严重困难的；

（三）企业转产、重大技术革新或者经营方式调整，经变更劳动合同后，仍需裁减人员的；

（四）其他因劳动合同订立时所依据的客观经济情况发生重大变化，致使劳动合同无法履行的。

裁减人员时，应当优先留用下列人员：

（一）与本单位订立较长期限的固定期限劳动合同的；

（二）与本单位订立无固定期限劳动合同的；

（三）家庭无其他就业人员，有需要扶养的老人或者未成年人的。

用人单位依照本条第一款规定裁减人员，在六个月内重新招用人员的，应当通知被裁减的人员，并在同等条件下优先招用被裁减的人员。

第四十二条　劳动者有下列情形之一的，用人单位不得依照本法第四十条、第四十一条的规定解除劳动合同：

（一）从事接触职业病危害作业的劳动者未进行离岗前职业健康检查，或者疑似职业病病人在诊断或者医学观察期间的；

（二）在本单位患职业病或者因工负伤并被确认丧失或者部分丧失劳动能力的；

（三）患病或者非因工负伤，在规定的医疗期内的；

（四）女职工在孕期、产期、哺乳期的；

（五）在本单位连续工作满十五年，且距法定退休年龄不足五年的；

（六）法律、行政法规规定的其他情形。

第四十三条 用人单位单方解除劳动合同，应当事先将理由通知工会。用人单位违反法律、行政法规规定或者劳动合同约定的，工会有权要求用人单位纠正。用人单位应当研究工会的意见，并将处理结果书面通知工会。

第四十四条 有下列情形之一的，劳动合同终止：

（一）劳动合同期满的；

（二）劳动者开始依法享受基本养老保险待遇的；

（三）劳动者死亡，或者被人民法院宣告死亡或者宣告失踪的；

（四）用人单位被依法宣告破产的；

（五）用人单位被吊销营业执照、责令关闭、撤销或者用人单位决定提前解散的；

（六）法律、行政法规规定的其他情形。

第四十五条 劳动合同期满，有本法第四十二条规定情形之一的，劳动合同应当续延至相应的情形消失时终止。但是，本法第四十二条第二项规定丧失或者部分丧失劳动能力劳动者的劳动合同的终止，按照国家有关工伤保险的规定执行。

第四十六条 有下列情形之一的，用人单位应当向劳动者支付经济补偿：

（一）劳动者依照本法第三十八条规定解除劳动合同的；

（二）用人单位依照本法第三十六条规定向劳动者提出解除劳动合同并与劳动者协商一致解除劳动合同的；

（三）用人单位依照本法第四十条规定解除劳动合同的；

（四）用人单位依照本法第四十一条第一款规定解除劳动合同的；

（五）除用人单位维持或者提高劳动合同约定条件续订劳动合同，劳动者不同意续订的情形外，依照本法第四十四条第一项规定终止固定期限劳动合同的；

（六）依照本法第四十四条第四项、第五项规定终止劳动合同的；

（七）法律、行政法规规定的其他情形。

第四十七条 经济补偿按劳动者在本单位工作的年限，每满一年支付一个月工资的标准向劳动者支付。六个月以上不满一年的，按一年计算；不满六个月的，向劳动者支付半个月工资的经济补偿。

劳动者月工资高于用人单位所在直辖市、设区的市级人民政府公布的本地区上年度职工月平均工资三倍的，向其支付经济补偿的标准按职工月平均工资三倍的数额支付，向其支付经济补偿的年限最高不超过十二年。

本条所称月工资是指劳动者在劳动合同解除或者终止前十二个月的平均工资。

第四十八条 用人单位违反本法规定解除或者终止劳动合同，劳动者要求继续履行劳动合同的，用人单位应当继续履行；劳动者不要求继续履行劳动合同或者劳动合同已经不能继续履行的，用人单位应当依照本法第八十七条规定支付赔偿金。

第四十九条 国家采取措施，建立健全劳动者社会保险关系跨地区转移接续制度。

第五十条 用人单位应当在解除或者终止劳动合同时出具解除或者终止劳动合同的证明，并在十五日内为劳动者办理档案和社会保险关系转移手续。劳动者应当按照双方约定，办理工作交接。用人单位依照本法有关规定应当向劳动者支付经济补偿的，在办结工作交接时支付。

用人单位对已经解除或者终止的劳动合同的文本，至少保存二年备查。

第五章 特别规定

第一节 集体合同

第五十一条 企业职工一方与用人单位通过平等协商，可以就劳动报酬、工作时间、休息休假、劳动安全卫生、保险福利等事项订立集体合同。集体合同草案应当提交职工代表大会或者全体职工讨论通过。

集体合同由工会代表企业职工一方与用人单位订立；尚未建立工会的用人单位，由上级工会指导劳动者推举的代表与用人单位订立。

第五十二条 企业职工一方与用人单位可以订立劳动安全卫生、女职工权益保护、工资调整机制等专项集体合同。

第五十三条 在县级以下区域内，建筑业、采矿业、餐饮服务业等行业可以由工会与企业方面代表订立行业性集体合同，或者订立区域性集体合同。

第五十四条 集体合同订立后，应当报送劳动行政部门；劳动行政部门自收到集体合同文本之日起十五日内未提出异议的，集体合同即行生效。

依法订立的集体合同对用人单位和劳动者具有约束力。行业性、区域性集体合同对当地本行业、本区域的用人单位和劳动者具有约束力。

第五十五条 集体合同中劳动报酬和劳动条件等标准不得低于当地人民政府规定的最低标准；用人单位与劳动者订立的劳动合同中劳动报酬和劳动条件等标准不得低于集体合同规定的标准。

第五十六条 用人单位违反集体合同，侵犯职工劳动权益的，工会可以依法要求用人单位承担责任；因履行集体合同发生争议，经协商解决不成的，工会可以依法申请仲裁、提起诉讼。

第二节 劳务派遣

第五十七条 劳务派遣单位应当依照公司法的有关规定设立，注册资本不得少于五十万元。

第五十八条 劳务派遣单位是本法所称用人单位，应当履行用人单位对劳动者的义务。劳务派遣单位与被派遣劳动者订立的劳动合同，除应当载明本法第十七条规定的事项外，还应当载明被派遣劳动者的用工单位以及派遣期限、工作岗位等情况。

劳务派遣单位应当与被派遣劳动者订立二年以上的固定期限劳动合同，按月支付劳动报酬；被派遣劳动者在无工作期间，劳务派遣单位应当按照所在地人民政府规定的最低工资标准，向其按月支付报酬。

第五十九条 劳务派遣单位派遣劳动者应当与接受以劳务派遣形式用工的单位（以下称用工单位）订立劳务派遣协议。劳务派遣协议应当约定派遣岗位和人员数量、派遣期限、劳动报酬和社会保险费的数额与支付方式以及违反协议的责任。

用工单位应当根据工作岗位的实际需要与劳务派遣单位确定派遣期限，不得将连续用工期限分割订立数个短期劳务派遣协议。

第六十条 劳务派遣单位应当将劳务派遣协议的内容告知被派遣劳动者。

劳务派遣单位不得克扣用工单位按照劳务派遣协议支付给被派遣劳动者的劳动报酬。

劳务派遣单位和用工单位不得向被派遣劳动者收取费用。

第六十一条 劳务派遣单位跨地区派遣劳动者的，被派遣劳动者享有的劳动报酬和劳动条件，按照用工单位所在地的标准执行。

第六十二条 用工单位应当履行下列义务：

（一）执行国家劳动标准，提供相应的劳动条件和劳动保护；

（二）告知被派遣劳动者的工作要求和劳动报酬；

（三）支付加班费、绩效奖金，提供与工作岗位相关的福利待遇；

（四）对在岗被派遣劳动者进行工作岗位所必需的培训；

（五）连续用工的，实行正常的工资调整机制。

用工单位不得将被派遣劳动者再派遣到其他用人单位。

第六十三条 被派遣劳动者享有与用工单位的劳动者同工同酬的权利。用工单位无同类岗位劳动者的，参照用工单位所在地相同或者相近岗位劳动者的劳动报酬确定。

第六十四条 被派遣劳动者有权在劳务派遣单位或者用工单位依法参加或者组织工会，维护自身的合法权益。

第六十五条 被派遣劳动者可以依照本法第三十六条、第三十八条的规定与劳务派遣单位解除劳动合同。

被派遣劳动者有本法第三十九条和第四十条第一项、第二项规定情形的，用工单位可以将劳动者退回劳务派遣单位，劳务派遣单位依照本法有关规定，可以与劳动者解除劳动合同。

第六十六条 劳务派遣一般在临时性、辅助性或者替代性的工作岗位上实施。

第六十七条 用人单位不得设立劳务派遣单位向本单位或者所属单位派遣劳动者。

第三节 非全日制用工

第六十八条 非全日制用工，是指以小时计酬为主，劳动者在同一用人单位一般平均每日工作时间不超过四小时，每周工作时间累计不超过二十四小时的用工形式。

第六十九条　非全日制用工双方当事人可以订立口头协议。

从事非全日制用工的劳动者可以与一个或者一个以上用人单位订立劳动合同；但是，后订立的劳动合同不得影响先订立的劳动合同的履行。

第七十条　非全日制用工双方当事人不得约定试用期。

第七十一条　非全日制用工双方当事人任何一方都可以随时通知对方终止用工。终止用工，用人单位不向劳动者支付经济补偿。

第七十二条　非全日制用工小时计酬标准不得低于用人单位所在地人民政府规定的最低小时工资标准。

非全日制用工劳动报酬结算支付周期最长不得超过十五日。

第六章　监督检查

第七十三条　国务院劳动行政部门负责全国劳动合同制度实施的监督管理。县级以上地方人民政府劳动行政部门负责本行政区域内劳动合同制度实施的监督管理。县级以上各级人民政府劳动行政部门在劳动合同制度实施的监督管理工作中，应当听取工会、企业方面代表以及有关行业主管部门的意见。

第七十四条　县级以上地方人民政府劳动行政部门依法对下列实施劳动合同制度的情况进行监督检查：

（一）用人单位制定直接涉及劳动者切身利益的规章制度及其执行的情况；

（二）用人单位与劳动者订立和解除劳动合同的情况；

（三）劳务派遣单位和用工单位遵守劳务派遣有关规定的情况；

（四）用人单位遵守国家关于劳动者工作时间和休息休假规定的情况；

（五）用人单位支付劳动合同约定的劳动报酬和执行最低工资标准的情况；

（六）用人单位参加各项社会保险和缴纳社会保险费的情况；

（七）法律、法规规定的其他劳动监察事项。

第七十五条　县级以上地方人民政府劳动行政部门实施监督检查时，有权查阅与劳动合同、集体合同有关的材料，有权对劳动场所进行实地检查，用人单位和劳动者都应当如实提供有关情况和材料。

劳动行政部门的工作人员进行监督检查，应当出示证件，依法行使职权，文明执法。

第七十六条　县级以上人民政府建设、卫生、安全生产监督管理等有关主管部门在各自职责范围内，对用人单位执行劳动合同制度的情况进行监督管理。

第七十七条　劳动者合法权益受到侵害的，有权要求有关部门依法处理，或者依法申请仲裁、提起诉讼。

第七十八条　工会依法维护劳动者的合法权益，对用人单位履行劳动合同、集体合同的情况进行监督。用人单位违反劳动法律、法规和劳动合同、集体合同的，工会有权提出意见或者要求纠正；劳动者申请仲裁、提起诉讼的，工会依法给予支持和帮助。

第七十九条　任何组织或者个人对违反本法的行为都有权举报，县级以上人民政府劳动行政部门应当及时核实、处理，并对举报有功人员给予奖励。

第七章　法律责任

第八十条　用人单位直接涉及劳动者切身利益的规章制度违反法律、法规规定的，由劳动行政部门责令改正，给予警告；给劳动者造成损害的，应当承担赔偿责任。

第八十一条　用人单位提供的劳动合同文本未载明本法规定的劳动合同必备条款或者用人单位未将劳动合同文本交付劳动者的，由劳动行政部门责令改正；给劳动者造成损害的，应当承担赔偿责任。

第八十二条　用人单位自用工之日起超过一个月不满一年未与劳动者订立书面劳动合同的，应当向劳动者每月支付二倍的工资。

用人单位违反本法规定不与劳动者订立无固定期限劳动合同的，自应当订立无固定期限劳动合同之日起向劳动者每月支付二倍的工资。

第八十三条　用人单位违反本法规定与劳动者约定试用期的，由劳动行政部门责令改正；违法约定的试用期已经履行的，由用人单位以劳动者试用期满月工资为标准，按已经履行的超过法定试用期的期间向劳动者支付赔偿金。

第八十四条　用人单位违反本法规定，扣押劳动者居民身份证等证件的，由劳动行政部门责令限期退还劳动者本人，并依照有关法律规定给予处罚。用人单位违反本法规定，以担保或者其他名义向劳动者收取财物的，由劳动行政部门责令限期退还劳动者本人，并以每人五百元以上二千元以下的标准处以罚款；给劳动者造成损害的，应当承担赔偿责任。

劳动者依法解除或者终止劳动合同，用人单位扣押劳动者档案或者其他物品的，依照前款规定处罚。

第八十五条　用人单位有下列情形之一的，由劳动行政部门责令限期支付劳动报酬、加班费或者经济补偿；劳动报酬低于当地最低工资标准的，应当支付其差额部分；逾期不支付的，责令用人单位按应付金额百分之五十以上百分之一百以下的标准向劳动者加付赔偿金：

（一）未按照劳动合同的约定或者国家规定及时足额支付劳动者劳动报酬的；

（二）低于当地最低工资标准支付劳动者工资的；

（三）安排加班不支付加班费的；

（四）解除或者终止劳动合同，未依照本法规定向劳动者支付经济补偿的。

第八十六条　劳动合同依照本法第二十六条规定被确认无效，给对方造成损害的，有过错的一方应当承担赔偿责任。

第八十七条　用人单位违反本法规定解除或者终止劳动合同的，应当依照本法第四十七条规定的经济补偿标准的二倍向劳动者支付赔偿金。

第八十八条　用人单位有下列情形之一的，依法给予行政处罚；构成犯罪的，依法追究刑事责任；给劳动者造成损害的，应当承担赔偿责任：

（一）以暴力、威胁或者非法限制人身自由的手段强迫劳动的；

（二）违章指挥或者强令冒险作业危及劳动者人身安全的；

（三）侮辱、体罚、殴打、非法搜查或者拘禁劳动者的；

（四）劳动条件恶劣、环境污染严重，给劳动者身心健康造成严重损害的。

第八十九条　用人单位违反本法规定未向劳动者出具解除或者终止劳动合同的书面证明，由劳动行政部门责令改正；给劳动者造成损害的，应当承担赔偿责任。

第九十条　劳动者违反本法规定解除劳动合同，或者违反劳动合同中约定的保密义务或者竞业限制，给用人单位造成损失的，应当承担赔偿责任。

第九十一条　用人单位招用与其他用人单位尚未解除或者终止劳动合同的劳动者，给其他用人单位造成损失的，应当承担连带赔偿责任。

第九十二条　劳务派遣单位违反本法规定的，由劳动行政部门和其他有关主管部门责令改正；情节严重的，以每人一千元以上五千元以下的标准处以罚款，并由工商行政管理部门吊销营业执照；给被派遣劳动者造成损害的，劳务派遣单位与用工单位承担连带赔偿责任。

第九十三条　对不具备合法经营资格的用人单位的违法犯罪行为，依法追究法律责任；劳动者已经付出劳动的，该单位或者其出资人应当依照本法有关规定向劳动者支付劳动报酬、经济补偿、赔偿金；给劳动者造成损害的，应当承担赔偿责任。

第九十四条　个人承包经营违反本法规定招用劳动者，给劳动者造成损害的，发包的组织与个人承包经营者承担连带赔偿责任。

第九十五条　劳动行政部门和其他有关主管部门及其工作人员玩忽职守、不履行法定职责，或者违法行使职权，给劳动者或者用人单位造成损害的，应当承担赔偿责任；对直接负责的主管人员和其他直接责任人员，依法给予行政处分；构成犯罪的，依法追究刑事责任。

第八章　附　则

第九十六条　事业单位与实行聘用制的工作人员订立、履行、变更、解除或者终止劳动合同，法律、行政法规或者国务院另有规定的，依照其规定；未作规定的，依照本法有关规定执行。

第九十七条　本法施行前已依法订立且在本法施行之日存续的劳动合同，继续履行；本法第十四条第二款第三项规定连续订立固定期限劳动合同的次数，自本法施行后续订固定期限劳动合同时开始计算。

本法施行前已建立劳动关系，尚未订立书面劳动合同的，应当自本法施行之日起一个月内订立。

本法施行之日存续的劳动合同在本法施行后解除或者终止，依照本法第四十六条规定应当支付经济补偿的，经济补偿年限自本法施行之日起计算；本法施行前按照当时有关规定，用人单位应当向劳动者支付经济补偿的，按照当时有关规定执行。

第九十八条 本法自 2008 年 1 月 1 日起施行。

中华人民共和国劳动争议调解仲裁法

（2007 年 12 月 29 日第十届全国人民代表大会常务委员会第三十一次会议通过）

目 录
第一章 总则
第二章 调解
第三章 仲裁
　第一节 一般规定
　第二节 申请和受理
　第三节 开庭和裁决
第四章 附则

第一章 总 则

第一条 为了公正及时解决劳动争议，保护当事人合法权益，促进劳动关系和谐稳定，制定本法。

第二条 中华人民共和国境内的用人单位与劳动者发生的下列劳动争议，适用本法：

（一）因确认劳动关系发生的争议；

（二）因订立、履行、变更、解除和终止劳动合同发生的争议；

（三）因除名、辞退和辞职、离职发生的争议；

（四）因工作时间、休息休假、社会保险、福利、培训以及劳动保护发生的争议；

（五）因劳动报酬、工伤医疗费、经济补偿或者赔偿金等发生的争议；

（六）法律、法规规定的其他劳动争议。

第三条 解决劳动争议，应当根据事实，遵循合法、公正、及时、着重调解的原则，依法保护当事人的合法权益。

第四条 发生劳动争议，劳动者可以与用人单位协商，也可以请工会或者第三方共同与用人单位协商，达成和解协议。

第五条 发生劳动争议，当事人不愿协商、协商不成或者达成和解协议后不履行的，可以向调解组织申请调解；不愿调解、调解不成或者达成调解协议后不履行的，可以向劳动争议仲裁委员会申请仲裁；对仲裁裁决不服的，除本法另有规定的外，可以向人民法院提起诉讼。

第六条 发生劳动争议，当事人对自己提出的主张，有责任提供证据。与争议事项有关的证据属于用人单位掌握管理的，用人单位应当提供；用人单位不提供的，应当承担不利后果。

第七条 发生劳动争议的劳动者一方在十人以上，并有共同请求的，可以推举代表参加调解、仲裁或者诉讼活动。

第八条 县级以上人民政府劳动行政部门会同工会和企业方面代表建立协调劳动关系三方机制，共同研究解决劳动争议的重大问题。

第九条 用人单位违反国家规定，拖欠或者未足额支付劳动报酬，或者拖欠工伤医疗费、经济补偿或者赔偿金的，劳动者可以向劳动行政部门投诉，劳动行政部门应当依法处理。

第二章 调 解

第十条 发生劳动争议，当事人可以到下列调解组织申请调解：

（一）企业劳动争议调解委员会；

（二）依法设立的基层人民调解组织；

（三）在乡镇、街道设立的具有劳动争议调解职能的组织。

企业劳动争议调解委员会由职工代表和企业代表组成。职工代表由工会成员担任或者由全体职工推举产生，企业代表由企业负责人指定。企业劳动争议调解委员会主任由工会成员或者双方推举的人员担任。

第十一条 劳动争议调解组织的调解员应当由公道正派、联系群众、热心调解工作，并具有一定法律知识、政策水平和文化水平的成年公民担任。

第十二条 当事人申请劳动争议调解可以书面申请，也可以口头申请。口头申请的，调解组织应当当场记录申请人基本情况、申请调解的争议事项、理由和时间。

第十三条 调解劳动争议，应当充分听取双方当事人对事实和理由的陈述，耐心疏导，帮助其达成协议。

第十四条 经调解达成协议的，应当制作调解协议书。

调解协议书由双方当事人签名或者盖章，经调解员签名并加盖调解组织印章后生效，对双方当事人具有约束力，当事人应当履行。

自劳动争议调解组织收到调解申请之日起十五日内未达成调解协议的，当事人可以依法申请仲裁。

第十五条 达成调解协议后，一方当事人在协议约定期限内不履行调解协议的，另一方当事人可以依法申请仲裁。

第十六条 因支付拖欠劳动报酬、工伤医疗费、经济补偿或者赔偿金事项达成调解协议，用人单位在协议约定期限内不履行的，劳动者可以持调解协议书依法向人民法院申请支付令。人民法院应当依法发出支付令。

第三章 仲 裁

第一节 一般规定

第十七条 劳动争议仲裁委员会按照统筹规划、合理布局和适应实际需要的原则设立。省、自治区人民政府可以决定在市、县设立；直辖市人民政府可以决定在区、县设立。直辖市、设区的市也可以设立一个或者若干个劳动争议仲裁委员会。劳动争议仲裁委员会不按行政区划层层设立。

第十八条 国务院劳动行政部门依照本法有关规定制定仲裁规则。省、自治区、直辖市人民政府劳动行政部门对本行政区域的劳动争议仲裁工作进行指导。

第十九条 劳动争议仲裁委员会由劳动行政部门代表、工会代表和企业方面代表组成。劳动争议仲裁委员会组成人员应当是单数。

劳动争议仲裁委员会依法履行下列职责：

（一）聘任、解聘专职或者兼职仲裁员；

（二）受理劳动争议案件；

（三）讨论重大或者疑难的劳动争议案件；

（四）对仲裁活动进行监督。

劳动争议仲裁委员会下设办事机构，负责办理劳动争议仲裁委员会的日常工作。

第二十条 劳动争议仲裁委员会应当设仲裁员名册。

仲裁员应当公道正派并符合下列条件之一：

（一）曾任审判员的；

（二）从事法律研究、教学工作并具有中级以上职称的；

（三）具有法律知识、从事人力资源管理或者工会等专业工作满五年的；

（四）律师执业满三年的。

第二十一条 劳动争议仲裁委员会负责管辖本区域内发生的劳动争议。

劳动争议由劳动合同履行地或者用人单位所在地的劳动争议仲裁委员会管辖。双方当事人分别向劳动合同履行地和用人单位所在地的劳动争议仲裁委员会申请仲裁的，由劳动合同履行地的劳动争议仲裁委员会管辖。

第二十二条 发生劳动争议的劳动者和用人单位为劳动争议仲裁案件的双方当事人。

劳务派遣单位或者用工单位与劳动者发生劳动争议的，劳务派遣单位和用工单位为共同当事人。

第二十三条 与劳动争议案件的处理结果有利害关系的第三人，可以申请参加仲裁活动或者由劳动争议仲裁委员会通知其参加仲裁活动。

第二十四条 当事人可以委托代理人参加仲裁活动。委托他人参加仲裁活动，应当向劳动争议仲裁委员会提交有委托人签名或者盖章的委托书，委托书应当载明委托事项和权限。

第二十五条 丧失或者部分丧失民事行为能力的劳动者，由其法定代理人代为参加仲裁活动；无法定代理人的，由劳动争议仲裁委员会为其指定代理人。劳动者死亡的，由其近亲属或者代理人参加仲裁活动。

第二十六条 劳动争议仲裁公开进行，但当事人协议不公开进行或者涉及国家秘密、商业秘密和个人隐私的除外。

第二节　申请和受理

第二十七条 劳动争议申请仲裁的时效期间为一年。仲裁时效期间从当事人知道或者应当知道其权利被侵害之日起计算。

前款规定的仲裁时效，因当事人一方向对方当事人主张权利，或者向有关部门请求权利救济，或者对方当事人同意履行义务而中断。从中断时起，仲裁时效期间重新计算。

因不可抗力或者有其他正当理由，当事人不能在本条第一款规定的仲裁时效期间申请仲裁的，仲裁时效中止。从中止时效的原因消除之日起，仲裁时效期间继续计算。

劳动关系存续期间因拖欠劳动报酬发生争议的，劳动者申请仲裁不受本条第一款规定的仲裁时效期间的限制；但是，劳动关系终止的，应当自劳动关系终止之日起一年内提出。

第二十八条 申请人申请仲裁应当提交书面仲裁申请，并按照被申请人人数提交副本。

仲裁申请书应当载明下列事项：

（一）劳动者的姓名、性别、年龄、职业、工作单位和住所，用人单位的名称、住所和法定代表人或者主要负责人的姓名、职务；

（二）仲裁请求和所根据的事实、理由；

（三）证据和证据来源、证人姓名和住所。

书写仲裁申请确有困难的，可以口头申请，由劳动争议仲裁委员会记入笔录，并告知对方当事人。

第二十九条 劳动争议仲裁委员会收到仲裁申请之日起五日内，认为符合受理条件的，应当受理，并通知申请人；认为不符合受理条件的，应当书面通知申请人不予受理，并说明理由。对劳动争议仲裁委员会不予受理或者逾期未作出决定的，申请人可以就该劳动争议事项向人民法院提起诉讼。

第三十条 劳动争议仲裁委员会受理仲裁申请后，应当在五日内将仲裁申请书副本送达被申请人。

被申请人收到仲裁申请书副本后，应当在十日内向劳动争议仲裁委员会提交答辩书。劳动争议仲裁委员会收到答辩书后，应当在五日内将答辩书副本送达申请人。被申请人未提交答辩书的，不影响仲裁程序的进行。

第三节　开庭和裁决

第三十一条 劳动争议仲裁委员会裁决劳动争议案件实行仲裁庭制。仲裁庭由三名仲裁员组成，设首席仲裁员。简单劳动争议案件可以由一名仲裁员独任仲裁。

第三十二条 劳动争议仲裁委员会应当在受理仲裁申请之日起五日内将仲裁庭的组成情况书面通知当事人。

第三十三条 仲裁员有下列情形之一，应当回避，当事人也有权以口头或者书面方式提出回避申请：

（一）是本案当事人或者当事人、代理人的近亲属的；

（二）与本案有利害关系的；

（三）与本案当事人、代理人有其他关系，可能影响公正裁决的；

（四）私自会见当事人、代理人，或者接受当事人、代理人的请客送礼的。

劳动争议仲裁委员会对回避申请应当及时作出决定，并以口头或者书面方式通知当事人。

第三十四条 仲裁员有本法第三十三条第四项规定情形，或者有索贿受贿、徇私舞弊、枉法裁决行为的，应当依法承担法律责任。劳动争议仲裁委员会应当将其解聘。

第三十五条 仲裁庭应当在开庭五日前，将开庭日期、地点书面通知双方当事人。当事人有正当理由的，可以在开庭三日前请求延期开庭。是否延期，由劳动争议仲裁委员会决定。

第三十六条 申请人收到书面通知，无正当理由拒不到庭或者未经仲裁庭同意中途退庭的，可以视为撤回仲裁申请。

被申请人收到书面通知，无正当理由拒不到庭或者未经仲裁庭同意中途退庭的，可以缺席裁决。

第三十七条 仲裁庭对专门性问题认为需要鉴定的，可以交由当事人约定的鉴定机构鉴定；当事人没有约定或者无法达成约定的，由仲裁庭指定的鉴定机构鉴定。

根据当事人的请求或者仲裁庭的要求，鉴定机构应当派鉴定人参加开庭。当事人经仲裁庭许可，可以向鉴定人提问。

第三十八条 当事人在仲裁过程中有权进行质证和辩论。质证和辩论终结时，首席仲裁员或者独任仲裁员应当征询当事人的最后意见。

第三十九条 当事人提供的证据经查证属实的，仲裁庭应当将其作为认定事实的根据。

劳动者无法提供由用人单位掌握管理的与仲裁请求有关的证据，仲裁庭可以要求用人单位在指定期限内提供。用人单位在指定期限内不提供的，应当承担不利后果。

第四十条 仲裁庭应当将开庭情况记入笔录。当事人和其他仲裁参加人认为对自己陈述的记录有遗漏或者差错的，有权申请补正。如果不予补正，应当记录该申请。

笔录由仲裁员、记录人员、当事人和其他仲裁参加人签名或者盖章。

第四十一条 当事人申请劳动争议仲裁后，可以自行和解。达成和解协议的，可以撤回仲裁申请。

第四十二条 仲裁庭在作出裁决前，应当先行调解。

调解达成协议的，仲裁庭应当制作调解书。

调解书应当写明仲裁请求和当事人协议的结果。调解书由仲裁员签名，加盖劳动争议仲裁委员会印章，送达双方当事人。调解书经双方当事人签收后，发生法律效力。

调解不成或者调解书送达前，一方当事人反悔的，仲裁庭应当及时作出裁决。

第四十三条 仲裁庭裁决劳动争议案件，应当自劳动争议仲裁委员会受理仲裁申请之日起四十五日内结束。案情复杂需要延期的，经劳动争议仲裁委员会主任批准，可以延期并书面通知当事人，但是延长期限不得超过十五日。逾期未作出仲裁裁决的，当事人可以就该劳动争议事项向人民法院提起诉讼。

仲裁庭裁决劳动争议案件时，其中一部分事实已经清楚，可以就该部分先行裁决。

第四十四条 仲裁庭对追索劳动报酬、工伤医疗费、经济补偿或者赔偿金的案件，根据当事人的申请，可以裁决先予执行，移送人民法院执行。

仲裁庭裁决先予执行的，应当符合下列条件：

（一）当事人之间权利义务关系明确；

（二）不先予执行将严重影响申请人的生活。

劳动者申请先予执行的，可以不提供担保。

第四十五条 裁决应当按照多数仲裁员的意见作出，少数仲裁员的不同意见应当记入笔录。仲裁庭不能形成多数意见时，裁决应当按照首席仲裁员的意见作出。

第四十六条 裁决书应当载明仲裁请求、争议事实、裁决理由、裁决结果和裁决日期。裁决书由仲裁员签名，加盖劳动争议仲裁委员会印章。对裁决持不同意见的仲裁员，可以签名，也可以不签名。

第四十七条 下列劳动争议，除本法另有规定的外，仲裁裁决为终局裁决，裁决书自作出之日起发生法律效力：

（一）追索劳动报酬、工伤医疗费、经济补偿或者赔偿金，不超过当地月最低工资标准十二个月金额的争议；

（二）因执行国家的劳动标准在工作时间、休息休假、社会保险等方面发生的争议。

第四十八条 劳动者对本法第四十七条规定的仲裁裁决不服的，可以自收到仲裁裁决书之日起十五日内向人民法院提起诉讼。

第四十九条 用人单位有证据证明本法第四十七条规定的仲裁裁决有下列情形之一，可以自收到仲裁裁决书之日起三十日内向劳动争议仲裁委员会所在地的中级人民法院申请撤销裁决：

（一）适用法律、法规确有错误的；

（二）劳动争议仲裁委员会无管辖权的；

（三）违反法定程序的；

（四）裁决所根据的证据是伪造的；

（五）对方当事人隐瞒了足以影响公正裁决的证据的；

（六）仲裁员在仲裁该案时有索贿受贿、徇私舞弊、枉法裁决行为的。

人民法院经组成合议庭审查核实裁决有前款规定情形之一的，应当裁定撤销。

仲裁裁决被人民法院裁定撤销的，当事人可以自收到裁定书之日起十五日内就该劳动争议事项向人民法院提起诉讼。

第五十条 当事人对本法第四十七条规定以外的其他劳动争议案件的仲裁裁决不服的，可以自收到仲裁裁决书之日起十五日内向人民法院提起诉讼；期满不起诉的，裁决书发生法律效力。

第五十一条 当事人对发生法律效力的调解书、裁决书，应当依照规定的期限履行。一方当事人逾期不履行的，另一方当事人可以依照民事诉讼法的有关规定向人民法院申请执行。受理申请的人民法院应当依法执行。

第四章 附 则

第五十二条 事业单位实行聘用制的工作人员与本单位发生劳动争议的，依照本法执行；法律、行政法规或者国务院另有规定的，依照其规定。

第五十三条 劳动争议仲裁不收费。劳动争议仲裁委员会的经费由财政予以保障。

第五十四条 本法自 2008 年 5 月 1 日起施行。

中华人民共和国公司法

（1993 年 12 月 29 日第八届全国人民代表大会常务委员会第五次会议通过，根据 1999 年 12 月 25 日第九届全国人民代表大会常务委员会第十三次会议《关于修改〈中华人民共和国公司法〉的决定》第一次修正，根据 2004 年 8 月 28 日第十届全国人民代表大会常务委员会第十一次会议《关于修改〈中华人民共和国公司法〉的决定》第二次修正，2005 年 10 月 27 日第十届全国人民代表大会常务委员会第十八次会议修订）

目 录

第一章　总　则

第一条　为了规范公司的组织和行为，保护公司、股东和债权人的合法权益，维护社会经济秩序，促进社会主义市场经济的发展，制定本法。

第二条　本法所称公司是指依照本法在中国境内设立的有限责任公司和股份有限公司。

第三条　公司是企业法人，有独立的法人财产，享有法人财产权。公司以其全部财产对公司的债务承担责任。

有限责任公司的股东以其认缴的出资额为限对公司承担责任；股份有限公司的股东以其认购的股份为限对公司承担责任。

第四条　公司股东依法享有资产收益、参与重大决策和选择管理者等权利。

第五条　公司从事经营活动，必须遵守法律、行政法规，遵守社会公德、商业道德，诚实守信，接受政府和社会公众的监督，承担社会责任。

公司的合法权益受法律保护，不受侵犯。

第六条　设立公司，应当依法向公司登记机关申请设立登记。符合本法规定的设立条件的，由公司登记机关分别登记为有限责任公司或者股份有限公司；不符合本法规定的设立条件的，不得登记为有限责任公司或者股份有限公司。

法律、行政法规规定设立公司必须报经批准的，应当在公司登记前依法办理批准手续。

公众可以向公司登记机关申请查询公司登记事项，公司登记机关应当提供查询服务。

第七条　依法设立的公司，由公司登记机关发给公司营业执照。公司营业执照签发日期为公司成立日期。

公司营业执照应当载明公司的名称、住所、注册资本、实收资本、经营范围、法定代表人姓名等事项。

公司营业执照记载的事项发生变更的，公司应当依法办理变更登记，由公司登记机关换发营业执照。

第八条　依照本法设立的有限责任公司，必须在公司名称中标明有限责任公司或者有限公司字样。

依照本法设立的股份有限公司，必须在公司名称中标明股份有限公司或者股份公司字样。

第九条　有限责任公司变更为股份有限公司，应当符合本法规定的股份有限公司的条件。股份有限公司变更为有限责任公司，应当符合本法规定的有限责任公司的条件。

有限责任公司变更为股份有限公司的，或者股份有限公司变更为有限责任公司的，公司变更前的债权、债务由变更后的公司承继。

第十条　公司以其主要办事机构所在地为住所。

第十一条　设立公司必须依法制定公司章程。公司章程对公司、股东、董事、监事、高级管理人员具有约束力。

第十二条　公司的经营范围由公司章程规定，并依法登记。公司可以修改公司章程，改变经营范围，但是应当办理变更登记。

公司的经营范围中属于法律、行政法规规定须经批准的项目，应当依法经过批准。

第十三条　公司法定代表人依照公司章程的规定，由董事长、执行董事或者经理担任，并依法登记。公司法定代表人变更，应当办理变更登记。

第十四条　公司可以设立分公司。设立分公司，应当向公司登记机关申请登记，领取营业执照。分公司不具有法人资格，其民事责任由公司承担。

公司可以设立子公司，子公司具有法人资格，依法独立承担民事责任。

第十五条　公司可以向其他企业投资；但是，除法律另有规定外，不得成为对所投资企业的债务承担连带责任的出资人。

第十六条　公司向其他企业投资或者为他人提供担保，依照公司章程的规定，由董事会或者股东会、股东大会决议；公司章程对投资或者担保的总额及单项投资或者担保的数额有限额规定的，不得超过规定的限额。

公司为公司股东或者实际控制人提供担保的，必须经股东会或者股东大会决议。

前款规定的股东或者受前款规定的实际控制人支配的股东，不得参加前款规定事项的表决。该项表决由出席会议的其他股东所持表决权的过半数通过。

第十七条　公司必须保护职工的合法权益，依法与职工签订劳动合同，参加社会保险，加强劳动保护，实现安全生产。

公司应当采用多种形式，加强公司职工的职业教育和岗位培训，提高职工素质。

第十八条　公司职工依照《中华人民共和国工会法》组织工会，开展工会活动，维护职工合法权益。公司应当为本公司工会提供必要的活动条件。公司工会代表职工就职工的劳动报酬、工作时间、福利、保险和劳动安全卫生等事项依法与公司签订集体合同。

公司依照宪法和有关法律的规定，通过职工代表大会或者其他形式，实行民主管理。

公司研究决定改制以及经营方面的重大问题、制定重要的规章制度时，应当听取公司工会的意见，并通过职工代表大会或者其他形式听取职工的意见和建议。

第十九条　在公司中，根据中国共产党章程的规定，设立中国共产党的组织，开展党的活动。公司应当为党组织的活动提供必要条件。

第二十条　公司股东应当遵守法律、行政法规和公司章程，依法行使股东权利，不得滥用股东权利损害公司或者其他股东的利益；不得滥用公司法人独立地位和股东有限责任损害公司债权人的利益。

公司股东滥用股东权利给公司或者其他股东造成损失的，应当依法承担赔偿责任。

公司股东滥用公司法人独立地位和股东有限责任，逃避债务，严重损害公司债权人利益的，应当对公司债务承担连带责任。

第二十一条　公司的控股股东、实际控制人、董事、监事、高级管理人员不得利用其关联关系损害公司利益。

违反前款规定，给公司造成损失的，应当承担赔偿责任。

第二十二条　公司股东会或者股东大会、董事会的决议内容违反法律、行政法规的无效。

股东会或者股东大会、董事会的会议召集程序、表决方式违反法律、行政法规或者公司章程，或者决议内容违反公司章程的，股东可以自决议作出之日起六十日内，请求人民法院撤销。

股东依照前款规定提起诉讼的，人民法院可以应公司的请求，要求股东提供相应担保。

公司根据股东会或者股东大会、董事会决议已办理变更登记的，人民法院宣告该决议无效或者撤销该决议后，公司应当向公司登记机关申请撤销变更登记。

第二章　有限责任公司的设立和组织机构

第一节　设立

第二十三条　设立有限责任公司，应当具备下列条件：

（一）股东符合法定人数；

（二）股东出资达到法定资本最低限额；

（三）股东共同制定公司章程；

（四）有公司名称，建立符合有限责任公司要求的组织机构；

（五）有公司住所。

第二十四条　有限责任公司由五十个以下股东出资设立。

第二十五条　有限责任公司章程应当载明下列事项：

（一）公司名称和住所；

（二）公司经营范围；

（三）公司注册资本；

（四）股东的姓名或者名称；

（五）股东的出资方式、出资额和出资时间；

（六）公司的机构及其产生办法、职权、议事规则；

（七）公司法定代表人；

（八）股东会会议认为需要规定的其他事项。

股东应当在公司章程上签名、盖章。

第二十六条　有限责任公司的注册资本为在公司登记机关登记的全体股东认缴的出资额。公司全体股东的首次出资额不得低于注册资本的百分之二十，也不得低于法定的注册资本最低限额，其余部分由股东自公司成立之日起两年内缴足；其中，投资公司可以在五年内缴足。

有限责任公司注册资本的最低限额为人民币三万元。法律、行政法规对有限责任公司注册资本的最低限额有较高规定的，从其规定。

第二十七条　股东可以用货币出资，也可以用实物、知识产权、土地使用权等可以用货币估价并可以依法转让的非货币财产作价出资；但是，法律、行政法规规定不得作为出资的财产除外。

对作为出资的非货币财产应当评估作价，核实财产，不得高估或者低估作价。法律、行政法规对评估作价有规定的，从其规定。

全体股东的货币出资金额不得低于有限责任公司注册资本的百分之三十。

第二十八条　股东应当按期足额缴纳公司章程中规定的各自所认缴的出资额。股东以货币出资的，应当将货币出资足额存入有限责任公司在银行开设的账户；以非货币财产出资的，应当依法办理其财产权的转移手续。

股东不按照前款规定缴纳出资的，除应当向公司足额缴纳外，还应当向已按期足额缴纳出资的股东承担违约责任。

第二十九条　股东缴纳出资后，必须经依法设立的验资机构验资并出具证明。

第三十条　股东的首次出资经依法设立的验资机构验资后，由全体股东指定的代表或者共同委托的代理人向公司登记机关报送公司登记申请书、公司章程、验资证明等文件，申请设立登记。

第三十一条　有限责任公司成立后，发现作为设立公司出资的非货币财产的实际价额显著低于公司章程所定价额的，应当由交付该出资的股东补足其差额；公司设立时的其他股东承担连带责任。

第三十二条　有限责任公司成立后，应当向股东签发出资证明书。

出资证明书应当载明下列事项：

（一）公司名称；

（二）公司成立日期；

（三）公司注册资本；

（四）股东的姓名或者名称、缴纳的出资额和出资日期；

（五）出资证明书的编号和核发日期。

出资证明书由公司盖章。

第三十三条　有限责任公司应当置备股东名册，记载下列事项：

（一）股东的姓名或者名称及住所；

（二）股东的出资额；

（三）出资证明书编号。

记载于股东名册的股东，可以依股东名册主张行使股东权利。

公司应当将股东的姓名或者名称及其出资额向公司登记机关登记；登记事项发生变更的，应当办理变更登记。未经登记或者变更登记的，不得对抗第三人。

第三十四条　股东有权查阅、复制公司章程、股东会会议记录、董事会会议决议、监事会会议决议和财务会计报告。

股东可以要求查阅公司会计账簿。股东要求查阅公司会计账簿的，应当向公司提出书面请求，说明目的。公司有合理根据认为股东查阅会计账簿有不正当目的，可能损害公司合法利益的，可以拒绝提供查阅，并应当自股东提出书面请求之日起十五日内书面答复股东并说明理由。公司拒绝提供查阅的，股东可以请求人民法院要求公司提供查阅。

第三十五条　股东按照实缴的出资比例分取红利；公司新增资本时，股东有权优先按照实缴的出资比例认缴出资。但是，全体股东约定不按照出资比例分取红利或者不按照出资比例优先认缴出资的除外。

第三十六条　公司成立后，股东不得抽逃出资。

第二节　组织机构

第三十七条　有限责任公司股东会由全体股东组成。股东会是公司的权力机构，依照本法行使职权。

第三十八条　股东会行使下列职权：

（一）决定公司的经营方针和投资计划；

（二）选举和更换非由职工代表担任的董事、监事，决定有关董事、监事的报酬事项；

（三）审议批准董事会的报告；

（四）审议批准监事会或者监事的报告；

（五）审议批准公司的年度财务预算方案、决算方案；

（六）审议批准公司的利润分配方案和弥补亏损方案；

（七）对公司增加或者减少注册资本作出决议；

（八）对发行公司债券作出决议；

（九）对公司合并、分立、解散、清算或者变更公司形式作出决议；

（十）修改公司章程；

（十一）公司章程规定的其他职权。

对前款所列事项股东以书面形式一致表示同意的，可以不召开股东会会议，直接作出决定，并由全体股东在决定文件上签名、盖章。

第三十九条　首次股东会会议由出资最多的股东召集和主持，依照本法规定行使职权。

第四十条　股东会会议分为定期会议和临时会议。

定期会议应当依照公司章程的规定按时召开。代表十分之一以上表决权的股东，三分之一以上的董事，监事会或者不设监事会的公司的监事提议召开临时会议的，应当召开临时会议。

第四十一条　有限责任公司设立董事会的，股东会会议由董事会召集，董事长主持；董事长不能履行职务或者不履行职务的，由副董事长主持；副董事长不能履行职务或者不履行职务的，由半数以上董事共同推举一名董事主持。

有限责任公司不设董事会的，股东会会议由执行董事召集和主持。

董事会或者执行董事不能履行或者不履行召集股东会会议职责的，由监事会或者不设监事会的公司的监事召集和主持；监事会或者监事不召集和主持的，代表十分之一以上表决权的股东可以自行召集和主持。

第四十二条　召开股东会会议，应当于会议召开十五日前通知全体股东；但是，公司章程另有规定或者全体股东另有约定的除外。

股东会应当对所议事项的决定作成会议记录，出席会议的股东应当在会议记录上签名。

第四十三条　股东会会议由股东按照出资比例行使表决权；但是，公司章程另有规定的除外。

第四十四条　股东会的议事方式和表决程序，除本法有规定的外，由公司章程规定。

股东会会议作出修改公司章程、增加或者减少注册资本的决议，以及公司合并、分立、解散或者变更公司形式的决议，必须经代表三分之二以上表决权的股东通过。

第四十五条　有限责任公司设董事会，其成员为三人至十三人；但是，本法第五十一条另有规定的除外。

两个以上的国有企业或者两个以上的其他国有投资主体投资设立的有限责任公司，其董事会成员中应当有公司职工代表；其他有限责任公司董事会成员中可以有公司职工代表。董事会中的职工代表由公司职工通过职工代表大会、职工大会或者其他形式民主选举产生。

董事会设董事长一人，可以设副董事长。董事长、副董事长的产生办法由公司章程规定。

第四十六条　董事任期由公司章程规定，但每届任期不得超过三年。董事任期届满，连选可以连任。

董事任期届满未及时改选，或者董事在任期内辞职导致董事会成员低于法定人数的，在改选出的董事就任前，原董事仍应当依照法律、行政法规和公司章程的规定，履行董事职务。

第四十七条　董事会对股东会负责，行使下列职权：

（一）召集股东会会议，并向股东会报告工作；

（二）执行股东会的决议；

（三）决定公司的经营计划和投资方案；

（四）制订公司的年度财务预算方案、决算方案；

（五）制订公司的利润分配方案和弥补亏损方案；

（六）制订公司增加或者减少注册资本以及发行公司债券的方案；

（七）制订公司合并、分立、解散或者变更公司形式的方案；

（八）决定公司内部管理机构的设置；

（九）决定聘任或者解聘公司经理及其报酬事项，并根据经理的提名决定聘任或者解聘公司副经理、财务负责人及其报酬事项；

（十）制定公司的基本管理制度；

（十一）公司章程规定的其他职权。

第四十八条 董事会会议由董事长召集和主持；董事长不能履行职务或者不履行职务的，由副董事长召集和主持；副董事长不能履行职务或者不履行职务的，由半数以上董事共同推举一名董事召集和主持。

第四十九条 董事会的议事方式和表决程序，除本法有规定的外，由公司章程规定。

董事会应当对所议事项的决定作成会议记录，出席会议的董事应当在会议记录上签名。

董事会决议的表决，实行一人一票。

第五十条 有限责任公司可以设经理，由董事会决定聘任或者解聘。经理对董事会负责，行使下列职权：

（一）主持公司的生产经营管理工作，组织实施董事会决议；

（二）组织实施公司年度经营计划和投资方案；

（三）拟订公司内部管理机构设置方案；

（四）拟订公司的基本管理制度；

（五）制定公司的具体规章；

（六）提请聘任或者解聘公司副经理、财务负责人；

（七）决定聘任或者解聘除应由董事会决定聘任或者解聘以外的负责管理人员；

（八）董事会授予的其他职权。

公司章程对经理职权另有规定的，从其规定。

经理列席董事会会议。

第五十一条 股东人数较少或者规模较小的有限责任公司，可以设一名执行董事，不设董事会。执行董事可以兼任公司经理。

执行董事的职权由公司章程规定。

第五十二条 有限责任公司设监事会，其成员不得少于三人。股东人数较少或者规模较小的有限责任公司，可以设一至二名监事，不设监事会。

监事会应当包括股东代表和适当比例的公司职工代表，其中职工代表的比例不得低于三分之一，具体比例由公司章程规定。监事会中的职工代表由公司职工通过职工代表大会、职工大会或者其他形式民主选举产生。

监事会设主席一人，由全体监事过半数选举产生。监事会主席召集和主持监事会会议；监事会主席不能履行职务或者不履行职务的，由半数以上监事共同推举一名监事召集和主持监事会会议。

董事、高级管理人员不得兼任监事。

第五十三条 监事的任期每届为三年。监事任期届满，连选可以连任。

监事任期届满未及时改选，或者监事在任期内辞职导致监事会成员低于法定人数的，在改选出的监事就任前，原监事仍应当依照法律、行政法规和公司章程的规定，履行监事职务。

第五十四条 监事会、不设监事会的公司的监事行使下列职权：

（一）检查公司财务；

（二）对董事、高级管理人员执行公司职务的行为进行监督，对违反法律、行政法规、公司章程或者股东会决议的董事、高级管理人员提出罢免的建议；

（三）当董事、高级管理人员的行为损害公司的利益时，要求董事、高级管理人员予以纠正；

（四）提议召开临时股东会会议，在董事会不履行本法规定的召集和主持股东会会议职责时召集和主持股东会会议；

（五）向股东会会议提出提案；

（六）依照本法第一百五十二条的规定，对董事、高级管理人员提起诉讼；

（七）公司章程规定的其他职权。

第五十五条 监事可以列席董事会会议，并对董事会决议事项提出质询或者建议。

监事会、不设监事会的公司的监事发现公司经营情况异常，可以进行调查；必要时，可以聘请会计师事务所等协助其工作，费用由公司承担。

第五十六条　监事会每年度至少召开一次会议，监事可以提议召开临时监事会会议。

监事会的议事方式和表决程序，除本法有规定的外，由公司章程规定。

监事会决议应当经半数以上监事通过。

监事会应当对所议事项的决定作成会议记录，出席会议的监事应当在会议记录上签名。

第五十七条　监事会、不设监事会的公司的监事行使职权所必需的费用，由公司承担。

第三节　一人有限责任公司的特别规定

第五十八条　一人有限责任公司的设立和组织机构，适用本节规定；本节没有规定的，适用本章第一节、第二节的规定。

本法所称一人有限责任公司，是指只有一个自然人股东或者一个法人股东的有限责任公司。

第五十九条　一人有限责任公司的注册资本最低限额为人民币十万元。股东应当一次足额缴纳公司章程规定的出资额。

一个自然人只能投资设立一个一人有限责任公司。该一人有限责任公司不能投资设立新的一人有限责任公司。

第六十条　一人有限责任公司应当在公司登记中注明自然人独资或者法人独资，并在公司营业执照中载明。

第六十一条　一人有限责任公司章程由股东制定。

第六十二条　一人有限责任公司不设股东会。股东作出本法第三十八条第一款所列决定时，应当采用书面形式，并由股东签名后置备于公司。

第六十三条　一人有限责任公司应当在每一会计年度终了时编制财务会计报告，并经会计师事务所审计。

第六十四条　一人有限责任公司的股东不能证明公司财产独立于股东自己的财产的，应当对公司债务承担连带责任。

第四节　国有独资公司的特别规定

第六十五条　国有独资公司的设立和组织机构，适用本节规定；本节没有规定的，适用本章第一节、第二节的规定。

本法所称国有独资公司，是指国家单独出资、由国务院或者地方人民政府授权本级人民政府国有资产监督管理机构履行出资人职责的有限责任公司。

第六十六条　国有独资公司章程由国有资产监督管理机构制定，或者由董事会制订报国有资产监督管理机构批准。

第六十七条　国有独资公司不设股东会，由国有资产监督管理机构行使股东会职权。国有资产监督管理机构可以授权公司董事会行使股东会的部分职权，决定公司的重大事项，但公司的合并、分立、解散、增加或者减少注册资本和发行公司债券，必须由国有资产监督管理机构决定；其中，重要的国有独资公司合并、分立、解散、申请破产的，应当由国有资产监督管理机构审核后，报本级人民政府批准。

前款所称重要的国有独资公司，按照国务院的规定确定。

第六十八条　国有独资公司设董事会，依照本法第四十七条、第六十七条的规定行使职权。董事每届任期不得超过三年。董事会成员中应当有公司职工代表。

董事会成员由国有资产监督管理机构委派；但是，董事会成员中的职工代表由公司职工代表大会选举产生。

董事会设董事长一人，可以设副董事长。董事长、副董事长由国有资产监督管理机构从董事会成员中指定。

第六十九条　国有独资公司设经理，由董事会聘任或者解聘。经理依照本法第五十条规定行使职权。

经国有资产监督管理机构同意，董事会成员可以兼任经理。

第七十条　国有独资公司的董事长、副董事长、董事、高级管理人员，未经国有资产监督管理机构同意，不得在其他有限责任公司、股份有限公司或者其他经济组织兼职。

第七十一条　国有独资公司监事会成员不得少于五人，其中职工代表的比例不得低于三分之一，具体比例由公司章程规定。

监事会成员由国有资产监督管理机构委派；但是，监事会成员中的职工代表由公司职工代表大会选举产生。监事会主席由国有资产监督管理机构从监事会成员中指定。

监事会行使本法第五十四条第（一）项至第（三）项规定的职权和国务院规定的其他职权。

第三章　有限责任公司的股权转让

第七十二条　有限责任公司的股东之间可以相互转让其全部或者部分股权。

股东向股东以外的人转让股权，应当经其他股东过半数同意。股东应就其股权转让事项书面通知其他股东征求同意，其他股东自接到书面通知之日起满三十日未答复的，视为同意转让。其他股东半数以上不同意转让的，不同意的股东应当购买该转让的股权；不购买的，视为同意转让。

经股东同意转让的股权，在同等条件下，其他股东有优先购买权。两个以上股东主张行使优先购买权的，协商确定各自的购买比例；协商不成的，按照转让时各自的出资比例行使优先购买权。

公司章程对股权转让另有规定的，从其规定。

第七十三条　人民法院依照法律规定的强制执行程序转让股东的股权时，应当通知公司及全体股东，其他股东在同等条件下有优先购买权。其他股东自人民法院通知之日起满二十日不行使优先购买权的，视为放弃优先购买权。

第七十四条　依照本法第七十二条、第七十三条转让股权后，公司应当注销原股东的出资证明书，向新股东签发出资证明书，并相应修改公司章程和股东名册中有关股东及其出资额的记载。对公司章程的该项修改不需再由股东会表决。

第七十五条　有下列情形之一的，对股东会该项决议投反对票的股东可以请求公司按照合理的价格收购其股权：

（一）公司连续五年不向股东分配利润，而公司该五年连续盈利，并且符合本法规定的分配利润条件的；

（二）公司合并、分立、转让主要财产的；

（三）公司章程规定的营业期限届满或者章程规定的其他解散事由出现，股东会会议通过决议修改章程使公司存续的。

自股东会会议决议通过之日起六十日内，股东与公司不能达成股权收购协议的，股东可以自股东会会议决议通过之日起九十日内向人民法院提起诉讼。

第七十六条　自然人股东死亡后，其合法继承人可以继承股东资格；但是，公司章程另有规定的除外。

第四章　股份有限公司的设立和组织机构

第一节　设立

第七十七条　设立股份有限公司，应当具备下列条件：

（一）发起人符合法定人数；

（二）发起人认购和募集的股本达到法定资本最低限额；

（三）股份发行、筹办事项符合法律规定；

（四）发起人制订公司章程，采用募集方式设立的经创立大会通过；

（五）有公司名称，建立符合股份有限公司要求的组织机构；

（六）有公司住所。

第七十八条　股份有限公司的设立，可以采取发起设立或者募集设立的方式。

发起设立，是指由发起人认购公司应发行的全部股份而设立公司。

募集设立，是指由发起人认购公司应发行股份的一部分，其余股份向社会公开募集或者向特定对象募集而设立公司。

第七十九条　设立股份有限公司，应当有二人以上二百人以下为发起人，其中须有半数以上的发起人在中国境内有住所。

第八十条　股份有限公司发起人承担公司筹办事务。

发起人应当签订发起人协议，明确各自在公司设立过程中的权利和义务。

第八十一条　股份有限公司采取发起设立方式设立的，注册资本为在公司登记机关登记的全体发起人认购的股本总额。公司全体发起人的首次出资额不得低于注册资本的百分之二十，其余部分由发起人自公司成立之日起两年内缴足；其中，投资公司可以在五年内缴足。在缴足前，不得向他人募集股份。

股份有限公司采取募集方式设立的，注册资本为在公司登记机关登记的实收股本总额。

股份有限公司注册资本的最低限额为人民币五百万元。法律、行政法规对股份有限公司注册资本的最低限额有较高规定的，从其规定。

第八十二条 股份有限公司章程应当载明下列事项：

（一）公司名称和住所；

（二）公司经营范围；

（三）公司设立方式；

（四）公司股份总数、每股金额和注册资本；

（五）发起人的姓名或者名称、认购的股份数、出资方式和出资时间；

（六）董事会的组成、职权和议事规则；

（七）公司法定代表人；

（八）监事会的组成、职权和议事规则；

（九）公司利润分配办法；

（十）公司的解散事由与清算办法；

（十一）公司的通知和公告办法；

（十二）股东大会会议认为需要规定的其他事项。

第八十三条 发起人的出资方式，适用本法第二十七条的规定。

第八十四条 以发起设立方式设立股份有限公司的，发起人应当书面认定公司章程规定其认购的股份；一次缴纳的，应即缴纳全部出资；分期缴纳的，应即缴纳首期出资。以非货币财产出资的，应当依法办理其财产权的转移手续。

发起人不依照前款规定缴纳出资的，应当按照发起人协议承担违约责任。

发起人首次缴纳出资后，应当选举董事会和监事会，由董事会向公司登记机关报送公司章程、由依法设定的验资机构出具的验资证明以及法律、行政法规规定的其他文件，申请设立登记。

第八十五条 以募集设立方式设立股份有限公司的，发起人认购的股份不得少于公司股份总数的百分之三十五；但是，法律、行政法规另有规定的，从其规定。

第八十六条 发起人向社会公开募集股份，必须公告招股说明书，并制作认股书。认股书应当载明本法第八十七条所列事项，由认股人填写认购股数、金额、住所，并签名、盖章。认股人按照所认购股数缴纳股款。

第八十七条 招股说明书应当附有发起人制订的公司章程，并载明下列事项：

（一）发起人认购的股份数；

（二）每股的票面金额和发行价格；

（三）无记名股票的发行总数；

（四）募集资金的用途；

（五）认股人的权利、义务；

（六）本次募股的起止期限及逾期未募足时认股人可以撤回所认股份的说明。

第八十八条 发起人向社会公开募集股份，应当由依法设立的证券公司承销，签订承销协议。

第八十九条 发起人向社会公开募集股份，应当同银行签订代收股款协议。

代收股款的银行应当按照协议代收和保存股款，向缴纳股款的认股人出具收款单据，并负有向有关部门出具收款证明的义务。

第九十条 发行股份的股款缴足后，必须经依法设立的验资机构验资并出具证明。发起人应当自股款缴足之日起三十日内主持召开公司创立大会。创立大会由发起人、认股人组成。

发行的股份超过招股说明书规定的截止期限尚未募足的，或者发行股份的股款缴足后，发起人在三十日内未召开创立大会的，认股人可以按照所缴股款并加算银行同期存款利息，要求发起人返还。

第九十一条 发起人应当在创立大会召开十五日前将会议日期通知各认股人或者予以公告。创立大会应有代表股份总数过半数的发起人、认股人出席，方可举行。

创立大会行使下列职权：

（一）审议发起人关于公司筹办情况的报告；

（二）通过公司章程；

（三）选举董事会成员；

（四）选举监事会成员；

（五）对公司的设立费用进行审核；

（六）对发起人用于抵作股款的财产的作价进行审核；

（七）发生不可抗力或者经营条件发生重大变化直接影响公司设立的，可以作出不设立公司的决议。

创立大会对前款所列事项作出决议，必须经出席会议的认股人所持表决权过半数通过。

第九十二条 发起人、认股人缴纳股款或者交付抵作股款的出资后，除未按期募足股份、发起人未按期召开创立大会或者创立大会决议不设立公司的情形外，不得抽回其股本。

第九十三条 董事会应于创立大会结束后三十日内，向公司登记机关报送下列文件，申请设立登记：

（一）公司登记申请书；

（二）创立大会的会议记录；

（三）公司章程；

（四）验资证明；

（五）法定代表人、董事、监事的任职文件及其身份证明；

（六）发起人的法人资格证明或者自然人身份证明；

（七）公司住所证明。

以募集方式设立股份有限公司公开发行股票的，还应当向公司登记机关报送国务院证券监督管理机构的核准文件。

第九十四条 股份有限公司成立后，发起人未按照公司章程的规定缴足出资的，应当补缴；其他发起人承担连带责任。

股份有限公司成立后，发现作为设立公司出资的非货币财产的实际价额显著低于公司章程所定价额的，应当由交付该出资的发起人补足其差额；其他发起人承担连带责任。

第九十五条 股份有限公司的发起人应当承担下列责任：

（一）公司不能成立时，对设立行为所产生的债务和费用负连带责任；

（二）公司不能成立时，对认股人已缴纳的股款，负返还股款并加算银行同期存款利息的连带责任；

（三）在公司设立过程中，由于发起人的过失致使公司利益受到损害的，应当对公司承担赔偿责任。

第九十六条 有限责任公司变更为股份有限公司时，折合的实收股本总额不得高于公司净资产额。有限责任公司变更为股份有限公司，为增加资本公开发行股份时，应当依法办理。

第九十七条 股份有限公司应当将公司章程、股东名册、公司债券存根、股东大会会议记录、董事会会议记录、监事会会议记录、财务会计报告置备于本公司。

第九十八条 股东有权查阅公司章程、股东名册、公司债券存根、股东大会会议记录、董事会会议决议、监事会会议决议、财务会计报告，对公司的经营提出建议或者质询。

第二节 股东大会

第九十九条 股份有限公司股东大会由全体股东组成。股东大会是公司的权力机构，依照本法行使职权。

第一百条 本法第三十八条第一款关于有限责任公司股东会职权的规定，适用于股份有限公司股东大会。

第一百零一条 股东大会应当每年召开一次年会。有下列情形之一的，应当在两个月内召开临时股东大会：

（一）董事人数不足本法规定人数或者公司章程所定人数的三分之二时；

（二）公司未弥补的亏损达实收股本总额三分之一时；

（三）单独或者合计持有公司百分之十以上股份的股东请求时；

（四）董事会认为必要时；

（五）监事会提议召开时；

（六）公司章程规定的其他情形。

第一百零二条 股东大会会议由董事会召集，董事长主持；董事长不能履行职务或者不履行职务的，由副董事长主持；副董事长不能履行职务或者不履行职务的，由半数以上董事共同推举一名董事主持。

董事会不能履行或者不履行召集股东大会会议职责的，监事会应当及时召集和主持；监事会不召集和主持的，连续九十日以上单独或者合计持有公司百分之十以上股份的股东可以自行召集和主持。

第一百零三条　召开股东大会会议，应当将会议召开的时间、地点和审议的事项于会议召开二十日前通知各股东；临时股东大会应当于会议召开十五日前通知各股东；发行无记名股票的，应当于会议召开三十日前公告会议召开的时间、地点和审议事项。

单独或者合计持有公司百分之三以上股份的股东，可以在股东大会召开十日前提出临时提案并书面提交董事会；董事会应当在收到提案后二日内通知其他股东，并将该临时提案提交股东大会审议。临时提案的内容应当属于股东大会职权范围，并有明确议题和具体决议事项。

股东大会不得对前两款通知中未列明的事项作出决议。

无记名股票持有人出席股东大会会议的，应当于会议召开五日前至股东大会闭会时将股票交存于公司。

第一百零四条　股东出席股东大会会议，所持每一股份有一表决权。但是，公司持有的本公司股份没有表决权。

股东大会作出决议，必须经出席会议的股东所持表决权过半数通过。但是，股东大会作出修改公司章程、增加或者减少注册资本的决议，以及公司合并、分立、解散或者变更公司形式的决议，必须经出席会议的股东所持表决权的三分之二以上通过。

第一百零五条　本法和公司章程规定公司转让、受让重大资产或者对外提供担保等事项必须经股东大会作出决议的，董事会应当及时召集股东大会会议，由股东大会就上述事项进行表决。

第一百零六条　股东大会选举董事、监事，可以依照公司章程的规定或者股东大会的决议，实行累积投票制。

本法所称累积投票制，是指股东大会选举董事或者监事时，每一股份拥有与应选董事或者监事人数相同的表决权，股东拥有的表决权可以集中使用。

第一百零七条　股东可以委托代理人出席股东大会会议，代理人应当向公司提交股东授权委托书，并在授权范围内行使表决权。

第一百零八条　股东大会应当对所议事项的决定作成会议记录，主持人、出席会议的董事应当在会议记录上签名。会议记录应当与出席股东的签名册及代理出席的委托书一并保存。

第三节　董事会、经理

第一百零九条　股份有限公司设董事会，其成员为五人至十九人。

董事会成员中可以有公司职工代表。董事会中的职工代表由公司职工通过职工代表大会、职工大会或者其他形式民主选举产生。

本法第四十六条关于有限责任公司董事任期的规定，适用于股份有限公司董事。

本法第四十七条关于有限责任公司董事会职权的规定，适用于股份有限公司董事会。

第一百一十条　董事会设董事长一人，可以设副董事长。董事长和副董事长由董事会以全体董事的过半数选举产生。

董事长召集和主持董事会会议，检查董事会决议的实施情况。副董事长协助董事长工作，董事长不能履行职务或者不履行职务的，由副董事长履行职务；副董事长不能履行职务或者不履行职务的，由半数以上董事共同推举一名董事履行职务。

第一百一十一条　董事会每年度至少召开两次会议，每次会议应当于会议召开十日前通知全体董事和监事。

代表十分之一以上表决权的股东、三分之一以上董事或者监事会，可以提议召开董事会临时会议。董事长应当自接到提议后十日内，召集和主持董事会会议。

董事会召开临时会议，可以另定召集董事会的通知方式和通知时限。

第一百一十二条　董事会会议应有过半数的董事出席方可举行。董事会作出决议，必须经全体董事的过半数通过。

董事会决议的表决，实行一人一票。

第一百一十三条　董事会会议，应由董事本人出席；董事因故不能出席，可以书面委托其他董事代为出席，委托书中应载明授权范围。

董事会应当对会议所议事项的决定作成会议记录，出席会议的董事应当在会议记录上签名。

董事应当对董事会的决议承担责任。董事会的决议违反法律、行政法规或者公司章程、股东大会决议，致使公司遭受严重损失的，参与决议的董事对公司负赔偿责任。但经证明在表决时曾表明异议并记载于会议记录的，该董事可以免除责任。

第一百一十四条 股份有限公司设经理，由董事会决定聘任或者解聘。

本法第五十条关于有限责任公司经理职权的规定，适用于股份有限公司经理。

第一百一十五条 公司董事会可以决定由董事会成员兼任经理。

第一百一十六条 公司不得直接或者通过子公司向董事、监事、高级管理人员提供借款。

第一百一十七条 公司应当定期向股东披露董事、监事、高级管理人员从公司获得报酬的情况。

第四节 监事会

第一百一十八条 股份有限公司设监事会，其成员不得少于三人。

监事会应当包括股东代表和适当比例的公司职工代表，其中职工代表的比例不得低于三分之一，具体比例由公司章程规定。监事会中的职工代表由公司职工通过职工代表大会、职工大会或者其他形式民主选举产生。

监事会设主席一人，可以设副主席。监事会主席和副主席由全体监事过半数选举产生。监事会主席召集和主持监事会会议；监事会主席不能履行职务或者不履行职务的，由监事会副主席召集和主持监事会会议；监事会副主席不能履行职务或者不履行职务的，由半数以上监事共同推举一名监事召集和主持监事会会议。

董事、高级管理人员不得兼任监事。

本法第五十三条关于有限责任公司监事任期的规定，适用于股份有限公司监事。

第一百一十九条 本法第五十四条、第五十五条关于有限责任公司监事会职权的规定，适用于股份有限公司监事会。

监事会行使职权所必需的费用，由公司承担。

第一百二十条 监事会每六个月至少召开一次会议。监事可以提议召开临时监事会会议。

监事会的议事方式和表决程序，除本法有规定的外，由公司章程规定。

监事会决议应当经半数以上监事通过。

监事会应当对所议事项的决定作成会议记录，出席会议的监事应当在会议记录上签名。

第五节 上市公司组织机构的特别规定

第一百二十一条 本法所称上市公司，是指其股票在证券交易所上市交易的股份有限公司。

第一百二十二条 上市公司在一年内购买、出售重大资产或者担保金额超过公司资产总额百分之三十的，应当由股东大会作出决议，并经出席会议的股东所持表决权的三分之二以上通过。

第一百二十三条 上市公司设立独立董事，具体办法由国务院规定。

第一百二十四条 上市公司设董事会秘书，负责公司股东大会和董事会会议的筹备、文件保管以及公司股东资料的管理，办理信息披露事务等事宜。

第一百二十五条 上市公司董事与董事会会议决议事项所涉及的企业有关联关系的，不得对该项决议行使表决权，也不得代理其他董事行使表决权。该董事会会议由过半数的无关联关系董事出席即可举行，董事会会议所作决议须经无关联关系董事过半数通过。出席董事会的无关联关系董事人数不足三人的，应将该事项提交上市公司股东大会审议。

第五章 股份有限公司的股份发行和转让

第一节 股份发行

第一百二十六条 股份有限公司的资本划分为股份，每一股的金额相等。

公司的股份采取股票的形式。股票是公司签发的证明股东所持股份的凭证。

第一百二十七条 股份的发行，实行公平、公正的原则，同种类的每一股份应当具有同等权利。

同次发行的同种类股票，每股的发行条件和价格应当相同；任何单位或者个人所认购的股份，每股应当支付相同价额。

第一百二十八条 股票发行价格可以按票面金额，也可以超过票面金额，但不得低于票面金额。

第一百二十九条 股票采用纸面形式或者国务院证券监督管理机构规定的其他形式。

股票应当载明下列主要事项：

（一）公司名称；

（二）公司成立日期；

（三）股票种类、票面金额及代表的股份数；

（四）股票的编号。

股票由法定代表人签名，公司盖章。

发起人的股票，应当标明发起人股票字样。

第一百三十条 公司发行的股票，可以为记名股票，也可以为无记名股票。

公司向发起人、法人发行的股票，应当为记名股票，并应当记载该发起人、法人的名称或者姓名，不得另立户名或者以代表人姓名记名。

第一百三十一条 公司发行记名股票的，应当置备股东名册，记载下列事项：

（一）股东的姓名或者名称及住所；

（二）各股东所持股份数；

（三）各股东所持股票的编号；

（四）各股东取得股份的日期。

发行无记名股票的，公司应当记载其股票数量、编号及发行日期。

第一百三十二条 国务院可以对公司发行本法规定以外的其他种类的股份，另行作出规定。

第一百三十三条 股份有限公司成立后，即向股东正式交付股票。公司成立前不得向股东交付股票。

第一百三十四条 公司发行新股，股东大会应当对下列事项作出决议：

（一）新股种类及数额；

（二）新股发行价格；

（三）新股发行的起止日期；

（四）向原有股东发行新股的种类及数额。

第一百三十五条 公司经国务院证券监督管理机构核准公开发行新股时，必须公告新股招股说明书和财务会计报告，并制作认股书。

本法第八十八条、第八十九条的规定适用于公司公开发行新股。

第一百三十六条 公司发行新股，可以根据公司经营情况和财务状况，确定其作价方案。

第一百三十七条 公司发行新股募足股款后，必须向公司登记机关办理变更登记，并公告。

第二节 股份转让

第一百三十八条 股东持有的股份可以依法转让。

第一百三十九条 股东转让其股份，应当在依法设立的证券交易场所进行或者按照国务院规定的其他方式进行。

第一百四十条 记名股票，由股东以背书方式或者法律、行政法规规定的其他方式转让；转让后由公司将受让人的姓名或者名称及住所记载于股东名册。

股东大会召开前二十日内或者公司决定分配股利的基准日前五日内，不得进行前款规定的股东名册的变更登记。但是，法律对上市公司股东名册变更登记另有规定的，从其规定。

第一百四十一条 无记名股票的转让，由股东将该股票交付给受让人后即发生转让的效力。

第一百四十二条 发起人持有的本公司股份，自公司成立之日起一年内不得转让。公司公开发行股份前已发行的股份，自公司股票在证券交易所上市交易之日起一年内不得转让。

公司董事、监事、高级管理人员应当向公司申报所持有的本公司的股份及其变动情况，在任职期间每年转让的股份不得超过其所持有本公司股份总数的百分之二十五；所持本公司股份自公司股票上市交易之日起一年内不得转让。上述人员离职后半年内，不得转让其所持有的本公司股份。公司章程可以对公司董事、监事、高级管理人员转让其所持有的本公司股份作出其他限制性规定。

第一百四十三条 公司不得收购本公司股份。但是，有下列情形之一的除外：

（一）减少公司注册资本；

（二）与持有本公司股份的其他公司合并；

（三）将股份奖励给本公司职工；

（四）股东因对股东大会作出的公司合并、分立决议持异议，要求公司收购其股份的。

公司因前款第（一）项至第（三）项的原因收购本公司股份的，应当经股东大会决议。公司依照前款规定收购本公司股份后，属于第（一）项情形的，应当自收购之日起十日内注销；属于第（二）项、第

（四）项情形的，应当在六个月内转让或者注销。

公司依照第一款第（三）项规定收购的本公司股份，不得超过本公司已发行股份总额的百分之五；用于收购的资金应当从公司的税后利润中支出；所收购的股份应当在一年内转让给职工。

公司不得接受本公司的股票作为质押权的标的。

第一百四十四条 记名股票被盗、遗失或者灭失，股东可以依照《中华人民共和国民事诉讼法》规定的公示催告程序，请求人民法院宣告该股票失效。人民法院宣告该股票失效后，股东可以向公司申请补发股票。

第一百四十五条 上市公司的股票，依照有关法律、行政法规及证券交易所交易规则上市交易。

第一百四十六条 上市公司必须依照法律、行政法规的规定，公开其财务状况、经营情况及重大诉讼，在每会计年度内半年公布一次财务会计报告。

第六章 公司董事、监事、高级管理人员的资格和义务

第一百四十七条 有下列情形之一的，不得担任公司的董事、监事、高级管理人员：

（一）无民事行为能力或者限制民事行为能力；

（二）因贪污、贿赂、侵占财产、挪用财产或者破坏社会主义市场经济秩序，被判处刑罚，执行期满未逾五年，或者因犯罪被剥夺政治权利，执行期满未逾五年；

（三）担任破产清算的公司、企业的董事或者厂长、经理，对该公司、企业的破产负有个人责任的，自该公司、企业破产清算完结之日起未逾三年；

（四）担任因违法被吊销营业执照、责令关闭的公司、企业的法定代表人，并负有个人责任的，自该公司、企业被吊销营业执照之日起未逾三年；

（五）个人所负数额较大的债务到期未清偿。

公司违反前款规定选举、委派董事、监事或者聘任高级管理人员的，该选举、委派或者聘任无效。

董事、监事、高级管理人员在任职期间出现本条第一款所列情形的，公司应当解除其职务。

第一百四十八条 董事、监事、高级管理人员应当遵守法律、行政法规和公司章程，对公司负有忠实义务和勤勉义务。

董事、监事、高级管理人员不得利用职权收受贿赂或者其他非法收入，不得侵占公司的财产。

第一百四十九条 董事、高级管理人员不得有下列行为：

（一）挪用公司资金；

（二）将公司资金以其个人名义或者以其他个人名义开立账户存储；

（三）违反公司章程的规定，未经股东会、股东大会或者董事会同意，将公司资金借贷给他人或者以公司财产为他人提供担保；

（四）违反公司章程的规定或者未经股东会、股东大会同意，与本公司订立合同或者进行交易；

（五）未经股东会或者股东大会同意，利用职务便利为自己或者他人谋取属于公司的商业机会，自营或者为他人经营与所任职公司同类的业务；

（六）接受他人与公司交易的佣金归为己有；

（七）擅自披露公司秘密；

（八）违反对公司忠实义务的其他行为。

董事、高级管理人员违反前款规定所得的收入应当归公司所有。

第一百五十条 董事、监事、高级管理人员执行公司职务时违反法律、行政法规或者公司章程的规定，给公司造成损失的，应当承担赔偿责任。

第一百五十一条 股东会或者股东大会要求董事、监事、高级管理人员列席会议的，董事、监事、高级管理人员应当列席并接受股东的质询。

董事、高级管理人员应当如实向监事会或者不设监事会的有限责任公司的监事提供有关情况和资料，不得妨碍监事会或者监事行使职权。

第一百五十二条 董事、高级管理人员有本法第一百五十条规定的情形的，有限责任公司的股东、股份有限公司连续一百八十日以上单独或者合计持有公司百分之一以上股份的股东，可以书面请求监事会或者不设监事会的有限责任公司的监事向人民法院提起诉讼；监事有本法第一百五十条规定的情形的，前述

股东可以书面请求董事会或者不设董事会的有限责任公司的执行董事向人民法院提起诉讼。

监事会、不设监事会的有限责任公司的监事，或者董事会、执行董事收到前款规定的股东书面请求后拒绝提起诉讼，或者自收到请求之日起三十日内未提起诉讼，或者情况紧急、不立即提起诉讼将会使公司利益受到难以弥补的损害的，前款规定的股东有权为了公司的利益以自己的名义直接向人民法院提起诉讼。

他人侵犯公司合法权益，给公司造成损失的，本条第一款规定的股东可以依照前两款的规定向人民法院提起诉讼。

第一百五十三条　董事、高级管理人员违反法律、行政法规或者公司章程的规定，损害股东利益的，股东可以向人民法院提起诉讼。

第七章　公司债券

第一百五十四条　本法所称公司债券，是指公司依照法定程序发行、约定在一定期限还本付息的有价证券。

公司发行公司债券应当符合《中华人民共和国证券法》规定的发行条件。

第一百五十五条　发行公司债券的申请经国务院授权的部门核准后，应当公告公司债券募集办法。

公司债券募集办法中应当载明下列主要事项：

（一）公司名称；

（二）债券募集资金的用途；

（三）债券总额和债券的票面金额；

（四）债券利率的确定方式；

（五）还本付息的期限和方式；

（六）债券担保情况；

（七）债券的发行价格、发行的起止日期；

（八）公司净资产额；

（九）已发行的尚未到期的公司债券总额；

（十）公司债券的承销机构。

第一百五十六条　公司以实物券方式发行公司债券的，必须在债券上载明公司名称、债券票面金额、利率、偿还期限等事项，并由法定代表人签名，公司盖章。

第一百五十七条　公司债券，可以为记名债券，也可以为无记名债券。

第一百五十八条　公司发行公司债券应当置备公司债券存根簿。

发行记名公司债券的，应当在公司债券存根簿上载明下列事项：

（一）债券持有人的姓名或者名称及住所；

（二）债券持有人取得债券的日期及债券的编号；

（三）债券总额，债券的票面金额、利率、还本付息的期限和方式；

（四）债券的发行日期。

发行无记名公司债券的，应当在公司债券存根簿上载明债券总额、利率、偿还期限和方式、发行日期及债券的编号。

第一百五十九条　记名公司债券的登记结算机构应当建立债券登记、存管、付息、兑付等相关制度。

第一百六十条　公司债券可以转让，转让价格由转让人与受让人约定。

公司债券在证券交易所上市交易的，按照证券交易所的交易规则转让。

第一百六十一条　记名公司债券，由债券持有人以背书方式或者法律、行政法规规定的其他方式转让；转让后由公司将受让人的姓名或者名称及住所记载于公司债券存根簿。

无记名公司债券的转让，由债券持有人将该债券交付给受让人后即发生转让的效力。

第一百六十二条　上市公司经股东大会决议可以发行可转换为股票的公司债券，并在公司债券募集办法中规定具体的转换办法。上市公司发行可转换为股票的公司债券，应当报国务院证券监督管理机构核准。

发行可转换为股票的公司债券，应当在债券上标明可转换公司债券字样，并在公司债券存根簿上载明可转换公司债券的数额。

第一百六十三条　发行可转换为股票的公司债券的，公司应当按照其转换办法向债券持有人换发股票，但债券持有人对转换股票或者不转换股票有选择权。

第八章　公司财务、会计

第一百六十四条　公司应当依照法律、行政法规和国务院财政部门的规定建立本公司的财务、会计制度。

第一百六十五条　公司应当在每一会计年度终了时编制财务会计报告，并依法经会计师事务所审计。

财务会计报告应当依照法律、行政法规和国务院财政部门的规定制作。

第一百六十六条　有限责任公司应当依照公司章程规定的期限将财务会计报告送交各股东。

股份有限公司的财务会计报告应当在召开股东大会年会的二十日前置备于本公司，供股东查阅；公开发行股票的股份有限公司必须公告其财务会计报告。

第一百六十七条　公司分配当年税后利润时，应当提取利润的百分之十列入公司法定公积金。公司法定公积金累计额为公司注册资本的百分之五十以上的，可以不再提取。

公司的法定公积金不足以弥补以前年度亏损的，在依照前款规定提取法定公积金之前，应当先用当年利润弥补亏损。

公司从税后利润中提取法定公积金后，经股东会或者股东大会决议，还可以从税后利润中提取任意公积金。

公司弥补亏损和提取公积金后所余税后利润，有限责任公司依照本法第三十五条的规定分配；股份有限公司按照股东持有的股份比例分配，但股份有限公司章程规定不按持股比例分配的除外。

股东会、股东大会或者董事会违反前款规定，在公司弥补亏损和提取法定公积金之前向股东分配利润的，股东必须将违反规定分配的利润退还公司。

公司持有的本公司股份不得分配利润。

第一百六十八条　股份有限公司以超过股票票面金额的发行价格发行股份所得的溢价款以及国务院财政部门规定列入资本公积金的其他收入，应当列为公司资本公积金。

第一百六十九条　公司的公积金用于弥补公司的亏损、扩大公司生产经营或者转为增加公司资本。但是，资本公积金不得用于弥补公司的亏损。

法定公积金转为资本时，所留存的该项公积金不得少于转增前公司注册资本的百分之二十五。

第一百七十条　公司聘用、解聘承办公司审计业务的会计师事务所，依照公司章程的规定，由股东会、股东大会或者董事会决定。

公司股东会、股东大会或者董事会就解聘会计师事务所进行表决时，应当允许会计师事务所陈述意见。

第一百七十一条　公司应当向聘用的会计师事务所提供真实、完整的会计凭证、会计账簿、财务会计报告及其他会计资料，不得拒绝、隐匿、谎报。

第一百七十二条　公司除法定的会计账簿外，不得另立会计账簿。

对公司资产，不得以任何个人名义开立账户存储。

第九章　公司合并、分立、增资、减资

第一百七十三条　公司合并可以采取吸收合并或者新设合并。

一个公司吸收其他公司为吸收合并，被吸收的公司解散。两个以上公司合并设立一个新的公司为新设合并，合并各方解散。

第一百七十四条　公司合并，应当由合并各方签订合并协议，并编制资产负债表及财产清单。公司应当自作出合并决议之日起十日内通知债权人，并于三十日内在报纸上公告。债权人自接到通知书之日起三十日内，未接到通知书的自公告之日起四十五日内，可以要求公司清偿债务或者提供相应的担保。

第一百七十五条　公司合并时，合并各方的债权、债务，应当由合并后存续的公司或者新设的公司承继。

第一百七十六条　公司分立，其财产作相应的分割。

公司分立，应当编制资产负债表及财产清单。公司应当自作出分立决议之日起十日内通知债权人，并于三十日内在报纸上公告。

第一百七十七条　公司分立前的债务由分立后的公司承担连带责任。但是，公司在分立前与债权人就债务清偿达成的书面协议另有约定的除外。

第一百七十八条　公司需要减少注册资本时，必须编制资产负债表及财产清单。

公司应当自作出减少注册资本决议之日起十日内通知债权人，并于三十日内在报纸上公告。债权人自接到通知书之日起三十日内，未接到通知书的自公告之日起四十五日内，有权要求公司清偿债务或者提供相应的担保。

公司减资后的注册资本不得低于法定的最低限额。

第一百七十九条　有限责任公司增加注册资本时，股东认缴新增资本的出资，依照本法设立有限责任公司缴纳出资的有关规定执行。

股份有限公司为增加注册资本发行新股时，股东认购新股，依照本法设立股份有限公司缴纳股款的有关规定执行。

第一百八十条　公司合并或者分立，登记事项发生变更的，应当依法向公司登记机关办理变更登记；公司解散的，应当依法办理公司注销登记；设立新公司的，应当依法办理公司设立登记。

公司增加或者减少注册资本，应当依法向公司登记机关办理变更登记。

第十章　公司解散和清算

第一百八十一条　公司因下列原因解散：

（一）公司章程规定的营业期限届满或者公司章程规定的其他解散事由出现；

（二）股东会或者股东大会决议解散；

（三）因公司合并或者分立需要解散；

（四）依法被吊销营业执照、责令关闭或者被撤销；

（五）人民法院依照本法第一百八十三条的规定予以解散。

第一百八十二条　公司有本法第一百八十一条第（一）项情形的，可以通过修改公司章程而存续。

依照前款规定修改公司章程，有限责任公司须经持有三分之二以上表决权的股东通过，股份有限公司须经出席股东大会会议的股东所持表决权的三分之二以上通过。

第一百八十三条　公司经营管理发生严重困难，继续存续会使股东利益受到重大损失，通过其他途径不能解决的，持有公司全部股东表决权百分之十以上的股东，可以请求人民法院解散公司。

第一百八十四条　公司因本法第一百八十一条第（一）项、第（二）项、第（四）项、第（五）项规定而解散的，应当在解散事由出现之日起十五日内成立清算组，开始清算。有限责任公司的清算组由股东组成，股份有限公司的清算组由董事或者股东大会确定的人员组成。逾期不成立清算组进行清算的，债权人可以申请人民法院指定有关人员组成清算组进行清算。人民法院应当受理该申请，并及时组织清算组进行清算。

第一百八十五条　清算组在清算期间行使下列职权：

（一）清理公司财产，分别编制资产负债表和财产清单；

（二）通知、公告债权人；

（三）处理与清算有关的公司未了结的业务；

（四）清缴所欠税款以及清算过程中产生的税款；

（五）清理债权、债务；

（六）处理公司清偿债务后的剩余财产；

（七）代表公司参与民事诉讼活动。

第一百八十六条　清算组应当自成立之日起十日内通知债权人，并于六十日内在报纸上公告。债权人应当自接到通知书之日起三十日内，未接到通知书的自公告之日起四十五日内，向清算组申报其债权。

债权人申报债权，应当说明债权的有关事项，并提供证明材料。清算组应当对债权进行登记。

在申报债权期间，清算组不得对债权人进行清偿。

第一百八十七条　清算组在清理公司财产、编制资产负债表和财产清单后，应当制定清算方案，并报股东会、股东大会或者人民法院确认。

公司财产在分别支付清算费用、职工的工资、社会保险费用和法定补偿金，缴纳所欠税款，清偿公司债务后的剩余财产，有限责任公司按照股东的出资比例分配，股份有限公司按照股东持有的股份比例分配。

清算期间，公司存续，但不得开展与清算无关的经营活动。公司财产在未依照前款规定清偿前，不得分配给股东。

第一百八十八条 清算组在清理公司财产、编制资产负债表和财产清单后，发现公司财产不足清偿债务的，应当依法向人民法院申请宣告破产。

公司经人民法院裁定宣告破产后，清算组应当将清算事务移交给人民法院。

第一百八十九条 公司清算结束后，清算组应当制作清算报告，报股东会、股东大会或者人民法院确认，并报送公司登记机关，申请注销公司登记，公告公司终止。

第一百九十条 清算组成员应当忠于职守，依法履行清算义务。

清算组成员不得利用职权收受贿赂或者其他非法收入，不得侵占公司财产。

清算组成员因故意或者重大过失给公司或者债权人造成损失的，应当承担赔偿责任。

第一百九十一条 公司被依法宣告破产的，依照有关企业破产的法律实施破产清算。

第十一章　外国公司的分支机构

第一百九十二条 本法所称外国公司是指依照外国法律在中国境外设立的公司。

第一百九十三条 外国公司在中国境内设立分支机构，必须向中国主管机关提出申请，并提交其公司章程、所属国的公司登记证书等有关文件，经批准后，向公司登记机关依法办理登记，领取营业执照。

外国公司分支机构的审批办法由国务院另行规定。

第一百九十四条 外国公司在中国境内设立分支机构，必须在中国境内指定负责该分支机构的代表人或者代理人，并向该分支机构拨付与其所从事的经营活动相适应的资金。

对外国公司分支机构的经营资金需要规定最低限额的，由国务院另行规定。

第一百九十五条 外国公司的分支机构应当在其名称中标明该外国公司的国籍及责任形式。

外国公司的分支机构应当在本机构中置备该外国公司章程。

第一百九十六条 外国公司在中国境内设立的分支机构不具有中国法人资格。

外国公司对其分支机构在中国境内进行经营活动承担民事责任。

第一百九十七条 经批准设立的外国公司分支机构，在中国境内从事业务活动，必须遵守中国的法律，不得损害中国的社会公共利益，其合法权益受中国法律保护。

第一百九十八条 外国公司撤销其在中国境内的分支机构时，必须依法清偿债务，依照本法有关公司清算程序的规定进行清算。未清偿债务之前，不得将其分支机构的财产移至中国境外。

第十二章　法律责任

第一百九十九条 违反本法规定，虚报注册资本、提交虚假材料或者采取其他欺诈手段隐瞒重要事实取得公司登记的，由公司登记机关责令改正，对虚报注册资本的公司，处以虚报注册资本金额百分之五以上百分之十五以下的罚款；对提交虚假材料或者采取其他欺诈手段隐瞒重要事实的公司，处以五万元以上五十万元以下的罚款；情节严重的，撤销公司登记或者吊销营业执照。

第二百条 公司的发起人、股东虚假出资，未交付或者未按期交付作为出资的货币或者非货币财产的，由公司登记机关责令改正，处以虚假出资金额百分之五以上百分之十五以下的罚款。

第二百零一条 公司的发起人、股东在公司成立后，抽逃其出资的，由公司登记机关责令改正，处以所抽逃出资金额百分之五以上百分之十五以下的罚款。

第二百零二条 公司违反本法规定，在法定的会计账簿以外另立会计账簿的，由县级以上人民政府财政部门责令改正，处以五万元以上五十万元以下的罚款。

第二百零三条 公司在依法向有关主管部门提供的财务会计报告等材料上作虚假记载或者隐瞒重要事实的，由有关主管部门对直接负责的主管人员和其他直接责任人员处以三万元以上三十万元以下的罚款。

第二百零四条 公司不依照本法规定提取法定公积金的，由县级以上人民政府财政部门责令如数补足应当提取的金额，可以对公司处以二十万元以下的罚款。

第二百零五条 公司在合并、分立、减少注册资本或者进行清算时，不依照本法规定通知或者公告债权人的，由公司登记机关责令改正，对公司处以一万元以上十万元以下的罚款。

公司在进行清算时，隐匿财产，对资产负债表或者财产清单作虚假记载或者在未清偿债务前分配公司财产的，由公司登记机关责令改正，对公司处以隐匿财产或者未清偿债务前分配公司财产金额百分之五以上百分之十以下的罚款；对直接负责的主管人员和其他直接责任人员处以一万元以上十万元以下的罚款。

第二百零六条 公司在清算期间开展与清算无关的经营活动的，由公司登记机关予以警告，没收违法所得。

第二百零七条 清算组不依照本法规定向公司登记机关报送清算报告，或者报送清算报告隐瞒重要事实或者有重大遗漏的，由公司登记机关责令改正。

清算组成员利用职权徇私舞弊、谋取非法收入或者侵占公司财产的，由公司登记机关责令退还公司财产，没收违法所得，并可以处以违法所得一倍以上五倍以下的罚款。

第二百零八条 承担资产评估、验资或者验证的机构提供虚假材料的，由公司登记机关没收违法所得，处以违法所得一倍以上五倍以下的罚款，并可以由有关主管部门依法责令该机构停业、吊销直接责任人员的资格证书，吊销营业执照。

承担资产评估、验资或者验证的机构因过失提供有重大遗漏的报告的，由公司登记机关责令改正，情节较重的，处以所得收入一倍以上五倍以下的罚款，并可以由有关主管部门依法责令该机构停业、吊销直接责任人员的资格证书，吊销营业执照。

承担资产评估、验资或者验证的机构因其出具的评估结果、验资或者验证证明不实，给公司债权人造成损失的，除能够证明自己没有过错的外，在其评估或者证明不实的金额范围内承担赔偿责任。

第二百零九条 公司登记机关对不符合本法规定条件的登记申请予以登记，或者对符合本法规定条件的登记申请不予登记的，对直接负责的主管人员和其他直接责任人员，依法给予行政处分。

第二百一十条 公司登记机关的上级部门强令公司登记机关对不符合本法规定条件的登记申请予以登记，或者对符合本法规定条件的登记申请不予登记的，或者对违法登记进行包庇的，对直接负责的主管人员和其他直接责任人员依法给予行政处分。

第二百一十一条 未依法登记为有限责任公司或者股份有限公司，而冒用有限责任公司或者股份有限公司名义的，或者未依法登记为有限责任公司或者股份有限公司的分公司，而冒用有限责任公司或者股份有限公司的分公司名义的，由公司登记机关责令改正或者予以取缔，可以并处十万元以下的罚款。

第二百一十二条 公司成立后无正当理由超过六个月未开业的，或者开业后自行停业连续六个月以上的，可以由公司登记机关吊销营业执照。

公司登记事项发生变更时，未依照本法规定办理有关变更登记的，由公司登记机关责令限期登记；逾期不登记的，处以一万元以上十万元以下的罚款。

第二百一十三条 外国公司违反本法规定，擅自在中国境内设立分支机构的，由公司登记机关责令改正或者关闭，可以并处五万元以上二十万元以下的罚款。

第二百一十四条 利用公司名义从事危害国家安全、社会公共利益的严重违法行为的，吊销营业执照。

第二百一十五条 公司违反本法规定，应当承担民事赔偿责任和缴纳罚款、罚金的，其财产不足以支付时，先承担民事赔偿责任。

第二百一十六条 违反本法规定，构成犯罪的，依法追究刑事责任。

第十三章　附　则

第二百一十七条 本法下列用语的含义：

（一）高级管理人员，是指公司的经理、副经理、财务负责人，上市公司董事会秘书和公司章程规定的其他人员。

（二）控股股东，是指其出资额占有限责任公司资本总额百分之五十以上或者其持有的股份占股份有限公司股本总额百分之五十以上的股东；出资额或者持有股份的比例虽然不足百分之五十，但依其出资额或者持有的股份所享有的表决权已足以对股东会、股东大会的决议产生重大影响的股东。

（三）实际控制人，是指虽不是公司的股东，但通过投资关系、协议或者其他安排，能够实际支配公司行为的人。

（四）关联关系，是指公司控股股东、实际控制人、董事、监事、高级管理人员与其直接或者间接控制的企业之间的关系，以及可能导致公司利益转移的其他关系。但是，国家控股的企业之间不仅因为同受国家控股而具有关联关系。

第二百一十八条　外商投资的有限责任公司和股份有限公司适用本法；有关外商投资的法律另有规定的，适用其规定。

第二百一十九条　本法自 2006 年 1 月 1 日起施行。

中华人民共和国就业促进法

（2007 年 8 月 30 日第十届全国人民代表大会常务委员会第二十九次会议通过）

第一章　总　　则

第一条　为了促进就业，促进经济发展与扩大就业相协调，促进社会和谐稳定，制定本法。

第二条　国家把扩大就业放在经济社会发展的突出位置，实施积极的就业政策，坚持劳动者自主择业、市场调节就业、政府促进就业的方针，多渠道扩大就业。

第三条　劳动者依法享有平等就业和自主择业的权利。

劳动者就业，不因民族、种族、性别、宗教信仰等不同而受歧视。

第四条　县级以上人民政府把扩大就业作为经济和社会发展的重要目标，纳入国民经济和社会发展规划，并制定促进就业的中长期规划和年度工作计划。

第五条　县级以上人民政府通过发展经济和调整产业结构、规范人力资源市场、完善就业服务、加强职业教育和培训、提供就业援助等措施，创造就业条件，扩大就业。

第六条　国务院建立全国促进就业工作协调机制，研究就业工作中的重大问题，协调推动全国的促进就业工作。国务院劳动行政部门具体负责全国的促进就业工作。

省、自治区、直辖市人民政府根据促进就业工作的需要，建立促进就业工作协调机制，协调解决本行政区域就业工作中的重大问题。

县级以上人民政府有关部门按照各自的职责分工，共同做好促进就业工作。

第七条　国家倡导劳动者树立正确的择业观念，提高就业能力和创业能力；鼓励劳动者自主创业、自谋职业。

各级人民政府和有关部门应当简化程序，提高效率，为劳动者自主创业、自谋职业提供便利。

第八条　用人单位依法享有自主用人的权利。

用人单位应当依照本法以及其他法律、法规的规定，保障劳动者的合法权益。

第九条　工会、共产主义青年团、妇女联合会、残疾人联合会以及其他社会组织，协助人民政府开展促进就业工作，依法维护劳动者的劳动权利。

第十条　各级人民政府和有关部门对在促进就业工作中作出显著成绩的单位和个人，给予表彰和奖励。

第二章　政策支持

第十一条　县级以上人民政府应当把扩大就业作为重要职责，统筹协调产业政策与就业政策。

第十二条　国家鼓励各类企业在法律、法规规定的范围内，通过兴办产业或者拓展经营，增加就业岗位。

国家鼓励发展劳动密集型产业、服务业，扶持中小企业，多渠道、多方式增加就业岗位。

国家鼓励、支持、引导非公有制经济发展，扩大就业，增加就业岗位。

第十三条　国家发展国内外贸易和国际经济合作，拓宽就业渠道。

第十四条　县级以上人民政府在安排政府投资和确定重大建设项目时，应当发挥投资和重大建设项目带动就业的作用，增加就业岗位。

第十五条　国家实行有利于促进就业的财政政策，加大资金投入，改善就业环境，扩大就业。

县级以上人民政府应当根据就业状况和就业工作目标，在财政预算中安排就业专项资金用于促进就业工作。

就业专项资金用于职业介绍、职业培训、公益性岗位、职业技能鉴定、特定就业政策和社会保险等的补贴，小额贷款担保基金和微利项目的小额担保贷款贴息，以及扶持公共就业服务等。就业专项资金的使用管理办法由国务院财政部门和劳动行政部门规定。

第十六条　国家建立健全失业保险制度，依法确保失业人员的基本生活，并促进其实现就业。

第十七条　国家鼓励企业增加就业岗位，扶持失业人员和残疾人就业，对下列企业、人员依法给予税收优惠：

（一）吸纳符合国家规定条件的失业人员达到规定要求的企业；

（二）失业人员创办的中小企业；

（三）安置残疾人员达到规定比例或者集中使用残疾人的企业；

（四）从事个体经营的符合国家规定条件的失业人员；

（五）从事个体经营的残疾人；

（六）国务院规定给予税收优惠的其他企业、人员。

第十八条　对本法第十七条第四项、第五项规定的人员，有关部门应当在经营场地等方面给予照顾，免除行政事业性收费。

第十九条　国家实行有利于促进就业的金融政策，增加中小企业的融资渠道；鼓励金融机构改进金融服务，加大对中小企业的信贷支持，并对自主创业人员在一定期限内给予小额信贷等扶持。

第二十条　国家实行城乡统筹的就业政策，建立健全城乡劳动者平等就业的制度，引导农业富余劳动力有序转移就业。

县级以上地方人民政府推进小城镇建设和加快县域经济发展，引导农业富余劳动力就地就近转移就业；在制定小城镇规划时，将本地区农业富余劳动力转移就业作为重要内容。

县级以上地方人民政府引导农业富余劳动力有序向城市异地转移就业；劳动力输出地和输入地人民政府应当互相配合，改善农村劳动者进城就业的环境和条件。

第二十一条　国家支持区域经济发展，鼓励区域协作，统筹协调不同地区就业的均衡增长。

国家支持民族地区发展经济，扩大就业。

第二十二条　各级人民政府统筹做好城镇新增劳动力就业、农业富余劳动力转移就业和失业人员就业工作。

第二十三条　各级人民政府采取措施，逐步完善和实施与非全日制用工等灵活就业相适应的劳动和社会保险政策，为灵活就业人员提供帮助和服务。

第二十四条　地方各级人民政府和有关部门应当加强对失业人员从事个体经营的指导，提供政策咨询、就业培训和开业指导等服务。

第三章　公平就业

第二十五条　各级人民政府创造公平就业的环境，消除就业歧视，制定政策并采取措施对就业困难人员给予扶持和援助。

第二十六条　用人单位招用人员、职业中介机构从事职业中介活动，应当向劳动者提供平等的就业机会和公平的就业条件，不得实施就业歧视。

第二十七条　国家保障妇女享有与男子平等的劳动权利。

用人单位招用人员，除国家规定的不适合妇女的工种或者岗位外，不得以性别为由拒绝录用妇女或者提高对妇女的录用标准。

用人单位录用女职工，不得在劳动合同中规定限制女职工结婚、生育的内容。

第二十八条 各民族劳动者享有平等的劳动权利。

用人单位招用人员，应当依法对少数民族劳动者给予适当照顾。

第二十九条 国家保障残疾人的劳动权利。

各级人民政府应当对残疾人就业统筹规划，为残疾人创造就业条件。

用人单位招用人员，不得歧视残疾人。

第三十条 用人单位招用人员，不得以是传染病病原携带者为由拒绝录用。但是，经医学鉴定传染病病原携带者在治愈前或者排除传染嫌疑前，不得从事法律、行政法规和国务院卫生行政部门规定禁止从事的易使传染病扩散的工作。

第三十一条 农村劳动者进城就业享有与城镇劳动者平等的劳动权利，不得对农村劳动者进城就业设置歧视性限制。

第四章 就业服务和管理

第三十二条 县级以上人民政府培育和完善统一开放、竞争有序的人力资源市场，为劳动者就业提供服务。

第三十三条 县级以上人民政府鼓励社会各方面依法开展就业服务活动，加强对公共就业服务和职业中介服务的指导和监督，逐步完善覆盖城乡的就业服务体系。

第三十四条 县级以上人民政府加强人力资源市场信息网络及相关设施建设，建立健全人力资源市场信息服务体系，完善市场信息发布制度。

第三十五条 县级以上人民政府建立健全公共就业服务体系，设立公共就业服务机构，为劳动者免费提供下列服务：

（一）就业政策法规咨询；

（二）职业供求信息、市场工资指导价位信息和职业培训信息发布；

（三）职业指导和职业介绍；

（四）对就业困难人员实施就业援助；

（五）办理就业登记、失业登记等事务；

（六）其他公共就业服务。

公共就业服务机构应当不断提高服务的质量和效率，不得从事经营性活动。

公共就业服务经费纳入同级财政预算。

第三十六条 县级以上地方人民政府对职业中介机构提供公益性就业服务的，按照规定给予补贴。

国家鼓励社会各界为公益性就业服务提供捐赠、资助。

第三十七条 地方各级人民政府和有关部门不得举办或者与他人联合举办经营性的职业中介机构。

地方各级人民政府和有关部门、公共就业服务机构举办的招聘会，不得向劳动者收取费用。

第三十八条 县级以上人民政府和有关部门加强对职业中介机构的管理，鼓励其提高服务质量，发挥其在促进就业中的作用。

第三十九条 从事职业中介活动，应当遵循合法、诚实信用、公平、公开的原则。

用人单位通过职业中介机构招用人员，应当如实向职业中介机构提供岗位需求信息。禁止任何组织或者个人利用职业中介活动侵害劳动者的合法权益。

第四十条 设立职业中介机构应当具备下列条件：

（一）有明确的章程和管理制度；

（二）有开展业务必备的固定场所、办公设施和一定数额的开办资金；

（三）有一定数量具备相应职业资格的专职工作人员；

（四）法律、法规规定的其他条件。

设立职业中介机构，应当依法办理行政许可。经许可的职业中介机构，应当向工商行政部门办理登记。

未经依法许可和登记的机构，不得从事职业中介活动。

国家对外商投资职业中介机构和向劳动者提供境外就业服务的职业中介机构另有规定的，依照其规定。

第四十一条 职业中介机构不得有下列行为：

（一）提供虚假就业信息；

（二）为无合法证照的用人单位提供职业中介服务；

（三）伪造、涂改、转让职业中介许可证；

（四）扣押劳动者的居民身份证和其他证件，或者向劳动者收取押金；

（五）其他违反法律、法规规定的行为。

第四十二条 县级以上人民政府建立失业预警制度，对可能出现的较大规模的失业，实施预防、调节和控制。

第四十三条 国家建立劳动力调查统计制度和就业登记、失业登记制度，开展劳动力资源和就业、失业状况调查统计，并公布调查统计结果。

统计部门和劳动行政部门进行劳动力调查统计和就业、失业登记时，用人单位和个人应当如实提供调查统计和登记所需要的情况。

第五章 职业教育和培训

第四十四条 国家依法发展职业教育，鼓励开展职业培训，促进劳动者提高职业技能，增强就业能力和创业能力。

第四十五条 县级以上人民政府根据经济社会发展和市场需求，制定并实施职业能力开发计划。

第四十六条 县级以上人民政府加强统筹协调，鼓励和支持各类职业院校、职业技能培训机构和用人单位依法开展就业前培训、在职培训、再就业培训和创业培训；鼓励劳动者参加各种形式的培训。

第四十七条 县级以上地方人民政府和有关部门根据市场需求和产业发展方向，鼓励、指导企业加强职业教育和培训。

职业院校、职业技能培训机构与企业应当密切联系，实行产教结合，为经济建设服务，培养实用人才和熟练劳动者。

企业应当按照国家有关规定提取职工教育经费，对劳动者进行职业技能培训和继续教育培训。

第四十八条 国家采取措施建立健全劳动预备制度，县级以上地方人民政府对有就业要求的初高中毕业生实行一定期限的职业教育和培训，使其取得相应的职业资格或者掌握一定的职业技能。

第四十九条 地方各级人民政府鼓励和支持开展就业培训，帮助失业人员提高职业技能，增强其就业能力和创业能力。失业人员参加就业培训的，按照有关规定享受政府培训补贴。

第五十条 地方各级人民政府采取有效措施，组织和引导进城就业的农村劳动者参加技能培训，鼓励各类培训机构为进城就业的农村劳动者提供技能培训，增强其就业能力和创业能力。

第五十一条 国家对从事涉及公共安全、人身健康、生命财产安全等特殊工种的劳动者，实行职业资格证书制度，具体办法由国务院规定。

第六章 就业援助

第五十二条 各级人民政府建立健全就业援助制度，采取税费减免、贷款贴息、社会保险补贴、岗位补贴等办法，通过公益性岗位安置等途径，对就业困难人员实行优先扶持和重点帮助。

就业困难人员是指因身体状况、技能水平、家庭因素、失去土地等原因难以实现就业，以及连续失业一定时间仍未能实现就业的人员。就业困难人员的具体范围，由省、自治区、直辖市人民政府根据本行政区域的实际情况规定。

第五十三条 政府投资开发的公益性岗位，应当优先安排符合岗位要求的就业困难人员。被安排在公益性岗位工作的，按照国家规定给予岗位补贴。

第五十四条 地方各级人民政府加强基层就业援助服务工作，对就业困难人员实施重点帮助，提供有针对性的就业服务和公益性岗位援助。

地方各级人民政府鼓励和支持社会各方面为就业困难人员提供技能培训、岗位信息等服务。

第五十五条 各级人民政府采取特别扶助措施，促进残疾人就业。

用人单位应当按照国家规定安排残疾人就业，具体办法由国务院规定。

第五十六条　县级以上地方人民政府采取多种就业形式，拓宽公益性岗位范围，开发就业岗位，确保城市有就业需求的家庭至少有一人实现就业。

法定劳动年龄内的家庭人员均处于失业状况的城市居民家庭，可以向住所地街道、社区公共就业服务机构申请就业援助。街道、社区公共就业服务机构经确认属实的，应当为该家庭中至少一人提供适当的就业岗位。

第五十七条　国家鼓励资源开采型城市和独立工矿区发展与市场需求相适应的产业，引导劳动者转移就业。

对因资源枯竭或者经济结构调整等原因造成就业困难人员集中的地区，上级人民政府应当给予必要的扶持和帮助。

第七章　监督检查

第五十八条　各级人民政府和有关部门应当建立促进就业的目标责任制度。县级以上人民政府按照促进就业目标责任制的要求，对所属的有关部门和下一级人民政府进行考核和监督。

第五十九条　审计机关、财政部门应当依法对就业专项资金的管理和使用情况进行监督检查。

第六十条　劳动行政部门应当对本法实施情况进行监督检查，建立举报制度，受理对违反本法行为的举报，并及时予以核实处理。

第八章　法律责任

第六十一条　违反本法规定，劳动行政等有关部门及其工作人员滥用职权、玩忽职守、徇私舞弊的，对直接负责的主管人员和其他直接责任人员依法给予处分。

第六十二条　违反本法规定，实施就业歧视的，劳动者可以向人民法院提起诉讼。

第六十三条　违反本法规定，地方各级人民政府和有关部门、公共就业服务机构举办经营性的职业中介机构，从事经营性职业中介活动，向劳动者收取费用的，由上级主管机关责令限期改正，将违法收取的费用退还劳动者，并对直接负责的主管人员和其他直接责任人员依法给予处分。

第六十四条　违反本法规定，未经许可和登记，擅自从事职业中介活动的，由劳动行政部门或者其他主管部门依法予以关闭；有违法所得的，没收违法所得，并处一万元以上五万元以下的罚款。

第六十五条　违反本法规定，职业中介机构提供虚假就业信息，为无合法证照的用人单位提供职业中介服务，伪造、涂改、转让职业中介许可证的，由劳动行政部门或者其他主管部门责令改正；有违法所得的，没收违法所得，并处一万元以上五万元以下的罚款；情节严重的，吊销职业中介许可证。

第六十六条　违反本法规定，职业中介机构扣押劳动者居民身份证等证件的，由劳动行政部门责令限期退还劳动者，并依照有关法律规定给予处罚。

违反本法规定，职业中介机构向劳动者收取押金的，由劳动行政部门责令限期退还劳动者，并以每人五百元以上二千元以下的标准处以罚款。

第六十七条　违反本法规定，企业未按照国家规定提取职工教育经费，或者挪用职工教育经费的，由劳动行政部门责令改正，并依法给予处罚。

第六十八条　违反本法规定，侵害劳动者合法权益，造成财产损失或者其他损害的，依法承担民事责任；构成犯罪的，依法追究刑事责任。

第九章　附　　则

第六十九条　本法自 2008 年 1 月 1 日起施行。

参 考 文 献

[1] 曾坤生，刘茂松. 人力资源管理学. 北京：经济科学出版社，2004.

[2] 叶龙，史振磊. 人力资源开发与管理. 北京：清华大学出版社，2006.

[3] 陈嗣成. 企业人力资源管理统计学. 北京：中国劳动社会保障出版社，2005.

[4] 白振汉. 现代管理心理学. 青岛：青岛出版社，1997.

[5] 戚艳萍，程水香等著. 现代人力资源管理. 杭州：浙江大学出版社，2002.

[6] 陈维政，余凯成等著. 人力资源管理. 北京：高等教育出版社，2002.

[7] 劳动和社会保障部，中国就业培训技术指导中心. 企业人力资源管理人员. 北京：中国
    劳动社会保障出版社，2002.

[8] 郭捷等著. 劳动法学. 北京：中国政法大学出版社，1997.

[9] 中国劳动法学研究会审定. 劳动法律手册. 北京：法律出版社，2000.

[10] 曾咏梅编著. 劳动法. 武汉：武汉大学出版社，2005.

[11] 宗蕴璋主编. 人力资源管理. 北京：电子工业出版社，2005.

[12] 何娟主编. 人力资源管理. 第2版. 天津：天津大学出版社，2005.

[13] 伍争荣主编. 人力资源管理教程. 北京：中国发展出版社，2006.

[14] 李锡元编著. 管理沟通. 武汉：武汉大学出版社，2006.

[15] 梭伦编著. 劳资争议与解决. 北京：中国纺织出版社，2001.

[16] 姜红玲主编. 新编劳动人事法规教程. 北京：电子工业出版社，2001.

[17] 郭洪林主编. 企业人力资源管理. 北京：清华大学出版社，2005.

[18] 张春瀛主编. 人力资源管理. 北京：中国铁道出版社，2004.

[19] 王先玉等著. 现代企业人力资源管理. 北京：经济科学出版社，2003.